QUAND L'AMÉRIQUE REFAIT LE MONDE

DU MÊME AUTEUR
aux éditions Fayard

Démocraties sans démocrates : Politiques d'ouverture dans le monde arabe et islamique, 1994

Appels d'empire : Ingérences et résistances à l'âge de la mondialisation, 1996

ISBN 9953-455-58-9

Ghassan Salamé

Quand l'Amérique refait le monde

Fayard

PU J

INTRODUCTION

L'Amérique est atteinte d'un mal curieux et le monde est malade de l'Amérique, car le monde ne peut plus vivre sans elle, ni d'ailleurs contre elle, mais peut de moins en moins vivre avec elle. La campagne présidentielle de novembre 2004 a été suivie par l'opinion mondiale comme aucune autre ne l'avait été, et des sondages en cascade sont venus nous informer pour qui auraient voté, s'ils en avaient eu le choix, Français, Irakiens ou Japonais. On a ainsi pu mesurer l'ampleur d'un intérêt global, parfois fiévreux, pour le choix d'un homme, comme si le premier privilège d'une véritable superpuissance, la seule qui demeure vraiment à l'horizon prévisible, était d'accorder à ses électeurs le droit d'affecter le monde en choisissant leur président. La reconduction de George W. Bush à son poste aura amené de nombreux dirigeants de par le monde à s'ajuster à ce qui ne pouvait plus être considéré comme un simple intermède.

Au-delà de ce moment d'une particulière densité, la position de l'Amérique dans l'évolution du monde relève d'une indéniable démesure. Si l'Amérique prend froid, c'est la planète entière qui attrape la grippe. Les places boursières scrutent les moues d'Alan Greenspan, à l'instar de l'oracle de Delphes, pour se décider à remonter ou à chuter. Le Conseil de sécurité évolue le plus souvent au rythme des propositions du représentant de Washington dans l'enceinte mondiale. Les pays refont les passeports de leurs ressortissants pour s'ajuster aux dernières exigences sécuritaires de Washington. Au lendemain du 11 septembre 2001, George W. Bush n'a rien fait pour calmer cette fièvre. En proclamant que le monde était divisé entre « ceux qui sont avec nous et ceux qui sont contre nous », il réduisait l'attitude des autres pays envers le sien à ce clivage central, *summa divisio* du monde d'aujourd'hui. Le mal américain est tel que ce manichéisme brutal ne fait qu'irriter les amis et radicaliser les adversaires, quand il ne transforme pas les amis en adversaires.

Le mal est aussi délicieux que pathogène. Le pays suscite le mimétisme — voire l'admiration — autant que l'exaspération — voire l'hostilité. La fascination que suscite l'Amérique n'épargne aucun domaine. Les films américains drainent les spectateurs par millions : le nombre de ceux qui vont voir les productions d'Hollywood croît de 3 à 4 % par an dans le monde alors qu'il décline à l'intérieur même des États-Unis. Dans l'ex-bloc de l'Est, la première incarnation de la modernité libérale avait été l'ouverture d'un McDonald's ou d'un Hard Rock Café, avant que les « consultants » en tous genres ne pullulent, que les universités d'outre-Atlantique n'ouvrent des kyrielles de succursales au cœur de la slavophonie, et que les idiomes nationaux n'intègrent des milliers de termes importés d'Amérique dans leurs dictionnaires. Des centaines de milliers d'étudiants étrangers (dont près de 80 000 Chinois) vont, chaque année, parfaire leurs études aux États-Unis, alors que les as indiens de l'informatique se retrouvent à Silicon Valley, d'abord comme experts, puis, deux ou trois années plus tard, en tant qu'entrepreneurs. Des millions de gens cherchent à devenir citoyens du pays de la liberté, des opportunités sans fin, du « miracle américain ». L'inventivité technique, la mobilité professionnelle et l'ascension sociale y sont inégalées. Le pays est si grand et si varié que le « Nouveau Monde » est pratiquement un monde à lui tout seul, de sorte que lorsqu'on y est, et encore plus lorsqu'on en est, on peut, sans beaucoup de regret, oublier le reste de la planète. Sa puissance militaire, sans aucun équivalent à travers l'Histoire, mesmérise alliés et adversaires : les Européens en particulier sont inquiets quand les États-Unis hésitent à intervenir (Kosovo) ; mais ils sont pris de panique ou de colère quand ils le font (Irak). Européens et Japonais savent cependant que lorsqu'il leur est arrivé de faire eux-mêmes les frais de cette écrasante machine militaire, les Américains ont su se montrer magnanimes dans la victoire et les ont aidés à se relever après les avoir battus.

Mais, comme dans la tragédie grecque, ce héros qui, du fond d'une religiosité à fleur de peau, quand elle n'est pas arborée en guise d'emblème, croit avoir été choisi par les dieux et doté par eux d'une redoutable puissance, semble parfois se conduire comme un possédé entraîné par sa propre puissance plutôt que d'en être le maître, inconscient des effets de ses actes et insensible aux vœux de ses partenaires. Il suscite alors la terreur. Les marchés redoutent les mesures soudaines de nationalisme protectionniste. Les juristes craignent les glissements de plus en plus fréquents de Washington hors du droit des nations. Les petits producteurs culturels s'inquiètent d'une uniformisation globale à l'américaine. Washington tend à utiliser de plus en plus souvent, et pas toujours à bon escient, son formidable instrument militaire, tantôt pour punir les hôtes d'un terroriste célèbre, comme en Afghanistan, tantôt dans des guerres aux motivations douteuses, comme en Irak, et toujours pour remettre les amis à leur place et dissuader tout candidat au rôle de contrepoids. Tel un possédé dostoïevskien, le colosse glisse alors dans la démesure, travers que les vieux peuples d'Europe ou d'Asie, au prix de pans sanglants et encore mal suturés de leur histoire, ont généralement appris à craindre, sinon à éviter.

Cycles

Le plus étonnant est que l'Amérique s'est imposée dans les faits et les esprits au moment même où elle ne cessait de se plaindre de son propre déclin. Dans une cyclothymie qui avait eu des antécédents au long du siècle passé et qu'Arthur Schlesinger (1986) a brillamment rappelée, trois séquences se sont ainsi succédé en une vingtaine d'années à peine. Dans un *premier temps*, les Américains sont persuadés de leur déclin, désenchantés de leur position, pessimistes quant à leur avenir. Ils voient les Soviétiques élargir leur influence mondiale non seulement en Asie (Viêt-nam, Cambodge, Afghanistan) ou en Afrique (Angola, Mozambique, Éthiopie), mais jusque dans leur arrière-cour d'Amérique centrale (Nicaragua, Salvador, sans compter Cuba) ; les Européens (les Français, puis les Allemands) s'émanciper de leur tutelle ; les Japonais les dépasser en inventivité technique. Jeffrey Garten (1987), diplomate devenu banquier, se demande alors si le déclin américain est encore réversible, soulignant « non seulement la rapidité avec laquelle notre influence mondiale se rétrécit, mais aussi l'incapacité de nos dirigeants à la freiner ». L'année suivante, Paul Kennedy (1988), dans un livre qui devient instantanément un best-seller, annonce aux Américains le déclin prochain de leur hégémonie, comme ce fut le cas d'autres grandes puissances avant eux, et ils ont largement tendance à le croire. L'historien respecté de Yale invite les dirigeants des États-Unis à reconnaître, dure et durable vérité, que « la somme globale des intérêts et des obligations de leur pays est aujourd'hui bien plus grande que sa capacité à les défendre simultanément ». En 1989, John Ikenberry, le déjà prometteur politiste de Princeton, est formel : « L'érosion de la puissance économique, politique et militaire de l'Amérique est manifeste », cependant que d'autres (Ferguson, 1989) observent que, dans le domaine technologique, « les États-Unis sont graduellement mais massivement éclipsés par le Japon ». À l'automne 1992, le directeur du très « establishment » et prestigieux *Foreign Affairs* (Hyland, 1992) se lamente, en quittant son poste, sur une Amérique qui se morfond dans un débat sur son déclin, et note qu'il y a dans l'air « un pessimisme qui semble être bien plus que passager ». « Pour la première fois de leur histoire, ajoute-t-il, les Américains ne savent pas si la prochaine génération sera mieux lotie que l'actuelle. » Même aussi tard que durant l'été 1993, Alan Tonelson crie au loup : son examen du premier budget militaire de Bill Clinton, où il remarque des coupes substantielles (sans jamais mentionner celles, autrement plus sévères, introduites à l'époque en d'autres pays), le pousse à conclure : « Les déclinistes ont gagné ! » Edward Luttwak qui, pendant des décennies, avait été un « faucon » de la sécurité nationale, se recycle en changeant de domaine, mais pas de penchants. Il publie en 1993 un livre dont le titre constitue déjà un diagnostic : *Le Rêve américain en danger : Comment prévenir la transformation des États-Unis en un pays du tiers monde, et comment gagner le combat géo-économique pour la suprématie économique*. Après avoir fait sourire, le livre, heureusement pour son auteur, sera vite dépassé par une croissance sans précédent qu'il n'avait pas vue venir alors même qu'elle était déjà en marche pendant qu'il l'écrivait.

La guerre du Koweit (1991) commence pourtant à sortir le pays de cette illusion facile de régression généralisée. Éditorialiste ancré à droite, Michael Novak claironne alors que la guerre aura marqué « la fin du déclin, le déclin des déclinistes ». S'ouvre ainsi un *deuxième temps*, en réalité toute une décennie, optimiste jusqu'à en être quasi désinvolte : le triomphe de la globalisation conforte la foi de l'Amérique dans ses valeurs en faisant du « consensus de Washington » la bible universelle de la gouvernance autant que de la croissance. Inspiré par Hegel et Kojève, Francis Fukuyama annonce *urbi et orbi* la « fin de l'Histoire », par quoi il entend le triomphe de l'idéologie libérale et, partant, de son pays phare sur toutes ses rivales. L'implosion formelle de l'URSS en décembre 1991 survient alors que les États-Unis se remémoraient le cinquantième anniversaire de Pearl Harbor ; mais ce cuisant souvenir a déjà un goût de préhistoire. Les Américains ne peuvent que constater l'évidence : non seulement ils gagnent la première guerre contre Saddam Hussein en 1991, mais ils se délectent de plus en plus d'avoir été les vainqueurs, au début incrédules et sceptiques, de la guerre froide qui vient de s'achever avec l'implosion de leur adversaire soviétique. James Kurth, brillant professeur de Swarthmore, peu suspect de lyrisme, écrit (1991) : « L'effondrement de l'URSS et la défaite de l'Irak n'ont pas seulement dégagé des obstacles extérieurs, ils ont aussi dissipé des hésitations à l'intérieur du pays [...] La seule puissance globale sera pour un certain temps l'Amérique, et le seul ordre mondial possible sera américain. »

De fait, les Américains font corps avec la mondialisation en cours, la manipulent à leur avantage après en avoir été largement les initiateurs, enregistrent des taux de croissance soutenus, atteignent le plein emploi et bénéficient d'une bulle financière qui amplifie leur richesse. Madeleine Albright affirme sans être vraiment contredite que les États-Unis sont devenus la « nation indispensable » et ajoute orgueilleusement que, « de plus grande taille que les autres, elle voit naturellement plus loin qu'eux ». Paul Kennedy, le décliniste de 1988, fait brutalement amende honorable en 1999 pour écrire : « Rien, rien de semblable en matière de disparité de puissance [entre l'Amérique et les autres] n'a jamais existé à travers l'histoire, rien » ; ce que d'autres trivialisent en parlant de l'Amérique comme d'un « gorille de 800 livres ». En écho, Hubert Védrine la baptise « hyperpuissance », un mot qui, de l'autre côté de l'Atlantique, n'est guère pris pour un reproche, encore moins pour une offense, mais comme un néologisme d'autant mieux venu qu'il émane d'un Français (Mandelbaum, 2002). Les Américains se font humblement prier pour user de leur force militaire dans les Balkans et ailleurs : ils savent que les « appels d'empire » (Salamé, 1996) qui s'élèvent de par le monde leur sont prioritairement adressés, et ils s'autorisent le caprice suprême de ne les entendre que lorsqu'ils leur permettent de faire la démonstration de leur puissance. Plus tard dans la décennie 1990, les succès politiques, diplomatiques et économiques s'amplifient alors même que les Américains, confiants dans leur destinée heureuse, voire insouciants, s'accordent le loisir de suivre en direct des *reality shows* comme le procès d'O.J. Simpson ou l'affaire Lewinsky.

« Le multiculturalisme, la tolérance qui refuse de reconnaître des valeurs ou d'émettre des jugements, une définition de plus en plus large de l'autonomie individuelle ont engendré une véritable indifférence au sort de la nation », observe Andrew Bacevich, (2002, p. 84). Krauthammer (2004) se montre encore plus sévère : « Ce n'est pas de la fin de l'Histoire que les Américains se sont délectés dans les années 1990, mais d'un congé de l'Histoire. » Le 11 septembre 2001, le colosse est subitement atteint au cœur de son domaine propre, sur son sol, dans son île imprenable. S'ouvre ainsi un *troisième temps* (déjà suggéré par un ralentissement de la croissance à compter de la fin de l'an 2000) marqué par un contraste entre un sentiment aigu de vulnérabilité et une conscience toujours aussi forte de surpuissance. Les Américains, surpris, cessent d'écouter : ils perdent la volonté, ou la faculté, ou l'envie de voir. Ils ont hâte de démontrer au monde, et d'abord à eux-mêmes, comme pour se rassurer, l'ampleur de leur puissance de feu. Ils transigent sur leur vieille passion pour les libertés individuelles, ils se crispent face à la mondialisation dont ils relèvent désormais les effets pervers, ils se gargarisent de leur unilatéralisme affiché, ils ignorent le droit international, ils font fi de l'opinion publique mondiale, et, pour cela, ils renouent avec les déficits en milliards et les expéditions punitives à travers le monde — un monde qui a, au départ, peur pour eux, puis qui, très vite, a peur d'eux, de la démesure de leurs moyens, de l'arrogance de leur discours, de la multiplication de leurs cibles et, surtout, de l'opacité de leurs desseins.

Le 11 Septembre est-il pour autant une date aussi cruciale qu'on l'a écrit ? D'une certaine manière, oui : être atteinte chez elle (à part une incursion de Pancho Villa en 1916 dans un village du Nouveau-Mexique, qui fit une quinzaine de morts, le territoire américain n'avait pas été attaqué depuis la guerre de 1812 contre les Britanniques), par une force aussi nouvelle qu'insaisissable ; perdre en une heure près de trois mille de ses citoyens, c'était, pour une Amérique blessée dans son orgueil plus que dans sa vigueur, autant de raisons de réviser en profondeur la menace et les moyens de la combattre.

Mais on a vu très vite que pour de nombreux acteurs du système, et non des moindres, les attaques du 11 Septembre seront moins la cause première que le prétexte, voire la divine surprise permettant de promouvoir des choix stratégiques qui étaient les leurs bien avant que le premier avion détourné ne s'écrase sur la tour B du World Trade Center. D'aucuns y trouveraient en effet, et contre toute logique, un argument pour envahir l'Irak qu'ils avaient dans le collimateur depuis de longues années. Mais, par-delà cette péripétie, l'orientation stratégique globale (la triple révolution de la guerre préventive, de la contre-prolifération musclée et de la redéfinition de la défense pour y inclure à nouveau la « guerre des étoiles »), entamée dès avant l'arrivée au pouvoir de l'équipe Bush, pouvait enfin s'épanouir. Bien avant cet événement spectaculaire, note Robert Kagan (2003, p. 94), « les Américains étaient déjà persuadés que le seul ordre international stable possible était celui dont l'Amérique serait le centre, et que cet ordre ne saurait exister que s'il était défendu par la force, spécifiquement par la force américaine ». Le 11 Septembre entrera dans l'Histoire peut-être moins pour ce qu'il fut que pour le soutien populaire qu'il valut au président pour mettre en œuvre le projet stratégique ambitieux, proprement révolutionnaire, qui était à maints égards, bien avant les attaques, le sien.

Très vite transparaît la base du mal américain : un déséquilibre profond entre les capacités militaires du colosse et les autres instruments d'influence dont il dispose, comme la persuasion (affaiblie par la pratique générale des *double standards*), la diplomatie (marginalisée par le peu de cas que les Américains en font), ou encore le recours au droit international (qu'ils regardent avec scepticisme, ce qui a toujours été le trait marquant des puissances hégémoniques). Pour la première fois de leur histoire, les Américains avaient, en 1991, décidé de conserver un niveau élevé de forces armées alors qu'aucun adversaire de taille ne se profilait plus à l'horizon ; en 2001, ils accentuèrent encore ce choix en renouant avec des budgets militaires en croissance soutenue.

Si le présent ouvrage recèle une « thèse », c'est celle-ci : le système mondial est un échiquier multidimensionnel, ainsi que l'avaient déjà constaté Stanley Hoffmann (1989), Joseph Nye (2004) et bien d'autres encore, constitué de plusieurs arènes, chacune dotée d'un rapport de forces qui lui est propre. Aux derniers jours de la guerre froide, Hoffmann faisait observer que l'hégémonie américaine était surtout d'ordre économique, et que dans le domaine militaire le monde resterait fondamentalement bipolaire. Quinze ans plus tard, Nye pense que le monde est militairement unipolaire, économiquement bi- ou tripolaire, et qu'au niveau culturel (celui du *soft power*), il est largement multipolaire. Ce qui est sûr, c'est que l'Amérique est incontestablement la seule « puissance complète » dans le monde, et ce, pour de nombreuses années, peut-être des décennies. Mais, dans le domaine économique, l'Amérique n'a plus la place dominante qui était la sienne en 1945, alors que l'interdépendance a atteint un niveau tel qu'elle ne permet plus de parler de polarisation dans un secteur où les grandes entreprises sont largement autonomes dans leurs stratégies, et souvent postnationales dans leur capital ou leur management. Il se peut aussi que le *soft power* de l'Amérique (son pouvoir d'attraction et d'incitation à l'émulation) soit moins opérationnellement politique qu'on le pense, en ce sens que les jeunes du monde peuvent danser au rythme de la musique pop américaine tout en nourrissant de vives critiques envers l'Amérique. Être « la première civilisation globale » n'immunise pas l'Amérique contre des griefs politiques souvent bien ancrés, comme j'ai pu le constater dans un pays du Golfe où mon chauffeur écoutait avec délectation la radio américaine Sawa, puis passait rapidement à une station locale quand venait l'heure du bulletin d'information, parce qu'il « aime la musique de l'Amérique, mais pas sa politique ». Le syndrome HHMM (Harvard-Hollywood-McDonald's-Microsoft), dont Josef Joffé (2001) constatait le halo mondialisé, ne pèse pas aussi fortement sur les choix politiques, même de ceux qui reconnaissent son impact mondial. Reste le domaine militaire où non seulement « les missions déterminent les coalitions », comme le répètent à l'envi les dirigeants de l'équipe de George W. Bush, mais où l'énormité des moyens et la disparité des forces semblent aussi déterminer les actions.

Tout le défi est non seulement de pouvoir faire la démonstration de cette puissance, mais aussi de la rendre encore plus *fongible*, c'est-à-dire traduisible en avantages pour les États-Unis hors du domaine militaire proprement dit, dans les autres sphères d'influence. L'Amérique est l'exportateur de sécurité quasi exclusif, et les autres pays doivent honorer cet échange. C'est sur la base de tels calculs qu'Enron avait remporté en Inde un contrat pourtant très clairement défavorable aux Indiens ; que les pays du Golfe lui achetaient des arsenaux dont ils n'avaient pas vraiment besoin ; que les États-Unis s'étaient dotés *de facto* d'un droit de veto au FMI, alors que le Japon était dissuadé de mettre en pratique son projet de création d'un fonds monétaire asiatique qui aurait exclu les États-Unis. C'est pour cette même raison que les membres du Conseil de sécurité finissaient par voter des résolutions qui n'auraient pas dû normalement recueillir leur assentiment. Puisque le domaine militaire était de loin celui où les États-Unis dominaient le plus manifestement, les rangeant *de facto* dans un club dont ils sont devenus le membre unique, et que, depuis l'implosion de l'URSS, nul ne pouvait songer à les y rejoindre, il fallait dorénavant revaloriser ce domaine au sein même de l'Amérique, convaincre de sa centralité les sceptiques du monde entier, et l'utiliser comme l'instrument par excellence d'une hégémonie mondiale qui ne se donnerait plus la peine d'emprunter des masques. Il fallait que la puissance de feu, et elle seule, efface le sentiment de vulnérabilité des Américains et oblitère l'illusion d'impunité des autres. Il fallait que l'Amérique ose pour que les autres cessent d'être tentés de le faire. Pearl Harbor avait été, en 1941, l'étincelle qui avait forcé le pays à entrer dans une guerre déjà en cours ; le 11 Septembre serait le détonateur qui le conduirait dans des guerres qu'il se serait choisies. Ceux qui oseront critiquer cette fièvre belliqueuse aux cibles incertaines n'auront pas compris sa dynamique profonde : peu importe la victime, tout est dans la démonstration.

William Fulbright, le sénateur sage du siècle passé, l'avait déjà noté dans *The Arrogance of Power* : les États-Unis cultivent une personnalité à deux facettes, « et [l'une et l'autre] sont également marquées par le moralisme, mais l'une est une moralité d'instincts décents tempérés par une claire conscience de l'imperfection humaine, quand l'autre est une absolue confiance en soi enflammée par l'esprit de croisade ». Le mal américain est devenu patent lorsque le pays, marqué par le trop grand déséquilibre entre sa puissance militaire et ses autres instruments d'influence, vigoureusement animé par l'idéologie néoconservatrice avant d'être blessé par le crime de lèse-majesté des terroristes de Septembre, a glissé du premier moralisme au second, le 11 Septembre venant ensuite — mais seulement ensuite — légitimer aux yeux des Américains un glissement périlleux pour eux-mêmes, inquiétant pour les autres.

Avant que ce glissement ne s'opère, le débat portait fondamentalement sur la question de savoir si le monde, depuis 1989, s'américanisait graduellement par une *convergence* consistant à reconnaître la suprématie de l'Amérique en adoptant ses modes de fonctionnement parce qu'ils étaient supérieurs, ou si, au contraire, dans un mouvement de *divergence*, les pays étrangers défiaient graduellement la domination américaine en affirmant des modèles politiques, économiques et culturels différents (Emmerson, 1998). En annonçant *la fin de l'Histoire* (1992), Francis Fukuyama avait tranché pour la première option. Samuel P. Huntington (1993) avait choisi la seconde, bien moins optimiste : plus les autres s'occidentalisaient, plus ils devenaient anti-américains. Le débat faisait rage sur les campus et dans les médias, avec un avantage relatif pour la thèse de la convergence que prouvaient l'adoption quasi universelle de l'économie de marché, la « troisième vague démocratique » qui, après avoir submergé l'Amérique latine, avait traversé l'ex-Europe de l'Est et se répandait à présent dans le tiers monde, ou encore les ravages partout vérifiés de l'américanisation rampante des esprits et des goûts.

À l'aube du nouveau millénaire, l'élection de George W. Bush, le ralentissement de la croissance, l'implosion de la bulle boursière et les effets immédiats ou durables du

11 Septembre allaient cependant se combiner pour donner un coup d'arrêt à la croyance, diffuse mais large, en la réalité de la convergence. Certains, comme Huntington, étaient confortés dans leur pessimisme, sinon sur la profondeur de cette convergence, du moins sur ses effets majoritairement néfastes pour le pays, ce qui allait les inciter à prêcher une mentalité d'assiégés aux allures de plus en plus culturalistes, sinon raciales, en constatant que le conflit civilisationnel enflammait le monde (Huntington, 1993) et menaçait leur pays de l'intérieur du fait d'une immigration, principalement mexicaine, non maîtrisée, difficilement assimilable et peut-être irrédentiste (Huntington, 2004). D'autres, notamment parmi les néoconservateurs qui peuplent les couloirs de l'administration Bush à partir de janvier 2001, continuent de prêcher la convergence, mais non plus comme un phénomène naturellement généré : ils entendent mettre l'appareil militaire de l'hyperpuissance au service de cette convergence selon les normes et les valeurs de l'Amérique — une convergence qui, lorsqu'elle tarde à s'opérer par elle-même du fait d'un mollah Omar, d'un Saddam Hussein, d'un Quai d'Orsay cynique, d'un pape qui hésite à rejoindre l'au-delà ou d'on ne sait quel bureaucrate dogmatique et corrompu de Beijing, aura besoin de quelque « perturbation systémique » pour l'enclencher. Ils croient pouvoir faire émerger la démocratie comme par césarienne, par la pression s'il le faut, par la force si elle se révélait indispensable. La démonstration de la puissance américaine au nom de l'universalisation de la démocratie semble les préoccuper bien davantage que l'enracinement de cette dernière dans leur propre pays et *a fortiori* dans le monde. « Démocratie ! Que d'expéditions militaires n'aura-t-on pas engagées en ton nom ! » pourraient, en guise de paraphrase, clamer les Américains de demain.

Oser

Les Américains sont optimistes de caractère et pour de solides raisons : leur pays est à lui seul une *success story* sur plus de deux siècles et, pour des millions d'individus devenus américains, les États-Unis ont été, à juste titre, une destination d'espoir et de réussite. Je trouve pour ma part légitime cet optimisme, en ce sens que je suis persuadé que les États-Unis trouveront les moyens de remédier au mal qui les frappe et que le cycle ouvert au cours des années 1990, et devenu inquiétant depuis lors, va probablement s'achever dans un nouvel équilibre, grâce à des mécanismes d'autocorrection qui ont fait la force du système et qui avaient déjà impressionné un Tocqueville prophétique. La question est cependant de savoir dans combien de temps cet infléchissement interviendra, et au prix de combien d'erreurs de jugement, de mésaventures lointaines, de reniements.

Cet optimisme est fondé sur la vigueur d'une tradition de questionnement qui est loin d'avoir disparu, même si le 11 Septembre l'a quelque peu mise en veilleuse, sinon anesthésiée. Cette robuste tradition explique pourquoi le diagnostic proposé dans cet ouvrage est d'abord le résultat de contacts avec des dirigeants, des diplomates, des universitaires et des journalistes américains qui, à différents niveaux et avec une ferveur diverse, ont fourni une lecture du mal qui n'est guère éloignée de la mienne, et qui, pour certains, la dépassait dans la critique. Faut-il aussi noter que les références citées dans cet ouvrage sont quasi exclusivement américaines ? Les États-Unis sont (encore) une démocratie, et si la peur suscitée par le 11 Septembre a pu infléchir des esprits critiques et vigilants, elle ne pouvait heureusement les faire entièrement disparaître.

L'un d'eux est l'ancien vice-président Al Gore, homme par ailleurs bien injustement traité. Son cri d'alarme, lors de la cérémonie de fin d'année de l'université de Georgetown, le 24 juin 2004, restera dans les mémoires. Gore exprima alors sa crainte de voir une Amérique si obsédée par l'ampleur de sa puissance brute que cela la conduit, à l'intérieur, à concentrer les pouvoirs dans les mains du président, jusqu'à le placer au-dessus des lois, jusqu'à marginaliser le Congrès et satelliser le pouvoir judiciaire, et, à l'extérieur, jusqu'à ignorer le droit international et mépriser les vieilles alliances. Son diagnostic est sévère : l'exploitation par une administration assoiffée de pouvoir de la panique publique consécutive au 11 Septembre met en danger la raison d'être du pays en tant que démocratie : « Le plus grand défi auquel nous faisons face n'est pas tant le terrorisme que la manière dont nous y réagissons ; ce n'est pas tant la guerre que la manière dont nous assurons notre sécurité sans pour autant sacrifier notre liberté... La lourde volonté de dominer, comme objectif de notre action dans le monde, n'est que le reflet d'une aspiration à rendre le rôle du président absolument dominant dans l'ordre constitutionnel. » Les Pères fondateurs auraient vu dans cette *hubris* un véritable cauchemar. Ce glissement vers la concentration du pouvoir, entre les mains du président aux États-Unis et américaine dans le monde, paraît à Al Gore comme une menace imminente, une impardonnable dérive porteuse de tous les dangers, le cœur du « mal américain ».

Centrale dans cette analyse sans complaisance est la relation intime entre l'évolution politique, sociale et idéelle du pays et les orientations de sa politique étrangère. Les historiens réalistes des relations internationales, et plus encore les néoréalistes à la Kenneth Waltz, ont eu trop tendance à ignorer cette relation, à sur-autonomiser la politique étrangère comme si ce n'étaient pas les mêmes hommes qui étaient aux commandes, comme si les deux domaines n'étaient pas interdépendants, comme si les décisions en politique étrangère pouvaient être analysées en faisant abstraction de la nature du pouvoir qui les prend, ou en les extrayant des soucis, notamment électoralistes, des dirigeants, de leurs présupposés idéologiques ou des intérêts qu'ils cherchent à servir.

La stature nationale de Gore l'autorise à porter un jugement sévère, quoique évidemment partisan, sur le mal qui frappe son pays. Il est trop lucide pour dissocier artificiellement l'interne et l'externe dans la démarche d'une administration qui non seulement s'engage dans le glissement, décelé par Fulbright, d'un moralisme décent vers un autre plus ténébreux, mais semble en tirer une adolescente fierté. Tel est aussi le cas de Robert Byrd qui, après avoir passé près d'un demi-siècle au Sénat, le quitte la larme à l'œil : il doit reconnaître que nombre de ses collègues étaient terrorisés à l'idée d'être perçus comme de mauvais patriotes, ce qui les a conduits non seulement à aliéner au président leur droit constitutionnel à déclarer la guerre, mais aussi à prendre l'engagement préalable de financer toute guerre que ce dernier engagerait. Une telle attitude était déjà honteuse à ses yeux, mais, s'agissant du bénéficiaire, Byrd, pourtant réputé pour ses bonnes manières, ne se retient plus : « Ce président, ce Bush numéro 43, constitue à lui seul une catégorie particulière, celle de l'incompétence suprême. Une réunion avec lui, et ce fut l'apogée de tout ce que j'avais vécu, de Truman à aujourd'hui, en matière de sottise absolue » (*The New York Review of Books* (*NYRB*), 12 août 2004). Robert Tucker, l'historien peut-être le plus célèbre du pays et qui n'est certainement pas de gauche, lui-même un moment complaisant face à ce déluge de puissance, finit par souligner la « véritable pathologie qui conduit à considérer la nécessité de brider la plus grande puissance du monde comme une forme d'anti-américanisme malveillant ». Il va même jusqu'à paraphraser les mots sévères d'Edmund Burke à l'endroit des révolutionnaires français : « La politique de Bush est militaire dans son principe, dans ses maximes, dans son esprit et dans tous ses mouvements... Les États-Unis ont adopté bien des traits de ce qu'ils appellent les États voyous » (Tucker et Hendrickson, 2004).

Dans le pays de la liberté d'expression que G. W. Bush ne cesse de célébrer, il faut désormais beaucoup de courage pour défier la vérité officielle. Seymour Hersh n'en manque pas et j'ai pu, ces dernières années, le voir à l'œuvre avec, pour ce grand reporter qui dépasse la soixantaine, une énergie de débutant et une curiosité sans limites. Dans les trois années qui suivirent le 11 Septembre, ce « loup solitaire » a écrit 26 articles pour le *New Yorker*, rassemblés ensuite dans un livre (Hersh, 2004), et, pour mille et une raisons, ses manuscrits étaient toujours bien plus fournis que les versions effectivement publiées. Cas rarissime, celui qui avait osé traiter Henry Kissinger de « criminel de guerre » avait obtenu le prix Pulitzer pour sa relation du massacre de My Lai, alors qu'il travaillait encore en free-lance. Il aurait pu en obtenir un second pour celui d'Abou Ghraïb, mais les temps avaient changé : il allait au contraire se heurter à une politique de dissimulation et à une manipulation de la presse sans précédent dans l'histoire du pays, pour être finalement traité de « ce qui, dans le journalisme américain, ressemble du plus près à un terroriste » par un éminent néoconservateur.

Pendant la guerre du Koweit, les journalistes avaient été organisés en « pools » et devaient écrire ou filmer de manière à « mériter » leur insertion dans l'un d'eux. Dans la guerre d'Irak, ils furent carrément *embedded* (littéralement : « encastrés », « enchâssés ») au sein des unités combattantes, sur le terrain, ce qui les conduisit souvent à s'identifier aux soldats qu'ils accompagnaient et qui les transportaient, les nourrissaient, les protégeaient. Mais, *embedded*, ils l'étaient aussi de plus en plus dans les cellules de désinformation de l'administration, répercutant sans hésitation ses mensonges, prenant pour argent comptant ses fabrications. Début 2005, on apprendra même que la Maison-Blanche n'a pas hésité à « acheter » des éditorialistes pour défendre sa politique tant intérieure qu'étrangère. Ceux de *Fox News*, du *New York Post*, du *Wall Street Journal*, sans compter certains éditorialistes célèbres du *New York Times* ou du *Washington Post*, formaient un cercle de feu autour de l'administration pour la défendre. Les dirigeants eux-mêmes n'hésitaient pas à cacher, à mentir, voire à faire pression pour retarder ou interdire la publication de vérités gênantes. Seymour Hersh, entre autres, l'aura appris à ses dépens quand le chef d'état-major des armées demandera lui-même au directeur du *New Yorker* de ne pas publier, au moins pendant une certaine période, son reportage accablant sur Abou Ghraïb. Hersh recevra des menaces lorsqu'il exposera l'ampleur du rôle israélien dans la mésaventure irakienne. Le célèbre journaliste de télévision Dan Rather avouera avec candeur l'état d'esprit de la profession : « C'est la peur qui retient désormais les journalistes de poser les questions les plus délicates. Chacun de nous finit par se dire : je sais quelle est la question à poser, mais, vois-tu, ce n'est pas exactement le meilleur moment pour le faire… » (cité dans Judt, 2004).

Fort de son Oscar avant de décrocher la Palme d'or à Cannes (pour des raisons, il est vrai, qui ne semblent pas uniquement ni même principalement esthétiques), Michael Moore ne sera pas mieux traité. La plus grosse firme de distribution, Miramax, qui appartient au groupe Disney, aura subi des pressions pour ne pas distribuer dans les salles son film pamphlétaire *Fahrenheit 9/11* (Disneyland est installé en Floride, État dont le gouverneur, Jeb Bush, est le frère du président ; la firme n'hésitera pas, en revanche, à assurer la distribution d'un film nationaliste comme *America's Heart and Soul*). Il faudra qu'une société canadienne, propriétaire de beaucoup moins de salles, s'en charge. Ce qui incitera l'administration à obtenir un deuxième blocage pour que le film de Moore soit interdit aux moins de 17 ans : il a été classé, sans raison suffisante, *for adults only*. En dépit de cette guérilla légale, les Américains iront cependant par millions voir cette dénonciation sarcastique du mal américain.

Moore sera accusé de trahison, bien entendu. Hollywood aussi, et les libéraux en général. Bill O'Reilly, éditorialiste conservateur, le sait mieux que personne quand il écrit : « Les libéraux ont un talent exceptionnel pour se retrouver du côté de la trahison. Certains disent que les libéraux aiment eux aussi l'Amérique, mais ça n'est pas vrai ; quand le pays est attaqué du dedans ou du dehors, les libéraux prennent le parti de l'ennemi. » Avec des sentences comme celle-là, il est difficile d'engager un dialogue, car « discuter, essayer de convaincre est passé de mode chez les conservateurs » (P.J. O'Rourke, *The Atlantic*, juillet-août 2004), mais aussi chez beaucoup d'Américains.

Savoir, c'est ne pas *pouvoir ?*

À l'université, le 11 Septembre aura débouché sur des scènes étranges : on aura vu des étudiants « patriotes » dénoncer leurs professeurs quand ils s'éloignaient de la ligne officielle. Du courage, il en faut donc aussi à Stanley Hoffmann (2003), professeur à Harvard et fin connaisseur de la France, pour décrire sans complaisance aucune comment son pays a fait machine arrière : « La guerre contre le terrorisme, sans fin à l'horizon, a abouti à réprimer les libertés civiles, les droits des réfugiés et des demandeurs d'asile, autant qu'à interdire l'accès des étudiants étrangers aux universités américaines [...] pendant que les démocrates n'osent pas attaquer un président populaire et que la presse accorde à Bush le bénéfice du doute, avec un soutien à caractère chauvin qui se drape dans le voile du patriotisme. » Hoffmann relève un mépris grandissant du droit international « qui trahit une nouvelle politique de domination dont les effets sont extrêmement sérieux, mais qui semble échapper à l'examen critique ». Il dénonce aussi un glissement périlleux, entamé sous la présidence Clinton, vers la conduite de la politique étrangère par le Pentagone « où une coterie civile de néoconservateurs et de faucons pro-israéliens de la tendance "dure" promeut un fantasme grandiose, celui d'utiliser l'Irak comme un modèle pour la démocratisation du monde islamique ». La dimension historique du mal ne lui échappe pas : ou bien les États-Unis ont décidé de revenir à la période d'avant 1914 où la liberté des États de recourir à la force était absolue, ou bien ils ont décidé d'imposer les règles du *jus ad bellum*, laborieusement élaborées au long du XXe siècle, aux autres pays tout en se réservant le privilège unilatéral de s'en extraire. Dans les deux cas, ce serait, écrit Hoffmann, « une régression catastrophique ».

John Ikenberry (2002) est moins moralisateur, mais pas moins sévère ; la vision néo-impériale adoptée par l'administration Bush est déraisonnable : « Avec l'unilatéralisme, nous nous privons de l'apport précieux des organisations internationales que nous avions nous-mêmes créées et de l'apport de nos alliés en hommes et en fonds ; avec le mépris affiché de la souveraineté des autres pays, nous donnons le mauvais exemple aux États puissants pour menacer leurs voisins plus faibles ; et avec cette affirmation brutale de notre puissance militaire, nous ne pouvons que susciter l'hostilité et provoquer notre propre encerclement. » Il exhorte (2001) donc le gouvernement à s'inspirer de la tradition intérieure américaine où le puissant et le riche ne peuvent opérer hors d'un ordre légal et institutionnel qui leur permet de préserver leur propre situation privilégiée, et à l'appliquer à la position américaine dans le monde. Les néoconservateurs se diront surpris et déçus par ces « appels pathétiques à la modération ».

Tout le monde n'a pas eu ce courage ou cette lucidité. Suite au 11 Septembre, le président a joui d'une popularité telle que bien peu ont osé remettre en cause ses choix de peur d'être accusés de manquer de patriotisme. « Les démocrates, plutôt que de rejeter le " triomphalisme" américain, ont essayé d'en fournir une autre variété » (Calleo, 2003). Des médias nationaux ont choisi de s'aligner sur le gouvernement en faisant même de la surenchère sur les positions du président, alors que des organes typiquement néoconservateurs tels que le *Weekly Standard* ou *Commentary* n'hésitaient pas à verser dans un chauvinisme parfois primaire. Une peur légitime s'est emparée des esprits face à la gravité de l'attaque, que les hommes du président ont su exploiter. Du coup, nombreux sont ceux qui ont repoussé à plus tard ou gardé pour eux-mêmes l'expression de leurs doutes. « Par leurs solides institutions civiles et un robuste marché des idées, les démocraties arrivées à maturité sont censées être immunisées contre toute inflation grave des menaces et contre les mythes impériaux », écrit Chaïm Kaufman (2004) ; mais le « marché des idées » américain, à la veille de la guerre d'Irak, « n'a pu remplir cette fonction. Aucune des thèses de l'administration ne s'est révélée exacte, alors que l'information nécessaire pour les contredire existait bien au sein de l'administration et hors d'elle ». La guerre allait se muer en une intense contre-insurrection, mais le « marché des idées », sans doute freiné par le refus (ou l'incapacité) du candidat démocrate de mener bataille sur ce thème, n'aura pas mieux réagi face à l'évolution dramatique de l'occupation.

Des voix plus autorisées auraient pu se singulariser, mais tel ne fut pas le cas. De son piédestal, Henry Kissinger choisit de soutenir, quoique mollement, la guerre en Irak, et il lui est même arrivé de répondre négligemment, à une question sur les liens supposés entre Saddam Hussein et al-Qaida, qu'ils « étaient tous du pareil au même », réponse qui n'est certainement pas de son meilleur cru. Brzezinski, autre *pundit* prolifique, a, lui, osé dénoncer la « quasi-hystérie » et la « quasi-paranoïa » prévalant dans les milieux dirigeants, mais sans remettre en cause les fondements de la politique suivie : dans *The Choice* (2003), c'est en fin de compte la méthode qu'il critique, plus que l'objectif ; il recommande simplement aux États-Unis de traiter leurs clients comme des alliés, sans changer vraiment leur statut. La distinction qu'il fait entre « domination » et « leadership », pour désigner les deux options offertes à l'Amérique, même s'il a lui-même le mérite de préférer la seconde, est loin d'être évidente. La pression sur les esprits est telle qu'Anatol Lieven (2004), chercheur britannique à la Carnegie Endowment, en tire le constat suivant : « Un intellectuel américain qui ne veut pas devenir une sorte de dissident dans son propre pays est obligé d'adopter quelque combinaison de nationalisme chauvin et de croyance messianique. »

Dissidence ? Obligation de conformité ? S'aligner ou se taire ? Est-ce donc encore l'Amérique ? Si les Américains aspiraient à un niveau de plus en plus élevé de convergence — euphémisme pour dire adoption par les autres pays de leurs institutions et de leurs valeurs —, force est de constater une divergence croissante non seulement avec les pays récemment émergents ou démocratiques, mais même avec ceux de la vieille Europe. Mais l'isolation de l'Amérique dans le monde est le reflet inversé d'une plus grande convergence, à l'intérieur des États-Unis, entre l'élite et l'opinion publique sur des positions marquées au sceau d'un nationalisme robuste et d'un conservatisme sourcilleux, contre lesquelles les voix discordantes se révèlent trop peu nombreuses. Il y eut des moments, ces dernières années, où il n'était pas courant de lire des réfutations de ce glissement généralisé, ou d'entendre qu'on y mettait des bémols, y compris dans les cercles dits libéraux.

« C'est comme si les Américains étaient devenus sourds », confia un banquier irlandais à William Pfaff (*NYRB*, 7 avril 2004), un éditorialiste qui, posté à sa fenêtre longtemps parisienne, a su raison garder. Adulé des conservateurs, Francis Fukuyama (2004) avoua lui-même qu'« écouter nous est devenu bien difficile, ces derniers temps ». Le mal présent est d'abord celui de la surdité — une surdité qui empêche le gouvernement d'écouter même ses propres services. Sous Bush, le scepticisme de l'INR (bureau de renseignement du Département d'État) et de certains secteurs de la CIA quant au bien-fondé des croisades du président de par le monde fut ignoré au profit de l'avis de cellules idéologiques et complaisantes installées au Pentagone, dont la tâche était d'abord de contredire de trop prudents services de renseignement. Mais le mal est sans doute plus ancien ; après des années passées auprès de Reagan et de Bush père comme conseiller sur le renseignement, Anne Armstrong ne disait-elle pas : « L'analyste du terrorisme ne doit pas tant se concentrer sur ce qui cause le terrorisme que sur les moyens de le combattre. Que d'autres causes soient plus importantes sur un plan académique n'est pas très important » ? David Brooks, un néoconservateur à qui il arriva de se montrer plus nuancé, reprit quinze ans plus tard le même argument pour fustiger « la mentalité sciences sociales » qui prévaudrait au sein de la CIA. Derrière ce rejet de la « mentalité académique » qui caractérise de tout temps les courants populistes se profile un refus de comprendre les causes profondes des évolutions, de peur de finir par accorder une quelconque justification au point de vue des adversaires. Se poser même la question de savoir pourquoi des jeunes gens du monde islamique peuvent en vouloir aux États-Unis jusqu'à sacrifier leur propre vie en se jetant contre leurs gratte-ciel ou leurs navires de guerre, c'est déjà se reconnaître un soupçon de responsabilité, un brin de culpabilité que les nationalistes chauvins, si bien en cour depuis 2001, considèrent généralement comme le début de la trahison.

Ayant eu, à travers des fonctions que j'ai pu occuper, à discuter de l'Irak avec des dirigeants de l'administration Bush, j'ai été stupéfait, moi qui avais toujours apprécié la grande propension au pragmatisme des Américains qui leur faisait reconnaître les faits en eux-mêmes et pour eux-mêmes, de constater à quel point des dirigeants pouvaient ignorer les données de base du pays qu'ils venaient de conquérir et semblaient peu pressés d'en apprendre davantage. D'aucuns semblaient habités par une « grande vision » messianique et refusaient d'être troublés par des « détails » qui la contrediraient ou, plus simplement, en démontreraient l'inapplicabilité immédiate. La condescendance polie avec laquelle était reçue toute critique argumentée de la gestion américaine de l'Irak était le reflet d'un sentiment plus profond, comme si l'interlocuteur de ces officiels n'avait pas idée de l'ampleur du projet impérial ou des moyens dont disposait l'Amérique pour le mettre en œuvre. Plus tard, face aux difficultés grandissantes sur le terrain, un peu plus de modestie devint perceptible, mais depuis des mois déjà le mal était largement consommé.

Ce refus de voir, d'entendre, d'apprendre commence en réalité par le mépris affiché à l'égard de l'expertise des universités (il y a aux États-Unis près de 4 000 institutions d'enseignement supérieur et des centaines de centres académiques consacrés à la politique étrangère et aux études régionales) au profit de *think tanks* aux agendas douteux et au financement politique patent. James Fallows a raconté comment les premiers administrateurs de l'Irak post-Saddam y sont allés avec des livres sur l'Allemagne et le Japon d'après la Seconde Guerre mondiale plutôt qu'avec des monographies sur l'Irak. Non que l'Amérique n'ait pas d'experts de la région : certains d'entre eux avaient même été sollicités par le Département d'État pour envisager l'avenir du pays après la chute du régime ba'asiste. Las ! Les milliers de pages produites ont été simplement classées par le Pentagone, à qui la gestion de l'Irak a été malencontreusement confiée, sans même avoir été feuilletées. Là aussi, le mal remontait à plus loin : c'était l'aboutissement d'années durant lesquelles les *area studies* avaient été méprisées dans les universités à l'instar d'une science obsolète. Loin des grands soulèvements contre la guerre au Viêt-nam qui les avaient rendus célèbres dans le monde entier, les campus américains étaient marqués par un état d'esprit que décrivent bien trois universitaires : « Le consensus grossier des médias et des coffee shops était renforcé par des dirigeants politiques qui condamnaient les marches pour la paix, des présidents d'université qui essayaient d'empêcher des professeurs de critiquer la politique américaine, et une espèce de large prédisposition à présenter tout effort pour mettre en question l'interprétation standard comme s'il était, d'une manière ou d'une autre, favorable au terrorisme » (Anderson, 2004).

Des années durant, les néoconservateurs partiaux et polémiques avaient mené une campagne de dénigrement systématique contre les « arabistes », ces diplomates américains qui, au prix d'un fastidieux apprentissage des langues étrangères et de longs séjours dans les capitales les plus exotiques, avaient construit une tradition d'expertise pointue de l'islam et des pays musulmans. Ces derniers étaient désormais suspectés d'un début d'empathie pour leur objet, pour la seule raison qu'ils avaient essayé de mieux le connaître : ils allaient donc être marginalisés, exclus des centres de décision (approche qui aura présidé, entre autres choses, au choix des collaborateurs au Conseil national de sécurité). On a peine à le croire, mais c'est pourtant la vérité crue : au moment même où l'Amérique s'engageait dans des aventures diverses à travers le monde islamique, son gouvernement s'était sciemment et méthodiquement coupé de l'expertise accumulée pendant des siècles dans ses services de renseignement, son Département d'État (que de nombreux diplomates choisirent alors de quitter en silence et, quelques-uns, avec fracas), ses cellules d'aide à la décision et ses universités !

Un des meilleurs connaisseurs du monde du renseignement, Richard Betts, n'hésita pas à parler d'une véritable maladie culturelle (*cultural disease*), qui consiste à « penser que la primauté américaine dans le monde nous dispense de chercher à développer une expertise approfondie sur les sociétés étrangères, surtout non occidentales ». « Les États-Unis sont peut-être le seul grand pays au monde où l'on peut être considéré comme convenablement cultivé alors qu'on ne parle que sa langue maternelle. Le mal a atteint même nos universités où les départements de science politique considèrent les études régionales comme démodées, alors qu'on paie des pléthores de professeurs qui s'amusent à développer des modèles schématiques qu'ils s'imaginent naïvement être d'application universelle » (Betts, 2002). Ceux qui visitent fréquemment les campus américains rétorqueraient qu'une expertise régionale, académiquement fiable, mise en valeur non par des historiens répandus, des éditorialistes ronflants, des lobbyistes stipendiés ou des « analystes » omniscients, mais par des universitaires scrupuleux et engagés, continue d'exister en Amérique et serait bien utile à ses dirigeants s'ils prenaient seulement la peine de lui prêter l'oreille.

Le refus de comprendre atteint son comble quand il frappe très haut. Être grand lecteur n'est certes pas un préalable pour devenir un grand dirigeant, et que n'a-t-on reproché à Jimmy Carter de se perdre dans les détails les plus triviaux au lieu de discerner dans chaque situation ce qui en fait l'essence ! On lui a constamment opposé l'exemple de son successeur, Ronald Reagan, qui ne lisait même pas les notes d'une demi-page (c'est lui qui a étendu la lecture du *Daily Brief* de la CIA, qui lui était nommément réservé, à une demi-douzaine de ses collaborateurs les plus éminents, car il n'avait même pas la patience de le parcourir), travaillait à peine une ou deux heures par jour, passait beaucoup de temps à regarder de vieilles productions hollywoodiennes, mais qui avait un instinct très sûr de ce qu'il fallait dire et faire pour l'essentiel. Au vu du résultat, la méthode Reagan, débonnaire et ignorante des détails, voire de bien plus, a été glorifiée par ses partisans comme supérieure, voire pionnière. Quand, pour un président, l'essentiel est limpide *(« Tear That Wall, Mr Gorbatchev ! »)*, à quoi bon s'informer ?

En ce domaine, le contraste Carter/Reagan deviendra caricatural pour ceux qui compareront plus tard Clinton et Bush fils. Clinton a confié avoir lu des dizaines d'autobiographies avant d'écrire la sienne (Fallows, 2002), et lorsqu'il était aux affaires, il était réputé pour sa soif de comprendre, qui suscitait l'émerveillement de ses adjoints (Clarke, 2004) et lui permettait de donner une impression de profonde intimité avec les questions qu'il traitait, en privé comme en public. Son successeur, en revanche, a admis que l'envie ne lui venait pas de feuilleter les journaux et qu'il se contentait, pour comprendre le monde, des « brèves » que lui soumettait son conseiller pour la Sécurité nationale. L'intelligentsia, de part et d'autre de l'Atlantique, ne saurait être rassurée par un homme qui lit principalement la Bible, où il trouve réconfort et inspiration, et des notes sommaires que d'autres sélectionnent pour lui. Lorsque, fin 2004, on attire son attention sur un livre (Sharansky, 2004), il en adopte inconditionnellement le titre et la teneur et ordonne qu'on lui écrive un discours inaugural pour son second mandat littéralement calqué sur ce livre. Mais ce populisme quasi ouvertement anti-intellectuel et d'allure religieuse plaît à une fraction substantielle de l'électorat, laquelle se reconnaît dans ce *rancher* texan qui méprise les brillantes analyses et le savoir encyclopédique, et qui, en 2004, a renouvelé triomphalement pour quatre ans son bail à la Maison-Blanche.

Ironie : le candidat Bush de 2000 avait placé le mot d'ordre « *listening to our allies* » en tête de son programme de politique étrangère. Mais la nouvelle surdité empêche les Américains d'écouter leurs alliés les mieux intentionnés. Un dirigeant européen, et non des moindres, est revenu effaré de sa première rencontre avec Bush : « Mais il croit que Dieu lui dicte sa politique ! » s'exclama-t-il devant nous. Un dirigeant arabe nous confia : « Je lui ait dit ce que j'ai pensé, en des termes très clairs, mais je ne suis pas du tout sûr qu'il m'ait compris ou même écouté. » La position de l'intelligentsia européenne, notamment française, lors de l'affaire irakienne est « une énigme incompréhensible » pour l'administration Bush. La logique de la force a comme détruit la force de la logique. L'opposition européenne, officielle et surtout populaire, à la guerre en Irak passait du coup pour une incongruité, une espèce d'aberration impossible à expliquer, si ce n'est par l'envie ou par de sordides calculs mercantilistes.

La surdité interdit enfin d'entendre les protestations d'un monde qui, sans rejeter l'Amérique, a peur d'elle. Comme si Washington avait perdu son talent apprécié de dissimuler ses moyens énormes derrière un discours empreint de modestie. Loin d'atténuer la peur que la disproportion de ses moyens suscite dans le monde (le candidat à la présidence de 2000 avait annoncé une politique étrangère « humble »), l'Amérique de Bush l'a, au contraire, amplifiée par la démesure de ses ambitions et l'arbitraire de ses jugements. Comment s'en étonner quand on voit la réaction de l'administration aux doutes émis à travers le monde sur sa doctrine de la guerre préventive ; face à l'émergence d'une nette majorité de pays (comprenant l'Allemagne, le Chili ou le Mexique, d'ordinaire si compréhensifs à son endroit) hostiles à sa guerre en Irak ; ou encore face à l'avis quasi unanime de la Cour internationale de justice (CIJ), pourtant peu suspecte d'anti-américanisme, condamnant la construction du mur de séparation par Israël ? L'Amérique aurait-elle donc raison contre le monde entier ? Le plus grave n'est pas tant que l'Amérique puisse être indifférente au chœur planétaire qui l'exhorte à la sagesse, mais qu'elle donne l'impression de chercher son propre isolement et de s'en délecter, comme si l'affirmation répétée de son « exceptionnalisme » la confortait dans sa croyance missionnaire en elle-même. L'espèce de plaisir que Rumsfeld prend en croyant (à tort, on le verra) avoir raison contre tous ses généraux, l'entêtement de Cheney et de Wolfowitz à affirmer leur conviction quant aux liens de l'Irak avec les terroristes de Septembre, alors même que toutes les enquêtes du Congrès les ont infirmés, la façon dont Bush bombe le torse pour claironner sa foi dans ses options envers et contre tous, ne sont peut-être pas de simples gesticulations. De telles attitudes démontrent que « la Cité sur la colline » a d'autant plus foi dans ses valeurs que le monde hésite à les partager.

Et, comme si sa surdité face à ses contemporains ne lui suffisait pas, l'Amérique montre tous les jours des signes d'ignorance de son propre passé. Dans un pamphlet sans nuance, Gore Vidal (2004), le talentueux romancier et essayiste, baptise son pays « les États-Unis d'Amnésie » : « Nous n'apprenons rien, écrit-il, parce que nous ne nous souvenons de rien. » Dans un brillant essai, John Judis (2004) appelle « amnésie impériale » la tendance dominante à refouler les échecs passés des États-Unis pour exporter la démocratie par les armes, comme aux Philippines ou au Mexique. Il y a effectivement un vieux problème de l'Amérique avec l'Histoire, à commencer par la sienne propre, l'histoire qu'on écarte comme une nuisance quand elle recèle de la culpabilité, qu'on rejette comme inutile quand elle semble suggérer une démarche contraire à celle que l'on veut entreprendre, qu'on considère comme un poids gênant quand des peuples d'un autre « pedigree » y font référence. Vidal et Judis montrent aussi que la négation de l'histoire (ou sa réécriture fantaisiste) peut être un acte politique consistant à gommer des mémoires le fait qu'« à chaque fois que l'Amérique s'en va seule de par le monde à la recherche de monstres à abattre, s'aventurant sur des terrains déjà visités par les puissances impériales, elle risque de devenir elle-même le monstre ».

Patriotisme, nationalisme, impérialisme

Sonder les intentions de l'Amérique en écoutant sa parole et en observant ses gestes est le sport favori des dirigeants du monde qui, en contrepartie, s'affligent de ne point se sentir écoutés par elle. C'est que le monde a besoin de l'Amérique, et qu'il le sait. S'il lui a souvent accordé le bénéfice du doute, c'est parce qu'il savait le système politique et intellectuel américain ouvert, soucieux de perfectibilité, donc sensible à l'opinion des autres pourvu qu'ils ne lui fussent pas franchement hostiles. Ces dernières années, la déception est venue de l'affirmation brutale de la primauté américaine, de l'adoption d'une stratégie ouvertement néo-impériale, d'une approche unilatérale des problèmes du monde et, à la base, de la résurgence d'un nationalisme robuste qui paraît à la fois archaïque dans sa substance et dépassé dans sa fonction.

Quand on lui avait demandé comment elle envisageait le rôle de l'Amérique dans le monde, Jeane Kirkpatrick (1990), anticommuniste virulente d'hier et représentante de Reagan à l'ONU, avait osé dire son espoir d'une Amérique redevenue « normale », développant des relations « normales » avec un monde enfin libéré du communisme dont le péril l'avait naturellement poussée, pendant près d'un demi-siècle, à se comporter de façon agressive et interventionniste aux quatre coins de la planète. Mal lui en avait pris : l'appel à la sagesse de Kirkpatrick, en dépit de son incontestable curriculum conservateur, avait soulevé un tollé parmi les « hégémonistes » qui pensaient que le moment était bien inopportun pour toute « pause stratégique », et que l'Amérique, au contraire, devait œuvrer sans relâche à transformer le « moment unipolaire » qui s'était ouvert en 1990 pour en faire une ère aussi longue que possible, en amplifiant le budget militaire, en appliquant par la force le *regime change* contre tous les « monstres » qui gouvernaient de par le monde, et en imposant la démocratie à l'aide des *special forces* et des missiles de croisière.

Ces « hégémonistes » ont acquis une influence certaine sur les choix des États-Unis depuis l'arrivée de Bush junior à la Maison-Blanche, et leurs thèses seront largement exposées au chapitre premier de cet ouvrage, avant d'être confrontées à la réalité dans les suivants. Leur variante la plus tapageuse est constituée par une coterie de néoconservateurs qui s'est formée vers la fin des années 1970, qui a connu un premier moment de gloire sous Reagan (1981-89) avant de subir une traversée du désert assez pénible au cours de laquelle nombre de ses adhérents les plus éminents se sont éloignés (pour aller vers un conservatisme plus isolationniste, comme Patrick Buchanan, ou plus modéré, comme Christopher Layne ou Jeane Kirkpatrick), cependant qu'une troisième génération de nouvelles recrues, parfois brillantes, la rejoignait. Par ses choix idéologiques stridents, par la virulence de ses attaques et, surtout, par l'accession de plusieurs de ses membres à des postes d'influence au sein de l'administration Bush, la mouvance néoconservatrice a pu imposer à la politique étrangère américaine des premières années du XXIe siècle une véritable dérive (nous l'exposerons en détail au chapitre 2).

Mais le succès de cette coterie — sauf pour quelques esprits obtus marqués par un goût immodéré pour les conspirations ou par des penchants antisémites — ne saurait s'expliquer en et pour lui-même. Pour que ses idées biaisées, outrancières, s'épanouissent, il leur aura fallu trouver un écho favorable dans le public, et une occasion adéquate. Celle-ci leur a été fournie par l'élection douteuse d'un homme au parcours personnel bien particulier et dont la maîtrise des affaires du monde est fort limitée. Puis, quelques mois plus tard, une deuxième occasion leur a été fournie par les attentats du 11 Septembre et par une panique publique qui fut adroitement utilisée pour mettre en œuvre des programmes ambitieux jusque-là insuffisamment appuyés par l'opinion. Mais l'opportunité a aussi besoin d'un contexte pour se réaliser et l'idéologie a besoin d'un terrain pour fleurir. Ce terrain, elle l'a trouvé dans ce « nationalisme robuste » qui connaît une résurgence certaine en Amérique, même s'il y est le plus souvent voilé par des expressions de patriotisme (le patriotisme est *good* ; le nationalisme, par contre, lié qu'il est dans l'esprit des Américains aux incessantes guerres européennes des siècles passés, est *bad*), ou par les accusations d'impérialisme proférées de l'extérieur (elles laissent généralement les Américains assez indifférents, tant est enracinée en eux la croyance que leur pays n'a jamais été ni n'a cherché à être un empire — l'impérialisme, lui aussi, est *bad*).

Les États-Unis sont-ils donc postmodernes ? James Kurth (1992) l'a pensé : « Les États-Unis sont le prototype de la société postmoderne, de la culture postcultivée, de l'armée postconscription, de l'économie postindustrielle. » C'est aussi, avec quelques réserves, le sentiment de Robert Cooper, l'ancien conseiller de Tony Blair (2003). Oui, mais est-ce le cas au niveau de l'idéologie ? Ne peut-on pas, au contraire, affirmer qu'à ce niveau les États-Unis sont le prototype du pays resté résolument moderne ? Les drapeaux que Samuel P. Huntington (2004) comptait tous les jours dans les rues de Cambridge, Mass., en se rendant à son bureau de Harvard, pour y scruter la ferveur nationaliste de ses concitoyens au lendemain du 11 Septembre, la déclaration d'allégeance que les nouveaux naturalisés prêtent la main sur le cœur, l'excès de zèle des nouveaux immigrés dans leur attachement au pays, les moqueries faciles visant les autres peuples sur le mode folklorique, l'ignorance des autres civilisations, le peu de patience mis à mieux les connaître, toutes ces manifestations ne sont-elles pas les symptômes d'un nationalisme que les Américains ont d'autant moins tendance à avouer qu'ils pensent être intervenus dans le monde (notamment en 1917 et 1941) pour libérer la planète du nationalisme néfaste des autres ? Reconnaissons au moins les formidables dilemmes, tant internes (notamment dans les rapports entre armée et société) qu'externes, d'un pays où la société se veut largement postmoderne et qui cherche néanmoins à instaurer une hégémonie mondiale à composante principalement militaire.

Invité en 1998 à inaugurer la Maison du Japon à Paris, l'ancien Premier ministre Yasuhiro Nakasone m'avait fortement surpris par son ton proprement prophétique : les « nations naturelles », disait-il, comme la sienne ou celle qui l'accueillait, fortes d'une « profonde sagesse acquise tout au long de leur longue histoire », lui paraissaient mûres et pacifiques ; les « nations artificielles », par contre, pouvaient se révéler désastreuses pour la paix mondiale. Il donnait de ces dernières deux exemples : « À y réfléchir, l'enfant terrible du XXe siècle aura été l'Union soviétique, et, dans ce sens, on peut même dire que le XXe siècle aura été celui de l'URSS. À partir de la révolution bolchevique de 1917, avec les agissements du Komintern et la guerre froide engendrée par la course au nucléaire, l'humanité a connu pendant 80 ans une bien triste histoire. Le XXIe siècle sera sans doute, pour partie du moins, celui des États-Unis. Et il n'est pas impossible que ceux-ci, à leur tour, en deviennent l'enfant terrible. L'URSS et les États-Unis sont des nations artificielles, fondées par contrat en vue d'objectifs idéologiques : le communisme ou le droit des peuples à la liberté. Avec le temps, les États-Unis et l'URSS ont acquis des aspects naturels, mais, dans ces nations artificielles, la stratégie nationale demeure un facteur prépondérant. » Le nationalisme n'est-il pas, comme le dit Nakasone, le ciment essentiel d'une nation si jeune, si variée dans sa composition, si ouverte aux nouveaux flux d'immigrés ? N'est-elle pas l'incarnation de la thèse de Hobsbawm/Gellner selon laquelle c'est le nationalisme qui invente la nation, et non l'inverse ? Le nationalisme n'est-il pas le socle qui permet au pays de conserver son identité et le ciment qui lui permet d'intégrer les nouveaux arrivants ? Le besoin permanent d'un ennemi extérieur « *pour renforcer l'identité nationale* », selon l'expression même de Kurth (1992), n'est-il pas encore plus utile pour la cohésion interne du pays que pour justifier ses expéditions dans le monde ? Une telle nation peut-elle se soumettre un jour, quelle que soit sa force, au supranationalisme, ou se définir comme postnationale ? Le nationalisme américain n'a-t-il pas besoin d'être impérial autant que l'impérialisme américain a besoin d'un nationalisme militant pour le soutenir ? Par-dessus tout, ce sentiment profond d'une destinée exceptionnelle relève-t-il de l'« amour-patrie », comme l'écrit en mauvais français Huntington (2004), ou plutôt d'un profond nationalisme qu'Andrew Jackson, Theodore Roosevelt ou Bush junior ont su capter et exploiter ?

Cet exceptionnalisme n'a en réalité rien d'exceptionnel : les nationalismes modernes ont toujours eu besoin de se distinguer des autres en se fabriquant une « mission » particulière, indispensable à la mobilisation. « Un grand nombre d'Américains sont non seulement intensément nationalistes, écrit courageusement Anatol Lieven (2004), mais ils deviennent même belliqueux lorsqu'ils perçoivent une attaque ou un affront contre leur pays [...] Les États-Unis, sous G.W. Bush, sont certes en train de devenir un empire, mais le combustible qui alimente la machine est celui d'un nationalisme blessé et vengeur [...], le même sentiment qui a auparavant détruit l'Allemagne, la Serbie et de nombreux autres pays, et qui est aujourd'hui en train de détruire Israël. » L'exceptionnalisme du pays, brandi à titre de bannière, traduit une version messianique de la nation. À l'inverse du patriotisme qui accentue l'attachement à la terre ancestrale et aux valeurs du passé, il est tourné vers l'avenir. Il développe une sorte de mépris, ou du moins de condescendance pour ceux qui ne reconnaissent pas à l'Amérique la mission qu'elle s'est assignée ou qui ne partagent pas la même vision de la nation.

Ce terreau encourage naturellement un attachement indéfectible au constitutionnalisme américain, utilisé comme bouclier contre les incursions néfastes du « nouveau droit international », ce dernier souvent présenté comme un complot ourdi par les faibles et les ennemis pour enchaîner et neutraliser la puissance américaine (voir chap. 4). Depuis

Reagan, le climat de défiance s'est durci à l'égard de la CIJ (défiance exprimée par le rejet de son avis sur l'affaire des mines du Nicaragua, et, plus récemment, sur la construction du mur de séparation israélien), de l'ONU (l'hostilité a atteint des sommets lors de l'affaire irakienne), de la Cour pénale internationale, du protocole de Kyoto... Washington a dénoncé d'importants traités internationaux en matière de contrôle des armements, n'a accepté que tardivement et avec maintes réserves la convention sur le génocide, sans parler de ses violations patentes des conventions de Genève sur le droit de la guerre. Tout cela participe d'un mouvement profond, défensif à ses débuts, mais bel et bien agressif aujourd'hui, d'affirmation du nationalisme à travers la sacralisation de la Constitution et de la tradition juridique américaines, voire des droits souverains du président américain.

« En réalité, écrit John Steibrunner, qui a longtemps dirigé les études internationales de la Brookings Institution, le sentiment nationaliste est l'un de ceux qui sont les plus répandus et les plus puissants aux États-Unis ; il est généreux en récompenses pour ceux qui savent l'agiter, et fort dangereux pour ceux qui songeraient à le contrecarrer » (cité dans Chubb et Peterson, p. 343). Aux États-Unis, comme en Europe, la résurgence récente du nationalisme se définit enfin par un intérêt renouvelé pour la démographie avec une forte connotation raciale. Kurth (1994) a contredit très tôt son collègue Huntington en lui disant qu'il s'était trompé dans la désignation du terrain où son « choc des civilisations » se déroulait : le vrai choc n'est pas dans le monde, lui rétorqua-t-il, mais bien chez nous, entre l'Amérique telle que nous l'aimons et celle prônée par une redoutable coalition de féministes, d'homosexuels et de multiculturalistes ! Kurth (1997) continue de se plaindre : « Nous ne sommes plus un peuple, mais une société multiculturelle. » Il croit voir des États bicommunautaires chrétiens/musulmans pulluler en Europe et, horreur suprême, l'Amérique elle-même devenir un État binational anglo-hispanique (2003), hypothèse que Huntington reprendra dans *Who Are We ?* (2004), en la poussant à un paroxysme « hystérique », de l'avis d'un lecteur. Carol Swain (2004) inverse l'analyse : c'est bien la résurgence du « nationalisme blanc », dont la thèse de Kurth-Huntington est une parfaite illustration, qui est la source du mal, et non l'intégration, graduelle, difficile mais largement vérifiée des nouveaux arrivants. Bacevich (2002, p. 82) n'a sans doute pas tort quand il note que la droite nationaliste, qui avait gagné la guerre froide à l'extérieur, a perdu la bataille interne avec l'imposition du multiculturalisme comme orthodoxie. Mais que, « quand il s'agit des questions militaires, politiques ou diplomatiques, le pouvoir demeurait *white and male* ». Et on pourrait même en conclure qu'en dépit de ceux, basanés ou noirs, qu'il a hissés *individuellement* à des postes de responsabilité quand ils partageaient sa vision du monde, Bush a tenté, consciemment ou non, de retraduire l'hégémonie imposée de par le monde en une hégémonie interne des *white and male* qui, d'ailleurs, lui ont accordé une nette majorité de leurs voix en 2000 et de nouveau en 2004. Cette définition ethnique et sexiste du nationalisme est d'autant plus logique que celui prôné par la nouvelle droite paraît bien creux : « Après le 11 Septembre, un drôle de nationalisme s'est installé en force, plus large que profond, et qui ne demande rien aux Américains ; le retour au service militaire est devenu tabou, de même que la levée de nouveaux impôts (*idem*, p. 238).

La politique étrangère américaine serait passée, vers les débuts du XXe siècle, d'un « nationalisme internationaliste » à un « internationalisme nationaliste » (Iriye, 1977) ; « Les Américains ont toujours été internationalistes, et leur internationalisme a toujours été dérivé de leur nationalisme », écrit avec justesse Robert Kagan (2003, p. 86) : deux manières de signifier l'imbrication profonde plutôt que l'exclusion mutuelle entre les deux niveaux. Sauf que ce n'est désormais plus par la vertu de l'exemple, mais par celle de l'action : sûre de sa lecture de l'Histoire, l'Amérique n'hésite plus à lui donner, par ses missiles et ses chars, un coup de pouce pour se réaliser. C'est que ce nationalisme est aussi fondamentalement belliciste, et s'assume en tant que tel dans une *grand strategy* lentement élaborée au cours du siècle passé et qui s'exprime aujourd'hui dans toute sa crudité. Il n'est donc pas surprenant de voir le Pentagone, plus que tout autre département du gouvernement fédéral, en assumer la charge (voir chapitre 3). Réfutant les « élucubrations » de ceux qui veulent que l'empire américain reste celui « de l'exemple », ou, comme Jefferson l'avait souhaité, celui « des idées », Walter McDougall (2002-03) répond que « les républiques athénienne et romaine à leur apogée impérial, puis l'empire britannique au sien, et, plus que ces trois-là, les États-Unis ont été belliqueux au-delà de toute mesure, *annihilant* [c'est lui qui souligne] ceux qui menaçaient leur paix, leur prospérité ou leur liberté ». Peut-être s'agit-il alors de l'empire des « normes » que l'Amérique formule et amène les autres à adopter ? Pur idéalisme : « Si la paix, la démocratie et le libre marché s'imposent de par le monde, c'est parce que les États-Unis se réservent le droit de *suspendre* [c'est encore McDougall qui souligne] ces normes en cas de nécessité, ce qui est assez fréquent. » On comprend, du coup, pourquoi le fossé entre les deux rives de l'Atlantique s'est creusé (chap. 5) et pourquoi la globalisation, pourtant élevée au rang de dogme, prend de plus en plus l'allure d'une aventure militaire planétaire davantage que celle d'un processus naturel ou pacifique (chap. 6).

Un nouvel équilibre ?

À la veille de l'arrivée de George W. Bush à la Maison-Blanche, James Kurth, dans un texte assez prémonitoire (2000), partait de ce que Clausewitz avait appelé « le point culminant de la victoire » pour prôner la sagesse : quand ce point est atteint, un pays qui cherche à pousser son avantage risque de tomber dans « la maladie de la victoire » ; sans rejeter les dividendes naturels du succès, ce pays doit savoir identifier d'une manière réaliste, modérée, les opportunités qu'il a ouvertes. Kurth conseillait par exemple de ne pas pousser l'élargissement de l'OTAN aux pays de l'Est, de ne pas prêcher trop énergiquement la démocratie à travers le monde et de ne pas multiplier les interventions dites humanitaires, de peur d'irriter les pays qui se sentent lésés et de les encourager trop vite à la rébellion. Ces partis pris peuvent être discutés, mais l'esprit est clair : c'est la crainte que la démesure dans les objectifs, nourrie par une conscience des moyens, ne finisse par produire des effets pervers, ceux du rejet et de l'hostilité.

Kurth ne fut pas écouté : avant même que le 11 Septembre ne devienne le prétexte sinon la cause d'un unilatéralisme machiste, l'option inverse, gourmande jusqu'à l'aventurisme, avait été prise par la nouvelle administration, avec les résultats que l'on sait et les ressentiments que l'on constate. Une telle démarche, même après le 11 Septembre, n'était pourtant pas inévitable, d'où le sentiment de gâchis qui prévaut chez ceux qui connaissent et apprécient les États-Unis. Le monde a une grande dette envers l'Amérique, et longue est la liste de ce dont l'humanité a bénéficié grâce à l'inventivité institutionnelle ou technique des Américains, à leur sens de l'entreprise individuelle, à leur pragmatisme proverbial, à leur égalitarisme militant, à leur attachement à la liberté des individus comme à celle des peuples. C'est pourquoi nous sommes tous concernés par l'évolution du mal qui frappe ce pays, non seulement au vu de sa situation centrale dans le système mondial, mais aussi pour ces traits qui en avaient fait un aimant pour des millions de migrants et une source d'inspiration pour tant de pays. Nous devons donc aider les États-Unis à guérir de ce que certains Américains eux-mêmes appellent *disease*, et d'abord à reconnaître le mal, en gardant l'espoir d'inspiration tocquevillienne qu'« il y a tellement de niveaux de pouvoir aux États-Unis, un tel pluralisme culturel et politique, une telle diversité dans le nombre et les formes des organisations, que chaque poussée dans une direction particulière suscite un retour ultérieur à l'équilibre » (Stanley Hoffmann, 1995).

Des signes de révision sont déjà perceptibles. À la surprise générale, Bush qui, en février 2004, se présentait encore comme un « président de guerre », s'est mué en juillet et pour la première fois en « président de la paix ». Invité à imaginer une politique étrangère, Chuck Hagel (2004), le sénateur très républicain du Nebraska, promis à une carrière nationale et qui a souvent donné libre cours à sa colère parce que, selon lui, Bush traitait le Sénat comme « une simple nuisance constitutionnelle », prit le contre-pied de l'administration Bush en lui rappelant que « l'histoire nous a appris que la politique étrangère ne doit jamais succomber au dérivatif d'une mission divine », que « nous devons considérer alliances et institutions internationales comme des extensions de notre influence, non comme des contraintes exercées sur notre puissance », et que, pour cela, « l'ONU est plus utile que jamais ». Ikenberry (2003) relève, pour sa part, une conscience plus nette, au sein de l'administration, des coûts de l'unilatéralisme. Signes d'assagissement ou symptômes passagers ? Au moment où ces lignes sont écrites, il est bien difficile de trancher, même si le scepticisme reste légitime.

Souhaiter un mouvement correctif n'est en rien l'expression d'un quelconque sentiment anti-américain. Bien avant l'élection de George W. Bush et les tensions profondes que la guerre d'Irak a suscitées, Peter Rodman (2000) observait que le statut unipolaire de l'Amérique est largement chahuté dans le monde et que les autres Grands — « même nos amis » — ont pour politique assumée de créer des contrepoids. Si les

Américains ne prennent pas conscience de cette large hostilité, c'est que « l'Amérique se considère comme agissant au nom de principes moraux universels et s'attend donc à ce que son leadership soit bien accueilli et même soutenu par le monde entier ». L'« anti-américanisme » que constate Rodman en 2000 (et que, républicain de droite, il accuse étonnamment Clinton d'avoir, par ses interventions et déclarations, enflammé) est encore largement gouvernemental.

Face au nationalisme à la texane qui s'est épanoui après les attentats de 2001, la défiance, l'hostilité ou la colère dirigées contre l'Amérique ont pris un tour plus populaire. Pour les néo-nationalistes qui tiennent à présent le haut du pavé à Washington, ces expressions populaires trouvent leur source non dans les faits et gestes de l'Amérique, mais dans un profond ressentiment à l'égard de sa richesse, de sa puissance et de ses valeurs. Le haut fonctionnaire de la CIA qui a écrit son livre sous couvert de l'anonymat (Anonymous, 2004, p. 198) résume ainsi ce sentiment pour le dénoncer : « Nos élites sont si pleines d'elles-mêmes qu'elles pensent que l'Amérique est invulnérable ; elles sont incapables d'imaginer que le reste du monde ne veut pas, en tout, nous ressembler ; elles pensent qu'un empire américain au XXIe siècle n'est pas seulement notre destinée, mais notre devoir envers l'humanité, en particulier pour ces masses non rasées, non lettrées, non démocratiques, non blanches et antiféministes que sont les masses musulmanes » (« nouvel ennemi » dont il sera largement question au chapitre 7). Une telle arrogance libère du coup l'Amérique de tout souci moral : elle doit faire ce qu'elle doit et ignorer jaloux et envieux, car elle ne pourra jamais les satisfaire. Tel est le terreau d'où la présidence néo-impériale tire l'essentiel de sa vigueur.

La première fois que j'ai visité les États-Unis, c'était en 1974 et l'étudiant en thèse que j'étais avait la mythique Library of Congress comme destination principale. Depuis, j'y suis retourné des dizaines de fois, invité par des universités ou des centres de réflexion, parfois aussi en mission officielle, quelquefois pour un jour, d'autres fois pour des semaines ou des mois. J'y ai rencontré des hommes admirables et je m'y suis fait nombre d'amis ; l'éloignement ne nous a jamais conduits à l'oubli, ni eux, ni moi. C'est en pensant d'abord à eux que j'écris ce livre car, comme le note Moses Naim (*Foreign Policy*, juillet-août 2004), il serait bien dangereux de faire porter au seul Bush la responsabilité du mal américain. Une « combinaison toxique » et un « environnement permissif » se sont conjugués pour aggraver le mal, sinon pour le créer : des services secrets complaisants, des démocrates paniqués à l'idée d'être dénoncés comme « mous », voire traîtres, des républicains moutonniers qui suivent leur président les yeux fermés, sans oublier les diplomates serviles, les journalistes complices, les ONG qui regardent ailleurs, les alliés étrangers dociles ou les adversaires maladroits. Cette « combinaison » doit être diluée, l'environnement doit être changé pour que l'Amérique recouvre la santé et que le monde recommence à voir en elle une ressource précieuse pour remédier à ses immenses problèmes, plutôt qu'une source de peurs et d'anxiétés.

La peur est parfois telle que nous commençons tous notre discours sur l'Amérique en protestant : « Je ne suis pas, bien entendu, anti-américain. » Pour beaucoup d'Américains, cela ne suffit plus à donner à quiconque le droit de critiquer le comportement de leur pays. L'« anti-américanisme » est suspecté même chez les observateurs les plus objectifs, les alliés les plus constants, les amis les plus fidèles, les visiteurs les plus admiratifs. Pour les obsédés de la bonté intrinsèque de l'Amérique, on ne sera jamais assez pro-américain. Nos prédécesseurs avaient déjà pâti d'être perçus par l'Amérique comme des suppôts de Moscou, des communistes retors ou des gauchistes impénitents dès qu'ils exprimaient quelque réticence face à la championne du « monde libre ». Mais il ne faut ni se laisser aller au fatalisme de l'impossible communication, ni se laisser terroriser par ce discours dominant simplement parce qu'il est le discours de la puissance dominante. Autant que de ses propres esprits libres, l'Amérique a besoin de notre part de vérité. C'est l'ambition de cet ouvrage que de l'exprimer.

PREMIÈRE PARTIE

CHAPITRE PREMIER

Enfin seule ! L'Amérique en quête d'une *grand strategy*

Quand la nuit de la guerre froide s'est terminée, l'Amérique s'est réveillée seule. Il a fallu un laps de temps de deux à trois ans pour s'assurer du fait et en mesurer les effets. Les Américains étaient soulagés de voir disparaître l'adversaire d'un demi-siècle et, grâce à cette divine surprise, espéraient sans doute revenir à une certaine « normalité » dans laquelle les soucis sécuritaires et stratégiques réoccuperaient une place moins prééminente et les joutes idéologiques s'apaiseraient. Les dirigeants politiques d'alors, tout en voulant tirer les plus grands avantages de cette évolution inespérée, bientôt confortée par le succès des armes américaines au Koweit, ne se sont pas sentis obligés d'élaborer dans l'urgence une grande théorie de la nouvelle ère, en dépit des injonctions quasi quotidiennes, finalement sans véritable impact sur l'opinion, d'une partie de la classe mandarinale.

« Le concept d'endiguement s'était révélé assez robuste pour être utilisé en toutes sortes de circonstances, et c'est sans doute pourquoi, comme stupéfait par le rythme des événements, l'establishment se comporte comme s'il était orphelin de l'endiguement, s'accrochant aux restes d'une stratégie obsolète et incapable d'en définir une nouvelle », observa alors Stanley Hoffmann (1989). Et, de fait, la guerre froide, dont le début avait été si spectaculairement marqué par la doctrine Truman, s'achevait par à-coups successifs sans qu'une « doctrine » analogue l'accompagne.

Face à une situation mondiale sans vrai précédent, le besoin de repères historiques et idéologiques s'est pourtant glissé dans les esprits. Tout imprégnée de pragmatisme, l'Amérique avait pris l'habitude de se situer sur la scène internationale à l'aide d'une vision ou de quelque chose qui en tenait lieu. D'où la série de « doctrines » qui avaient jalonné son histoire récente : de McKinley à Reagan en passant par les deux Roosevelt, Eisenhower et autres Nixon, les présidents, en omettant rarement de se référer aux Pères fondateurs (Washington, Jefferson ou Hamilton, suivant les cas), tentaient de formuler une ligne de conduite dans le monde qui, sans avoir nécessairement un impact profond sur leur politique effective, rassurait les Américains sur la clarté de la vision à long terme de leur président, même si ces « doctrines » devenaient néfastes quand elles contraignaient le pragmatisme américain et quand c'étaient en réalité les élites plutôt que le public qui avaient tendance à les exiger.

En 1989, le premier héritier de la fin de la guerre froide, Bush senior, fut ainsi appelé à qualifier le bouleversement du monde en élaborant une doctrine censée inspirer ses compatriotes. Il parla vaguement de bâtir un « nouvel ordre mondial », mais sans réelle conviction : praticien du politique, il ne montrait que peu d'intérêt pour la *vision thing*, comme il l'avouait lui-même, et ne déploya pas beaucoup d'efforts pour définir le contenu de cet « ordre ». Joseph Nye (1992) disait de lui : « Le président pense et agit à la manière de Nixon, mais parle à la manière de Wilson, sans pouvoir trouver de synthèse. » Et quand, l'année suivante, son secrétaire d'État, James Baker, fut pressé d'expliquer pourquoi l'Amérique devait faire la guerre du Koweit, il se contenta de répondre : « le job » — et ce prosaïsme lui sera longtemps reproché. Le président, maladroitement drapé dans un manteau churchillien, mena la guerre du Golfe avec des clichés (« faire face au nouvel Hitler », « la quatrième armée du monde », et autres inepties de ce genre) plutôt qu'avec une doctrine. La guerre fit plus songer à celles de l'ordre ancien (une agression classique d'un État expansionniste, repoussée par une coalition de pays dont les intérêts, notamment pétroliers, sont menacés par cette action) qu'à un reflet du « nouvel ordre » ouvert par l'effondrement du mur de Berlin quelques mois plus tôt. Avec une histoire qui s'accélérait sous ses yeux, et alors qu'un second mandat (où il aurait eu le loisir de prendre la mesure du bouleversement en cours) lui était refusé par les électeurs, il lui était bien difficile de tirer des conclusions définitives sur le sens des événements. Bush, de surcroît, « était un homme fidèle à des hommes et non à des idées ; il était bon dans les crises et médiocre dans la planification et la stratégie », écrivit justement Terry Deibel (1991) qui notait le paradoxe entre un monde en proie à un bouleversement historique et une politique aussi réactive que prudente. Cette prudence suscita sur le moment des frustrations, mais l'histoire ultérieure lui réserva un jugement moins sévère.

À son successeur, premier président à être né après la Seconde Guerre mondiale, on reprocha au contraire une tendance au syncrétisme artisanal : Bill Clinton donnait l'impression de croire fermement à trop de choses pour être capable de formuler une orientation précise. Son aptitude quasi proverbiale à s'ajuster semblait lui interdire de s'enchaîner à aucune synthèse, traits qui seront fidèlement reflétés dans une autobiographie de près d'un millier de pages où l'on entre comme dans un déroutant bazar de délicieuses diversions, de détails triviaux et de malicieuses rancunes. Clinton cite au départ trois éléments fondamentaux de ce que fut « sa » doctrine : « sécurité économique, restructuration des forces armées pour faire face aux missions nouvelles de l'après-guerre froide et soutien aux valeurs démocratiques dans le monde » (Clinton, 2004, p. 472). Ce ne serait pas heurter l'intelligence de l'homme de penser que, pendant les huit années qui suivirent, la croissance économique fut bien plus qu'assurée, mais qu'en revanche on ne sut jamais vraiment quelles « missions nouvelles » il avait à l'esprit pour les forces armées, ni avec quelle vigueur ou avec quels instruments il pensait promouvoir la démocratie à l'étranger. Clinton donnait en réalité l'impression de naviguer à vue, non sans doigté d'ailleurs, ni, à chaque fois, sans beaucoup d'éloquence dans l'exposé des motifs d'action. Ceux qui finirent par apercevoir une quelconque « doctrine Clinton » eurent tendance à souligner sa nature composite, opportuniste (*hodge podge*), évolutive (de l'*assertive multilateralism* des débuts à « la nation indispensable » de la fin). « La doctrine Clinton n'a pas de contenu fixe. Elle oscille entre les meilleures intentions wilsoniennes du premier mandat et le néo-réalisme des dernières années du second », écrivit justement Denis Lacorne (2000). Pour vouloir être « à la fois Reagan et mère Teresa », on lui reprocha de confondre « politique étrangère et travail social » (Mandelbaum, 1995), ou de choisir des personnalités sans grande stature et sans véritable autorité pour conduire sa politique étrangère. Son premier secrétaire d'État, Warren Christopher, tirait une certaine fierté du fait qu'il était non un visionnaire, mais un modeste *problem-solver.* Madeleine Albright (1998), qui lui succéda pour le second mandat de Clinton, fut à peine plus convaincante quand elle s'essaya à dégager une vision, faite surtout de clichés quasiment machistes, et ne semblait d'ailleurs pas être elle-même persuadée de la réelle utilité d'une doctrine. Clinton lui-même changea substantiellement de vues en cours de parcours, mais, doctrinalement, ce redoutable animal politique resta largement imprécis, se contentant parfois de revenir à Dean Acheson pour s'en inspirer vaguement.

Il se peut simplement qu'entre 1990 et 2000 le besoin d'une « vision » n'ait pas été si pressant, que l'Américain moyen ait joui alors d'un mélange de sécurité et de croissance qui ne lui en faisait pas sentir le manque, que l'élite ait nécessité une bonne décennie pour tirer les leçons des bouleversements de 1989 et pour s'entendre sur une doctrine. 2000, de ce point de vue, marqua un tournant capital : une nouvelle administration aux choix idéologiques très affirmés, bientôt piquée au vif par les attentats du 11 Septembre, arrivait avec, dans ses bagages, des idées bien plus ambitieuses que le pragmatisme débonnaire qu'elle reprochait indifféremment tant à Bush père qu'à Clinton, pourtant si différents par ailleurs. Des ancêtres récents (en particulier Wilson et Reagan) étaient mis à contribution pour mettre en œuvre un programme qui entendait repartir de l'héritage du reaganisme pour réaliser ce que la « prudence de Bush senior » et l'« indécision de Clinton » avaient malencontreusement stoppé net : un projet largement impérial qui oserait assumer ses choix. L'élection de 2000, largement confortée quatre ans plus tard, venait cristalliser et amplifier un consensus que l'establishment intellectuel avait graduellement élaboré au cours de la première décennie de l'après-guerre froide.

Tous wilsoniens ?
Les contradictions d'un engouement renouvelé

« Quatre-vingts ans après sa défaite désastreuse de 1920, le spectre de Woodrow Wilson hante le monde », écrivait à la veille du nouveau millénaire Coral Bell, une fine observatrice australienne de la chose américaine, et, de fait, à chaque fois que l'Amérique assume un rôle international, elle se drape dans les habits de l'infortuné architecte de la Société des Nations. Depuis la fin de la guerre froide, il est devenu très difficile de trouver un Américain qui ne se déclare pas peu ou prou wilsonien. Wilson a pu être un piètre politicien, il est pris pour un grand prophète puisque le XXIe siècle s'ouvre avec le triomphe de ses trois idées-forces : l'*arms control*, la démocratie planétaire et le flux commercial libéré, comme si, près d'un siècle plus tard, il prenait une revanche posthume. La seule stratégie que les États-Unis pouvaient envisager consistait désormais à promouvoir ces trois objectifs. Bush père avait endossé le manteau wilsonien pour annoncer « un nouvel ordre mondial » qu'il n'eut guère le temps d'ébaucher, à supposer qu'il en ait eu la moindre idée, incitant ses détracteurs à l'accuser d'avoir proclamé « une fausse aurore » (Mead, 1993). Clinton ne pouvait renier l'héritage d'un des présidents démocrates les plus célèbres, et Tony Lake, son premier conseiller en matière de sécurité nationale, qualifia la vision de la nouvelle administration de « néo-wilsonisme pragmatique ». Bush junior a pu être considéré comme « le plus wilsonien des présidents américains depuis Wilson lui-même » (Lawrence Kaplan, *The New Republic*, 3 mars 2003), même si (ou parce que) la même expression, à la lettre près, avait été utilisée, dix ans plus tôt, pour parler de Reagan (Smith, 1993).

Dans toute son ambiguïté, Wilson est ainsi devenu le point de ralliement des libéraux qui voient en lui un internationaliste soucieux de promouvoir la démocratie de par le monde tout en prônant le droit à l'autodétermination des peuples et en favorisant la création d'institutions de sécurité collective. Ainsi en est-il de Stanley Hoffmann (1995) qui représente bien cette ligne : « Le wilsonisme a été la contribution la plus importante et la plus caractéristique des États-Unis à l'histoire internationale du XXe siècle. » À l'autre bout du spectre politique, les néoconservateurs voient en lui, au contraire, le champion de l'exceptionnalisme américain, de l'entêtement nationaliste et de la prédisposition à l'intervention militaire pour assurer l'exportation des valeurs américaines. Un des leurs, Max Boot (2004), précise le sens de cette filiation : « Les néoconservateurs ont peu de respect pour Wilson lui-même et le considèrent comme désespérément naïf. Ce sont des wilsoniens version *hard*, ils placent leur confiance non dans les chiffons de papier, mais dans la seule puissance. »

C'est donc tout naturellement que les partisans de George W. Bush ont tenté de lui trouver une généalogie politique wilsonienne. Les cyniques pourraient dire que Bush est en effet un disciple de Wilson par un des traits assez peu connus du personnage : comme lui, il est un chantre de la démocratie et des libertés dans le reste du monde, mais il n'hésite pas à les menacer à l'intérieur par un rejet obstiné de toute opposition, ce qui avait poussé le gourou à exiler ou embastiller ses détracteurs et ce qui, plus récemment, a conduit son disciple putatif à attenter aux libertés publiques. Comme lui, il accède à la magistrature suprême avec un discours minimal en politique extérieure : « Ce serait une ironie de l'histoire si mon administration devait s'occuper beaucoup de politique étrangère », avait déclaré Wilson. Bush junior a répété, avant son élection, une réflexion similaire (il consacra à peine trois discours à la politique étrangère lors de sa campagne de 2000). Ce qui n'empêche pas que les deux hommes auront marqué l'histoire d'abord et avant tout par leurs choix de politique étrangère. Il est un autre point sur lequel Bush se montre wilsonien d'inspiration : à peine installé à la Maison-Blanche, il a décidé d'évincer Saddam Hussein. Des dizaines d'années plus tôt, la première aventure extérieure de Wilson avait été la déposition de Victoriano Huerta, président du Mexique, au nom de la démocratie et de l'urgence d'« apprendre aux républiques sud-américaines à élire des *good men* ». Wilson avait alors agi sans se justifier, bien que

Huerta eût été précédé — et suivi — par un dictateur, et bien que la plupart des pays du monde, notamment en Amérique latine, fussent alors gouvernés par des dictateurs. Si le *regime change* sélectif et ciblé était déjà une pratique constante de Wilson, Bush en ferait son miel.

« *Making the world safe for democracy* », tel était le slogan wilsonien qui le conduisit, au congrès de Versailles, à penser qu'il pourrait transformer de fond en comble la société allemande. Moins d'un siècle plus tard, tel sera aussi le but déclaré de l'aventure mésopotamienne de Bush (qui répétera inlassablement ces mêmes mots). Wilsonien, Bush l'est aussi par son attachement à la souveraineté des États-Unis et par le peu de cas qu'il fait de celle des autres : Tucker (2004) note que l'auteur de la phrase célèbre : « Je tiens pour un principe fondamental que chaque peuple a le droit de déterminer son propre système de gouvernement » était un adepte du *regime change* musclé appliqué à l'ensemble de l'hémisphère occidental, comme son lointain successeur le sera pour le reste du monde. Wilsonien, Bush l'est aussi, plus opérationnellement, par son affirmation constante de grands principes non pas destinés à orienter sa politique, mais à la justifier : un vieux fond de pragmatisme revient au galop chez les dirigeants américains chaque fois qu'ils font face à d'insurmontables obstacles ou à des projets qu'ils lancent volontiers sans mesurer les efforts qu'exige leur réalisation. Bush est enfin wilsonien par la part du religieux présent dans son vocabulaire et, sans doute, dans ses croyances. Sans être, comme son illustre prédécesseur, fils de pasteur (« si je ne sens pas que je suis l'instrument personnel de Dieu, je ne pourrai pas continuer », répétait Wilson [cité dans *Frankfurter*, p. 161], Bush n'hésite pas à utiliser à outrance le cliché wilsonien de « la main divine qui nous a amenés là où nous sommes », ce qui le conduit « à ouvrir chacune des réunions de son cabinet par une prière » (Woodward, 2002, p. 65). En 2004, interrogé par Woodward sur ses contacts avec son père, Bush répond qu'il entretient un lien plus régulier et autrement plus intense avec son « père suprême », Dieu lui-même (2004, p. 421).

Le wilsonisme est en réalité un mythe qui, en 1919, puis de nouveau en 1945 et en 2001, s'est heurté à la réalité des rapports de forces qu'il s'obstinait à ignorer. Quand le premier conflit mondial éclata, Wilson suivit de près l'évolution des combats. « En dépit de sa neutralité, l'Amérique détenait le pouvoir de modifier le rapport des forces dès le déclenchement des hostilités » (Tucker, 1998), et Wilson ne l'ignorait pas, mais ce moralisateur aura mis beaucoup de temps avant de distinguer entre les objectifs des belligérants. Il place d'abord sur le même plan moral les deux camps (d'où son appel à « la paix sans victoire ») ; ce n'est qu'après la décision d'entrer en guerre qu'il fait la distinction entre despotisme et démocratie. « Avant la fin janvier 1917, Wilson était déterminé à ne pas aller en guerre. Après cette date, il n'avait plus guère le choix de ne pas y aller » (Tucker, 2000). La guerre gagnée, son attachement obsessionnel au projet de la SDN apparut à beaucoup comme un comportement de fuite face aux exigences effectives de maintien de la paix. Car, contrairement au récit officiel retranscrit dans nos livres d'histoire, la question dont le Sénat s'était saisi sous la houlette de l'énergique Cabot Lodge n'était pas de savoir s'il fallait ou non s'engager dans le monde, mais en quels termes s'y engager et pour y faire quoi. Les réalistes contestent aussi une autre idée dominante : ce n'est pas en refusant de siéger à la SDN que l'Amérique se rendit coupable d'alimenter l'agressivité des dictatures qui allaient bientôt émerger en Europe, mais, en amont, par le refus obstiné de Wilson d'envisager un rapport de forces réaliste pour les contenir. Son internationalisme affiché était d'ailleurs conditionné par une sorte de droit qu'il se reconnaissait d'agir unilatéralement. Dès 1901, sur le point de devenir président de l'université Princeton, Wilson était déjà un chaud partisan de la conquête et de l'annexion des Philippines au nom d'une véritable mission civilisatrice : « L'Orient doit être ouvert et transformé, les standards de l'Occident doivent lui être imposés ; les peuples et les nations qui se sont arrêtés pendant des siècles doivent être poussés de force à faire partie de ce monde universel de commerce et d'idées qui avance d'âge en âge grâce aux progrès de la puissance européenne » (cité dans Judis, 2004). « Sa foi dans le multilatéralisme était plus factice que réelle », conclut Tucker (2000), et son unilatéralisme se traduisait par un isolement quasi assumé de prophète mal compris : il n'avait en réalité qu'un seul et unique conseiller, le fameux colonel House. Au nom de la *realpolitik,* Henry Kissinger l'accusa plus tard d'avoir inspiré les mésaventures de l'Amérique en Indochine alors que son intérêt national n'y était guère menacé.

L'engouement aussi général que contradictoire pour cette référence obligée ne convainc donc pas les esprits les plus aiguisés. Wilson partisan de l'émancipation des peuples ? « Le wilsonisme ne fut pas une réaction à l'épisode impérialiste amorcé en 1898, mais, au contraire, sa réalisation » (McDougall, 1997). « Depuis les années 1940, nous avons adopté la rhétorique intoxicante de Wilson pour refaçonner le monde en fonction des valeurs américaines, et c'est pourquoi Wilson est honoré aujourd'hui non comme un idéaliste déchu, mais comme la figure impériale d'un pays à l'apogée de son âge impérial », écrit l'historien Steel (2003), wilsonien repenti et plus critique. « Je doute que le wilsonisme soit d'une quelconque valeur intellectuelle aujourd'hui ; il conserve simplement l'attrait de ces rêves impossibles que l'on caresse pendant l'enfance, avant de les rejeter à l'âge adulte pour se les remémorer ensuite avec quelque affection », écrivit un des meilleurs historiens du XXe siècle (Fromkin 1994).

L'actuel retour à Wilson conforte ce scepticisme : se draper dans son interventionnisme moralisateur est aussi aisé que futile. Mis à part son utilité pour des besoins de légitimation interne (« Wilson est le saint patron de la guerre de Bush en Irak », Steel, 2003), le wilsonisme de Bush paraît même caricatural : alors que Wilson attendit le moment idoine pour rendre à la fois peu coûteuse mais décisive l'intervention de son pays dans le premier conflit mondial, Bush ne cesse d'engager son pays dans de nouvelles aventures. Wilson était comme étranger aux autres acteurs du système international ; Bush, lui, s'en va à la rencontre du monde avec des alliés et des adversaires, ce qui contraint notablement son action. Le modèle a voulu être le père de la SDN, le disciple n'aura de cesse de dévaluer l'ONU. L'ancêtre était un tenant de la sécurité collective ; on en voit peu de traces chez l'actuel président. Force est cependant de constater que les néoconservateurs et autres hégémonistes ont fait une OPA réussie sur l'héritage wilsonien en accentuant et en globalisant son goût pour les expéditions militaires, en interprétant son refus de la logique du rapport de forces comme une invitation à imposer la force d'un seul, donc celle de l'Amérique, tout en oubliant sciemment son goût pour les institutions internationales. Avec une telle dénaturation de son héritage, Wilson peut se retourner dans sa tombe !

On l'aura compris, le wilsonisme est une auberge espagnole où un internationaliste convaincu peut trouver de quoi légitimer ses aventures militaires autant qu'alimenter sa passion pour la démocratie globale. « Plus que de tout autre président, nous avons fait de Wilson le symbole de nos espoirs et de nos aspirations autant que de nos frustrations et de nos déceptions. Depuis Franklin Roosevelt jusqu'à nos jours, tous les présidents ont prétendu être wilsoniens, mais ces wilsoniens ont souvent peu de choses en commun », écrit Tucker (1993-94). « La quintessence de l'icône libérale fonctionne aussi comme un croisé impérialiste », renchérit Ronald Steel (2003). On cerne ainsi une première raison de l'actuel engouement pour l'homme : n'est-il pas la seule référence qui puisse encore réunir les deux extrêmes du spectre idéologique existant ? « Libéraux et néoconservateurs ont également raison de se considérer comme wilsoniens. En réalité, ils se ressemblent bien plus qu'ils ne sont prêts à l'admettre, à la fois dans leurs ambitions idéologiques et dans leurs justifications morales, d'autant plus que nombre de néoconservateurs d'aujourd'hui sont des libéraux d'hier ; en pratique, la différence entre interventionnisme libéral et interventionnisme néoconservateur n'est qu'une simple question de degré » (*ibid.*).

Une autre raison de cet engouement est sans doute à rechercher dans le sens profond de sa vision. Comme le note Steel, le wilsonisme n'est pas au premier chef une doctrine prônant la démocratie ou l'internationalisme. C'est la doctrine de l'exceptionnalisme américain. « La Cité radieuse sur la colline », élargie aux dimensions du globe, devient « le guide idéologique de l'hégémonie américaine » (Steel). Or une telle doctrine sied parfaitement à la situation incontestablement exceptionnelle des États-Unis dans un monde devenu unipolaire : ce qui était un vœu ou une profession de foi, voire une utopie, donne l'impression de devenir une réalité concrète. Ce n'est donc pas un hasard si les Américains les plus abreuvés d'histoire européenne (tels Kissinger ou Brzezinski) sont plus « réalistes », moins « exceptionnalistes », et, partant, apparaissent comme des wilsoniens bien tièdes.

Vécus en temps réel comme des événements historiques gigantesques, l'écroulement du mur de Berlin, les guerres du Golfe, les attaques du 11 septembre 2001 prennent, avec le passage des années, leur dimension réelle, poussant ainsi à chercher des repères par-delà la phase de la guerre froide. Wilson apparaît alors comme un président plein de prescience qui, en dépit d'un manque de flair politique que même ses thuriféraires les plus enthousiastes ne manquent pas de reconnaître, a su définir un positionnement dans le monde que les velléités isolationnistes de l'entre-deux-guerres et surtout la logique brutalement binaire de la guerre froide avaient contribué à voiler et à retarder. Le retour à Wilson se révèle ainsi comme un retour à soi, à une Amérique qui fait son entrée dans le monde, s'y assigne une mission spéciale, différente de celles des autres grandes puissances, et la met en pratique pour traverser le XXe siècle et triompher, moins d'un siècle plus tard, de tous les acteurs qui avaient douté de cette mission ou essayé de contrecarrer son ascension : vieilles puissances coloniales, pays de l'Axe et, plus récemment, Union soviétique.

Car ce qui est implicite dans le wilsonisme, c'est sa quête inavouable d'un monde unipolaire qui, soudain, se réalise. Et c'est bien ce qui explique pourquoi les auteurs américains contemporains ont tendance à revisiter la dynamique même de la guerre froide pour reconnaître, avec bien du retard, ce que l'URSS, ses satellites, la gauche européenne et une kyrielle de mouvements nationalistes du tiers monde n'ont cessé de clamer sans être jamais écoutés à Washington, tout au long de la seconde moitié du XXe siècle, à savoir qu'à côté de la mission affichée pour contenir l'expansionnisme soviétique de par le monde, les États-Unis cherchaient aussi, et peut-être d'abord, à accélérer la mise en place d'une hégémonie planétaire américaine. Reconnaissance tardive, mais éloquente.

Franck Ninkovich (1999) le dit non sans admiration : les États-Unis sont bel et bien entrés dans « le siècle wilsonien » (c'est le titre de son ouvrage). Cet historien passablement post-moderniste pense que les « idées », plutôt que les « intérêts », ont façonné la politique étrangère américaine et que celles de Wilson l'ont emporté haut la main alors même que le wilsonisme, selon lui, était un « internationalisme de crise » pour temps de tempêtes, qui s'est surimposé à un « internationalisme normal » pour temps de paix. Ne redoutant pas l'outrance, il estime que le wilsonisme équivalait à la « répudiation de la diplomatie telle qu'elle avait été pratiquée depuis des millénaires », à une redéfinition de ce que signifie une grande puissance, et à une forme nouvelle de soumission de l'intérêt national aux besoins du monde. À l'aube du XXe siècle, les États-Unis auraient été attirés par un colonialisme à l'européenne, alors symbole unique de l'accès au statut de grande puissance, ce qui expliquerait la guerre avec l'Espagne et un certain engouement pour les choses du Vieux Continent. Cette fascination pour l'empire à l'européenne allait se dissiper rapidement. Sous Teddy Roosevelt (1901-08), les États-Unis se concentraient, dans la logique de la doctrine Monroe, sur le contrôle des Caraïbes et de l'Amérique latine, avant de développer une sorte d'internationalisme mercantile sous le président Taft (1909-12). C'est alors que Wilson entre en scène comme médiateur d'abord, puis comme arbitre. Au sortir de la guerre, il s'était convaincu qu'aucun nouveau rapport de forces n'était plus viable, qu'aucune puissance ne pouvait le garantir, que les coûts devenus exorbitants des armes modernes interdiraient désormais d'agir telle « la main invisible du marché » pour rétablir l'équilibre, et qu'il fallait donc instituer une communauté de forces (la sécurité collective) pour rendre la guerre obsolète (« la guerre pour finir toutes les guerres », disait-il). Premier président en exercice à se rendre à l'étranger, il eut beaucoup de difficulté à en convaincre ses partenaires à Versailles, puis, de retour à Washington, ses propres sénateurs. Son « moment sera bref », mais le reste du siècle ne fera que lui donner raison, pense Ninkovitch qui prévoyait, bien à tort, avec la fin de la guerre froide, une large répudiation du wilsonisme et le retour à un internationalisme normal, réaliste et modérément interventionniste.

Car la normalité à laquelle les États-Unis sont revenus avec la fin de la guerre froide est au contraire conquérante, voire impériale. Était-ce la stratégie de l'Amérique depuis son entrée dans le jeu des nations ? L'analyse des motivations prête naturellement le flanc à des accusations de procès d'intention ou à celles d'une rationalisation *ex-post*. Force est cependant de constater que cette lecture est devenue courante tant dans la gauche radicale que dans la droite classique.

De la première, dans ses *Alibis impériaux* (1993), Stephen Shalom donne une bonne illustration, lui qui a jugé que la fin de la guerre froide n'allait produire qu'« un effet négligeable » sur la politique étrangère américaine et qu'en particulier elle n'allait pas freiner une tendance à l'interventionnisme militaire relevant, selon lui, de la nature même du pouvoir américain : « La menace soviétique n'a jamais été la vraie raison de cet interventionnisme, mais sa justification. » Il faudra donc chercher de nouveaux alibis, puisque l'endiguement de l'influence soviétique n'existe plus. Lesquels ? La contre-prolifération des armes de destruction massive, le flux de pétrole, la protection des expatriés américains, les crises humanitaires, le terrorisme, la drogue… ? Un catalogue dans lequel Clinton et surtout Bush puiseront sans relâche.

La droite classique est bien représentée par Andrew Bacevich (2002), un colonel devenu analyste stratégique, qui cherche une clé à l'apparente improvisation stratégique de l'après-guerre froide et la trouve dans le fait que « la mission que l'Amérique se donne, depuis Wilson, de refaçonner le monde à son image suscite plus de satisfaction que de mécontentement dans le public » (p. 1). Son révisionnisme est radical ; il revisite la période dite isolationniste de l'entre-deux-guerres pour nier simplement son existence : les soi-disant isolationnistes n'ont jamais été que des Américains qui avaient peur que la multiplication des guerres extérieures finisse par transformer leur pays en une Sparte peu démocratique. Une révision de la période de la guerre froide s'impose aussi, selon Bacevich : les États-Unis ne se contentaient pas, comme ils le prétendaient alors, de vouloir donner un coup d'arrêt à l'expansion soviétique, mais ils cherchaient non moins fermement à ouvrir le monde, et cet objectif est resté le même depuis Truman. Relativisant à son tour l'importance de la fin de la guerre froide, Bacevich rejette aussi la dénonciation facile d'un prétendu amateurisme stratégique clintonien : « Ceux qui conduisent l'Amérique ont une idée très précise de leur objectif : la création d'un ordre international intégré fondé sur les principes du capitalisme démocratique, avec les États-Unis comme ultime garant de l'ordre, chargé du respect des normes. » C'est là une *grand strategy* qu'il vaut mieux taire, mais à laquelle il faut croire : l'idée que leur pays est une « superpuissance réticente » est une espèce d'acte de foi que les prétendants au pouvoir doivent réciter pour montrer leur loyauté au système, sans toutefois y croire vraiment.

Une fois son intégrité territoriale assurée après la guerre civile et l'expansion réussie vers l'ouest et le sud, l'Amérique s'est clairement engagée dans le monde et Wilson, dans cette logique, n'aura été que le premier à formuler les cinq piliers de cet engagement activiste, rarement remis en cause depuis lors (*idem*, p. 72 *sq.*) : le constat de l'interdépendance entre les entités constitutives du système mondial moderne né au début du XXe siècle ; une politique active d'ouverture des frontières ; la promotion du libre-échange ; une foi infaillible dans la nécessité de l'hégémonie américaine pour le maintien de l'ordre mondial ; le constant recours à la menace de l'isolationnisme, non parce qu'elle est réelle, mais comme outil pour mobiliser l'opinion publique. La guerre froide aura ainsi servi de levier pour réaliser cette quintuple approche : l'endiguement soviétique a plus été le prétexte que le motif d'une expansion mondiale — politique, commerciale, militaire et culturelle — partout ailleurs que dans le camp soviétique, expansion qui resta soigneusement tue par les dirigeants américains. L'« indiscrétion de Wolfowitz » (lorsque le n° 3 du Pentagone mit noir sur blanc, dans un *draft* célèbre mais vite répudié, un plan d'hégémonie globale) dévoila ce « secret de famille ». L'erreur ne sera pas répétée : le projet hégémonique se développera désormais en toute discrétion dans le cadre d'une remarquable continuité bipartisane.

Le révisionnisme de Bacevich ne s'arrête pas là ; pour lui, ni la fin de la guerre froide, ni les attaques du 11 Septembre n'ont eu l'effet sismique qu'on leur prête : ces événements n'ont pas marqué de grande discontinuité, quand ils n'ont pas été des occasions de maintenir le projet hégémonique tout en l'ajustant. Le choix de « la guerre contre le terrorisme épargne à l'Amérique une détermination précise des objectifs, la délimitation des frontières de son interventionnisme et tout questionnement sur ses propres responsabilités ». Cette remarquable continuité dans la stratégie américaine, en dépit de bouleversements mondiaux pourtant dramatiques sur tout un siècle, ne peut être mieux résumée que par la fameuse réaction du secrétaire à la Défense, Donald Rumsfeld, au lendemain des attaques de septembre 2001 : « Tout comme la Seconde Guerre mondiale, le 11 Septembre crée des opportunités pour refaçonner le monde. » Tout est dit.

La fausse menace de l'isolationnisme

Incontestablement, Wilson, c'était d'abord l'ennemi de l'isolationnisme qui, dans la version courante de l'historiographie américaine, triompha du visionnaire en 1921 et renia son héritage. Certains, surtout en Europe, craignent, à l'instar d'une maladie à rechutes, le « retour de l'isolationnisme », comme s'ils avaient intériorisé avant même qu'elle ne l'eût prononcé le *dictum* de Madeleine Albright pour qui les États-Unis sont « une nation indispensable », à tout le moins au maintien de l'ordre dans le système global. Non que ce mythe soit marginal : l'isolationnisme est une option politique que les États-Unis peuvent favoriser, au grand dam des internationalistes américains et de nombreux pays. La revue *Foreign Affairs* aime ainsi écrire sa propre histoire comme un combat déterminé, wilsonien par excellence, contre l'isolationnisme (Hyland, 1992) : après l'élection du président Harding en 1921, puis lors de la Grande Dépression, la revue phare de l'establishment new-yorkais aura été, du moins à ses propres yeux, le fer de lance des Américains qui s'étaient faits les gardiens de la flamme de l'internationalisme wilsonien pour éviter que l'Amérique ne devînt la « nation ermite », ce que craignait le fondateur de la revue (Edwin Gay), et que le Congrès, trop sensible à l'opinion, n'incitât davantage à une position de désastreuse neutralité. Lecture unilinéaire qui va jusqu'à considérer le rejet du wilsonisme comme responsable et de la Grande Crise de 1929 et même de la Seconde Guerre mondiale !

Kissinger lui-même (*Diplomacy*, p. 18) note que « la pensée américaine, déchirée entre la nostalgie pour un passé impeccable et le désir d'un avenir parfait, a toujours louvoyé entre isolationnisme et engagement ». Arthur Schlesinger (1995), l'ancien conseiller personnel de Kennedy, s'est montré encore plus sévère : selon lui, si le pays n'a jamais été isolationniste en matière de commerce ou de culture, « la République a été isolationniste en matière de politique étrangère sur la plus grande partie de son histoire », fidèle en cela à George Washington et, plus encore, à Jefferson qui l'avait mise en garde contre des « alliances empêtrantes ». Elle se réveillerait à sa mission mondiale en temps de guerre (avec retard, au demeurant) pour vite se replier en temps de paix. Et de rappeler « le débat le plus sauvage de ma vie, en 1940-41, qui déchira familles, églises et universités », entre ceux qui continuaient de croire que l'engagement de Wilson dans le premier conflit mondial avait été une « erreur » aussi inutile que néfaste, et ceux qui prônaient la nécessité de l'engagement. Dans cette version des faits, si, au lendemain de la Seconde Guerre mondiale, l'Amérique a échappé à une nouvelle rechute isolationniste, elle l'a moins dû à elle-même qu'à Joseph Staline qui l'y obligea. L'avertissement de Schlesinger visait la vague anti-onusienne lancée par les Républicains qui venaient de triompher aux législatives de 1994 sous la houlette de Newt Gingrich, et qu'il avait prise pour une poussée d'isolationnisme. Schlesinger vécut assez pour constater que la droite républicaine de l'après-guerre froide, loin de promouvoir un quelconque néo-isolationnisme, comme il avait cru pouvoir le déceler, sera, sous la conduite de George W. Bush, interventionniste à l'excès.

Sa crainte était en réalité bien vaine : les États-Unis n'ont jamais vraiment été isolationnistes ou n'ont jamais pu l'être, du moins depuis la fin du XIXe siècle. Ont-ils montré de forts penchants à l'unilatéralisme ? Certainement ; mais il ne faut pas confondre ce dernier avec l'isolationnisme, « un mythe qui doit être banni du vocabulaire américain », note judicieusement Walter McDougall (1997). Faut-il rappeler, comme le fait W.R. Mead (1994-95), la propension constante et pratiquement ininterrompue des États-Unis à l'implication dans les affaires du monde ? Durant leur « phase dite isolationniste », la part du commerce extérieur dans le PNB représentait le double de ce qu'elle serait dans la seconde moitié du XXe siècle ; les investissements étrangers étaient massifs dans les chemins de fer comme dans les exploitations agricoles ; la diplomatie était active contre la Grande-Bretagne et davantage encore contre l'Espagne ; des troupes américaines étaient stationnées aux quatre coins du globe, et la marine présente sur tous les océans. De toute manière, la tradition isolationniste ne s'est jamais manifestée dans le domaine économique ou commercial ; quant au domaine diplomatique, l'Amérique, en prenant conscience de sa puissance, perdait toute possibilité d'être une « nation ermite », même si certains de ses dirigeants en entretenaient la nostalgie.

Sur ce point, les opinions des deux courants idéologiques les plus représentatifs de la pensée américaine ont tendance à se rejoindre. Pour Fromkin le libéral (1996), chez les Américains rationnels, il n'y a rien qui puisse être pris pour une politique isolationniste : une puissance avec des intérêts globaux et une présence globale ne peut s'isoler. Le pays n'est pas vraiment déchiré entre isolationnisme et internationalisme, mais marqué par différentes variétés de ce dernier, notamment une forme nationaliste et expansionniste à la façon Teddy Roosevelt et Cabot Lodge, et une autre, plus institutionnaliste et légaliste, à la manière wilsonienne. Il n'est pas contredit par Kagan le néoconservateur : « Pour les Américains, la fin de la guerre froide n'a pas été une occasion de se rétracter, mais, au contraire, de poursuivre leur expansion. Le mythe de la tradition isolationniste américaine résiste certes à cette réalité ; mais c'est bel et bien un mythe. L'expansion en territoire et en influence est une réalité incontournable de l'histoire de notre pays » (2003, p. 86).

L'écrasante majorité des ouvrages de stratégie américains commencent pourtant par le rituel consistant à citer l'isolationnisme comme une des options possibles des États-Unis pour ensuite le juger rapidement obsolète, impopulaire et, partant, hautement improbable. Se présentant à la présidentielle sous la bannière isolationniste, Pat Buchanan fut massivement rejeté par les électeurs. Il n'a pas changé d'opinion depuis lors et ses idées ont été reprises par un Bill Kauffman ou par Bandow (1994), ainsi que par quelques conservateurs hostiles à l'interventionnisme qui se regroupent au Cato Institute et autour de la revue *The American Conservative*. Mais leur impact dans l'opinion est au mieux marginal, et leurs appels à « garder notre argent et nos soldats chez nous » sont devenus exotiques après les attaques de Septembre. Le mot d'ordre consiste désormais au contraire à « porter la guerre contre le terrorisme sur le territoire de l'ennemi ».

D'aucuns ont voulu trouver dans George Kennan l'inspirateur plus ou moins conscient d'une forme subtile d'isolationnisme. L'homme, qui a fêté en 2004 son centième anniversaire, ne manque pas de contradictions (il a ainsi renié son article de 1947, sans doute le plus fameux des textes de politique étrangère, qui avait fait de lui le saint patron d'une politique musclée d'endiguement de la puissance soviétique, et l'avait rendu lui-même célèbre). Éloigné en 1953 du Département d'État à cause d'idées jugées pacifistes, voire défaitistes, il entama alors une nouvelle carrière de moraliste et d'historien. Ses penchants anti-interventionnistes ont été déduits de sa trilogie sur les causes de la Première Guerre mondiale, dans laquelle il tend à incriminer l'alliance franco-russe et le glissement de la Russie dans le conflit franco-allemand (plutôt que les ambitions du Kaiser) comme causes d'un conflit par ailleurs inévitable. Son hostilité à l'intervention militaire de l'Amérique dans le monde et, plus encore, à l'habillage moral qui lui est fourni, aura parallèlement été de plus en plus explicite. Il s'opposa à la création de l'OTAN dans les années 1950, et encore plus vigoureusement à son expansion dans les années 1990, de même qu'à la fabrication de la bombe à hydrogène, et il se fit le constant détracteur de la militarisation de la politique étrangère de son pays. Un tel discours ne pouvait qu'irriter, d'autant plus que l'homme, qui n'a jamais hésité à se renouveler, aura délaissé les penchants aristocratiques de sa jeunesse pour soutenir une politique d'absorption des nouveaux immigrés, déclarer son soutien au multiculturalisme, adopter la cause écologique, tout en demeurant très réservé sur le recours à la force de par le monde. Son idée clef est simple : « La meilleure façon pour un grand pays d'aider un petit, c'est par l'exemple » (Kennan, 1995). Écho moderne de la métaphore biblique de « la Cité sur la colline » ? Certes. Mais est-ce là de l'isolationnisme ?

Cette ligne de pensée a été reprise plus récemment à son compte par Christopher Layne. Mais, là encore, est-ce être isolationniste que de considérer la division de l'Europe (et de l'Allemagne) comme une anomalie ? Ou de souhaiter l'unification de l'Europe et la prise en charge par elle-même de sa propre sécurité ? Ou de penser que l'OTAN est une organisation mortelle, comme bien d'autres alliances avant elle ? Ou encore d'envisager un désengagement des troupes américaines à chaque fois que leur mission a été remplie, en Europe comme en Asie ? Si ce bon sens ou cette réserve sont qualifiés péjorativement d'isolationnistes, c'est peut-être parce qu'ils mettent l'accent sur un point sensible de l'histoire officielle, à savoir que l'internationalisme des États-Unis était une option déjà prise avant même que l'URSS ne lance son défi sur les deux théâtres européen et asiatique. Après tout, la directive présidentielle NSC 68 de 1950 posait comme objectif la consolidation de la prépondérance globale des États-Unis, *quel que soit le comportement de l'URSS dans le monde,* un objectif à poursuivre même s'il incitait l'URSS à se montrer plus agressive.

Il y a donc un fil continu qui va de ce document de 1950 au *Draft* de 1992 que l'implosion de l'URSS puis sa disparition n'ont affecté que partiellement, un fil qui explique l'intégration de l'Allemagne et du Japon dans le giron américain pour les dissuader de redevenir de grandes puissances tout en les protégeant contre l'URSS, le maintien de l'OTAN après l'effondrement de sa raison d'être supposée, et l'intervention dans les Balkans pour assurer sa survie. Du coup, la classe dominante américaine a « intégré l'idée que les guerres (ou du moins leurs préparatifs continus) étaient nécessaires à la prospérité de l'économie américaine » (Layne and Schwatz, 1993). Ce n'est guère là, on le voit, une position « isolationniste », mais c'est, dit plus correctement, une remise en cause de l'histoire officielle.

Le débat n'oppose donc plus vraiment les réalistes et les idéalistes, mais, parmi les réalistes eux-mêmes, les maximalistes néo-impériaux (derrière lesquels les internationalistes libéraux, dans une alliance contre nature, se rangent trop souvent au nom du souci humanitaire) et les minimalistes, soucieux d'une certaine normalité, qui sont caricaturés comme « néo-isolationnistes ». Les deux camps se fondent en réalité sur une vision également pessimiste de la capacité des États à éviter la guerre ou du système global à échapper à l'anarchie. Mais alors que le remède, pour les premiers, consiste en l'instauration d'une hégémonie américaine globale (la seule disponible) pour garantir l'ordre et le rétablir chaque fois qu'il est brisé, il réside pour les autres dans l'établissement, dans chacune des régions du monde, d'une série de rapports de forces entre grandes puissances facilités par l'avènement d'un monde multipolaire. La longue guerre qu'a été la phase 1941-90 avait nécessité un niveau élevé de mobilisation contre l'Axe puis contre le communisme, suscité l'institution d'un nouveau contrat entre État et société, plutôt favorable au premier, et largement remodelé l'identité nationale en la liant à la *grand strategy* mondiale que le pays avait assumée. Qu'au lendemain de la guerre froide un certain désir de reprendre son souffle, d'imprimer des correctifs internes à cette longue mobilisation se soit exprimé dans le public, et que Clinton, au cours de ses premières années à la Maison-Blanche, notamment avec son cliché électoral gagnant (*It's the economy, stupid !*), ait voulu engranger électoralement ce désir, tout cela était parfaitement naturel. Que les maximalistes y aient perçu un retour à l'isolationnisme reflète moins la réalité que leur propre désir de poursuivre la mobilisation au-delà de la logique de la guerre froide dont ils étaient proprement intoxiqués.

Ce que beaucoup d'Américains prennent pour de l'isolement n'en est pas. En fait, si le mot peut vouloir dire neutralité (comme ce fut le cas entre 1914 et 1917), l'isolationnisme est une position bien plus complexe et profonde de détachement *par rapport à l'Europe* (Tucker, 2000 ; Ninkovitch, p. 89), une politique qui recevait un large écho dans un public souvent fraîchement débarqué d'un continent dont il voulait se couper, moins pour s'isoler que pour oublier les horreurs qui affligeaient le Vieux Continent et mieux conforter sa nouvelle identité. D'ailleurs, dans les phases dites isolationnistes, surtout avant 1917, le pays avait été très actif, voire franchement interventionniste en Asie (Philippines ou Chine) et surtout dans l'hémisphère occidental.

Dès avant 1900, il était déjà bien difficile de parler d'isolement pour un pays qui « avait quadruplé sa superficie, mené plusieurs guerres de conquête et vigoureusement poursuivi son accès aux marchés aux quatre coins de la planète » (Bacevich, 1994). Une certaine forme de distanciation par rapport aux conflits de la vieille Europe, une manière d'exprimer — comme l'ont fait Charles Beard ou William Williams, les deux plus grands historiens de la politique étrangère américaine, également suspectés d'isolationnisme — la peur de voir des intérêts particuliers entraîner le pays sur des champs de bataille où la nation n'en a pas d'évident, une crainte de voir des guerres à répétition transformer la nation en une Sparte des temps modernes où les armées accapareraient une part importante du budget cependant que les industries militaires domineraient l'économie ; ce qu'on appelle isolationnisme a été en fait une forme de prudence vis-à-vis des va-t-en guerre de formation européenne et des groupes d'intérêt. Dans les années 1930, en plein New Deal, l'isolationnisme a été « une forme d'internationalisme, mais dénuée d'engagement politique » (Ninkovitch, p. 81). Ce qu'on appelle, le plus souvent à tort, isolationnisme peut être aussi un internationalisme missionnaire qui entend refaçonner le monde moins par l'intervention musclée que par les vertus de l'exemple.

Loin d'être une option de politique étrangère, l'isolationnisme, qu'il soit le fait des « provinciaux ignares » d'hier ou des « radicaux non patriotes » d'aujourd'hui, est d'abord un instrument de politique intérieure qu'on actionne comme un repoussoir contre ceux qui s'inquiètent de l'extension croissante des prérogatives de l'exécutif, notamment celles du président lorsqu'il entend perpétuer les pouvoirs exorbitants acquis par la fonction présidentielle durant la guerre froide. Au sortir de celle-ci, Bacevich (p. 76) s'est étonné à juste titre d'entendre le président Bush appeler ses concitoyens à « ne pas tourner le dos au monde » ; « Il y avait peu de signes qu'ils étaient tentés de le faire, à supposer qu'ils en aient jamais eu l'envie. » Clinton et Bush junior agiteront également ce chiffon déjà usé par nombre de leurs prédécesseurs. John Lewis Gaddis, le grand historien de Yale, conclut justement le débat (1991) : « À supposer que les États-Unis aient pu un jour être isolationnistes, ils sont devenus aujourd'hui, avec la révolution des transports et celle de l'information, simplement incapables de l'envisager. »

De l'unipolarité, de son usage et de sa durée

Si le wilsonisme est une référence bien trop polysémique, si l'isolationnisme n'est pas (et n'a sans doute jamais été) une option considérée sérieusement par les États-Unis, comment qualifier la position américaine dans le monde d'après 1989 ? Dans un essai court et tranchant, et qui allait faire grand bruit, Charles Krauthammer, l'éditorialiste néo-conservateur, avança dès 1990 que le monde accédait à un « moment unipolaire » avec l'Amérique (enfin !) comme « seule et inattaquable superpuissance », et ce jusqu'au retour à un ordre multipolaire qu'il prévoyait « dans une génération au moins et sans doute dans plusieurs décennies ». Sa thèse, apparemment développée dans une réunion au siège de *National Interest*, fut accueillie au départ avec un mélange de pudeur (à supposer que ce fût vrai, fallait-il le clamer si fort ?) et de scepticisme (d'autant qu'il prévoyait aussi que la position unipolaire des États-Unis allait susciter un fort courant isolationniste). Mais, graduellement, au fil des années 1990, l'idée fit son chemin pour être largement partagée à la fin de la décennie où l'on disait que Krauthammer avait simplement eu raison trop tôt, ce qui donnait à son « moment » une allure prophétique. Douze ans plus tard, fier de son prix Pulitzer, Krauthammer (2002-03) avait beau jeu de parader en costume de visionnaire et d'enfoncer son clou en faisant observer que même si « la nature a horreur du vide et l'histoire horreur de l'hégémonie, aucune tentative de faire contrepoids à l'unipolarité américaine n'avait même été esquissée pendant la première décennie de celle-ci », illustration supplémentaire de son « caractère inédit » et de sa durabilité au-delà même des trois ou quatre décennies qu'il lui avait initialement prédites.

La bipolarité de la guerre froide, disait le nouveau consensus, n'avait pas été remplacée, comme d'aucuns le prévoyaient et/ou le souhaitaient, par une large diffusion du pouvoir ni par une véritable multipolarité, encore moins par une nouvelle bipolarité nippo-américaine (comme le craignait James Fallows), euro-américaine (comme on l'a beaucoup écrit au lendemain de la mise en circulation de l'euro), ou sino-américaine, mais par l'affirmation incontestable d'un système international doté d'un pôle unique. Après une décennie d'incertitude, le verdict est tombé : « Ceux qui avaient opté pour la durabilité d'un moment unipolaire marqué par la puissance extraordinaire des États-Unis se sont révélés mieux inspirés que ceux qui s'attendaient à l'instauration rapide d'un monde multipolaire » (Posen, 2003). Kagan renchérit : « Il est raisonnable de penser que nous sommes entrés dans une longue ère d'hégémonie américaine » (2002, p. 88). Ce qui était encore choquant en 1990 devenait banal en 2000, tant le consensus paraissait solide autour de la réalité d'un ordre unipolaire, de la détermination de l'Amérique à établir son hégémonie sur le système, du soutien que cette option recueillait dans le public et, enfin, de l'importance irremplaçable de l'instrument militaire pour maintenir cette hégémonie.

Consensus n'est pas unanimité. La tendance dominante avait été de lier bipolarité et stabilité et de penser qu'un système unipolaire ne pouvait qu'être instable. La guerre froide avait ainsi été repensée (Gaddis, 1985) comme une paix que personne n'avait envisagée, qui n'était fondée ni sur la justice ni sur la morale, mais sur une division du monde en zones d'influence, une paix que personne n'imaginait durable mais qui avait tenu un bon demi-siècle. Le système bipolaire instauré après 1945 avait effectivement des qualités pour durer : il était simple et n'exigeait pas de doigté particulier pour le gérer ; il était le fidèle reflet de la réalité et non d'une utopie quelconque ; il suscitait des alliances durables et, enfin, il tolérait de petites défections. Les deux pôles les plus puissants se trouvaient aussi être, à tous les points de vue, les deux pays les plus autosuffisants, et leur structure était si forte que leur comportement parfois troublant (mélange de prudence et de paranoïa : on a ainsi découvert que les deux sentiments pouvaient coexister) n'a pas produit de troisième guerre mondiale. « C'est l'indépendance des deux pôles plutôt que leur interdépendance qui assurait la stabilité du système », écrivait Gaddis. D'où un comportement rationnel censé pérenniser le système en évitant la confrontation militaire directe, en respectant les zones d'influence respectives et en n'envisageant le nucléaire qu'en tout dernier ressort. Deux ou trois ans avant la fin de la guerre froide, Coral Bell (1986) n'était pas moins admirative : « La vérité centrale des quarante dernières années est que les deux superpuissances ont su éviter la guerre l'une avec l'autre par un mélange de *crisis management* prudent, d'alliances stables et de dissuasion mutuelle, bref, par une *realpolitik* savamment ajustée pour servir à l'âge nucléaire. »

Ironie du sort, Gaddis, Bell et bien d'autres réécrivaient (en l'enjolivant par l'oubli des multiples cas de tension où le monde avait retenu son souffle, et surtout des nombreux conflits par procuration où les deux pôles s'étaient mesurés par le biais d'intermédiaires) l'histoire de la guerre froide en « paix durable » au moment même où Gorbatchev accédait au pouvoir à Moscou et où elle commençait à se terminer. Gaddis s'était montré plus prudent en rappelant que le règne des grandes puissances n'était que transitoire et surtout qu'elles pouvaient décliner de manière asymétrique. Reflétant une crainte très répandue chez ceux qu'on appelle les néo-réalistes, il appréhendait le moment où la puissance qui serait en déclin pourrait convaincre l'autre de l'aider pour préserver la stabilité. On connaît la suite, qui sapa la logique néo-réaliste en démontrant que la bipolarité pouvait disparaître par le retrait ordonné et pacifique d'un pôle hors de ses « possessions », retrait d'ailleurs suivi par un effondrement interne. Gaddis (1991, 1999) en a été troublé, mais pas au point de croire à l'unipolarité. Le monde lui est apparu (ce qui n'est pas vraiment original) comme secoué par des forces contraires d'intégration et de désarticulation. Face au nouveau consensus unipolariste, il osa cependant se demander, frôlant le sacrilège, si l'URSS serait bien la seule à être touchée par cette vague, et, surtout, si le principe même de polarisation n'était pas devenu obsolète.

Tous les sceptiques ne vont pas aussi loin : ils maintiennent d'ordinaire le principe de base (la polarisation du système global), mais prévoient sa reconfiguration rapide après une transition unipolaire plus ou moins longue. Mais pour aboutir à quoi ? D'aucuns répondent : à une *nouvelle bipolarité* ; pour la majorité de ceux-ci, le premier suspect est la Chine. Coral Bell (1999) prévoit que l'unipolarité sera remplacée (mais pas avant plusieurs décennies) par un système bipolaire où une alliance entre une Russie revigorée et une Chine qui aura atteint un niveau notable de puissance potentielle se dressera face à l'Amérique. Mais, le plus souvent, c'est la seule Chine qui est perçue comme un pôle de contrepoids en formation — véritable « pain quotidien » au Pentagone, entre la chute du mur de Berlin et les attaques du 11 Septembre, si l'on en croit Thomas Barnett. L'empire du Milieu a des raisons d'être perçu comme le challenger le plus logique à cause de sa croissance économique, de ses intentions opaques et de ses moyens militaires. Certains (Gill et O'Hanlon, 1999) paraissent néanmoins confiants : les ambitions de Pékin sont territoriales et non pas globales ; le PNB chinois reste celui d'un pays en développement ; son armée est archaïque, pléthorique, corrompue et mal équipée, son arsenal nucléaire modeste et ses acquisitions militaires sont limitées, ce qui fait qu'« un énorme fossé sépare, pour au moins deux ou trois décennies, les moyens militaires de ce pays de ses aspirations déclarées ». D'autres (Lilley et Ford, 1999 ; Roberts *et al.*, 2000), tout en reconnaissant que la Chine n'est pas devenue une superpuissance et ne le deviendra pas de sitôt, insistent sur « la croissance exponentielle de ses moyens militaires » et constatent que sa pression se fera de plus en plus sentir sur ses voisins. L'idée d'une éventuelle bipolarité sino-américaine, compliquée par des débats statistiques sans fin sur la manière la plus exacte de calculer le PNB ou le budget militaire chinois, a été comme suspendue par les attaques du 11 Septembre, pour revenir hanter ensuite ceux qu'effraie l'émergence perturbatrice de l'empire du Milieu et qui appellent à tenter de la freiner (Hoge, 2004).

D'autres constatent que s'est déjà produit entre les deux rives de l'Atlantique un éloignement tel qu'une nouvelle bipolarité campe désormais face à face les États-Unis et l'Union européenne. Pour les membres de l'Union européenne, le fossé transatlantique ne pouvait que s'élargir avec la disparition de l'ennemi commun. Leurs rangs se sont renforcés lors de l'adoption de la monnaie unique, censée mettre fin à l'hégémonie du billet vert. L'Europe, en s'élargissant, est devenue, démographiquement et économiquement (et virtuellement dans le domaine militaire), l'égale de l'Amérique et, inévitablement, sa rivale. La guerre d'Irak, à laquelle l'opinion publique européenne était uniformément hostile tant dans les pays qui soutenaient l'opération que dans ceux qui s'y opposaient, a également alimenté cette ligne, de même que la prétention de l'Union à se doter d'une constitution et d'une politique de sécurité propre.

D'autres encore vont plus loin qui nient l'existence même d'un « moment unipolaire ». « Si seulement le monde était unipolaire ! » semble regretter Samuel Huntington (1999), ce qui impliquerait une seule superpuissance, pas de grandes puissances et beaucoup de petites (ce qui fut, à ses yeux, le cas en 1990-91, pour un trop court moment). Pour lui (il emprunte l'expression à l'Allemand Josef Joffe), le système est « uni-multipolaire » : certes, les États-Unis y occupent la première place, mais ils doivent coexister avec plusieurs grandes puissances. Le système est donc hybride et nul n'en est satisfait : les États-Unis parce qu'ils n'arrivent pas à établir leur hégémonie, et les autres grands parce qu'ils veulent que le système devienne multipolaire. Huntington conclut à son instabilité et prévoit de sérieuses tensions tant qu'il en est ainsi (les analystes militaires chinois ont *grosso modo* la même vision du système international dans sa forme présente, soit une superpuissance et plusieurs grandes puissances qui parviendront tôt ou tard à constituer un contrepoids efficace à son hégémonie (Shambugh, 1999-2000).

Plus subtil, Joseph Nye ne nie pas l'unipolarité. Ce politiste de Harvard, qui se vit confier des fonctions éminentes dans l'administration Clinton avant de diriger la Kennedy School, adapte sa lecture aux évolutions des vingt dernières années en offrant une analyse qui se distancie des idées en vogue. Au moment où l'idée de déclin prédomine, il la rejette avec force (Nye, 1988) en rappelant à ses compatriotes que la diffusion du pouvoir économique dans le monde est le résultat de leur propre choix d'après 1945, et que leur pays maintiendra aisément sa prépondérance dans un monde qui s'annonce multipolaire. Au moment où la puissance militaire s'impose comme critère quasi unique, il la relativise en lui opposant le *soft power* (pouvoir d'attraction et de cooptation de l'autre), et surtout en affirmant que le militaire devient de moins en moins fongible, en ce sens qu'une grande puissance aura de plus en plus de difficulté à obtenir des avantages non militaires (économiques ou diplomatiques) par la vertu de ses forces armées (Nye, 1990, 1994). Au moment où le consensus s'établit sur l'avènement de l'ère unipolaire, cette lecture le conduit naturellement (Nye, 1999, 2004) à avancer que le monde est en réalité un échiquier tridimensionnel et que la position des États-Unis y est différente selon la facette de l'échiquier que l'on considère : militairement, l'unipolarité américaine est incontestable, mais elle ne l'est pas dans le domaine économique et financier, marqué par une multipolarité à trois (États-Unis, UE et Japon) ; enfin, dans le domaine du *soft power*, la puissance paraît très diffuse et il est on ne peut plus malaisé d'y introduire le concept même de polarisation.

Parmi les sceptiques, il y a enfin ceux, tel John Ikenberry, qui tout en reconnaissant la réalité de l'hégémonie américaine ont tendance à sous-évaluer la question même de la configuration du système : ce dernier a beau être unipolaire, semblent-ils dire, c'est une donnée sans grande importance au vu de la nature de l'hégémonie que l'Amérique a décidé d'exercer, et ce, dès 1945 : une hégémonie « réticente » (du fait de l'opposition des Américains eux-mêmes à l'idée impériale), une hégémonie ouverte notamment aux opinions de ses amis et alliés, et tellement ancrée dans les institutions internationales qu'elle écarte totalement l'idée de domination.

En dépit de ces objections diverses qui ne cessent de fleurir, il n'en reste pas moins que l'unipolarité est entrée dans les mœurs et qu'elle a inspiré le fameux *Draft* de 1992 soumis à Bush père, qu'elle a partiellement orienté la stratégie de l'administration Clinton dès 1993, avec le rejet de l'éphémère « doctrine Tarnoff » (lequel Tarnoff avait rejoint l'administration démocrate et osé écrire que « l'Amérique n'a plus les ressources nécessaires pour gouverner le monde »), et qu'elle constitue l'hypothèse de base de l'équipe Bush. « Le paradigme unipolaire reflète une vue hégémonique de la politique globale selon laquelle une puissance leader mais bienveillante est sollicitée pour ramener l'ordre dans un monde anarchique » (Calleo, 2001). Dès lors que le constat de l'unipolarité est admis par une nette majorité, se posent les questions de politique : doit-on et peut-on faire durer ce « moment unipolaire », et, si oui, comment s'y prendre ? Avec quelle stratégie cette position pourrait-elle le mieux se marier : avec l'isolationnisme, comme le redoutait Krauthammer, ou avec un interventionnisme musclé ? Faut-il la traduire diplomatiquement par des comportements unilatéralistes ou, au contraire, nuancer, corriger cette situation exceptionnelle en s'alliant à d'autres pays ? Il se peut que le consensus interne de l'ensemble de l'establishment politico-universitaire ait dépassé le simple constat pour se féliciter de cet état de chose, et, partant, agréer l'idée qu'il faudrait exploiter cette situation privilégiée pour en tirer les plus grands avantages pour l'intérêt national, et la consolider pour la proroger le plus longtemps possible.

Qu'il soit ou non souhaitable, le « moment unipolaire » est-il vraiment durable ? Est-ce une parenthèse transitoire ou, au contraire, un état de chose appelé, sauf accident, à durer non seulement des années (ce qui est déjà le cas), mais plusieurs décennies, voire davantage ? Le chantre d'une ère (le mot « moment », qui connote l'évanescence, lui paraît tout à fait inapproprié) unipolaire on ne peut plus durable est William Wohlforth (1999), devenu la référence pour les « optimistes », d'autant plus que, triomphaliste, il ironise sur l'habitude de ses collègues de ne parler d'unipolarité que pour annoncer sa disparition. Pour lui comme pour une cohorte d'optimistes, l'ordre unipolaire est incontestable, stable et durable. À cela, plusieurs arguments, dont le premier est historique : l'ordre unipolaire, marqué par une asymétrie dans la répartition de puissance entre un pays et les autres, n'est pas inédit (la France vers 1660, la Grande-Bretagne un siècle plus tard) et ne devrait donc pas être jugé comme une anomalie passagère. La distance entre la Grande-Bretagne et ses rivaux était de surcroît plus courte que celle qui sépare aujourd'hui les États-Unis de leurs éventuels rivaux. Plus proche de nous, l'hégémonie américaine leur paraît antérieure à 1989, l'URSS (qui n'a d'ailleurs jamais atteint un rang égal) ayant tenté, pendant un bon demi-siècle, une contestation crédible mais en fin de compte vaine de cette hégémonie. Depuis lors, la contestation épisodique de l'unipolarité et les appels français, russes ou chinois au rétablissement d'un monde multipolaire ont été principalement rhétoriques.

Durable, l'ordre unipolaire le serait aussi à cause de l'incapacité des acteurs de second rang à le modifier. La thèse n'est pas irréaliste : avec Reagan et de nouveau avec Bush junior, les États-Unis ont démontré qu'ils pouvaient, pour leurs programmes de défense, accumuler des déficits budgétaires colossaux, puis les réduire assez vite (comme sous Clinton), ce qui affaiblit sérieusement l'argument du *fiscal overstretch* brandi par Paul Kennedy dans sa phase décliniste, et par bien d'autres après lui, postulant que l'opinion ne peut indéfiniment soutenir une prééminence de la Défense sur les autres postes budgétaires. L'Amérique est forte et riche alors qu'en face (Brooks et Wohlforth, 2002), les challengers sont ou virtuellement forts (comme la Chine ou l'Inde) ou riches (Japon, Allemagne), mais, au vu de leur démographie où l'âge moyen ne cesse de s'élever (ce qui les prive de jeunes recrues, tout en obérant leur budget de lourdes dépenses de couverture sociale), incapables de devenir forts.

Plus subtile est la remarque portant sur l'obstacle régional : alors que l'Amérique est une puissance insulaire dont les voisins sont des nains stratégiques, les candidats qui souhaitent se mesurer à elle doivent d'abord surmonter le très prévisible obstacle de leur voisinage immédiat. L'Allemagne devrait d'abord rassurer les autres pays européens, toujours vigilants à son endroit ; la Chine, surmonter les obstacles préalables indien, japonais ou même russe (voir Shambugh, 1999-2000, sur le « militarisme » japonais et l'« hégémonisme » indien tels que perçus depuis Pékin). Les voisins des candidats potentiels seront les premiers à s'alarmer de telles velléités d'hégémonie, et ils pourront d'ailleurs compter sur l'Amérique pour encourager préventivement le renforcement de ces obstacles de voisinage.

Déjà privés de la capacité de défier la puissance hégémonique, les candidats supposés en ont-ils vraiment envie ? L'ordre unipolaire serait aussi durable parce que bienveillant : une répartition de puissance clairement asymétrique dissuade naturellement les candidats de vouloir s'ériger en contrepoids, d'abord parce qu'ils sont conscients de l'effort immense qu'ils devraient fournir pour tenter de rattraper le leader, mais surtout parce que, comme son hégémonie est exercée avec bienveillance, ils en tirent suffisamment d'avantages pour s'abstenir de la remettre en cause (la dénucléarisation des pays de l'Est, par exemple, ou le rétablissement de l'ordre çà et là sur la planète permettent d'accroître un flux bénéfique d'investissements financiers provenant non seulement d'Amérique, mais aussi du Japon ou d'Europe). Comme l'écrit Walt (2002) dont le triomphalisme ne manque pas de cynisme, « la politique internationale aurait peut-être été plus intéressante si les États-Unis avaient été plus faibles et si les autres pays avaient été obligés d'entrer en compétition plus active l'un avec l'autre ; mais un monde plus excitant n'est pas nécessairement un monde meilleur ».

Il suffirait donc que l'unipolarité soit atténuée par une dose, même factice, de multilatéralisme pour amadouer les autres acteurs. Les hégémonistes « soft » n'ont pas cessé de le répéter à Bush fils : ton père avait les mêmes idées que toi sur le monde, mais lui, au moins, n'irritait pas inutilement les autres dirigeants du monde. C'est aussi le conseil de Coral Bell (1999) qui, après avoir regretté la belle stabilité du système bipolaire, s'est convertie à l'« optimisme » triomphaliste, surtout après le Kosovo « où une norme a été imposée par la force, une norme occidentale » dont elle juge les potentialités « explosives ». Bell note qu'entre 1989 et 1999 les États-Unis avaient avancé sur la pointe des pieds vers un système unipolaire, mais qu'après le Kosovo ils ont fini par reconnaître qu'un degré similaire d'unipolarité n'avait jamais eu cours depuis l'âge d'or de l'Empire romain. Le « moment » unipolaire, renchérit Bell, durera au moins quatre décennies, voire sans doute plus du fait de la « distance » qui sépare les États-Unis de leurs rivaux potentiels.

Ces rivaux, Bell les passe en revue pour les disqualifier l'un après l'autre : « L'ombre de la Chine est plus large que sa substance », à cause d'un développement déséquilibré, d'une dépendance croissante vis-à-vis du pétrole du Moyen-Orient, d'une autre vis-à-vis du marché américain pour ses exportations. Militairement, la Chine est technologiquement une débutante, et incapable d'une grande projection de puissance à distance de ses côtes. Argument plus original, l'« avertissement soviétique » : en tentant de maintenir sa parité militaire avec les États-Unis pendant la guerre froide, l'URSS avait dû consacrer près de 20 % de son PNB à cet effort pour verser non seulement dans l'échec, mais, plus grave encore aux yeux des dirigeants de Pékin, dans l'éviction des communistes du pouvoir. Les autres suspects ne sont pas plus crédibles : la Russie ne sortira pas de sitôt de sa lente convalescence ; le Japon a pour lui la cohésion interne, la compétence technologique et l'argent, mais c'est tout. L'Europe est finalement le rival le plus envisageable, mais il lui manque une véritable capacité de prise de décision, et cette tare va s'aggraver avec son élargissement. Pour préserver l'ère unipolaire au-delà des quatre décennies qu'a duré l'ère bipolaire, lesquelles sont d'ores et déjà acquises à l'unipolarité aux yeux des « optimistes », Bell pense que la stratégie Clinton est la bonne : gérer un monde en réalité unipolaire comme si c'était un concert de nations. Elle ne refuse donc pas le concept d'uni-multipolarité, mais elle lui donne un tout autre sens : une uni-

réelle et une multi-opérationnelle qui, en se réalisant, conforte l'uni-. En remplaçant le paradigme de l'équilibre des forces par celui de l'équilibre des menaces, Mastanduno (1997) arrive à des conclusions encore plus optimistes, allant jusqu'à mettre en doute l'inévitabilité du retour à un ordre multipolaire.

Cette thèse « optimiste » sur la durée prévisible de l'unipolarité est, bien sûr, trop irritante pour les autres acteurs du système pour être littéralement traduite en discours officiel. Après le faux pas du *Draft* de 1992, un consensus bipartisan tardif (milieu de la décennie 1990) sur une politique étrangère qui assume son hégémonie a été atteint (ce que Bacevich (2002), après Mastanduno (1997), appelle le « grand secret »), même s'il a été exprimé différemment. Clinton a passé son premier mandat dans un vague volontaire. Quelques signaux ont indiqué une position dévolutionniste en Europe (soutien à une plus grande européanisation de l'OTAN, réticence à intervenir dans l'ex-Yougoslavie) et une position de balancier plutôt que d'hégémonie ailleurs dans le monde, y compris en Asie où, s'il a montré plus de fermeté, c'est qu'aucune autre alternative n'était en vue. À aucun moment Clinton n'est parti formellement de l'hypothèse d'un système unipolaire : ses discours, ceux de son secrétaire d'État et les rapports publics de son Conseil de sécurité ont même semblé rejeter les allusions à un tel système.

Avec l'intervention tardive en Bosnie, l'élargissement à l'Est de l'OTAN en dépit de l'opposition russe et de certaines réticences européennes, et sans doute aussi pour contrer les critiques portant sur son manque de leadership mondial pendant la campagne législative de 1994 (c'est en juillet de cette année-là qu'en visite en Pologne il prit position sur cette affaire), un nouveau Clinton apparut, qui s'illustra par les bravades de son envoyé spécial, Richard Holbrooke à Sarajevo et au Conseil de sécurité, et par le discours quasi militariste d'Albright. Le correspondant du *Guardian* dans la capitale américaine se montra surpris par l'ambition mondiale soudaine et démesurée qui sembla inspirer Clinton dès sa réélection en 1996 (Walker, 1997). Posen et Ross (1996-97), deux professeurs peu triomphalistes, notèrent que la stratégie Clinton, après avoir été marquée par l'indécision, puis par une concentration sur les questions économiques, s'était muée en un mélange de trois stratégies globales d'engagement sélectif, de coopération et de prépondérance, la dernière prenant graduellement le dessus sur les deux autres au cours de son second mandat. La crise du détroit de Taiwan, puis l'intervention éclatante au Kosovo confirmèrent ce nouveau profil. Dès 1998, Calleo observait « une nouvelle Amérique qui s'affirme agressivement autant en Europe qu'en Asie », alors que Bacevich (1999) notait « une nette militarisation de la politique étrangère ». Clinton se déclarait de plus en plus fier de sa puissance militaire, mais continua à la « bémoliser » par une approche multilatérale et un permanent souci de légitimité. La tendance à l'hégémonie était pourtant indiscutable : l'Amérique renouait avec sa politique naturelle, quelque peu mise en veilleuse pendant les trois ou quatre ans où elle s'était concentrée sur ses maux intérieurs. « L'imagination politique américaine ne s'est pas élevée au niveau des mutations en cours [...] elle a juste réalisé un facile changement de perspective de la bipolarité à l'unipolarité », conclut alors Calleo (1999).

À partir de 2001, Bush l'exprima par une approche encline à l'unilatéralisme, à un nationalisme sourcilleux dont la pesanteur irritait les amis autant que les alliés, et à un mépris quasi ouvertement affiché (surtout après le 11 Septembre) pour les sources reconnues de légitimité internationale. Son futur conseiller pour la sécurité nationale puis secrétaire d'État, Condoleezza Rice, avait déjà exprimé l'ambition nouvelle : « En ces temps fluides, on peut influencer la forme du monde à venir » (Rice, 2000). Clinton ne l'avait-il pas fait durant ses deux mandats ? Pas assez, répond-elle, d'abord parce qu'il faut du courage pour définir une stratégie et des priorités claires. En en manquant, Clinton s'était contenté de réagir au cas par cas, avec pour résultat de nombreuses occasions manquées pour promouvoir l'intérêt national de l'Amérique. Il faut donc du courage et surtout une foi dans la puissance brute : Rice ouvre son essai par une apologie de la machine militaire et n'hésite pas à accuser les démocrates de lui avoir coupé les fonds tout en la surutilisant sur des terrains inutiles, comme à Haïti. Elle achève son propos non moins brutalement en opposant « la terre ferme de l'intérêt national » aux « intérêts d'une communauté internationale illusoire ». Dix ans après le *Draft* de 1992, la *National Security Strategy* de 2002, en choisissant à peine plus prudemment son vocabulaire, repartait de l'hypothèse de l'unipolarité pour affirmer que l'Amérique était dorénavant adepte de l'enrayement de tout rival parmi les grands et d'une politique préventive à l'égard des petits. Bush père avait hésité à officialiser cette ambition impériale et, sous la pression des médias, l'avait provisoirement mise en veilleuse. Clinton l'avait ponctuellement appliquée sans ouvertement l'assumer. Bush junior en ferait sa doctrine.

Périls de l'unilatéralisme

Pourquoi, alors, quand on a les moyens de tout faire par soi-même, solliciter la participation des autres ? Il est établi que les puissances dominantes n'apprécient pas beaucoup des règles de concertation qui limiteraient leur marge de manœuvre, et que les États plus petits cherchent en revanche à enchaîner les grands dans des alliances et des institutions communes. Si l'isolationnisme n'a jamais vraiment été une option sérieusement envisagée par les élites américaines, l'unilatéralisme est un courant presque aussi vieux que le pays lui-même, remontant au jour où il prit conscience (très tôt) de sa singularité, puis (vers la fin du XIXe siècle) de sa puissance. Jusqu'en 1945, fidèles aux termes du testament du premier de leurs présidents (ne jamais se laisser empêtrer dans des alliances permanentes) qu'ils avaient presque transformés en dogme, les États-Unis ne s'étaient jamais encombrés de véritables alliances. Ils avaient ainsi préservé leur privilège d'intervenir seuls là où ils pensaient que leurs intérêts l'exigeaient. Cela valait en priorité pour leur environnement immédiat où, forts de la doctrine Monroe, ils définirent l'unilatéralisme comme une prédisposition à agir seuls, quand bon leur semblerait, et à interdire à d'autres grandes puissances d'intervenir avec ou contre eux.

L'unilatéralisme implique aussi le choix souverain du moment où les États-Unis doivent intervenir. Les protagonistes de la Première Guerre mondiale autant que de la Seconde ne le savent que trop, eux qui scrutaient, pour s'en féliciter ou, au contraire, pour le craindre, le jour où les États-Unis entreraient en guerre. Si les États-Unis avaient été, comme certains continuent de l'écrire, « neutres » dans ces conflits, nul ne se serait posé la question de savoir quand ils interviendraient, alors que le parti qu'ils prendraient, en cas d'implication, ne faisait guère de doute ni aux bénéficiaires d'une telle implication ni à ses adversaires. C'est ce privilège que Wilson en 1917 et, de nouveau, Roosevelt en 1941 ont voulu conforter et que leurs successeurs, en dépit des alliances contractées depuis 1945, ne cessent de cultiver. Plus récemment, dans les Balkans, en Afghanistan ou sur de petits théâtres africains, ce privilège a été préservé et confirmé. En 2003, le cas irakien fut le cas d'école des « guerres de choix » dans lesquelles Washington détermine et la cible et le moment et la méthode — « Qui m'aime me suive ! »

L'unilatéralisme n'est pas le fruit naturel d'un penchant isolationniste. S'il est vrai que « les Américains sont unilatéralistes comme par instinct », « un pays isolationniste se retire du monde alors même que les autres le sollicitent, alors qu'un pays unilatéraliste se croit libre de projeter sa puissance de par le monde alors même que les autres lui demandent de s'arrêter » (Rubenfeld, 2003). Depuis la fin de la guerre froide, la tentation unilatéraliste, jamais vraiment éteinte, est revenue en force, suscitée par un scepticisme rampant vis-à-vis du nouveau droit international, par une sorte de ras-le-bol de voir les organisations internationales transformées en tribunes pour critiquer les États-Unis, par une conscience de plus en plus répandue des opportunités que l'ère unipolaire ouvre aux intérêts du pays, et, bien sûr, par les attaques du 11 Septembre 2001 qui ont touché le colosse sur son territoire, le conduisant à vouloir châtier seul les coupables en rejetant sans beaucoup de ménagements les propositions d'aide de ses alliés.

La concentration de puissance militaire qui caractérise à présent la position mondiale de l'Amérique rend l'unilatéralisme encore plus tentant. Une vieille tradition, incarnée au lendemain de la Seconde Guerre mondiale par le sénateur Robert Taft, l'inspire, tout comme la justifie le statut assumé de superpuissance unique. À quoi bon des alliances qui obèrent votre liberté de choisir la cible, le moment de l'attaquer, la tactique à suivre ? Pourquoi s'embarrasser d'institutions qui donnent un droit de veto ou même de regard à de petits pays, voire à d'ex-« grandes puissances » qui n'ont même pas la volonté ou les moyens de vous aider dans votre entreprise ? Tout dirigeant américain est naturellement enclin à prêcher le multilatéralisme, d'autant plus que son opinion publique, chaque fois qu'elle est interrogée, se prononce pour les opérations en commun à des taux largement identiques à ceux qu'on rencontre en Europe. Mais il lui sera autrement plus ardu de l'appliquer vraiment. Il aura le plus grand mal à justifier devant l'opinion la soumission d'une « puissance complète » aux humeurs, calculs et contradictions de pays qui ne peuvent rien lui offrir en contrepartie, et dont elle n'a pratiquement pas besoin. Qui plus est, le penchant unilatéraliste est entretenu par des conservateurs qui poussent l'opinion à considérer l'ONU avec scepticisme ; par des syndicats qui lui font regarder les accords de libre-échange avec hostilité ; par des militaires qui refusent d'opérer sous un commandement autre qu'américain (Tapperman, 2004). Même s'il est de disposition unilatéraliste, le président doit savoir entretenir des relations avec les autres dirigeants du monde pour pouvoir les solliciter au moment voulu. Mais il ne doit jamais oublier que la Constitution américaine exige une majorité des deux tiers au Sénat pour la ratification de tout accord international, et que les obtenir est une opération très hasardeuse, comme nombre de présidents, de Wilson à Clinton, l'ont constaté à leurs dépens.

Ironie du sort : George W. Bush s'était fait élire sur un discours on ne peut plus multilatéraliste. Dans un des débats télévisés qui l'avaient opposé à Gore en 2000, il avait déclaré : « Si nous sommes arrogants, ils nous en voudront. C'est pourquoi nous devons agir comme des partenaires humbles au sein des alliances. » L'article de Condoleezza Rice publié quelques mois avant l'élection de 2000 rappelait l'importance de ces alliances, surtout celle de l'OTAN. C'est peu dire que Bush n'a pas tenu ses promesses. L'équipée solitaire en Afghanistan pouvait encore être expliquée par ses particularités punitives après les attentats de Septembre. Tel n'était pas le cas de l'affaire irakienne, parfait exemple (en dépit de la longue liste de pays qui ont théoriquement fait partie de la coalition) de l'impulsion unilatérale, mais aussi de ses coûts.

Il ne fallait pas rééditer « le fiasco du Kosovo où, en échange de quelques techniciens et intendants de dépôt, les Européens nous avaient arraché un droit de veto sur la conduite de la guerre », se lamenta le mécène attitré des néoconservateurs (Black, 2001). Lorsque la Grande-Bretagne exigea en effet une seconde résolution du Conseil de sécurité avant de partir en guerre en Irak, Donald Rumsfeld, secrétaire à la Défense, fort de ces sentiments, n'hésita pas à heurter les Anglais, pourtant si alignés, si fidèles, en affirmant que « les États-Unis n'ont pas vraiment besoin de la contribution britannique pour réussir leur équipée ». Il avait peut-être raison, du moins pour ce qui a concerné la première étape de la guerre, celle qui visait à déposer le régime de Saddam Hussein ; mais n'y avait-il pas aussi, dans cette affirmation, les relents d'une arrogance qui visait à mobiliser les Américains, quitte à démobiliser leurs alliés ? Il est vrai que Rumsfeld, personnellement, était alors partisan d'une équipée qui détrônerait Saddam sans s'attarder ensuite dans les sables mouvants de la Mésopotamie. Obsédée par le *firepower* plutôt que par le *staying power,* l'administration Bush était arrivée au pouvoir avec une nette répulsion pour tout déploiement durable sur les sols étrangers. Condoleezza Rice avait raillé la propension de l'administration Clinton à faire du *state building* à travers le monde, mission qu'elle ne pensait pas digne d'une grande puissance, et les néoconservateurs avaient ouvertement critiqué sa tendance à « confondre politique étrangère et action sociale ». En se concentrant sur la guerre proprement dite, Rumsfeld était fidèle à cette ligne, d'où son manque d'intérêt tout à fait assumé pour l'après-guerre, qui relevait moins d'une coupable insouciance que d'une idée préconçue sur la fonction chirurgicale, rapide et décisive de l'intervention. En maintenant le cap fixé, Rumsfeld se trouvait cependant de moins en moins en phase avec le reste de l'administration (dont son adjoint direct, Wolfowitz) qui cultivait au contraire des projets à bien plus long terme en Irak et dans la région. Le président ne pouvait logiquement défendre la ligne d'un dégagement rapide, une fois le régime irakien déposé, qui l'aurait relégué dans la case honnie où s'était retrouvé son père : combien a-t-on reproché à Bush senior de n'avoir pas, en 1991, accompli sa mission en poussant jusqu'à Bagdad ! Quelle qu'eût été l'opposition antérieure de l'administration au *state building*,

Bush ne pouvait se contenter de déposer le régime ba'asiste sans se soucier de reconstruire le pays après l'avoir détruit.

De là cette tragique (du moins pour les Irakiens) dichotomie dans la démarche de l'administration américaine, faite d'une stratégie militaire qui se contentait de gagner la guerre, et d'une stratégie politique qui caressait de grands desseins pour l'Irak, voire pour tout le Moyen-Orient d'après guerre. Lorsque, en janvier 2003, deux mois avant l'offensive, Bush confia au Pentagone la gestion non seulement de la guerre elle-même, mais aussi de ses suites, il aggrava d'autant plus cette dichotomie que le numéro un du Pentagone (et apparemment nombre de ses généraux, tel Tommy Franks) pensait retirer les troupes d'Irak une fois la victoire proclamée. Les Wolfowitz et autres Feith calculèrent alors que, face à la détermination de Rumsfeld, ils ne pouvaient plus compter que sur les petits groupes d'exilés et sur l'adhésion enthousiaste de la population irakienne libérée du joug ba'asiste pour rétablir l'ordre et un régime affidé à Bagdad. Nombre de ces exilés leur firent miroiter cette possibilité à laquelle ils s'accrochèrent d'autant plus volontiers que leur propre vision de l'après-guerre était aussi obscure que peut l'être une position idéologique, et que l'autre terme de l'alternative aurait été de confier au Département d'État, honni et vilipendé entre tous, le bénéfice de gérer l'après-guerre alors qu'il était suspecté de manquer d'enthousiasme, voire d'être franchement opposé à la guerre elle-même. L'unilatéralisme se trouva ainsi poussé à son paroxysme : les alliés étrangers étaient encombrants, et les autres départements de l'administration américaine, à commencer par ses « diplomates, munichois par nature », ne l'étaient pas moins. Cette guerre, il fallait la faire non seulement sans l'ONU, mais peut-être même sans Blair, et, si possible, sans Powell.

Au vu de la résistance rachitique que les troupes de Saddam, rendues exsangues par des années de sanctions et d'épurations, pouvaient opposer aux forces américaines, le calcul paraissait rationnel. L'unilatéralisme du Pentagone pouvait se justifier tant que la guerre elle-même était concernée, pourvu que les groupes d'exilés fussent crédibles et les Irakiens supposés attendre impatiemment cette libération pour se jeter dans les bras de leurs libérateurs. Mais ce beau scénario pour bibliothèque rose s'est vite heurté à la dure réalité : les Irakiens étaient comme indifférents à ce qui leur arrivait, les leaders en exil paraissaient inconnus de la majorité de la population et détestés par ceux qui avaient entendu parler d'eux, et surtout la guerre visant à déposer Saddam s'est révélée n'être que le premier épisode d'un tragique feuilleton, à commencer par une insurrection contre l'occupant dont l'intensité n'aura surpris que ceux qui avaient refusé de voir la réalité en face ou d'entendre leurs propres experts. Enfin, pour ne rien arranger, les espions fureteurs dépêchés en nombre en Irak n'ont pas réussi à trouver les fameuses armes de destruction massive. Quant aux militants d'al-Qaida, loin de se trouver déjà en Irak, ils y accoururent sur les pas des Américains pour ouvrir un nouveau champ de jihad à la faveur du chaos qui s'installait. Et il fallait, en plus de la guérilla sur place, faire face, *back home*, à la lente, graduelle, troublante délégitimation de la guerre elle-même.

C'est alors qu'il a fallu payer la lourde facture de l'unilatéralisme. On n'avait pas cherché à avoir des alliés régionaux, hormis pour les besoins immédiats de la conduite des hostilités proprement dites, en bases, en droits de survol et autres facilités. Qataris, Saoudiens et autres Omanais avaient ouvert leur espace national (ce que d'autres, comme les Turcs, avaient refusé), mais n'étaient guère des partenaires actifs. Or, passé l'attaque frontale, achevée en l'espace de trois semaines, le besoin se faisait de plus en plus sentir de voir les six voisins de l'Irak surveiller au moins leurs frontières pour empêcher les candidats au jihad de s'y infiltrer, et, au mieux, convaincre ces mêmes pays voisins d'encourager les groupes irakiens sur lesquels ils avaient quelque influence de coopérer avec l'occupant. Mais aucun de ces pays ne se montrait très coopératif. Conscients qu'ils pouvaient être les prochaines cibles de la machine de guerre américaine, comme Washington ne cessait d'ailleurs de le claironner, Syriens et Iraniens n'étaient que trop heureux de voir l'équipée américaine s'enliser entre Tigre et Euphrate. Saoudiens et Jordaniens montraient de la mauvaise volonté, en regrettant la large place que les occupants accordaient aux chiites ; ils étaient en outre soulagés de voir leurs propres jihadistes, que la répression n'arrivait pas à éradiquer, partir en Irak. Les Turcs se montraient très susceptibles face à la montée en puissance des Kurdes dans le nouvel Irak concocté par les Américains. Au Koweit, certains n'hésitaient pas à penser qu'après tout un Irak instable serait incapable d'envahir leur émirat, persuadés qu'ils étaient que la revendication irakienne sur le Koweit était largement partagée par les Irakiens, et que, longtemps avant que Saddam n'entre en politique, l'Irak, même du temps qu'il était encore monarchique, avait exprimé des droits sur leur riche pays.

La guerre américaine contre l'Irak a été conduite comme si ce pays était une île au milieu de l'océan, alors que c'est un pays quasiment enclavé, avec de longues frontières désertiques, difficilement contrôlables. Mais la géographie a peu d'intérêt pour les idéologues ; sûrs de leur puissance, ils pensaient pouvoir la mettre à profit pour faire *comme si* l'Irak avait été une île : dans un premier temps, la dissuasion, suscitée par la victoire éclatante sur Saddam autant que par la menace de représailles, servirait à terroriser les voisins, donc à neutraliser leur influence. Dans une deuxième séquence, l'Irak, entré dans l'orbite américaine, servirait de base ou de relais (« un déclencheur plutôt qu'une simple cible », comme l'écrit Barnett, 2004) pour étendre l'influence américaine à ses voisins par la vertu du mimétisme, sinon par un nouveau recours aux armes. C'était faire fi de la géographie physique et humaine du pays, de son histoire marquée par des liens étroits avec ses voisins, et de l'incapacité d'une superpuissance ensablée à terroriser, par la seule démonstration de ses formidables moyens, les Irakiens qui lui sont hostiles, voire leurs amis dans la région.

La facture de l'unilatéralisme ne fut pas moins lourde au niveau international, car les États-Unis ont très vite compris qu'ils avaient besoin des autres, de leurs troupes et, surtout, de leur argent. Les forces armées, dont on voulait encore et encore accroître la mobilité, étaient pathétiquement coincées en Irak, ce qui interdisait au Pentagone d'envisager toute intervention sur d'autres théâtres. Il fallait les relever, mais l'illégitimité préalable de la guerre, accentuée par les scandales qui entachèrent l'occupation, rendait difficile l'entrée de troupes russes ou allemandes, françaises ou indiennes en Irak pour alléger le fardeau américain. En Espagne, un nouveau gouvernement socialiste avait remporté les élections en promettant le retrait des troupes envoyées en Irak par le gouvernement Aznar ; elles seront vite rappelées, puis suivies par nombre d'autres contingents nationaux. D'autres pays pressés d'envoyer des troupes faisaient des contributions symboliques en centaines, voire en dizaines d'hommes. Certains pays de la région (Jordanie, Turquie, Pakistan) auraient pu s'engager pour relever les GI's, mais les nouveaux dirigeants irakiens, conscients de l'agenda politique propre à chacun de ces voisins, rejetèrent cette option. La Grande-Bretagne, de son côté, ne disposait pas d'un vivier infini de troupes pour faire la différence. Le prix de l'unilatéralisme devenait ainsi bien plus lourd que prévu, et Washington allait multiplier les concessions au Conseil de sécurité pour tenter de légitimer *ex-post* l'occupation et convaincre ainsi les récalcitrants à la rejoindre. Sans succès. Elle essaya ensuite d'impliquer, comme c'était déjà le cas en Afghanistan, l'OTAN dans l'espoir de voir Allemands et Français se saisir de ce subterfuge pour se convaincre d'envoyer des troupes. Le résultat (au sommet d'Istanbul de juin 2004 où l'Organisation, sous la pression américaine, accepta de jouer un rôle limité à la seule formation des nouvelles forces armées irakiennes) sera à peine moins décevant.

Des difficultés non moins aiguës se firent sentir sur le plan financier : puisque les Américains avaient engagé une guerre de leur choix, en y allant seuls, pourquoi les autres auraient-ils dû contribuer aux frais ? Face aux difficultés, Bush dut demander au Congrès rallonge sur rallonge, et un an après la chute de Saddam la guerre avait déjà coûté au contribuable américain la coquette somme de 185 milliards de dollars. Déjà surendetté, l'Irak ne pouvait évidemment pas contribuer aux coûts alors que l'insurrection ne cessait de frapper ses exportations pétrolières (246 attaques pour la seule année 2004, selon le ministre irakien du pétrole). Les autres pays riches, industrialisés ou pétroliers, rechignaient à payer le prix d'une « folie » unilatérale. Des dizaines de milliards furent néanmoins promis, sinon pour la guerre, du moins pour la reconstruction, à la réunion de Madrid d'octobre 2003, notamment par les sources sur lesquelles Washington conservait une influence indiscutable, comme le FMI ou la Banque mondiale, le Japon ou l'Arabie Saoudite. Mais, en octobre 2004, soit un an plus tard, à peine un milliard aura été effectivement déboursé. L'exemple de l'Afghanistan avait été instructif : la « conférence des donateurs » avait, à Tokyo, promis 13 milliards de dollars pour reconstruire ce pays ; à peine deux milliards ont été déboursés trois ans après la conférence ! En troupes comme en fonds, l'après-guerre irakien aurait été bien moins coûteux pour Washington si la guerre avait été une opération internationalement légitimée, comme certains dirigeants américains osaient enfin le reconnaître.

Au-delà des leçons du cas irakien, l'administration républicaine arrivée au pouvoir en 2001 aurait pu se contenter de la reconnaissance, tant par les Américains que par les autres acteurs du système, de cette primauté plus que confortable, pour la maintenir, l'utiliser contre les adversaires ou améliorer son rendement. Mais loin de ses idéologues était l'idée de s'arrêter en si bon chemin. Les nouveaux maîtres civils du Pentagone ne pouvaient en réalité qu'être unilatéralistes dans leur approche, précisément parce que leur concept de guerre préventive, antinomique avec le droit international autant qu'avec les intérêts des pays désireux de maintenir leur rang ou de le promouvoir, n'était pas acceptable pour les autres acteurs du système. Ces idéologues ne pouvaient donc que partir de l'hypothèse de guerres menées par les seuls États-Unis, quitte à irriter les uns et à heurter les sensibilités des plus proches. Il fallait donc rapidement transformer l'appareil militaire pour réaliser ces objectifs ambitieux. « Les dirigeants actuels civils du Pentagone sont conscients qu'ils ne disposent pas encore de l'instrument militaire adéquat pour réaliser leurs objectifs », notait Posen (2003). Pour eux, toute menace visant à disputer aux États-Unis la maîtrise sur son domaine impérial reconnu, ou sa liberté de mouvement solitaire dans les « zones grises » du système mondial, doit être tuée dans l'œuf par une action éventuellement unilatérale et certainement préventive.

L'unilatéralisme n'a pas été inventé par les collaborateurs zélés de Bush : il est le résultat, logique et combiné, de la foi d'une nation dans sa destinée exceptionnelle qui l'encourage à jouer du « seul contre tous », d'un solide nationalisme qui la pousse à définir en toute indépendance son « intérêt national » et à garder intacte sa marge de manœuvre de par le monde, d'énormes capacités propres qui l'autorisent à envisager des opérations solitaires, enfin d'une tradition d'intervention autonome dans les affaires de son propre hémisphère qu'elle a tendance à élargir à l'ensemble du monde. « Nous devons régulièrement intervenir de manière unilatérale », écrit Barnett. Kagan n'est pas moins ferme : l'interventionnisme est le résultat de la disponibilité de moyens ; c'est non pas la faim qui pousse à manger, mais l'abondance de nourriture. Les Américains continuent de dire qu'ils préfèrent les actions multilatérales chaque fois qu'on leur pose la question, mais, qu'elle « soit bonne ou mauvaise, les Américains ont plus à perdre à l'interdiction de l'action unilatérale », précisément parce que, contrairement aux autres pays, ils ont effectivement les moyens de l'engager. Alors que « ceux qui ne peuvent agir de manière unilatérale cherchent à établir un mécanisme destiné à contrôler ceux qui en sont capables » (Kagan, p. 40), l'Amérique n'a d'autre issue que d'agir unilatéralement (*ibid.*, p. 99). « Régulièrement, notre action sera unilatérale, renchérit Barnett, et il ne pourra en être autrement. » Il est vrai que l'hypothèse même de l'unipolarité incite naturellement à l'action unilatérale, comme Posen et Ross (1996-97) l'avaient noté longtemps avant que la guerre préventive ne devienne la doctrine officielle du pays.

« C'est là pure chimère », hasarde Posen. Mais c'est cette chimère que le monde a pu observer et dû subir de la part d'une administration venue armée de cette illusion, et qui a démontré que l'attaque du 11 Septembre lui donnait l'occasion d'imposer sa vision démesurée, sinon à des alliés craintifs, du moins à l'opinion américaine elle-même. Il y a, de fait, une forte contradiction entre les vertus raisonnables de l'engagement multilatéral et le romantisme populiste de l'action unilatérale ; l'administration Bush l'a résolue le plus souvent aux dépens des calculs rationnels. Mais, face aux complications très largement inattendues en Irak, plusieurs partisans de Bush, passé l'enthousiasme des débuts, ont quelque peu recouvré la raison pour suggérer au moins de faire semblant de rétablir un concert des nations (Bell, 2003), pour poser (avec bien du retard) l'épineuse question de la légitimité de l'action unilatérale (Kagan, 2004), pour — comble de la contrition ! — suggérer un retour devant les Nations unies afin de convaincre d'autres pays d'envoyer des troupes (Krauthammer, 2004).

Mais le mal était fait. Et ce mal est ancien, même s'il est devenu plus aigu, opposant deux lignes de pensée que l'Amérique ne réussit pas aisément à concilier. Deux décennies plus tôt, Joseph Nye (1985) s'était déjà insurgé contre l'unilatéralisme érigé en doctrine par l'administration Reagan : « Ni la fermeté ni l'unilatéralisme ne peuvent constituer à eux seuls des remèdes aux problèmes complexes qui exigent pour leur solution une coopération internationale », avait-il averti. Et de rappeler combien le public américain, comme le Bourgeois gentilhomme ignore qu'il fait de la prose, ne sait pas à quel point son pays est inséré dans des « régimes » internationaux, ni (comme c'est le cas pour la lutte contre la prolifération ou la gestion de la dette) tous les avantages qu'il en tire. Les « régimes » internationaux, ajoutait Nye, favorisent le partage du fardeau, l'échange des informations, la résolution des questions complexes en les isolant de la confrontation globale. Il conseillait sagement de maintenir en place ces « régimes » internationaux et d'en créer de nouveaux pour le maintien de la paix ou la régulation des taux de change.

C'est une ligne bien différente qu'aura choisie Reagan hier et son disciple Bush aujourd'hui : celle qui assume le lien organique entre l'ère unipolaire et le penchant unilatéral. Krauthammer (1990) avançait (dix ans avant l'élection de Bush junior) que « l'on doit faire une distinction très tranchée entre le vrai multilatéralisme et l'apparent ». Le vrai implique « l'existence d'une coalition réelle de partenaires égaux, disposant d'une force et d'une stature comparables ». Mais l'unipolarité détruit l'idée même de partenariat égalitaire. Nous avons donc affaire à un pseudo-multilatéralisme où la seule grande puissance digne de ce nom agit essentiellement en solitaire, mais, « embarrassée par cette idée et fidèle au souvenir de la sécurité collective, elle recrute un navire par ci, une brigade par là, et des souhaits de bonne chance tout autour, de quoi conférer à son action unilatérale une teinture multilatérale » — l'apparence d'un concert, comme le suggère Coral Bell. Mais même cette concertation bien hypocrite paraît de trop à Krauthammer : « Que les

Américains puissent se sentir obligés d'obtenir un hochement de tête approbateur au Conseil de sécurité de la part, par exemple, des bouchers de Tiananmen m'échappe totalement. » Mais comme ce qui lui échappe « fait encore sens pour l'opinion », il faudra donc parfois, pour des raisons strictement intérieures, que les dirigeants américains se résignent à revêtir leur action unilatérale d'oripeaux multi-, à condition bien sûr qu'ils n'en viennent pas à ajouter foi à leur propre mensonge. À la veille de la guerre en Irak, Krauthammer (2002-03) restait fidèle à lui-même : « Agir unilatéralement pour des objectifs globaux ? Où est le paradoxe ? » À cette question peu innocente, les déboires américains en Irak constituent un début de réponse, même s'il est difficile, à ce stade, d'en être absolument certain.

Ce qui est vérifié pour le recours à la force ne l'est pas moins pour les sanctions économiques : lorsqu'elles sont unilatérales, elles perdent toute chance d'être effectives et peuvent même devenir contre-productives. À partir d'une étude détaillée de cinq cas nationaux (Cuba, Iran, Viêt-nam, Myanmar, Chine), Preeg (1999) a démontré que des sanctions qui n'ont pas été validées et rendues collectives par l'ONU ont fini par pénaliser les pauvres dans le pays cible et par pousser le gouvernement visé par les sanctions à devenir plus répressif. Pour être unilatérales, elles pénalisent davantage les firmes américaines, alors que le pays cible conserve sa marge de manœuvre commerciale pour acheter ailleurs biens et services. Le pays unilatéralement placé sous sanctions va de surcroît les utiliser pour rendre la classe commerciale et industrielle nationale plus dépendante et pour s'engager dans une campagne de propagande anti-américaine où il se présentera comme victime de l'arbitraire.

Pourquoi, si tels en sont les coûts, s'attacher à l'unilatéralisme ? Le testament des Pères fondateurs n'avait jamais été vraiment remis en cause, du moins jusqu'en 1914, moins par fidélité que parce qu'il cadrait bien avec l'émergence d'une nouvelle puissance qui, pour imposer le respect aux vieilles nations, penchait naturellement vers ce que David Lake (1999) a appelé « un opportunisme tous azimuts », en ce sens que l'Amérique devait saisir toute occasion pour s'affermir et promouvoir ses intérêts, sans se laisser enchaîner par des alliances durables ou des calculs trop complexes. Reconnue en 1914 comme une des puissances mondiales, puis en 1945 comme la première d'entre elles, l'Amérique, jusque-là adepte de l'unilatéralisme, pouvait se repositionner comme championne d'un multilatéralisme institutionnalisé dans des alliances et des organisations internationales dont elle inspirait le concept et sur lesquelles elle pensait à juste titre pouvoir exercer son contrôle. L'action unilatérale demeurait néanmoins une option à laquelle l'Amérique pouvait toujours recourir si son contrôle sur les organismes multilatéraux, sécuritaires ou économiques, venait à diminuer. Elle n'a pas manqué, à maintes reprises, de le faire.

Si Lake a raison, l'option unilatérale aurait dû devenir celle du dernier ressort. Tel n'est pas le cas : le paradoxe actuel vient du fait que le recours à cette option allait logiquement faiblir précisément parce que l'Amérique, déjà sortie victorieuse de la guerre froide, a vu sa position globale renforcée au cours des dernières années. Dans cette logique, les hégémonistes américains auraient pu suivre une tout autre voie, consistant à pratiquer avec d'autant plus de conviction le multilatéralisme qu'ils étaient conscients de la position absolument privilégiée de leur pays dans le système global, les autorisant à exercer à l'avenir un contrôle encore plus ferme sur les organismes internationaux dont ils sont partie prenante, tout en tirant de larges avantages du *pooling* de ressources que ces organismes leur proposent. Si tel ne fut pas le cas, ni en matière stratégique ni en matière commerciale (cf. *infra*, chap. 6), ce n'est pas à cause d'une erreur de jugement, mais sans doute parce que ces hégémonistes qui tiennent le haut du pavé à Washington recherchent désormais un niveau de contrôle bien plus élevé. C'est précisément dans cette quête d'une hégémonie plus nette que l'on discerne une stratégie nouvelle, impériale.

Éléments d'une stratégie néo-impériale

Ce que le *Draft* de 1992 avait tenté de faire était précisément de traduire le mélange de statut unipolaire et de velléité unilatérale en termes de stratégie. Les objectifs étaient clairement désignés : transformer aussi rapidement que possible l'avantage en situation durable qui puisse permettre aux États-Unis d'interdire qu'aucune autre puissance ne *songe* même à remettre en cause ce statut. Cela donna naissance à la chapelle Cheney/Rumsfeld avec Wolfowitz, auteur principal du document, pour vicaire, Condoleezza Rice comme prosélyte, et Zalmay Khalilzad comme un des adeptes, à défaut d'être des concepteurs, et cela fit en sorte qu'une grande *realpolitik* déroule ses manifestations sous nos yeux (Rosecrance, 2002). Cette stratégie s'exprima dans de nombreux textes officiels, tel le discours de Bush à West Point en juin 2002, *The Strategy for National Security* de septembre 2002, et plusieurs *briefs* rendus publics par le Pentagone.

Une foi profonde dans la nécessité d'une puissance militaire inégalable ; un engagement à perpétuer la suprématie militaire américaine aussi longtemps que possible ; la maximisation de l'utilité de cette puissance par un plan d'action global — tels sont (convenablement résumés par Bacevich, 2002, p. 128) les trois éléments clés du nouveau consensus au sein de l'élite dirigeante américaine au sortir de la guerre froide, que Clinton, après quelque réticence, avait fini par adopter et que George W. Bush a fortement accentué. La réélection de ce dernier en 2004 — qui fut autant un plébiscite sur ses choix qu'une reconduction de sa personne — est venue légitimer ces orientations. Brian Urquhart, ancien haut fonctionnaire de l'ONU et toujours fin observateur de la scène américaine, souligna pour sa part l'idéologie sous-jacente à ces choix ; elle est, pour lui, « fondamentalement unilatéraliste, exceptionnaliste et anti-internationaliste » (*NYRB*, 4 novembre 2004). Contrairement à ce que certains prévoient (comme Ninkovitch, Calleo ou Ikenberry) ou souhaitent (comme Gore, Lake ou Kirkpatrick), c'est-à-dire le retour à une certaine « normalité », multipolaire, multilatéraliste et un peu plus soucieuse des problèmes internes du pays, l'Amérique a plus ou moins consciemment choisi une *grand strategy* impériale.

Le vœu de Josef Joffe (1995) semble ainsi exaucé. Le choix, pour les États-Unis, était, selon lui, entre une grande stratégie à la britannique : antihégémonisme sans implication, ce qui conduit à une préférence pour la force navale au détriment des forces terrestres, des coalitions flexibles *ad hoc* plutôt que des alliances permanentes, une politique de rééquilibrage plutôt que de conquête, et l'intervention plutôt que l'implication (ou l'empêtrement). Pour être une île, pour disposer de la maîtrise de la mer et de l'air, les États-Unis peuvent être tentés par ce modèle, bien défendu, entre autres, par Coll (1992) « qui invite son pays à tenir la barre de loin, comme les Britanniques le firent si brillamment aux XVIIIe et XIXe siècles », et lui suggère un rôle de « grand facilitateur », expression très à la mode au début des années 1990. À tort, avertit Joffe qui avait perçu dès 1990 que les Américains ne pouvaient songer à un redéploiement, étant « à jamais embourbés dans le monde ». C'est, en le globalisant, le modèle bismarckien qu'il leur propose donc de suivre, parce que le *balancing* intermittent à la britannique ne peut régler convenablement des menaces à long terme, et que le *benign neglect*, toujours à la britannique, ne marche que lorsque les rapports de forces régionaux sont autosuffisants. L'idéal, pour Washington, serait des relations amicales avec chacun des acteurs, des relations meilleures que celles qu'ils entretiennent entre eux, de sorte que l'Amérique ne soit pas menacée par leur éventuelle entente visant à contenir son influence en Europe, en Asie ou au Moyen-Orient.

Cette stratégie néo-impériale précéda certainement l'arrivée de Bush à la Maison-Blanche. C'est la thèse centrale de Bacevich (2002) qui la fait remonter à 1945, peut-être même à 1917. C'est aussi l'avis de Posen (2003), même s'il en situe l'origine plus récemment : « Au vu de leur potentiel, les États-Unis sont une grande puissance depuis au moins un siècle. Mais c'est autour de la fin des années 1990 que l'élite de la Sécurité nationale (tant républicaine que démocrate) s'est fixé une politique d'hégémonie. » Désormais, ajoute Posen, la question est simplement de savoir de quelle hégémonie il s'agit : multilatérale, libérale et soucieuse de légitimité, version Clinton, ou unilatérale, nationaliste et obsédée par la puissance matérielle, version Bush. Incontestablement, il s'agit là d'un choix national majoritaire qui dépasse un dirigeant, une coterie ou un parti en particulier, même si nul ne songerait à nier que les néoconservateurs (voir chapitre suivant) ont énormément contribué à son adoption, sinon à sa conceptualisation dans sa version actuelle. Comment en faire la synthèse ? En dépit des nécessaires nuances d'un dirigeant à l'autre, John Ikenberry (2002) a réussi — correctement, à notre sens — à présenter en sept points les ingrédients de la stratégie impériale poursuivie par les néo-conservateurs et largement adoptée par l'administration arrivée aux affaires depuis 2000 (pour conclure néanmoins à son probable échec). Tout en retenant ces ingrédients comme intitulés, nous en tirerons, pour notre part, des conclusions différentes, notamment à la lumière de leur mise en œuvre pendant les années qui ont suivi leur énonciation.

(a) D'abord le maintien de l'ordre unipolaire, ce qui implique de disposer d'une puissance militaire « telle qu'elle rende inutile la course aux armements des temps passés », selon l'expression de George W. Bush à West Point, non par la concertation ou par l'*arms control*, mais par l'inscription d'une distance telle entre les moyens militaires de l'Amérique et ceux des autres grands pays qu'elle finit par les désespérer de pouvoir un jour la rattraper. C'est là, dans une large mesure, la reprise de la thèse principale du *Draft* de 1992 et qui conduit d'abord à rester vigilant vis-à-vis de l'émergence éventuelle de la Chine, à continuer à surveiller la Russie, et à adopter une politique de plus en plus méfiante à l'endroit de l'Union européenne. « La force est devenue l'instrument favori de l'action américaine dans le monde », écrivait Bacevich dès 1990. Bush, au moins, ne le contredira pas (voir chap. 3).

(b) Une révision permanente des menaces en privilégiant les *unknown unknown*, les dangers qu'on ne sait même pas ne pas connaître, et donc les plus menaçants, comparés aux dangers qu'on sait ne pas connaître ou à ceux que l'on sait connaître, tels qu'énumérés par Rumsfeld. À la veille de la guerre d'Afghanistan, ce dernier confiait à Woodward (2002, p. 23) qu'il était inquiet « face à notre tendance à confondre ce qui est peu familier avec ce qui est improbable. Le danger est dans la pauvreté de nos prévisions, l'obsession paresseuse de quelques menaces qui peuvent être plus familières que probables ». C'est là l'introduction d'un climat d'incertitude totale sur la qualité de l'information que le gouvernement reçoit, une remise en cause permanente des vérités les plus incontestables, et la porte ouverte à l'imagination en lieu et place d'une gestion rationnelle de l'information et de son traitement idoine.

À la veille de la guerre d'Afghanistan, les néoconservateurs se plaisaient à la présenter aussi comme « une guerre contre le faux relativisme moral qui exige, pour justifier la décision d'aller en guerre, des preuves égales à celles qu'exigerait un système judiciaire intérieur raffiné » (Black, 2001). Nous avons vu de nouveau cette approche à l'œuvre, dans les mois qui ont précédé la guerre d'Irak, pour la faire accepter dans l'opinion : marquée par un refus de voir l'évidence, par des spéculations idéologiquement inspirées contre toute logique, comme si des dirigeants trouvaient un plaisir pervers à contester le consensus et à ignorer le bon sens. On comprend la conclusion prévisible d'une telle fétichisation de l'incertitude : il n'y aura jamais de préparatifs assez larges, assez onéreux, assez farfelus pour satisfaire l'insatiable besoin de sécurité du pays le plus puissant de la Terre. Le besoin de sécurité absolue posé en dogme n'est pas une simple drogue intoxicante quand il est ressenti par une aussi grande puissance ; il devient, comme le cas israélien le démontre ces dernières années à un niveau régional, l'alibi légitimant d'un *animus dominandi* qui marque à tel point les puissances hégémoniques en mal de dragons à abattre qu'elles n'hésitent pas à s'en inventer.

Eliot Cohen est bien représentatif de cette ligne. Il a été l'un des premiers (1990) à reconnaître l'effondrement soviétique, mais pour en tirer des conclusions singulières : plus que jamais la guerre est probable, la force militaire est loin d'être devenue obsolète, et la nature du système international est loin d'avoir changé. Pourquoi un diagnostic aussi pessimiste ? Parce que, disait-il, les arguments les plus courants pour infirmer son analyse étaient incomplets : la nature ultra destructrice des armes ne les avait pas rendues inutilisables ; l'absence de guerre n'est pas la paix kantienne ; l'émergence des acteurs transnationaux n'affecte pas la prévalence des États. Le problème, disait-il, « est que les Américains ont oublié comment penser le stratégique en l'absence d'un ennemi évident ». Et pourtant, il faut que leur pays reste la première puissance militaire, pour cinq raisons au moins. Les quatre premières sont logiques : défendre le territoire, soutenir des alliés menacés, jouer le coupe-feu entre deux protagonistes dont le conflit peut menacer les intérêts de l'Amérique, protéger les flux du commerce international. Mais Cohen avançait une cinquième raison qui fut reprise mille et une fois par l'équipe Bush, notamment par le duo Cheney/Rumsfeld : l'incertitude — il faut demeurer puissant pour faire face à des menaces que l'on ne sait pas ne pas connaître. C'est le tonneau des Danaïdes — sans fond, sans fin, sans considération aucune pour les autres —, d'une définition de la sécurité qui ressemble étrangement à un état de guerre permanent.

(c) Un rejet de la dissuasion au profit de l'offensive préemptive ou même préventive comme réaction normale à toute perception d'une menace. Ce *dictum* marque une rupture avec une stratégie établie depuis près d'un demi-siècle. Il est fondé sur l'idée, passablement contestable, que de nombreux acteurs, États ou non, qui peuvent menacer la sécurité américaine sont insensibles à la dissuasion et doivent être affrontés par avance sur la seule présomption de leurs intentions supposées. C'est ainsi qu'un des partisans de l'administration Bush, Kenneth Pollack (2002), a obtenu un immense succès de librairie avec un livre (qui a emporté l'adhésion de libéraux autrement moins faciles à convaincre, les poussant à afficher un silence embarrassé) visant à démontrer qu'à sept reprises, pendant sa carrière présidentielle, Saddam Hussein avait fait la preuve qu'il était totalement insensible à la dissuasion, et qu'il ne laissait donc à l'Amérique d'autre issue que de l'évincer par la force. Chaïm Kaufmann (2004) a superbement revisité chacun de ces sept cas et a montré, tout au contraire, que le raïs irakien était un joueur rationnel particulièrement sensible à la dissuasion quand elle était appliquée avec un objectif précis.

Bush a beau jeu d'appeler sa doctrine « préemption » en vue de l'insérer dans le cadre de la légitime défense validée par la Charte de l'ONU et par l'ensemble du droit international ; mais la préemption exige que la menace soit immédiate, indiscutable et substantielle, ce que Bush omet clairement d'indiquer, incitant la majorité des observateurs, qu'ils lui soient hostiles (Hoffmann, A. Schlesinger, Posen) ou même favorables (Krauthammer, 2002, et Kagan, 2004), à affirmer que c'est bien de guerres préventives qu'il s'agit (sur la légalité de cette stratégie, cf. *infra*, chap. 4). L'affaire irakienne est là pour illustrer parfaitement comment (b) et (c) peuvent se combiner pour enclencher une guerre de choix.

Dans la *National Security Strategy* de 2002, c'est cette dimension qui a le plus retenu l'attention. « Circulez, il n' y a rien de nouveau à voir ! » semblaient pourtant dire les thuriféraires de l'administration qui rappelaient — à raison, d'ailleurs — les nombreux précédents d'actions préventives conduites par les États-Unis, de la lutte contre les corsaires, avant même leur création, jusqu'aux assassinats préventifs commis par la CIA avant 1976. Il n'en reste pas moins que (contrairement à ce que pensent ses partisans, et même certains de ses détracteurs) il y a du nouveau dans cette tournure, dans la confusion entre préemption et prévention, dans l'espèce de routinisation de cette confusion, tout au long de la mobilisation pour la guerre en Irak, dans la légitimation *de facto* (assurément pas *de jure*) qu'une telle doctrine obtient du fait de son adoption par la plus grande puissance, dans la justification de la frappe sur simples soupçons. Si l'on poussait la logique jusqu'au bout, on pourrait dire que le président devra désormais se justifier *de s'être abstenu* de frapper un pays alors qu'il nourrissait des doutes sur ses intentions ou sur ses préparatifs. Ainsi de Bush qui, depuis l'énonciation de cette doctrine, est d'ailleurs sollicité d'expliquer pourquoi, alors qu'il entretient encore plus de soupçons sur leurs programmes nucléaires, il n'a pas encore envahi la Corée du Nord ou l'Iran. Cette doctrine est donc de nature à restreindre la marge de manœuvre du gouvernement parce qu'elle le poussera à se défendre contre les griefs d'omission autant que sur ceux d'avoir agi. Faut-il enfin noter la recrudescence de l'antiaméricanisme que l'expression d'une telle doctrine a pu susciter à travers le monde ?

(d) Une révision radicale du concept de souveraineté pour, d'un côté, autoriser des interventions militaires n'importe où sur la planète, et, de l'autre, rendre les États responsables (éventuellement coupables, et, partant, punissables) de tout ce qui se passe sur leur territoire, quel que soit le contrôle effectif qu'ils exercent sur lui. La guerre d'Afghanistan, où les Taliban ont été punis pour avoir accueilli al-Qaida, en est un exemple parfait et probablement légitime. Mais on imagine aisément les dérives que ce principe peut inspirer quand on sait l'incapacité d'une bonne cinquantaine d'États à exercer un contrôle effectif sur l'ensemble de leur territoire, à moins cependant que le mélange de leur faiblesse et de leur culpabilité ne les convainque d'accepter le secours des *Special Forces* américaines… De la Géorgie à la Colombie, du Pakistan à la Mongolie en passant par plusieurs dizaines d'autres pays, ce seuil, avec enthousiasme ou par peur de la colère de l'Aigle, a déjà été largement franchi.

(e) Une révision à la baisse des normes internationales au profit de l'action unilatérale, toujours plus aisée à entreprendre (cf. *supra*).

(f) Le principe selon lequel « c'est la mission qui détermine la coalition, et non l'inverse » (Rumsfeld). Ce principe conduit en général à considérer les alliés moins comme des partenaires durables que comme des atouts ponctuels ; il conduit aussi évidemment à dévaluer l'OTAN et à la transformer en simple « réservoir » de ressources. L'unité de l'Europe devient, dans cet esprit, plus un obstacle qu'un atout, et certains partisans de l'administration (Gerard Baker, *The Weekly Standard* du 22 septembre 2003, par exemple) appellent désormais à œuvrer à sa désagrégation (cf. chap. 5).

(g) Un manque d'intérêt affiché pour la stabilité, une aversion pour le statu quo, et, partant, un étrange attrait pour le chaos, qui, pour devenir « créatif », peut d'abord engloutir des milliers d'hommes dans ses tourbillons. Philip Zelikow (2003), qui a contribué à la rédaction de la *Strategy for National Security* de 2002, reconnaît ouvertement que cette stratégie a été sciemment mise noir sur blanc dans un but de provocation. Christian Brose, rédacteur en chef adjoint du *National Interest* (livraison de l'été 2003), admire pour sa part les similitudes entre cette stratégie et… la philosophie de

Nietzsche. Ce seraient également de pures provocations. G.W. Bush et le philosophe allemand auraient en commun une même horreur du conformisme, un même besoin d'abattre dogmes et idoles. Pour le président américain, l'objectif serait de « faire unanimement admettre la position hégémonique de l'Amérique comme seule garantie de la sécurité internationale ». Faisant fi de la connotation péjorative de l'adjectif dans le langage politiquement correct américain, Brose qualifie cette stratégie de « radicale », et souligne l'engouement qu'elle susciterait, tout autant que les idées du philosophe allemand, chez les jeunes Américains, les « enfants de Reagan ».

Ce chaos créatif, Thomas Barnett (2004) l'appelle élégamment « perturbation systémique » dans un livre qui ne pèche pas par excès de modestie mais qui propose une rupture si nette avec la politique traditionnelle des États-Unis qu'il mérite qu'on s'y attarde. L'auteur a passé le plus clair de sa carrière au Pentagone, travaillant pour des secrétaires d'État successifs, jusqu'à Rumsfeld compris. Il n'a nullement peur de l'exemple spartiate (un adjectif positif sous sa plume). S'autodésignant comme l'égal et le successeur de George Kennan, le grand théoricien de l'endiguement aux premiers jours de la guerre froide, il ne propose rien moins que de donner un sens à la stratégie américaine depuis que l'implosion de l'URSS a rendue obsolète cette approche. Son diagnostic est sévère : l'Amérique a navigué à vue pendant les années 1990 en ignorant que la globalisation s'accélérait sans que personne soit à ses commandes. Barnett appelle la phase actuelle « Globalization III » : la première avait été inspirée par les idées de Wilson, la deuxième (1945-1980) le fut par les idées de Truman, l'actuelle (entamée en 1980) permettra de « globaliser la globalisation » en l'étendant aux régions encore réticentes à l'accepter.

Tout comme Rumsfeld, Barnett n'hésite pas à penser que les attentats du 11 septembre 2001 ont été « un formidable cadeau, une invitation de l'Histoire » (p. 34) adressée à une administration parvenue au pouvoir sans grandes prédispositions interventionnistes, et qui pourra désormais utiliser cette « opportunité » pour imposer les normes de la globalisation aux pays qui les refusent encore. Car le monde est, selon lui, divisé en deux zones : non plus le « monde libre » et le « bloc soviétique », mais un « noyau » fait de pays globalisés et donc « connectés » (ou branchés), et une « trouée » de pays « déconnectés ». La « vision stratégique » de l'Amérique (p. 25) doit consister à élargir l'espace des premiers en réduisant celui des seconds et en poussant ces derniers (par tous les moyens, militaires compris) à accepter les normes globalistes, non seulement économiques, mais aussi sécuritaires. Dans une binarité qui n'a rien à envier à celle de la guerre froide, « le monde est divisé entre ceux qui pratiquent la globalisation et en acceptent les normes, et ceux qui veulent en exclure de larges portions de l'humanité ». L'objectif ultime n'est rien moins que l'élimination pure et simple de la « trouée ». C'est une question de vie ou de mort : « L'un de nous doit disparaître : ou le noyau assimile la trouée, ou celle-ci fait éclater le noyau » (p. 249).

On comprend ainsi la mission spécifique des États-Unis à l'orée du IIIe millénaire, d'autant plus vitale que la globalisation est leur « invention » : quand il y a des normes, il y a toujours une entité chargée de les faire appliquer. Barnett n'hésite pas à affirmer que les pays connectés (le « noyau », dont notamment l'Europe) ont intériorisé ces normes et n'ont plus guère besoin de léviathan extérieur pour les leur imposer. Vis-à-vis du reste du monde, les pays avancés ont confié en sous-traitance cette mission toute wilsonienne à l'Amérique, une Amérique qui doit, pour se consacrer à cette tâche planétaire, cesser de chercher benoîtement quel État pourrait rivaliser avec elle d'ici deux ou trois décennies pour se préparer à l'affronter (un sport qui aurait occupé l'essentiel du temps des stratèges du Pentagone après 1990) parce que « l'avenir ne consiste pas à déceler la plus grosse menace présente dans l'environnement, mais à affronter un environnement de menaces » (p. 69). L'Amérique doit aussi éviter (p. 192) de voir ses mesures de sécurité à court terme amoindrir les capacités d'expansion de la globalisation, elle doit comprendre (p. 119) que cette guerre dans laquelle elle s'engage n'a ni début défini ni fin prévisible, que la définition de son ennemi ne cessera de changer et que ses alliés ne seront jamais les mêmes, tel ou tel allié entrant dans les coalitions qu'elle constituera dans un permanent jeu de chaises musicales.

En contrepartie, ces alliés doivent faire maintes concessions pour permettre à l'Amérique d'accomplir la mission dont ils l'ont chargée : ils doivent (p. 170) comprendre que l'Amérique est obligée d'agir de manière préemptive pour venir à bout de la « trouée », et ce (p. 176), le plus souvent unilatéralement ; que (p. 270) non seulement le gouvernement américain « est la plus grande force agissant pour le bien dans le monde, mais que l'armée américaine est l'instrument principal de ce bien ». Pour lui permettre d'agir à sa guise, ils doivent mettre à sa disposition leurs ressources (p. 58) et cesser de vouloir lui imposer des normes comme celles de la Cour pénale internationale. Et s'ils n'acceptent pas tout cela ? Eh bien (allusion très claire aux opposants européens à la guerre contre l'Irak), ils démontreraient (p. 288) qu'ils sont en réalité de « petits esprits égoïstes préférant des échecs américains à l'expansion globale du noyau dont ils font partie ».

Car, dans cette « quatrième guerre mondiale » entre les globalisés et ceux qui tardent à le devenir, l'invasion de l'Irak constitue à la fois un prototype et une première étape. Pour réaliser sa mission, l'Amérique suscitera à chaque fois un « *big bang*, une perturbation systémique » préemptive et, s'il le faut, unilatérale, qui fera par exemple de l'Irak (« déclencheur plutôt que cible », choisi parce qu'il était gouverné par « le Grand Déconnecteur, alias Saddam Hussein », p. 286) le grand champ de bataille pour contrôler l'âme de cette région. « Si l'Amérique est capable de reconnecter l'Irak au reste du monde, nous aurons remporté une bataille décisive et la transformation du Moyen-Orient pourra commencer sérieusement. » Pour cela, l'Amérique a pris le risque d'aggraver les menaces qui la visent, mais ce n'est que provisoire. L'opération de « perturbation systémique » (qui ressemble étrangement à la politique du « chaos intentionnel ») ne se limitera pas au Moyen-Orient : en Asie, en Afrique et en Amérique latine, les autres zones de la planète qui ne sont pas encore connectées accéléreront leur raccordement au « noyau » parce qu'elles auront compris que l'Amérique est désormais engagée à « exporter sa sécurité » dans l'ensemble du monde déconnecté. Nous verrons plus loin (chap. 3) ce que cette stratégie implique au niveau militaire, et comment (chap. 7) elle peut être affectée par l'évolution de l'Irak. Mais force est déjà de constater l'ambition grandiose de Barnett pour son pays, qui le conduit non sans raison à conclure (p. 294) que ce qui est en cours n'est rien moins que la mise en œuvre des aspects du wilsonisme que l'on croyait utopiques, de telle sorte que « l'Amérique reprenne son rôle historique en tant que force la plus révolutionnaire de la planète ».

L'Amérique « révolutionnaire » ? Tel est sans doute le cœur du sujet. Un des mots les plus honnis des tenants de cette stratégie impériale est celui de « stabilité », pour son immoralité organique et « parce qu'il fait perdre bribe par bribe à l'Amérique les avantages de son statut unipolaire » (Krauthammer, 2004). L'Amérique impériale est fatiguée des décennies où elle s'était donné pour mission de préserver le statu quo, et elle paraît tout heureuse de renouer avec sa tradition révolutionnaire. L'occasion est donc trop belle pour ne pas modifier les règles du jeu. Cette tendance offensive va favoriser, dans les *think tanks*, l'éclosion d'idées non moins osées. Anna Simons (2003), professeur à la Naval Postgraduate School, envisage le retour à une véritable stratégie de conquête. Le thème peut paraître outrancier, il fait mouche : Simons regrette que les Occidentaux aient cessé d'arracher des territoires et de soumettre des populations. Avec l'ONU qui l'a interdite, la dissolution des empires coloniaux qui l'a inversée, les armes nucléaires qui l'ont rendue plus risquée, l'habitude prise de combattre une idéologie (le communisme) plutôt qu'un ennemi enraciné, la conquête territoriale est tombée en désuétude, d'autant plus qu'avec, dit Simons, « notre tendance à sublimer nos instincts expansionnistes sur le terrain commercial en conquérant des marchés [...], nous ne cherchons pas de contrôle physique permanent, nous ne cherchons pas à dominer des populations contre leur gré, nous ne forçons personne à travailler pour nous, nous n'imposons aucun tribut ni n'arrachons rien aux autres sans les en dédommager ».

Ce rejet de la conquête, devenu une norme internationale, produit cependant des effets pervers. Simons lui rattache avec plus ou moins de bonheur le phénomène africain des enfants-soldats, les opérations-suicides, le nettoyage ethnique, le terrorisme cosmopolite : des actes qui conduisent à tuer plutôt qu'à conquérir, commis par des groupes qui ne peuvent conquérir l'Occident et qui savent que celui-ci ne cherche plus, de son côté, à conquérir, au bon vieux sens colonial, leurs propres pays. S'ils veulent vraiment imposer leur volonté, les États-Unis devraient donc se préparer de nouveau à combattre avec pour objectif de s'approprier et non plus seulement celui de gagner ; ce qui exige non seulement une plus grande mobilité des troupes mais les ingrédients d'un *staying power* au lendemain des victoires. Dans cette logique, les États-Unis devraient se préparer à fonctionner comme un empire, idée qu'ils avaient commencé à mettre à exécution au début du XXe siècle et qu'ils devraient revalider aujourd'hui.

Une telle régression exige évidemment une tout autre éthique. Robert Kaplan (2003), qui a accompagné les *Special Forces* de son pays dans de nombreuses missions, fait de leurs officiers un portrait à faire pâlir de jalousie les chroniqueurs coloniaux d'antan. Ces champions de l'« éthique païenne », qui parlent la langue des indigènes, disposent des armes les plus sophistiquées et communiquent en temps réel avec le Pentagone par voie satellitaire, seraient les pionniers de l'Amérique de demain. Cette Amérique serait marquée par la réunification de la décision militaire et de la décision politique, en réalité par la subordination de la diplomatie à l'institution militaire, par des interventions répétées sans autorisation préalable du Congrès (parce que l'aspect inopiné des frappes préventives est devenu crucial), par une coopération directe des militaires avec les grands groupes financiers, bref, par la fin de la démocratie, sinon du politique. Le droit international sera de plus en plus insignifiant, cependant que, « comme dans l'Antiquité, la justice dépendra surtout de la fibre morale personnelle des chefs militaires sur le terrain ». Pour les ennemis de demain, « nos valeurs morales et notre peur des morts collatérales représenteront nos pires vulnérabilités ». Attention, en particulier, aux médias dominés par une aristocratie cosmopolite qui n'a aucun sens de l'intérêt national : « leur pouvoir est dangereux parce qu'il affecte la politique de l'Occident, alors qu'il n'est pas responsable du résultat ». Alors, aucune limite à l'exercice de cette puissance ? Si : la « miséricorde » pour ses victimes !

L'idée que la guerre aurait atteint une « quatrième génération » et que celle-ci serait radicalement différente des précédentes circulait depuis une quinzaine d'années dans l'establishment militaire, notamment celui de la Marine. La nouvelle guerre serait, pour résumer, marquée par la fin des distinctions entre guerre et paix, entre civils et militaires, entre mission et responsabilité, entre justice interne et action internationale (Raban, 2005). Ces vaticinations sur le thème de la globalisation militarisée, sur celui d'un retour nécessaire à une stratégie de conquête, ou encore sur celui de l'éthique païenne, ne retiennent l'attention que parce qu'elles illustrent, parfois en les amplifiant, les penchants révolutionnaires des hégémonistes que l'on retrouve, depuis 2001 au moins, à des postes clés du gouvernement fédéral. Certaines de ces idées sont par trop outrancières pour être officiellement adoptées, mais d'autres sont déjà en cours de mise en œuvre, de la théorie préventive à la prééminence du Pentagone en passant par la création de départements nouveaux chargés de la reconstruction des États (cf. *infra*, chap. 3 et 4). La stratégie de domination hégémonique mondiale est, jusqu'à preuve du contraire, la doctrine officielle de l'Amérique. D'aucuns observent que l'administration, rassurée par la reconduction du président pour un second mandat, pourrait revenir discrètement sur les aspects les plus offensifs de cette doctrine (Gaddis, 2005) et, au printemps 2005, le Pentagone mettait les dernières touches à un nouveau « concept stratégique » qui pourrait être plus multilatéraliste dans son inspiration, tout en maintenant le recours à la guerre préventive. Il faut souhaiter, sans nourrir l'espoir qu'une éventuelle révision de cette doctrine soit aussi péremptoire que le fut son énonciation, que des gestes viennent atténuer le déferlement de machisme qui a suivi le 11 Septembre, machisme que des esprits un peu plus raisonnables avaient, en Amérique même, su critiquer.

Les sceptiques de l'Empire

Car ce choix néo-impérial a beau avoir été explicitement validé par l'électorat en 2004, il reste sensible aux évolutions sur les champs de bataille, aux critiques d'une fraction substantielle de l'establishment politique et universitaire, et à un éventuel revirement de l'opinion. Nul aux États-Unis ne peut rester insensible à la vague d'anti-américanisme que ces choix ont suscité, Bill Clinton accusant même ouvertement son successeur de s'être aliéné le monde entier. C'est d'ailleurs moins sur des bases morales ou légales que, le plus souvent, l'opposition s'exprime, qu'en fonction d'un robuste scepticisme sur la faisabilité pratique d'une telle stratégie et sur ses effets pour l'intérêt national des États-Unis. Formulées sous quatre angles distincts, ces attaques rencontrent bien sûr un écho inégal dans l'opinion la plus large.

• Le premier est celui des *conservateurs traditionnels* pour qui la fin du monde unipolaire constitue à la fois un pronostic et un vœu. Christopher Layne (voir l'ensemble des références citées, surtout 1997) incarne cette école qui pose que le retour à la multipolarité est inévitable du fait de l'émergence de nouvelles puissances et du déclin relatif de la primauté américaine : « Ni des stratégies bénignes ni des stratégies préventives ne peuvent interdire l'émergence de challengers et, partant, la fin de la prédominance américaine », écrit-il (Layne, 1993). Qui plus est, les systèmes hégémoniques antérieurs n'ont su être que transitoires : les moyens finissent toujours par manquer à la puissance dominante qui aura suffisamment provoqué les autres pour les sortir de leur résignation. La stratégie que Layne propose se fonderait sur un budget militaire modéré (avec concentration de l'effort sur les forces navales et aériennes), la fin des engagements sécuritaires en Europe et en Asie, et le refus de participer à des opérations militaires qui ne concerneraient pas l'intérêt national au sens strict. Layne note justement qu'une stratégie fondée sur le maintien de l'ordre global est organiquement biaisée dans le sens d'une surestimation des risques et des menaces (il suffit d'entendre Rumsfeld parler des *unknown unknown* pour en donner une illustration quasi caricaturale).

On reprochera à Layne son déterminisme fataliste, sa prédiction ratée de 1993 annonçant un monde qui serait à nouveau multipolaire en 2003, mais surtout son incapacité à produire un challenger crédible : dans ce rôle, il imagine d'abord (1993) le Japon et l'Allemagne, puis il se ravise pour désigner la Chine (1997), et il finit par choisir l'Union européenne (2003). Sa lecture est néanmoins partagée par ceux qui, reaganiens ou pas, membres ou non du Cato Institute, sensibles ou non aux idées de Pat Buchanan, pensent que les néoconservateurs qui inspirent l'administration Bush ont trahi le conservatisme américain classique. C'est le cas, entre autres, de deux *fellows* de l'Heritage Foundation (Holmes et Hillen, 1996) qui écrivent en réponse au programme néo-impérial proposé par Kristol et Kagan (cf. chapitre suivant) : « Il est vraiment choquant de découvrir qu'un gouvernement qui gouverne pour une si faible part l'Amérique est appelé à gouverner pour une si large part le monde [...] Un leadership global ne saurait devenir une gendarmerie globale [...] les Américains ont besoin d'une mission pour légitimer leurs opérations extérieures, non de croisades préfabriquées. » Dans une lignée similaire, notons un essai qui fit grand bruit (Gholz *et al.*, 1997) et dont le titre était explicite : *Come Home, America !*, dans lequel les auteurs appellent à un désengagement militaire américain radical dans le monde, comprenant le retour des troupes stationnées en Europe et en Asie et leur démobilisation, de même que le démantèlement de l'OTAN. L'Amérique s'en remettrait pour sa défense à son arsenal nucléaire qui, s'il n'interdit pas la guerre, sanctuarise les pays qui en sont dotés. Les déploiements militaires extérieurs seraient strictement réservés à la seule région où ils paraissent encore indispensables : les pays pétroliers du Golfe. Pour le reste, « le gouvernement devrait cesser de vouloir nous vendre telle ou telle nouvelle stratégie qui voudrait mettre fin aux guerres des autres, démocratiser tous azimuts, ou faire la démonstration permanente de la prépondérance de notre pays » — un pays qui devrait essayer d'appliquer une stratégie qu'il n'a jamais appréciée à sa juste valeur : la retenue.

• La deuxième contestation émane d'experts « réalistes » qui, tout en étant de fervents soutiens d'une position de puissance, sont effrayés par l'ampleur et le coût de cette stratégie.

Russell Mead, qui appelle à ce que « le pays apprenne à concilier ses objectifs avec ses moyens limités » (2003), résume bien ce choix de la retenue et du bon sens alors qu'un ou deux ans plus tôt (2001) il paraissait admiratif du « mélange d'idéalisme wilsonien et de force jacksonienne » qui s'incarnait à ses yeux chez Bush junior. Plus inclassable, Zbigniew Brzezinski prône une quête hégémonique déterminée, qui a parfois trouvé à se développer en parallèle avec celle des néo-impérialistes, parfois contre eux. Longtemps après avoir quitté son poste de conseiller du président Carter pour la sécurité nationale en 1980, Brzezinski est resté prolifique et omniprésent dans les débats qui ont agité depuis lors l'Amérique. Son influence n'est peut-être pas proportionnelle à cette présence, mais son discours reste un des exemples les plus limpides de la réflexion géopolitique « européenne » classique. Son « nationalisme robuste » ne l'a cependant jamais conduit à revoir ni son engagement internationaliste, ni, comme son rival Henry Kissinger le fera à ses dépens, à rejoindre les néoconservateurs.

Sous Reagan, ces derniers épinglèrent déjà Brzezinski pour sa propension à faire des trocs avec l'URSS et à sous-estimer la supériorité morale des États-Unis ; ils apprécient encore moins son insistance à considérer le démocrate Truman, plutôt que leur champion Reagan, comme le véritable architecte de la victoire dans la guerre froide ; ils n'apprécient pas du tout sa critique de leur prétention à démocratiser le monde, par la force si nécessaire (2003-04). Après la décomposition de l'URSS, il avait d'abord exclu la possibilité d'un « système global sous hégémonie américaine » (1991), mais, comme beaucoup, il devint vite bien plus confiant dans ce qu'il appela la « primauté » (*primacy*) de l'Amérique (1997), se rapprochant ainsi de ses adversaires d'hier. Dans cette logique, l'ensemble eurasiatique est pour lui le « grand échiquier » des rivalités géopolitiques. Il note que Hitler et Staline avaient également tenté d'en exclure les États-Unis, et qu'il est désormais temps d'y installer durablement l'influence américaine, d'autant plus que, pour lui, l'explosion de l'URSS n'a pas seulement mis fin à quelques décennies de pouvoir léniniste, mais à des siècles d'expansionnisme russe. Il y a donc « un vide à remplir d'urgence », moins en s'inquiétant de la transition russe qu'en veillant à la consolidation des nouveaux États indépendants de l'ex-bloc. Cet avocat de l'indépendance des pays issus de la désintégration soviétique pousse à élargir rapidement l'OTAN vers l'Europe de l'Est, d'autant plus qu'il ne cesse de percevoir des velléités impériales (1993) dans la politique russe. Tout partenariat avec l'ex-empire soviétique lui paraît ainsi « prématuré » (1994) tant que la Russie ne s'est pas résignée à n'être que la Russie, et qu'elle ne s'est pas démocratisée. Clinton lui semble trop confiant dans la disparition de la « menace russe ». Comme les néoconservateurs, il crie au « gaspillage de la victoire dans la guerre froide », mais, contrairement à eux, ce cerveau de la Trilatérale en appelle à une coopération accrue avec le Japon, tout en étant largement favorable à l'émergence de la Chine (1997). Il se prononce contre les appels « hystériques » à voir en elle une menace ou un nouveau pôle semblable à ce qu'était l'URSS, et il n'hésite pas à lui reconnaître une hégémonie régionale, voire un rôle mondial. Des néoconservateurs il se singularise aussi à propos de l'Union européenne, appelant à son extension, à son approfondissement et à son autonomisation, autant que sur le Proche-Orient où il se fait l'avocat impatient de la création d'un État palestinien.

Un réalisme plus musclé s'exprime sous la plume de nationalistes d'allégeance républicaine qui, face aux ambitions planétaires aussi gourmandes que confuses de G.W. Bush et de ses amis, en appellent à une nécessaire hiérarchisation des intérêts nationaux. Le Nixon Center est devenu récemment leur refuge et son directeur, Dimitri Simes, qui a Nixon pour modèle et Kissinger pour tuteur, leur porte-parole. Simes oppose à la dérive néoconservatrice une robuste vision réaliste qu'il refuse de considérer comme cynique ou défaitiste (2004). S'élevant contre la *moralpolitik*, il appelle à une définition plus rigoureuse des intérêts nationaux et à leur poursuite multilatérale, reprochant en particulier aux néoconservateurs leur refus de coopérer avec la Russie. L'Amérique, en effet, ne peut entraîner d'autres pays dans ses équipées si elle ne leur offre rien en retour. Ces réalistes nixoniens doutent de l'ordre unipolaire implicite dans le « qui m'aime me suive ». Ils ont plutôt tendance, tel Gvosdev (2003), à comparer les équipées militaires à des sociétés par actions où chacun des actionnaires exige un retour sur investissement proportionnel à sa mise. De surcroît, les alliés potentiels ont une opinion publique souvent montée contre l'hégémonisme américain et qui prendrait pour de la faiblesse un alignement sans contrepartie sur les positions de Washington. Nous retrouvons ainsi les périls de l'unilatéralisme tels qu'exposés plus haut, et plus particulièrement « l'énorme fossé qui sépare la contrepartie que l'Amérique paraît disposée à concéder à ses alliés et leur renonciation au partage de la décision ». On saisit mieux ainsi une des clés du grand malentendu transatlantique : quand G.W. Bush répartit les pays entre « ceux qui sont avec nous et ceux qui sont contre nous », il n'a plus que l'accusation facile d'anti-américanisme pour expliquer un éventuel refus de le suivre. Les autres, par contre, lisent cette division binaire du monde comme un refus préalable de négocier une contrepartie à l'alignement des alliés sollicités et, partant, comme une manifestation inacceptable de la position unipolaire.

C'est précisément sur ce terrain de la négociation préalable que le réalisme paraît le plus convaincant, sauf qu'il accepte implicitement un monde au moins partiellement multipolaire (ou uni-multipolaire) où des « grands », certes inégaux, se concertent et s'échangent des services. L'Amérique est-elle prête à revenir à cette logique du « concert » ? Peut-être en matière commerciale, mais plus difficilement sur le terrain stratégique, surtout si elle édifie sa stratégie tel un arbre de Noël sur lequel elle accroche ses exigences pêle-mêle, sans souci de les hiérarchiser. La tension ne peut que s'exacerber si l'incapacité de l'Amérique à définir clairement ses propres priorités conduit à ce que de petits alliés lui fassent, consciemment ou non, adopter les leurs, le faible attirant le fort sur son terrain. Le paradoxe est troublant entre une Amérique qui, d'une part, refuse d'associer ses grands alliés européens ou asiatiques à la prise de décision, et, d'autre part, adopte quasi aveuglément le point de vue de modestes acteurs qui s'insèrent adroitement dans sa stratégie néo-impériale. Gvosdev (2004) en cite trois exemples : la Géorgie qui réussit à faire adopter à l'Amérique ses objectifs territoriaux, suscitant une tension supplémentaire dans les relations russo-américaines ; Taiwan qui, en poursuivant une politique d'émancipation, risque de ruiner les rapports autrement plus importants avec la Chine ; enfin Israël qui a réussi à faire partager à l'Amérique sa propre vision du terrorisme, quitte à mettre à mal les relations de l'Amérique avec plus d'un milliard de musulmans. La logique de Simes et Gvosdev, à l'opposé de celle de Brzezinski pour ce qui concerne la Russie, la rejoint pour rappeler à l'Amérique les limites de sa puissance. L'administration peut y voir la vaine nostalgie d'un « concert des nations » devenu obsolète à l'ère unipolaire et, à raison, un appel à accorder la préférence aux relations de Washington avec les autres grandes puissances sur toute autre considération. Mais n'est-il pas précisément dans l'intérêt d'une Amérique qui a décidé de revêtir le manteau de la puissance unipolaire de nier l'existence même d'autres « grands » ? N'est-ce pas là une manière de dire que le monde est bien unipolaire et non uni-multipolaire ? On l'aura compris : le cœur de cette polémique se résume bien à la question de savoir si entre l'hyperpuissance d'aujourd'hui et les autres pays du monde il y a une catégorie intermédiaire de « grands ». À cette question, Pékin, Moscou ou Paris (soutenus par les analystes dits « réalistes ») répondent par l'affirmative ; G.W. Bush et ses amis néoconservateurs ont, au contraire, tout intérêt à répondre négativement. C'est ce différend qui est la source principale du malaise suscité par le *Draft* de 1992 ou par la *Strategy* de 2002. Car l'action préventive et éventuellement unilatérale qu'ils instituent ne remet pas seulement en cause une prise en considération raisonnée de la menace à éradiquer ; elle nie implicitement l'importance d'une concertation préalable avec les autres « grands », voire leur existence même.

Plutôt que de choisir entre « grands » et « petits », comme le proposent les nixoniens, les partisans du *selective engagement*, animés d'un même jugement « réaliste » sur la faisabilité du projet impérial, préfèrent distinguer, quant à eux, entre intérêts. C'est ainsi que la *grand strategy* proposée par Robert Art appelle elle aussi à une ferme hiérarchisation des priorités et à une *realpolitik* amendée en vue de remplacer la *moralpolitik* dominante. Art (contrairement à Nye) croit en la fongibilité de la puissance militaire, mais soutient son utilisation, unilatéralement s'il le faut, exclusivement quand les intérêts vitaux du pays sont en jeu. Il distingue ainsi trois intérêts « vitaux » — interdire la prolifération des armes de destruction massive, préserver la paix en Eurasie, veiller à ce que les réserves de pétrole du Golfe restent réparties entre plusieurs États — et trois intérêts seulement « souhaitables » — maintenir un système économique mondial ouvert, diffuser la démocratie et préserver l'environnement. Face à cette sélection préalable des intérêts et, partant, des stratégies, toutes les autres alternatives seraient mauvaises : l'option de domination mondiale est au-delà des moyens effectifs de l'Amérique ; la sécurité collective n'est pas fiable ; la sécurité coopérative, risquée ; l'endiguement n'est plus d'actualité ; reste l'isolationnisme, toujours envisageable, mais il ferait perdre à l'Amérique beaucoup trop d'occasions d'étendre son influence. L'« engagement sélectif » est aussi, pour des raisons largement similaires, la stratégie qui a les faveurs de Barry Posen (1996-97), lequel, avant même l'installation de

Bush à la Maison-Blanche, présenta une critique toujours actuelle de la politique néo-impériale : manque de moyens économiques pour la soutenir ; tendance probable de plusieurs États à se constituer en contrepoids à une puissance dominatrice ; nécessité d'entrer éventuellement en conflit avec des puissances frustrées par leur manque d'influence sur le système ; risque d'*overstretch* fiscal, déjà noté par Paul Kennedy ; enfin le fait, qui sera largement démontré à partir de 2001, qu'une stratégie de domination néo-impériale a pour corollaire naturel le glissement vers la guerre préventive.

Faut-il enfin inclure, parmi ces nationalistes réalistes réticents à la *grand strategy* impériale, le toujours prolifique malgré son âge Henry Kissinger ? Oui et non. Oui, parce qu'il poursuit sa guérilla très personnelle contre les néoconservateurs en dénonçant leur présentation « gonflée » de la contribution de Reagan à la fin de la guerre froide (qui exclut ainsi la sienne) ; oui, parce qu'il s'est exprimé contre l'imprudence totale de la guerre préventive, prévoyant qu'elle allait faire tache d'huile à travers le monde et serait utilisée pour légitimer toutes sortes d'agressions des forts contre des faibles ; oui encore parce qu'il souhaite voir maintenir l'ordre en Asie et en Europe (moyennant un renforcement de l'OTAN) ; oui aussi parce que son adjoint le plus direct pendant des décennies, Brent Scowcroft, a déclenché une guérilla intellectuelle contre les dérives de Bush junior sans jamais être contredit par son gourou ; oui, surtout, parce qu'à lire ce qui serait son « testament » (Kissinger, 2002), même s'il reconnaît la puissance absolument spécifique de son pays d'adoption, il continue de fonctionner mentalement dans une logique d'historien de l'Europe pour qui la multipolarité est l'ordre naturel du monde, et dans celle d'un pragmatique pour qui doctrines, dogmes et idéologies sont sources d'exaspération et de craintes. Mais d'autres notent son soutien, bien que du bout des lèvres, à la guerre d'Irak, des phrases malheureuses prononcées sur l'Islam au lendemain du 11 Septembre, son soutien même tardif à la « guerre des étoiles », et ses tentatives parfois maladroites de se rapprocher des néoconservateurs qui l'avaient pourtant dénoncé comme étant l'architecte de la détente.

Toutes tendances confondues, déçus par la faible influence de Colin Powell au cours du premier mandat de Bush, ces « réalistes » peuvent espérer, avec la désignation de Condoleezza Rice pour le remplacer au Département d'État, être mieux entendus. Celle-ci s'était présentée comme « la réaliste de Bush » (Heilbrun, 1999-2000), par différence avec les idéologues à la Wolfowitz. Faucon ? Certainement. Et, de surcroît, évangéliste déclarée, et fille de pasteur. Mais elle défend encore, contre les jusqu'auboutistes, la prudence d'un Bush père pendant les années de décomposition de l'URSS (où elle siégeait au Conseil de sécurité) ; elle se définit comme une disciple du réaliste par excellence qu'était Hans Morgenthau, et elle a maintenu des liens avec des réalistes peu appréciés des néoconservateurs comme Brzezinski ou comme Scowcroft, lequel l'avait recrutée après avoir été séduit par sa forte personnalité et, trait intéressant, par son manque de ferveur idéologique. Fondamentalement, reprenant à son compte la prudence de Powell et des militaires (Heilbrun, 1999-2000 ; Rice, 2000), elle voyait son pays, après la guerre froide, en *balancer*, et un *balancer* qui ne peut jouer ce rôle s'il multiplie les aventures militaires extérieures. Elle était sans doute derrière une définition assez restrictive de l'intérêt national qui avait fait dire à Bush, lors de sa campagne de 2000 : « Nous ne devons pas envoyer nos troupes pour empêcher des actes de génocide ou de nettoyage ethnique qui ne relèveraient pas de nos intérêts nationaux stratégiques. » Tout cela autoriserait à distinguer Rice des moralisateurs planétaires du néoconservatisme. Le schéma qu'elle propose « correspond de façon caricaturale à la tradition réaliste américaine », observait Lacorne (2000). Sa position modérée sur la Russie (plutôt régler les problèmes de sécurité avec elle que la démocratiser de force), sur la Chine (sur l'évolution de laquelle elle a toujours été bien plus optimiste que les néoconservateurs) et sa relativement bonne connaissance de l'Europe font que sa désignation a redonné quelque espoir aux « réalistes », même si son influence personnelle pendant le premier mandat de Bush n'a été finalement qu'un assez pâle reflet de celle qu'elle exerce sur le président (qu'elle connaît depuis le mandat de son père).

• Le troisième groupe d'objecteurs est composé de ceux qui, au nom d'une approche dite « néoréaliste », sont aussi sceptiques que les précédents face à l'ampleur du projet impérial et à l'incapacité des États-Unis à le réaliser, et qui, plutôt que de se concentrer sur des intérêts globaux de préférence à d'autres, recommandent une vision géopolitique classique. Ainsi de John Mearsheimer, un néoréaliste agressif qui s'était illustré par son appel à nucléariser l'Allemagne (1990), et qui récidiva avec l'Ukraine (1994) en défendant le maintien de son statut de puissance nucléaire, toujours face à la Russie. Cet auteur part non seulement de la centralité du rapport de forces, mais aussi de la nature du système global en tant que *summa causa* du comportement des acteurs. Mais, contrairement à Waltz, fondateur reconnu de cette école, Mearsheimer pose qu'un État qui en aurait les moyens ne sera pas nécessairement freiné dans ses ambitions par le fait que, passé un certain stade, les efforts de maximisation de sa puissance deviendraient trop lourds pour un gain en termes de sécurité qui serait assez marginal. Poussés par l'*animus dominandi*, les États seraient insatiables et ne reconnaîtraient jamais qu'un niveau de préparation serait suffisant (s'il n' y a pas de danger imminent, il faut toujours parer aux mauvaises surprises à venir). L'absence d'adversaire, loin de calmer leur appétit de domination, ne ferait que les pousser à de nouvelles aventures.

Pour Mearsheimer, les États-Unis, qui sont déjà en position d'hégémonie dans l'hémisphère occidental, sont poussés par la logique de leur suprématie à vouloir établir une hégémonie mondiale, ce qui veut dire « une supériorité nucléaire telle qu'elle s'applique sans aucune crainte de représailles », dynamique qui incite Arnold Wolfers à traiter les dirigeants acquis à ces thèses de « Césars hystériques » atteints par le mal de l'insatiabilité, cette fois-ci en termes de puissance (militaire). La conclusion de Mearsheimer est proprement effrayante : il n'y aura jamais, pour une grande puissance, de *statu quo* satisfaisant. S'il s'agit d'une grande puissance seulement potentielle, elle voudra se réaliser comme telle ; si elle est effective, elle voudra consolider son emprise ; l'une et l'autre catégories sont faites de puissances organiquement révisionnistes, parce que jamais satisfaites. Aucune grande puissance ne pourra donc éviter de se montrer offensive. Cette lecture rejette ainsi celle de la paix démocratique, puisqu'elle nie toute prise en compte de la nature du régime en place (Bismarck ou Hitler, le shah ou l'ayatollah reviennent finalement au même), et finit, pour empêcher la Chine de prétendre à un statut de grande puissance, de recommander de tout faire pour freiner sa croissance économique. Un tel discours aurait dû conduire Mearsheimer à proposer une stratégie encore plus agressive que celle de l'administration américaine, d'autant plus qu'il a soutenu le *Draft* de 1992 (2001) et qu'il est favorable (comme Simons, citée plus haut) à la conquête territoriale classique et à un puissant réseau de bases militaires américaines. Mais, comme une telle hégémonie est impossible à réaliser au niveau global, Mearsheimer se ravise à la fin de son exposé : les États-Unis doivent se contenter de leur contrôle de l'hémisphère Ouest ; il recommande donc un retrait d'Europe (où l'Allemagne établira sa sphère d'influence) et d'Asie (où, sceptique sur les capacités militaires du Japon, il considère la Chine comme le challenger le plus sérieux de la puissance américaine), éventuellement suivi par un retour épisodique pour stopper l'ascension d'un éventuel candidat à l'hégémonie régionale (notamment la Chine). Bref, faute de mieux : hégémonie directe sur la partie

Ouest du globe, *offshore balancing* sur le reste. L'ambition débordante ne saurait être freinée que par la prise en considération « réaliste » de ses moyens, et puisqu'il faut se résigner à être sélectif, la géographie sera finalement le meilleur guide.

• Le quatrième groupe d'objecteurs est enfin celui des « institutionnalistes » parmi lesquels on peut rencontrer un Joseph Nye (2001, 2003) qui, revenant à son échiquier tridimensionnel mentionné plus haut, reproche à la stratégie néo-impériale suivie depuis 2001 de jouer sur une dimension unique, la militaire, confondant ainsi ce qui est nécessaire avec ce qui est suffisant. Il critique en particulier le mépris de l'administration envers l'ONU, qui reste pour lui « une importante source de légitimité », et raille la volonté de la remplacer par une « organisation des démocraties » alors que la guerre d'Irak a clairement démontré que le problème principal que rencontrait l'Amérique néo-impériale était précisément avec les autres pays démocratiques ! Nye ne nie ni la légitimité de l'action unilatérale quand il s'agit d'une question de survie, ni les effets parfois bénéfiques de l'action unilatérale quand elle cherche à donner l'exemple, mais avec l'intention assumée de vouloir ainsi entraîner les autres et non pas de les exclure. Mais ce n'est pas ce qu'il perçoit dans les choix de Bush et il prévoit l'échec d'une stratégie dans laquelle l'Amérique serait tout à la fois « juge, jury et bourreau ».

C'est aussi le point de vue d'un Charles Kupchan, bon connaisseur de l'Europe et l'un des plus réticents à participer à l'euphorie unipolaire. Si *grand strategy* il doit y avoir, elle doit se fixer pour objectif d'assurer au pays un atterrissage en douceur dans un incontournable monde multipolaire, prévisible à court terme (en nombre d'années plutôt que de décennies). Ce n'est pas tant l'émergence d'un véritable rival qui enclenchera ce processus (lui non plus n'en voit pas à l'horizon des quarante prochaines années), mais le mouvement de construction européenne, d'un côté, qui mine le principe même d'un combat de titans, et, de l'autre, le déclin de l'internationalisme aux États-Unis. Plus confiant dans la capacité de maintenir l'unipolarité, Ikenberry considère que même pour une puissance devenue quasiment solitaire, un tel programme est bien trop ambitieux et bien trop inacceptable pour les autres. À le mettre en œuvre l'Amérique ne ferait que s'engager dans un processus d'auto-encerclement qu'elle paierait cher.

Le consensus autour de la stratégie impériale engagée par Washington est, on le voit, loin de faire l'unanimité. À gauche il y a des lustres que l'impérialisme de leur pays est vilipendé par divers courants plus ou moins anticapitalistes ; l'officialisation récente de l'option impériale donne a posteriori raison aux Noam Chomsky, Richard Falk, Stephen Shalom et autres rédacteurs de la *Monthly Review* ou éditorialistes de la *Nation* qui n'ont cessé de dénoncer l'empire et l'impérialisme dans une espèce d'indifférence totale de l'establishment. Plus récemment, Gore Vidal (2004) est revenu à l'attaque dans une philippique sans nuance mais qui ne manque pas de style. Burbach et Tarbell (2004) ont coécrit un pamphlet pour dénoncer « une idée d'empire qui contredit toutes celles que chaque enfant américain a appris à l'école », avant d'emprunter à Paul Kennedy son idée de *fiscal overstretch* pour conclure au « déclin de l'empire ». Chomsky (2003), égal à lui-même, a sommé son pays, encore une fois, de choisir entre « l'hégémonie et la survie ». Si nous nous contentons de les citer, ce n'est pas tant que leurs thèses seraient inexactes : bien plus que les élucubrations de certains stratèges en chambre, ils sont souvent plus proches de la réalité, à défaut d'être plus représentatifs de l'opinion. Mais force est de constater non seulement la contraction de leur impact sur les campus et dans les médias (comparé, par exemple, à ce qu'il fut dans les années 1960 ou 1970), mais aussi le non-renouvellement de leur analyse. On ne se plaindra guère ici, en revanche, de leur fidélité à leurs thèses.

Enfin seule au faîte du système international, l'Amérique se délecte, non sans raison, de la réalisation effective de sa position de « Cité radieuse au haut de la colline », un de ses mythes fondateurs. Nul, en Amérique, ne doute que s'est ainsi ouverte pour elle une ère de grandes opportunités, et que si elle sait en tirer avantage, elle pourrait pérenniser cette situation exceptionnelle. Le doute perce quand on en vient à relire l'itinéraire passé : a-t-on tout fait pour en arriver là, ou bien est-ce arrivé par hasard ou par l'intervention d'une main divine ? Le doute s'installe aussi quand il s'agit de l'avenir : peut-on et doit-on utiliser cette position sans précédent pour refaçonner les relations internationales et, si oui, dans quel sens ? Les pages qui précèdent, en replaçant l'histoire récente des États-Unis dans le contexte de l'ample débat d'idées qui les agite, auront montré qu'à ces questions il n'y a pas de réponse uniforme. Mais, avant 2001, le débat semblait ouvert, pour ainsi dire horizontal : prévision contre prévision, recommandation contre recommandation. Depuis lors, il a surtout été marqué par un positionnement quasi vertical en fonction de ce que l'on pense d'une stratégie nouvelle, ambitieuse, déterminée, exposée par George W. Bush et par lui mise en œuvre. Une *grand strategy* dans l'énonciation de laquelle l'apport des néoconservateurs a été crucial.

CHAPITRE 2

La dérive néoconservatrice

Il est bien de posséder une très grande puissance ; il serait mieux de savoir quoi en faire. Dans une perspective de long cours, James Kurth rappelait en 1996 les trois grandes étapes dans l'inexorable ascension de l'Amérique vers son destin exceptionnel : la première fut celle des annexions territoriales en Amérique du Nord ; la deuxième, celle de l'hégémonie régionale sur l'environnement hémisphérique proche ; la troisième, en gestation depuis près d'un siècle, celle où le pays est devenu *de facto* le garant de l'ordre international. Au cours de cette émergence, l'Amérique a réussi à intégrer la force maritime à la façon britannique, puis terrestre à la manière allemande, avant de s'imposer dans la maîtrise aérienne et spatiale ; d'où une panoplie complète progressivement édifiée sur une assise économique et technologique prééminente, et qui, aujourd'hui, est au service d'une *grand strategy* d'hyperpuissance. Mais cette stratégie a toujours pâti d'une faiblesse organique : elle avait besoin d'un ennemi identifié. Or, avec la disparition de l'adversaire soviétique, ni l'Islam, ni la Chine, ni l'Europe ne font figure d'adversaires crédibles. D'où le dysfonctionnement patent entre une puissance accomplie et son déficit de dessein (*lack of purpose*). L'avenir dira peut-être que la principale contribution, admirée par certains et décriée par beaucoup d'autres, des néoconservateurs à l'histoire contemporaine de l'Amérique se présente précisément comme un ambitieux effort pour doter l'hyperpuissance d'une véritable mission. Car si une *grand strategy* néo-impériale s'est imposée avec l'élection de George W. Bush, c'est dans une grande mesure grâce au rôle fondamental que joue, au sein de cette administration et sur ses marges, un groupe d'intellectuels, d'agents d'influence, d'opérateurs politiques et d'hommes d'affaires (parfois, tout cela à la fois) qu'on regroupe communément sous le vocable de « néoconservateurs ». Wilsoniens à la manière forte, fiévreusement reaganiens, traitant aisément d'isolationnistes ceux qui doutent de la validité de leur interventionnisme débridé, unipolaristes satisfaits et unilatéralistes impénitents, les néoconservateurs américains structurent largement le courant stratégique dominant en ce début de XXIe siècle.

On trouve l'une des meilleures définitions de ce que sont les néoconservateurs dans une de leurs publications : « Ce sont des réalistes pour qui toutes les idéologies utopiques sont anathèmes, à l'exception de la leur » (Garfinkle, 2002), ce qui résume à la fois leur ambition et leur ambiguïté. Tel le lierre enveloppant une façade, ils entourent la réémergence du nationalisme impérial américain en lui conférant sa couleur. À l'instar d'une locomotive, ils entraînent le gouvernement fédéral, où ils ont fait une entrée en masse dans les pas de Bush junior, à assumer un rôle impérial dans le monde, tout en essayant de définir ses priorités et de lui fournir un discours ajusté à ses ambitions et à ses moyens. S'il est erroné de leur reconnaître une influence totale, il ne serait pas moins imprudent, par *political correctness* ou par un mépris courant du rôle des idées, des passions et des intérêts particuliers, de les ignorer, surtout si l'on souhaite comprendre les dérives dans lequelles ce nationalisme impérial, servi par des décennies d'expansion mondiale avant d'être renforcé par le triomphe dans la guerre froide, a pu glisser.

Le conservatisme américain, notamment républicain, a toujours eu tendance à exhiber un nationalisme robuste et un internationalisme plutôt vigoureux, quoique principalement mercantile. « C'est la gauche radicale qui a prôné l'isolationnisme », s'insurge un conservateur classique comme William Hawkins (1991), soulignant la différence « entre une politique étrangère qui cherche à amplifier la puissance et l'influence de notre pays sur la scène mondiale, et une politique dite globaliste qui vise à faire supplanter notre nation par quelque structure supposée supérieure ». Depuis 1945, Eisenhower, Nixon, Reagan et Bush père n'ont pas renié, chacun à sa manière et en fonction de la situation internationale du moment, cette tradition. Cette tendance, regroupée autour de Bush père, avec Henry Kissinger, Brent Scowcroft, James Baker et quelques autres comme le démocrate Brzezinski, perpétue la tradition républicaine classique, nationaliste de conviction, internationaliste par intérêt, pragmatique de caractère et mercantiliste sans états d'âme.

Avec la fin de la guerre froide, une autre tendance républicaine, plutôt minoritaire, autour de Pat Buchanan et de la « Coalition for a Realistic Foreign Policy », s'est clairement détachée de cette tradition patricienne pour flirter avec une certaine dose d'isolationnisme ou à tout le moins de retenue. *The American Conservative* est son porte-parole politique ; on y est hostile à l'Alena, au Patriot Act, à la guerre au Kosovo comme en Irak. Christopher Layne, leur meilleur expert en la matière, y tient une rubrique de politique étrangère, ferme mais subtile, hostile à l'internationalisme débridé des ultra libéraux autant qu'à celui des « faux » conservateurs que sont, à ses yeux, les « néo ». Pour Layne, en effet, « les vrais conservateurs sont à juste titre choqués : ayant voté pour Bush en 2000, ils découvrent qu'ils ont en fait accordé un troisième mandat à Woodrow Wilson » (29 mars 2004). Ce conservatisme-là, déjà rétif à l'idéalisme wilsonien, n'avait guère été convaincu par le reaganisme, fustigé pour la manipulation dont il était la victime consentante de la part d'« une coterie de néoconservateurs passionnés par l'endiguement à dimension globale, tels Podhoretz et Kristol, et qui veulent nous embarquer dans une croisade contre l'idéologie communiste sur l'ensemble de la planète » (Layne, 1985). Au prix d'une ample marginalisation, ce courant définit sa position, au sortir de la guerre froide, dans le programme conservateur en dix points que le patron de l'Heritage Foundation avait élaboré et où il est dit que la politique étrangère n'est pas une fin en soi, que la morale ne doit pas inspirer la politique extérieure, que des réponses spécifiques à des problèmes spécifiques doivent remplacer l'ambition d'une politique globale ; bref, que « les vrais conservateurs sont des internationalistes réticents [...], qu'une politique étrangère interventionniste exigerait un gouvernement fédéral plus important que ce qui serait bon pour le pays [...] et que, pour un conservateur, le seul objectif légitime d'une politique étrangère américaine est d'accélérer l'avènement d'un environnement mondial où l'Amérique est laissée en paix » (Pines, 1991).

À lire ce « programme », on comprend mieux pourquoi Lowi (1990), un des meilleurs observateurs de la société politique américaine, a pu parler du « provincialisme » qui marque ce conservatisme traditionnel, « un mélange de Burke et d'inspiration biblique », suspicieux à l'égard de Washington et du gouvernement fédéral, et qu'il opposait dès 1990 au néoconservatisme, « devenu un phénomène distinct, stimulé par la véritable métamorphose qu'a été la révolution reaganienne ». Bien avant lui, Kevin Phillips (1983) avait observé qu'avec l'arrivée de Reagan à la Maison-Blanche, en 1981, le conservatisme traditionnel était déjà mort et enterré. Le « conservatisme » reaganien tenait en effet lieu d'enveloppe à des idées autrement plus radicales et d'autant plus nouvelles qu'à la différence de la plupart des pays européens « l'Amérique n'avait encore jamais expérimenté de formes de conservatisme révolutionnaire ». Si, en effet, le conservatisme consiste surtout à préserver des institutions menacées par l'évolution sociale, alors Reagan n'était assurément pas un conservateur. C'est en tout cas sous son aile protectrice que se réalisa la « métamorphose » dont parle Lowi, qui dota le conservatisme d'esprits subtils et d'intellectuels de combat. « Le néoconservatisme était le conservatisme intelligent et sérieux que l'Amérique n'avait jamais connu et dont l'absence avait toujours été regrettée par la gauche », écrit Phillips. Quelques années plus tard, la métamorphose était si profonde que Nathan Glazer osa paradoxalement définir un néoconservateur comme « quelqu'un qui n'a jamais été conservateur ». La vérité est qu'à partir de Reagan l'Amérique est entrée dans une ère à la fois postlibérale (du fait des divisions et incertitudes qui marquent ce courant), mais aussi postconservatrice, du fait « de l'apparition des néoconservateurs et de l'émergence de la nouvelle droite qui, en enterrant le conservatisme classique, n'ont cessé d'exaspérer ses tenants aux rangs devenus plus clairsemés ». La sémantique a étrangement tardé à suivre l'idéologie : la révolution reaganienne, qui a ravagé la gauche comme la droite, a laissé dans son sillage des néoconservateurs qui n'avaient d'autre objectif que de perturber le *statu quo*, et des libéraux dont les qualités premières étaient la sagesse et la retenue.

Cette inversion n'a pas échappé à Henry Kissinger, qui souligne l'« anomalie » du label conservateur utilisé par les néoconservateurs « alors qu'ils sont, sans aucune exception, des ex-libéraux parfois de la tendance radicale ». La mouvance néoconservatrice n'est donc pas très « néo » et n'est certainement pas conservatrice. Nul ne doute cependant de sa redoutable influence intellectuelle — et même opérationnelle — sur l'administration Bush, influence qui s'est encore accrue après les attaques de Septembre, « lorsque des idées déjà rejetées parce qu'elles entraient dans la doctrine extrémiste d'une faction d'ex-reaganiens et de néoconservateurs sont subitement devenues la politique officielle du gouvernement américain » (Bruck, 2003). Lowi note avec raison la nouveauté profonde du phénomène : « Jusqu'aux années 1980, le parti républicain n'avait jamais compté d'intellectuels. Tout a changé avec Ronald Reagan, personnage qui était tout le contraire d'un intellectuel. » Car c'est à travers sa conception du reaganisme et des « leçons » qu'il fallait en tirer que le néoconservatisme d'aujourd'hui s'est largement défini.

La captation de l'héritage reaganien

Un débat assez musclé s'est de fait engagé en Amérique, au sortir de la guerre froide, pour désigner le véritable champion de cette « divine surprise » qui embarrassa autant les soviétologues établis que les « réalistes » endurcis, bref toute une profession qui n'avait rien vu venir. Reagan, au contraire, paraissait étrangement confiant dans sa croisade contre « l'empire du Mal », la chute du Mur et — objectif ultime — la défaite du communisme. Comme l'Histoire parut lui donner raison, les néoconservateurs, qui applaudissaient à ses discours et appuyaient ses budgets militaires colossaux, n'eurent rien de plus pressé à faire que de présenter le happy end de la guerre froide comme la victoire d'un faux naïf optimiste sur de vrais savants sceptiques. Hostile à Kissinger et au principe même de la détente qu'il avait engagée avec Moscou, déçue par le droit-de-l'hommisme pathétique de Carter, la mouvance néoconservatrice « cherchait un nouveau Truman et le trouva en Reagan », écrivit Judis (1995).

Loin d'opposer des historiens scrupuleux, le débat, dans sa forme publique, impliqua des courants de pensée qui partaient en réalité d'une question d'histoire (pourquoi l'URSS s'est-elle vraiment effondrée ?) pour poser les jalons d'une nouvelle stratégie mondiale. Plus le souvenir de Reagan s'estompait, plus haut était le piédestal érigé à son intention par les néoconservateurs qui manipulèrent intelligemment son image pour critiquer la « prudence sans vision » de son successeur immédiat (Bush père) et l'« amateurisme désinvolte » de Bill Clinton.

Contre ceux, nombreux (Layne, Calleo, Ikenberry, Gaddis et tant d'autres), qui n'ont cessé de répéter que le retrait soviétique d'Europe centrale et orientale avait été largement volontaire, que l'effondrement de l'URSS était le résultat de longs processus principalement endogènes, que c'est l'attraction de l'Occident comme modèle qui avait eu l'effet le plus décisif sur Gorbatchev et ses concitoyens, une école dite « de la victoire de Reagan » s'imposa progressivement. À l'instar d'une vérité officielle incontestable, elle entendait démontrer que c'était la relance de la guerre froide, le réarmement massif de l'Amérique dans les années 1980 et la menace imminente d'une nouvelle course, cette fois aux armes spatiales, qui avaient précipité l'effondrement de l'empire soviétique. « On veut nous faire croire que c'est le parti républicain qui a gagné la guerre froide ! » s'écriait le centenaire George Kennan.

La première lecture historique de l'effondrement soviétique est le mieux illustrée par la somme de Raymond Garthoff (1992 et 1994), incontournable mine d'informations précises et détaillées où nous sommes nombreux à avoir énormément appris (moi-même lors de la préparation d'*Appels d'empire*) et fondée sur une très grande masse d'archives américaines et soviétiques inédites. La seconde lecture, plus journalistique mais autrement plus triomphaliste, est celle de Peter Schweizer qui s'intitule tout simplement *Victory* (1994) et qui accorde à Reagan une stature churchillienne, nourrie par de fortes convictions morales et servie par les intrigues de la CIA, une intense guerre psychologique et la relance de la course aux armements au bon moment pour asséner le coup de grâce au communisme. C'est cette lecture simpliste, en apparence irréfutable, qui accorde à Reagan la paternité de la victoire sur l'ennemi, qu'un Richard Pipes (1995), qu'on aurait espéré plus subtil, ainsi que l'ensemble de la mouvance néoconservatrice préférèrent pourtant (Nathan Glazer, 1992, fut quant à lui plus réservé).

Au printemps 1993, *The National Interest* publia une édition spéciale sur « la mort étrange du communisme soviétique ». S'en dégageait une sorte d'anti-intellectualisme non moins étrange, fait de règlements de comptes avec des universitaires jugés trop « mous » dans leur opposition à Moscou, et de la mise en relief du contraste entre la confiance de Reagan dans les vertus de l'Amérique et les positions bien plus sceptiques des maîtres en soviétologie. Plus importantes étaient les « leçons » tirées : pour penser le monde, le gouvernement devrait faire encore moins confiance à l'expertise des campus, dominés par ces intellectuels tiers-mondistes ou encore passablement inspirés du marxisme, gramscisme et autres déconstructionnismes. La leçon politique la plus notable était une foi renouvelée dans les capacités du gouvernement américain à influencer l'évolution interne des autres pays, grands ou petits, alliés ou rivaux, à condition qu'il y consacrât la volonté et les moyens nécessaires, comme Reagan l'avait fait avec l'URSS.

À sa mort en juin 2004, Reagan fut une nouvelle fois encensé, comme c'est souvent le cas en pareilles circonstances, si bien que « sa naïveté supposée est devenue sincérité ; sa paresse proverbiale, un calme intérieur ; son mépris du détail, une vision globale ; sa bonne humeur, l'attribut présidentiel par excellence », observa R. Cottrel (*NYRB*,

4 novembre 2004). C'est Josef Joffe (2004) qui, à cette occasion, exprima l'orthodoxie de ses amis néoconservateurs en louant « la magie de l'auteur d'une "première" absolue dans l'Histoire, celle de réussir à faire mourir un empire en restant dans son lit ». Comment cela ? En plaçant la morale au-dessus de l'intérêt, en restant ferme face au malaise de ses concitoyens, en déployant les missiles à moyenne portée en Europe, en soutenant les moujahidin afghans, en lançant la « guerre des étoiles », en augmentant massivement le budget militaire, bref, en appliquant à l'Union soviétique une politique d'endiguement actif qui ne pouvait mener qu'à son effondrement, à une mort de surcroît pacifique.

En attendant que le jugement de l'Histoire se détache des contingences idéologiques d'aujourd'hui, à quoi bon, face à une conclusion aussi facile et au mieux partielle, rappeler que Reagan a affronté une URSS en pleine panne économique et en plein marasme politique, et que « si la croyance de Reagan dans la supériorité du capitalisme et de la démocratie l'a emporté, ce n'est pas nécessairement parce que tel était le cas, mais parce que Gorbatchev n'avait pas à lui opposer une même croyance dans la supériorité du communisme et de la dictature » (Cottrel). Judis (2004) a-t-il tort de penser qu'« en tuant la détente, les néoconservateurs ont incité l'Union soviétique à se lancer dans une nouvelle course aux armements et à multiplier les aventures extérieures que ces mêmes néoconservateurs utiliseront par la suite comme preuves de l'agressivité soviétique » ? Que Reagan lui-même, dont les néoconservateurs ont fiévreusement soutenu la « guerre des étoiles », était, à la consternation de ses adjoints (qui en avaient des sueurs froides), opposé à l'existence même des armes nucléaires, et caressait l'espoir de les éradiquer totalement ? Ou qu'il était bien plus disposé que les faucons parmi ses conseillers de l'époque à accueillir favorablement les signes d'ouverture de l'autre bloc ? Que les néoconservateurs d'alors, fondamentalement pessimistes, s'attendaient le plus souvent, contrairement à leur champion, à une guerre possible avec l'URSS, et même à ce que celle-ci marque de nouveaux points ? Que, plus fondamentalement, c'est le rêve fou d'une plus grande interdépendance avec l'Occident qui séduisit Gorbatchev bien plus que la toute-puissance militaire de l'Occident ne l'aurait conduit à capituler ?

Alors que, « sans doute aucun, la cause ultime de la fin de la guerre froide réside dans l'effondrement du système soviétique lui-même, et qu'au mieux les forces externes ont intensifié et accéléré la crise » (Deudney et Ikenberry, 1992), réduire le reaganisme à un militarisme moralisateur était déjà problématique ; vouloir le transposer, deux décennies plus tard, hors du contexte Est/Ouest relève d'une forme de supercherie. Les conservateurs bon teint (Holmes et Hillen, 1996) reprochent aussi aux « néo » de réduire arbitrairement le legs reaganien à la campagne morale contre l'« Empire du Mal » (une « infiltration sémantique » introduite pratiquement sans que le président s'en soit préalablement rendu compte par un « nègre » particulièrement « faucon » !) en passant sous silence sa réticence proverbiale vis-à-vis des interventions militaires.

De ces rappels les néoconservateurs n'ont cure, même quand ils émanent d'un de leurs disciples. Thomas Barnett ose en effet écrire que l'effondrement de l'URSS s'est fait « non parce que nous avions commencé à engager la “guerre des étoiles” et encore moins parce que Reagan avait sommé Moscou de détruire le Mur, mais grâce au processus de globalisation qui était déjà en marche » (2004, p. 128). Barnett les a même sans doute choqués en ajoutant : « Je préfère comparer George W. Bush [son champion autant que le leur] à Harry Truman plutôt qu'à Ronald Reagan. Reagan n'a pas gagné la guerre froide ; la victoire lui a été offerte sur un plateau d'argent, alors que Truman, lui, a véritablement initié une stratégie » (*idem*, p. 30).

Reagan fut en réalité moins utile pour ce qu'il fit que comme étalon idéal pour juger ses successeurs. De nombreux néoconservateurs restèrent aux côtés de Bush père tout en le considérant comme une pâle copie de leur champion. Il les déçut à plusieurs reprises : en tardant à tirer des avantages unilatéraux de l'effondrement soviétique et en donnant même parfois l'impression qu'il le regrettait ; en ne poussant pas jusqu'à Bagdad après la libération du Koweit ; l'année suivante, en répudiant publiquement le programme ouvertement impérial que des reaganiens regroupés autour de Dick Cheney, secrétaire à la Défense, et conduits par un de ses adjoints, Paul Wolfowitz, avaient secrètement concocté pour l'Amérique de l'après-guerre froide (le fameux *Draft* de 1992) ; mais aussi en exerçant de (bien molles) pressions sur Israël pour l'engager dans le processus de Madrid. En réalité, son pragmatisme patricien, rétif aux envolées visionnaires, les frustrait. En 1992, ils ne se mobilisèrent donc guère pour le faire réélire et ne pleurèrent pas vraiment sur sa défaite.

La fin de la guerre froide et l'élection de Bush père en 1988 avaient en fait suscité une implosion de l'alliance entre les conservateurs classiques du parti républicain et les néoconservateurs qui, pour la plupart, l'avaient rallié. La menace communiste qui les unissait (et qui, autour de la législation Jackson-Vanik visant à faciliter l'émigration des juifs soviétiques, avait été à l'origine de leur alliance) ayant disparu, les premiers eurent tendance à voir venir (ou même, tels Jean Kirkpatrick, Christopher Layne ou le sénateur Moynihan, à appeler au retour à une certaine « normalité ») alors que les seconds n'avaient qu'une hâte : répandre la démocratie à travers le monde, bien au-delà du seul ex-bloc soviétique, par la persuasion, voire par la force. Lorsque Saddam Hussein envahit le Koweit, Krauthammer, néoconservateur militant, n'hésita pas à lui dire « merci d'avoir tiré le colosse américain de sa torpeur ». Et alors que les conservateurs classiques et une bonne partie de l'administration et du Congrès hésitaient à intervenir dans ce qui n'était, pour nombre d'entre eux, qu'« une brouille entre Arabes », le lobby pro-israélien, dont la composition se confondait largement avec celle de la mouvance néoconservatrice, se montra particulièrement remonté contre Saddam depuis que, quelques semaines avant l'invasion du Koweit, il avait menacé Israël. *The Wall Street Journal*, le quotidien le plus sensible à leurs thèses, appelait dès août 1990 au renversement de Saddam et à l'installation à Bagdad d'un « proconsulat à la McArthur ». Saddam devint Hitler, et toute personne récalcitrante à sa déposition immédiate, un pacifiste « munichois » ; tout expert de la région devint un « arabiste » suspect ; tout dirigeant qui prêchait la retenue, un affreux isolationniste. Depuis sa lucarne du *New York Times*, William Safire ne put accepter d'être dépassé : il croyait savoir que Saddam allait bientôt disposer de bombes nucléaires et que la première ville contre laquelle il les utiliserait serait New York (Alterman, 1992). Bush père ne les écouta pourtant pas : il fixa un objectif limité à la première guerre du Golfe (libération du Koweit et endiguement de l'Irak) qu'il refusa obstinément (et sagement) de dépasser.

Plus tard, la mésentente avec Bush Ier prendra un tour plus aigu : conforté par sa victoire dans le Golfe et encouragé par l'affaiblissement dramatique de Moscou, Bush, servi par son énergique secrétaire d'État (James Baker), mit en place une conférence de la paix pour le Proche-Orient à Madrid. Mais Israël, alors dirigé par un ultra (Yitzhak Shamir), y était obstinément opposé. Les pressions que Bush exerça sur Shamir, sa détermination à faire se tenir coûte que coûte la conférence, et même le rôle très largement cérémonial de coparrain qu'il y accorda à l'Union soviétique (laquelle n'aurait sans doute pu obtenir un tel statut si elle n'avait précisément plus été un obstacle à un éventuel accord), soulevèrent la colère des néoconservateurs. Une véritable machination fut agencée par leur soins : puisque la conférence devait avoir lieu, il fallait que la position américaine restât aussi « collée » que possible à celle d'Israël, il fallait tenir les Européens à l'écart, imposer la composition de la délégation palestinienne, la marier de force à la jordanienne, etc. Bibi Netanyahu, à l'époque porte-parole d'une délégation israélienne qui remettait en cause le principe même sur lequel la conférence avait été réunie (les territoires contre la paix), était aussi le champion des néoconservateurs américains.

Sur l'URSS, Bush père était assez insensible à leurs critiques acerbes : ils voulaient que Washington fît tout pour accélérer sa désintégration, quel qu'en fût le prix, alors que Bush se montrait plus prudent, d'abord parce qu'il croyait, contrairement à eux, à la sincérité de Gorbatchev, et parce qu'il voulait éviter de voir ralentir ou même s'inverser le processus s'il apparaissait aux Russes que leur désengagement d'Europe centrale ou que la brûlante question des nationalités étaient manipulés par Washington. Cette sagesse, qui se révéla payante, n'était pourtant pas du goût des « néo » : Franck Gaffney, Richard Perle, A.M. Rosenthal et William Safire se relayèrent pour sommer le président d'ignorer Gorbatchev et de voler au secours des Lituaniens et autres Géorgiens. Ils ne cessaient d'opposer ses prudents calculs à la foi enthousiaste de son prédécesseur. Plus Bush père agissait, plus les néoconservateurs devenaient reaganiens, quitte à réécrire allégrement l'histoire de leur champion. Plus tard, la politique russe de Clinton ne leur plaira pas davantage : Weigel (1994) s'en fut en guerre contre le « talbottisme » (du nom de Strobe Talbott, un ancien de *Time*, expert sur la Russie et ami de Clinton, qui géra pour lui les relations avec Moscou) qu'il définissait comme une sorte de libéralisme révisionniste établissant une équivalence morale entre les deux camps de la guerre froide en vue de sous-estimer la contribution de Reagan et celle des « combattants de la liberté » de l'Est à la chute de l'empire. Il accusait l'administration Clinton d'incapacité à comprendre les « enjeux civilisationnels » de la lutte Est-Ouest, laquelle incapacité aboutissait à « une tolérance coupable face à la réaffirmation néo-impériale russe ».

Car si Bush avait été une pâle copie de leur champion, Clinton se révélerait son opposé : moralement nihiliste, politiquement opportuniste et stratégiquement amateur. Au cours de ses deux mandats, les « néo » se montrèrent inlassablement offensifs contre un président honni. Un an après le Koweit, Safire, Hoagland et Rosenthal commencèrent à appeler à une nouvelle guerre contre l'Irak sans être entendus. Ils traversèrent ensuite les deux mandats de Clinton dans une espèce d'insurrection larvée : rien ne leur plaisait dans la démarche d'un homme qui avait pourtant entraîné son parti vers le centre et l'avait chaleureusement réconcilié avec le monde industriel et financier, jusqu'à désespérer ses propres troupes. Même la militarisation de la politique étrangère engagée sous son second mandat, son soutien à la démocratisation mondiale ou la multiplication de ses interventions ponctuelles à travers le monde ne trouvèrent pas grâce à leurs yeux. Les néoconservateurs plaçaient tous leurs espoirs dans les machinations judiciaires dirigées contre l'homme, notamment dans l'affaire Lewinsky. Certains d'entre eux rejoignirent même *The American Spectator* de R. Emmett Tyrel qui, de brûlot reaganien, s'était transformé en magazine à scandales, se spécialisant dans l'acharnement contre Clinton et son épouse. D'autres, tels Richard Perle et son autre protégé de toujours, Douglas Feith, prêteraient, en attendant des jours meilleurs aux États-Unis, main-forte à leur *darling* israélien, Bibi Netanyahu, dont le nationalisme brutal et agressif les séduisait. Ils l'encourageraient à refuser et les principes de Madrid, et l'accord d'Oslo, que leur propre gouvernement essayait avec beaucoup de peine de promouvoir. Le document qu'ils rédigèrent pour lui, *Clean Break : A New Strategy for Securing the Realm*, se voulait une rupture nette avec l'héritage d'Yitzhak Rabin, avec le processus de paix, avec le socialisme kibboutzien. Ce texte appelait aussi à évincer Saddam Hussein par la force pour le remplacer par une monarchie hachémite en Irak.

Le rassemblement des néoconservateurs sembla toutefois se disloquer face à la popularité de Clinton, servie par une décennie de croissance et par l'échec de la procédure d'*impeachment* engagée contre lui. L'un d'eux, John Bolton (1997-98), se plaignit des contradictions qui les minaient : « Certains d'entre nous sont devenus isolationnistes, d'autres wilsoniens, d'autres, comme moi, trouvent le monde aussi dangereux qu'avant. » Irving Kristol (1995), leur patriarche, en vint même à penser que les néoconservateurs avaient réussi à se fondre tout à fait dans le conservatisme américain traditionnel et, partant, à disparaître en tant qu'« impulsion distincte ». Judis (1995) fut formel : divisés sur la Bosnie, sur Haïti et sur bien d'autres questions, ils n'étaient plus que des individus isolés, des « survivances ».

Alors directeur de l'influente *New Republic,* Judis sous-estimait lourdement la réalité de leur cohésion : « Perle, Wolfowitz et Woosley ont tous été des disciples de Wohlstetter, ont toujours été des amis proches et des voisins à Chevy Chase » (Drew, 2003) ; plus largement, les membres de la mouvance avaient souvent noué de solides liens familiaux et on les retrouvait ensemble dans une kyrielle de *think tanks*, de groupes d'action et de comités de rédaction. Judis se trompait surtout sur leurs chances de survie politique. Le succès de Bush junior en 2000 fut aussi le leur, et ils revinrent alors en force aux affaires. Leur retour fut marqué par une espèce de cooptation du nouveau président : Bush partage en effet avec eux la confiance dans l'invincibilité de l'Amérique, mais aussi dans la justesse organique de ses positions. Du coup, toute intervention dans le monde ne doit être limitée que par le choix des Américains eux-mêmes : Bush père avait été vilipendé pour s'être montré sensible à ses partenaires arabes et compréhensif à l'égard de Gorbatchev, Clinton pour avoir été trop déférent à l'égard de ses alliés européens ou de l'ONU ; Bush junior n'écoute que Dieu, ou, à la rigueur, la cohorte de néoconservateurs que le vice-président Cheney, converti à leurs thèses depuis plus d'une décennie, protège et promeut.

De Bush fils ils veulent faire (avec, certes, sa propre complicité, que d'aucuns expliquent par un rejet œdipien du père) un continuateur de Reagan plutôt que de son propre géniteur ; et ils y réussissent amplement. Il y a ce même parfum démagogique qui revient dans leur transposition de « l'empire du Mal » reaganien en « axe du Mal » bushien. « Poursuivre l'œuvre inachevée » de Reagan était un slogan utile. C'était aussi un objectif facile à atteindre en Irak avec l'éviction de Saddam Hussein qu'ils avaient depuis toujours dans le collimateur — nombre d'entre eux avaient signé dès 1998 une pétition adressée au président Clinton, la lui suggérant précisément. Mais leur néoreaganisme est autrement plus ambitieux : il vise à réaliser, avec l'ensemble du monde musulman, ce qu'ils créditent Reagan d'avoir réussi avec le bloc de l'Est : user de la suprématie militaire américaine, par la menace ou même par sa mise à exécution, pour transformer dans un sens favorable aux valeurs américaines le vaste monde qui s'étend « de Marrakech au Bangladesh », selon la formule usitée. Les guerres d'Afghanistan et d'Irak, la pression sur l'Égypte, l'Arabie et l'Indonésie, les menaces contre la Syrie et l'Iran participent de cette vision dont on verra, tout au long de ce livre, les limites et les effets pervers.

De Léon Trotski à Leo Strauss

Leur influence a suscité au moins deux théories du complot qui ne s'excluent pas mutuellement. La première tient au fait que nombre d'entre eux ont viré de bord, passant du parti démocrate au camp républicain, et que nombre de leurs chefs sont passés de l'extrême gauche idéologique à l'extrême droite, soulevant des cris d'horreur chez les nationalistes conservateurs bon teint. L'un de ceux-là, Justin Raimondo, écrit (« Cult of Power », *antiwar.com*, 14 juillet 2004) : « Les néoconservateurs forment une véritable secte [...]. Paul Wolfowitz est le plus grand trotskiste non de notre temps, mais de tous les temps, plus grand que Trotski lui-même. » La thèse est assez répandue dans l'intelligentsia : Max Shachtman (mort en 1971), après avoir longtemps dirigé une chapelle trotskiste violemment antisoviétique, était devenu un collaborateur du sénateur de New York et « faucon » de la guerre froide Henry (Scoop) Jackson. Des rangs de cette faction (Social Democrats, USA) seront sorties nombre de figures publiques telles que Max Kampleman (qui présida le parti démocrate et favorisa son glissement à droite), James Woolsey (qui dirigea la CIA), Elliott Abrams, Joshua Murashvik, Paul Wolfowitz et nombre de ceux qu'on appelle par antiphrase des « trotski-cons ». L'influence trotskiste fut confirmée plus subtilement par Judis (1995) : « Dans les années 1970, le courant dominant du néoconservatisme était un mélange de militarisme géopolitique à la Nitze [opposant précoce à la détente, fondateur de la mouvance et du "Committee on Present Danger", à qui on reprocha d'avoir "craqué" en faveur d'un arrangement avec l'URSS juste avant que celle-ci n'implose] et d'une forme de trotskisme — ou de socialisme internationaliste — inversé. » De leurs origines trotskistes, les Glazer, Wolfowitz, Wohlstetter et autres Murashvik auraient retenu « un internationalisme aussi enragé que peut l'être une croisade », une volonté obsessive d'exporter la démocratie, aussi impatiente que l'engagement trotskiste à exporter la révolution socialiste plutôt que de se résigner à la construire, comme Staline, dans un seul pays, enfin une « pensée apocalyptique » qui ne fait aucune distinction entre théorie et pratique.

La seconde conspiration supposée tient au fait que la majorité d'entre eux appartiennent à la communauté juive, que plusieurs d'entre eux ont été des disciples de Leo

Strauss, que d'aucuns vivent une partie de l'année en Israël où ont émigré certains membres de leurs familles. Ils se sentent proches du Likoud dont ils adoptent pour la plupart les thèses quand ils ne les lui fournissent pas, ce qui conduit leurs détracteurs à décrire la mouvance comme un simple faux-nez du fameux « lobby israélien ». De cela il sera plus directement question à la fin de cet ouvrage, mais notons déjà que, dans leur généalogie intellectuelle, Leo Strauss (1899-1973) occupe en effet une place toute particulière. Le *New York Times* (29 janvier 1995) a vu en lui l'inspirateur ultime de la victoire de la droite républicaine en 1994 ; *Time* (17 juin 1996) en fait un des penseurs les plus influents d'Amérique ; Gordon Wood (*NYRB*, février 1988) considère qu'il a exercé l'influence personnelle la plus marquante sur les campus américains au XXe siècle alors même que ses idées sont loin d'être très accessibles (sans doute parce qu'il cherchait sciemment « à s'entourer de mystère et d'ésotérisme, et que ses disciples ont traité ses écrits comme des textes sacrés plus que comme des objets d'analyse critique », écrit Shadia Drury [p. XI] qui en est l'un des connaisseurs les plus fins). Strauss considérait de fait comme sa principale contribution à l'étude de Maïmonide et d'Al-Farabi sa découverte d'un sens volontairement caché de leur enseignement : l'un et l'autre disaient pouvoir réconcilier révélation et philosophie, mais, en réalité, leurs contradictions répétées et surtout leurs silences indiqueraient un sens ésotérique implicite dans leur œuvre où ils avoueraient, mais seulement à un œil très attentif, l'incompatibilité des deux registres (Lilla, 2004).

Drury avance non sans quelque exagération que « Strauss a donné ses traits distinctifs au néoconservatisme américain : son sens de la crise, son aversion du libéralisme, son rejet du pluralisme, sa terreur du nihilisme, son insistance sur le nationalisme, son populisme, son dualisme, sa religiosité, entre autres choses ». S'il revient à d'autres de déterminer la dette philosophique exacte que Strauss a contractée envers Heidegger ou Carl Schmitt (pourtant également entachés de liens avec le IIIe Reich, tout en étant des critiques acerbes de la modernité et du libéralisme ; lire sur cette filiation ambiguë Tanguay, 2004, ou Lilla, 1997 et 2004), l'influence politique de l'homme, largement considéré comme l'inspirateur de la nouvelle droite républicaine bien avant l'élection de George W. Bush, ne saurait être sous-estimée. Plus que celle des autres penseurs, l'influence de Strauss s'exerce moins à travers ses œuvres que par les interprétations politiques plus ou moins autorisées qu'en font ses disciples. Cet historien de la pensée a d'ailleurs eu pour disciples moins des historiens ou des philosophes que des politistes, pour la plupart devenus des politiques, et qui eurent tendance à le traiter « moins comme un Socrate que comme un Moïse » (Lilla, 2004).

« Comment se fait-il qu'un obscur spécialiste judéo-allemand de la Bible, historien des idées, admirateur de Platon, d'Al-Farabi et de Maimonide, soit devenu l'inspirateur majeur de la droite républicaine ? » se demande Drury (p. 3). Comme de nombreux autres réfugiés allemands (tel Adorno), Strauss semble avoir transposé à l'Amérique sa critique fort sévère de la république de Weimar, qu'il condamne pour son injustifiable passivité face à la montée du mouvement hitlérien. Cette langueur face au Mal, il la retrouve dans une Amérique où humanisme et féminisme conduisent naturellement à un hédonisme antinational et surtout antireligieux. Strauss perçoit l'Holocauste non comme une déviation de la civilisation européenne, mais comme un effet prévisible de la modernité où la raison, ayant triomphé de l'éthique biblique, a poussé l'Europe dans la barbarie. Il en appelle à l'adoption par chaque société d'un système de valeurs (et, idéalement, d'une religion unique) que l'État doit servir et, pour l'Amérique, à un divorce entre libéralisme (honni) et démocratie (acclamée). Ce mouvement doit s'opérer grâce à l'émergence d'une élite intellectuelle sûre d'elle-même, une sorte d'aristocratie de la pensée qui n'est pas obligée de tout dire au commun des mortels, ni à tout lui expliquer : dans une « forme sécularisée du mysticisme juif » (Drury, p. 59), Strauss suggère à « ceux qui savent » de ne pas partager la vérité avec les autres, parce que la vérité, loin d'être source de libération, peut troubler l'homme ordinaire, le pousser à la révolte ou à l'insoumission.

Conservant sur le campus de l'université de Chicago, où il enseigna plus de deux décennies, « l'allure d'un rabbin médiéval » (Drury, p. 33), Strauss a d'abord été tenté par le sionisme, avant d'affirmer qu'il ne pouvait y avoir de solution, même sioniste, à la question juive, car fondamentalement il croit à une tension insoluble entre les Lumières et la Révélation, tension que le relativisme historiciste tend à évacuer à défaut de lui trouver une solution. Il craint l'assimilation (il y voit une forme de conversion cachée) ; il rejette la laïcité parce qu'en excluant la religion du domaine public elle prive la société d'une nécessaire orthodoxie publique ; il rejette également en fin de compte le sionisme parce qu'en proposant aux juifs un nationalisme semblable à celui des autres, le sionisme devient une autre forme d'assimilation. Paradoxalement, Strauss est un nationaliste exceptionnaliste juif, mais pas sioniste.

Si la pensée de Strauss a été plus sérieusement étudiée en Europe, c'est son aura de maître qui domine en Amérique où le conservatisme a vite apprécié son anticommunisme frontal et son scepticisme face au progrès. Au départ, ses disciples restèrent sur le terrain philosophique en proposant, dans son sillage, une lecture renouvelée des classiques. Mais, après 1968, ses idées furent renfermées dans un catéchisme dogmatique « qui commençait et finissait avec la politique » (Lilla, 2004) et flirtait ouvertement avec un populisme de droite. De nombreux disciples prolongèrent sa pensée dans des domaines variés. *The Closing of the American Mind*, le best-seller d'Allan Bloom qui ne pouvait échapper à quiconque se rendait aux États-Unis dans les années 1990, reconnaissait sa dette envers Strauss avant de présenter une critique virulente de l'emprise des idées libérales, multiculturalistes et féministes sur les universités américaines. En n'établissant aucune hiérarchie entre les idées et les cultures, le libéralisme conduit naturellement au relativisme et finalement au nihilisme qui mine la société américaine. Willmoore Kendall en tira une sorte de populisme antilibéral et anti-individualiste, nostalgique de la Confédération. Harry Jaffa transposa à l'histoire constitutionnelle du pays la même aversion du libéralisme en opposant à l'idée de constitution comme document évolutif l'importance absolue de l'« intention première » des Pères fondateurs. D'autres, comme Nathan Glazer (avec des réserves), James Q. Wilson, Seymour Martin Lipset ou (partiellement) Samuel P. Huntington, y puisèrent leur inspiration. Mais ce sont les publicistes entrés de plain-pied dans le champ politique qui retiendront notre attention, même si, pour Lilla (2004), qui est l'un des meilleurs experts de cet énigmatique penseur, « c'est une véritable honte que le riche héritage intellectuel de Strauss soit dilapidé par la courte vue, le provincialisme et l'ambition de certains de ses disciples autoproclamés ».

Pour ce qui est de ces derniers, deux nuances au moins sont à apporter. La première tient à la durée : si les premiers néoconservateurs, Irving Kristol par exemple, ou Paul Wolfowitz, ont été fortement marqués par leur jeunesse trotskiste ou par leur rencontre avec Strauss, tel n'est pas nécessairement le cas de leurs fils et gendres, ni de l'ensemble de la nouvelle génération de néoconservateurs dont beaucoup n'ont pas reçu de formation philosophique, ni n'ont eu d'expérience adolescente à gauche, ni ne sont des lecteurs et exégètes du maître. (C'est, entre autres, la thèse de Halper et Clarke, deux reaganiens traditionnels qui restent admiratifs des « vieux », mais se montrent très critiques des « jeunes » néoconservateurs qu'ils accusent d'être des aventuriers et des illettrés.) La seconde concerne leurs choix de politique étrangère qu'il est difficile de faire directement découler des idées, bien plus suggestives qu'explicites, et très rarement ouvertement politiques, de Strauss. Comme l'écrivent à juste raison deux de ses disciples parmi les plus fidèles (Lenzner et Kristol, 2003), « plutôt que des formules de prêt-à-penser ou un programme, l'influence pratique de Strauss était, à un niveau général, dans une propédeutique destinée à penser le politique, ou dans la réintroduction en politique du vocabulaire de la « tyrannie » ou du « *regime change* » (dont Bush usera et abusera).

En matière stratégique, il serait sans doute plus utile de déceler une autre filiation, autrement plus immédiate, avec Paul Nitze, cité plus haut, et surtout avec Albert Wohlstetter. Ce dernier, professeur à l'université de Chicago, ex-trotskiste et collègue de Strauss, connu pour sa manière d'amplifier la menace soviétique autant que pour ses appels à envisager de recourir au nucléaire autrement que comme à un simple instrument de dissuasion, fut avec Fred Iklé l'un des coauteurs principaux d'un document, *Discriminate Deterrence* (The Commission, 1988), qui fit grand bruit en son temps pour ses idées assez osées sur le nucléaire, la transformation de l'OTAN, la nécessité de rendre les forces armées américaines plus mobiles, entre autres propositions dont on trouve l'écho dans des textes néoconservateurs plus récents, de même que dans la politique du Pentagone, notamment pour le programme des *Mininukes* lancé en 2002, délaissé en 2004 et repris par le couple Rumsfeld-Wolfowitz en 2005. Wohlstetter a dirigé la thèse de doctorat de Paul Wolfowitz et parrainé l'ascension de Richard Perle et de James Woolsey à leurs débuts. Ce dernier a confié à Elizabeth Drew (2003) : « Une des clés pour comprendre comment Richard, Paul et moi pensons, c'est Albert ; il a eu une immense influence sur nous. » C'est lui qui inspira, entre autres choses, leur jusqu'auboutisme face à l'URSS et leur opposition au traité antimissiles ABM qu'ils convainquirent Bush junior de dénoncer.

Pour l'empire, de père en fils

Longtemps, le plus connu des néoconservateurs (et l'inventeur autoproclamé de l'appellation d'origine) fut Irving Kristol, tant pour son adoption précoce du projet impérial que pour ses tirades enflammées contre la démission des intellectuels. L'attitude de ces derniers, de plus en plus critiques à l'égard de la guerre au Viêt-nam, le choquait : « Nos intellectuels vont vers une confrontation avec l'establishment américain [...]. Ils ont intérêt à déjouer le développement de toute politique impériale qui soit cohérente et responsable [...]. Mais pour que n'importe quelle politique impériale réussisse, elle a besoin d'un guide intellectuel et moral [...]. L'intelligentsia dans son ensemble, aliénée au pouvoir établi, n'a aucun sens de ce type de responsabilité. Elle ne sait que dénoncer, ridiculiser, dénigrer » (Kristol, 1967). Il a ainsi défini les deux traits du néoconservatisme à l'américaine : une forme de reconnaissance du rôle des idées, en dépit de l'aliénation de l'intelligentsia (il écrirait ensuite : « Aucune nation moderne n'a pu formuler une politique étrangère acceptable pour ses intellectuels » [cité dans Bolton, 1997-98]) et l'ambition de se positionner comme l'idéologue du projet impérial américain, en dépit du peu de cas que les impérialistes eux-mêmes font des idées. Il n'hésite d'ailleurs pas à se présenter en parrain du néoconservatisme — « plus une impulsion qu'un mouvement », écrit-il.

C'est à Irving Kristol que l'on doit aussi la définition du néo-conservatisme comme une forme de conservatisme libéré de la nostalgie du passé et du respect des traditions (mais il a aussi conseillé à toutes les religions de « ne pas se soumettre à l'esprit de modernité », et il paraît souvent nostalgique des mœurs d'antan). Ce qui lui permet d'affirmer que loin de se sentir mal à l'aise avec l'éthique bourgeoise, le juif (il est né dans une famille juive orthodoxe de Brooklyn) doit l'épouser, ce qui pousse cet ex-athée à reprocher aux Pères fondateurs d'avoir exclu la religion du domaine public. Cet ancien marxiste deviendra aussi un avocat zélé de *Corporate America*, et prendra parti pour le capitalisme contre les politiciens professionnels. Jadis membre de la nébuleuse trotskiste (où il rencontra sa femme), c'est par ailleurs un nationaliste fervent qui définit le nationalisme américain en termes explicitement impériaux. Il avait choqué les libéraux en montrant en 1952 de la compréhension pour Joe McCarthy, le père de la « chasse aux sorcières » anticommuniste ; il n'hésita pas à diriger *Encounter*, revue soutenue par la CIA pour contrer l'engouement des intellectuels européens d'après guerre pour le marxisme. Précoce parmi ses acolytes, il soutint Nixon dès 1972, alors que la plupart attendront l'avènement de Reagan en 1980 pour déserter en masse le parti démocrate. Son nationalisme ne l'empêchait pas de regretter (1992) que les universités américaines, égalitaristes voire populistes, n'aient pas su, comme Rome le fit avec l'héritage hellénique, intégrer la *high culture* européenne de manière plus durable.

En 1987, Kristol s'installa à Washington, rejoignit l'American Enterprise qui, sous son impulsion, se détacha de l'orientation républicaine traditionnelle de son fondateur, Bill Baroody, pour épouser le néoconservatisme jusqu'à en devenir le temple, et surtout il prit les rênes de *The National Interest*, un trimestriel dont la lecture est toujours stimulante. Il devint ainsi une voix écoutée en politique étrangère au moment même où la guerre froide s'effilochait. Il se positionna d'emblée (Kristol, 1990) comme l'artisan d'une *tabula rasa*, renvoyant dos à dos les internationalistes, nouveaux et anciens, et les isolationnistes, de droite comme de gauche, pour une espèce de sacralisation de l'« intérêt national » qui se révéla être un espace de coexistence inégalement heureuse entre les « nationalistes » robustes à la Kissinger, Brzezinski ou Huntington, et la mouvance néo-conservatrice, plutôt issue du républicanisme reaganien qui les avait longtemps vilipendés, d'hommes tels que Kirkpatrick, Wolfowitz ou Kristol lui-même.

Plus que toute autre chose, les assauts contre le nationalisme émanant à la fois des globalistes et des libéraux irrite les néoconservateurs ; « Ceux qui réduisent le nationalisme à la chasse gardée de despotes anachroniques le font au prix de conséquences graves pour la sécurité nationale américaine », avertit Lawrence Kaplan. Avec Gertrude Himmelfarb (1993), épouse d'Irving Kristol (« la moitié la plus universitaire du couple », dit Draper, 1995), mère de William Kristol et qui, à 82 ans, publie sa principale critique de la modernité — critique qu'elle achève assez étrangement par un éloge inconditionnel de la présidence de George W. Bush —, nous avons affaire à un assaut frontal non seulement contre les Benedict Anderson, Eric Hobsbawm et autres Theodore Zeldin qui ont osé déconstruire le nationalisme ou même annoncer sa fin prochaine, mais, plus radicalement, contre la philosophie des Lumières, source de cette « imagination libérale qui ne peut supporter le nationalisme parce qu'elle est éclairée, rationnelle, progressiste, et constitue, en fin de compte, une vision on ne peut plus obtuse du monde ». Himmelfarb ne cache pas son mépris pour « un internationalisme insipide et pour les efforts visant à substituer à des nationalités historiques et organiques une communauté européenne artificielle et bureaucratique », et, surtout, dangereusement postnationale. D'où son intention proclamée de redéfinir les Lumières en en accordant le crédit à leur version anglaise (Burke), marquée par « les vertus sociales de compassion et de religiosité », et en l'arrachant à leur version française (Voltaire, Rousseau), injustement prévalente à ses yeux, qu'elle dénonce comme utopiste, élitiste et surtout pétrie d'athéisme.

Avant même de prendre les rênes de *Commentary*, un autre gourou de cette mouvance, Norman Podhoretz (qui fut décoré par George W. Bush de la plus haute distinction américaine en 2004), est hostile à la détente. Kissinger est sa bête noire pour l'avoir pratiquée et théorisée. Même Reagan n'a pas ses faveurs : il l'accuse de ne pas avoir, pendant son premier mandat, réussi à sortir le pays de la logique de la détente pour lui faire adopter une politique active d'endiguement qui eût encouragé les forces de désintégration déjà à l'œuvre au sein de l'empire soviétique (Podhoretz, 1984). Quand ils désignent leur ennemi, les néoconservateurs ne peuvent en effet tolérer de compromis avec lui ni au nom du réalisme, ni au nom de la patience. Habités par le souvenir de la Seconde Guerre mondiale, ils voient partout des Hitler à abattre. E.H. Carr, le grand historien anglais, qui avait cru pouvoir trouver des justifications à Munich, est naturellement leur adversaire (Himmelfarb, 1993 ; Emmons, 2000), de même que son disciple A.J.P. Taylor (Himmelfarb, 1994) à qui il est reproché d'ignorer les idées qui guident les hommes et d'éviter ainsi tout questionnement sur la responsabilité morale des individus. Ils n'apprécient pas du tout George Kennan l'historien, en qui ils voient un disciple de Taylor et un incurable « réaliste », et supportent encore moins Kennan le publiciste à qui ils reprochent d'avoir « trahi » sa propre doctrine sur l'endiguement de l'URSS. Edmund Burke, par contre, est leur idole pour avoir condamné la Révolution française, tout comme ils ont milité eux-mêmes contre la bolchevique (Bolton, 1997-98). Naturellement, ils traitent aisément de « munichois » ceux qui appellent à raison garder lors des crises mondiales complexes. Quant à *Commentary*, ses positions se sont durcies dès la fin des années 1970 ; elle a alors cessé d'être la revue éclectique du judaïsme américain ouverte à toutes ses tendances, pour devenir un instrument entre les mains des « faucons » les plus durs de la guerre froide (me poussant dès

1983 à écrire un long essai sur le sens de cette mutation radicale). Reconnaissons toutefois que, même encore aujourd'hui, la revue recèle des pages littéraires et musicales agréables à lire, mais, par son conservatisme social, par ses analyses stratégiques ultra, et surtout par son traitement généralement superficiel et systématiquement hostile de tout ce qui concerne Arabes et musulmans, elle est devenue fastidieusement prévisible.

Au sein de l'administration de George W. Bush, la dérive néoconservatrice, nourrie par ces idéologues prolixes, a un saint patron (le vice-président Dick Cheney) et un vicaire principal (le secrétaire adjoint à la Défense Paul Wolfowitz) : « Cheney, Rumsfeld et Wolfowitz forment une véritable *team* », note James Fallows (*The Atlantic*, mars 2002), constat confirmé par bien d'autres (Woodward, 2002 et 2004). Wolfowitz, pourtant l'intellectuel par excellence du groupe (il est Phil Gorman, le héros promis à un destin national dans *Ravelstein*, le roman à clés de Saul Bellow, leur romancier favori, prix Nobel de littérature), n'est guère prolifique et se voue plutôt à l'action. C'est d'ailleurs un homme d'un commerce agréable, attentif, simple, poli, mais enfermé dans ses schémas et comme incapable d'en sortir face à quelqu'un qui ne partage pas ses vues. Unipolariste de la première heure, il fut, sous la protection de Cheney, alors secrétaire à la Défense, le principal auteur du *Draft* de 1992, lequel fut formellement gelé (mais pas abandonné) quand son contenu fut ébruité dans la presse par ce qu'on appela alors l'« indiscrétion Wolfowitz ». Puis, avec l'élection de Clinton, il connut une traversée du désert de style académique, jusqu'en 2001 où il revint aux affaires comme n° 2 du Pentagone et l'une des personnalités qui ont l'oreille du président. Début 2005, il sera pressenti par Bush comme président de la Banque mondiale.

Meurtri par les effets dévastateurs de son « indiscrétion », Wolfowitz est peut-être le meilleur disciple de Leo Strauss, en tout cas sur un point : l'imprudence qu'il y a à exprimer haut et fort des convictions profondes que le public ne peut comprendre et ne devrait, sans doute, pas connaître ; ce qui, pour un croisé de la démocratisation mondiale tous azimuts, n'est pas la moindre des contradictions. Quand il parle ou écrit, il paraît sophistiqué, modéré, modeste, mais tous les rapports qui révèlent au public ses positions dans les débats internes au gouvernement donnent de lui une tout autre image, celle d'un homme fasciné par la force militaire, peu intéressé par les faits, obsédé par des idées aussi simplistes qu'inexactes (voir, pour cela, les livres de Woodward, 2002 et 2004, et Clarke, 2004). Je ne suis pas le seul à avoir ressenti ce contraste dans son grand bureau du Pentagone : Peter Boyer (*The New Yorker*, 1er novembre 2004), qui en dresse pourtant un portrait très élogieux, arrive à la même conclusion : « En dépit de la reconnaissance unanime de son intelligence, et de ses manières placides qui rappellent ses origines universitaires, il a systématiquement défendu les positions des faucons les plus bellicistes. » Trois ans avant la guerre en Irak, il a ainsi explicitement écrit que les exemples du Japon ou de l'Allemagne ne peuvent plus être invoqués dans les cas d'espèce contemporains (2000), mais ce sont pourtant des ouvrages sur ces deux pays qu'il conseilla à ses hommes de lire avant d'aller à Bagdad, et c'est exactement le parallèle qu'il dressait encore en 2004 lors d'une visite en Pologne (Boyer). Il ne cesse de déclarer son grand optimisme quant à la nature humaine et aux chances de la démocratie, puis il apparaît comme ultra-alarmiste dans l'analyse des dangers qui menacent l'Amérique. Il considère la constitution d'alliances comme un objectif important, mais, jugeant la patiente formation par Bush père de la coalition de 1990 pour libérer le Koweit, il estime que sa « détermination personnelle fut bien plus importante que ses contacts avec les autres dirigeants du monde » (1994). Pour les interventions américaines de par le monde, il dit rechercher des alliés, mais il écrit aussi que « ceux qui refusent de nous soutenir doivent regretter leur position jusqu'à la fin de leurs jours » (2000). Il pense que la démocratisation a besoin, pour s'instaurer, de forces endogènes (2000), mais il en découvre en Irak là où elles n'existaient guère. À un soldat blessé il a dit, dix-huit mois après la guerre, que « 98 % des Irakiens aiment l'armée américaine » (Boyer, *op. cit.*), ce que, par charité, on qualifierait de grosse exagération. Il adopte la doctrine de la *decisive force* à la Powell, mais ne cesse de critiquer son auteur et d'intriguer pour l'éloigner du gouvernement.

Sa doctrine débouche directement sur la guerre préventive. Car il part d'un postulat simple mais, à la réflexion, terrifiant : « Les guerres doivent être jugées moins par ce qu'elles accomplissent que par ce qu'elles permettent d'éviter » (1994). À partir de là, il faut rester vigilant et tuer dans l'œuf toute menace potentielle. Il est donc fier d'avoir été l'auteur du *Draft* de 1992 (2000), alors que ce texte suggérait fortement (Schwartz, 1994-95) que « l'existence même d'acteurs vraiment indépendants (et pas nécessairement hostiles) serait intolérable pour les États-Unis, parce que cela défierait la prédominance américaine, clé de voûte de la stabilité mondiale » — une vision dont le résultat ultime serait une sorte de protectorat américain sur les nations industrialisées. Wolfowitz considère que la pire erreur a été de ne pas frapper l'Allemagne et le Japon au moment de leur émergence en tant que puissances militaires (1997), et suggère, sans le dire clairement, un comportement similaire avec la Chine avant qu'il ne soit trop tard. Il trouve des Chamberlain partout dans les gouvernements occidentaux, et partout des Hitler parmi les dirigeants du tiers monde (2000). Pour forcer les premiers à s'aligner et pour écraser les seconds, l'emploi de la force militaire doit être, selon lui, extensif : il a critiqué Bush père, sinon de n'avoir pas poussé jusqu'à Bagdad, du moins d'avoir terminé trop tôt la guerre du Koweit (1994) ; il a critiqué Clinton pour ne pas avoir poursuivi plus longtemps les frappes contre les Serbes avant d'ouvrir les négociations de Dayton (1998), répétant que les démocraties s'en tirent toujours mal avec des victoires incomplètes.

Et puis il y eut cette obsession du dirigeant irakien. Pour lui, « la seule présence de Saddam Hussein au pouvoir est un problème » (1994), et il déconseilla de « dé-personnaliser » les relations avec lui, comme Clinton était tenté de le faire. C'est un « nouveau Hitler », et il faut le traiter comme tel, répétait-il inlassablement. Il n'était donc pas surprenant qu'il vît (à tort) sa main partout : dans les attaques de 1993 contre le World Trade Center comme dans celles de 2001. Sa première réaction après les événements du 11 Septembre fut d'appeler à frapper immédiatement l'Irak. Ayant occupé à trois reprises des fonctions au Département d'État et trois fois au Pentagone, c'est dans le second que cet universitaire, fasciné par l'emploi préventif de la force contre des adversaires réels ou potentiels, se sent le plus à l'aise. Sa haine du Département d'État est patente (1998) ; son peu d'estime pour Colin Powell est proverbial (Woodward, 2002 et 2004) ; et si un diplomate démocrate comme Richard Holbrooke trouve un peu grâce à ses yeux, c'est « parce que lui, au moins, a intégré le lien entre usage de la force et diplomatie », même si, dans un coup de griffes à l'ex-président, il a reproché à l'artisan de Dayton de ne pas avouer clairement que son patron d'alors ne partageait guère sa « clairvoyance ».

C'est qu'en dépit des oppositions personnelles et des conflits internes qui parfois les divisent, les néoconservateurs partagent une même foi en l'utilité de la force militaire pour évincer l'adversaire avant de prendre en charge des sociétés débarrassées de leurs dictateurs et à qui est ainsi donnée une chance d'adopter de nouvelles valeurs. Ils représentent ce que McDougall (1997) appelle le méliorisme, « une boutique que les Américains feraient bien de fermer ! C'est l'idée que les États-Unis possèdent le pouvoir, le prestige, la technologie, la richesse et l'altruisme nécessaires pour réformer des nations entières ». Ces idéologues excessivement marqués par une culture nationaliste et religieuse n'hésitent pas à traiter de « culturaliste », voire de « raciste » quiconque entend attirer leur attention sur les particularités de sociétés éloignées d'eux et sur les chances de succès limitées des blindés de l'armée américaine comme véhicules porteurs de la démocratisation mondiale. Possédés par l'incantation de leurs propres principes, ils ne comprennent pas que le monde entier ne soit pas disposé à les partager avec eux quand la chance lui en est offerte. « C'est bien le comble de l'ironie de voir les néo-conservateurs accuser d'"orientalisme" les experts universitaires du monde arabe qui soulignent que la démocratisation de cette région, tout en étant souhaitable, ne saurait s'imposer aussi rapidement ou facilement, alors que la manipulation des images et des médias par les néoconservateurs trahit une conception véritablement "orientaliste" des sociétés qu'ils paraissent si résolus à transformer et à améliorer », écrit l'un des meilleurs experts américains de la région (Michael Hudson, dans Hanelt *et al.*, 2004).

Mais ces optimistes confiants dans leur capacité à changer le monde ne sont-ils pas en réalité d'affreux pessimistes, s'agissant de la nature humaine ? Pour ceux, parmi eux, qui considèrent tout bonnement l'islam comme le nouvel ennemi, une telle identification ne peut se faire sans qu'y soient apportés de nombreuses nuances et des correctifs politiques qui en diminuent d'autant, naturellement, l'effet mobilisateur. En général, cet ennemi est difficilement identifiable, ou alors décrit en termes moraux ou bien pathologiques (voyou, fou, insensible à la dissuasion, etc.). Or moins l'ennemi est identifié, plus grande et menaçante est son ubiquité, plus troublante l'incertitude même de son existence, sans parler de ses intentions. De ce fait, les « néo » voient des dangers partout et veulent les juguler avant qu'ils ne se réalisent. Telle est la justification — du moins à leurs yeux — de la doctrine de la guerre préventive. D'où une nécessaire vigilance de tous les instants, le remède étant difficilement d'ordre diplomatique. Ken Adelman est un reaganien déjà proche de Rumsfeld quand celui-ci, une première fois secrétaire à la Défense en 1982, parcourt le monde pour bloquer les propositions des pays en développement en matière de droit de la mer. À la fin des deux mandats de Reagan, ce diplomate n'affiche que mépris pour la diplomatie : « Il n'y a pas de solution définitive aux problèmes du monde. Aucun processus de paix au Proche-Orient ne peut éradiquer le conflit qui a frappé cette région depuis les temps de Jésus [!], et même avant. Aucune action politique, diplomatique ou même militaire ne pourra mettre fin au conflit racial en Afrique du Sud. Aucun vote à l'ONU ne peut garantir la liberté individuelle ou la souveraineté nationale. Aucune assistance américaine, si importante soit-elle, ne pourra créer la prospérité dans le monde en développement. Aucun accord d'*arms control* ne peut engendrer la paix » (Adelman, 1988). L'auteur désabusé de ces lignes, heureusement contredit par quelques succès diplomatiques auxquels son propre pays a largement contribué, réapparaîtra avec Bush junior comme l'un des chantres les plus enragés des guerres préventives.

Déjà suspicieux à l'égard de l'activité diplomatique, les néoconservateurs raillent aussi la foi de Clinton dans le marché. Ils affirment que ce sont les États qui continuent de dominer les marchés, et non pas l'inverse, et ils lui rappellent que « même dans une ère de globalisation, la logique de l'économie n'est pas celle de la politique, encore moins celle de la culture ou de l'ethnicité » (Lawrence Kaplan, 1999) — et d'ajouter : « La redéfinition, la reconceptualisation, la réinvention de la sécurité nationale relève du futurisme le plus commode et le plus creux », répliquant ainsi aux avertissements de Clinton sur l'apparition de nouvelles menaces globales comme le sida, la drogue ou le blanchiment de l'argent. La foi de ces prétendus wilsoniens dans la réalité brute des rapports de forces est assez étonnante. La suspicion dans laquelle cette droite radicale tient les vertus politiques de l'économie de marché ne l'est pas moins.

Ces moralistes qui ont monté l'affaire Lewinsky comme une affaire d'État sont aussi des affairistes futés et sans scrupules. Kenneth Lay, le PDG d'Enron, à l'origine d'un des plus gros scandales financiers de l'histoire (Stiglitz), est un ami de Bush junior, lequel l'a fait nommer conseiller pour l'Énergie. Jay Garner, membre d'une commission d'études officielle sur les missiles, est lui-même président d'une société qui construit des composants pour missiles et qui a conseillé Israël pour le maniement des Patriot, avant de se retrouver premier administrateur civil de l'Irak occupé (Drew, 2003). Cheney est l'ex-PDG de Halliburton, et ce n'est pas un hasard si cette société a recueilli d'une manière privilégiée et dans un manque évident de transparence (qui choquait mes interlocuteurs officiels irakiens les plus inféodés aux Américains) un maximum de contrats lucratifs en Irak (le représentant Waxman, de Californie, a rendu publics ces contrats, contraignant le Pentagone à en annuler quelques-uns). L'anti-saoudien farouche (Perle et Frum, 2004) qu'est Richard Perle (protégé de Wohlstetter, assistant de Scoop Jackson, un ennemi de la détente recyclé dans les affaires) n'hésite pas à « souper avec le diable » si cela lui permet de décrocher un contrat dans le royaume honni (la révélation par Seymour Hersh de ce fait d'armes le poussa à quitter son poste officiel de président, puis de membre du Conseil consultatif du Pentagone). Conrad Black, leur premier mécène, fut poursuivi pour de gigantesques malversations aux dépens des actionnaires de sa société.

Perle occupe une place à part dans ce groupe : il est le *political operative* par excellence, et on perçoit systématiquement sa trace dans les initiatives inspirées par la mouvance plus que dans ses traités philosophiques. Début 2004, avec David Frum, son protégé et le très fier auteur de l'expression « axe du Mal », il publie *An End to Evil*, sa « feuille de route » pour qu'après l'invasion de l'Irak, qu'il a inconditionnellement défendue, l'Amérique s'attaque aux autres membres de cet « axe » : sept pays, outre l'Afghanistan et l'Irak. Désormais libéré de toutes fonctions gouvernementales, il se consacre aux affaires et peut surtout donner libre cours à ses réflexions de « faucon » sans embarrasser une administration qu'il se contente de « conseiller ». Cela lui permet d'appeler à de nouvelles aventures militaires, d'écrire que « les faucons sont les vrais réalistes », de trouver des « dragons » à abattre partout et de proférer des accusations si peu fondées qu'elles gênent parfois jusqu'à ses propres amis. Mais Perle peut aussi, grâce à sa liberté de parole et d'action, incarner, plus que n'importe quel adhérent de cette mouvance, l'engagement collectif au profit non seulement d'Israël mais plus précisément du Likoud et d'une ligne qui doute de la paix avec les Palestiniens, abhorre l'islamisme militant autant que le nationalisme arabe, et qui, de ce fait, assume une parfaite identité d'intérêts entre l'Israël des Sharon et Netanyahu et l'Amérique des Bush et Cheney.

Parmi la seconde génération de la mouvance, deux fils de leurs pères s'imposent notamment en matière de réflexion stratégique : William Kristol (fils d'Irving, directeur du *Weekly Standard* et stratège politique du parti républicain) et Robert Kagan (fils de Donald). À la présidentielle de 1996, sans trop croire dans les chances du républicain Dole, ils ont appelé à une politique néoreaganienne, au-delà du tiède consensus entre clintoniens et réalistes du genre Kissinger. Eux sont des « hégémonistes » qui veulent faire du « moment unipolaire » une ère prolongée reposant sur « une suprématie militaire et une affirmation morale ». Pour ce faire, ils prônent une augmentation rapide et colossale du budget de la Défense, une mobilisation nationaliste à l'intérieur et une clarté morale qui va procéder à du *regime change* partout où des « monstres » gouvernent de par le monde. Ils récidivent en 2000, cette fois moyennant un choix plus net et plus optimiste en faveur de George W. Bush, et avec un livre (2003) qu'ils coéditent sous le titre évocateur de « Danger présent », déjà utilisé par les conservateurs contre Carter à la fin des années 1970. Le « danger présent » ne vient plus cette fois d'une grande puissance ennemie, mais de la complaisance des Américains et de leur légèreté face à l'apparition de nouveaux adversaires. Pas d'autre solution que de les tuer dans l'œuf à travers le *regime change* musclé en Irak, en Iran, en Corée du Nord et même en Chine (Wolfowitz, qui participe à l'ouvrage, se montre moins tranchant sur la Chine). Il ne faut donc pas se limiter aux cas où l'intérêt vital du pays est en jeu, car une puissance hégémonique qui se respecte ne saurait tomber dans les calculs d'une puissance ordinaire : pas de coexistence avec les régimes ennemis, mais leur transformation, tout en évitant, n'en déplaise aux Français, aux Russes et autres récalcitrants, d'en revenir à un monde multipolaire, par essence instable et dangereux. Dans la même veine, Max Boot, devenu leur éditorialiste le plus prolifique, veut que les États-Unis assument ouvertement leur rôle impérial, alors que Stanley Kurtz entend convaincre que l'impérialisme est l'accoucheur de la démocratie. L'étonnant, c'est l'absence quasi générale, dans cet ouvrage, de l'Europe (hormis quelques piques contre la France, mais Kagan y reviendra dans son livre-pamphlet — voir *infra*, chap. 5), de l'Amérique latine et de l'Afrique. Les points de fixation sont toujours les mêmes : le Moyen-Orient, où ces auteurs appuient inconditionnellement la droite israélienne et ne reconnaissent pas d'autres alliés possibles, et l'Asie où ils sont hostiles à la Chine. À la stabilité ils opposent le *regime change* ; ceux qui prônent la concertation, ils les présentent comme de sinistres hérauts de l'apaisement ; ils revendiquent pour eux-mêmes le nationalisme robuste de Theodore Roosevelt, mais condamnent celui des autres pays. Le monde qu'ils dessinent est une vaste arène que l'Amérique peut remodeler à sa guise pourvu seulement qu'elle en prenne la décision et s'en donne les moyens (militaires, s'entend, car le mépris de la diplomatie est manifeste à chaque page). Et l'ONU ? Elle peut s'occuper éventuellement de la lutte contre le sida, mais certainement pas de la sécurité.

Longtemps considéré comme le *golden boy* du néoconservatisme, Elliott Abrams, que l'on avait pensé, un moment, fini, est revenu aux affaires avec Bush junior. L'homme est intelligent : il ne montre pas trop d'empressement en faveur de l'unipolarité (1992) ; il se révèle capable d'examiner les problèmes économiques avec réalisme, voire avec une certaine empathie pour les pays pauvres (1993) ; il développe une analyse nuancée de l'intervention humanitaire (2000), loin de l'acte de décès que lui dressent nombre de néoconservateurs (tel Charles Krauthammer) ou de l'incantation naïve des libéraux ; il ne rejette pas d'un bloc le concept d'action collective ni le recours éventuel à l'ONU pour la légitimation d'une telle intervention. Gendre de Norman Podhoretz et de Midge Decter, diplômé de Harvard, son intelligence et sa témérité en firent, à 32 ans, le plus jeune secrétaire d'État adjoint de l'histoire des États-Unis. On lui confia la gestion des organisations internationales et de l'Amérique latine. C'est là qu'il s'illustra, notamment avec l'affaire du financement secret des contras du Nicaragua, le fameux scandale de l'Irangate qui entacha durablement les dernières années de la présidence Reagan. Il fut condamné par le procureur indépendant Walsh pour ce qui, de son propre aveu, apparaissait comme des mensonges grossiers proférés lors de ses auditions au Congrès (première fois que ce fait fut considéré comme un crime). « Peu d'individualités de l'équipe Reagan incarnent mieux que Mr Abrams l'illégalité dominante », écrivit le *New York Times*. Pour un juriste de formation, de surcroît en charge des droits de l'homme, ce n'était pas un compliment. Et, de fait, lorsqu'il prit cette charge, mettant en pratique la distinction de Jean Kirkpatrick, alors à la mode, entre « bons autoritaires » et « mauvais totalitaires », il s'illustra par un discours dont l'essence était que tout ce que l'administration Reagan pouvait faire pour empêcher un pays de devenir communiste était un service rendu aux droits de l'homme (Bruck, 2003), quitte à s'associer pour cela avec les Khmers rouges, les contras, Jonas Savimbi ou les chefs de guerre afghans, tous coupables d'abominables violations desdits droits. Mais c'était sans compter avec la solidité de sa place au sein du groupe et sur ses puissants soutiens : il revint huit ans plus tard dans les bagages de Bush junior, même et peut-être parce qu'il a, à l'occasion de sa condamnation, vilipendé dans un brûlot passionné (1992) les démocrates qui l'avaient « puni pour avoir quitté leurs rangs », la CIA qui l'avait « piégé, trompé, humilié », Reagan qui « était trop lâche pour retenir la vindicte du procureur », et surtout Bush père qui, loin de le repêcher, l'avait simplement ignoré (pour finir par le faire bénéficier d'une grâce).

Sa traversée du désert aura été marquée par un livre *(Foi ou peur ?)* dans lequel, tout en mettant en garde les juifs américains sur le risque de leur disparition, causée par l'assimilation, il fait une apologie appuyée des fondamentalistes chrétiens à qui il pardonne aisément leurs dérives antisémites. Il s'associe au groupe des néoconservateurs qui appellent à renverser Saddam Hussein. Au Conseil national de sécurité de Bush junior, il devient ainsi le bras droit de Condoleezza Rice pour les affaires du Moyen-Orient ; il s'y illustre non seulement par une intelligence et une mémoire d'éléphant unanimement reconnues, mais aussi par ses intrigues réussies pour repousser aux calendes grecques la promesse faite par Bush de faciliter l'établissement d'un État palestinien, autant que par l'exclusion de tout expert reconnu du monde arabo-musulman des couloirs de ce même Conseil (Bruck, 2003).

C'est le plus souvent (mais pas uniquement) dans *The National Interest* que ces auteurs on ne peut plus prolixes s'expriment sur les affaires du monde. Si la revue rassemble dans son comité éditorial des auteurs peu suspects de néo-conservatisme (comme Brzezinski ou Tucker, voire, au départ, Kissinger qui fut un moment leur bête noire), leurs idées y trouvent un terrain particulièrement hospitalier, parallèlement au nationalisme musclé cher à Huntington ou à Brzezinski. Le fondateur de la revue et président honoraire n'est autre en effet qu'Irving Kristol ; Krauthammer y écrit souvent ; Daniel Pipes y poursuit sa cabale contre l'islam politique ; Richard Perle en est ; et le propriétaire n'est autre que Conrad Black, l'allié qui finança la ligne avant d'être rattrapé, de même que Perle, par ses pratiques peu scrupuleuses en tant que patron du groupe de presse Hollinger. Owen Harries, un Australien acquis à la cause avant de commencer lui aussi à émettre des doutes, a longtemps dirigé cette rédaction.

Mais c'est peut-être Carnes Lord qui illustre le mieux ces itinéraires : étudiant en philosophie, il a suivi Leo Strauss dans sa relecture d'Aristote et on le voyait bien succéder au Maître dans un des nombreux départements de philosophie investis par ses disciples. Lord préféra néanmoins entrer au Conseil national de sécurité avant de se retrouver professeur au Naval War College où il entra en guerre contre les « barbares de l'intérieur », féministes et autres multiculturalistes, faisant l'éloge de la virilité et des vertus spartiates et prêchant un conservatisme social proprement réactionnaire.

Cette galerie de portraits qui est très loin d'être exhaustive se doit de mentionner enfin le cas de Zalmay Khalilzad, professeur de sciences politiques qui se fit rapidement connaître par sa virulence antisoviétique et qui fréquentait assidûment ce milieu, n'hésitant pas à y déployer le zèle du néophyte. Il occupa le poste d'envoyé du président auprès des opposants irakiens, puis celui d'ambassadeur en Afghanistan, son pays natal, après l'éviction des Taliban.

Il en est bien sûr beaucoup d'autres, mais nous avons choisi de citer ici ceux qui, par leur influence ou leur fonction, ont été directement impliqués dans l'orientation néo-impériale prise par la Maison-Blanche à compter de 2001. Il reste cependant vrai, d'un côté, que tous les néoconservateurs ne sont pas passés avec armes et bagages au parti républicain : Perle se dit encore démocrate, et le sénateur Joe Lieberman autant que Richard Holbrooke sont souvent sur sa ligne, le premier ayant même tenté de ressusciter le « Committee on the Present Danger », qui marqua leurs débuts, pour le diriger cette fois contre le militantisme islamiste. Il n'est pas vrai, contrairement à ce qui a été souvent écrit, que les néoconservateurs aient eu le monopole du projet impérial, et si leur chapelle devait un jour s'effriter, elle n'emporterait pas avec elle ce projet qui, comme Bacevich l'a notamment démontré et Barnett graphiquement illustré (voir chapitre précédent), est bien plus ancien et bien plus enraciné que les exhortations des disciples de Leo Strauss et des amis d'Irving Kristol.

Cette option tire d'abord sa force, comme le note Judt (2004), de la faillite du projet libéral : « Alors que les néoconservateurs sont coupables de fournir une estimation exagérée de la capacité de l'Amérique à dominer le monde, la gauche a continué à rêver à des mondes imaginaires [...]. Une gauche qui ne veut pas voir la réalité du mal dans le monde parce qu'elle veut concentrer à nouveau l'attention sur l'injustice *at home* n'est pas mieux équipée pour s'engager dans notre beau monde qu'une droite qui invoque la lutte contre le terrorisme pour ne plus être obsédée que par elle. » S'il n'est pas dans notre propos d'étudier ici l'échec de la gauche américaine à en proposer une critique intellectuellement solide (ce qui, heureusement, est encore parfois le cas) mais également traduisible en termes politiques, voire électoraux, rappelons que l'option néo-impériale repose sur le socle d'une tradition hégémonique bien établie (que la gauche avait déjà, dans une version assurément moins accomplie du projet, rencontrée, notamment pendant la guerre du Viêt-nam), et, plus récemment, sur la position privilégiée des États-Unis dans le monde de l'après-guerre froide.

L'idéologie dans le sérail

D'où la question de la contribution réelle de cette mouvance à la formulation du projet néo-impérial, et plus précisément de son influence effective sur les choix de l'administration Bush. L'affirmation du nationalisme impérial tel que présenté au chapitre précédent dépasse largement leur petit cercle pour constituer dans la société américaine une lame de fond qu'ils auront su accompagner, susciter ou intellectualiser, mais qu'ils n'ont certainement pas générée et qu'ils ne peuvent pas vraiment maîtriser. Même si les néoconservateurs occupent des places enviables dans l'administration Bush, il s'agit le plus souvent de positions de second rang où ils essaient d'étendre leur influence plutôt que d'exercer un véritable pouvoir. Cette influence fut spectaculairement confirmée lors de l'épisode irakien, mais elle n'est jamais absolument garantie et peut même faiblir quand leurs vues viennent à diverger. On l'a vu pendant leurs années d'opposition, mais aussi depuis qu'ils sont aux affaires. Il serait par conséquent très exagéré de considérer les principales figures de l'administration Bush comme des néoconservateurs ou comme de simples jouets entre leurs mains.

C'est pourtant une croyance largement partagée. Lilla (2004) note leur métamorphose de réseau assez flottant de professeurs et de publicistes en force bien intégrée exerçant une forte influence en politique : « Les néoconservateurs constituent un milieu intellectuel et social en soi, qui soutient des fondations, des *think tanks*, des groupes de pression, des revues, des bureaux de consultants, sans compter ceux qui font partie du gouvernement à divers niveaux. » Concernant ces derniers précisément, l'opinion courante est celle qu'exprime Jason Epstein (« Leviathan », *NYRB*, 1er mai

2003) pour qui « George W. Bush n'est pas ce monomaniaque grisonnant dont le simple regard inspire la terreur, mais l'instrument sans expérience d'idéologues néoconservateurs obsédés, depuis la fin de la guerre froide, par une ardeur missionnaire à américaniser le monde, à la manière dont les empires d'autrefois tentèrent, avec un zèle similaire, de le romaniser, de le christianiser, de l'islamiser, de l'angliciser, de le napoléoniser, de le germaniser ou de le communiser ». « Ils ont l'air de s'être emparés de l'esprit et du cœur de notre président », s'est plaint publiquement le sénateur (démocrate) Joseph Biden. D'autres observateurs sont fascinés par « un cercle relativement restreint mais cohérent qui a réussi à exercer une influence aussi déterminante » (Marshall, 2003). Drew est du même avis : « Les néoconservateurs sont puissants parce qu'ils sont solidaires, déterminés, idéologiquement fervents, et malins. » C'est aussi l'opinion de Michael Hudson (Hanelt *et al.*, 2004) : « Comment en est-on arrivé là ? La réponse la plus courte est qu'un réseau néoconservateur, influencé par les intérêts israéliens de droite, a été capable de saisir un moment historique particulier pour imposer son programme extrémiste. »

D'autres se montrent plus circonspects, tels Daalder et Lindsay (2003) qui relèvent leur absence des premiers rôles et insistent plutôt sur les « instincts » du président et de ses proches, tous marqués par un « nationalisme musclé » qui n'avait guère besoin des idées néoconservatrices pour s'épanouir, et qui, aux yeux de ces deux anciens de l'équipe Clinton, ne peut d'ailleurs qu'échouer. S'il y a donc une « révolution Bush » (qu'ils situent d'ailleurs moins dans les objectifs que dans les moyens : guerre préventive et unilatéralisme), le crédit (ou le débit) devrait d'abord en être imputé à la personne du président : « Le Texan n'est pas un homme de paille dans la révolution des autres. » Représentant du nationalisme musclé au sein du parti républicain, Bush, dans cette logique, aurait poussé cette tendance, au sein du parti, à un « mariage de convenance » avec les néoconservateurs, les réunissant autour d'un même engouement pour la « projection de puissance » dans le monde, et d'un même scepticisme tant envers les alliés que vis-à-vis des organisations internationales. Baker (2005) est sur la même ligne : les néoconservateurs n'ont pas noyauté l'administration au profit de leurs idées ; c'est l'adoption préalable de l'option impériale par Bush, Cheney et Rumsfeld qui leur a naturellement ouvert les portes de l'administration.

Comment jaugent-ils eux-mêmes leur influence ? À la veille de la guerre d'Irak, en réponse à ceux qui accusaient la mouvance d'en être la principale inspiratrice, Max Boot (2004), un des leurs, écrivit que le néoconservatisme n'existait même pas (*Weekly Standard*, 30 décembre 2002). Plus tard, à la question de savoir si Bush se contentait d'appliquer le programme rédigé pour lui par les néoconservateurs, il répondit sans surprise : « Si seulement c'était vrai ! », citant quelques exemples de divergences entre le président et la mouvance. Mais Boot lui-même a fini par reconnaître que la guerre en Irak avait été leur fait, et que la *Stratégie de sécurité nationale* énoncée en septembre 2002, « avec son appel à la primauté de l'Amérique dans le monde, à la promotion de la démocratie, et à l'action vigoureuse — préventive si nécessaire — pour arrêter le terrorisme et la prolifération des armes de destruction massive, [était] un document d'essence néoconservatrice ». Il y a un brin de présomption à revendiquer la paternité de la décision la plus importante du premier mandat Bush et celle du texte présidentiel le plus important de ce mandat, pour nier ensuite, avec une feinte humilité politiquement correcte, toute influence réelle sur l'administration !

« Mariage de convenance » ou « passion mutuelle » ? Peu importe ; la question est de savoir qui domine dans ce couple. Les deux parties y trouvaient certes leur compte, mais, à la veille de la présidentielle de 2004, les paris allaient bon train : Bush allait-il rester lié à cette mouvance, voire renforcer ses positions au sein de son administration, ou, l'ayant utilisée, principalement pour se faire élire et donner un discours idoine à sa propre révolution, s'en détacher au profit d'un retour à un républicanisme plus traditionnel ? Il y a en effet une place pour un nationalisme quasi impérial que le néoconservatisme a cherché à annexer mais qui, moins idéologique mais plus ouvertement nationaliste, pourrait survivre à une éventuelle rupture du « mariage ». Joshua Marshall (*The Atlantic*, juillet-août 2004), après avoir rencontré les conseillers du candidat Kerry, a pu constater leur faible pour Bush senior. L'engouement des démocrates pour le père est compréhensible en ce qu'il s'oppose à l'aventurisme du fils. Bush senior fut en effet un « hégémoniste pragmatique » qui réussit à montrer un mélange de fermeté et de prudence face à la décomposition de l'URSS, à la réunification de l'Allemagne et à son intégration dans l'OTAN, dans la guerre au Koweit ou dans le lancement du processus de paix à Madrid, tout en restant sourd aux pressions des reaganiens attardés qui le poussaient à mener une aventure impériale dont il n'avait guère le goût. Il faudra certainement attendre la fin du second mandat de Bush junior pour trancher, mais les premiers indices postérieurs à sa réélection de 2004 ne vont pas dans le sens d'une dissolution du « mariage de convenance » ni d'un retour immédiat à la prudence patricienne de Bush senior, même si, hors des sphères du pouvoir, l'alliance entre « nationalistes musclés » et néoconservateurs commence à se fissurer sérieusement.

Car leur influence, au départ fulgurante, ne pouvait qu'être affectée par l'affaire irakienne à laquelle ils étaient si ouvertement associés. Le dossier spécial sur l'Irak auquel *The National Interest* consacra sa livraison du printemps 2004 est un reflet d'autant plus manifeste de cet affaiblissement relatif que la publication leur est très largement favorable. Dimitri Simes (un « nationaliste musclé ») y renverse leur argument — la coopération des Irakiens n'est possible que s'ils ont l'impression que les Américains n'ont pas de projets à long terme pour leur pays ; « nous devons encourager la liberté, mais cesser de vouloir exporter la démocratie » —, frappant ainsi le programme néoconservateur en plein cœur. John Hillen souhaite transformer la doctrine Bush qui, dans sa mouture néoconservatrice, s'est à ses yeux déjà cassé les dents sur les bords du Tigre, en un mélange de wilsonisme et de nationalisme à la Buchanan ; il appelle les « conservateurs pragmatiques » à sauver la doctrine Bush en poussant l'administration dans une voie médiane, moins idéologique et moins interventionniste. L'ancien patron de la NSA, le général Odom, se montre le plus percutant : il conseille un retrait d'Irak aussi rapide que possible. Regrettant le climat qui avait précédé la guerre et interdit toute discussion préalable sur son utilité, il met le doigt sur l'essentiel, à savoir que les deux guerres d'Afghanistan et d'Irak ont d'abord avantagé l'Iran (qui s'est trouvé débarrassé de deux voisins hostiles), mais surtout Ben Laden qui non seulement a vu un dirigeant sécularisté tomber, mais a rapidement su prendre avantage du vide ainsi créé en Irak pour en faire une base opérationnelle pour ses jihadistes, tout en détournant l'armée américaine de sa chasse aux terroristes en Afghanistan.

Par-delà le cas irakien, les néoconservateurs se tiennent sur la défensive face aux critiques de ceux qui, jusqu'alors, ont été leurs alliés : David Brooks, une de leurs plumes les plus acerbes, prévoit, pour s'en lamenter, « un retour en force des soi-disant "réalistes" pour nous rappeler les limites de notre puissance et prêcher la stabilité », et il conclut, tranchant : « Ce serait une bonne recette pour le désastre. » Dans les pages de *Commentary* (juillet-août 2004), Max Boot reproche à Francis Fukuyama, autre « compagnon de route » des néoconservateurs, d'avoir écrit un livre entier sur le *state building* en évitant soigneusement de prendre position pour ou contre la guerre en Irak, terrain pourtant emblématique d'un tel processus. Fukuyama est aussi la cible de Charles Krauthammer (2004) qui l'accuse de vouloir « détruire tout l'édifice néoconservateur », de sous-estimer « la menace existentielle que pose le radicalisme arabe et musulman », de confondre différents points de vue au sein de la mouvance (le point de vue, par exemple, de ceux qui, comme Kristol et Kagan, prêchent l'interventionnisme tous azimuts, notamment dans les Balkans, et celui de ceux qui, comme Krauthammer lui-même, ne le soutiennent que lorsqu'il tend à défendre les intérêts vitaux de l'Amérique). Ultime flèche, très empoisonnée par ce qu'elle sous-entend, Fukuyama est accusé de « judaïser le néoconservatisme pour mieux l'étouffer ».

Mais de quoi est donc vraiment coupable l'auteur de *La Fin de l'Histoire*, qui veut continuer à se considérer, en dépit de ces attaques dangereusement *ad hominem*, comme un proche, sinon un membre à part entière de la mouvance ? Fukuyama (2004) a jeté un caillou dans la mare : à travers les idées de Charles Krauthammer, il vilipende l'« estimation absolument irréaliste de la puissance américaine », l'« universalisme messianique », la présentation de Saddam Hussein comme une menace existentielle, l'anticulturalisme primaire qui empêche les néoconservateurs de reconnaître quelque particularité que ce soit à l'Irak, l'incapacité d'intégrer le déficit de légitimité de l'Amérique dans le monde, et même l'usage déformé et tendancieux de sa propre thèse sur la fin de l'Histoire : « Je n'ai jamais pensé que les démocraties pouvaient être créées partout par notre seule volonté politique ». Fukuyama va encore plus loin pour contredire la principale allégation des néoconservateurs après les attaques du 11 Septembre : « Si nous sommes détestés à travers le monde, ce n'est pas pour ce que nous sommes, mais pour ce que nous y faisons. » Sacrilège et trahison qui suscitèrent un déluge polémique des néoconservateurs, démontrant ainsi *a contrario* une relative érosion de leur influence.

Fukuyama n'est ni le premier ni le seul à déserter le « mariage de convenance ». Autrement précoce et au moins aussi douloureuse pour la mouvance avait été la désertion fracassante de Michael Lind, l'une des signatures les plus constantes du *National Interest*. Lind se remémore sa rencontre avec les néoconservateurs (*The Nation*, 29 avril 2004) comme une « véritable tragédie d'erreurs » : « Je croyais avoir adhéré à un mouvement libéral et libertaire, non à une coterie de *likoudnik* américains et de baptistes créationnistes alliés pour soutenir la colonisation de la Judée et de la Samarie. » Son malaise commence tôt (1993), quand il se sent étouffé par l'esprit de chapelle qui prévaut à droite et l'incite à demander si les intellectuels conservateurs dits « responsables » doivent « attaquer les inepties du multiculturalisme tout en passant sous silence les imbécillités de la droite nativiste et fondamentaliste ». Il s'insurge ensuite contre l'idée qu'il y aurait des goûts et des mœurs spécifiques au conservatisme, et rappelle que l'Art déco fut également revendiqué par les démocrates, par les nazis et par les communistes, que Yeats ou Eliot étaient des poètes d'avant-garde tout en étant politiquement très à droite, et qu'il existe des républicains fans de rock'n roll, bref, qu'il n'y a pas de guerre culturelle en Amérique et qu'un lien rigide entre le radicalisme esthétique, moral et politique n'est le fait que de petites minorités non représentatives, à la marge de la vie américaine. On était dans les années Clinton et un tel discours, émanant de leurs rangs, pouvait difficilement plaire à des néoconservateurs d'autant plus engagés dans une guerre éthico-culturelle contre l'alliance des féministes et des multiculturalistes qu'un de ses représentants patentés logeait alors à la Maison-Blanche. Mais Lind est déjà pratiquement en sécession lorsqu'il conclut que les participants à cette prétendue guerre culturelle ne sont pas, pour la plupart, des individus cultivés, leur seul intérêt pour ladite guerre provenant du fait que le recours à ce vocabulaire belliqueux est en général un bon « tuyau » pour la levée de fonds. La rupture est consommée lorsqu'il en vient à penser — hérésie aux yeux de ses futurs ex-camarades — que « le commencement de la raison consiste à reconnaître que l'esthétique, la morale et la politique, même si elles sont tangentiellement liées, forment en réalité des domaines distincts : une personne raisonnable peut être politiquement conservatrice et moralement libérale. La vraie guerre culturelle n'est pas entre libéralisme et conservatisme, mais entre les forces de la raison, du goût, de l'intelligence et de l'urbanité, et celles de la déraison, de la vulgarité, de l'ignorance, du fanatisme et de la superstition ».

Un moment séduit, Daniel Patrick Moynihan s'en est très tôt détourné. Jeane Kirkpatrick, emblème du reaganisme, qui appela dès 1990 au retour à « une nation normale dans un monde normal », fut brutalement vilipendée par Kristol et Kagan. Richard Holbrooke, quelque peu ambigu dans ses choix, marqua ses distances : « Conservateurs et néoconservateurs, qui coexistent difficilement au sein de l'administration Bush, glissent de manière imprévisible des appels à la démocratisation aux appels néo-impériaux sans aucune position intellectuellement cohérente, mis à part leur goût immodéré pour le recours à la force » (*The Atlantic*, juillet-août 2004. Robert Tucker, historien influent qui a été pour eux une référence et un compagnon de route, finit, au lendemain de l'aventure irakienne, par les accuser nommément d'être coupables de « la perte étonnante de légitimité subie par l'Amérique » (Tucker et Hendrickson, 2004, voir *infra*, chap. 4).

Le ciment religieux

Au-delà des avanies que rencontre déjà et connaîtra encore le programme néo-impérial de l'Amérique, l'avenir du néo-conservatisme dépendra aussi de ce qui, pour la mouvance, a constitué son instrument le plus utile et aussi son premier point de vulnérabilité : la religion. Hors l'hostilité militante et parfois obsessionnelle qu'ils suscitent dans le monde arabo-musulman où leurs écrits sont devenus le principal leitmotiv des tenants de la guerre de religions planétaire (Jihad al-Khazen, l'éditorialiste quotidien pourtant libéral et pro-occidental du *Hayat*, leur a par exemple consacré plus de trois cents articles critiques au cours de ces dernières années), à l'accusation qui leur est souvent lancée en Amérique même (Gvosdev, Simes, Brzezinski, Fukuyama et bien d'autres) de servir en priorité les intérêts d'Israël, voire de la droite expansionniste israélienne, les néoconservateurs répondent en ordre dispersé. Certains (Perle et Frum, Krauthammer ou Bernard Lewis, par exemple) identifient Israël et l'Occident commc la cible unique d'une même menace existentielle, le radicalisme arabo-islamiste qui a pour objectif l'« extinction carthaginoise » d'Israël (dans les termes de Krauthammer), tout en vouant à l'Occident une « haine rageuse » (Lewis) qui le conduit à l'attaquer par tous les moyens, y compris les plus barbares. D'autres (Max Boot, 2003) insistent en revanche sur l'appartenance à la mouvance de nombre de non-juifs (Bolton, Woolsey, Khalilzad, etc.) et sur le fait qu'en dehors du Likoud israélien la mouvance entretient aussi des relations avec toutes sortes de partis de droite, des conservateurs australiens jusqu'aux tories britanniques. D'autres indiquent enfin, non sans raison, qu'en soutenant Israël ils ne font que perpétuer, confirmer, éventuellement renforcer une orientation profonde de la politique étrangère américaine, prise longtemps avant que le néoconservatisme ne voie le jour.

Dès l'apparition de la mouvance, les observateurs les plus détachés n'en ont pas moins souligné la forte identité confessionnelle. Dans son panorama complet de la religion au sein de la vie publique américaine, James Reichley, tout en citant les noms d'une dizaine de « gentils » qui les avaient rejoints, présentait déjà les néoconservateurs comme « une nouvelle école d'intellectuels juifs chez qui l'intérêt pour Israël constitue à tout le moins un lien réciproque » (1985, p. 305).

Reichley situe la naissance du groupe dans le contexte d'un glissement d'une fraction de l'intelligentsia juive vers une forme de conservatisme social (suite à la rupture causée au sein de l'establishment libéral sur des questions comme l'*affirmative action* au profit des minorités ethniques) qui s'est vite transformée en un mouvement politique face au soutien que certains libéraux commençaient à accorder aux Palestiniens et à d'autres causes du tiers monde alors même qu'une partie de l'intelligentsia juive s'investissait au contraire dans la question de l'émigration des juifs d'Union soviétique et dans un soutien plus net à Israël. Après des décennies de lutte commune, le divorce entre les communautés juive et noire au sein du parti démocrate fut scellé sous la présidence Carter (1976-80) dans un fort climat d'acrimonie. C'est à cette époque, et précisément sur la question du soutien à Israël, que le vieux militant des droits civiques qu'avait été Podhoretz publia *My Negro Problem – and Ours*, indiquant combien le fossé qui séparait les deux anciens alliés devenait infranchissable.

Loin de nier cette rupture ou de tenter d'y remédier, comme le fait l'élite juive libérale, en recherchant un terrain commun avec la gauche démocrate ou les Noirs, les néoconservateurs l'assument publiquement, mais pour rencontrer un nouveau défi de taille : la droite républicaine dont ils se rapprochaient au départ pour des raisons plus tactiques qu'idéologiques, glisse trop aisément dans des discours d'exclusion dont les juifs, entre autres, peuvent faire les frais (comme toutes les droites du monde, s'il faut en croire Ernest van den Haag, cité par Reichley : « pour l'esprit juif, la *Gestalt* de l'homme de droite est nécessairement antisémite ; qu'il le soit ou non, il doit l'être »). La « Moral Majority » évangélique et ouvertement politisée qui se cristallise à la fin des années 1970 (et qui sera ultérieurement supplantée par l'encore plus politisée « Christian Coalition ») résulte dans une large mesure d'une fermentation parallèle qui a agité à la même époque la majorité chrétienne protestante du pays. Or c'est vers cette droite, hier encore perçue comme provinciale, bigote et antisémite, que les néoconservateurs se tournent ouvertement pour élargir leur audience politique et intellectuelle. D'où un véritable dilemme auquel Howard Squadron, à l'époque président de la très influente « Conference of Presidents of Major American Jewish Organizations », offrit une réponse qui, privilégiant fermement le soutien à Israël sur la lutte que menait l'intelligentsia juive libérale depuis des lustres, fera date : « Les fondamentalistes chrétiens soutiennent farouchement un certain nombre de choses que je considère comme épouvantables pour le pays, mais je ne vais pas refuser leur soutien à Israël pour cela » (Reichley, 1985, p. 310). En entraînant l'establishment institutionnel de la communauté dans cette voie, Squadron trouva rapidement des échos chez Kristol père et fils comme chez Podhoretz, Abrams et d'autres, « même si la méfiance des juifs d'Amérique à l'égard des amis évangéliques d'Israël est loin d'être entièrement dissipée : elle est tantôt occultée, tantôt exprimée, mais en vue d'obtenir un plus grand soutien à Israël sans grande contrepartie » (Mitri, p. 185). Au grand dam d'un grand nombre d'intellectuels juifs restés fidèles aux idéaux libéraux, voire sécularistes, du passé, et qui ne manquèrent pas, dans leurs nombreuses publications, autant que dans les médias plus généraux, de dénoncer ce qu'ils considéraient comme un troc contestable, voire honteux, les néoconservateurs avaient remporté une bataille décisive qui allait leur permettre de s'insérer dans le courant de la nouvelle droite chrétienne, forte de dizaines de millions de voix, qui était déjà en pleine ascension dans le pays.

Dans une nation aussi marquée par l'esprit religieux que nous en avait averti l'incontournable Tocqueville ou Marin Marty (1985), sans doute le plus grand historien de la question, un pays qui de surcroît connaissait une fermentation profonde et des ruptures au sein de la plupart de ses dénominations confessionnelles (Reichley, 1985, et plus récemment Mitri, 2004), le pari était d'autant plus raisonnable que « le néoconservatisme a toujours eu des velléités d'aventurisme, surtout pour ce qui est de l'irruption de la religion en politique », écrit Draper (1995). Et Irving Kristol, alors porte-parole incontesté de la mouvance, assumait cet aventurisme avec enthousiasme, ce qui le conduisit lui aussi à recommander à ses coreligionnaires de s'adapter à une Amérique hyper-chrétienne, jusqu'à pardonner certaines dérives antisémites comme une forme de récompense au soutien que la droite chrétienne offrait à l'État d'Israël. Dans *Commentary* d'août 1995, Podhoretz adopta la même attitude quand, après avoir relevé des déclarations ouvertement antisémites du télévangéliste Pat Robertson, il conseilla de les lui pardonner au vu de son appui indéfectible à Israël. Dans *Faith or Fear*, Elliott Abrams n'a pas non plus de mots assez élogieux pour une droite chrétienne que sa formation trotskiste ou ses études sur les campus de l'Ivy League ne le prédisposaient pas vraiment à complimenter. Gertrude Himmelfarb, qui nous propose une histoire « à base de foi » comme le note Alan Ryan (2004), veut sauver le nationalisme de sa variante européenne sécularisté pour le lier à la religion qui, exemple (négatif) yougoslave et exemple (positif) israélien à l'appui, constitue son vrai ciment. Les religions ne peuvent donc continuer à être simplement tolérées, elles doivent être respectées, « et non pas seulement comme une affaire privée, mais comme faisant partie intégrante de la vie publique » (1994). À lire ces lignes, la droite fondamentaliste d'Amérique exulte, mais les islamistes de tout poil n'en seraient pas affligés non plus, d'autant moins que de la Turquie post-kémaliste à l'Indonésie de l'époque durant laquelle Paul Wolfowitz fut ambassadeur) les néo-conservateurs, mus par un rejet comme épidermique des Lumières autant que par leur attachement sans faille à un nationalisme de facture religieuse, n'ont pas cessé de flirter aussi avec les islamistes, même si, après le 11 Septembre, cette approche est devenue autrement plus problématique.

C'est pourquoi l'influence (au moins sur le plan politique) des néoconservateurs dépendra non seulement de la permanence du groupe lui-même ou des vicissitudes du programme néo-impérial à la formulation duquel ils ont si puissamment contribué, mais aussi de l'évolution idéologique et du poids électoral de la droite chrétienne, autant que des développements qu'aura connus leur alliance avec elle. Pour de multiples raisons, une véritable saignée a été subie, à partir de 1970 environ, par les Églises traditionnelles américaines au profit d'un évangélisme qui, dès 1980 et encore en 2004, a pesé de tout son poids sur le choix des électeurs américains. Comme le claironne un de ses chefs, « sans le travail et sans le vote de millions de chrétiens qui avaient décidé de ne plus rester silencieux, il n'y aurait de majorité républicaine dans aucune des deux Chambres du Congrès, il n'y aurait pas eu les présidences Bush, et il y aurait à peine quelques gouverneurs républicains » (cité dans Didion, 2004). Avec cette droite chrétienne, les néoconservateurs ont passé un contrat faustien qui s'est révélé jusqu'ici particulièrement fructueux tant pour le triomphe du projet néo-impérial aux États-Unis que pour un soutien plus net de Washington à Israël, et c'est dans les franges de cette droite chrétienne que les colons juifs de Cisjordanie trouvent désormais leurs soutiens les plus inconditionnels.

Si le contenu idéologique et l'avenir même de cette alliance dépassent évidemment le propos de cet ouvrage, les retombées de ce contrat sur la politique étrangère des États-Unis ne sauraient y être ignorées. Les Américains, comme se plaint amèrement Joan Didion, peuvent s'être résignés à l'exhibition constante de la foi, voire de la bigoterie de leur président ; une telle démonstration de la place du religieux dans le domaine public, et jusque dans les convictions affichées et le comportement quotidien du président du pays le plus puissant au monde, ne saurait laisser indifférents les autres acteurs de la vie internationale, notamment — mais pas uniquement — dans le monde musulman.

À l'automne 2004, le monde scruta avec beaucoup d'attention la recomposition de l'administration pour le second mandat de George W. Bush. On savait le président attiré comme instinctivement par le nationalisme musclé, religieux mais réaliste, tout en étant séduit par la *moralpolitik* à ambition plus ouvertement impériale et intellectuellement plus attrayante des néoconservateurs. Cette recomposition, si elle ne satisfait pas entièrement ces derniers qui pouvaient espérer se voir plus nettement promus, aura fait la part belle à des personnalités dénuées d'une existence publique antérieure et qui lui ont dû leur sélection, plutôt qu'aux représentants de telle ou telle faction de l'establishment politique et intellectuel. Il se peut que les néoconservateurs se soient félicités du départ de Colin Powell, qu'ils ne portaient guère dans leur cœur, ou qu'ils aient regretté de ne pas voir l'un des leurs le remplacer. Ils ont dû en tout cas constater que le président affirmait plus nettement sa personnalité, et qu'en conséquence ils dépendaient, plus que sous son premier mandat, de son adhésion personnelle à leurs idées.

Le second mandat de George W. Bush courait ainsi le risque d'être paralysé par un fossé grandissant au sein même de la constellation idéologique qui l'avait porté au pouvoir, et qui opposait clairement, au lendemain même de sa réélection, les nationalistes réalistes, d'inspiration nixonienne aux néoconservateurs suprémacistes et interventionnistes, d'obédience reaganienne. Craignant les effets dévastateurs d'un schisme éventuel, Henry Nau (2005) a pris sur lui de rappeler leurs principes communs et le besoin que les uns avaient des autres, alors même que les nationalistes poursuivaient leur campagne visant à isoler les néoconservateurs en démontrant avec de plus en plus d'audace les risques que leur impérialisme débridé faisait courir à l'Amérique. Chacun des deux courants cherche évidemment des appuis au sein de l'intelligentsia de droite, mais l'enjeu de la bataille est par priorité d'avoir l'oreille du président lui-même. Sans doute sous l'effet du 11 Septembre, Bush a-t-il, comme le note justement Nau, glissé, au cours de son premier mandat, d'une conviction nationaliste plutôt traditionnelle à une position bien plus favorable aux néoconservateurs. Ces derniers veulent rendre ce glissement irréversible ; les nationalistes, eux, veulent au contraire épargner au président cette « dérive risquée » (Ellsworth et Simes). Mais n'est-ce pas déjà une formidable victoire pour la droite que de voir un débat aussi crucial pour l'avenir de l'Amérique et pour celui du reste du monde se dérouler en son propre sein, alors que l'internationalisme libéral d'hier est plus que jamais en panne ?

CHAPITRE 3

Soldats, diplomates et espions

La messe est dite : nul ne peut rivaliser avec la puissance militaire des États-Unis et nul ne peut la défier sans perdre la face. Européens et Asiatiques doivent cesser de rêver de jouer les contrepoids. Taliban afghans et ba'asistes irakiens ont été balayés en quelques semaines. Aucun des critères de puissance n'indique mieux que le militaire la place prépondérante des États-Unis dans le monde, et aucune autre mesure ne paraît aussi irréfutable que le volume de leur budget militaire. En 2004, ce budget (416 milliards de dollars) était 6,5 fois supérieur à celui de la Russie (qui, avec 65 milliards, occupait une bien distante deuxième place mondiale), 7,5 fois supérieur à celui de la Chine et plus de 9 fois à celui de la France ou du Japon, et représentait à lui seul près de 47 % des dépenses militaires mondiales. En 2004, le seul budget de recherche et développement du Pentagone dépassait la totalité du budget militaire de la France. Si la démesure caractérise la place actuelle des États-Unis dans le système global, il faut la rechercher d'abord dans ce déséquilibre patent entre la puissance militaire américaine et celle des autres grands pays, entre sa puissance militaire et ses autres instruments d'influence, entre le rôle du Pentagone et celui des autres départements du gouvernement fédéral, enfin entre la perception que les Américains peuvent avoir des droits que cette lourde suprématie leur accorde et ceux que les autres pays sont disposés à leur reconnaître.

Une fois ce constat de la suprématie intégré, les questions, loin de se tarir, ne font en réalité que redoubler d'intensité. Si l'argent est incontestablement le « nerf de la guerre », jusqu'où les États-Unis peuvent-ils maintenir un niveau aussi élevé de dépenses, et, partant, de déficit budgétaire, sans sacrifier d'autres priorités, ou sans remettre en cause leur intérêt national, ou sans affronter plus simplement une crise financière grave ? Jusqu'où la « révolution dans les questions militaires », même si les États-Unis se révèlent en être les premiers bénéficiaires, change-t-elle les données de base de la guerre, détermine-t-elle l'issue des conflits, et pèse-t-elle en amont sur les choix, voire les objectifs stratégiques ? Avec une telle capacité de « projection de puissance », les guerres de choix sont-elles aussi aisées qu'on le dit et, une fois lancées, sont-elles aussi faciles à conclure ? Un instrument militaire aussi disproportionné est-il aussi malléable qu'on le pense entre les mains des politiques, et les militaires se contentent-ils vraiment d'être les fidèles instruments des choix des dirigeants civils ? La puissance militaire étant supposée être l'instrument d'une grande stratégie, dans quelle mesure les succès militaires éventuels sont-ils fongibles, donc aisément traduisibles en avantages politiques ou économiques ? Et, ultime question, une telle dépendance vis-à-vis des moyens militaires pour imposer ses vues dans le monde ne change-t-elle pas la nature même de l'État et de la société aux États-Unis, ne redéfinit-elle pas en profondeur, consciemment ou non, leur relation ?

C'est qu'à y regarder de plus près, l'éclatante santé du militaire américain, écornée par des demi-succès et même quelques échecs, paraît plus vulnérable qu'on ne le claironne jour après jour. Pour en juger, il faut d'abord comparer ce que l'Amérique recherchait et ce qu'elle a pu effectivement réaliser. Il faut aussi préciser la temporalité dans laquelle on se place. Pour faire le bilan de l'intervention dans les Balkans, faut-il se positionner en 1999, en 2004 ou en 2009 ? Pour juger de celui de l'Irak, faut-il se situer le 9 avril 2003, jour de la chute de la statue de Saddam Hussein, ou en 2008, cinq ans plus tard ? Faut-il aussi rappeler à tous ces matamores en chambre, dont les odes à la puissance prennent une étrange allure de lyrisme machiste, que les États-Unis ont amplement « raté » leur intervention en Somalie un an à peine après leur éclatant succès dans la première guerre du Golfe, guerre qui venait elle-même suturer, avec quinze ans de retard, la durable blessure d'une peu glorieuse sortie du bourbier vietnamien. En 1983, l'équipée réussie à Grenade fut ordonnée vingt-quatre heures à peine après un pénible retrait du Liban et semblait viser — le plus tôt, le mieux — à en faire oublier le cuisant souvenir. Le bilan des armes américaines à la fin du demi-siècle qui a suivi la grande victoire de la Seconde Guerre mondiale n'est pas uniformément heureux : c'est une vérité que les fréquentes démonstrations de force ne pourraient et ne devraient pas faire oublier.

Certes, l'Histoire ne retient guère le récit des désastres évités ni des guerres non menées quand la simple dissuasion a opéré ou que d'autres formes de persuasion ont fini par produire le résultat escompté. Le déploiement des troupes américaines autant que la modernisation permanente de leur arsenal ont permis aux États-Unis de « gagner » la guerre froide sans avoir à mener une troisième guerre mondiale.

Depuis lors, l'importance du militaire dans la politique extérieure n'a cependant pas décru. Au contraire, l'appareil militaire n'est plus seulement un instrument de politique étrangère, mais, « presque sans que personne ne s'en rende compte, la force armée est devenue une composante essentielle de ce qui restait de l'identité nationale américaine » (Bacevich, 2002, p. 122). Si l'on retient comme critères le montant des dépenses militaires, l'ampleur des déploiements extérieurs et la fréquence des interventions, nul ne peut non plus douter du fait que les États-Unis, quinze ans après la fin de la guerre froide, ont tiré un tel avantage de la dégradation ou de la réduction des moyens militaires de la plupart des autres ex-« grands », et ont réalisé un tel bond en avant de leurs propres capacités militaires qu'ils ont réussi à créer un fossé sans précédent, du moins dans les temps modernes, entre eux et les autres — tous les autres.

On pourra toujours spéculer sur le prix en hommes, en fonds publics, en influence diplomatique ou en tout autres ressources que les États-Unis ont consenti en accordant une telle priorité au maintien et à la constante modernisation de leur appareil militaire. Certains Américains, dirigeants ou observateurs, se posent ces questions, surtout ceux qui aspirèrent, au lendemain de la chute du mur de Berlin, à une certaine « normalité », celle que l'Amérique avait su s'accorder au lendemain des grandes guerres qu'elle avait menées au XIXe siècle et jusqu'en 1918. Mais, en 1945, les intentions prêtées à tort ou à raison à l'adversaire soviétique interdirent la démobilisation. En 1989, la « protection de la globalisation » en cours vint justifier une décision similaire, car « l'adhésion à la globalisation requiert que le marché globalisé fonctionne comme un système, et un système est conditionné par l'ordre » (Bacevich, *idem*, p. 113) — et cet ordre, l'Amérique, qu'elle ait intentionnellement cherché à assumer ce rôle unique ou qu'elle se soit trouvée comme conduite par la force des choses à le jouer, est bien la seule à pouvoir l'imposer.

Après la chute du Mur, trois options étaient en fait envisageables : une démobilisation assez substantielle en parallèle avec celle des autres Occidentaux et avec l'effondrement de l'Armée rouge ; un maintien de l'option d'une confrontation avec des pairs réels ou potentiels ; ou, enfin, une préservation de l'appareil moyennant sa transformation en instrument d'intervention planétaire. Il y eut quelques années d'incertitudes et de réticences durant lesquelles l'incapacité effective à trancher déboucha sur un mélange assez confus des trois options : des réductions budgétaires et contractions d'effectifs ont bien eu lieu, mais elles étaient limitées et ont ultérieurement été corrigées. On poursuivit en même temps la politique d'acquisitions par anticipation sur le « Big One », l'imprudent rival qui surgirait en Asie ou en Europe et qui oserait se mesurer au colosse américain, et ce, alors même que la puissance chinoise restait embryonnaire, que les réformes de l'armée russe autant que ses performances sur le terrain ne laissaient rien redouter, et que les Européens rechignaient à augmenter leurs budgets de défense et étaient loin d'unifier leurs moyens. Un engouement pour l'interventionnisme militaire à répétition et dans des régions nouvelles, voire improbables, s'est fait jour, l'administration Clinton réalisant en quelques années plus d'interventions militaires que les six ou sept administrations qui l'avaient précédée. Avec Bush, et sans que se relâche la vigilance à l'égard de la Chine, c'est la troisième option (renforcement et transformation) qui finira par l'emporter.

S'il y a une grande logique dans les choix de la « Nouvelle Rome », elle repose sur la péremption des scénarios de guerre avec ses pairs et sur une transformation résolue, quoique loin d'être achevée, de son appareil militaire (soit par de nouveaux usages de l'arsenal existant, soit par une politique d'acquisitions idoine) en machine de « projection de puissance », plus marquée par la fréquence de l'intervention que par la simple dissuasion. Du coup, le Pentagone n'est plus un vulgaire ministère de la Défense comme ceux dont les États modernes se sont dotés ces deux derniers siècles, mais un mastodonte qui a pour fonction d'être le bras séculier du projet néo-impérial, depuis l'identification des objectifs (on ne parle plus tant de « menaces » que d'« opportunités »), la conduite effective des hostilités, jusqu'au « service après-vente » qu'est la stabilisation qui suit la victoire des armes. « Les tenants de la théorie de la stabilité hégémonique sont obsédés par les sources matérielles du pouvoir », rappelait avec justesse John Ikenberry (1989), et cette obsession conduit la puissance qui la fait sienne à ignorer le rôle des idées, des normes et des institutions. L'hégémonie sur le monde semble avoir pour corollaire plus ou moins assumé à l'intérieur du pays celle du président sur les organes délibératifs, celle du militaire sur les autres instruments d'influence, et, partant, celle du Pentagone sur les autres départements gouvernementaux.

Cette logique conduit à faire du renseignement un instrument de préparation à l'application de la force, et s'il refuse sa sujétion en s'entêtant à ne se référer qu'aux faits, on peut l'ignorer complètement ou le réinventer pour qu'il imagine des faits plus favorables à une politique prédéfinie. L'instrumentalisation de la diplomatie et, à défaut, son remplacement par les militaires eux-mêmes est l'autre facette de cette primauté des armes : loin d'être servis par les militaires, les objectifs politiques sont en réalité déterminés par eux, les moyens conditionnant les objectifs au moins autant que l'inverse.

Sparte dans toute sa gloire

La concentration de la puissance de feu dans les mains de l'Amérique ne connaît aucun précédent dans l'histoire. Contrairement à ce qui s'était passé après la guerre de

Sécession ou la Première Guerre mondiale, les États-Unis sont largement restés, après l'effondrement du mur de Berlin, dans une logique de suprématie militaire globale, alors même que leur rival d'un demi-siècle s'affaissait et que les pays européens opéraient des réductions autrement plus drastiques dans leur arsenal. Des réductions en personnel, en allocations budgétaires, en arsenaux ont bien entendu été réalisées aussi par les Américains. Mais les questions lancinantes du début des années 1990 sur ce que serait la position militaire des États-Unis dans le monde ont laissé place, à la fin de la décennie, à une sorte de divine surprise : celle d'une suprématie militaire indiscutée, inégalable et inattaquable.

À l'origine, il y a ce qu'on appelle désormais le contrôle des « parties communes » de la planète. « Contrôle veut dire que les États-Unis font un usage militaire du domaine aérien et maritime ainsi que de l'espace bien plus important que les autres, qu'ils peuvent, de manière crédible, en interdire l'usage par d'autres, et que les autres perdraient s'ils essayaient d'en interdire l'usage aux Américains » (Posen, 2003). Ce contrôle préalable, maintenu et si possible renforcé, vise par définition les obstacles que d'autres acteurs chercheraient à placer en travers de son chemin, Sparte devant être assurée d'accéder là où elle entend le faire. C'est ainsi que l'Amérique s'impose non seulement comme seule force globale, mais aussi comme gardienne incontestée de la globalisation.

La maîtrise de *la mer* est au moins aussi évidente que pour la Grande-Bretagne au XIXe siècle. Avec une soixantaine de sous-marins nucléaires, une douzaine de porte-avions et des bâtiments de tous tonnages, les États-Unis ont dépassé les rêves les plus optimistes du colonel Mahan, le grand héraut de la transformation de l'Amérique en empire maritime au début du XXe siècle. En tonnage, la marine de guerre américaine dispose de plus du double du total de ceux des dix pays qui la suivent dans le classement. En nombre et en qualité de bâtiments, face à l'état pitoyable de l'*eskadra* russe et à l'embryon de marine chinoise (c'est aujourd'hui le Japon qui semble occuper la deuxième place et la conforter d'année en année, mais sans pouvoir se mesurer à la marine américaine avant des décennies, en dépit de l'effort soutenu dont il fait preuve depuis une décennie), la marine de guerre américaine n'a plus de rivale et peut dorénavant ne plus s'en tenir à la maîtrise des grandes voies de communication et de la haute mer, pour accorder à sa marine et même à ses sous-marins, pourtant construits pour d'autres objectifs, un rôle de plus en plus fréquent dans les missions d'intervention terrestre (Barnett, p. 75). Une dizaine de groupes navals voguent sur les océans, chacun conduit par un *supercarrier*, alors qu'aucun autre pays ne dispose encore d'un bâtiment de ce genre. Les sous-marins prévus pour les confrontations bipolaires sont dorénavant utilisés pour les attaques au sol, et les sous-marins nucléaires Seawolf n'auront pas d'équivalents ni de rivaux avant une décennie au moins. Les bâtiments de transport de troupes construits pour assurer des débarquements rapides se comptent par dizaines.

L'Amérique dispose aussi d'une *aviation* ultramoderne dotée de missiles d'une surprenante précision. Il me sera difficile d'oublier comment un de ces missiles réussit à détruire le central téléphonique d'al-Mansour, à Bagdad, laissant intacte la partie administrative du complexe séparée de l'ensemble technique par un simple mur mitoyen, ni comment, tout autour de la capitale irakienne, je découvris les restes de jeeps ou de simples fortins (gardés par trois ou quatre soldats) qui avaient été anéantis par des missiles ultraprécis tirés depuis des avions de combat ou des bâtiments maritimes croisant aussi loin que la Méditerranée ou l'océan Indien. La maîtrise de l'air des États-Unis est, de fait, éclatante : ils disposent aujourd'hui de plus d'avions de chasse ou d'attaque au sol de la dernière génération que toutes les autres aviations existentes réunies. Ils ont en effet à leur disposition (chiffres de l'IISS pour 2004) 2 267 avions de la dernière génération, soit une fois et demie ce que possède la Russie, 5,6 fois la Grande-Bretagne, 9,3 fois la France, 22 fois la Chine. 102 Awacs (avions de surveillance et de contrôle dotés de radars puissants) sont à la disposition des États-Unis, contre 37 pour le Japon, 18 pour la France, 16 pour la Russie, 7 pour la Grande-Bretagne et 4 pour la Chine. Qui plus est, un pilote américain bénéficie de près de trois fois plus d'heures de vol que son collègue chinois, et de dix fois plus que son collègue russe. L'usage massif de l'aviation depuis une quinzaine d'années, que ce soit en Irak, au Kosovo, en Afghanistan et derechef en Irak, incite même certains (Stigler) à considérer que les guerres peuvent dorénavant être gagnées par la seule *air force*. On verra plus loin les attendus politiques d'une telle utopie, mais force est de constater que la défense aérienne, quand elle existe (Serbie), et davantage encore quand elle est simplement rudimentaire (Irak), voire inexistante (Afghanistan), est de peu d'utilité face à une aviation aussi massive, aussi moderne et aussi entraînée que l'aviation américaine.

L'*armée de terre* fut la première visée par les réductions de l'après-guerre froide. L'instrument est-il vraiment adapté aux défis auxquels l'Amérique doit faire face ? Oui, si l'on considère qu'en Irak, comme l'écrit Boot (2003) avec admiration, « les huit divisions mobilisées ont simplement tout détruit sur leur chemin » en l'espace de trois semaines. Non, si l'on considère les difficultés majeures de l'après-guerre où « les forces terrestres disponibles sont aujourd'hui ensablées en Irak et en Afghanistan sans pouvoir assurer la sécurité ni dans l'un ni dans l'autre pays, alors même que les forces aériennes et navales ne sont d'aucun remède aux frustrations de Washington » (Pfaff, *NYRB*, 8 avril 2004). Là aussi, tout dépend du moment où le jugement est prononcé : lors d'une campagne offensive où l'armée est fière de son formidable arsenal (dont 9 000 chars Abrams qui constituent son épine dorsale), ou lorsque la même armée est engagée dans une contre-insurrection sisyphienne. Face à ces difficultés, le sénateur républicain Chuck Hagel a osé poser la question, encore taboue, de savoir s'il ne fallait pas en revenir au service national au cas où l'on devrait continuer à intervenir aussi souvent à l'étranger. De toutes parts s'élèvent des voix (général Odom, 1997, ou Korb, 2004, entre autres) pour rétablir d'urgence deux divisions mécanisées, quitte à différer ou enterrer des projets coûteux en *high tech* dans les autres armes. L'utopie de la suffisance de la force aérienne et des missiles se brisera sur le roc d'insurrections qui rappellent les amers souvenirs du Viêt-nam.

L'avenir de l'armée de terre dépend bien entendu de la manière dont l'empire est pensé, plus particulièrement du rôle exact que les États-Unis se donnent dans les phases qui suivent la victoire. Sa place dans l'appareil, la nature de ses équipements, et d'abord le volume de ses effectifs dépendront de ces choix préalables. Si le choix est plutôt celui des interventions-éclair destinées à évincer ou punir, l'armée de terre restera la parente pauvre de la révolution militaire en cours. Si, en revanche, l'empire envisagé finit par ressembler, *volens nolens*, aux bons vieux empires coloniaux d'autrefois, l'*US Army* retrouvera sa position centrale dans le dispositif. Voilà pourquoi son évolution effective dans les années à venir sera, au vu des programmes totalement contradictoires qui sont proposés pour la réformer, un des meilleurs indicateurs de la nature exacte du projet néo-impérial.

La reconstitution probable de nouvelles divisions inverserait une tendance datant d'au moins trente ans. La création d'une armée composée exclusivement de volontaires en juillet 1973 avait abouti à un affaiblissement notoire de l'*Army*, qui attirait bien moins de candidats que les autres armes. Il a donc fallu augmenter la solde, et, pour cela, faire des concessions sur les effectifs (en passant de 2,7 millions à 2,2 millions pour l'ensemble du personnel). L'armée de terre a été la plus touchée par cette réduction, renouvelée dans les années 1990 avec un passage de 2,2 à 1,5 million. Mais, comme les guerres se multipliaient et que le réseau de bases à travers le monde restait largement le même, l'*Army* s'est retrouvée, au lendemain de la guerre d'Irak, avec près de 370 000 hommes déployés sur l'ensemble de la planète, soit 24 de ses 33 brigades de combat, ou 73 % du total. Deux seulement de ses dix divisions restaient disponibles pour d'autres conflits éventuels, rendant ces derniers bien improbables tant que l'Afghanistan et surtout l'Irak exigeaient une présence en hommes aussi massive.

S'il n'est pas un empire de conquêtes, « l'empire américain est celui des bases », écrit Chalmers Johnson (2003). Des dizaines de bases, de facilités portuaires, de zones de prépositionnement sont les signes probants de cette ambition globale, constamment à l'œuvre depuis 1945. « La structure en bases de la guerre froide est restée intacte », écrivait Posen en 2003 : soit une quarantaine d'installations solides payées par les États-Unis (la majorité des bases réduites ou fermées après la fin de la guerre froide l'ayant été en Europe, alors que de nouvelles étaient construites, notamment dans le Golfe, en Asie centrale et dans le Caucase), sans compter les dizaines d'endroits dans le monde où Washington a signé des accords avec les autorités locales pour utiliser d'une manière permanente, ou quand le besoin s'en fait sentir, leurs propres installations, le plus souvent réaménagées par les États-Unis pour les adapter à leur éventuel usage.

Certains zélotes de la « révolution militaire » imaginent pourtant un monde où les soldats américains pourraient rester confortablement chez eux jusqu'à ce qu'ils soient appelés à intervenir sur un théâtre de crise. Isolé sur son demi-continent, protégé par ses missiles antimissiles, le colosse ferait, quand il le déciderait, des sorties militaires pour protéger l'un ou pour punir l'autre, avant de rentrer dans sa tanière tout en faisant surveiller la planète par ses caméras et ses systèmes d'écoute qui l'alerteraient d'une menace en formation qu'il irait étouffer dans l'œuf. Un réseau de missiles antimissiles protégerait le territoire national. L'Amérique deviendrait alors paradoxalement aussi globale qu'isolationniste, aussi unilatéraliste que garante de l'unipolarité. On voit déjà quelle idéologie peut animer certains fervents de ladite « révolution ». Mais ce scénario de dessin animé n'est pas près de se réaliser : le déploiement global de l'Amérique aura encore besoin de points d'appui territoriaux ; le maintien de sa suprématie aérienne requiert des bases proches des théâtres d'opérations, notamment pour les engins air-air qui sont de courte portée, pour les drones et autres appareils sans pilote de surveillance aérienne qui ont un rayon d'action qui se compte en kilomètres ; de même, l'armée de terre restera cruciale pour des conflits du type irakien, et on aura toujours du mal à la déployer entièrement depuis le territoire national ; même si tel était le cas, des ports amis et des dépôts d'arsenaux prépositionnés demeureront toujours nécessaires (O'Hanlon, 1998-99).

Si le volume des troupes déployées à l'étranger venait à se contracter, ce ne serait donc pas pour des raisons techniques, mais pour des motifs politiques ou budgétaires. Dix ans après la fin de la guerre froide, le nombre des soldats basés (hors opérations) à l'étranger avait diminué de 50 % et représentait 250 000 hommes sur une force armée totale de 1,4 million absorbant environ 50 milliards de dollars par an (dont 117 000 hommes en Europe, 101 000 en Asie orientale et 30 000 dans le Golfe). Les ambitions néo-impériales poursuivies après 2001 inspirent non pas une contraction supplémentaire du réseau de bases, mais des choix géopolitiques différents, alors même que Bush, Powell et Rice étaient arrivés au pouvoir avec l'intention déclarée de réduire un déploiement jugé excessif (O'Hanlon, 2001, lequel pensait alors que la réduction envisageable, même sans projets nouveaux, n'aurait pu dépasser 25 000 hommes, soit à peine 10 % du total). La nouvelle posture ne vise plus à faire de ces bases, comme pendant la guerre froide, des boucliers destinés à endiguer l'expansion soviétique, ni, comme dans la décennie d'après 1991, des instruments de stabilisation dans des régions sensibles. Dans l'approche néo-impériale, ces bases deviennent des instruments de prévention et d'intervention, et, en fin de compte, de *regime change* (ou du moins de *policy change*) dans les pays ciblés. C'est pourquoi les décisions annoncées à l'automne 2004 visent d'abord à rapprocher, autant que faire se peut, ces bases des théâtres potentiels d'application de la force. Certains choix sont également motivés par l'évolution de l'opinion locale : à Berlin et à Séoul, les pronostics ne sont pas au beau fixe ; en Arabie Saoudite, ils étaient largement douteux, d'où la grande migration opérée depuis la base du Prince Sultan, près de Riyad, vers les petites principautés côtières — cités-États où la population autochtone, donc à prendre politiquement en considération, est largement minoritaire — et notamment vers l'immense complexe construit de toutes pièces à Sayliyyah, au Qatar, d'où la guerre d'Irak a été effectivement conduite.

Ces bases sont elles-mêmes des cibles potentielles non seulement des changements d'humeur de dirigeants locaux en mal de légitimité, voire d'une opinion publique nationaliste, mais aussi de groupes armés hostiles. Les attaques contre les militaires américains à Beyrouth (1983), à Riyad (1995), à Dhahran (1997) ou à Aden (2000) en ont été de sanglantes illustrations, ce qui n'a guère refroidi l'enthousiasme des dirigeants de l'administration Bush qui continuent d'envisager l'installation de quatre ou cinq bases dans l'Irak conquis. Des indications précises confirment que cette volonté n'est pas tout à fait abandonnée, qu'elle est juste contrariée au moment où ces lignes sont écrites, par le développement de l'insurrection armée. Un autre danger provient du développement de l'arsenal balistique de nombreux pays asiatiques, évoqué par Bracken (1998), ce qui devrait conduire Washington à renforcer substantiellement ou, au contraire, à réduire ces bases. Une politique de protection de ces déploiements par des missiles antimissiles est en cours de réalisation, alors que de plus en plus de voix s'élèvent pour réclamer qu'on les déplace sur des îlots peu habités (Guam ou Diego Garcia), voire dans des zones moins habitées du même pays (Japon), ou encore en haute mer sur des bâtiments de la *Navy*, projet déjà réalisé avec la création d'une demi-douzaine de « groupes expéditionnaires d'attaque », qui sont en état d'alerte permanente en haute mer et qui ne dépendent aucunement de bases terrestres.

La nouvelle ligne consistant à s'approcher au plus près des théâtres d'action potentiels explique en particulier l'intérêt pour une migration massive des bases américaines en Europe vers l'est, en direction des pays d'Europe orientale, du Caucase ou du cœur de l'Asie centrale. Barnett (p. 179) pense à juste titre que les bases d'Asie centrale, n'en déplaise à la Russie qui n'en est guère contente (pour ne pas parler de l'Iran, de la Chine et peut-être même de l'Inde), constitueront désormais un trait permanent du paysage local. Ces bases devraient constituer « un grand nombre de petites facilités de conception spartiate plutôt que des mastodontes tels que ceux que nous possédons aujourd'hui en Europe ou en Asie du Nord-Est ». La nouvelle ligne de « proximité avec le théâtre » explique une autre nouveauté géographique : l'installation conséquente de troupes américaines à Djibouti à partir de 2002, principalement pour la lutte antiterroriste dans la Corne de l'Afrique et la mer d'Arabie. Cette approche n'est cependant pas sans engendrer ses propres périls : les acteurs locaux peuvent craindre qu'un tel déploiement offensif augmente les risques d'interventions fréquentes, tant à cause de la disponibilité des troupes stationnées à proximité, des pressions que des acteurs locaux peuvent exercer sur l'Amérique pour les utiliser dans des « appels d'empire » entendus en métropole, et surtout des objectifs opérationnels qui leur sont déjà assignés. Campbell et Ward (2004) s'inquiètent de leur côté de voir déplacer hommes et matériels d'endroits sécurisés et confortables à l'arrière sur des *jumping off points* certes plus proches des théâtres d'action potentiels, mais bien plus vulnérables.

Parallèlement à ce réseau planétaire reconfiguré de bases, le projet néo-impérial exige des progrès toujours plus grands en matière de *mobilité* : les armées mobiles ont toujours présenté un avantage sur les armées enracinées ou sédentarisées, et un projet néo-impérial digne de ce nom ne saurait se contenter de bases avancées, quelle que soit leur dimension. Les forces spéciales illustrent bien le changement intervenu dans la culture de l'institution militaire. La professionnalisation de l'armée, l'ambition d'un déploiement global, le souci de mobilité se sont combinés pour accorder une place de choix à ces forces partout dans le monde, tant en temps de paix que dans les guerres. Ce rôle de missionnaires croisés, à la fois hommes de terrain et grands utilisateurs de *high tech*, assumé par les *Special Forces* (et qui suscite l'admiration béate des néo-impérialistes de cour, tel Max Boot (2003) qui les considère comme *the best of the best*, ou Robert Kaplan (2004) qui, les ayant suivies dans les steppes de Mongolie et dans les forêts de Colombie, en est revenu avec des sanglots élogieux dans la voix), est conforté par toutes les « anticipations » sécrétées par les « services » et qui prévoient pour 2010 ou au plus tard 2020 une force encore bien plus souple, rapidement déployable, automatisée et capable de frappes à très longues distances.

Par ailleurs, il ne faut pas sous-estimer l'importance de la *formation* résultant notamment de la professionnalisation. Elle est plus intensive aux États-Unis que dans aucun autre grand pays. De plus, le déploiement fréquent des troupes américaines ne fait qu'en améliorer les performances, alors que les pays dont les armées participent moins souvent aux conflits ont tendance à les voir s'atrophier, douter de leurs capacités et manquer d'occasions d'apprendre de leurs erreurs (alors que les officiers américains ont eu des dizaines d'occasions de se former sur le terrain, aucun officier chinois n'a eu une réelle expérience du feu depuis au moins un quart de siècle).

Avec près de 100 satellites militaires, de 150 autres à usage civil et un contrôle jusqu'ici exclusif du GPS ou Global Positionning System (comprenant son usage et la possibilité d'en interdire l'usage aux autres), les États-Unis ont incontestablement la maîtrise de l'*espace*. Avant d'être nommé au Pentagone, Donald Rumsfeld avait présidé une commission qui, agitant le risque d'un « Pearl Harbor spatial » (une attaque surprise contre les satellites américains en orbite), avait appelé à une militarisation de l'espace, assortie d'une capacité de projection de force, « depuis, dans et à travers l'espace ». C'était là, bien sûr, l'ébauche d'une nouvelle course aux armements, d'autant plus que les deux pôles d'hier s'étaient discrètement entendus sur l'usage multiforme de l'espace, mais sans jamais aller jusqu'à y déployer des armes ou à tenter de prendre les satellites de l'adversaire dans leur ligne de mire, même si l'un et l'autre avaient conduit plusieurs essais de défense antisatellites (Florini). Pendant la guerre froide, ou du moins jusqu'en 1972, le domaine spatial était encore plus bipolaire que l'espace terrestre (Peterson) ; l'analogie avec la haute mer a cependant fini par s'imposer — comme le voulaient les Américains, alors que les Russes préféraient la séparation en secteurs nationaux. L'espace est désormais considéré comme un patrimoine commun de l'humanité. Deux traités étaient venus confirmer cette tendance à une prudence mutuelle, celui de 1967 sur l'espace extraterrestre qui interdit d'y placer des armes de destruction massive, et le fameux traité ABM de 1972 qui interdit, entre autres choses, d'attenter aux satellites de surveillance mutuelle. Traités que l'administration Bush a purement et simplement dénoncés, ouvrant la voie sinon à la mise à exécution de toutes les recommandations de la commission Rumsfeld, du moins à une relance de la « guerre des étoiles » (trois officiers américains sur quatre pensent qu'en 2020 la guerre comportera des attaques depuis ou dans l'espace ; cf. Mahnken et FitzSimonds). Peut-être plus que tout autre domaine, celui de l'espace est celui où l'on peut jauger du choix entre une *grand strategy* de domination et une autre de simple leadership (Krepon).

Quel que soit le devenir effectif de ces ambitions spatiales, techniquement difficiles et financièrement fort coûteuses, « même dans les guerres non nucléaires d'aujourd'hui les satellites jouent un rôle essentiel dans la surveillance, la communication et la navigation », rappelle justement Weinberg (2004), qui présente une critique acerbe du projet, avancé en janvier 2004 par George W. Bush, d'intensifier les voyages spatiaux habités de la NASA, d'un coût trop élevé pour leur utilité, même s'ils sont populaires parmi l'électorat à qui on rappelle ainsi avec quel succès l'Amérique a su continuer à relever le défi du premier Spoutnik de 1957.

L'exemple le plus souvent cité de l'unipolarité est la maîtrise américaine du GPS. Ce système, précieux pour les militaires (notamment pour améliorer la précision des missiles dits « intelligents »), s'est révélé tout aussi utile pour l'usage civil (les banquiers, autant que les navigateurs en haute mer en dépendent) et surtout profitable (13 milliards de dollars de recettes estimées en 2003). En mars 2002, l'Union européenne, poussée à la fois par les rentrées commerciales prévisibles et par la volonté de ne pas être un « vassal stratégique », a décidé de mettre fin à ce monopole américain (Braunschvig *et al.*). Après avoir montré pas mal d'irritation face à cette compétition, Washington a fini par accepter que l'Europe lance son projet Galileo, servi par une trentaine de satellites, qui sera opérationnel — avec un peu d'optimisme — à partir de 2008. Cette initiative aura pour effet non seulement d'obliger les Américains à améliorer leur propre système, mais aussi d'en libérer l'usage civil du contrôle du Pentagone. Galileo doit logiquement conduire à instaurer une bipolarité euro-américaine de fait dans ce domaine.

Pour clore ce tableau, l'*industrie militaire* américaine a été beaucoup moins affectée qu'on ne le pense par la fin de la guerre froide. Alors que, traditionnellement, les industriels se démobilisaient à l'issue de chaque conflit et se repliaient sur des productions civiles, tel ne fut pas le cas alors. Dix ans après l'implosion de l'URSS, aucun site de production privée n'avait été fermé ; plus de deux millions de salariés y travaillaient encore. Certes de grands groupes (General Motors, General Electric, IBM) se sont-ils délestés de leur production militaire ; certaines sociétés ont disparu par cessation d'activité (Ockwell, Hughes) ou par fusion, mais, dix ans après la chute du Mur, la capacité de production militaire américaine demeurait quasi intacte en dépit de cette recomposition (Gholz et Sapolsky, 1999-2000).

Les programmes militaires de Reagan avaient en fait été si ambitieux que le nombre des salariés de l'industrie militaire avait doublé entre 1976 et 1986. L'administration Clinton aura réussi à faire baisser le nombre des militaires et à envoyer à la casse des centaines de navires et d'avions même pas encore obsolètes. Se borner à lier cela à un choix politique partagé avec les autres pays occidentaux serait inexact. Il s'agit plutôt d'un mouvement cyclique : l'ampleur des dépenses reaganiennes annonçait une contraction du budget militaire (ou du moins sa stabilisation), la guerre froide se fût-elle poursuivie dans les années 1990. Qui plus est, les coupes opérées dans les dépenses de personnel n'ont pas été, du fait du soutien de congressistes influents, répercutées dans les capacités de production, qui ont été maintenues, les parlementaires profitant des demandes de rallonges (Kosovo, 1999 ; Afghanistan, 2001 ; Irak, 2003) pour défendre des projets chers à leurs électeurs. Conclusion : en dépit de la disparition de la principale menace et de l'existence d'arsenaux suffisants et ultramodernes, le budget d'acquisitions n'a pas cessé de croître. Le complexe militaro-industriel est plus que jamais puissant au Congrès, et on peut même constater qu'il détermine, encore plus qu'à l'époque de la guerre froide, la politique d'équipement des forces armées. C'est pourquoi lorsque George W. Bush, élu, renoua avec la hausse du budget militaire, les lignes de production n'attendaient que ses nouvelles commandes.

Dès 1990, une réaction à la globalisation des acquisitions militaires s'était fait entendre : « La défense du pays dépend de plus en plus de technologies étrangères, de produits dont l'origine est étrangère ou, quand l'origine est autochtone, fournis par les filiales américaines de groupes étrangers » (Moran, 1990). La logique du monde globalisé et du libre-échangisme avait quelque difficulté à l'emporter sur le nationalisme on ne peut plus intéressé des fabricants d'armes nationaux. Après les attaques de Septembre et la désaffection qui semble partiellement affecter l'enthousiasme inconditionnel d'hier pour la globalisation, il est probable que leur voix sera désormais mieux entendue. En ce qui concerne plus particulièrement la guerre cybernétique, maintenant que le Pentagone dépend si étroitement de ses réseaux électroniques, une étroite coopération nationale entre gouvernement fédéral et firmes américaines *high tech* est déjà largement à l'œuvre (Adams).

Le nerf de la guerre

La simple préservation — sans même parler de son renforcement — de cette position militaire coûte de l'argent. Des hausses réelles sont en effet annuellement nécessaires pour le simple maintien de ces capacités. En adoptant très tôt l'objectif d'équilibre budgétaire si cher à la droite, Clinton avait réussi à convaincre un Congrès autrement hostile (surtout au lendemain des élections de 1994) de réduire le budget militaire. Après 1990, les États-Unis procédèrent donc à des coupes sombres dans leurs dépenses, mais elles n'eurent pas du tout les mêmes effets qu'ailleurs, Reagan les ayant portées très haut. Même pendant les phases les plus aiguës de la guerre froide, les principaux pays européens n'avaient jamais consacré une part équivalente de leur PNB à la défense. Prenons, pour comparer, deux années au hasard 1985 et 1995 : en 1985, les États-Unis dépensaient pour leur défense 5,9 % de leur PNB contre 5 % en 1995 ; le Royaume-Uni 5,2 % en 1985, contre 3,1 % en 1995 ; la France 4 % en 1985, contre 3,1 % en 1995. La simple logique impliquait un tassement : entre 1988 et 1998, les dépenses militaires ont diminué de près de 30 % en dollars constants. Le budget de la Défense US était, en dollars constants, de 403 milliards en 1988, de 260 milliards en 1998, pour remonter à nouveau à 300 milliards en 2000, dernière année de l'administration Clinton. O'Hanlon (2003) rappelle qu'à l'exception du moral des troupes (plutôt bas), même Clinton n'avait pas été « un mauvais président » en ce domaine : s'il n'a pas dépensé plus, c'est que Reagan avait placé la barre très haut. Un grand dirigeant du Pentagone à qui on posait la question de savoir jusqu'à quand le niveau de dépenses fixé en 2001 pourrait être maintenu nous « rassura » en répondant : « au moins jusqu'en 2009, et alors un président démocrate viendra éponger les dettes ». En réalité, les experts financiers sont beaucoup moins confiants et n'écartent plus la possibilité d'une crise financière aiguë (Gerten, 2005).

Certains observateurs des années 1990 trouvaient les réductions de Clinton bien trop timides (Korb,1995) ou mal conçues : « Les budgets militaires sont en train d'être adoptés sans aucun débat préalable : quels intérêts doivent être défendus, quelles priorités ? Avec quels armements ? Aucune réponse ! » écrivait Hartung (1995). D'autres (Ullman et Getler, 1996-97) auraient préféré voir Clinton réduire encore les effectifs à un maximum d'1 million d'hommes plutôt qu'à 1,4 million, et pronostiquaient à juste titre que le simple maintien des capacités en personnels allait nécessairement pousser le budget militaire à la hausse dans un proche avenir. Cette hausse a effectivement été entamée par un Clinton sur le départ, avant d'être substantiellement amplifiée depuis lors par Bush qui a hissé le budget de la Défense, en chiffres absolus (mais non en part du PNB) au niveau qu'il avait atteint dans les années de guerre froide, supérieur de 10 fois à son équivalent russe et, suivant les estimations et les taux de change retenus, entre 10 et 25 fois le budget militaire chinois.

De fait, le nouveau maître de la Maison-Blanche renoue vite avec des plafonds élevés : depuis 2002, le budget militaire américain dépasse les 400 milliards de dollars annuels. Cela, sans compter les guerres qui exigent souvent des rallonges. Celle d'Irak a commencé en mars 2003 avec un budget de 75 milliards de dollars pour couvrir les dépenses opérationnelles et de normalisation pour six mois. Celle-ci se révélant bien plus longue et difficile (par exemple, on avait estimé que cette phase de normalisation reviendrait à un milliard de dollars par mois ; en fait, ce serait par semaine), Bush a obtenu en octobre 2003 un supplément de 87 milliards, et jura ses grands dieux que cela suffirait. Las ! En mai 2004, il tenta d'obtenir 50 milliards de plus (il n'en eut que la moitié). Il demanda à nouveau 80 milliards en février 2005. Il y a plusieurs façons de calculer le coût de la guerre en Irak, mais, quel que soit le mode de calcul, ce coût sera au minimum de 200 milliards de dollars payés par le contribuable américain dans les deux ans qui auront suivi son déclenchement (soit le montant estimé à la veille de la guerre par un officiel du département du Budget qui, accusé de noircir le tableau, fut poussé à la démission).

Si l'on pense que, bon an mal an, 60 à 68 % du budget va aux opérations et aux personnels, on comprend l'impatience des « technicistes » obsédés par la *high tech*, par la recherche de nouveaux armements et par la militarisation de nouveaux « champs » comme l'espace, à commencer par le secrétaire à la Défense, comme si l'Amérique était engagée dans une course aux armements avec elle-même ! Face aux engagements effectifs du Pentagone, les « historicistes » (tels Larrabee *et al.*, 2004) appellent au contraire à retarder ou à enterrer les programmes nouveaux, ambitieux, coûteux et d'une utilité souvent contestable, pour recruter davantage de soldats de l'empire et investir dans des équipements plus traditionnels, notamment anti-insurrectionnels. La primauté de l'Amérique passe-t-elle par la solidité conventionnelle de ses déploiements ou par le dépassement toujours plus volontariste de sa technologie ? Même avec les déficits budgétaires que Bush s'autorise, vient un jour où il faut choisir. Une seule option n'est apparemment plus envisagée par personne, surtout depuis le 11 Septembre (pas même par le candidat Kerry pendant la campagne de 2004) : le retour à un budget un tantinet plus modeste.

La militarisation de l'économie américaine est particulièrement sensible dans la recherche (Recherche et Développement) où la part du secteur militaire n'aura jamais été aussi généreuse : 70 des 132 milliards de dépenses fédérales prévues en 2005 lui sont consacrés, soit 50 % de plus que ce que le Pentagone avait lui-même demandé (Segal, 2004), et près de huit fois le total européen (Paalberg, 2004). L'ensemble des dépenses de recherche aux États-Unis en 2003 représentait 50 % du volume mondial, pour une population égale à 4 % de celle de la planète. Mais la globalisation de l'information rend la diffusion scientifique et technique plus aisée et plus rapide, et c'est pourquoi les États-Unis donnent de plus en plus l'impression de devoir courir plus vite pour ne pas être rejoints, même s'ils sont plus que jamais en tête du peloton. La première guerre du Golfe, puis la guerre du Kosovo avaient amplement montré la suprématie de la technologie américaine. La guerre contre l'Irak a dévoilé de nouveaux progrès dans de nouveaux domaines, notamment l'interconnexion entre les différentes composantes de l'offensive, résultat de deux décennies de recherches avancées en matière informatique. Il est en réalité difficile de dessiner, dans ce domaine, une véritable ligne de partage entre l'usage civil et l'emploi militaire, ou même entre les initiatives et les financements d'origine commerciale et ceux de source gouvernementale, d'autant que la coopération entre Wall Street et le Pentagone s'est beaucoup renforcée ces dernières années (cf. Clarke, 2004, pour la menace cybernétique, et Barnett, 2004, pour l'interconnectivité). C'est pourquoi le Pentagone bénéficie largement de la position prééminente des scientifiques américains, y compris ceux qui travaillent uniquement dans les secteurs privé et universitaire, auxquels il ne manque pas de donner un coup de pouce budgétaire quand leurs travaux lui paraissent utiles. Ils ne sont pas à plaindre : durant la décennie 1992-2002, le nombre de citations de chercheurs d'origine américaine dans les ouvrages scientifiques (plus de 30 millions) était plus du quintuple de celui des citations des chercheurs d'origine allemande ou britannique, et le décuple pour ce qui était des chercheurs d'origine russe. Nationaux et résidents aux États-Unis raflent les lauriers scientifiques — à commencer par les Nobel — par dizaines. Le vivier est d'autant plus intarissable que les États-Unis, avec près de 80 millions de citoyens (27 %) détenteurs d'un diplôme universitaire sont, et de loin, en première position mondiale.

« Transformer » quoi et pour quoi faire ? The new way of war

Cet investissement dans la recherche est d'autant plus nécessaire que l'Amérique se dit déterminée à engager ce qu'on appelle la « révolution dans les affaires militaires » (RMA), révolution dont elle est supposée être la bénéficiaire principale (Cohen, 1996). L'expression avait été utilisée par les Russes au début des années 1980, mais de manière restrictive : elle désignait une évolution saisissante des capacités des forces conventionnelles sur le terrain. Américanisée, l'expression connaît une redéfinition bien plus large qui l'ancre dans la révolution de l'information. Ceux qui, de plus en plus nombreux, y faisaient référence furent naturellement amenés à imaginer les avantages qu'il convenait d'en tirer en lançant une inévitable « transformation » des forces armées. « Révolution » et/ou « transformation » : tels sont donc les deux mots d'ordre qui dominent les débats militaires américains depuis 1990.

Les révolutions militaires comprennent quatre éléments : un progrès technologique substantiel, un développement de systèmes concomitant, une innovation opérationnelle, et, enfin, un ajustement organisationnel qui s'ajoute aux trois premiers éléments pour en tirer les effets institutionnels (Krepinevich, 1994). Or, avec la fin de la bipolarité, la nature des conflits a changé de manière radicale, alors que des innovations technologiques amélioraient de plus en plus rapidement les moyens de collecte, de transmission et de traitement de l'information. Ce double processus devait nécessairement conduire à des évolutions tout aussi substantielles dans la doctrine et l'organisation militaires. Sur ce dernier point, Cohen (1996) avance qu'à côté de la révolution de l'information il faut aussi prendre en compte le triomphe du capitalisme qui a pour effet d'associer plus directement les civils à la mise en œuvre des arsenaux et des tactiques, voire à la conduite des hostilités, en désenclavant le secteur militaire. Une restructuration du Pentagone à la manière de Microsoft (avec peu de niveaux de direction intermédiaires et une différenciation plus restreinte entre employés et cadres) est la conséquence organisationnelle logique de cette approche, de préférence à celle, par exemple, de General Motors, elle-même originellement copiée sur le modèle hiérarchique militaire classique.

Si cette révolution entrait dans les faits, écrit un enthousiaste, « les manœuvres colossales des armées coalisées dans les déserts du Koweit et de l'Irak pourraient bientôt apparaître comme les dernières charges de cavalerie du XIXe siècle, une sorte d'anachronisme » (Cohen, 1996). Le doute est pourtant resté de mise : alors que les techniques militaires n'ont jamais cessé d'évoluer, que de fois n'a-t-on pas parlé de « révolution » sans en constater les effets durables ? La définition qu'en a donné l'amiral Owens (« une capacité sans précédent et sans rivale de collecter l'information et de l'utiliser sur le champ de bataille »), est parue par trop fondée sur la technologie pour convaincre les hommes sur le terrain, ou les historiens en proie au scepticisme. La RMA est ainsi devenue un parapluie qui recouvre un si grand nombre de concepts différents qu'il est permis de douter de son effectivité (O'Hanlon, 1999).

Ceux qui ne doutent pas de sa réalité restent sceptiques quant à la volonté des militaires de la mettre en œuvre. Bacevich (1994) note qu'il est de mise, dans les armées américaines, d'être « techno-chic, de prétendre, en dépit de la stupidité endémique et indécrottable qui prévaut chez les officiers supérieurs, qu'ils sont pris dans un processus permanent de transformation, de restructuration, de réorganisation, le tout dans une course effrénée vers l'avenir ». Près d'une décennie plus tard, Bacevich, lui-même ex-colonel de l'*Army*, revient à la charge en des termes à peine moins sévères : « Tout ce que les institutions de l'ère de l'information veulent être, les armées traditionnellement configurées ne le sont pas. Celles-ci sont hiérarchiques et hautement bureaucratiques. Leur culture est basée sur les deux piliers de la déférence et du paternalisme, et elles vénèrent l'Histoire. La RMA est donc une menace pour leur mode de vie et leur fonctionnement, et c'est pourquoi elles ont su lui résister ; ce qui fait qu'après une prétendue décennie de transformation, les armées de l'an 2000 sont à peine différentes de celles de l'an 1990 » (2002, p. 136). Une récente enquête parmi le corps des officiers semble confirmer ce jugement (Mahnken et FitzSimonds, 2003) :

dans l'abstraction, les officiers sont très enthousiastes ; 85 % d'entre eux pensent que des armées dotées des moyens de l'ère de l'information possèdent un gros avantage sur les autres. Mais quand ils sont interrogés sur l'utilité de modifier leur vision de la guerre, ils se montrent bien plus réticents. Leur contradiction éclate quand on leur demande s'il faut, pour réaliser cette adaptation à l'ère de l'information, réduire les effectifs de leurs propres unités : ils sont à 77 % contre, confortant ainsi le scepticisme ambiant. De même, lorsque le général Odom (1997), certes issu de l'armée de terre, suggère que les *marines* sont devenus un luxe archaïque, l'inspecteur général de ce corps répond en traitant le général Odom de cinglé dans un échange qui, pour être musclé, confirme, révolution militaire ou pas, la vieille compétition entre les armes.

D'autres (Barnett, p. 99) soulignent les contradictions auxquelles la prétendue « révolution » a donné lieu : tout au long des années 1990, la politique d'équipement était contrôlée par des vétérans de la guerre froide qui favorisaient les produits *high tech*, alors que ceux qui étaient chargés de la transition vers le monde de l'après-guerre froide avaient surtout besoin de plates-formes plus conventionnelles pour engager des MOOTW (Military Operations Other than War). Les attentats du 11 septembre 2001 auraient sauvé le Pentagone de ses propres velléités en sonnant « le glas de la transformation » qui avait occupé en vain les militaires pendant une décennie, et qui, bien entendu, ne sied guère au rôle de gardien planétaire de la globalisation que l'auteur imagine pour les armées de son pays. « Le concept même de RMA est réactionnaire », conclut Bacevich (1994), en ce sens qu'il vise à mettre sous le boisseau les deux véritables révolutions déjà en cours (l'irruption de la guerre totale et la prolifération de conflits d'une nature nouvelle), auxquelles les militaires n'ont pas trouvé jusqu'ici de parade.

Ces actes de décès de la « grande idée » étaient cependant pour le moins prématurés. Dans leur campagne de 2000, les

Républicains ont annoncé la couleur : « Il faut que le Pentagone construise l'armée du XXIe siècle [...] et se dote de forces plus légères mais plus meurtrières, plus mobiles et plus agiles, capables de frapper à de longues distances » (Rice, 2000). Et, de fait, trois semaines après son arrivée à la Maison-Blanche, Bush, depuis la base navale de Norfolk, clamait qu'il accordait toute priorité à la « transformation » au-delà des « améliorations cumulatives et finalement marginales » déjà réalisées sous son prédécesseur. Rumsfeld dut néanmoins attendre la conclusion des deux guerres d'Afghanistan et d'Irak pour publier enfin sa *Transformation Planning Guidance* (Rumsfeld, 2003). Depuis lors, la presse rapporte qu'il est impatient de mettre un point final aux guerres en cours, avec leurs vicissitudes et leurs coûts, pour pouvoir se consacrer à l'accélération de la révolution : « Nous devons transformer non seulement les capacités, mais la manière de concevoir, de préparer, de réaliser nos manœuvres, de combattre », y écrit-il. Il serait resté à son poste après l'élection de 2004 uniquement à cet effet.

Réussira-t-il ? Le refrain avait déjà été entendu au lendemain de la guerre du Kosovo au profit de l'*air power* : est-ce la menace d'envoyer des troupes sur le terrain au Kosovo qui poussa Milosevic à se soumettre ? Pas du tout, écrit Stigler (2002-03). Pour lui, le Kosovo aura été une nette victoire de l'aviation. Car si la menace d'un débarquement a joué un rôle au mieux mineur, « celle d'un bombardement continu et intensifié aura été la seule condition acculant Milosevic à accepter les termes de l'OTAN ». La menace de débarquement n'avait jamais été très explicite, les divisions au sein de l'administration Bush et parmi les alliés étaient à ce sujet de notoriété publique, le manque d'empressement américain à subir des pertes humaines était bien connu des Serbes et les préparatifs en vue d'un tel débarquement étaient tout à fait insuffisants. Conclusion : si Milosevic a « craqué », c'est à cause des risques d'un pilonnage aérien encore plus sévère et des effets que les bombardements déjà intervenus avaient eus sur la population. Déduction de Stigler : la puissance aérienne peut, sans le secours d'autres moyens, produire des résultats politiques décisifs.

« Pure illusion », écrivent Robert Pape ou encore Crane (2001), lequel souligne à juste titre les éléments politiques et même éthiques sous-jacents à une telle illusion : « Le bombardement aérien reste une action extrêmement destructrice qui n'est véritablement efficace que lorsqu'elle sélectionne des cibles civiles chez l'adversaire. » La guerre du Kosovo aura ainsi été copiée sur celle de Corée : prétentions initiales de fermeté, déception face aux maigres résultats constatés, suscitant une escalade des bombardements, cette fois contre des objectifs civils. Des trois objectifs annoncés par Clinton au début de la campagne aérienne (à savoir : enrayer le nettoyage ethnique au Kosovo, prévenir une offensive encore plus sanglante des Serbes, handicaper sérieusement les capacités de nuisance serbes), aucun n'a été atteint par le bombardement aérien qui n'a fait au contraire qu'exacerber l'assaut serbe contre les Kosovars. Qui plus est, comme la destruction est ce que le bombardement aérien réussit le mieux, la facture de la reconstruction dans les Balkans s'est gravement alourdie. Pis : l'illusion de l'*air power* aura incité les Russes à appliquer la même tactique en Tchétchénie en détruisant stations de télévision, relais de téléphonie cellulaire et raffineries. « On sait maintenant ce pour quoi les Américains sont capables de tuer ; reste à savoir ce pour quoi ils sont disposés à mourir », commenta un diplomate européen.

Il n'empêche ! Le même refrain fut de nouveau entonné au lendemain de la guerre d'Afghanistan pour laquelle Biddle se montra encore plus explicite : « Certains avancent l'idée que la combinaison révolutionnaire d'armes de précision, de Special Operations Forces et d'alliés locaux pourra garantir une politique étrangère américaine néo-impériale avec des interventions militaires efficaces sans être coûteuses à l'échelle globale. D'autres voudraient restructurer les forces armées pour pouvoir passer de l'affrontement direct, coûteux, risqué, qui nécessite des effectifs impressionnants, à une dépendance vis-à-vis des armes "intelligentes" et à une réduction concomitante des forces conventionnelles. » Pure illusion : si c'est une politique néo-impériale que les Américains veulent, ils doivent, quelles que soient leurs avancées technologiques, se préparer à perdre des hommes. Biddle observe que, derrière l'intérêt pour les SOF (Special Operations Forces) et pour les missiles dits « intelligents », il s'agit d'une autre conception de la guerre : même des alliés aussi démunis que l'Alliance du Nord en Afghanistan suffiraient à gagner la guerre pourvu qu'on leur accorde le soutien bien ciblé à distance des forces américaines. Or, contrairement à une idée reçue, il y a eu de très nombreux cas de *close combat* en Afghanistan, et « la guerre y a été bien plus orthodoxe et bien moins révolutionnaire que beaucoup l'ont pensé. Ce que l'Afghanistan enseigne, c'est que l'avenir ressemblera bien plus au passé qu'on ne l'imagine », écrit Biddle en prévenant non seulement contre une lecture erronée de la guerre d'Afghanistan, mais aussi contre sa transposition facile à d'autres terrains comme, par exemple, l'Irak où il n'y a même pas, dans l'opposition favorable aux Américains, l'équivalent d'une Alliance du Nord (sur les « leçons » de la guerre d'Afghanistan, cf. aussi Hersh, 2004, p. 121 à 162).

Il n'empêche ! À peine la guerre d'Irak est-elle conclue que le même refrain revient encore sous la plume d'un analyste néoconservateur, Max Boot (2003), qui non seulement est tout admiration pour « cette victoire rapide avec si peu de victimes de part et d'autre », mais y voit l'exemple même de la « transformation » en marche. Boot doit reconnaître que l'*air power* aura eu cette fois peu d'effet, mais il l'exhorte à persister dans son nouveau rôle — pratiquement le seul qu'il ait joué depuis le Viêt-nam : l'attaque au sol en soutien à l'armée de terre. Il réserve ses phrases les plus élogieuses aux Special Operation Forces (à raison) et à la guerre psychologique (on peut se demander pourquoi). L'analyse est peu contestable, même si, à la lire, le seul espoir que l'on puisse encore former pour les prochaines victimes de la puissance américaine, c'est d'être frappées par des missiles intelligents, plus précis et donc moins dangereux pour le reste de la population.

Cette admiration (de même que la photo de Bush, le 1er mai 2003, devant une banderole clamant « Mission accomplie ! ») était bien prématurée. La guerre d'Irak, loin de s'achever le 9 avril 2003 avec la chute de Bagdad, n'a fait que se muer, selon un plan apparemment préparé de longue date par le régime déchu, en insurrection armée. La RMA ou même l'écrasante supériorité technologique de l'occupant a peu d'effets sur l'après-guerre et sur le fait qu'un adversaire bien moins avancé n'est pas nécessairement stupide, mais conserve plusieurs atouts (énumérés, à son crédit, par Posen, 2003, avant que le théâtre irakien n'en démontre l'importance) qu'il saura mettre en œuvre au moment opportun : un intérêt existentiel à l'issue de la guerre ; des mâles en âge de combattre en très grand nombre ; une meilleure connaissance du terrain ; souvent une formation militaire reçue à l'étranger ; un arsenal acquis à bas prix. Si l'on ajoute à cela, dans le cas irakien, un fonds nationaliste/religieux très mobilisateur, des caches d'armes apparemment immenses, un financement prévu de longue date, l'appoint de recrues locales déçues par l'occupant ou de volontaires étrangers attirés par ce terrain privilégié de lutte nationaliste et/ou de jihad islamique, on comprend que le 9 avril 2003, quand la statue de Saddam Hussein tombait à Bagdad, ses hommes se préparaient à une guérilla de longue haleine qui, au moment où ces mots sont écrits, est loin d'avoir été écrasée par la toute-puissance américaine, toute renforcée qu'elle est par sa RMA.

Pourquoi, face au scepticisme ambiant, à ces demi-succès et à ces fragiles victoires, une telle insistance à poursuivre la RMA ? Un début de réponse se trouve dans l'enquête précitée de Mahnken et FitzSimonds : 63 % des officiers considèrent, probablement à raison, que la « transformation » rendra le recours à la force plus aisé et donc plus fréquent, et une majorité d'entre eux estime qu'elle pourra réduire la durée des hostilités. C'est ce que pense aussi Michael Ignatieff (2000) pour qui le moteur de la RMA n'est pas d'ordre technologique, mais politique : « En réduisant les risques de pertes humaines et le coût diplomatique d'énormes pertes civiles chez l'adversaire, la RMA rend le recours à la force bien plus attrayant pour un président américain. » Pour que le recours à la force soit fréquent mais peu coûteux en hommes des deux côtés, il faut déployer la suprématie technologique des États-Unis. L'opinion publique soutiendra d'autant plus cet interventionnisme qu'elle sera fière de cette suprématie, sans craindre pour la vie de ses *boys*. À ce sentiment de facilité, Cohen (1996) ajoute un élément absolument crucial en soulignant le lien entre révolution technique et propension à la guerre préventive : la révolution de l'information donne la possibilité de pouvoir aveugler l'adversaire avant même que la guerre n'ait vraiment commencé. Dans une logique dialectique entre l'objectif et l'instrument, cette capacité est évidemment de nature à encourager des actions de guerre préemptive.

On mesure ainsi les multiples attraits de la « transformation » pour un président déjà acquis à la guerre préventive et qui aura noté que, dans la guerre contre l'Irak que son père avait menée, les missiles avaient déjà été utilisés comme armes offensives, et que, lors de *sa* propre guerre contre le même adversaire, ces missiles, devenus plus intelligents encore, ont été utilisés dix fois plus souvent que sous son père. Il aura certainement aussi observé que missiles intelligents et bombardements massifs d'objectifs militaires n'ont conduit à un *regime change* ni en Irak en 1991, ni au Kosovo en 1999. Cela exige des hommes sur le terrain, et, lui, il les aura envoyés en Irak pour crier victoire au terme d'une opération de Joint Forces dont la « connectivité » constitue le cœur même de la RMA, produisant ainsi un résultat rapide. Mais il aura vu aussi que sa formule, en définitive, n'est pas si magique que cela. D'autres conditions sont indispensables à un véritable succès : si les régimes épuisés par des années de sanctions tombent assez vite, leurs sociétés ne sont pas aussi rapidement soumises ; si la guerre des Américains est jouable en solo, la légitimité que des alliés peuvent lui conférer se révèle cruciale quand la situation vient à se dégrader sur le terrain ; plus grave encore : si le succès du père contre l'Irak en 1991 avait « enterré à jamais le spectre du Viêt-nam dans les sables d'Arabie », l'ensablement des troupes du fils en Irak aura réussi à le ressusciter.

Car tout dépend, une fois encore, du moment où la mission est considérée comme « accomplie » : la « transformation » à peine entamée était perceptible dans la guerre proprement dite ; elle le fut bien moins dans l'occupation qui suivit, où ses ingrédients technologiques eurent beaucoup moins de résultats sur un adversaire déterminé et irrégulier. Le dilemme est bien résumé par l'analyste anonyme de la CIA : « La vraie manière américaine de faire la guerre est de se presser non en vue d'obtenir une victoire incontestable, mais, tout en laissant l'ennemi loin d'être défait, pour se féliciter du nombre réduit de victimes de part et d'autre » (p. 180). Cette précipitation à crier victoire bien plus tôt que la réalité n'y autorise pousse à la désinvolture ; par exemple, on songea à boucler les frontières de l'Afghanistan avec ses voisins plus de vingt mois après l'arrêt des hostilités, ce qui permit aux Taliban et autres Ben Laden de circuler librement, grâce à plus d'un refuge sûr dans la région ; ou qui plus est, réédita la même tragique erreur en Irak. A-t-on vu un seul général démissionner pour protester contre cette légèreté ? Loin d'eux une pareille idée, même si cette manière, dite « américaine, de faire la guerre finit par causer encore plus d'instabilité et de coûter bien plus de vies américaines qu'elle ne prétend en épargner ». En Afghanistan comme en Irak, conclut l'analyste anonyme, la guerre ne fait en réalité que commencer (p. 183).

Pour avoir passé des mois de l'après-guerre irakien à Bagdad, je ne saurais, pour ma part, le contredire. Si la guerre initiale de trois semaines avait été « propre », postmoderne, comme d'innombrables interlocuteurs irakiens qui l'avaient pourtant subie ne cessaient de le raconter, la gestion militaire de l'insurrection, que je suivais au quotidien, et en dépit de formidables moyens techniques déployés (qui alourdissaient étrangement le port individuel du soldat), traduisait fort peu la « transformation » acclamée et me paraissait principalement dépendre de facteurs aussi vieux que la guerre elle-même : sources humaines du renseignement, moral des troupes, attachement asymétrique à l'issue des combats entre des insurgés qui étaient disposés à perdre la vie et des soldats dont le premier souci était de préserver la leur, effets mortels des armements les moins sophistiqués, complicité, passivité ou impuissance de la population civile, etc. Rien de la « tempête » passée, mais la mort qui vous guette quotidiennement à chaque carrefour.

L'Histoire augurait d'ailleurs mal de cette occupation. David Edelstein (2004) a, pour sa part, analysé deux douzaines de cas d'occupation militaire pour arriver chaque fois à la même conclusion, à savoir que, pour réussir une occupation, les conditions politiques sont autrement plus importantes que les moyens technologiques. Il cite en particulier trois de ces conditions : la reconnaissance par la population occupée de son besoin d'occupation (surtout si la défaite a été nette au point de briser tout espoir d'un retour au régime antérieur, et si le pays a été dévasté par la guerre jusqu'à faire apparaître l'ordre produit par l'occupant comme un mal nécessaire) ; la perception partagée par occupants et occupés de l'existence d'une menace planant sur le territoire occupé (surtout si cette menace est extérieure ; les effets sont plus discutables quand elle est d'origine interne) ; l'existence d'une garantie crédible de retrait et de dévolution à la population occupée dans un délai donné. Cette dernière condition peut être remplie de quatre façons différentes : par la fixation préalable d'une date de sortie (mais ce peut être contreproductif en ce sens que l'autre partie peut décider de l'attendre pour reprendre le combat, comme en Bosnie) ; par la mise en place d'un gouvernement-tampon (mais les avantages et inconvénients peuvent être équivalents) ; en subordonnant un retrait éventuel au comportement des acteurs (ce qui est déjà mieux, mais il faut beaucoup de crédibilité pour les en convaincre) ; enfin en multilatéralisant l'occupation (ce qui rend le retrait plus crédible, mais n'augmente pas nécessairement la légitimité de l'occupation). Aucune des trois conditions n'était réalisée en Irak, et les Américains semblaient osciller en permanence entre les quatre manières d'atteindre la troisième d'entre elles. L'occupation militaire doit être évitée autant que possible, conclut sagement Edelstein, ce à quoi on pourrait ajouter que si vous en preniez malgré tout le risque, la « révolution des affaires militaires » ne vous sera que d'un bien piètre secours.

L'application de la force de Powell à Rumsfeld

Fallait-il donc y aller ? Dans un fameux discours prononcé le 28 novembre 1984 devant le National Press Club, le secrétaire à la Défense de Ronald Reagan énuméra six conditions pour l'usage de la force. Elles constituèrent ce qu'on appela un moment la « doctrine Weinberger », du nom de celui qui les exposa (1985, 1986, 1987). Des observateurs mieux introduits y auront plutôt vu l'empreinte d'officiers supérieurs encore marqués par la défaite du Viêt-nam (et par ce qu'ils considéraient comme les errements des responsables politiques dans sa conduite), et plus particulièrement du général Colin Powell qui fut conseiller à la Sécurité nationale sous Reagan, chef d'état-major interarmes sous Bush père, avant de revenir sur la scène politique en 2001 comme secrétaire d'État de Bush junior pendant son premier mandat.

Cette doctrine est simple : face à l'ennemi de l'époque (l'URSS) il s'agissait d'opposer un endiguement actif, et ce, en augmentant les dépenses militaires pour le dépasser technologiquement (notamment par la fameuse IDS ou « guerre des étoiles », censée affaiblir ses capacités offensives en matière de missiles intercontinentaux) et en le plaçant ainsi devant un choix difficile : ou il se lançait à son tour dans la course engagée, quitte à s'essouffler économiquement, ou il déclarait forfait. Hors ce qui concernait l'ennemi principal, Reagan, en matière de recours effectif à la force, se montra beaucoup plus prudent pendant ses huit ans à la Maison-Blanche : Grenade, le Liban furent des cas isolés, de courte durée, et qui, d'ailleurs, ne convainquirent guère son opinion. La doctrine Weinberger rejette aussi le recours fréquent aux forces armées en matière diplomatique. Elle rejette tout aussi explicitement le concept de guerre limitée et subordonne le recours à la force à six conditions préalables : la menace doit cibler un intérêt vital du pays ; les forces déployées doivent être assez massives pour assurer la victoire ; les objectifs militaires et politiques doivent être clairement désignés ; la relation entre objectifs et moyens doit être réévaluée en permanence ; le soutien préalable du peuple américain doit être assuré ; enfin, l'usage de la force doit être le dernier recours, une fois toutes les autres solutions épuisées. Refus des guerres inessentielles, des guerres limitées, des escalades graduées. Weinberger l'avait nettement dit : « Je suis très favorable au renforcement de nos moyens militaires et très réticent à les utiliser. » S'il faut cependant y aller, il faut y mettre toutes les ressources nécessaires, et prendre, pour remporter une victoire décisive, tout le temps nécessaire. Concentrée sur le désir d'endiguer, voire de faire reculer l'influence de l'URSS, et hostile à l'éparpillement des troupes américaines sur de trop nombreux théâtres, la doctrine Weinberger-Powell aboutit en pratique à une classique sous-traitance : au profit des Khmers rouges au Cambodge, des contras du Nicaragua, des hommes de Savimbi et autres Ben Laden (voir notre *Appels d'empire*, Salamé, 1996, pour plus de détails).

« L'objectif de cette doctrine n'était pas de faciliter mais d'inhiber », et la réticence, maintes fois constatée par la suite, à intervenir, y compris en ex-Yougoslavie, à un moment où Weinberger était parti mais où Powell veillait encore scrupuleusement, en tant que chef d'état-major, au respect de la doctrine, a été un de ses effets tardifs. Auréolé de son succès au Koweit et autoproclamé gardien de la doctrine, Powell ajoutait dorénavant une septième condition : il ne fallait partir en guerre que si les conditions de sortie étaient précisées avant même l'envoi du premier soldat. Le général avait été au départ hostile à l'idée de partir en guerre contre l'Irak au Koweit ; il n'avait accepté de coopérer à l'opération en Somalie en 1982 qu'à condition de la voir se réduire à assurer l'acheminement des vivres et à ce qu'elle ne dure pas plus de trois semaines. Quand éclata la guerre de Bosnie, il était ouvertement hostile à toute implication et égrenait à l'envi ses sept conditions : pas d'intérêt vital à défendre, pas d'objectif politique clair, pas de conditions prévisibles de sortie, etc. La tangente somalienne servit à détourner l'attention sur un autre théâtre, mais Powell resta intraitable sur la Bosnie, jouant de surcroît du fait que Bush père ne tenait pas à risquer la vie de soldats américains en pleine campagne présidentielle (cf., entre autres, Power, p. 281 *sq.*)

Mais les circonstances allaient radicalement changer. Quelques années après la formulation de cette doctrine, la fin de la guerre froide (excluant le risque d'une riposte soviétique), le succès remporté dans la première guerre du Golfe (qui effaça largement l'inhibition héritée du Viêt-nam), les progrès technologiques (qui autorisaient désormais, à partir de l'expérience du Koweit, à utiliser les missiles à longue distance comme armes offensives), et aussi le départ de Colin Powell lui-même de son poste de chef d'état-major, débouchèrent sur un engouement accru pour les frappes et les interventions, et conduisirent à ce que Bacevich appela joliment « une inversion ornithologique, avec les faucons qui deviennent colombes et les colombes qui deviennent faucons » (2002). Il ne s'agira plus de guerres, ni de *massive force* pour assurer de *decisive victories*, mais d'attaques ou d'actions ponctuelles à répétition de par le monde, qui seront, pour les tenants de la doctrine Powell autant que pour les néoconservateurs qui exprimaient de plus en plus fort leur mécontentement, un saupoudrage inefficient. L'envoi de troupes au Liberia puis leur retrait, exactement dix jours après leur débarquement, est l'un des nombreux exemples qui illustrent cette tendance.

« À l'ère de la globalisation, le département de la Défense a achevé sa transformation en département de la "projection de puissance" », écrivit Bacevich (2004, p. 127). C'est ainsi qu'entre 1990 et 2000, une cinquantaine d'interventions militaires ont eu lieu. Dans plusieurs ouvrages successifs, Richard Haas entretint la flamme, mais sans être beaucoup écouté, avant de rejoindre, pour un très bref laps de temps, l'administration de Bush junior et s'y retrouver tout aussi solitaire. Reflétant mieux l'esprit de l'époque, Murray (1997) a noté que « la doctrine Weinberger-Powell était si restrictive que les États-Unis n'auraient mené ni leur guerre révolutionnaire, ni leur guerre civile, ni les deux guerres mondiales s'ils l'avaient appliquée ». Madeleine Albright, pendant le court moment de l'année 1993 où Powell était encore à son poste au Pentagone et où elle avait pris le sien comme représentant à l'ONU, interpella ce dernier en ces termes : « Vous me parlez toujours de ce bel instrument que sont nos forces armées, pourquoi ne l'utilisons-nous donc pas plus souvent ? » Sans jamais l'assumer ouvertement, c'est Clinton qui enterrerait la doctrine Powell et ses six (ou sept) conditions préalables. Il ne sera même pas inhibé par sa mésaventure somalienne, même s'il avoue dans ses Mémoires qu'« après la Somalie, lorsque j'ordonnais le déploiement de nos troupes, je m'informais bien plus sur les risques encourus et m'assurais que les décisions tactiques les plus importantes soient prises à Washington » (p. 554). Ce qui ne fit pas nécessairement la joie de ses commandants en Bosnie, ni surtout au Kosovo.

On aurait cependant eu tort de crier à la nouveauté : entre 1946 et 1975 (surtout dans la période 1956-1965), Blechman et Kaplan (1978), dans un tableau très fouillé, ont comptabilisé au moins 215 cas où les forces armées américaines avaient déjà été utilisées comme instruments d'action politique à l'étranger. Plus intéressant encore, ces deux auteurs notèrent une forte corrélation entre la fréquence de ces interventions et la popularité du président en exercice et, surtout, avec la confiance en soi du pays. Avec la fin de la guerre froide, ces deux facteurs (popularité et confiance en soi) allaient se combiner avec l'extinction du risque de confrontation bipolaire et l'assomption du rôle de « gardien de la globalisation », pour conduire à une large militarisation de la politique étrangère, hors du cadre rigide que la doctrine Powell lui avait imposé. Dans une lettre au *National Interest*, Dov Zakheim (hiver 1998-99) qui, après des années au Pentagone de Reagan, allait y revenir sous George W. Bush, critiqua fortement la multiplication des missions de maintien de la paix sous Clinton sur des théâtres à la valeur douteuse pour l'intérêt national, leur reprochant de mettre trop la pression sur les troupes américaines et de retarder la nécessaire modernisation de ces forces. De même Connelly (2000) exprimait déjà l'impatience de la droite face à ce saupoudrage un peu artisanal de la puissance américaine en opposant le (bon) modèle de la guerre du Panama menée en 1999 — le pays fut occupé en huit heures et son président destitué le jour même — à ceux (mauvais) de l'Irak (1991), de la Somalie (1993) et du Kosovo (1999), tout en concluant à une espèce de « doctrine Powell-plus » : « Nous devons retrouver la disposition à agir de manière décisive. Quand l'Amérique va en guerre, elle doit le faire de manière déterminée qui garantisse un résultat politique durable, et adapter sa stratégie en conséquence. » Consciemment ou non, Connelly, plutôt qu'un retour à l'ère Reagan, annonçait la doctrine Bush (junior).

Avec G.W. Bush à la Maison-Blanche, un certain retour à la doctrine Powell (qui, de son nouveau poste au Département d'État, a persisté dans ses appels à la prudence, sinon à l'abstention, mais face à des adversaires autrement redoutables) est notable principalement parce que la guerre au sens strict, plutôt que comme simple complément de la diplomatie, est revenue à l'ordre du jour en Afghanistan puis en Irak, avant de l'être sans doute demain ailleurs. Mais l'interventionnisme en deçà de la guerre proprement dite n'est pas exclu non plus. Comme pendant les dernières années de l'ère Clinton, le militaire est l'instrument privilégié de la diplomatie, mais, au lieu de devoir choisir entre les grands conflits et les interventions limitées, l'administration Bush semble les favoriser à égalité.

La guerre d'Afghanistan avait paru inéluctable au lendemain du 11 Septembre. Celle d'Irak est encore en cours, sa nouveauté est multiple et son issue indécise ; son actuel ensablement constitue un obstacle certain à de nouvelles équipées dans le court terme, aussi souhaitées soient-elles. C'est pourquoi il est encore hasardeux d'en tirer des conclusions générales ou de savoir en particulier si elle sera la première ou, en définitive, la seule et unique application de la stratégie proclamée en septembre 2002. Notons néanmoins que c'est d'abord une guerre de choix, ce que n'était pas tout à fait celle du Kosovo, ni assurément celle d'Afghanistan. C'est ensuite une guerre où Washington ne s'est pas contenté d'user de son aviation pour atteindre un objectif fondamentalement diplomatique ou humanitaire, mais a décidé d'employer massivement son armée de terre, et ce, pour une longue période de temps et avec des objectifs ouvertement ambitieux. C'est enfin une guerre qui est capable d'en enfanter d'autres par un enchaînement qui ne semble pas entièrement maîtrisé par la superpuissance qui l'a engagée. On n'est donc plus ici dans un schéma d'usage parcimonieux de la force à la manière Weinberger-Powell, ni dans celui d'une variété moderne de la « diplomatie de la canonnière » façon Clinton-Albright, mais pas vraiment non plus dans celui d'une stratégie de conquête telle que celle qu'Anna Simons appelle de ses vœux (voir chap. 1). De Clinton on retient la fréquence, de Powell on garde l'idée de force écrasante, mais on élargit les objectifs pour assumer enfin une politique néo-impériale qui n'est plus embarrassée ni par la démonstration arrogante de sa suprématie, ni par l'ampleur sans précédent de ses ambitions.

Qui contrôle le Pentagone ?

Dans un nouveau volume de ses Mémoires (il a écrit un premier tome en 1995), Colin Powell avouera peut-être qu'il a exercé beaucoup plus d'influence sur la politique étrangère de son pays depuis son poste de chef d'état-major (1989-1993) qu'il n'en aura eu comme secrétaire d'État et membre du gouvernement (2001-2004). S'il le fait, il ne sera sans doute pas contredit par les historiens, mais il surprendra, en les inquiétant, les Pères fondateurs de la République là où ils se trouvent à présent. Les Américains aiment en effet rappeler que leur peuple a été fondé sur des bases antimilitaristes et que, pour les premiers dirigeants du pays, les armées permanentes étaient une menace contre la liberté, même si la République, bonne mère, a eu tendance à récompenser, mais à titre personnel, ses héros militaires en leur accordant des positions politiques éminentes, à commencer par le premier d'entre eux jusqu'à, plus récemment, le président Eisenhower ou Powell lui-même. Cette méfiance envers les militaires professionnels conduisit à ce que les armées victorieuses ne fussent pas simplement démobilisées au lendemain de la guerre, mais proprement dissoutes (après la guerre civile, l'armée américaine passa en moins de deux ans de près 2 millions à moins de 25 000 hommes !).

La tradition a été abandonnée en 1945 pour faire ostensiblement face à l'ennemi soviétique, et cet abandon a été confirmé en 1990 malgré l'absence d'ennemi évident et hors de tout débat public. Le Pentagone n'était donc guère dégarni et encore moins désaffecté ; qui y aurait songé ? Le maintien d'une immense machine militaire en temps de paix est devenu la norme plutôt que l'exception ; il est d'autant plus important de comprendre la place de cette institution dans le dispositif d'ensemble du gouvernement fédéral et, en particulier, quel contrôle ce dernier exerce sur elle. Le recours plus fréquent à la force, la « transformation » plusieurs fois annoncée du Pentagone, les effets pervers de plusieurs législations vont en fait se combiner pour rendre encore plus tendue la relation entre politiques et militaires, les premiers cherchant à réimposer leur contrôle, les seconds à préserver l'autonomie de leur domaine et, leurs tâches s'élargissant, la politique étrangère se « militarisant », à influencer davantage la formulation de la politique. Par-delà la routine des batailles budgétaires où chaque service défend âprement sa part de gâteau, se profile une définition assez nouvelle du rôle des militaires dans la société et s'opère un glissement sans précédent de leur image, de celle de citoyens/combattants à celle de groupe d'intérêt constitué avec son programme propre, ses orientations idéologiques dominantes, son rôle particulier dans la détermination des objectifs de politique étrangère, et, *last but not least*, son poids électoral.

Pendant la guerre du Viêt-nam, le secrétaire à la Défense, Robert McNamara, avait imposé un contrôle assez strict des politiques non seulement sur la détermination des objectifs, mais jusque sur les décisions tactiques des combats. La guerre terminée (et perdue), la réaction des militaires fut d'autant plus brutale qu'ils avaient tendance à incriminer l'ingérence constante des politiques comme une des causes essentielles de l'échec. En 1986, suite à plusieurs revers militaires — en Iran et au Liban notamment — imputés à une décision par consensus au sommet de l'appareil militaire et au manque de coordination interarmes, la législation Goldwater-Nichols a été adoptée, conférant un rôle spécial suprême au chef d'état-major, faisant du *chairman* le principal conseiller militaire du président. Weinberger, le secrétaire à la Défense, qui avait déjà faite sienne la doctrine Powell sur le recours à la force (cf. *infra*) et s'était fait l'ardent défenseur des énormes budgets militaires de Reagan, échoua dans sa tentative de bloquer la loi, résultat d'une espèce de conjuration entre militaires et parlementaires. Deux *chairmen*, l'amiral Crowe (1985-89) et surtout le général Powell (1989-93), forts de cette loi (mais aussi de la victoire du second et de ses conceptions dans la guerre du Koweit en 1990-91), s'imposèrent ainsi aux politiques, y compris à Cheney, secrétaire à la Défense sous Bush senior, qui était pourtant arrivé au Pentagone avec l'idée bien arrêtée de ramener le pouvoir des officiers généraux à ce qu'il était avant 1986.

Cheney et Wolfowitz (à l'époque n° 3) en garderont à Powell une profonde rancune, notamment à cause du rôle, à leurs yeux démesuré, de ce dernier durant la guerre du Golfe. « L'armée américaine est plus aliénée que jamais de son leadership civil et, de surcroît, fière de l'être », écrivit Kohn (1994), proche de leurs vues, qui non seulement trouvait les pouvoirs de Powell démesurés au vu de la Constitution et des traditions du pays, mais, dans une dénonciation de la nouvelle marge de manœuvre que la législation lui accordait, considérait ses idées sur le recours à la force trop proches, par les restrictions qu'elles supposaient, de celles des démocrates libéraux. Cohen (1990), Campbell (1991) et plusieurs néoconservateurs n'étaient pas moins remplis d'appréhension : le rôle particulier dévolu au *chairman* était établi non seulement aux dépens de la collégialité antérieure des commandants des diverses armes, mais d'abord aux dépens des politiques pour qui Powell défendait moins son territoire qu'il ne l'utilisait pour jouer un rôle politique actif et exprimer, par voie de discours, d'auditions au Congrès et même d'éditoriaux dans la presse, des opinions qui n'étaient pas toujours celles de son ministre.

Plus en profondeur, l'abandon du service national en 1973 conduira à une professionnalisation accrue et, partant, à une homogénéisation idéologique du corps des officiers, marquée par leur passage massif au camp républicain. Les militaires étaient devenus non seulement plus traditionalistes dans leur vision, mais « surtout plus conscients de constituer une entité séparée dans la société américaine », tant et si bien qu'ils parvinrent à pousser un Les Aspin, premier secrétaire à la Défense de Clinton, vers la sortie. Durant la même année 1993, l'affaire des droits des homosexuels mit en évidence à la fois le traditionalisme rampant, mais aussi cette nouvelle capacité de résistance des militaires face à leurs supérieurs civils. Clinton avait promis pendant sa campagne présidentielle de lever l'interdiction de servir sous l'uniforme frappant gays et lesbiennes. Poussé par les militaires, le Congrès ne le suivit pas : le vote à la Chambre fut de plus de trois *contre* contre un *pour*, et Clinton n'osa pas aller devant le Sénat (Clinton, 2004, p. 485). La règle dite du « *Don't Ask, Don't Tell, Don't Pursue* » fut adoptée comme un compromis : gays et lesbiennes pourraient dorénavant servir dans l'armée, mais à condition de garder pour eux-mêmes leur orientation sexuelle. Le Congrès a pensé pouvoir ainsi concilier deux principes en apparence contradictoires : les droits civils et l'efficacité militaire. Mais ce choix reste fragile : alors que les chefs militaires continuent de craindre pour la cohésion du groupe et que beaucoup d'officiers n'hésitent pas à renvoyer des subordonnés suspectés d'homosexualité, les appels à une intégration pure et simple restent puissants, d'autant plus que des études ont démontré que la fin de la ségrégation contre les Noirs, puis contre les femmes, n'avait pas affaibli l'esprit de corps (Kier 1998, Belkin et Embser-Herbert, 2002). Il n'empêche que le candidat Gore qui, en 2000, avait osé à nouveau proposer une levée de l'interdiction, a dû faire machine arrière face à une nouvelle levée de boucliers.

« Scandales, suicides et sifflets » : telle est l'image par laquelle Bacevich (1997) résumait la situation de Clinton auprès des militaires et, selon lui, qui reflétait en profondeur « la difficulté que rencontre l'Amérique à concilier son identité de démocratie post-moderne avec ses responsabilités assumées de puissance hégémonique globale ». La défense ayant été remplacée *de facto* par un programme de « projection de puissance » planétaire, les militaires se retrouvaient confrontés à un programme sans fin prévisible (Barnett), sans cible connue d'avance, avec des charges inattendues hier dévolues aux diplomates ou aux humanitaires et que, de surcroît, les politiques ne pouvaient explicitement avouer, mais que les militaires devaient intérioriser. Une telle contradiction était d'autant plus génératrice de tensions que le contraste entre une société civile multiculturelle et moralement laxiste et une société militaire fondée sur la hiérarchie et l'esprit de corps n'avait jamais été aussi net. « La fin du service national en 1973 a aggravé le fossé et les militaires sont aujourd'hui non seulement plus nettement coupés de la société civile, ils y sont largement hostiles ; voilà des militaires qui n'aiment pas la société qu'ils sont censés défendre, et une administration Clinton qui essaie gauchement et sans succès de faire du *culture cracking* en tentant de combattre la forte propension des militaires à l'autonomisme » (Bacevich, *idem*).

C'est pourquoi il serait superficiel de ramener les difficiles relations de Clinton avec les militaires seulement ou même principalement au fait qu'il avait réussi à éviter de servir au Viêt-nam : son successeur, de même qu'une large majorité des enfants de l'élite avaient fait de même, tant et si bien que les partisans de Bush junior (dont le CV, en la matière, est pour le moins embarrassant) en vinrent à utiliser le Viêt-nam contre John Kerry, candidat qui, lui, y a courageusement combattu, pour jeter le doute sur son comportement sur le terrain ! Une preuve en est le récit des dizaines et dizaines de rencontres que Bush a eues avec les militaires (Baker, 2003), bien plus qu'aucun autre président avant lui, et qui donnent froid dans le dos par leur démagogie militariste et le climat machiste qui s'en dégage. Un tel climat fait pousser des cris d'admiration guerrière aux partisans de l'empire (Kaplan, 2003), alors que les sondages indiquent que la confiance des Américains dans leur armée est graduellement remontée depuis le Viêt-nam pour dépasser, et de loin, celle qu'ils placent dans leurs dirigeants politiques ou même dans leurs Églises.

Mais de quelle armée s'agit-il ? Alors que les sociologues militaires avaient observé une nette réticence du corps des officiers à s'engager sur le terrain politique, une enquête (Ricks, 1997) révélait le glissement d'une écrasante majorité de jeunes cadres vers les idées de l'extrême droite républiciaine. Une seconde (Holsti, 1998-99) a confirmé ce glissement : entre 1976 et 1996, la proportion des officiers se présentant comme républicains a doublé (de 33 à 67 %), alors que ceux qui se disaient démocrates représentaient à peine 7 % à la fin de la période. Le taux de ceux qui se disaient

« conservateurs » est passé de 61 à 73 % (contre à peine 3 % qui se disaient « libéraux »), alors que, dans la société civile, la part des cadres qui se disaient libéraux avait au contraire remonté, passant de 30 à 36 % pendant la même période. La conclusion est évidente : « La disparition des convictions libérales parmi les officiers au cours de ces deux décennies est proprement dramatique, tout autant que l'approfondissement du fossé qui sépare civils et militaires dans le pays. » La tendance est encore plus nette chez les officiers les plus jeunes qui, en 1996, se disaient républicains à 96 %. Les indications disponibles sur le vote militaire en 2000 et de nouveau en 2004 confirment très largement cette orientation.

Le contraste civils/militaires ayant été ainsi marqué par la disparition accélérée de responsables politiques instruits de la chose militaire ou qui avaient personnellement participé à des guerres, autant que par le traitement de plus en plus marqué des militaires par les politiques comme un groupe d'intérêt à ménager ou à craindre, on comprend que la militarisation de la politique étrangère ne désigne pas uniquement l'instrumentalisation des armes pour atteindre des objectifs politiques, mais aussi son pendant : un rôle croissant des militaires dans la formulation de la *grand strategy* et jusque dans la mise en œuvre de la politique étrangère.

L'adéquation de ce glissement avec un projet néo-impérial est telle que les commandants des grandes « zones » du monde sont devenus de véritables vice-rois d'empire, d'autant plus qu'ils disposent d'importants moyens financiers et qu'ils échappent à la surveillance effective du Congrès. Tel est en particulier le cas de ceux qui dirigent le « Central Command » auquel sont rattachés les foyers les plus actifs comme l'Afghanistan, l'Irak ou le Golfe. Le général Zinni, qui a occupé ce poste, n'hésite pas, dans ses Mémoires, à se comparer à un proconsul de l'Empire romain. Tommy Franks, qui l'a suivi et qui a dirigé l'attaque contre l'Irak, parle dans les siens d'un rôle similaire, ne se privant pas de faire état des liens personnels qu'il a tissés avec les chefs d'État du vaste domaine dont il avait la charge, et à exprimer son mépris pour les civils du Pentagone à qui il reproche une ignorance crasse du terrain. John Abizaid, qui occupe ce poste depuis 2003, n'est guère différent et j'ai pu personnellement observer de quel accès privilégié (souvent très supérieur à celui des ambassadeurs) ces proconsuls en uniforme jouissaient dans les capitales de la région où ils se sont arrogés pour une large part l'image de représentants légitimes et vraiment plénipotentiaires de l'Amérique dans sa phase ouvertement impériale, et où ils sont de plus en plus traités par le protocole comme supérieurs aux chefs des postes diplomatiques. En Irak même, « c'est le CPA [l'administrateur civil] qui contrôlait les ressources, mais ce sont les commandants sur le terrain qui, en contact avec les Irakiens, connaissaient leurs besoins et finançaient de leurs fonds discrétionnaires ces besoins » (*Iraq at the turn*, 2004). À travers l'Irak occupé, à partir d'avril 2003, j'ai pu en effet constater que les généraux qui commandaient les différentes places avaient repris à leur compte ce rôle au niveau local, s'inquiétant de la présence des denrées sur les marchés à la veille du Ramadan et subventionnant éventuellement leurs achats, nommant et évinçant les maires, désignant les notables dignes de faire partie de l'assemblée provisoire, négociant avec les chefs de tribu, bref gouvernant leur domaine d'une manière qui n'aurait probablement guère surpris Rudyard Kipling et qui ne lui aurait sans doute pas déplu.

On le voit donc, sur le terrain pas plus qu'à Washington même le contrôle des politiques sur la machine militaire n'est évident, et Rumsfeld lui-même, en devenant secrétaire à la Défense, a dû reconnaître que « le poste est plus qu'ambigu, le contrôle des civils étant très superficiel » (Woodward, 2004, p. 17). Sur la conduite des opérations (cf., entre autres, Hersh, p. 170 *sq.*), sur les effectifs nécessaires pour gagner, sur l'urgence de la « transformation », sur les doublonnages entre les armes, sur le rôle des Special Operations Forces qu'il souhaitait privilégier, et même à propos du genre de nouvelles acquisitions auxquelles il conviendrait d'accorder la priorité, Rumsfeld a eu des relations tendues avec ses officiers généraux, même si, depuis le départ de Powell en 1993, le poste de *chairman* a perdu quelque peu de son lustre, alors même que le corps des officiers devenait une entité politique de plus en plus distincte. En revanche, l'osmose quasi complète entre ce corps et la droite républicaine a permis de surmonter maints conflits et conduit Rumsfeld et les civils à défendre avec détermination les exactions inqualifiables des militaires en Irak, se gagnant la reconnaissance de ces derniers. Qui plus est, l'extension constante du rôle du Pentagone aux dépens des autres départements est saluée aussi bien par les civils que par les militaires de l'institution. Snider (2000) rapporte qu'une nette majorité d'officiers considèrent désormais que leur rôle ne saurait être confiné au conseil ou à la planification : ils veulent prendre directement part au processus de décision, sur les objectifs des opérations, sur le genre de forces à engager ou sur les conditions de désengagement.

Qu'en sera-t-il si Rumsfeld, maintenu à son poste envers et contre tous en 2004, poussait encore plus vigoureusement sa stratégie de transformation amorcée en 2003 ? Qu'en sera-t-il surtout si l'Amérique vient à n'être plus gouvernée par la droite républicaine, conservatrice et militariste, qui a les faveurs des militaires ? Bien qu'ils aient d'emblée repoussé cette éventualité comme « impossible, absurde, inconcevable », les mots de « coup d'État » n'en ont pas moins été prononcés par certains. Tommy Franks, qui dirigeait le Centcom pendant la guerre d'Irak, a envisagé ouvertement la prise du pouvoir par les militaires si le pays devait subir une attaque terroriste non conventionnelle (*Cigar aficionado* du 21 novembre 2003). (Si Kennedy avait écouté les chefs militaires lors de la crise de Cuba en 1962, et avait éliminé les missiles soviétiques par une frappe chirurgicale, « il est peu probable qu'aucun de nous serait vivant aujourd'hui » [Meyer, 2001].) Ç'a été aussi le cas du général Francks qui, avant de se rétracter, a envisagé une telle éventualité en cas de nouveau 11 Septembre. La chose est néanmoins d'autant plus hautement improbable que le Pentagone a vu son autorité, son budget et ses tâches croître inexorablement, sans répit et, à ce qu'il semble, sans qu'un terme à cette croissance soit en vue.

Conquête et sous-traitance

Par un paradoxe qui n'est qu'apparent, la militarisation du politique va de pair avec une ample privatisation du militaire. L'*outsourcing* peut aller à des États qui s'engagent et que les États-Unis soutiennent en logistique ou en financements, comme l'Australie au Timor oriental, les paras britanniques ou une force interafricaine au Sierra Leone, ou l'armée nationale elle-même, encadrée par cinq cents marines, comme pour la mise en œuvre du « plan Colombie ». Rumsfeld a clairement annoncé que son projet était bien de sous-traiter l'ensemble des activités militaires non essentielles à des firmes privées, et on a ainsi vu ces « contractuels » travailler en parallèle, en lieu et place ou sur les traces des troupes régulières : protection des installations militaires, protection rapprochée des officiels, interprétation, fourniture de fuel, renseignement, logistique, restauration, formation des troupes autochtones, et même, on l'a vu à Abou Ghraïb, interrogatoire des prisonniers. Les hommes sont sélectionnés d'après d'immenses bases de données concernant des vétérans du Pentagone, de la CIA ou du FBI. Rien mieux que l'*outsourcing* n'illustre la thèse de Michael Lind sur la régression de l'« État intégral » en « État imprésario », distributeur de tâches plutôt que réalisateur en propre, ou du moins en État pré-westphalien où la force militaire était louée par ceux qui offraient leur savoir-faire dans ce qu'il faut bien considérer comme une version à peine atténuée du mercenariat.

Un des arguments souvent cités, probablement à tort, est que cela coûte moins cher. Ce que l'on a vu, au moins en Irak, c'est que ces contractuels privés pouvaient être payés quatre à cinq fois plus cher que les militaires qui auraient fourni le même service, et qu'en Irak même de nombreux militaires américains, attirés par ces salaires élevés, essayaient de changer de statut sur place, mettant fin à leur carrière militaire pour rejoindre les sociétés privées de sécurité. Les rapports du GAO (Government Accounting Office) aux Balkans puis en Afghanistan et en Irak ont d'ailleurs relevé la façon fort peu transparente avec laquelle des contrats juteux étaient accordés « dans le feu de l'action », moyennant des marges de profit très élevées. Le représentant Waxman, de Californie, s'est fait une spécialité de les dénoncer, sans omettre non plus les faveurs accordées à des firmes politiquement proches (le cas de Bechtel et surtout celui de Halliburton ont été souvent cités et à juste titre). On peut aussi se poser la question de savoir si ces firmes naturellement mues par le profit n'ont pas intérêt à ce que les conflits auxquels elles sont associées durent plus que de raison pour continuer à faire de l'argent. Avant (2004) souligne pour sa part les effets négatifs sur l'ordre constitutionnel : le Pentagone est à même d'utiliser ces firmes à des tâches qui ne peuvent tomber sous le pouvoir de censure du Congrès et, fait plus important, pour conférer le bénéfice de la *deniability* à l'action : on sous-traite à une firme privée (qu'on paie) pour une action que l'on peut par la suite assumer (en cas de succès) ou nier (pour ne pas dévoiler ses cartes ou parce que l'opération a échoué) — ainsi du contrat passé avec la firme MPRI qui, financée par le gouvernement américain, rendit possibles les succès de la Croatie durant la guerre de Bosnie (1994-95), permettant ainsi à la diplomatie américaine de lancer le processus de Dayton sans être directement accusée d'ingérence.

Il est évident que cela pose de vraies questions de droit : lorsque, en Irak, il a été décidé que ces contractuels seraient soumis à la loi de leur pays d'origine et non au droit irakien, cela était encore compréhensible pour les firmes américaines qui bénéficiaient ainsi d'un privilège les incitant à prendre des risques, mais *quid* des firmes basées dans des pays dont le gouvernement est hostile à la guerre, voire même — cas de l'Afrique du Sud — à l'activité extérieure de ses ressortissants dans des opérations de mercenariat ? La convention de 1989 a du mercenaire une définition si étriquée qu'il est difficile de l'appliquer à la plupart de ces firmes. Qui plus est, celles-ci ne sont pas soumises à l'Uniform Code Of Military Justice du Pentagone, et ne sont soumises au Military Extraterritorial Jurisdiction Act de 2000 que s'il s'agit de contractuels du gouvernement fédéral. Le résultat est doublement néfaste : s'ils sont arrêtés, les contractuels (comme ce fut le cas en Colombie) ne bénéficient pas du statut de prisonniers de guerre (le gouvernement américain a considéré une vingtaine de ces contractuels arrêtés par les FARC comme des « personnes enlevées ») ; par ailleurs, une société engagée dans des activités répréhensibles dans les Balkans (traite des Blanches) n'a pas été poursuivie — non plus d'ailleurs que le gouvernement américain qui l'avait mise sous contrat (comble de l'absurde : la firme a réussi, elle, à renvoyer les deux employés qui avaient ébruité l'affaire). Juste avant de quitter l'Irak, Paul Bremer a signé le fameux décret n° 17 leur accordant l'immunité après le transfert de souveraineté au gouvernement irakien. Même Iyad Allawi, le Premier ministre coopté par Washington, n'a pas apprécié. Pour CACI, une firme dont au moins deux employés ont été reconnus coupables de sévices à Abou Ghraïb, une solution *ad hoc* (mais bien insuffisante) a été trouvée par référence à une loi qui permet de les poursuivre s'ils ont commis des actes à l'intérieur de zones américaines à l'étranger.

C'est en Irak que le recours aux contractuels autant que le flou de leur statut auront atteint leur apogée : souvent, les mêmes firmes ont travaillé pour le compte du gouvernement d'occupation et pour de grosses entités privées (dont les agences de presse) également menacées par l'insécurité ambiante. Toutes ces firmes (la plupart créées il y a à peine deux ou trois ans) se sont jetées sur ce marché et y ont fait toutes sortes de choses, y compris des attaques armées. Blackwater-USA y assurait la protection rapprochée des officiels américains (dont Paul Bremer) et de nombre de leurs affidés autochtones ; Dyncorp a fait office de police judiciaire (elle s'était déjà montrée très active dans la contre-insurrection colombienne) et assure la protection rapprochée du président Karzaï d'Afghanistan ; MPRI se spécialise dans la formation de forces locales ; Kellogg, Brown & Root (KBR), filiale de Halliburton, est présente dans toute la palette d'activités. Comme le note justement Patrick Keefe (*NYRB*, 12 août 2004), le résultat est que ce sont ces firmes (et non les troupes britanniques) qui constituent en réalité le deuxième contingent, en effectifs, au sein de la Coalition (près de 32 000 hommes en juin 2004, dont au moins 20 000 en armes). Quelques chiffres pour mieux appréhender cette évolution : pendant la guerre du Koweit (1991), il y avait 1 contractuel civil pour 60 militaires réguliers ; en 2003, pour la guerre d'Irak, le ratio était de 1 pour 10, et ce ratio a encore augmenté après le transfert formel de souveraineté, au début juillet 2004, pour atteindre 1 pour 7. Autre exemple : entre 1997 et 2003, le chiffre d'affaires de ces firmes a tout simplement doublé en moyenne chaque année grâce à près de 3 000 contrats que le Pentagone a signés avec elle pendant cette période (Singer, 2005) ! En avril 2004, à Fallouja, une opération de Blackwater a dangereusement affecté la stratégie : partis en mission dans la ville, quatre de ses hommes ont été sauvagement lynchés, suscitant une riposte mal préparée de l'armée régulière pour « sauver l'honneur », opération qui devait naturellement échouer et conduire à livrer la ville aux adversaires de la Coalition aux termes d'un accord fort ambigu obtenu à la va-vite.

Singer rapporte des cas où le paiement de ces firmes a été effectué en diamants. « Une firme militaire privée ressemble davantage à cet autre acteur non étatique qui a récemment fait florès, al-Qaida, qu'à l'armée régulière américaine » (Keefe, 2004). Comme le note Singer (2003), le plus grave dans cette floraison est qu'elle crée une troisième catégorie qui n'est pas celle des « combattants réguliers » cités dans la troisième convention de Genève, ni celle des populations civiles protégées par la quatrième. Ces hommes ne sont ni civils ni militaires, et l'on peut se demander si cette ambiguïté, loin d'obérer la conscience des maîtres du Pentagone, n'est précisément pas ce qui rend ces firmes attrayantes pour lui.

Jamais à court d'originalité, Ed Luttwak avait recommandé ceci dès 1994 face à l'hésitation à intervenir en Bosnie : comme on veut désormais mener des guerres avec zéro mort, et comme le rétablissement de l'ordre a besoin de troupes terrestres, il n'y a que deux façons de faire : ou on sous-loue des Gurkhas (avec des troupes dont l'esprit de corps est renforcé par la même origine ethnique), ou on copie le modèle français de la Légion étrangère (avec des officiers américains dirigeant des troupes d'origine étrangère attirées par la solde et surtout par la perspective de naturalisation), ce qui a été largement le cas en Irak.

Privatiser ? La question reste ouverte. David Shearer (1998) en est un fervent partisan, tout comme Rumsfeld. D'autres se montrent critiques (Singer, Zarate). La PMF (*private military firm*) est la grande nouveauté du XXIe siècle. Quand une de ces firmes est obligée de se dissoudre (telle la sud-africaine Executive Outcomes), elle ne tarde pas à renaître sous un autre nom. Le marché est énorme, lucratif, la demande est d'autant plus forte que la fin de la conscription dans plusieurs pays (comme les États-Unis et la France) et la réduction des effectifs ont mis sur le marché des candidats en grand nombre. Or, comme l'armée américaine se mue en groupe d'intérêt, elle a tout intérêt à soigner ses vétérans : ces firmes sont souvent les bénéficiaires de contrats obtenus par des officiers à la retraite et paraphés par leurs propres successeurs au Pentagone, forme originale de recyclage et de complémentarité.

Mais la sous-traitance a des limites et, face aux tâches immenses que les *failed states* imposent à l'empire épris d'ordre, on ne saurait s'en contenter. La critique de Condoleezza Rice visant l'engagement de Clinton au Kosovo : « Il aurait dû y avoir, en sus de l'action militaire, un plan politique pour assurer le retrait de nos troupes, mais cela a complètement fait défaut à notre action » peut aisément lui être retournée pour l'Irak. Que n'a-t-elle pas relu son propre essai de 2000 quand elle a vu son président arracher au Département d'État, pour la confier au Pentagone, en janvier 2003, la gestion de l'Irak d'après guerre : « Le président doit se rappeler que l'armée est un instrument spécial. Il est meurtrier et il est fait pour l'être. Ce n'est pas une force de police civile. Ce n'est pas un arbitre politique. *Et il n'est absolument pas destiné à construire une société civile*… Utiliser les forces armées américaines comme on appelle police-secours aura pour résultat de dégrader ses capacités et de coincer nos soldats dans des rôles de gardiens de la paix » (c'est nous qui soulignons).

Ce que Bush reprochait à Clinton de faire faire à l'armée en Afrique ou dans les Balkans, il l'aura lui-même fait à une échelle autrement plus vaste en Afghanistan et surtout en Irak où l'administrateur civil (Garner, et surtout Paul Bremer qui rapidement le remplaça) ayant dissous armée et police et évincé des dizaines de milliers de hauts fonctionnaires civils pour cause d'appartenance au parti Ba'as, s'est retrouvé, qui plus est, sur la base solide d'une résolution en bonne et due forme du Conseil de sécurité, exercer, depuis le palais présidentiel de Saddam, des pouvoirs au moins aussi étendus que ceux du président déchu à ses beaux jours. Des milliers de civils ont ainsi été recrutés à la va-vite (les candidats mieux formés pour occuper des postes dans un environnement aussi hostile se faisaient de plus en plus rares) pour venir suppléer une administration nationale irakienne que les décisions américaines avaient paralysée. Parmi cette armée civile improvisée, on pouvait certes rencontrer parfois des « têtes brûlées » qui venaient là pour mettre en œuvre le projet de reconstruction et de démocratisation de leur président ; parfois des experts corrects et dévoués qui faisaient ce qu'ils pouvaient tout en perdant progressivement leur enthousiasme de départ ; des Irakiens de la diaspora, recrutés à la veille de la guerre contre de gros salaires, qui suscitaient envie et hostilité parmi leurs compatriotes ; et une majorité d'employés qui, tout simplement, n'auraient jamais dû être là, tant était grande leur ignorance du pays et même de leur propre mission.

Nous ne fûmes pas les seuls à porter ce diagnostic (la cohorte d'onusiens et d'employés des ONG n'était pas toujours meilleure) ; tel était aussi le sentiment de sénateurs, de représentants, de journalistes américains que leur patriotisme empêchait de prime abord de souligner les errements et l'incompétence de l'administration civile à tous les niveaux, mais dont les langues ont fini par se délier. Une conclusion possible, après ce constat, consistait à dire qu'il ne fallait plus s'engager dans ce type de missions, qu'il fallait, une fois frappé le coup de poing initial, laisser à l'ONU ou aux ONG le soin de s'occuper de l'après-guerre. D'autres répétaient qu'il ne fallait tirer aucune conclusion du cas irakien où « tout aurait bien marché si l'insurrection n'avait pas éclaté ». Un troisième groupe tirait de ce gâchis une leçon plus originale : les militaires, « si efficaces dans les tâches qui sont les leurs », devraient prendre en main directement, et non par le truchement d'une cohorte hétéroclite de civils, des situations de ce type.

L'idée fait peu à peu son chemin. Max Boot, l'éditorialiste néoconservateur, en est persuadé : si « la destinée de l'Amérique est d'être le gendarme du monde » (*Financial Times* du 19 février 2003) elle a urgemment besoin « d'un *Colonial Office* en bonne et due forme » (*FT* du 3 juillet 2003). Thomas Barnett (2004, p. 321*sq.*) pousse plus loin cette recommandation en appelant à une « bifurcation » du Pentagone en deux forces différentes et complémentaires, la première spécialisée dans la guerre violente et *high tech*, l'autre se consacrant à gérer les questions de sécurité *low tech* et les crises post-conflit. Il résout ainsi accessoirement le conflit civil/militaire en composant le premier corps de mâles virils, spartiates et de préférence célibataires, et le second de femmes, de messieurs un peu plus âgés mais expérimentés, ou du moins mieux éduqués, et — pourquoi pas ? — d'étrangers, notamment de ces Européens devenus si peu belliqueux, ou de ces alliés du tiers monde qui se feraient ainsi un peu d'argent (ceux que Luttwak voulait transformer en Gurkhas, Barnett les réserve pour les situations post-conflit). Barnett souhaite voir « créer un département de reconstruction au sein du Pentagone, la plupart des problèmes en Irak n'étant pas causés par le contrôle que le Pentagone y exerce mais par la guéguerre entre départements pour ce contrôle ». Même à des tâches normalement confiées aux civils les militaires seraient plus efficaces, plus prompts à revoir leur approche, à innover et à recruter des experts (éventuellement civils) pour travailler sous leurs ordres, propose un lecteur de l'*Atlantic* (juin 2004). Des variantes moins grandioses, apparemment au stade de l'ébauche, instaureraient un département de Gestion des crises pour ce genre de missions, dirigé par un officier général, et qui comprendrait plusieurs dizaines de milliers de permanents.

Il s'agirait là évidemment d'une expansion sans précédent du Pentagone, une généralisation et une institutionnalisation durable de la décision prise en janvier 2003 de confier la gestion de l'Irak d'après guerre au Pentagone plutôt qu'au Département d'État. Kevin Baker (2003) a-t-il tort de conclure de tout cela que « nous remplaçons à peu près tout par des solutions militaires : les alliances internationales, la diplomatie, les services de renseignement, les institutions démocratiques et même… la sécurité nationale » ?

La domestication du renseignement

C'est bien ce sentiment-là que les gens du renseignement paraissent nourrir : celui de leur marginalisation par le Pentagone, hissé au rang d'un quasi-État dans l'État, orientation qui paraît confirmée par les décisions présidentielles de la fin 2004 poussant un nombre impressionnant de cadres de la CIA à démissionner en chaîne cependant que c'était un parlementaire issu du parti présidentiel (lequel y avait certes travaillé) qui était nommé à la tête de la Centrale, signe supplémentaire de sa politisation. Quand on dispose de moyens de frappe aussi fabuleux, on peut prendre tous les risques. L'infatuation liée à ces capacités militaires est l'une des causes (certainement pas la seule, mais l'une des principales) de la désinvolture avec laquelle la recherche de la vérité est poursuivie. À quoi bon prêter l'oreille aux sceptiques ? À quoi bon s'attarder sur les milliers de pages produites tous les jours par les innombrables services de renseignement ? À quoi bon tolérer les *second opinions* ? Quand on sait ce que l'on veut et qu'on a les moyens de le réaliser, on ne fait pas montre de beaucoup de prudence, surtout si l'inspiration du passage à l'action vient du Très-Haut, ou qu'on est aveuglé par sa propre idéologie, ou, surtout, si l'on est enclin non seulement à jouir du déploiement de ses propres forces, mais aussi à les donner en spectacle pour l'édification du monde entier.

Il est bien difficile, pour un étranger au domaine, de parler du renseignement. Mais la crise qui l'a frappé au lendemain de l'attaque surprise du 11 septembre 2001 et les difficultés rencontrées ultérieurement par les États-Unis dans l'après-guerre afghane et surtout irakienne l'ont évidemment mis sur la place publique. Les Américains étaient soucieux de savoir pourquoi les près de 30 milliards de dollars consacrés annuellement au renseignement n'avaient pas permis de prévoir ce qui leur arrivait ; le Congrès ne pouvait rester insensible à cette soif de savoir ; les médias ne pouvaient que se faire l'écho de la frustration générale ; les *old hands* ne pouvaient rester silencieux, alors que les institutions dans lesquelles ils avaient passé le plus clair de leurs carrières étaient soumises à la vindicte populaire ; et l'exécutif, en dépit de ses réticences prévisibles à répondre aux questions du public, ne pouvait que livrer à son tour des amorces de réponse. Bush n'entendait pas témoigner ni même laisser certains de ses adjoints le faire devant la commission d'enquête formée par les deux Chambres, ou alors pas en public ; lorsque la pression fut telle qu'il ne put continuer à refuser la création d'une commission d'enquête et de proposition, il prit soin de faire en sorte que son rapport ne soit remis qu'après l'élection de 2004, tout en montrant au patron de la CIA la porte de sortie (mais en lui accordant une décoration éminente). Les deux rapports (National Commission 2004 et 2005) seront une mine d'informations sur l'échec du renseignement américain face au 11 Septembre (le premier) et aux AMD (le second), mais ils éviteront également de souligner l'irresponsabilité des politiques en ce domaine.

Sur ce terrain, un observateur extérieur se doit bien sûr de rester prudent : des informations cruciales ne tomberont peut-être jamais dans le domaine public ; la désinformation ou l'information partielle ou partiale est de règle. D'autre part, il ne faut pas se laisser avoir par la nouveauté : bon nombre de problèmes posés par les événements des premières années du XXIe siècle alimentaient déjà les discussions lors de crises antérieures. L'acuité de la réaction a cette fois été suscitée par l'énormité de la surprise, mais lorsque les appels à la réforme ont commencé d'affluer, beaucoup se sont contentés d'extraire de vieilles recettes entassées dans leurs tiroirs et qui avaient déjà été proposées lors de la guerre de Corée ou de la crise de Cuba, les professionnels répétant à l'envi, sans être toujours écoutés ni par l'exécutif (subitement en mal d'informations crédibles) ni par l'opinion (habituée à croire qu'en Amérique il n'y a guère de problème qui ne puisse trouver sa solution), qu'aux questions de renseignement il n'y a pas de solution magique. Richard Betts (2002) écrivait que les nouvelles étaient bien pires qu'on ne le pensait, car, sur le terrorisme, les services avaient beaucoup mieux travaillé que ce qu'on voulait bien penser, mais qu'il y avait des limites naturelles à leur faculté de prédiction, un discours que l'Américain moyen était fort peu disposé à entendre. Dans le débat ainsi ouvert, l'observateur extérieur doit enfin se rappeler à tout moment que les positions et propositions visent aussi à se défendre en bottant en touche : dans ce domaine comme en tout autre, le succès a de multiples pères et l'échec est orphelin.

Les mêmes complaintes sur l'inefficacité, le style académique, la vision cosmopolite, etc., de la CIA avaient été exprimées dès l'avènement de Reagan en 1981, trouve-t-on dans Ranelagh, l'auteur d'une histoire de la CIA largement respectée. Attaquée ainsi sur sa droite, la CIA l'aura aussi été sur sa gauche : le livre de Marchetti et Marks ouvrait au même moment les yeux de nombreux Américains sur la nature exacte de nombre d'activités conduites par la CIA. « Peu de livres infléchissent les attitudes nationales, or ce dernier l'a fait », souligne Anthony Lewis dans sa préface, en informant l'intelligentsia que l'agence de Langley ne faisait pas que collecter du renseignement, que ses mains étaient fort sales et, semble-t-il, à sa grande surprise, que son orientation politique était bien ancrée à droite : « Nous pensions naïvement que l'agence était mieux informée que le Département d'État ou celui de la Défense, et qu'elle penchait plutôt du côté libéral. » L'élection de Reagan fut accueillie par les services « telle la libération de Paris », rappelle Woodward (1987, qui consacre à cette période celui qui est peut-être le mieux informé et le plus élaboré de sa vingtaine d'ouvrages), et ce, pour de bonnes raisons : pendant sept années consécutives, sous le règne de Bill Casey, l'agence aura joué un rôle capital dans une kyrielle de guerres secrètes contre l'URSS de par le monde, et aura été, en l'absence de recours aux forces armées américaines, l'« arrière-cuisine » par excellence d'où les hommes de Reagan auront conduit ces guerres par le biais de mouvements armés affidés, grâce à l'argent versé par les Saoudiens et autre pétromonarchies, débouchant sur des succès réels et sur d'énormes scandales (dont le fameux Irangate).

Lorsque l'URSS implose, le monde du renseignement, formé par près d'un demi-siècle de guerre froide, perd son objet favori, quasi obsessionnel, et l'âge d'or de Casey touche à sa fin. Les « analystes » tentent gauchement de se recycler, qui dans la géo-économie, qui dans l'environnement, qui à Wall Street. Si les congressmen de comtés industrialisés défendent l'industrie militaire contre les prévisibles coupes sombres, il n'y a pas d'intérêts constitués pour défendre le renseignement : Bush senior, qui à un moment donné dirigea l'agence, s'en éloigne pour se prémunir contre les retombées scabreuses de l'ère Casey. Clinton ne trouve pas le temps de rencontrer James Woolsey, le directeur de la CIA. Richard Betts, un des consultants les mieux établis, se pose la question de savoir si les études en matière de sécurité sont encore utiles, et le budget des services est pour la première fois révélé, apparemment par inadvertance, et publié avec un mélange de surprise et d'indifférence par le *New York Times* du 5 novembre 1994.

Certains vont alors encore plus loin dans la désaffection. Roger Hilsman, un des pionniers de la CIA, pose la question taboue : maintenant que l'URSS n'est plus, ne faut-il pas mettre tout simplement fin à son existence ? Ses arguments sont de poids : les États-Unis ont bien gagné la Première Guerre mondiale en refusant de créer leurs propres services et en se contentant du renseignement fourni par leurs alliés européens ; le président Truman qui, par le National Security Act de 1947, avait créé la *Company*, en était devenu un des critiques les plus acerbes à la fin de sa vie ; l'adversaire principal, le KGB, n'est plus que l'ombre de lui-même ; enfin, l'argent qui lui est consacré pourrait être mieux utilisé ailleurs. Conclusion : les États-Unis n'ont plus besoin d'un service d'espionnage, d'autant qu'il n'a pu servir que très marginalement la politique effectivement suivie en diplomatie comme en défense. Feu l'espionnage, donc, mais *quid* de la *covert action*, ces agissements menés à l'étranger, qui ne sont pas vraiment secrets mais sont *déniables* ? Le jugement est encore plus carré : ce sont des activités dont les États-Unis non seulement n'ont plus besoin, mais qu'ils n'auraient jamais dû entreprendre. Les seuls agents de la CIA qui seraient « sauvés » de cette hécatombe sont les quelques dizaines (au mieux centaines) qui assurent la liaison avec les « services » des gouvernements étrangers, car, de toute manière, « l'information dont le gouvernement américain dépend émane principalement de sources publiques, de câbles diplomatiques et de la presse, alors qu'une infime partie provient de l'espionnage ou de la *covert action* ». Alors, une puissance aveugle ? Non, il faut maintenir la National Security Agency qui, en principe, n'existe pas, mais dont tout le monde fait l'éloge parce qu'elle casse les codes des autres pays, organise les écoutes et exploite les images satellites, toutes activités fort utiles. Et il faut maintenir la CIA pour la recherche et l'analyse, mais à condition de lui transférer tout le travail en ce domaine, aujourd'hui dispersé parmi plus d'une douzaine de départements.

Sous Bush junior, ce ne sont pas ces appels à en revenir à une virginité première qui seront entendus, mais d'autres appelant non à la fin du renseignement tel que généré par les années de guerre froide, mais à un autre type de renseignement, largement informé par le politique. Si les néoconservateurs lancent en effet une campagne virulente contre la CIA, c'est non pas parce qu'elle est devenue obsolète, mais parce qu'elle est incapable de remplir sa mission : « une mentalité de sciences sociales [...] une croyance en la rationalité des acteurs, une incapacité à prévoir les événements les plus marquants [...] il suffirait de lire Bernard Lewis ou Samuel Huntington, et on en saurait bien plus sur l'islam » — voilà la tirade de David Brooks dans *The Atlantic* (janv.-fév. 2003) à la veille de la guerre d'Irak. Arrivés au pouvoir avec Bush, les néoconservateurs ont hâte d'établir des officines parallèles, logées au Pentagone désormais sous leur contrôle, qui prétendent mieux analyser le renseignement mais finissent par causer des ravages dévastateurs. Tel est le cas du fameux « Office of Special Plans » dont les productions, reposant sur des informations ambiguës ou insuffisamment fondées, étaient présentées au président comme équivalentes à ce qui lui était fourni par la CIA. Celle-ci est traitée avec une telle désinvolture qu'une source de la Maison-Blanche a été jusqu'à dévoiler l'identité d'un important agent secret de la CIA pour punir son mari qui, chargé d'enquêter sur une vente prétendue d'uranium du Niger à l'Irak, avait contredit le président et l'officine qui l'en avait à tort convaincu.

Il est désormais courant de parler de « crise » du renseignement, et les employés des « services » ne sont pas moins sévères avec eux-mêmes que ceux qui les observent de l'extérieur. À la tête de la commission d'enquête, le sénateur Graham a dit que « les attaques de Septembre n'ont pas seulement emporté 3 000 vies innocentes ; elles ont aussi mis au jour des trous béants dans notre système de renseignement », et a décrit « un univers déconcertant de fautes, d'erreurs d'appréciation, de mauvais remèdes, d'occasions manquées, le tout causé par des cultures bureaucratiques en lutte l'une avec l'autre, par l'incompétence, la négligence, le manque d'imagination et, plus grave que tout, un manque de leadership aux plus hauts niveaux du gouvernement ». Le sénateur démocrate n'en veut pas seulement aux services mêmes dont il souligne graphiquement les carences (en analysant douze occasions où les terroristes du 11 Septembre auraient pu être démasqués et ne l'ont pas été du fait des défauts précités), mais aussi à un président qui n'a prêté aucune attention réelle au problème et ne s'est dépensé que pour empêcher la commission d'enquête de fonctionner convenablement. Plus exactement, le président a laissé la bataille inachevée pour se lancer dans son aventure irakienne qui seule présentait de l'intérêt à ses yeux, et il a en particulier déplacé dès janvier 2002 les drones Predator d'Afghanistan (d'où les combattants d'al-Qaida ont été soulagés de les voir partir pour parachever leur redéploiement) en Irak. Seymour Hersh (2004, p. 73 à 120) passe en revue les faiblesses des services de renseignement après le 11 Septembre et on retrouve chez lui les mêmes appréciations que chez le sénateur Graham.

Un moment président du National Intelligence Council, Joe Nye a essayé (1994) de défendre les services en rappelant qu'il est dans leur nature que leurs succès restent largement méconnus alors que leurs échecs les exposent à la vindicte des médias et du public. Soit. Mais les témoignages de l'intérieur ne sont guère plus encourageants : ceux de Bob Baer (2002, 2003), par exemple, qui rapporte en détail les échecs à répétition en Irak dans les années 1990, et en Arabie Saoudite où les interférences des politiques empêchaient les services de faire leur travail. Si Baer n'est pas tendre pour ses supérieurs et leur lâcheté face aux injonctions des politiques, « Anonymous » se montre encore plus critique : « Pour masquer les menaces qu'ils ne veulent pas affronter, maintenir une coopération de façade entre les services, dissimuler l'incompétence de certaines agences, éviter des débats nationaux sur des questions sensibles comme Israël, la religion ou le double jeu saoudien, et surtout pour éviter des risques pour leur carrière, plusieurs dirigeants des services de renseignement américains ont tout fait pour que ceux qui avaient bien lu la menace de Ben Laden soient renvoyés à des cours de langue ou exclus des réunions où une présentation honnête des faits aurait été possible. »

Mais que faire ? Faut-il unifier les services ? À cette question, la réponse rationnelle serait plutôt positive, surtout après les énormes couacs de la communication interdépartementale survenus à la veille du 11 septembre 2001. Et c'est là que la toute-puissance des militaires se fait le plus lourdement sentir. Car la plus grosse part du budget du renseignement (80 % du total en 2004) revient au Pentagone qui non seulement dispose de son propre service (la DIA), mais qui a laissé chacun de ses sous-départements développer le sien propre. Il ne faut pas s'attendre à voir ces subdivisions accepter de dépendre de services qui ne sont pas placés sous leur contrôle pour l'exécution de leurs tâches, et les politiciens n'y pourront mais. Inutile d'essayer, avertit Betts (2004) : si ces services étaient liquidés, ils réapparaîtraient bientôt sous un autre nom, et c'est à cet effet que la DIA avait d'ailleurs été créée dans les années 1960, mais, au lieu de remplacer ces multiples services, elle a fini par se surajouter à eux, créant encore un peu plus de redondance. Les départements de l'Énergie, du Trésor et du Commerce ont eux aussi leurs propres services, sans compter le Département d'État qui dispose de l'INR qu'à de multiples reprises on a songé à faire fusionner avec la CIA, mais en vain. L'INR ne dispose que de 305 analystes, à rapporter aux 1 500 de la CIA et aux quelque 3 000 de la DIA, mais bénéficie d'une meilleure réputation (une expertise plus constante et un meilleur diagnostic) tout en pâtissant du mépris dont est victime le Département d'État (*The Washington Post*, 3 mai 2004).

Davantage d'argent ? Cela ne résoudrait rien, répond Betts (2002) (qui avait servi le consultant à la commission Church, créée il y a une trentaine d'années pour étudier ce secteur après quelques fiascos survenus à l'époque), pas plus qu'une énième réorganisation bureaucratique ; il y faut « des hommes dotés de bon sens, d'un bon caractère et de bonnes habitudes mentales ». Où les trouver est un autre problème. Mais, avec Bush et les néoconservateurs, la vraie question est de savoir comment les inciter à faire leur travail, tant est délicate la relation entre les producteurs du renseignement (les services) et ses consommateurs (l'exécutif). Le patron de la CIA avait traditionnellement une double casquette : il dirigeait la principale agence d'espionnage et d'analyse, mais était aussi le coordinateur, pour le Conseil national de sécurité, de l'ensemble du renseignement. Un des premiers dirigeants de la CIA (Sherman Kent) avait voulu privilégier cette seconde fonction jusqu'à interdire à la CIA d'être elle-même opérationnellement engagée dans la collecte et l'analyse. Mais c'est l'inverse qui s'est produit au gré d'une logique bureaucratique prévisible : le premier rôle l'a emporté, et la coordination a été mineure, sauf pour la production du fameux PDB (President's Daily Brief), tandis que les présidents successifs n'ont pas accordé au second de ces rôles une attention telle qu'ils auraient fait du directeur de la CIA un de leurs conseillers les plus écoutés ou les plus proches. On reprochera à George Tenet, nommé par Clinton, d'avoir tant voulu se rapprocher de son successeur qu'il en est devenu « *one of the boys* ». Anne Armstrong (1989), qui conseilla Reagan et Bush père sur la question, défend la confusion des deux rôles du patron de la CIA et, au risque de voir l'exécutif ne choisir que ce qui l'arrange, et le renseignement n'offrir que ce qui ne dérange pas, elle souhaite voir préserver une relation forte entre l'exécutif et la CIA. Robert Gates (1989), qui dirigea longtemps la *Company*, est du même avis : il souhaite voir les services rivaliser directement avec les amis, parents et contacts personnels du président pour accaparer son attention ; il souhaite voir le patron des services faire montre de plus d'activisme et d'agressivité envers le président, pour conclure à un plus grand besoin d'intimité : « Contrairement à ceux qui craignent une relation trop étroite entre les décideurs et les services, je pense qu'elle ne l'est pas assez. » Il en appelle à une interaction quotidienne.

L'école de Sherman Kent, obsédée par la non-ingérence des politiques dans le monde du renseignement et inspirée par le modèle britannique, est aujourd'hui plus que jamais sur la défensive, au nom d'une plus grande intimité avec l'exécutif et d'une politique du renseignement plus opportuniste, plus liée aux choix du moment, telle que défendue par Willmoore Kendall (1949), Armstrong (1989) ou Godson (1989). Avec l'arrivée au pouvoir de Bush junior en 2001, l'insertion de Tenet dans la prise de décisions quotidienne, la désignation d'un politique pour le remplacer, et, surtout, la mise en place d'officines parallèles au sein du Pentagone, ce n'est pas au triomphe de la deuxième école que l'on assiste, mais à son adoption quasi caricaturale : non seulement le renseignement est soumis au politique, mais il en est tout à la fois comme le serf, le faire-valoir, le prétexte et l'avocat.

Mais le problème n'est pas tant le mauvais usage de l'information par les dirigeants que son non-usage (Betts, 2004) : l'INR avait toujours été sceptique sur la possibilité de gagner la guerre du Viêt-nam et avait recommandé très tôt de s'en dégager, mais personne ne l'écouta. Contre ceux qui répétaient que le pays manquait d'experts sur l'Afghanistan à la veille de la guerre, Anonymous (p. 28) affirma que c'était faux, mais que personne ne voulait écouter les experts. Un leadership politique concerné, vigilant, respectueux de l'indépendance d'opinion de ses subordonnés, devient d'autant plus indispensable que le 11 Septembre a posé un problème d'une tout autre nature : l'espionnage que conduit généralement le Department of Operations de la CIA ne peut fonctionner qu'à l'étranger, alors que la menace d'origine étrangère peut dorénavant venir de l'intérieur où les lois américaines sont fortement encadrées par le respect de la vie privée et des libertés, et où le FBI est en principe le seul maître (voir le témoignage d'un « ancien » sur le dysfonctionnement parfois kafkaïen du système dans C. Whitcomb, *The New York Times*, 14 mai 2004). Procéder aux ajustements nécessaires pour combler ce fossé géographique entre départements et les obliger à travailler ensemble revient à souligner encore plus la nécessité d'un leadership politique déterminé. La commission d'enquête sur le 11 Septembre a relevé le manque de coordination entre les différentes agences. Mais le problème n'était pas d'ordre technique ou bureaucratique, car, comme le note Wechsler (2002), il faudrait que l'Amérique puisse marier, face au terrorisme, ses agences de *law enforcement* (entièrement tournées vers l'intérieur) et celles concernant la sécurité nationale (qui s'occupent de l'extérieur), en ne se contentant pas, comme Clinton le fit en 1995, de considérer la criminalité internationale comme une menace pour la sécurité nationale. Cela aussi exige une direction politique au plus haut niveau que les observateurs, quasiment unanimes, disent ne pas trouver chez Bush.

« Sur l'URSS, la CIA avait été myope ; sur l'Irak, elle aura été victime d'hallucinations », écrit *The Economist* du 17 juillet 2004 — sans compter la très mauvaise surprise du 11 septembre 2001. Au moment où ces lignes sont écrites, il est encore trop tôt pour juger si la réforme, largement légitimée par ce constat d'échec et d'incompétence généralisés, va aller dans le sens d'une réinvention de services autonomes et efficaces ou, au contraire, vers la transformation de ces services en appendices de la Maison-Blanche et du Pentagone. Pour les partisans de services indépendants et apolitiques, les changements en cours ne paraissent guère de bon augure. Le Pentagone, un moment menacé de voir apparaître un super-patron des services de renseignement, a réussi à garder sous son contrôle l'essentiel du budget consacré à ce domaine, et S. Hersh (*The New Yorker* 17 janvier 2005), citant de nombreuses sources, parle en fait d'une « véritable émasculation de la CIA ». Celle-ci aurait également perdu le contrôle des activités paramilitaires secrètes à l'étranger, toujours au profit du Pentagone qui aura ainsi mis la main non seulement sur la puissance militaire proprement dite, mais également sur la plus grande partie du renseignement, et même de la diplomatie. John Negroponte, que Bush désigne début 2005 comme « tsar » de tous les services de renseignement n'aura pas la tâche facile avec un Pentagone aussi sûr de son influence et de sa prééminence.

Déclin de la diplomatie

Si l'emprise du militaire déstabilise le renseignement, elle marginalise la diplomatie. James Schlesinger (1994), ancien secrétaire à la Défense, est formel : « Le congrès de Vienne fut peut-être le dernier moment de la grande diplomatie classique », et, depuis lors, nous assistons au déclin de la diplomatie en tant que profession autonome. Elle aurait été doublement frappée : la démocratie l'a confisquée au petit nombre de professionnels pour la rendre vulnérable à l'opinion publique qui, pour son plus grand dam, y a introduit émotions et passions, cependant que la technologie moderne permet un contact si facile entre dirigeants que leurs représentants sur place sont de plus en plus circonvenus, voir totalement ignorés. Conclusion : si la guerre froide n'est pas devenue « chaude », c'est à la bombe atomique que nous le devons, et c'est à elle qu'il aurait fallu accorder le prix Nobel de la paix. Kissinger lui-même (2002), pourtant élève de Metternich et grand prêtre en la matière, se sera posé la question de savoir si les États-Unis avaient encore besoin d'une politique étrangère (sa réponse a naturellement été positive).

Le contraste est assez frappant avec un passé récent « où les plus grands esprits et les politiciens les plus puissants étaient prêts à assumer la charge du Département d'État. Seule la Présidence se situait au-dessus de ce poste en termes de primauté, de pouvoir et de visibilité politique » (Mead,

1994-95). De fait, six des neuf premiers présidents de l'Union furent secrétaires d'État et sept avaient été ambassadeurs à l'étranger. Sept des quinze présidents avant Lincoln avaient été ambassadeurs à Londres et/ou à Paris, cependant que les plus hautes figures du milieu intellectuel ou de la finance n'hésitaient pas à rejoindre le corps diplomatique ou consulaire. Cette tradition est restée vive jusqu'à tout récemment : Schwarz (1994-95), parlant de Bush père, écrit qu'il était « un véritable héros de la guerre qui donna naissance à l'*American Century*. Ses adversaires ricanaient en lisant un CV policé fait de postes politiques presque tous obtenus par cooptation. Ils n'ont pas compris que pour Bush et sa classe d'âge, ceux-ci étaient les seuls postes politiques dignes d'être occupés, et que la politique étrangère était la seule politique digne d'être faite ».

Mead en vient même à vouloir démontrer que, loin de compter sur sa seule force militaire ou économique, l'Amérique s'est hissée à son rang actuel par la force d'une brillante diplomatie qui dépassait en efficacité, et de loin, celle de tous les autres pays, comme la britannique, marquée par « un pattern d'échec, de déclin ou d'incohérence », la française, qui « compte de rares succès mais nombre de défaites et de victoires à la Pyrrhus », ou l'allemande « qui n'a conduit qu'à des désastres ». Le jugement peut être discuté, mais pas la nostalgie d'une époque où une fraction qu'on peut dire bénévole de l'establishment s'engagea dans la fabrication du monde d'après guerre — époque bien rendue par la trajectoire des six personnalités qui élaborèrent la doctrine de l'endiguement : Averell Harriman, qui voyageait à bord de son jet personnel, John McCloy, qui battit le record du nombre de postes officiels à lui proposés et par lui refusés, Dean Acheson qui inspirera Bill Clinton ou encore Charles Bohlen, Robert Lovett ou George Kennan. Une histoire élitiste à souhait, avec son lot de fascination pour les bonnes manières européennes, de désintérêt total pour le tiers monde, de relents de racisme, et d'irritation constante face à la volonté du Congrès de s'immiscer dans la politique étrangère. Ces hommes éduqués à Yale et enrichis à Wall Street ont fini leurs jours en regrettant l'émergence d'une nouvelle élite « éprise de polémique, pratiquant les fuites, intéressée, divisée en factions rivales, alors que la tradition édifiée contre vents et marées par une élite non partisane et déterminée a[vait] pratiquement disparu » (Isaacson et Thomas, p. 736).

Si cinq des six membres de cette fraternité ne sont plus, Kennan est resté en vie pour clamer fort cette déception. On lui reprocha certes (Seabury et Glynn) d'avoir fait du diplomate un maître d'œuvre tel qu'il devait à ses yeux s'imposer au soldat et même au stratège, et lui-même semble trop privilégier la forme pour qu'on ne l'accuse pas d'être un élitiste dédaigneux des basses classes. Mais, à 93 ans, il a encore trouvé la force (Kennan, 1997) de se demander comment son pays pouvait conduire « une diplomatie sans diplomates », et de citer les travers d'un service fort de 8 000 hommes auquel l'accès est hasardeux, où l'affiliation politique a détruit l'esprit non partisan, où le diplomate doit servir mille centres de pouvoir concurrents — Congrès, groupes d'intérêt, etc. —, où toutes sortes de départements ont leur propre représentation au sein des ambassades (30 % seulement y sont des diplomates), et où le nivellement par le bas fait rage. L'observation la plus intéressante de Kennan est que le Département d'État est celui qui bénéficie de la base d'appui la plus faible à Washington, ce qui le rend on ne peut plus démuni face aux autres départements, bien plus soutenus dans la capitale fédérale.

C'est peut-être là le prix de la démocratisation, et, dans ce cas, il conviendrait de s'en féliciter : après huit ans au Département d'État, Elliott Abrams (1989) se réjouit de l'avoir trouvé « peuplé d'Américains réels, venus d'endroits comme l'Iowa ou le Colorado. La vieille domination de l'Ivy League et de la côte Est est simplement finie ». Mais rien n'y fait :

lui-même constate qu'en dépit de ses nombreuses erreurs, la réputation du Pentagone n'a pas fléchi, et qu'en dépit de bonnes performances celle du Département d'État ne s'est pas améliorée. Si ce n'est pas l'élitisme, ni l'incompétence, ni la crainte des conflits, quelle en est la cause ? Pour Abrams, la faute gît dans l'absence de mission : si les États-Unis n'ont pas de mission civilisatrice, ils doivent développer une mission « démocratisatrice » pour sauver la réputation de leur diplomatie. Norris (2004) part en guerre, sans vraiment convaincre, contre cette analyse élitiste de l'histoire du Département ; il fait confiance aux jeunes qui y entrent et pense que la nouvelle génération « a une vue de la place de son pays dans le monde moins nationaliste et plus disposée à accepter la complexité des relations entre pays ; c'est une jeune génération maligne, ironique, curieusement peu sûre d'elle-même et bien moins verbeuse ». Peut-être Judt (2004) est-il plus proche de la réalité quand il écarte l'opposition trop facile entre élites d'hier et d'aujourd'hui : « Le Département d'État reste un vivier de savoirs spécialisés et de talents, mais l'un des accomplissements de la révolution intellectuelle conservatrice en cours est de faire en sorte que plus personne ne l'écoute. »

De surcroît, il est plus démuni. Au moment même où le budget militaire atteignait des sommets, en 1986, celui de « Foggy Bottom » entamait une baisse inexorable : entre 1986 et 1996, il a été réduit de plus de moitié en termes réels, passant de 2,5 % à 1 % du budget fédéral (il faut aussi noter qu'une part substantielle de ce budget, de 30 à 58 % suivant les années, va à l'assistance en matière de sécurité). Soixante ambassades et consulats ont été fermés entre 1992 et 1998. Les attaques terroristes suscitèrent en outre une campagne visant à détacher du Département les services consulaires du pays : on reprocha à ces services d'être marqués par une culture de l'hospitalité et par le souci de faire plaisir au client (en l'occurrence le demandeur de visa). Mark Krikorian

(2004) écrit plus sobrement que « la tare la plus sérieuse des services consulaires américains est d'être dans les mains du Département d'État, accusé d'être "mou" en matière de lutte contre le terrorisme ».

Marginalisé, appauvri, le Département d'État voit son influence réduite à une peau de chagrin. Il est des coïncidences bien plus parlantes que tout un traité : « Le jour où le premier avion s'écrasait sur la première tour du World Trade Center, le poste de représentant à l'ONU était délesté de son rang ministériel et laissé vacant pour neuf mois » (Nossel, 2001-02). Dans les négociations internationales, la voix du Pentagone s'imposait : alors que l'Amérique, surtout sous Clinton, faisait de la soumission des militaires au pouvoir civil une des conditions essentielles de la démocratisation dans les nouveaux pays en transition, elle accordait au Pentagone une influence de plus en plus pesante sur son propre *decision making*. Aryeh Neier, parlant des négociations qui devaient aboutir à la création de la Cour pénale internationale, nota avec regret : « Clinton a permis au Pentagone de dominer la politique américaine à l'égard de la Cour, le diplomate qui représentait le Département d'État, David Scheffer, n'étant plus que le porte-parole du Pentagone. » Une résignation identique des diplomates à l'emprise du Pentagone était apparue quelques années plus tôt durant la négociation du traité d'Ottawa sur les mines antipersonnel (Tucker, 2001). Dans l'affaire bosniaque, les militaires firent en sorte de réduire leur rôle au maximum en le limitant à l'autodéfense, puis à l'application littérale des accords de Dayton, mettant Clinton et son envoyé Holbrooke dans une grande colère face à une « ambiguïté » de leur attitude qui ressemblait à de l'insubordination (Holbrooke, 1998).

Le déclin du Département d'État remonterait pour certains à Kissinger qui, de sa niche de conseiller présidentiel, s'est imposé pour créer le « National Security State » où la diplomatie classique n'exerçait plus qu'un rôle mineur. Les Cyrus

Vance et autres Warren Christopher firent peu pour revitaliser le Département. Madeleine Albright lui rendit un peu de son lustre, mais Colin Powell, qui y accéda en 2001, nanti d'une popularité avec laquelle aucun autre homme public américain ne pouvait rivaliser, se révéla impuissant non seulement à endiguer la marginalisation du Département, mais même à le protéger contre son utilisation cynique par ses adversaires. Powell a battu un record négatif en étant le secrétaire d'État qui s'est le moins déplacé à l'étranger en l'espace de plus de trente ans. Peu avant de quitter un poste qu'apparemment il aurait aimé conserver, il fit deux confidences qui trahissent également son isolement au sein d'une administration qui aura su l'utiliser sans l'apprécier. La première : « Nous découvrons, mais un peu tard, que nous avons vraiment besoin d'avoir des alliés et des amis » ; et la seconde : « Les gens sont en colère contre nos politiques ; ils ne sont pas nécessairement en colère contre nous. Si nos politiques réussissent, leurs attitudes peuvent changer » (*The Atlantic*, septembre 2004). Deux vérités pas bonnes à entendre. Le secrétaire d'État sortant tient d'ailleurs des propos qui font croire qu'il servait une administration autre que celle qu'il était sur le point de quitter : la guerre préventive ? « Uniquement contre les groupes terroristes mais pas contre les États. » Le multilatéralisme ? « Il a été notre guide. » Les conflits au sein de l'Otan ? Des « querelles entre amis ». La Russie ? « Nos philosophies convergent tous les jours un peu plus avec elle. » La Chine ? « Nous applaudissons à la voir jouer un rôle global. » Ces propos surréalistes ne sauraient cacher le fait que Powell partait sur un échec : ayant rejoint une équipe où il pensait, fort de sa popularité nationale, pouvoir jouer l'arbitre expérimenté, il a été relégué au rôle de pompier qui essaye désespérément de nuancer une ligne militariste adoptée contre son gré et de sauver l'institution des attaques vicieuses de collègues nichés dans le Pentagone où il avait eu son heure de gloire.

Mais c'est dans le déséquilibre patent entre les moyens d'influence de Washington qu'il faut désormais chercher la cause de ce déclin : si sa diplomatie est comparable à celle des autres grands pays, si son influence culturelle est supérieure sans être dominante, si sa part du PNB mondial est substantielle tout en n'étant plus démesurée, sa puissance militaire n'est comparable ni à la puissance des empires d'hier ni à celle des autres grands pays d'aujourd'hui. En matière militaire, les États-Unis sont et resteront longtemps dans une catégorie à part. Naturellement, si une des sources de la puissance est fortement prédominante, elle tend à s'imposer sur la prise de décisions. Les dernières années ont ainsi vu le Pentagone déployer sur celle-ci une influence inédite aux dépens des autres départements du gouvernement fédéral. Le Pentagone a aussi poursuivi ses propres plans pour la défense du territoire, ignorant superbement la création du nouveau ministère de la sécurité intérieure. Le fait que le second mandat de Bush ait commencé, dès le lendemain de sa réélection, par une confirmation à leurs postes des dirigeants du Pentagone et par un « nettoyage » systématique de ceux qui, au Département d'État ou dans les services de renseignement, avaient émis des doutes sur la justesse des choix politiques opérés au cours du premier mandat, n'est pas nécessairement un signe d'espoir. Inversement, la promotion des juristes qui avaient su trouver les formules juridiques permettant de faire appliquer ces choix — notamment la désignation des deux nouveaux ministres de la Justice et de l'Intérieur — indique que le président n'était pas disposé, au jour de sa réélection, à corriger le tir.

CHAPITRE 4

À quoi sert le droit international ?

Que treize parlementaires démocrates écrivent, début juillet 2004, au secrétaire général de l'ONU afin de solliciter, comme pour une vulgaire république bananière, une mission d'observation onusienne de l'élection présidentielle américaine de l'automne suivant, dit à la fois l'amertume tenace qu'avait laissée celle de 2000 et la baisse sensible de confiance des Américains dans l'intégrité de leur propre système constitutionnel (l'ONU déclina l'invitation). La requête suscita une vive irritation dans les rangs de ceux qui, depuis près de deux décennies, voyaient dans l'ONU et dans le « nouveau droit international » une machine de guerre contre les États-Unis, et qui ne pouvaient imaginer que la démocratie du pays qui prenait sur lui de démocratiser le monde entier pût elle-même être objet d'observation. Dans un pays toujours prompt à aller devant les tribunaux, le mal américain ne pouvait qu'affecter l'espace du droit. Et c'est bien sur ce terrain qu'une bataille à la fois conceptuelle et politique bat son plein.

Le nationalisme constitutionnel et son corollaire naturel qu'est une révision radicale du droit international ont commencé bien avant les attaques du 11 Septembre 2001. Très tôt l'assaut mené contre le droit international a trouvé un écho dans la constellation reaganienne où se distingua un William Sofaer, alors conseiller juridique du Département d'État, connu pour ses opinions unilatéralistes dans la lutte contre le terrorisme, ou un Robert Bork, candidat malheureux à la Cour suprême, réputé pour son « intégrisme juridique » qui le conduisit à critiquer la latitude des juges à interpréter la loi ou à considérer que le droit international n'existera pas vraiment « tant que les États ne partageront pas la même moralité politique ou tant qu'ils ne seront pas sujets d'un même souverain ». William Hawkins (1988), professeur de droit dans les écoles de guerre américaines, exprima un même nationalisme sourcilleux en intervenant dans le débat sur le repavillonnement et l'escorte offerts dans le Golfe aux pétroliers après diverses attaques irakiennes et iraniennes. L'administration avait justifié sa décision au nom de la « protection du droit de navigation ». Hawkins protesta alors en niant l'existence même d'un droit universel à la libre navigation. Seul l'intérêt national du pays pouvait à ses yeux justifier cette décision : « Toute référence au droit international est dangereuse. Car si la protection de ses cargos ou de ceux des Alliés est d'un intérêt vital pour l'Amérique, elle n'a par contre aucun intérêt à en faire un principe général qui pourrait limiter notre position en tant que plus grande puissance maritime du monde. » Ce nationalisme, ce rejet du principe universel permettent à l'Amérique de changer opportunément de position : quand elle n'était encore qu'une puissance maritime secondaire, elle avait intérêt à l'existence d'un droit universel de protection des navires neutres ; depuis qu'elle est devenue une superpuissance maritime, un tel principe gêne sa prépondérance et elle doit donc le rejeter. Ce nationalisme opportuniste a continué de s'épanouir parmi les juristes de la nouvelle droite au cours des deux mandats de Clinton contre qui le procureur Kenneth Stark engagea des poursuites sans précédent, soutenu par une véritable cabale de juristes et d'éditorialistes. Il revint en force avec l'élection de Bush junior.

Les désignations aux postes vacants de la Cour suprême constituent un des moments cruciaux de cette bataille principalement idéologique et politique (et vécue comme telle) qui caractérise la justice américaine depuis ses débuts et qui conduisit à d'homériques batailles entre la Cour suprême et l'exécutif, la plus mémorable étant le duel enfiévré entre Roosevelt et les juges autour des politiques du New Deal que ceux-ci tentèrent de freiner, voire d'annuler. La Cour suprême donna souvent raison à ce nationalisme légal agressif, comme dans l'affaire Alvarez ou, plus récemment, dans l'espèce de « testament » que le président de la Cour a écrit à la fin de l'année 2004, dans lequel il s'élève contre toute mention de législations étrangères par les juges américains qu'il appelle par ailleurs à respecter littéralement la volonté du législateur, sans chercher à l'interpréter. Parfois, cependant, elle estima que l'exécutif allait trop loin, comme dans l'affaire du traitement des détenus de la guerre contre le terrorisme. La place éminente de l'institution autant que sa nature politique en furent renforcées.

L'horreur supranationale : le fossé euro-américain

À en croire plusieurs juristes adeptes du « nationalisme musclé », les États-Unis se trouvent en effet confrontés à un danger qui peut être fatal : une lente et insidieuse usure de leur souveraineté du fait du développement du droit international, « alors même que la Révolution américaine avait constitué une rébellion contre l'imposition d'un droit transnational, celui du Parlement britannique » (Rabkin, 1999). Le danger pour la souveraineté démocratique est nouveau : le pays avait jusqu'ici eu affaire à des ennemis prédémocrates (tribaux ou féodaux, qui ont disparu) ou antidémo–crates (fascistes, communistes ou islamistes). Voici arrivés les postdémocrates qui, partis de l'idéal des droits de l'homme, sont imperceptiblement en train de tisser une toile de traités et d'institutions visant à instaurer un régime de gouvernance globale déterritorialisée. Ils font partie d'une élite post-nationale (Fonte, 2004 ; Huntington, 2004) qui fonctionne à travers l'ONU, les ONG, qui comprend les militants des droits de l'homme, prétend qu'il y a des règles de droit international qui doivent s'imposer aux États même si ces derniers ne les ont pas validées par leurs parlements nationaux, et considère que les États ne peuvent recourir à la force sans une autorisation préalable de l'ONU. De plus, cette élite est parvenue à entraîner des chefs d'entreprise américains assez « fous » pour accorder à leurs entreprises une identité « globale » alors que, sans la protection de leur pays, « ils ne seraient pas là ».

Le résultat, si rien n'est fait, risque de se révéler catastrophique : « La soi-disant communauté internationale dicterait aux démocraties libérales leur politique sur des questions comme la défense nationale ou le Moyen-Orient. » L'Amérique, qui aurait ainsi été elle-même responsable de son propre malheur, « aurait trahi le grand principe de *self-government* [consentement] sur lequel notre pays a été bâti » (Fonte, 2004). D'autres se muent en véritables Cassandres : prenant pour exemples la signature de l'accord sur l'Alena, qui « aliène notre liberté de traiter à notre guise nos firmes et nos employés par le biais d'un simple accord de commerce international », et le déploiement de quelques centaines de soldats américains sous commandement onusien en Macédoine, « qui répudie notre attachement à ce que nos soldats ne soient jamais commandés que par des officiers américains », Rabkin (1994) crie à la trahison : « Le nouveau droit international constitue une menace immédiate pour notre intérêt national. » Si les tendances actuelles devaient se perpétuer, « le droit international pourrait se révéler être une des armes les plus efficaces déployées contre les États-Unis », renchérissent Rivkin et Casey (2000-01). Ne pas réagir relèverait, pour les États-Unis, du « suicide » (*idem*, 2003). Aussi étonnant que cela puisse paraître, les miliciens qui s'entraînent au combat dans les vallées du Montana pour se défendre contre « le complot en cours qui imposera à l'Amérique un gouvernement mondial » ont, selon toute apparence, des maîtres à penser dans les grands bureaux d'avocats de la côte Est.

Il faut donc réagir pour que la démocratie vainque la post-démocratie. Assez curieusement, Fonte (2004) reproche aux néo-conservateurs non pas d'être trop idéologues, mais de ne l'être point assez. Il n'hésite pas à faire appel à Mao pour combattre Hegel, Fukuyama et consorts, coupables de croire à un triomphe de la démocratie, alors que le danger guette. Si les ONG prêchent la fin de la souveraineté, eh bien, il faut les traiter en adversaires, en les éloignant des champs de bataille et en leur interdisant tout accès au gouvernement et à ses ressources. Pour les mêmes raisons, il faut éviter de critiquer la législation des autres démocraties et les inviter, en retour, à ne pas critiquer les lois du Congrès américain : les Français ne doivent pas critiquer la peine de mort aux États-Unis, et le Département d'État aurait dû se taire plutôt que de critiquer leur décision sur le port du voile islamique. « Chacun chez soi » est la devise première des nouveaux nationalistes. Enfin, il faut cesser d'encourager une plus grande intégration politique de l'Union européenne, exemple néfaste entre tous de la gouvernance postdémocratique. Une opinion à laquelle Rabkin (2000) était déjà parvenu en soulignant que, « n'étant pas un État elle-même, l'Union européenne a trop tendance à favoriser le renforcement du droit international qui marginalise l'État et menace sa souveraineté ».

Dans son célèbre essai de 2002, Robert Kagan avait mentionné en passant le « nouveau droit international » comme une des sources de la discorde transatlantique. Il y revient (Kagan, 2004) pour expliquer que la question de la légitimité, qu'il avait lui-même ignorée, constituait en réalité la source première de cette mésentente, à tel point que « si on devait en croire les sondages réalisés avant, pendant et après la guerre d'Irak, l'Europe et l'Amérique vivaient sur deux planètes stratégiques et idéologiques différentes ». L'Amérique doit donc se saisir de cette question, car « il se pourrait bien que le combat pour définir la légitimité internationale et pour se l'arroger durant cette phase soit l'un des défis les plus critiques de notre temps ». Pour relever ce défi, Kagan pose que le droit international n'est pas d'une grande utilité, puisque ce n'est pas lui qui conféra à l'Amérique sa place prééminente en Occident durant la guerre froide, mais la conscience qu'avaient les Européens de la gravité du danger communiste dont l'endiguement nécessitait à leurs yeux d'accepter une sorte de sujétion. L'islamisme radical, même quand il recourt aux pratiques terroristes, étant insuffisant pour jouer un rôle similaire, c'est le pouvoir même de l'Amérique qui est devenu le problème majeur pour les Européens, « trop faibles pour être des alliés essentiels, mais trop sécurisés pour se considérer comme des victimes potentielles ». Que peut faire l'Europe maintenant qu'elle a perdu tout contrôle sur son ex-protecteur ? Rêver d'un retour à un système multipolaire ? Mais ce rêve s'est déjà dissipé. Mieux valait oublier sa propre doctrine lors de l'affaire du Kosovo, ériger le Conseil de sécurité en organe de légitimation préalable pour la guerre en Irak, et, le cas échéant, pour toutes les autres guerres que l'Amérique pourrait envisager. Mais c'est là une position nouvelle, voire révolutionnaire, que les États-Unis ne pourraient accepter, eux qui n'ont jamais considéré l'ONU comme la source de quelque légitimité que ce soit.

C'est finalement en termes stratégiques que Kagan voit le fossé se creuser entre les deux rives de l'Atlantique. Dans un essai brillant, Jed Rubenfeld (2003), professeur à Yale, le voit se creuser en matière de droit. Ce fossé remonterait en fait à la Révolution française qui produisit une Déclaration universelle des droits de l'homme alors que l'américaine, plus soucieuse de souveraineté populaire, s'est exprimée au nom du seul peuple américain. Plus récemment, les deux rives de l'Atlantique ont tiré des conclusions contrastées de la victoire de 1945 : les Européens se référant à des principes supranationaux comme les droits de l'homme ou à des organes internationaux comme l'ONU, censés contenir les glissements inhérents au nationalisme et corriger les dévoiements éventuels de la démocratie populaire ; les Américains, eux, ayant l'illusion d'avoir exporté leur modèle de souveraineté démocratique aux autres peuples grâce à leur victoire militaire. C'est pourquoi l'unilatéralisme actuel n'est pas une aberration provisoire, mais un choix durable, car en 1945 « le droit international était le droit américain mis à la disposition des autres pays [...] ; l'internationalisme et le multilatéralisme étaient promus *pour les autres*, pas pour nous ». On pouvait alors se contenter de le penser ; à présent, on l'écrit.

Le fossé juridique n'aurait fait que s'élargir à cause de la manière même dont l'Union européenne s'est constituée : alors que le constitutionnalisme américain est souverainiste et démocratique, « le droit européen a émergé dans l'ignorance des processus démocratiques, voire en rupture avec eux ». Si les Américains deviennent plus nettement unilatéralistes, ce n'est donc pas seulement parce qu'ils en ont dorénavant les moyens, mais c'est aussi à cause de cette divergence croissante entre le droit international et le droit américain. Les Américains ne peuvent considérer la Charte de l'ONU comme contraignante : si le système onusien n'est pas du droit, c'est parce qu'il lui manque la capacité de coercition (Rabkin, 1992). D'où cette conclusion désabusée : « La piètre vérité est que le droit international est une menace pour la démocratie et même pour les espoirs de démocratisation à travers le monde. » Les États-Unis ne peuvent donc que se montrer sélectifs : par une analyse réaliste de leurs intérêts, ils tendraient à devenir multilatéralistes en matière économique et unilatéralistes pour le reste. Rubenfeld ne veut cependant pas que cet unilatéralisme, conceptuellement justifié à ses yeux, se transforme en moteur de l'instauration d'un empire : le président ne devrait pas en profiter pour s'arroger des droits (tel celui de déclencher une guerre ou de traiter des citoyens américains en combattants ennemis en les privant de leurs libertés) qui ne lui appartiendraient pas.

Dans une logique similaire, Michael Glennon (2003) distingue entre les différents domaines du droit, mais pour aboutir à une conclusion qui n'est pas moins sévère : les États, note-t-il, ont tendance à respecter le droit international la plupart du temps et dans la plupart des domaines, même si ce droit est fondé sur le *self restraint* plutôt que sur la coercition ; pour autant, les États n'ont pas consenti à éliminer le consentement comme base préalable de leurs obligations. C'est pourquoi, en dehors d'une obligation réelle non fondée sur le *self restraint*, il sera toujours difficile de considérer le droit international comme du droit. La faiblesse de cette métarègle n'empêche pas que les États puissent trouver plus d'avantages à respecter le droit international qu'à l'enfreindre. Mais ce respect est rare quand il s'agit de leur sécurité : « Quand certains États violent certaines règles à de certains moments, il appert que ces États sont parmi les plus puissants, que les règles violées sont parmi les plus importantes, et que ces violations ont tendance à être parmi les plus visibles et les plus conséquentes [...] Même si les règles du recours à la force ne constituent qu'un chapitre du droit international, leur effondrement dramatique est patent. »

C'est là un discours d'universitaire qui peut malheureusement être repris par d'autres sous des formes plus teintées de nationalisme vulgaire (Fonte, Rabkin). En remontant à la guerre du Viêt-nam plutôt qu'à la Déclaration des droits de l'homme, Rivkin et Casey (2003) constatent eux aussi des fissures grandissantes entre l'Europe et l'Amérique, jusqu'à considérer que l'une et l'autre sont désormais régies par deux codes différents. L'Amérique, disent-ils, prend très au sérieux ses engagements juridiques et c'est pourquoi elle n'est pas disposée à signer des accords qu'elle sait ne pas vouloir appliquer. Contrairement à Rubenfeld, ils considèrent la Charte de l'ONU comme un texte contraignant, mais pour ajouter que, loin d'avoir fondé le droit des États à la légitime défense, elle a simplement reconnu son existence, laissant aux États le soin de décider à quel moment et dans quelles conditions ils peuvent l'exercer. Que Français et Allemands (et éventuellement Britanniques) pensent que la guerre n'est légale que si elle a été autorisée par le Conseil de sécurité peut donc réduire à néant ce dernier, mais ne saurait arrêter l'Amérique.

La coutume internationale comme source de ce même droit est aussi fortement contestée. Des Européens ne pourraient qu'être surpris à lire la justification d'une telle défiance : la coutume serait le fruit des cogitations des professeurs de droit, et ceux-ci, dit l'un d'eux (McGinniss, 2005), sont le plus souvent *à gauche* de la moyenne de la société. On n'est pas habitué à voir les professeurs de droit en dangereux gauchistes, mais McGinniss insiste : ils ont tendance à être contre l'économie de marché et, argument suprême, partisans du principe de précaution ! Sa suspicion s'étend même aux juges de la Cour internationale de justice, penchant aussi à gauche que le corps de juristes d'où ils sont issus. Pour freiner l'Amérique dans le déploiement de sa puissance, les autres pays en viennent donc à ourdir de véritables complots. C'est ainsi que John Bolton (1999), juriste reaganien qui travailla au Département d'État pendant le premier mandat de Bush, interprète la promotion récente du droit international, coutumier autant que conventionnel : « Ce serait une énorme erreur pour nous de reconnaître quelque validité que ce soit au droit international, même quand il paraît de notre intérêt à court terme de le faire, car l'objectif à long terme de ceux qui pensent que le droit international veut vraiment dire quelque chose est de contraindre les États-Unis. » Pour Bolton, le droit international ne remplit aucune des conditions pour être considéré comme un droit : il n'est pas politiquement *accountable* et il ne dispose d'aucun cadre pour définir son exercice (telle une constitution). L'Amérique doit donc monter en première ligne pour mettre fin à ces errements : « Si la citadelle américaine est touchée, les partisans d'un droit international contraignant finiront par enterrer les traités de Westphalie et l'État-nation avec ! » Que d'autres pays veuillent aller dans ce sens, c'est leur problème ; pas les États-Unis pour qui un traité n'est obligatoire que s'il est transformé en loi par le Congrès — lequel pourra par là le dénoncer à tout moment. À défaut, les traités ne sont en eux-mêmes que « des accords politiques sans aucun caractère d'obligation ».

Quand il vise ainsi le droit issu des traités, ce discours suscite de plus fortes critiques. La tradition américaine est en effet celle du respect des traités signés, respect fondé sur au moins trois piliers : l'article VI alinéa 2 de la Constitution qui considère les traités comme « *the supreme law of the land* » ; la distinction bien établie, reconnue par les tribunaux, entre traités qui seraient d'application automatique (*self executing*) et ceux qui auraient besoin d'être préalablement validés par un texte de loi du Sénat (distinction dont l'existence est prouvée par plusieurs vaines tentatives de sénateurs destinées à amender la Constitution dans un sens qui exclurait formellement la première catégorie) ; enfin, par une jurisprudence établie selon laquelle une loi ne saurait contredire un traité antérieur que si l'intention du législateur est explicitement formulée dans ce sens (Starke, p. 96-98). Dès avant sa conquête de la Maison-Blanche, la nouvelle droite américaine suscita de fortes craintes pour ce qui était de son respect des traités signés par le pays, notamment sur des questions comme le paiement des arriérés dus à l'ONU, le respect de la convention de Vienne sur les droits consu-laires, ou la dénonciation de l'accord sur les missiles anti-balistiques (le traité ABM) et Detlev Vagts, dans la livraison d'avril 2001 de l'*American Journal of International Law*, sonna l'alarme non pas tant sur la fréquence (limitée) de ces violations que sur la justification qui, désormais, les accompagnait, consacrant comme absolue la règle de la supériorité de la norme postérieure et dévaluant de ce fait les engagements internationaux souscrits antérieurement. « Une telle attitude, à un moment où de nombreux étrangers estiment que nous sommes trop puissants et trop conscients de l'être, ne peut que nuire à notre politique étrangère. » Cette prédiction s'étant vite confirmée, Anne-Marie Slaughter (2003) a rappelé aux unilatéralistes de la nouvelle administration que l'Amérique n'avait jamais eu autant d'influence que lorsqu'elle projetait sa puissance à travers le droit international, que ce dernier commençait à pousser des griffes et des dents, que le pays ne pouvait continuer à renforcer les pouvoirs des organisations internationales financières ou commerciales tout en refusant de reconnaître les autres organisations internationales, et que l'opposition entre souveraineté nationale et droit international était trop binaire pour ne pas sombrer dans l'ineptie. D'autres (Hathaway, 2003) ont rappelé que, même en droit interne, la coercition n'est pas la seule raison pour laquelle les individus respectent la loi. Tucker et Hendrickson rejettent violemment les thèses précitées de Kagan et citent au contraire quatre sources de légitimité pour l'action américaine à travers le monde : un effort pour insérer cette action dans le cadre du droit international ; l'engagement à respecter les modes consensuels dans la prise de décision ; une réputation de modération ; enfin, le maintien de la paix entre les démocraties industrialisées. Certes, reconnaissent-ils, il y a eu des précédents où l'Amérique a contrevenu à l'une ou l'autre de ces sources de légitimité, mais pas une seule administration avant celle de George W. Bush n'avait violé les quatre sources de légitimité en même temps.

Car si le débat sur le droit, la légitimité, la valeur des traités ou la place à accorder à la Charte de l'ONU est aujourd'hui ouvert aux États-Unis, c'est précisément parce que l'administration parvenue au pouvoir en 2001 et confirmée en 2004 semble, aux yeux de juristes et de politistes dont nul ne saurait contester l'appartenance à l'establishment national (certains, comme Tucker, ayant même fait un bout de chemin avec les néoconservateurs ; d'autres, comme Arthur Schlesinger, ayant été aux premières loges de la lutte contre le communisme), verser dans les sables mouvants d'une répudiation pure et simple de la tradition juridique du pays, voire chercher à la réinventer pour les besoins du projet néo-impérial. Plus que sur tout autre thème, ce débat porte à présent sur celui du recours à la force comme instrument de politique étrangère.

De la guerre préventive

La Stratégie de sécurité nationale de septembre 2002, autrement appelée « Doctrine Bush », restera en effet fameuse pour son adoption de la guerre préventive comme instrument assumé de politique étrangère. Certes, l'adjectif utilisé, comme beaucoup l'ont noté, est celui de *preemptive* qui n'a pas d'équivalent courant en français. Mais il s'agit bien de ce que le droit appelle « guerre préventive », une guerre qu'il considère comme illégale et qu'il distingue clairement de la légitime défense, envisageable en cas de menace imminente, incontestable et substantielle, adjectifs que ladite *Stratégie* ignore. L'amalgame n'aura d'ailleurs échappé ni aux détracteurs de Bush (A. Schlesinger, Tucker et Hendrickson, A. Lewis), ni à un de ses partisans les plus fidèles, Robert Kagan (2004), qui reconnaît que la *préemption* de Bush est bel et bien la guerre préventive, même s'il prétend qu'il y a, sur sa légalité, un consensus établi avec l'Europe et même avec le secrétaire général de l'ONU, « la question centrale n'étant pas celle de savoir si la prévention est légitime, mais plutôt de savoir qui y a recours et qui décide de son moment, de sa cible et de la manière dont elle est exercée ». Une telle position a pour effet de dénier à l'interdiction de la guerre préventive un statut de principe général, pour faire dépendre sa légalité des circonstances de son exercice et, surtout, de l'identité de celui qui la mène.

À supposer même que l'on suive Kagan sur ce chemin pour le moins hasardeux, la légalité de la prévention reste douteuse dans les cas où elle a été invoquée. Dans cette logique, Tucker et Hendrickson (2004) aboutissent à considérer comme illégale la guerre au Kosovo, « une intervention dite humanitaire conduite avec des moyens on ne peut plus inhumains ». Aux États-Unis, ils ne sont pas les seuls à le penser : « Quand les alliés occidentaux ont commencé leurs bombardements aériens au Kosovo, leur initiative était certes très populaire, mais elle était techniquement illégale », écrit Glennon (1999) : des frontières n'avaient pas été traversées et le Conseil de sécurité n'avait pas accordé son autorisation préalable ; or ce sont les deux cas où la guerre aurait pu être estimée légale en vertu de la Charte. Pour les deux auteurs, la guerre d'Irak aura été d'autant plus illégale qu'« un mélange de ferme endiguement et de dissuasion » aurait suffi à contenir la menace, à supposer qu'elle ait vraiment existé. Les effets concrets de l'intervention n'auront fait qu'en souligner l'illégalité, puisque l'occupation de l'Irak a en réalité accru, et non pas diminué, l'insécurité des Américains.

Mais la question de fond ne saurait être réglée par ces considérations circonstancielles : la légitimité de la guerre préventive n'est pas une question instrumentale, mais conceptuelle. On ne peut juger de sa légitimité aux seuls résultats d'une opération, comme s'il n' y avait aucun code de conduite qui lui serait préexistant. L'adoption de la guerre préventive comme acte légitime va en effet au-delà de la pratique des nations qui y avaient — l'Amérique en tête — eu recours à diverses reprises dans leur histoire, pour devenir un principe général. « Si chaque pays adoptait une doctrine préventive, le monde irait vers le chaos. Un système où la doctrine préventive s'imposerait ne saurait être stable qu'à la condition d'être dominé par une seule puissance ou par une coalition de puissances. C'est pourquoi la doctrine de la prévention a besoin d'être épaulée par son corollaire : une doctrine de la supériorité stratégique durable, et c'est bien ce qui est au cœur de la *National Security Strategy* », écrit avec justesse Robert Cooper (p. 64). Ce qui est, de fait, radicalement nouveau dans la *Stratégie* de 2002, c'est qu'une violation parfois tolérée devienne la règle, en ce sens qu'une grande puissance qui s'estime capable de juger pour elle-même quand elle est dans son droit s'accorde celui d'intervenir préventivement pour défendre ses intérêts. On imagine la perturbation globale qu'une application universelle de ce principe entraînerait, car, en l'absence d'un « concert des nations » efficace (le Conseil de sécurité étant rejeté par les Américains, à tout le moins dans ce rôle-là), la guerre préventive ne peut plus être envisagée que comme l'expression d'un déséquilibre radical des forces au profit de la puissance hégémonique du moment.

Comment définir ces intérêts et comment juger de la réalité de la menace ou de son imminence ? Le choix de la cible devient ici capital. On comprendrait à la rigueur que les groupes terroristes, cherchant la mort pour eux-mêmes comme pour les autres, soient insensibles à la menace de représailles, ou qu'ils cherchent même à les provoquer. Le problème est bien différent quand la cible est un État. On comprend alors les arguments dont usent les hommes de l'administration et leurs alliés pour présenter la guerre préventive contre l'Irak comme une riposte à une menace imminente (Blair et ses « quarante-cinq minutes nécessaires pour que Bagdad utilise des armes de destruction massive »), massive (Cheney et l'arsenal nucléaire irakien avancé), indiscutable (Wolfowitz et sa thèse sur la complicité de l'Irak avec al-Qaida) et, enfin, non remédiable par la seule dissuasion (Kenneth Pollack et son argumentaire passionné et largement contestable visant à démontrer que Saddam Hussein n'était sensible à aucune forme de dissuasion). À repasser en revue ces mois qui avaient précédé l'invasion de l'Irak, alors même que leur président avait institué la guerre préventive en opération légitime, on a l'impression que les membres et les partisans de l'administration continuaient d'en douter eux-mêmes, et cherchaient à « vendre » la guerre qu'ils préparaient comme une opération de légitime défense.

L'opération irakienne aura connu *a posteriori* deux formes parallèles de dé-légitimation. La première résulta de la logique même de marketing politique qui précéda la guerre, avec l'effondrement successif des arguments de légitime défense (Kaufmann, 2004) conduisant à considérer la guerre pour ce qu'elle avait été : une opération préventive par excellence. La seconde fut fournie par la logique instrumentale que Kagan met en avant pour définir la légitimité. Car l'après-guerre irakien a été pour le moins troublant : le chaos plutôt que la stabilité, le rejet de l'occupation plutôt que sa légitimation par l'adhésion des occupés, les scandales habituellement associés à toute occupation militaire (quel qu'en soit l'artisan) plutôt que le triomphe éclatant des droits de l'homme. L'éviction d'une dictature ne pouvait totalement ni indéfiniment combler à elle seule ce déficit. Il aura néanmoins fallu ce tableau bien peu reluisant pour que Kagan (assez minoritaire dans la cohorte des partisans de la guerre pour que son geste ne soit pas salué ici) reconnaisse enfin qu'« il est évident que les Américains ne peuvent ignorer la question de la légitimité, et il n'est pas moins évident qu'ils ne sauraient se l'octroyer à eux-mêmes ».

À défaut de montrer ce courage, l'administration, sans le répudier, cessa discrètement de mettre en avant le principe de prévention pour se contenter d'une formulation plus subtile, celle du « porter la guerre chez l'ennemi ». Mais qui est donc celui-ci ? Ce n'est évidemment plus Saddam, déjà écarté, mais, désormais, « le terrorisme » que l'effondrement du régime ba'asiste aura permis de laisser s'épanouir concurremment avec les institutions installées par l'occupant. Logique étrange où la cible originelle de la prévention apparaît comme ayant été finalement un bouclier protecteur contre la floraison sanglante de la seconde. Car autant le *regime change* volontariste appliqué à l'Irak ba'asiste était contestable, autant il devint « légitime » de faire face au chaos terroriste. Les pays qui avaient refusé à l'Amérique l'autorisation de partir en guerre au printemps 2003, sans se décider ensuite, comme elle les y pressait, à aller lui prêter main-forte contre al-Qaida et consorts, maintenant installés en Irak, se montrèrent, avec une distance confortable, compréhensifs vis-à-vis du combat qu'elle menait contre le terrorisme. Les pays opposés à la guerre reconnaissent ainsi implicitement que si la décision de renverser le régime irakien avait été pour le moins mal inspirée, ils n'ont aucun intérêt à ce que l'Amérique perde la guerre contre les ennemis dont elle a, par son geste malheureux, suscité l'émergence.

Une dévaluation concomitante ne pouvait qu'affecter le *regime change*, effectivement réalisé dans des pays comme l'Afghanistan et l'Irak, envisagé pour d'autres comme l'Iran, la Syrie, l'Arabie Saoudite, la Corée du Nord et même la Chine (Kristol et Kagan). Car dès le moment où, conceptuellement autant qu'instrumentalement, la guerre préventive est (relativement) démonétisée, les bonnes vieilles règles du droit international reprennent des couleurs. Or la première d'entre elles est celle de la souveraineté qui autorise chaque État à se doter du régime politique de ses vœux. Certes, il sera toujours possible pour la superpuissance d'influencer les événements dans tel ou tel pays pour y favoriser une évolution du régime vers des politiques plus acceptables (Libye, Venezuela), ou pour provoquer indirectement sa chute pure et simple. Mais les méthodes utilisées devraient être des pressions politiques (Arabie Saoudite), des sanctions économiques (Syrie), éventuellement une main-forte discrètement prêtée à l'opposition locale (Ukraine), plutôt que le renversement par la voie militaire (*regime change*) qui autorisait les Tartarins de l'administration à se demander publiquement, au lendemain de l'entrée des troupes américaines dans Bagdad : « Qui sera le suivant ? » Résultat de l'ensablement irakien ou retour à une certaine sagesse ? Le discours sur la tyrannie et la liberté avec lequel Georges W. Bush a entamé son second mandat, s'il n'exclut pas explicitement la guerre préventive, n'y fait plus vraiment référence.

De la conduite de la guerre

Si l'on estime que le *jus ad bellum* a été violé en Irak, pas moins sévère est le jugement qu'on peut porter sur l'occupation qui s'est ensuivie : « Au vu des rapports sur la pratique massive de la torture en Irak, la légitimité de la puissance américaine a au mieux été érodée de manière significative, si elle n'a pas totalement disparu », écrivent Tucker et Hendrickson. La vérité est que prise entre deux options, traiter ses adversaires en criminels en se fondant sur le droit pénal américain, ou les traiter en ennemis conformément au *jus in bello*, l'administration a préféré ne pas choisir du tout (Kay, 2004), et, pis encore, tenter de limiter les droits des personnes arrêtées en suspendant tout à la fois de larges pans du droit pénal et du droit de la guerre. La conséquence de cette double suspension était inévitable : le traitement des prisonniers pendant les guerres d'Afghanistan et d'Irak a souvent été marqué par des violations flagrantes du droit, violations d'autant plus embarrassantes que ces expéditions, faute d'autres arguments, n'étaient plus justifiées que par l'attachement de l'Amérique aux droits de l'homme et par son dévouement à la démocratie. Un tournant capital avait déjà été pris par le gouvernement américain quand il avait reconnu au président le pouvoir de suspendre arbitrairement l'application du droit américain autant que celle des conventions internationales ratifiées par les États-Unis, le tout au nom de la lutte contre le terrorisme. Des avocats, sélectionnés sur des bases idéologiques pour défendre ces choix, ne cessèrent dès lors de rivaliser d'arguties pour étendre les prérogatives de l'exécutif aux dépens du droit américain ou du droit international.

Les résultats furent plutôt inquiétants. L'administration Bush en vint ainsi à nier au Congrès le droit de limiter les prérogatives présidentielles en matière de détention et d'interrogatoire de prisonniers, à présenter les sévices infligés aux détenus comme une pratique d'autodéfense du pays contre le terrorisme, à soustraire ceux de Guantanamo aux règles des conventions de Genève. Elle introduisit une catégorie (qui n'existe pas dans lesdites conventions) de « combattants illégaux » en vue de qualifier ces détenus. Elle se donna le droit de suspendre l'application de la Convention contre l'usage de la torture pendant les interrogatoires. Plus généralement, contre toute raison, elle décrivit l'État des Taliban comme un *failed state*, un État déjà effondré, alors qu'il s'agissait en fait d'un État vaincu, astuce juridique permettant de considérer ceux qui en faisaient partie comme indignes d'appartenir à la catégorie des « prisonniers de guerre ». L'opportunisme atteignit un nouveau palier quand l'administration inclut un jour la base de Guantanamo dans le territoire américain pour estimer le lendemain qu'elle relevait de la souveraineté cubaine. L'administration se reconnaît aussi le droit de détenir au secret et indéfiniment tout citoyen américain comme « combattant ennemi », sans qu'il ait accès à un avocat et sans autre forme de jugement. Elle refuse aux détenus condamnés par les tribunaux spéciaux militaires un droit de recours à une juridiction civile comme la loi américaine le leur accorde explicitement. Le secrétaire à la Défense et sans doute le président lui-même ont transformé la plupart de ces dispositions en ordres que les militaires appliquent parfois en les aggravant. L'*Attorney general* Ashcroft, pour sa part, a accusé de complicité avec les terroristes les Américains qui ont osé critiquer une conception aussi cavalière des libertés. En d'autres termes, les mêmes juristes, si soucieux de défendre la primauté de la Constitution américaine contre les atteintes du « nouveau droit international », se sont rendus coupables, dans leur enthousiasme débridé, de viol de ladite Constitution. Partie répandre l'état de droit dans des contrées lointaines, l'Amérique elle-même se trouvait chez elle comme infestée par les pratiques qui y avaient cours.

L'ordre des avocats de New York en vint à songer à prendre des mesures disciplinaires à l'encontre de ceux de ses membres qui montraient plus de zèle à découvrir des brèches dans la législation qu'à l'appliquer. De sa retraite du Massachusetts, au terme d'une longue carrière d'éditorialiste au *New York Times*, Anthony Lewis (2004) ne pouvait que crier sa colère : « À lire les mémos des avocats du gouvernement Bush sur la manière de traiter les prisonniers de la guerre contre le terrorisme, on a l'impression de compulser une série de conseils prodigués par un avocat véreux à un chef de la

Mafia pour lui indiquer comment contourner la loi et échapper à la prison. » Les mémos en question regorgent en effet de conseils aux militaires et aux policiers leur permettant d'user de méthodes musclées pour extorquer des aveux sans pour autant être accusés d'avoir contrevenu à la loi américaine ou au *jus in bello*. En français dans le texte, Lewis clama son indignation contre « la trahison des avocats ». « La situation des détenus de Guantanamo est une honte nationale », renchérit Arthur Schlesinger (*NYRB*, 8 avril 2004) et, pour un moment trop court, on put penser — à tort — que ce sentiment était largement partagé.

À ces cris d'alarme répondent des justifications par l'urgence. « Le droit des conflits armés autorise l'internement préventif des combattants ennemis pendant la durée des hostilités et sans une application exhaustive du droit pénal », réplique ainsi une juriste proche du gouvernement (Wedgwood, 2004). Oui, sauf que ce droit fixe un début et une fin aux hostilités et ne légalise pas *ad infinitum* ce qu'il faut bien considérer comme un état d'exception. Wedgwood ajoute que la résolution du Congrès adoptée au lendemain des attaques du 11 septembre 2001 confère au président l'autorité constitutionnelle, en tant que commandant en chef des armées, de faire placer en détention « toute personne qu'il détermine ». Exact, sauf qu'en l'occurrence, c'est la dimension spatiale qui pose problème : en détachant le concept de guerre de celui de champ de bataille, c'est le monde entier qui devient un terrain d'action pour le président américain. Au lendemain des attaques de Septembre, Wedgwood avait avancé que même si les terroristes n'étaient pas des combattants réguliers, il fallait considérer leurs agissements comme autant d'actes de guerre, et que, du coup, il était permis de recourir à des opérations anticipatoires à leur encontre. La contradiction est flagrante : les attaques des terroristes ne constituent pas une guerre (et méritent donc un traitement judiciaire), mais leur répression est une guerre et on peut donc légalement les détenir, même s'il n'est pas prouvé que chacun d'eux a personnellement été impliqué dans un crime. Cet avis (Wedgwood 2001-02) pour le moins discutable visait à combler une lacune du droit américain qui avait retenu le FBI de détourner l'avion d'Ousama Ben Laden, en 1996, au moment où ce dernier s'était vu contraint de quitter le Soudan pour l'Afghanistan. Cette lacune a par la suite été comblée ; mais, même si un tel détournement aurait pu être approuvé pour des raisons politiques, la distorsion légale qu'il introduisait n'était pas faite pour rassurer.

Ayant refusé de ratifier le protocole additionnel de 1977 aux conventions de Genève, les États-Unis ne se considèrent pas comme liés par un accord qui concerne les groupes non étatiques et leur reconnaît certains droits réservés d'ordinaire aux populations civiles. L'Amérique a rangé les militants d'al-Qaida dans une catégorie *sui generis* autorisant à leur endroit un pragmatisme absolu et ouvrant la porte à de graves errements. Ces hommes, en effet, ne sont ni des civils (qui peuvent être arrêtés mais ne sauraient constituer des cibles), ni des combattants réguliers (dont le traitement est codifié par la troisième convention de Genève), mais considérés comme des criminels normalement passibles du droit pénal, contre lesquels l'Amérique s'est néanmoins déclarée en guerre en revendiquant pour elle-même, tout en les refusant à son ennemi, les privilèges d'un tel statut. Ignorant le fait que les Taliban, malgré l'ignominie de leur régime, avaient instauré un État en bonne et due forme, Rumsfeld, à rebours de la simple logique, les ajouta à sa liste d'« irréguliers » et les traita en combattants illégaux.

On ne connaîtra sans doute jamais l'étendue des dégâts entraînés par cette dérive. Le scandale a commencé à Guantanamo où les prisonniers qui y avaient été transférés ont vécu dans un flou juridique total. Le président ayant signé en février 2002 le mémo de base dans lequel il disait que, « par ordre, aucune des clauses des Conventions de Genève n'est applicable à notre conflit avec al-Qaida en Afghanistan et ailleurs dans le monde », les autorités pénitentiaires y étaient libres d'agir selon leur bon vouloir, les chefs de guerre ou cadres importants étant mélangés avec des individus qui, compte tenu de leur âge ou de leur situation, n'auraient même pas dû être arrêtés. La torture y fut pratiquée si largement qu'un ancien de la Maison-Blanche confia à Seymour Hersh : « Si nous avions attrapé des hommes qui n'étaient pas des terroristes, ils le sont certainement devenus par suite des traitements que nous leur avons infligés » (2004, p. 3) ; un interrogateur passablement sadique lui avoua : « Je n'essayais même pas de leur arracher des infos ; je prenais simplement du plaisir » (*idem,* p. 12).

La non-application des conventions de Genève aux détenus de Guantanamo était déjà en soi problématique ; elle est encore moins acceptable pour les détenus de la base de Bagram, en Afghanistan, et surtout pour ceux des prisons situées en Irak où la guerre pouvait certes être présentée par Bush, en termes très généraux, comme un épisode de la « guerre contre le terrorisme », mais était en réalité une guerre offensive et d'occupation relativement classique. À Abou Ghraïb, à quelques kilomètres à l'ouest de Bagdad, Paul Bremer, fin juillet 2003, faisait fièrement visiter les lieux, un des premiers bâtiments de l'ancien régime à être restauré, alors qu'imperturbablement optimistes sur leur avenir en Irak les Américains pensaient transformer le complexe en centre mondial de renseignement au service de la lutte contre le terrorisme. Loin de ces projets ambitieux, Abou Ghraïb a eu vite fait de renouer avec sa sinistre réputation du temps du régime déchu : dès l'été 2003, des milliers d'hommes s'y entassaient, souvent retenus prisonniers des mois sans être interrogés, et l'on voyait autour de l'entrée principale des attroupements de plus en plus denses de familles en quête de nouvelles d'un proche arrêté. À l'intérieur se passaient de drôles de choses qui commencèrent à s'ébruiter dès l'automne suivant. Début 2004 éclata enfin le scandale quand le monde apprit que la nudité forcée y était souvent imposée ; que des chiens non muselés étaient systématiquement lâchés sur les détenus pour les effrayer ; que de longues nuits sans sommeil leur étaient infligées ; que des produits chimiques perturbant la personnalité leur étaient injectés de force ; que des prisonnières étaient violées ; que des centaines de mineurs y étaient détenus. Ce ne sont là que des exemples, et on peut en trouver de bien plus scabreux dans les rapports écrits par les inspecteurs de l'armée américaine, le CICR ou les ONG spécialisées. Les clichés publiés ensuite et les témoignages insupportables entendus durant les procès qui s'ensuivirent trahissaient on ne peut mieux une politique consciente faite, au mépris des lois, d'humiliations et de tortures et décidée en très haut lieu. C'est en arguant du fait qu'il ne faisait qu' « exécuter les ordres de ses supérieurs » que le premier inculpé dans le scandale d'Abou Ghraïb choisit de se défendre. Le gouvernement tenta pour sa part d'en rendre responsables des individus sadiques laissés à eux-mêmes sans supervision suffisante et qui avaient « déshonoré leur pays », comme le dit George W. Bush. Cette ligne de défense aurait pu être convaincante si on n'avait pas découvert que le nombre de ceux qui avaient recouru à ces pratiques ou qui en avaient été complices n'était pas de sept, comme on l'avait affirmé au départ, ni de cinquante, comme on le dit ensuite, mais de plusieurs centaines au moins ; si des rapports officiels du gouvernement américain lui-même ou émanant d'organisations internationales n'avaient pas fait état d'un nombre très élevé de victimes de tortures, dans plusieurs localités irakiennes et afghanes et en d'autres pays ; si, comme le démontre Danner (2004), la répétition pratiquement à l'identique des formes de tortures d'un pays à l'autre, d'une unité militaire à l'autre, ne trahissait pas des ordres venus d'assez haut, diffusés très largement et dessinant une sorte de *script* systématiquement appliqué, réduisant ainsi à néant la publication par le Pentagone d'un mémo (*The Wall Street Journal*, 24 mai 2004) qui pouvait laisser penser qu'il était respectueux des Conventions de Genève.

On saisit mieux l'étendue des dégâts lorsqu'on lit dans un rapport du CICR que 75 à 90 % des détenus en Irak l'étaient par erreur ! Certains firent observer par la suite que les Irakiens avaient été traités de cette manière sous le régime déchu, ou que de telles pratiques étaient déjà courantes dans la région, ou même que les terroristes ne comprenaient que ce langage-là. Mais combien de terroristes y avait-il vraiment parmi les détenus ? Et s'il est vrai que le régime précédent avait commis tout autant d'exactions, voire bien plus, il ne prétendait tout de même pas aller occuper un autre pays pour y imposer l'état de droit ! Rivkin et Casey se retrouvent encore une fois en première ligne pour défendre leur gouvernement, et leur thèse est simple : la meilleure façon d'« humaniser la guerre », comme le veulent les Européens, c'est de laisser les forces américaines faire comme elles l'entendent : à vouloir épargner à tout prix les civils, traiter convenablement les prisonniers, éviter l'usage d'une force disproportionnée, interdire les mines antipersonnel ou les bombes à fragmentation, empêcher l'assassinat préventif des adversaires (pratique courante d'Israël contre les dirigeants de l'Intifada), on ne fait que prolonger les conflits et menacer encore plus directement ceux que l'on veut protéger.

Rabkin (2002) a même estimé — à tort — que les pratiques de Guantanamo ayant été révélées, le scandale s'éteindrait au bout d'une semaine. En est-il soulagé ? Pas du tout. Il entreprend de critiquer les raisons mêmes de l'indignation qui entoure ces pratiques en remontrant que « les variantes nouvelles du droit international vont probablement continuer d'être source d'inepties de par le monde et d'ennuis pour les États-Unis ». Pourquoi ? Parce que c'est l'idée de neutralité dans les conflits, qui était prisée dans une

Europe du XIXe siècle déjà minée par les nationalismes, qui a donné naissance aux conventions de La Haye et de Genève (deux villes ainsi récompensées pour être des villes de pays neutres) et au CICR. « L'Europe d'aujourd'hui a de nouveau glissé, de diverses manières, dans la complaisance morale caractéristique de la Hollande à la veille de chacune des deux guerres mondiales », écrit Rabkin. Le CICR est vilipendé pour son « rôle infâme » durant la Seconde Guerre mondiale et pour l'influence que les pays islamiques exerceraient à présent en son sein. Les États-Unis, nous rassure Rabkin, ne devraient pas se comporter comme leurs adversaires, « et nul ne demande que les prisonniers de Guantanamo soient tout bonnement liquidés » (!), mais ils devraient persister à refuser d'appliquer le *jus in bello* aux détenus pour rendre les interrogatoires aussi fructueux que possible. Ce sont des criminels et non pas des prisonniers de guerre, et les États-Unis, en les traitant comme ils font, non seulement sont dans leur droit mais « contribuent à *renforcer* le *jus in bello* en refusant le statut de prisonniers de guerre à des éléments qui violent systématiquement le droit international ».

On verra vite à quoi peuvent conduire de telles incitations émanant de juristes parfois réputés. Au-delà du sort réservé aux détenus, c'est de l'image que les Américains se font d'eux-mêmes et de leur pays qu'il s'agit. Dans un effort soutenu de déconstruction du droit international lentement bâti tout au long du XXe siècle, une coalition formée de membres de l'exécutif, d'une majorité parlementaire succombant au verbe nationaliste, de juristes révisionnistes et de mandarins des médias tend à gommer l'image d'une Amérique respectueuse de ses engagements. L'effet du 11 Septembre reste si vif dans les esprits qu'encore rares sont ceux qui osent voir leur gouvernement, comme dans un roman de John Le Carré, devenir lui-même terroriste pour pouvoir vaincre le terrorisme, et leur société mener une lutte contre le fanatisme en sacrifiant à l'illégalité et à l'intolérance. Dans un constat sans illusion, Kevin Baker (2003) en arrive à penser qu'« il n'est pas évident que le peuple américain sache les abus de pouvoir commis en son nom[, que], s'il les connaissait, il s'en soucierait vraiment, et [que], si tel était le cas, il pourrait encore y mettre fin ».

C'est donc au sein de l'élite que le débat s'est poursuivi (et non dans le grand public, d'autant moins que John Kerry, sensible à l'état de l'opinion, avait choisi de ne pas en faire un cheval de bataille de sa campagne) lorsque la Cour suprême, le 28 juin 2004, a rendu trois décisions distinctes sur trois cas issus de la « guerre contre le terrorisme ». Sans donner vraiment satisfaction aux plaignants, et en trahissant par ses votes à une courte majorité ses propres divisions doctrinales, la Cour a néanmoins rejeté la prétention de l'administration américaine à pouvoir détenir des individus suspectés d'avoir des liens avec le terrorisme sans qu'ils aient accès à un avocat et sans possibilité de se pourvoir devant un tribunal indépendant. La Cour a en particulier affirmé que les détenus devaient pouvoir compter sur le soutien d'un conseil (la plupart avaient été gardés au secret pendant près de deux ans), qu'ils ne pouvaient être détenus quand les hostilités avaient cessé sur le terrain où ils avaient agi. Mais elle a aussi concédé au gouvernement que la définition du champ de bataille était délicate, les combats n'ayant pas vraiment cessé en Afghanistan et les actions d'al-Qaida n'étant pas exclusivement menées dans ce pays. Tout en confirmant qu'un tribunal devait statuer sur les motifs de la détention, elle a accordé au gouvernement que ce tribunal n'avait pas à être un tribunal pénal ordinaire. Plus inquiétant, elle a renversé un principe central du droit pénal en affirmant qu'il revenait assez paradoxalement au détenu lui-même de prouver son innocence ! Dans un autre cas, la Cour s'est fondée sur une erreur de procédure commise par la défense pour accorder au gouvernement le choix du tribunal pouvant statuer sur ce cas (et la liberté d'en changer), tout en le refusant au détenu. Elle a enfin mis un terme à la véritable farce juridique de Guantanamo. En appel, le juge Green décidera (11 février 2005) que les tribunaux spéciaux établis à Guantanamo n'étaient pas conformes à la Constitution.

Les juristes rangés du côté gouvernemental n'étaient pas les premiers venus : Jay Bybee et John Yoo, par exemple, sont des professeurs en vue, et le premier est de surcroît juge d'appel. Le second sera publiquement réprimandé par son ancien professeur de droit pour avoir mis son immense talent au profit d'une politique illégale (*The New Yorker*, 14 mars 2005). D'aucuns auront été pour le moins déconcertés de voir le principal conseiller de la présidence en ces matières, l'homme qui avait proclamé « obsolètes » les conventions de Genève, Alberto Gonzales, promu *Attorney general* au début du second mandat Bush. Déjà conseiller juridique de G.W. Bush au Texas, Gonzales avait eu sa part de responsabilité dans le fait que celui-ci était devenu le gouverneur qui avait fait exécuter le plus grand nombre de condamnés à la peine capitale dans l'histoire moderne des États-Unis. C'est leur commune idée de la « justice », fondée sur l'idée binaire de crime et de châtiment, qui avait justifié à leurs yeux la prolifération des exécutions capitales au Texas, puis qui ferait dire au président que les auteurs des attentats du 11 septembre seraient arrêtés et punis, avant qu'il n'adopte la thèse de la guerre planétaire contre le terrorisme. Même si une fraction substantielle des juristes américains (et d'auteurs de contributions à l'*American Journal of International Law*) reste critique, voire ouvertement hostile aux choix de l'administration Bush, celle-ci va son chemin sur la voie de l'affirmation juridique du nationalisme quasi impérial qu'elle professe. Le mandat de Bush, confortablement confirmé en 2004, lui permettra en particulier de placer des juristes de son camp à la Cour suprême et peut-être même de nommer un idéologue de droite comme le juge Scalia ou le juge Thomas à sa tête.

Des frontières pour qui ?

C'est à *tout* le droit américain que le gouvernement a parfois voulu se soustraire et, pour ce faire, le Pentagone a trouvé le moyen idoine : la délocalisation. Ce que votre droit, vos coutumes ou vos bonnes mœurs vous empêchent de faire sur le territoire national, déplacez-le à l'étranger : « À Seattle, en décembre 1999, le *backlash* contre la globalisation était tel que les négociations internationales sur le commerce ont dû être déplacées vers un lieu où les manifestations étaient tout simplement interdites : Doha, Qatar », note Stiglitz (p. 238) ; ainsi est né le « Doha round » de l'OMC. Autrement perverse serait la délocalisation des lieux de détention pour pouvoir appliquer soi-même, ou par le biais d'interrogateurs autochtones complaisants, des méthodes interdites par le droit américain ou insupportables à son opinion. Ainsi est né Guantanamo, centre de détention construit pour créer la fiction que le centre échappe à la souveraineté américaine et que les règles de l'*habeas corpus* n'y soient pas impératives. Mais la Cour suprême, sur ce point, a clairement tranché en défaveur du gouvernement : cette base, même si elle est théoriquement sous souveraineté cubaine, se trouve bel et bien, et depuis longtemps, sous le contrôle effectif et permanent des États-Unis ; le droit américain y est donc applicable. Deux semaines après ce jugement, le CICR rappelait que les États-Unis avaient ouvert nombre de centres secrets de détention de par le monde, dans des pays complices tels que le Maroc, le Pakistan, la Jordanie, la Thaïlande ou Singapour. Quels sont les droits des détenus dans ces centres, ou, par ailleurs, en Irak ou en Afghanistan où la souveraineté formelle a été transférée mais pas nécessairement le contrôle effectif des lieux de détention ? La Cour n'a pas été si loin, même si un juge particulièrement conservateur (Scalia) a rejeté l'avis de la majorité en arguant précisément que la décision portant sur Guantanamo risquait d'être étendue aux autres centres, ce qu'il ne pouvait accepter.

Paradoxalement (mais les empires peuvent se passer de logique), si « le nouveau droit international » s'arrête aux frontières des États-Unis, le droit américain, lui, prétend avoir « une portée globale ». La Cour suprême avait apporté en 1992 un soutien remarquable à cette ligne de pensée dans l'affaire Alvarez en accordant aux tribunaux des États-Unis le droit de juger un citoyen mexicain enlevé de force par des fonctionnaires américains dans son propre pays. Face aux protestations du Mexique et d'un très grand nombre de pays, le tribunal de première instance et la cour d'appel avaient également jugé que le traité d'extradition entre les États-Unis et le Mexique avait été violé et qu'Alvarez devait donc être restitué au Mexique. Mexico avait de surcroît donné la preuve de sa fermeté en infligeant des sentences sévères à d'autres individus impliqués dans la même affaire. Mais la Cour suprême décida qu'il lui importait peu de savoir comment le prévenu avait été conduit devant le tribunal américain, ni de savoir si le pays où il avait été enlevé avait donné des preuves de sa diligence à le poursuivre. La pratique ainsi consacrée dans une affaire liée au trafic de drogue ne pouvait que s'épanouir avec la lutte contre le terrorisme. Un citoyen libanais a ainsi été enlevé par des agents secrets américains en 1995. Après le 11 Septembre, cette pratique ne connaîtra plus de freins : en Bosnie, au Malawi et dans une douzaine d'autres pays, y compris en Europe, les Américains ont arrêté des suspects, parfois sans prêter cas aux protestations des gouvernements locaux.

Il y a là, il faut le constater, un « fait du prince » qui est étendu au domaine international et qui se veut indiscutable. « La Cour a ignoré des règles bien établies dans l'interprétation des traités, méprisé des pans entiers du droit relatif au respect de la souveraineté des autres pays, et déformé autant les faits que le sens des décisions antérieures. Sa décision doit absolument être revue », écrivit Ellen Lutz (1992) à propos de l'affaire Alvarez. On n'aura également aucun mal à souligner l'inégalité sous-jacente entre États : les Américains pourraient difficilement accepter de voir ériger la réciprocité en principe, et comptent bien sur le fait que les autres pays n'auront pas la témérité ou les moyens logistiques d'agir pour la leur imposer. « Imaginons simplement comment les Américains réagiraient si le Mexique ou la France ou l'Inde reniaient leur parole et enlevaient un citoyen américain dans une rue de New York pour le juger chez eux », pouvait-on lire dans le *New York Times* (18 juin 1992). David Scheffer, alors chercheur à la Carnegie, se déclara outré par la référence de la Cour à la légitime défense, « principe détourné de ses fondements pour justifier toutes sortes d'opérations secrètes et d'interventions militaires unilatérales, et maintenant l'enlèvement d'un méprisable citoyen mexicain protégé par un accord d'extradition ». Le sénateur Moynihan flaira là un glissement vers un rejet croissant par l'Amérique de la règle *Pacta sunt servanda.*

Les années suivantes donnèrent raison tant à Scheffer qu'à Moynihan. Et comme ce précédent hautement symbolique n'a pas été inversé, il est important de savoir comment les partisans de cette décision ont pu le justifier. Robert Bork (1992) n'hésita pas à opposer au principe de la souveraineté territoriale du Mexique celui du droit des États-Unis à la légitime défense, principe qui n'était même pas affecté par l'éventuelle prédisposition du pays dans lequel le crime avait été commis à juger le coupable. Ce principe, interprété souverainement et unilatéralement par les États-Unis, prévaudrait ainsi sur un traité d'extradition en bonne et due forme, sur le principe de souveraineté territoriale et sur le droit international coutumier (dans le cas en question, de surcroît, le prévenu enlevé n'était pas le coupable principal : il s'agissait d'un médecin qui avait aidé un groupe de trafiquants à extorquer des aveux à un trafiquant retourné que le groupe devait achever ensuite). Si la légitime défense est applicable par une grande puissance dans un tel cas, certes sordide, mais tout de même plutôt limité, on imagine aisément comment elle peut être utilisée quand il s'agit d'exactions plus graves comme le terrorisme. Connu pour son opposition aux « incursions » des juges dans le domaine réservé aux deux autres pouvoirs, Bork eut recours à un deuxième argument non moins déconcertant : les tribunaux américains ne peuvent se fonder sur la coutume internationale (si établie soit-elle) pour limiter les prérogatives du président des États-Unis, la Constitution américaine s'imposant sans nuance au droit international. Son troisième argument était, lui, franchement inquiétant : le statut du FBI lui reconnaît le pouvoir d'arrêter des suspects sans lui assigner de limites territoriales ; il ne convient donc pas qu'on lui en impose, car « ce serait en contradiction avec nos dispositions constitutionnelles [...], et cela rendrait nos ressortissants encore plus vulnérables ». Ce nationalisme juridique, encore relativement isolé avant 1990, a fleuri depuis lors.

Rabkin (1999), qui s'opposait fermement à ce que des poursuites fussent entamées par un tribunal non chilien contre Pinochet, ne voyait aucun mal à ce que les États-Unis enlèvent et jugent eux-mêmes le président Noriega. La contradiction est manifeste, et Rabkin ne trouve à en sortir qu'en arguant du fait que « les successeurs de Noriega étaient bien heureux de le voir enlevé et fourré dans une prison américaine » (pour une fine analyse de l'affaire Pinochet, voir Waltz, 2001). Comment ne l'auraient-ils pas été, puisque l'action américaine leur avait d'emblée permis de le remplacer ? Nous lisons là, en réalité, une tentative quelque peu balourde de dépasser la tension inhérente à l'affirmation du néonationalisme dans le domaine du droit. Ce milieu, dont l'idéologie est plus isolationniste que la moyenne américaine, semble avoir pour réaction instinctive une forme de protectionnisme légal, de rejet de la comparaison avec les autres législations, et de résistance vigilante à « l'infection par le nouveau droit international », allant dans certaines expressions extrêmes jusqu'à en nier l'existence. Mais ces mêmes juristes sont désormais moins sollicités pour défendre la souveraineté juridique du pays que pour étendre les moyens d'action mondiale de la puissance hégémonique. Cas classique de tension entre nationalistes sur-frontiéristes et néo-impérialistes sans-frontiéristes. Lorsque Washington considère la base de Guantanamo un jour comme cubaine, le lendemain comme américaine ; lorsque l'arrestation de Noriega par les troupes américaines est légale, et les poursuites contre le général Pinochet illégales ; lorsque la lutte contre al-Qaida est un jour une poursuite de criminels dénués de toute protection, un autre « une guerre à tous les sens du terme, et non une simple opération de police » ; bref, lorsqu'on se permet une telle constance (et une telle arrogance) dans le « deux poids, deux mesures », on n'est plus dans le droit mais dans l'arbitraire, privilège des puissants.

On pourrait pourtant multiplier les exemples de « contagion » du reste du monde, de cas où les normes, les procédures, voire la philosophie du droit américaines ont bénéficié d'un véritable processus d'universalisation sans qu'il y ait eu recours au bâton. On le voit dans le fonctionnement des nouvelles organisations internationales (telle, par exemple, l'OMC) ou encore dans la criminalisation de la lutte contre le terrorisme dont « Anonymous » constate les ravages en ces termes : « Alors que la société américaine devient de jour en jour plus fertile en litiges, nous avons, pendant le dernier quart de siècle, tenté d'infliger cette forme de sclérose progressive et probablement fatale au reste de la planète, tant notre addiction aux procédures empoisonne et déforme notre politique étrangère » (p. 185). Les cas yougoslave et rwandais sont souvent cités comme des exemples où l'ONU, inspirée par le pays hôte de son siège, au lieu d'envoyer des soldats, a dépêché procureurs et avocats (Marks, 2004). Non moins patente est l'émergence d'une forme de « transgouvernementalisme » où des secteurs donnés de l'appareil d'État établissent, par mimétisme ou coordination directe, des liens solides marqués par une profonde connaissance réciproque (Slaughter, 1997). Cette tendance est perceptible, notamment, dans le domaine judiciaire où les juges n'hésitent plus à s'inspirer de leurs collègues étrangers, voire à les contredire au fil d'un dialogue croissant entre tribunaux (que Bork et le *Chief Justice* Rehnquist veulent à présent interrompre, menaçant d'exclure tout juge américain qui fonderait sa décision sur une jurisprudence étrangère ou qui s'en inspirerait).

Depuis quelques décennies, le monde privé des affaires est pourtant le lieu d'une véritable mondialisation du droit américain, processus porté par la libéralisation des économies, la globalisation des marchés, une plus grande défiance vis-à-vis des bureaucraties nationales, et l'attrait toujours plus grand exercé par les écoles de droit américaines. Plus particulièrement, un nouvel acteur transnational (les bureaux d'avocats américains) joue désormais un rôle catalytique dans ce processus d'américanisation. Dans les années 1960 et 70, des *law firms* américaines suivirent leurs clients en Europe. Le mouvement s'est par la suite accéléré, de telle sorte qu'entre 1985 et 1999 leur nombre a doublé, passant de 43 à 99, alors que le nombre des avocats qu'elles employaient sextuplait, passant de 394 à 2 236. Dans le reste du monde, ces bureaux sont passés de 80 en 1985 à 245 en 1999, et les avocats de 803 à 4 319 ; et c'est sans compter avec des dizaines d'*accounting firms* (Kelemen et Sibbitt, 2004). Pour beaucoup, « à Bruxelles, la prise de décision, pour être consensuelle entre gouvernements lors de leurs sommets, ressemble de plus en plus, aux niveaux intermédiaires, à celle qui a cours à Washington plutôt qu'à celle pratiquée à Paris, Berlin ou Madrid ».

D'aucuns, en Amérique, n'ont pu que se féliciter de cette « globalisation du droit américain » dans des domaines aussi variés que la conduite des affaires, le règlement des conflits commerciaux entre gouvernements, ou la poursuite des terroristes. D'autres y voient une bien maigre contrepartie à la menace du « nouveau droit international » sur la souveraineté de leur pays, en particulier sur l'immunité de ses dirigeants et de ses soldats.

Inacceptable CPI

Dans la logique du néonationalisme juridique, et davantage encore dans celle du projet hégémonique, distinctes quoique souvent complémentaires, l'existence et le rôle de la Cour pénale internationale ne pouvaient être acceptables. Sur cette question, l'Amérique aura payé le prix de ses propres contradictions : les tergiversations de l'administration Clinton, sa certitude que ses alliés européens n'allaient pas la lâcher, sa sous-estimation du mouvement global que la convention d'Ottawa sur les mines antipersonnel avait enclenché en dépit de l'opposition des États-Unis, et, de l'autre côté, sa crainte d'irriter un Congrès à majorité républicaine et un establishment militaire aux aguets, lui ont fait perdre de précieuses occasions de peser sur les réunions qui, cinq ans durant, avaient mis au point le texte du traité. Les États-Unis étaient d'autant plus embarrassés qu'ils avaient voté en 1993 la résolution du Conseil de sécurité donnant le coup d'envoi aux travaux. Au lendemain des accords de Dayton sur la Bosnie, et après deux ans au cours desquels le soutien de Clinton au projet parut plutôt tiède, l'administration s'engagea plus ouvertement. Un peu tard : à Rome, un certain climat s'était déjà imposé, porté par une coalition de pays « qui pensent de la même manière » (*like minded*), comme le Canada et les Pays-Bas. Comme le texte interdisait les réserves et ne pouvait être amendé qu'après une période de sept ans suivant son entrée en vigueur, Washington ne trouva d'autre issue que de voter contre, se retrouvant faire partie d'une petite minorité d'États comprenant la Libye, Israël, la Chine et l'Irak, tout en voyant l'ensemble de ses alliés atlantiques (même le Royaume-Uni !) accepter le texte. Le président Clinton autorisa en définitive la signature du traité quelques heures à peine avant l'expiration du délai prévu et quelques semaines avant de quitter son poste ; mais, « au vu des défauts substantiels du texte », il ne le transmit pas pour ratification au Sénat et recommanda à son successeur d'en faire autant.

Le traité avait pourtant repris de nombreuses propositions à l'origine formulées ou fortement soutenues par Washington, comme l'inclusion dans la compétence de la CPI (ce que les conventions de Genève n'avaient osé faire) des actes commis pendant des guerres civiles, ou des crimes contre l'humanité perpétrés hors des situations de guerre, ou d'actes commis par des tyrans contre leurs propres populations, ou encore le fait de considérer les violences sexuelles comme un moyen de guerre. Sur d'autres points, les auteurs avaient cherché à rassurer les États-Unis, en affirmant par exemple que la CPI n'interviendrait que si les tribunaux nationaux avaient refusé de se saisir du cas ou le traitaient avec mauvaise foi. Le texte avait rendu aussi difficile que les Américains le voulaient l'extension de la compétence de la Cour hors le triptyque unanimement agréé de génocide, crimes contre l'humanité et crimes de guerre, exigeant des conditions bien plus restrictives pour l'invocation de la simple « agression » que les Américains trouvaient à juste titre non ou mal définie (insatisfaits par cette qualification, les États-Unis considèrent ce point comme le plus grave défaut du traité). Enfin, même si une très large majorité était favorable à considérer les armes nucléaires comme « disproportionnées » et donc à en interdire l'usage, on les aura exclues du texte, toujours pour contenter les Américains.

Plus important encore que tout ce qui précède : le statut de la Cour respecte tout traité bilatéral entre les États-Unis et tel ou tel autre pays dans lequel les troupes américaines seraient stationnées et qui les soustrairait au système judiciaire de ce dernier.

À l'évidence, les autres pays allaient déployer de grands efforts pour lever une à une les objections américaines, tant ils étaient conscients de l'importance vitale, pour le traité, que la première puissance mondiale y fût partie prenante. L'exemple récent du tribunal pour l'ex-Yougoslavie (TPIY), où les juges étaient pratiquement chargés de localiser et d'arrêter les suspects, était présent à tous les esprits : comment cela aurait-il été possible sans le « bras séculier » d'une grande puissance ? Mais rien n'y suffit. Sans attendre la conclusion du traité, et même dès le début des travaux, certains s'élevèrent contre cette « criminalisation du politique » en recommandant sinon un rejet brutal du projet encore à l'état d'esquisse, du moins une très grande vigilance (Rubin, 1993). Fondamentalement suspicieux sur le principe, le Pentagone semblait conduire les négociations dans le dos des diplomates (Tucker, 2001). Même s'il trouvait des défauts au traité de Rome, Aryeh Neier, président de l'Open Society Institute, le considérait néanmoins comme « un accomplissement historique », regrettant surtout que « Clinton ait permis au Pentagone de dominer la politique américaine à l'égard de la Cour, le diplomate qui représentait le Département d'État, David Scheffer, n'étant plus que le porte-parole du Pentagone » (la même accusation de résignation à la suprématie des militaires avait déjà été proférée contre Clinton pendant les négociations à Ottawa du traité sur les mines antipersonnel).

Ce qui augmentait encore les réticences déjà bien fortes du Pentagone, c'était que, quelques mois auparavant, Louise Arbour et Carla Del Ponte, les deux procureurs successifs du TPIY, avaient, suite aux frappes de l'OTAN contre de multiples objectifs civils, rejeté un pourvoi contre les dirigeants civils et militaires américains, formé par des organisations de défense des droits de l'homme, non sur le principe même de sa recevabilité, mais parce que le tribunal ne pouvait disposer des moyens d'investigation nécessaires. « La majorité des Américains seraient surpris d'apprendre que le TPIY, créé à l'initiative de leur propre pays pour juger les criminels de guerre dans les Balkans, s'est arrogé le droit d'interroger des dirigeants politiques ou militaires américains pour de prétendus comportements criminels », s'indigna Henry Kissinger (2001). Les juristes proches du gouvernement soulignèrent pour leur part « l'absence frappante de toute limite au pouvoir discrétionnaire du procureur international. Nommé par consensus, il n'a de comptes à rendre à personne » (McGinnis, 2005). Le Pentagone a donc poussé à l'adoption d'exceptions à la compétence de la Cour, excluant ou des pays en particulier, ou du moins certaines de leurs interventions. Des exceptions ? Pourquoi pas, ont répondu les autres pays ; sauf que, comme le note Human Rights Watch, « les exceptions proposées par les États-Unis représentaient une échappatoire de la taille d'un grand canyon » (Rudolph) et ne pouvaient donc être entérinées par les autres pays.

Ce que les États-Unis voulaient en réalité, c'est que le traité ne pût pas leur être applicable, alors même que leur pays est de loin le plus fréquemment engagé dans les conflits ouverts de par le monde, ainsi que le reconnaîtra le sénateur Helms (alors président de la commission des Affaires étrangères du Sénat) en tempêtant contre un texte qui « n'accorde pas une protection à cent pour cent à nos GI's ». Kissinger (2001) subodore une volonté de revanche politique de la gauche mondiale dans l'affaire Pinochet, « précédent dangereux » à ses yeux et qui devient universel de par la formation de la CPI dans laquelle il perçoit « une atteinte fondamentale à la pratique constitutionnelle américaine » telle qu'un débat doit impérativement s'ouvrir pour vérifier si le pays souhaite vraiment l'admettre. « Ce n'est pas que l'Amérique veuille une règle pour elle-même et une autre pour le reste du monde, mais il se trouve que l'Amérique a besoin d'une considération spéciale pour le rôle qu'elle joue en matière de sécurité dans les périphéries non encore globalisées du monde », écrit Barnett (p. 176), autre partisan déclaré de l'exception globale dont l'Amérique devrait bénéficier. Ce ne serait pas, nous invite-t-il à penser, l'inégalité patente que l'on pourrait penser, mais une légitime récompense pour un pays qui a pris sur lui de « connecter » au noyau dur de la civilisation globale le monde qui lui est encore fermé, et qui a besoin, pour ce faire, d'agir en toute liberté ! Bref, face à un choix qui ne cesse de se répéter entre le nationalisme juridiquement protectionniste et la mondialisation *pour les autres* des desiderata américains, Washington cherchait une fois encore à cumuler les avantages des deux termes de l'alternative.

Tant pis pour le rappel fait par un professeur de droit à Yale, ex-procureur, qui plus est de droite (Wedgwood), ou par un historien également très respecté à droite (Tucker, 2001), qu'à défaut d'avoir imposé toutes leurs vues à la conférence de Rome les États-Unis avaient pu atteindre la plupart de leurs objectifs ! Sur la question particulière de la juridiction universelle de la Cour, Tucker, généralement connu pour son nationalisme sourcilleux, après avoir présenté les deux points de vue, conclut nettement à la justesse de la position des partisans du traité, notamment au vu des nombreux cas où les États-Unis l'avaient antérieurement acceptée.

D'aucuns se sont aussi échinés à rappeler que la CPI avait été instituée pour « traiter des horreurs des guerres civiles contemporaines, et non pour abaisser la prééminence américaine » (Wedgwood, 1998). Il n'en reste pas moins vrai que les États-Unis sont impliqués dans maints conflits et que n'importe quel État peut se pourvoir devant la CPI contre leurs soldats si leurs propres tribunaux venaient à ne pas faire le nécessaire (ce que les conventions de Genève permettaient déjà). Les partisans du traité ont déployé d'autres arguments solides : les conventions de Genève, celle sur le génocide (quoique avec 38 ans de retard !) autant que celle contre la torture, l'une et l'autre signées et ratifiées par Washington, prévoient déjà la possibilité d'une compétence extraterritoriale et de l'extradition des coupables. Et à la critique selon laquelle les Américains pourraient être poursuivis alors qu'ils ne sont pas parties au traité, on rappela (Roth, 2001) les pratiques similaires de la justice américaine (poursuites contre Noriega, par exemple, ou contre les terroristes et les trafiquants de drogue). À l'argument de l'absence de jury dans une CPI qui a voulu réaliser une synthèse du droit romain et du *common law* on a répondu que les cours martiales américaines, elles non plus, ne fonctionnent pas avec un jury. Peu suspect de gauchisme, Tucker (2001) rappela d'ailleurs que le tribunal de Nuremberg avait été une invention américaine.

À défaut d'exclure les États-Unis en bonne et due forme de la compétence de la Cour en guise de contrepartie à leur adhésion (ce qui était logiquement impensable, mais que le sénateur Helms crut pouvoir envisager), ce que Washington voulait, c'était une Cour dominée par le Conseil de sécurité, dont le procureur ne pourrait jamais agir de son propre chef et où les cas lui seraient transmis par décision préalable du Conseil au sein duquel Washington détient bien sûr un droit de veto. Un vétéran britannique de l'affaire Pinochet (Marks, 2004) recommande exactement la même chose pour d'éventuelles poursuites contre des officiels : que le Conseil de sécurité soit doté du droit de lever leur immunité pour permettre à la justice d'entrer en action. Ce détour par le Conseil était le stratagème suggéré par les diplomates aux militaires, car « ce que le Pentagone exigeait, c'était l'assurance que jamais un soldat américain ne serait traîné devant la Cour sans le consentement préalable de son gouvernement » (Tucker, 2001).

À défaut de tout cela, et même s'ils ont été les premiers à les critiquer, certains Américains ont suggéré de se contenter de tribunaux *ad hoc* (lesquels trouvent grâce aux yeux de Kissinger ou du juriste McGinniss), créés au cas par cas par le Conseil (cher au cœur du vieux professeur). Mais on savait que ce serait un pis-aller bien hasardeux : soucieux de tourner la page douloureuse du Viêt-nam, les États-Unis montrèrent par exemple beaucoup de réticences à créer un tribunal spécial pour juger des crimes commis au Cambodge. De surcroît, le principe même d'une Cour permanente faisait sens pour une nette majorité de pays, non seulement afin d'unifier les procédures ou de limiter les frais, mais d'abord pour définir une jurisprudence consistante qui permettrait, dans l'immédiat, des procès mieux organisés, moins longs et plus crédibles, et qui pourrait, graduellement, produire un effet dissuasif sur les auteurs potentiels de crimes sanctionnés par le traité.

La culture procédurière propre aux États-Unis, leurs pressions pour créer hier les tribunaux de Nuremberg, plus récemment le TPIY, demain celui de Bagdad, de même que leur soutien initial au projet de CPI, les empêchaient d'aller plus loin dans le rejet du principe même d'une telle instance. C'est pourtant ce que fait désormais une fraction des chercheurs en sciences sociales en se penchant sur les situations post-conflictuelles. L'enquête menée entre autres par Snyder et Vinjamuri (2003-04) sur une trentaine de cas les a convaincus que des amnisties, voire éventuellement des opérations-vérité étaient d'un meilleur effet que les tribunaux pour traiter des crimes de guerre. Si l'objectif est d'éviter de nouvelles atrocités, il ne faut pas commencer par ériger des tribunaux, mais avant toute chose entamer un *bargain* politique entre les forces en présence. Les procès éventuels auraient alors trois vertus : envoyer un signal fort contre toute récidive ; renforcer l'état de droit en en donnant l'exemple ; individualiser le crime pour limiter le risque de nouveaux conflits entre groupes. Les tribunaux existants, locaux ou internationaux, n'auraient pour leur part réalisé aucun de ces objectifs ; il se pourrait même qu'ils aient, dans certains cas, aggravé la situation.

Mais que faire alors que l'adhésion à l'Union européenne est dorénavant conditionnée par l'adhésion préalable à la CPI, et alors que, depuis que le traité qui la fonde est entré en vigueur, des soldats américains, en vertu de ce traité, pourraient être poursuivis devant elle pour crimes de guerre si les tribunaux américains ne le faisaient pas ? Les « modérés » ou « réalistes » de droite (Tucker, Kissinger, Wedgwood) conseillent de ne pas irriter davantage les autres pays en rejetant le traité, mais de le laisser mûrir, de voir s'il peut fonctionner et de décider, d'ici quelques années, de la marche à suivre. Les idéologues (Rivkin et Casey) se montrent plus catégoriques : si les Européens se mêlent de l'appliquer aux soldats américains alors que les États-Unis ont refusé cette CPI, ce sera un coup mortel pour l'Alliance atlantique. Iklé (2004), représentant une forme d'isolationnisme juridique, parle d'un virus qui a infecté les États-Unis dès 1789, quand le pays adopta l'Alien Tort Claim qui permet à un étranger de se pourvoir devant un tribunal américain pour réclamer compensation pour un préjudice commis dans un pays étranger. Plutôt que d'abroger ce texte, le Congrès a voté en 1996 une loi permettant à des Américains de se pourvoir devant un tribunal américain contre un pays qui aurait soutenu un acte terroriste dont ils auraient été victimes à l'étranger. Cette internationalisation progressive du droit est un virus qui aurait infecté l'Espagne (affaire Pinochet), puis la Belgique (massacres africains), et qui aurait même fini par toucher Ariel Sharon si Rumsfeld n'avait pas menacé les Belges de déménager le siège de l'OTAN si la loi le visant n'était pas rapportée : « On peut voir que le train a quitté la gare et que sa lointaine destination est un gouvernement mondial. » Pour stopper ce train, il serait judicieux que l'Amérique donnât l'exemple en annulant l'Alien Tort Claim et toute législation similaire, poussant les autres pays à « lâcher » à leur tour la CPI de sorte qu'on en revienne au « chacun chez soi » judiciaire !

La diplomatie américaine a trouvé un subterfuge dans l'article 98 du Traité de Rome qui permet de signer des accords bilatéraux pour y soustraire les citoyens d'un État qui n'est pas partie prenante à son application. Elle a été plus loin, jusqu'à vouloir inclure dans le texte de la résolution de l'ONU rétablissant la souveraineté de l'Irak une immunisation des soldats américains contre toute poursuite du fait de leur comportement dans ce pays. Mais cette requête a été émise alors même que le scandale d'Abou Ghraïb était à son comble, ce qui permit à une nette majorité au sein du Conseil de sécurité (et au secrétaire général de l'ONU) de dissuader Washington de tenter d'obtenir un vote sur cette question. Washington peut encore influencer la Cour par le truchement de ses alliés, par le recours à l'article 98 ou en l'excluant de son financement du système onusien.

Mais, pour celui qui devint le numéro 3 du Département d'État sous Bush junior, avant d'être proposé, comble de l'ironie, représentant de son pays auprès de l'ONU, début 2005, John Bolton (1998-99), ce sont là des bouts de ficelle qui n'arrangeront en rien les choses. Il voit dans le traité de Rome une machine de guerre dirigée contre le président des États-Unis et ses collaborateurs. Ses griefs sont nombreux : atteinte au droit inaliénable du pays d'émettre des réserves, institution d'un procureur en apparence indépendant mais en réalité influençable par la majorité de l'Assemblée générale de l'ONU, une Cour qui fonctionne sans aucun contrôle. Bolton va même jusqu'à faire sienne la position israélienne qui reproche au Traité de Rome de considérer comme illégaux les transferts de population civile dans les zones occupées. Il recommande donc, tout comme — sauf indication contraire — le gouvernement Bush junior qui l'a ramené aux affaires, un triple « non » : pas de soutien financier à la CPI ; pas de coopération avec elle ; pas de négociations avec les autres États pour la rendre acceptable par Washington. Ses tares originelles sont telles qu'elle ne peut être améliorée. Il n'y a plus qu'à la laisser mourir, puisque sa survie dépend de l'appui qu'elle peut recevoir de l'hyperpuissance et que celle-ci le lui refuse purement et simplement. On revient ainsi à une logique bien classique du rapport de forces : une majorité d'États, même massive, même quand elle comprend les alliés traditionnels des États-Unis, a beau applaudir à la CPI ou, entre autres exemples, signer le protocole de Kyoto sur l'environnement (entré en vigueur le 15 février 2005), l'Amérique rejette ces textes et met au défi ces « Lilliputiens » présomptueux de l'ère unipolaire de pouvoir appliquer ces traités sans elle.

*Mort de l'*arms control, *apogée de la contre-prolifération*

La logique unipolaire permet à l'Amérique de se doter de règles à sa convenance, quitte à dénoncer les traités contraignants. La logique d'opportunité (et non plus de menace) la pousse, elle, à vouloir s'assurer le libre accès aux différentes régions du monde. Cette double logique, en filigrane depuis 1989, connaît son apogée sous Bush junior et explique le double mouvement de son administration : le projet d'une sanctuarisation du territoire national contre les missiles balistiques (National Missile Defence, NMD) s'accompagne d'un effort sans précédent pour priver l'adversaire réel ou potentiel des moyens d'interdire ou même d'entraver l'accès des Américains aux quatre coins de la planète. Sur-frontiérisme pour protéger le *Homeland* américain, sansfrontiérisme pour ses propres troupes : tel est bien le résultat naturel de ce mélange de nationalisme sécuritaire et de néo-impérialisme interventionniste qui est à l'œuvre et dont l'utopie pourrait bien être, alors même que ses citoyens sont déjà tout ce qu'il y a de légalement détenteurs d'armes, de monopoliser pour elle-même l'usage de la force à l'échelle planétaire.

L'obsession de sa propre sécurité chez la puissance la plus imposante de la planète a légitimé à ses yeux la dénonciation du traité ABM, signé en 1972 à partir d'une proposition américaine qu'il avait fallu fortement presser Moscou de parapher, et la reprise non point de l'IDS reaganienne, bien trop ambitieuse pour être réalisable, mais d'un programme national de défense antimissiles. Delpech (2001) a beau penser que le traité ABM avait surtout « une valeur symbolique », aucun pays du monde n'est apparemment ravi de le voir dénoncer et de voir relancer le NMD. Un malaise qui s'accompagne d'un doute sur l'utilité même de ce dernier projet : « La défense contre les missiles d'États voyous paraît désirable, écrivait quasi prophétiquement Robert Levine (2001) à la veille des attaques du 11 Septembre, mais les voyous, pour attaquer l'Amérique, peuvent ne pas avoir besoin de missiles. »

Pourquoi cette gêne, voire cette hostilité générale ? Parce que l'Amérique conforterait, si elle réussissait à relancer le NMD, une suprématie qui n'est déjà que trop évidente ? Certainement. Parce qu'elle relancerait ainsi une course aux armements très coûteuse et dans des domaines nouveaux ? Non moins certainement. D'autres raisons sont plus profondes : si l'Amérique, avec sa toute-puissance, ne donne pas elle-même l'exemple en matière de respect des traités signés et ratifiés, comment empêcher que des puissances supposées « révisionnistes », comme la Chine ou l'Iran, n'en fassent pas demain autant ? Par ailleurs, ce système antimissiles, tout défensif qu'il est, n'est-il pas aussi offensif, en cela qu'il libère davantage l'Amérique des soucis de défense de son propre sol pour une projection encore plus débridée de sa force militaire ? Pourtant, s'il est une idée qui s'imposait déjà à l'esprit des dirigeants de l'administration Bush avant même qu'ils n'accèdent au pouvoir, c'était bien cette relance du NMD, rappelle Newhouse, lequel estime que « le NMD aura beau avoir raison de certains obstacles technologiques, il est improbable qu'il puisse engendrer un supplément de stabilité ou de sécurité. Au contraire, il pourrait rendre le monde moins stable, et faire des États-Unis un espace plus insulaire et plus vulnérable ».

Les partisans de l'*arms control* sont naturellement déçus par cette échappée unilatérale. C'est que la décennie qui sépare la fin de la guerre froide de l'arrivée au pouvoir de l'équipe Bush junior a tout de même été marquée par de véritables succès remportés grâce, en particulier, à l'activisme diplomatique américain, déjà du temps de Bush senior, voire de R. Reagan : accord américano-russe sur une réduction substantielle des arsenaux stratégiques ; coopération de plusieurs républiques ex-soviétiques qui ont restitué à la Russie, et à elle seule, pour être détruites, les têtes nucléaires en leur possession au jour de la décomposition de l'Union soviétique ; prorogation indéfinie, en 1995, du traité contre la prolifération des armes nucléaires (TNP) ; dé-prolifération volontaire de l'Afrique du Sud, du Brésil et de l'Argentine, etc. Il y eut aussi de « fâcheuses nouvelles », notamment dans le sous-continent indien et, dans une moindre mesure, au Moyen-Orient, et c'est prématurément, avant même que Bush ne soit élu président (Betts, 1998), que certains avaient incité à annoncer la mort de l'*arms control*, mais le bilan était indubitablement positif : au cours des vingt dernières années du siècle écoulé, bien plus nombreux furent les pays à avoir mis fin à leurs ambitions nucléaires que ceux qui tentèrent de les concrétiser.

Ne fallait-il pas continuer dans cette voie ? La décision très précoce (probablement avant son installation officielle) de frapper l'Irak, puis les attaques de Septembre ont au contraire conduit l'administration Bush hors des chemins du multilatéralisme, vers une contre-prolifération préventive musclée. Au nom d'un attachement à la non-prolifération, on aurait pu tolérer davantage ce choix américain, n'eussent été ses motivations politiques par trop criantes. Comment justifier en des termes non politiques (voire religieux) la permissivité à l'égard de l'Inde et la plus grande sévérité envers le Pakistan ou l'Iran ? Pourquoi ce silence quasi approbateur face à l'arsenal nucléaire israélien, et cet acharnement contre l'Iran, l'Irak et la Libye ? Pourquoi, ayant désigné les trois « proliférateurs » de l'« axe du Mal » en janvier 2002, Bush a-t-il commencé par s'attaquer à l'Irak qui était, selon un consensus général, un suspect bien moins avéré que l'Iran et surtout que la Corée du Nord ? Cette dernière a ouvertement défié Bush au début de son second mandat en se reconnaissant des moyens nucléaires et en se retirant des négociations multilatérales à six, suscitant une réaction étonnamment placide de Washington qui accorde désormais la priorité au cas iranien qu'elle entend porter devant le Conseil de sécurité. Poser ces questions, c'est reconnaître que d'autres raisons motivèrent ces choix. Ce qui ne rend pas moins inquiétante l'extrême légèreté américaine en cette matière pourtant cruciale pour l'ensemble de l'humanité, une légèreté qui a fait dire à Paul Wolfowitz : « nous avons brandi la menace d'ADM uniquement parce qu'au sein de l'administration sur le point d'engager la guerre contre l'Irak c'était le seul point d'accord complet entre nous », ou qui a conduit Colin Powell (et Tony Blair) à se livrer à un exposé fort bien illustré, mais largement faux sur les arsenaux irakiens. On n'est guère plus rassuré quand on lit dans un rapport officiel (Hersman et Koca, 2004) quelle extraordinaire légèreté a aussi présidé à la gestion des sites irakiens suspects après la chute du régime ba'asiste et alors que le pays était entre les mains des Américains : pour des raisons de dysfonctionnement entre départements concernés et unités militaires rivales, les Américains ont pratiquement ignoré ces sites, pourtant préalablement identifiés, et ce, de juin à septembre 2003, les laissant aux mains de pillards qui savaient ce qu'ils faisaient ou qui croyaient emporter de la ferraille pour la revendre, le tout exporté hors d'Irak en quelques semaines, quand il n'était pas déjà tombé entre les mains des insurgés. L'inquiétude atteint son comble lorsqu'on apprend que, pour remédier à cette incroyable désinvolture, le même rapport appelle à une élimination méthodique non seulement des armes ou des matières premières, mais aussi de l'« expertise en ce domaine ». Par l'assassinat de scientifiques, par exemple ? Au vu du nombre élevé de savants irakiens assassinés sous l'occupation dans des circonstances toujours mystérieuses, bon nombre d'Irakiens, et pas uniquement parmi les nostalgiques du régime déchu, le pensent à tort ou à raison.

La prochaine fois que l'administration de Washington criera au loup, il n'est pas sûr qu'elle soit entendue, tant la prolifération est une affaire qui exige de ceux qui y sont sincèrement opposés un comportement un peu moins irresponsable. Le rapport de la Commission nationale (2005) dira qu'il faudra de « très nombreuses années » avant que le pays recouvre sa crédibilité entamée par ses mensonges sur l'arsenal irakien. À cela, un préalable qui est malheureusement rejeté par Bush et ses collaborateurs : quand on est vraiment hostile à la prolifération, on ne peut conditionner sa position à l'identité du proliférant, comme si ce processus était anodin entre les mains de certains pays (ou religions, ou races) et dangereux entre celles d'autres ; comme si cibler inconsidérément l'Irak sur ce chapitre n'avait pas convaincu d'autres proliférants potentiels (pas la Libye, certes, qui changea radicalement de position, mais l'Iran ou la Corée du Nord) d'accélérer leur programme nucléaire et balistique pour se sanctuariser contre une éventuelle attaque (c'est même là un des effets pervers les plus graves de l'opération irakienne, reconnaît Gaddis, 2005) ; comme si les inspections intrusives de l'UNSCOM et de l'UNMOVIC en Irak, sanctionnées par le Conseil de sécurité, n'avaient pas eu les effets vérifiables que l'on sait (ce que Hans Blix n'a cessé de clamer et que même les partisans de Bush, tel Straus [2004], ont fini par reconnaître, regrettant, mais après coup, qu'un régime d'inspection aussi efficace n'ait pas été maintenu en Irak et même étendu à d'autres États suspects) ; comme si la non-prolifération n'était pas une entreprise qui requiert, bien plus que d'autres, un effort multilatéral ; comme si la règle des deux poids, deux mesures, en ce domaine aussi, n'alimentait pas d'abondance l'anti-américanisme durable qui affecte le monde. Nombreux sont ceux qui, en Amérique même, en sont ainsi venus à conclure que la politique unilatérale et musclée adoptée par Bush comme seul remède à la prolifération était non seulement risquée, mais peut-être même contre-productive. Deux anciens responsables en la matière l'ont clairement exprimé : John Deutsch (2005), en appelant, sur le nucléaire, à une posture plus modeste et à une non-prolifération plus multilatérale ; Ashton Carter (2004) pour souligner que la politique suivie depuis 2001 finit « par agresser les gens plus vigoureusement que les armes », par confondre lutte contre la prolifération et guerre au terrorisme, et, du fait de ses penchants unilatéraux, par réduire la contribution pourtant cruciale des autres pays en matière de renseignement.

Certains faucons de l'administration ne s'arrêteront pas pour autant en si bon chemin : les armes nucléaires interdites aux autres sont promises à un bel avenir quand il s'agit des leurs. Ils annoncent donc un « second âge nucléaire », et si le moratoire de 1992 sur les nouveaux essais est encore respecté par les États-Unis, le Sénat a refusé en 1999 d'autoriser la ratification du CTBT (Comprehensive Test Ban Treaty) ; certains responsables de l'administration Bush parlent ouvertement de réduire le délai nécessaire pour la reprise de ces essais en vue d'un éventuel recours à des armes nucléaires tactiques dans la guerre contre le terrorisme (Deibel, 2002). L'adoption du CTBT serait pourtant un signal fort donné à tous les États potentiellement proliférateurs que les « grands » reconnaissent la saturation actuelle de leur arsenal nucléaire et ne cherchent pas à le développer. Ce signal serait de surcroît bien peu risqué : nul ne semble penser que les États-Unis aient besoin, dans le court terme, de procéder à de nouveaux essais. Pourquoi dès lors ne pas adopter la proposition de John Deutsch (2005), l'ancien patron de la CIA, qui consisterait à signer le traité pour une période de cinq ans renouvelable en fonction des circonstances ?

Au mépris de traités qui avaient été âprement négociés et quasi unanimement approuvés les États-Unis redeviennent en fait le premier artisan de la prolifération. Berman (2003-04) parle d'une vraie révolution en cours, comportant trois segments : l'adoption de la guerre préventive ; la contre-prolifération musclée ; le retour au programme de défense antimissiles. Juridiquement, ces trois segments sont également contestables. Politiquement, l'affaire irakienne allait ternir cette révolution avant qu'elle ne se mette en place, montrant qu'il n'existe pas de code perceptible du recours à l'usage préventif de la force alors que des calculs alambiqués en Asie font que l'inaction prévisible contre la Corée du Nord ne peut qu'aggraver les doutes suscités par l'action contre l'Irak. Plus sérieux encore est le maintien d'une grande opacité autour de l'arsenal américain lui-même et, pis encore, autour des intentions du pays qui le détient. Les groupes terroristes ne cesseraient sans doute pas leurs efforts pour se doter d'une arme nucléaire si les États-Unis décidaient de donner l'exemple en se montrant plus transparents ou en réduisant leur arsenal. Mais les États ? On peut penser, en revanche, que le maintien de l'option de *first use* par les États-Unis encourage la prolifération : si la super-puissance militaire du monde contemporain ne renonce pas d'elle-même à l'option d'utiliser en premier ses armes nucléaires alors même que son arsenal conventionnel est si imposant, c'est qu'elle reconnaît au nucléaire une valeur qu'aucune autre arme ne possède, et encourage d'autant la prolifération. Cette tendance, confirmée dans la *Strategy* définie en 2002, qui ne distingue nullement entre armes conventionnelles et armements nucléaires dans une opération de représailles, agit à la fois comme une dissuasion vis-à-vis de ceux qui penseraient attaquer l'Amérique, mais comme un encouragement à la prolifération pour les pays qui pensent pouvoir être attaqués par elle.

La relative résignation avec laquelle le monde a vu Israël, l'Inde et le Pakistan franchir le seuil du nucléaire n'a échappé à aucun des proliférateurs potentiels. L'intérêt renouvelé, en Amérique même, pour l'arme nucléaire, non plus. Une nouvelle vague de prolifération est aujourd'hui une éventualité à ne pas écarter. Les sondages, en Amérique et ailleurs, indiquent pourtant la crainte croissante d'une attaque nucléaire, surtout quand elle est le fait d'un groupe non étatique. Le risque augmente, mais la conscience de ce risque aussi, l'un et l'autre illustrés par l'intérêt sans précédent porté aux négociations à six sur la Corée du Nord (unilatéralement interrompues par Kim Jong Il au moment où ces lignes sont écrites), et par la saga du nucléaire iranien où d'éventuelles opérations secrètes, peut-être déjà en cours, semblent aller de pair avec les pressions diplomatiques. Faut-il oublier pour autant que si la prolifération est en soi un mal, la contre-prolifération peut, elle aussi, exacerber les tensions internationales ? L'hypocrisie organique du régime instauré par le traité de non-prolifération ne doit-elle pas inciter à s'armer de la plus grande légitimité possible avant d'envisager une opération de contre-prolifération ? Compter sur l'action préventive et unilatérale en cette matière peut certes retarder un programme de quelques années (comme ce fut le cas avec la destruction d'Osirak en 1981 par l'aviation israélienne). Mais une telle approche, posée en dogme dans la *Strategy* de 2002, comporte elle aussi des risques : celui d'une volonté encore plus nette de se doter d'armes nucléaires pour faire face à une nouvelle attaque américaine, ou celui d'un terrorisme vengeur si la prévention musclée appliquée par l'Amérique a réussi à atteindre son objectif. Ces risques sont assez importants pour intégrer, dans une politique raisonnable de non-prolifération, des éléments de droit qui visent à renforcer les régimes internationaux en place, des « carottes financières » en guise de compensation, comme ce fut le cas pour les ex-républiques soviétiques, une action diplomatique qui traite les motivations des proliférants, et, d'abord et avant tout, les vertus de l'exemple que la puissance la plus forte pourrait donner aux plus petites en osant dévaluer son propre arsenal nucléaire afin de le rendre un peu moins attrayant pour les autres.

Que faire de l'ONU ?

Tout ordre unipolaire sied mal à l'ONU. Depuis la fin de la guerre froide, Washington, qui fut pourtant le principal architecte de l'Organisation et qui a su, depuis la guerre de Corée jusqu'à celle du Koweit, en tirer de substantiels avantages, a pris la mauvaise habitude de la maltraiter. Le premier secrétaire général d'après la guerre froide, Boutros Boutros-Ghali, en aura fait les frais, que ce soit par la campagne réussie que Madeleine Albright a organisée contre le renouvellement de son mandat ou par l'inoubliable vulgarité avec laquelle le sénateur Bob Dole, candidat républicain malheureux à l'élection de 1996, a prononcé son nom pour susciter les sifflets faciles de ses auditoires. Par-delà ces péripéties peu glorieuses, la réalité est là : nichée dans une ville de la « Nouvelle Rome », vivant largement grâce à sa contribution financière et inévitablement à son rythme, l'ONU peine à rester elle-même et à servir encore « la paix et la sécurité internationales » alors que sa marge de manœuvre a été sérieusement amputée par les bouleversements politiques mondiaux de ces deux dernières décennies.

L'importance de la contribution financière américaine au fonctionnement de l'Organisation en est certes une des raisons. Fin 2000, Washington a réussi un coup de maître à l'ONU : alors même qu'elle venait de connaître une décennie de croissance inégalée, l'Amérique parvint à réduire sa contribution. L'activisme de l'ambassadeur Holbrooke y a été pour beaucoup, de même que le travail au corps des délégations (Nossel). Mais le fait que les États-Unis avaient un milliard de dollars d'impayés que certains sénateurs menaçaient de ne jamais débloquer fut de loin l'argument essentiel pour obtenir ce rabais. Pour le financement des opérations de maintien de la paix, pour la lutte contre le sida, pour les opérations humanitaires d'urgence, l'apport financier de la première puissance financière du monde pèse lourd sur les choix et sur les politiques, et c'est de bonne guerre : si l'on met à part la contribution régulière, il est naturellement difficile de contraindre un pays à verser une contribution volontaire au profit d'un programme ou d'une opération qui ne recueillerait pas son assentiment (les quelques jours de silence américain après le tsunami asiatique de la fin 2004, suivis d'un échange acrimonieux entre le responsable du secteur humanitaire de l'ONU et les officiels américains, resteront dans les mémoires).

Mais, on l'aura compris, le problème est autrement plus sérieux. Il réside dans l'inadéquation entre les penchants naturellement unilatéralistes d'une hyperpuissance et la raison d'être multilatéraliste de l'Organisation. « Quel type de puissance impériale sommes-nous donc si nous devons faire la tournée des petits pays siégeant au Conseil de sécurité pour les supplier de, s'il vous plaît, vouloir bien nous autoriser à aller envahir tel ou tel pays et renverser son horrible dirigeant que tout le monde déteste ? » se demande ironiquement Barnett (p. 119). Une telle modestie ne sied évidemment pas à la puissance unipolaire. D'où les réfutations conceptuelles de la Charte en tant que droit contraignant citées plus haut ; d'où cette méfiance à l'égard des autres membres permanents du Conseil de sécurité et ce mépris des résolutions de l'Assemblée générale, également suspectés d'attenter à la primauté de l'Amérique, à sa liberté d'action et à son prestige. Une des raisons pour lesquelles Condoleezza Rice, au cours de la campagne présidentielle de 2000, s'opposait à la multiplication des interventions humanitaires qu'elle reprochait à l'administration Clinton d'avoir favorisée, c'est qu'une définition trop large de l'intérêt national, en vue de justifier de telles missions, pourrait conduire les États-Unis « à regarder du côté de l'ONU pour lui demander de légitimer notre recours à la force armée dans le cadre de ces missions, ce qui impliquerait que nous devrions le faire même quand nos intérêts vitaux sont en cause, ce qui constituerait une grave erreur » (Rice, 2000). Elle n'est pas contredite par le sénateur démocrate Jesse Helms (2000), alors président de la Commission des Affaires étrangères du Sénat : « L'ONU n'a aucune compétence pour accorder ou refuser la légitimité aux actions de l'Amérique en vue d'aider les autres peuples ; ces actions sont intrinsèquement légitimes. » Et d'ajouter : « Le droit international n'a pas triomphé de Hitler, pas plus qu'il n'a gagné la guerre froide. » Et qu'on n'oppose surtout pas au vétéran du Sénat la Charte de l'ONU : « C'est un traité comme les autres et une simple loi du Congrès peut, à n'importe quel moment, prévaloir sur lui. »

L'affaire irakienne allait transformer une divergence déjà tendue en crise ouverte. L'ONU fut alors incapable de faire émerger en Conseil de sécurité un consensus que les alliés, espagnol et surtout britannique, s'obstinaient pourtant à vouloir lui arracher. L'acrimonie atteignit son comble, le secrétaire général, impuissant, n'en pouvait plus, tandis que l'administration, le Congrès et la presse de droite menaient une campagne de dénigrement contre l'Organisation et un lynchage *ad hominem* de Kofi Annan (Edward Luttwak a parlé de « mafia africaine », la presse de droite lui emboîta le pas, faisant déferler un déluge de haine à côté duquel la campagne de 1996 contre Boutros-Ghali, par comparaison, fait figure de partie de plaisir). Triste époque où Richard Perle dévoila le sentiment des néoconservateurs, peu après l'entrée des troupes américaines dans Bagdad, en déclarant : « Après le régime de Saddam, l'ONU est la prochaine cible ; elle s'effondrera comme lui. »

La guerre achevée, l'ONU ne sortit pas de son dilemme : elle fut invitée par la résolution 1483 à s'installer en Irak et à travailler avec l'administrateur civil nommé par Washington. Commença alors une période de coexistence pour le moins difficile : « Je ne veux pas être Bremello », ne cessait de répéter Sergio Vieira de Mello, le représentant du secrétaire général, en jouant sur le patronyme de Paul Bremer, l'administrateur civil américain, investi en pratique de tous les pouvoirs. La mission de l'ONU a néanmoins tenté d'exister en établissant de solides contacts avec l'ensemble des Irakiens et en poussant vigoureusement à la création d'un organe transitoire pour les représenter. Elle a également tenté (avec trois autres organismes internationaux), en dépit d'une forte résistance américaine, de contrôler la manière dont l'occupant déboursait l'argent irakien — tout cela avec un Conseil de sécurité qui restait fortement divisé et un occupant qui, sur place, faisait bien peu de cas de l'ONU.

Le 19 août 2003, l'ONU paya le prix fort pour son implication dans l'affaire irakienne : à 16 h 35, un camion piégé explosait devant ses bureaux de Canal Hotel et vingt-deux de ses hommes furent tués sur le coup, dont le chef de mission Sergio Vieira de Mello (on releva aussi plus de cent cinquante blessés). Commença alors une période difficile durant laquelle les Américains, de plus en plus conscients des défis posés à leur occupation, cherchaient à se draper dans la légitimité onusienne, cependant que le secrétariat général, rapportant la contribution éventuelle de l'Organisation au processus de normalisation aux risques courus par ses hommes, et sensible aux vœux des syndicats des employés, hésitait à s'impliquer. Annan organisa en septembre 2003 à Genève une réunion informelle des cinq membres permanents pour tenter de susciter un nouveau consensus — sans succès. En janvier 2004, il convoqua, au même effet, au siège de New York, une réunion tripartite ONU/Coalition/Irakiens, sans plus de résultat. Washington ayant déjà pris une autre direction après un mois de novembre 2003 particulièrement meurtrier, l'ONU s'y adapta en remplissant tant bien que mal, et non sans tensions nouvelles et publiques avec les autorités d'occupation, le rôle qui lui était dévolu dans le processus politique qui conduirait à la formation d'un gouvernement transitoire, à la restitution formelle de la souveraineté aux Irakiens en juillet 2004, et à la préparation des élections prévues par le nouveau plan américain légitimé par deux nouvelles résolutions de l'ONU. Élections qui ont effectivement eu lieu le 30 janvier 2005, grâce à une contribution qui n'était pas symbolique du Département d'assistance électorale de l'ONU.

Pendant toute cette période, l'administration Bush n'aura cessé de parler d'un « rôle vital » de l'ONU en Irak, mais sans jamais donner l'impression de croire à ses propres paroles. Dès avant la guerre, elle avait en réalité fait son deuil de l'ONU dans ce dossier. Plus tard, elle s'est attachée à ce que l'ONU renforce la légitimité de son occupation aux yeux des Irakiens, et, surtout, qu'elle joue le rôle d'une sorte de « parapluie international » susceptible de couvrir des pays qui s'étaient opposés à la guerre mais qui auraient pu, par la suite, du fait de pressions américaines, se résigner à envoyer des troupes ou à contribuer financièrement. En ce qui concerne les troupes, un tel « parapluie » constituait un préalable pour des pays comme l'Inde, le Pakistan, le Bangladesh, la Turquie. Pour les fonds, des pays comme le Japon et des organismes comme le FMI ou la Banque mondiale l'exigeaient. Si les résolutions successives arrachées au Conseil ont quelque peu modéré les critiques des pays qui s'étaient opposés à la guerre et qui, désormais, légitimaient l'occupation en espérant la voir se terminer au plus tôt, elles sont loin d'avoir produit les effets escomptés en envois de troupes ou de fonds pour soulager un occupant embourbé.

La guerre en Irak n'est qu'un épisode de cette relation de méfiance, voire d'hostilité réciproques : c'est l'ONU en tant que telle que de nombreux partisans de l'administration Bush et même certains de ses dirigeants avaient dans le collimateur. Pour autant que la presse de droite pouvait exprimer les sentiments de la majorité présidentielle, à la lire l'ONU n'était que la survivance inutile, voire gênante, d'une époque révolue. Tandis que le *Weekly Standard*, le *New York Post* et autres journaux de la constellation Murdoch se spécialisaient dans la poursuite des scandales sexuels et financiers, les mandarins de la droite s'en prenaient au secrétaire général, contestaient la composition du Conseil de sécurité, moquaient un ambitieux projet de réforme mis au point à la fin 2004 pour revitaliser l'Organisation en l'adaptant aux nouvelles réalités du monde, cependant qu'un petit groupe de sénateurs se démenait pour acculer Annan à la démission.

Consciente que même une puissance unipolaire peut avoir besoin d'organismes internationaux, l'administration n'alla cependant pas jusqu'à la rupture. Bush décida ainsi de ramener son pays à l'Unesco et c'est son épouse Laura qui s'y rendit, en octobre 2003, après des années d'absence, avec une contribution annuelle à faire saliver : 170 millions de dollars. Mais les Américains exigeaient dorénavant un droit de regard sur les programmes proportionnel à l'importance de leur contribution financière et, implicitement, à leur place effective dans le système international. C'est ainsi que, lorsque le rapport du PNUD sur le développement dans le monde arabe détailla les insuffisances en tous genres de cette région, il fut utilisé dans la propagande américaine préparant la guerre en Irak d'une manière qui finit par embarrasser fort ses auteurs aussi bien que l'ONU elle-même. Mais lorsque le même rapport, deux ans plus tard, émit des critiques, bien modérées d'ailleurs, contre l'occupation américaine en Irak ou contre les exactions commises par Israël, Washington menaça de retirer sa contribution annuelle régulière de près de 100 millions de dollars au PNUD si le rapport était publié en l'état. La liberté d'expression était ainsi encouragée par Washington, mais à la seule condition qu'elle sût choisir ses cibles et, d'abord, qu'elle épargnât les États-Unis et leurs alliés. Avec la CIJ, les relations relèvent de la même logique discriminatoire. Reagan avait donné l'exemple en rejetant son avis sur le Nicaragua. Bush a fait de même en critiquant l'avis de la CIJ sur le mur de séparation érigé par Israël. Loin que le président soit isolé dans un tel choix : les *Congressmen* lui emboîtèrent le pas par un vote massif (361 contre 45).

La désignation de Paul Wolfowitz à la présidence de la Banque mondiale, et surtout de John Bolton à l'ambassade des États-Unis auprès de l'ONU, confirmera la prévalence de la ligne dure envers l'Organisation, tout en choquant un certain nombre des partisans mêmes de G. W. Bush. Le premier est en effet un unilatéraliste déclaré et le second un contempteur prolifique de l'ONU et du droit international. Il est vrai cependant que la question de l'avenir même de l'ONU mériterait qu'on y revienne, peut-être dans un ouvrage prochain.

Adieu au principe d'égalité ?

L'inadéquation entre l'unipolarité posée non comme un fait, mais aussi comme un objectif, et le droit international tel qu'il s'est développé depuis près de deux siècles cache peut-être quelque chose de plus profond : un rejet croissant par l'hyperpuissance du principe de l'égalité souveraine entre les États (tel qu'affirmé par exemple dans l'article 2 alinéa 7 de la Charte), voire entre les peuples et même les civilisations. Lassa Oppenheim, peut-être le plus grand juriste internationaliste du siècle passé, nous en avait prévenus : « Le droit international ne peut exister que s'il existe un équilibre des forces dans la famille des nations. Si les puissances ne peuvent se contrebalancer l'une l'autre, aucune règle n'aura de force, parce qu'un État trop puissant aura naturellement tendance à violer les règles. Comme il n'y a pas et n'y aura jamais d'autorité centrale placée au-dessus des États souverains et qui pourrait imposer le respect du droit international, le rapport de forces doit empêcher tout membre de la famille des nations de devenir omnipotent » (cité dans Fromkin, 1998-99). Le droit international tel que nous l'avons appris, autant que l'esprit qui a prévalu à la rédaction de la Charte, sont, de fait, implicitement fondés sur l'idée d'un ordre multipolaire. À ce constat peut-être trop évident pour être ainsi exprimé la nouvelle droite américaine oppose désormais un déni explicite : « Les États-Unis n'ont jamais accepté la légitimité de l'ONU ni la doctrine de l'égalité souveraine telle qu'exprimée dans la Charte », écrit Robert Kagan (2004). En des termes moins offensifs mais non moins fermes, le juriste Michael Glennon (1999), avant même l'arrivée de Bush à la Maison-Blanche, y faisait écho : « Le nouvel interventionnisme est moins respectueux de l'égalité souveraine des États. »

Une telle approche, qui met déjà en cause les instances internationales, n'altère pas moins fondamentalement la portée même des alliances. Sans être pour autant coupés de l'Europe, les États-Unis étaient parvenus à éviter d'entrer avec les pays européens dans une alliance formelle, et ce, dès l'abrogation du traité d'alliance passé avec la France en 1798. Tel était l'ordre normal des choses : en 1945, l'Amérique était devenue ce qu'elle était sans s'être jamais liée formellement à aucune autre puissance. Tout allait alors changer, principalement à cause de la nature universelle et intégrée du colosse soviétique qui exigeait une coalition pour lui faire face : du refus des alliances, les États-Unis passèrent alors à une pactomanie fébrile aux dimensions du globe. Si nul ne doutait de la place toute particulière des États-Unis dans ce réseau global tissé à partir de 1945, Washington répondait néanmoins par un constant respect formel de l'égalité de principe entre alliés.

Avec l'effondrement de l'adversaire principal, les alliances prirent *a posteriori* un tout autre sens : « L'OTAN, l'Anzus, le traité avec le Japon ne sont pas des alliances entre égaux, mais des garanties de sécurité accordées par la puissance impériale à ses subordonnés », écrit maintenant Rosen (2003). Discours qui était politiquement incorrect il y a encore dix ou quinze ans. Les soi-disant « alliés » deviennent dès lors des clients et, comme tels, peuvent être privés, au vu de leur comportement critique ou rebelle, des garanties qui leur avaient été accordées. Et même si une pareille extrémité n'était pas atteinte, les « satellites » — comme Brzezinski a appelé les pays européens membres de l'OTAN — n'étaient pas en position de contraindre les choix ou les actions de la puissance hégémonique.

Au nom de l'importance vitale pour l'économie mondiale des ressources gisant dans le sous-sol de leurs territoires, Robert Tucker avait, dès la crise pétrolière de 1973, remis en cause la souveraineté des États producteurs et l'idée qu'au nom de l'égalité entre États ils pouvaient faire ce qu'ils voulaient de leur pétrole, y compris refuser de le vendre. Au nom d'une nécessaire différenciation entre les phases d'évolution, Cooper, ancien proche conseiller de Tony Blair, a repris la même idée ; c'est même le pilier de sa thèse : les relations entre États ne peuvent être régies par le même droit ; les États prémodernes requièrent une gestion de leur faiblesse, les États modernes sont menaçants, au contraire, quand ils sont trop puissants, alors que les États postmodernes fonctionnent sur le mode de la transparence et de la confiance mutuelles. Le « plusieurs poids, plusieurs mesures » devient incontournable non du fait d'un dysfonctionnement moral ou politique, mais comme une réponse organique à l'inégalité de fait des États dans leur rapport à la modernité, thèse que Kagan (2002, p. 7) reprend naturellement à son compte.

Mais au-delà de l'égalité des États, c'est celle des peuples qui est visée. L'attaque est venue de l'inclassable Robert Kaplan. Clinton, notamment, avait été impressionné, dit-on, par son livre prémonitoire sur l'ex-Yougoslavie (*Balkan Ghosts*). C'est pourquoi son cassandrisme ultérieur, d'abord développé avec fracas dans un article de *The Atlantic*, extrapolé ensuite dans un livre, fit de l'effet. « Son ouvrage sera d'un grand secours à ceux qui défendront tout effort pour venir en aide au tiers monde », a pu écrire Tina Rosenberg (1996). Jugement pour le moins surprenant. Ce livre est en effet une moisson d'horreurs sur le ton d'un reportage fait de « choses vues » de par le monde, qui aboutit à dire que la culture politique de ces zones est bien trop primaire pour qu'on puisse s'attendre à y voir un changement positif, et que des gouvernements forts, capables d'imposer la stabilité à des populations toujours tentées par la violence et le chaos, quand elles ne sont pas prisonnières de « haines ancestrales », sont une option plus réaliste que des gouvernements démocratiques pratiquement impossibles à y instaurer. À titre de preuves, Kaplan en revient obsessionnellement à l'Histoire dont il tire un pessimisme machinal : la guerre est inévitable et l'anarchie incontournable ; son message subliminal, à contre-courant des options des missionnaires de la démocratie globale, *soft* à la Clinton ou *hard* à la Bush, étant d'éviter de s'impliquer dans la première et de tenter de contenir la seconde.

Sur un plan plus conceptuel, Gertrude Himmelfarb (1993 et 2003) entend briser toute inhibition et clamer clairement la bonne parole en matière de nouvelle inégalité : « Toutes les nationalités ne sont pas également dignes de respect et de reconnaissance. Tous les peuples n'ont pas droit à l'indépendance et à l'autodétermination ; il n'y a aucune équivalence morale entre les pays, non plus qu'entre les nations en devenir. » Penser le contraire, ce serait être un « libéral », donc verser dans le relativisme moral et, partant, dans le nihilisme. Son fervent credo nationaliste rencontre de sérieuses limites hors des États-Unis, et Himmelfarb se plaint de ces temps présents « où l'on ne peut plus parler des différents peuples de manière réaliste, où l'on n'ose plus parler librement de hautes et de basses civilisations ». La *moralpolitik*, on le voit, se marie étrangement bien avec l'antihumanisme.

Position radicale ? Pourquoi pas. La première tâche de l'Amérique n'est plus la préservation du *statu quo*, mais la « perturbation systémique » des situations qui ne sont pas favorables à sa vision et à ses intérêts. Lasse de jouer la gardienne des frontières du « monde libre », l'Amérique semble impatiente de renouer avec son passé révolutionnaire. Un nouveau droit international est ainsi en train de voir le jour, nous avertit Michael Ignatieff (2002) ; pas celui qui, en voulant instituer une quelconque gouvernance mondiale, met hors d'eux les souverainistes et autres protectionnistes américains, mais « un droit formulé de manière à servir les objectifs impériaux de l'Amérique ». Ce qui sert ces objectifs (l'OMC, par exemple) est adopté, tandis que ce qui peut constituer un obstacle (la CPI, le protocole de Kyoto ou le traité ABM) est non seulement ignoré, mais activement saboté. « La loi est à la fois notre génie et notre talon d'Achille », concluent Rivkin et Casey. À vouloir promouvoir le premier et protéger le second, l'Amérique aborde désormais le monde avec un mélange explosif de constitutionnalisme orgueilleusement souverainiste et d'expansionnisme arbitrairement inégalitaire.

DEUXIÈME PARTIE

CHAPITRE 5

La fin de l'Occident ?

Une crise d'identité a frappé l'Occident pendant les quinze ans qui ont suivi la fin de la guerre froide, et il est loin d'en être sorti. Le concept d'« Occident » avait certes été inégalement pertinent selon les pays qui le constituaient. On peut dire, en simplifiant quelque peu, que l'Occident était une référence d'autant plus forte que l'on s'était engagé, sous la bannière américaine, dans le conflit global qui opposait les deux blocs, et que l'on acceptait la dose de subordination au leader que ce concept impliquait. Dans la France gaullienne, par exemple, le mot avait un usage moins fréquent et une légitimité moins évidente (surtout après la sortie du commandement militaire intégré de l'OTAN) qu'en Allemagne ou, bien sûr, qu'aux États-Unis. Mais peu nombreux étaient les Occidentaux qui doutaient de la réalité d'une confrontation globale Est/Ouest, symbolisée par le mur de Berlin, qui coupait en deux l'Allemagne, l'Europe et même, pour les plus fougueux, le monde. Certains pays (la France à l'Ouest, la Roumanie à l'Est, pour ne citer que ces deux exemples) supportaient mal une telle fracture binaire ; les partis communistes à l'Ouest, les mouvements nationalistes dans ce qu'était le tiers monde, ou encore divers acteurs émergents comme la Chine ou l'Inde, ne cessaient de contester une division qui leur apparaissait moins comme le reflet d'une réalité concrète que comme le schéma discutable de deux grandes puissances qui s'épaulaient mutuellement pour que ce schéma devînt réalité. Au minimum, comme à Bandung, ils refusaient de s'aligner sur l'un ou l'autre des deux pôles, et quand ils en avaient la force, ils tentaient de se constituer en troisième pôle ou, collectivement, en troisième force. Les deux colosses étaient cependant assez puissants pour endiguer cette contestation venue de l'intérieur même de leurs camps ou de la périphérie du monde, servis en cela par des guerres aussi sanglantes qu'emblématiques comme en Corée ou au Viêt-nam. Les Européens, quant à eux, ne cessaient de se plaindre de la division de leur continent et de leur statut de terrain central de la confrontation.

Après la chute du Mur, parler d'« Occident » devint bien plus problématique, même aux États-Unis. Les signes d'effritement se multiplièrent : si l'Est n'était plus, son adversaire avait de la peine à définir son identité ; si l'Europe se faisait et s'affirmait, elle prenait naturellement ses distances avec l'Amérique. Et aux États-Unis mêmes où le mot « West » semblait aller de soi, plusieurs facteurs se conjuguaient pour anémier davantage encore le concept. D'abord au niveau de la démographie : l'immigration devenait massivement mexicaine, et quand elle ne venait pas d'Amérique latine elle était principalement asiatique, détournant chaque jour davantage l'Amérique de sa filiation originelle avec le Vieux Continent. En termes commerciaux, ensuite, les Américains étaient de plus en plus conscients que de nouveaux horizons s'ouvraient à eux en Asie où, à côté du

Japon, deuxième puissance économique mondiale, la Chine, grâce à une croissance exceptionnelle, allait offrir des opportunités extraordinaires. Jusqu'en 2002, les exportations américaines vers l'Europe et vers la zone Pacifique étaient, bon an mal an, équivalentes à un quart du total pour chacune des deux régions ; depuis lors, la seconde a nettement supplanté la première. En termes politiques, Américains et Européens trouvaient de nouveaux motifs de discorde sur de nombreuses questions, notamment sur l'Irak à propos duquel les opinions publiques, sur les deux rives de l'Atlantique, au moment du déclenchement des hostilités, adoptèrent des orientations qui n'avaient jamais été aussi contradictoires. Au niveau institutionnel, enfin, les enjeux étaient dorénavant mondiaux : le G7 se désoccidentalisait en admettant la Russie et en s'ouvrant à la Chine ; l'OMC, organisation globale s'il en est, devenait le lieu privilégié de résolution des conflits commerciaux qui continuaient d'opposer Européens et Américains ; alors que l'OTAN, l'institution phare, celle qui avait le mieux incarné l'Occident politique, se muait en quelque chose d'autre au moment même où, privée de son adversaire désigné, elle perdait sa raison d'être.

Les Européens pouvaient se féliciter de la réunion *de facto* du continent, réalisée d'une manière relativement ordonnée après un retrait soviétique qui restera dans l'Histoire comme un contre-exemple parfait, celui d'un empire qui ne verse pas dans la prédation le jour où il est contraint à la retraite. Ceux de l'ex-Ouest ont été sensibles au coût financier de la réunification de l'Allemagne, puis de celle de l'Europe. Ceux de l'ex-Est, récemment émancipés du joug soviétique, exprimèrent bien plus ouvertement leur attachement à un « Occident » à l'existence désormais problématique qu'à l'Europe en cours de construction, comme s'ils voulaient garder intacte la logique de la guerre froide pour mieux jouir des délices de leur transfert collectif de l'un des deux camps à l'autre. Mais, sur le fond, un sentiment ambigu, voire contradictoire, a inspiré les Européens : la conviction qu'une chance historique s'offre à l'Europe une et unie, se mêlant au regret plus ou moins conscient de leur statut de « théâtre principal » de la politique mondiale. La normalité qui caractérise désormais la région Europe est source de satisfaction certaine, mais aussi cause d'un sentiment de dévaluation aux yeux du monde, en particulier ceux de leur ancienne puissance tutélaire.

De l'autre côté de l'Atlantique, l'affirmation croissante d'un projet néo-impérial a frappé l'« Occident » dans son essence : si la puissance motrice ne souhaite plus jouer le rôle d'un leader éclairé, mais cherche une domination proportionnelle à ses formidables moyens militaires, elle ne peut qu'irriter les Européens, entrés quant à eux dans une phase plus clairement postmoderne qui rejette la primauté absolue du militaire ou le langage cru du *power politics*. Ce projet néo-impérial s'est cherché des alliés à la carte : la Grande-Bretagne en Irak, l'Australie au Timor, le Pakistan en Afghanistan, l'Inde de plus en plus, et, bien sûr, Israël. L'Amérique ne s'est plus sentie tenue par une relation privilégiée avec l'Europe qu'elle a même osé prétendre diviser entre une « vieille » Europe, qui refusait la vassalisation de fait qu'elle lui proposait, et la « nouvelle » Europe qui semblait l'accepter. La multiplication des motifs de friction avec la France était d'autant plus naturelle que celle-ci s'était faite l'avocate d'une autre relation transatlantique et poursuivait, en dépit de l'évidence, sa quête publique d'un monde multipolaire (une quête sur laquelle mirent l'accent les journalistes américains qui s'entretinrent avec Jacques Chirac et à laquelle Condoleezza Rice, dans son discours devant l'IISS de Londres, en juin 2003, répondit sèchement : « La multipolarité est une théorie de la compétition, des intérêts rivaux et, dans sa pire formulation, de valeurs rivales » [Lindstrom, 2003, p. 36]). L'*eurobashing* avait été lancé en Amérique bien avant que Dominique de Villepin et Colin Powell ne donnent au monde, depuis la tribune du Conseil de sécurité, deux lectures également éloquentes mais profondément différentes de l'affaire irakienne. Bien plus que la cause d'un différend passager, cette crise allait être le symptôme le plus aigu d'une fracture grandissante.

Cette fracture restera longtemps ouverte, même si la tenue, fin janvier 2005, d'élections irakiennes qui, tout en ne constituant guère « la victoire retentissante » que Bush s'est empressé de claironner, a partiellement donné raison à l'obstination de Washington. Les Européens, plutôt en ordre dispersé, cherchent des terrains ponctuels d'entente avec les États-Unis : le Liban, la Palestine, l'Ukraine et, dans une moindre mesure, l'Iran, sinon sur la levée de l'embargo des ventes d'armes à la Chine. Du côté américain, le second mandat de Bush commence avec une véritable campagne de charme en direction de l'Europe : Condoleezza Rice, depuis la tribune de Sciences-Po, affirme que « les relations franco-américaines sont en pratique bien meilleures qu'en théorie » ; Donald Rumsfeld n'hésite pas à user de l'autodérision pour se faire pardonner sa distinction d'hier entre « nouvelle » et « vieille » Europe ; le président Bush lui-même a marqué un point en rendant visite au siège même de l'Union européenne que ses partisans n'avaient cessé de vilipender et en citant expressément « l'Union européenne » dans le discours inaugurant son second mandat. Les plus optimistes y voient une administration qui, rassurée sur sa propre reconduction aux affaires et s'étant rendu compte de son isolement mondial, fait amende honorable auprès de ses alliés les plus naturels et renoue ainsi avec une tradition de concertation qui lui a été jusqu'ici bien étrangère. Des différends peuvent subsister mais leur ampleur sera contenue par l'affirmation renouvelée de la solidité du lien transatlantique. Les sceptiques, pour leur part, n'y voient que du vent ou, plus exactement, une opération de relations publiques à objectif tactique, celui d'obtenir des Européens une plus grande implication de l'OTAN en Irak, le transfert de la question du nucléaire iranien au Conseil de sécurité ou le maintien de l'embargo sur les ventes d'armes à Pékin. Les premiers parlent d'un retour à la normale, les seconds ne flairent que de l'opportunisme. L'avenir dira si une troisième lecture n'est pas en réalité plus appropriée : celle d'une conscience plus réaliste des moyens effectifs de l'Amérique et, partant, de l'utilité du soutien européen aux entreprises de Washington dans le monde, une conscience cependant doublée de la reconnaissance d'une altérité, plus profonde et plus durable, entre les deux rives de l'Atlantique.

La répudiation

À la manière dont on répudie sans avis préalable une maîtresse, Robert Kagan, poliment et non sans humour, a annoncé sa volonté de rupture à une Europe quelque peu médusée. Répudiation et non divorce, car l'Europe, même si elle vivait dans l'insouciance de la postmodernité et se plaignait souvent du comportement de son partenaire et/ou protecteur, l'accusant de machisme, lui reprochant sa « culture de la mort », son attachement à la peine capitale ou à la détention d'armes individuelles, sa fascination devant une puissance militaire dont il avait hâte de faire la démonstration de par le monde, ne souhaitait certainement pas aller aussi loin. Mais le verdict est tombé comme dans les couples déchirés où l'un ne veut plus supporter l'irresponsabilité de l'autre : puisque tu persévères dans tes illusions pacifistes (que tu n'aurais même pas pu envisager si je n'avais pas été là pour te protéger), force m'est de constater que nos visions du monde sont bien trop éloignées pour que nous continuions à vivre ensemble.

L'argumentation de Kagan est d'une étonnante simplicité : les Européens, entrés au « paradis de la paix et de la prospérité », ne peuvent apprécier la puissance militaire à sa juste valeur, tout simplement parce qu'ils ne la possèdent plus. Sans rancune, l'Amérique qui, par une permutation des rôles, a pris la place des anciennes grandes puissances du Vieux Continent, laisse l'Europe poursuivre son expérimentation kantienne, tout en suivant son propre chemin hégémonique ; elle n'a plus besoin de l'Europe et cette dernière ne peut l'empêcher de faire ce qui lui plaît. Conclusion : à défaut de développer à nouveau leur puissance militaire (ce qu'ils ne semblent pas disposés à faire, au vu du vieillissement de leurs populations et de leurs options budgétaires), les Européens ne doivent pas seulement apprendre à « se faire à l'hégémonie américaine », ils doivent aussi « se rappeler la nécessité vitale d'avoir une Amérique forte ou même prédominante » (p. 101), et considérer son hégémonie comme un « prix acceptable » pour pouvoir jouir du paradis qu'ils se sont aménagés.

Comment en est-on arrivé là ? Quitte à mettre imprudemment l'économie dans la catégorie *soft* (ce que Nye, auteur de l'expression, récuse), Kagan pense qu'un fossé s'est creusé entre les deux côtes de l'Océan en matière de *hard power*. Dès 1914, les Européens avaient perdu la force de conclure leur guerre ; c'est l'entrée de l'Amérique dans le conflit qui y a mis fin. Face à Hitler, leur faiblesse inspira à la France et à la Grande-Bretagne une politique d'apaisement qui résultait moins d'une analyse qu'elle n'était l'aveu de cette faiblesse ; c'est la puissance américaine, encore une fois, qui fit la différence. Leur constant affaiblissement les amena ensuite à accepter la décolonisation, « sans doute la plus grande perte d'influence globale de toute l'histoire de l'humanité » (Kagan, p. 17). En Europe même, les Européens glissaient vers une situation de « dépendance stratégique vis-à-vis des États-Unis » (p. 18), refusant de dépenser ce qu'il fallait pour se doter d'une défense suffisante. La fin de la guerre froide, loin de rapprocher les deux pôles, les éloigna encore plus, résultat prévisible d'une répartition des tâches qui s'était mise en place pendant un demi-siècle au cours duquel l'Europe s'était préoccupée de sa propre défense tandis que l'Amérique développait sa stratégie de

« projection de puissance » de par le monde. Psychologiquement, la fin de l'URSS ne fut pas seulement vécue en Europe comme la disparition d'un ennemi mortel, mais comme un « adieu à la stratégie » (p. 25). Ne pouvant plus faire obstacle à l'unilatéralisme américain, les Européens comptaient désormais sur le Conseil de sécurité pour faire frein à cet unilatéralisme et misaient sur la conscience des Américains pour mettre eux-mêmes une sourdine à leurs penchants guerriers. La guerre du Kosovo aura laissé de nouvelles traces : non seulement la contribution européenne — qui plus est sur un terrain européen et dans le cadre de l'OTAN — fut marginale, mais Washington usa et abusa de sa décision quasi exclusive dans les choix tactiques et diplomatiques. Wesley Clark, le général qui commandait les troupes de l'OTAN au Kosovo, se plaindra de ce que la cohésion des Alliés ne s'était faite qu'au prix de sacrifices opérationnels (il se rattrapera néanmoins en ajoutant que cette cohésion valait le prix).

Pour ne rien arranger, un ingrédient idéologique, « un différend philosophique, voire métaphysique » (Kagan, p. 91), est venu élargir le fossé : alors que l'idéalisme américain n'a jamais été envisagé autrement que couplé à l'usage de la force, les Européens se sont volontairement installés dans une mentalité de paix kantienne. Stimulés par leur crainte inconsciente de redevenir la proie de leurs vieux démons, ils en ont tiré une sorte de nouvelle mission civilisatrice, celle de bâtir un monde dénué de toute logique de puissance : « L'intégration européenne est ainsi devenue le pire ennemi de la force militaire européenne » (p. 65), tant et si bien qu'au Proche-Orient, par exemple, ou dans les Balkans, l'Europe n'arrive toujours pas à traduire sa contribution financière en influence politique. Or, une telle mission la place naturellement dans une opposition à l'usage débridé que fait l'Amérique de sa propre puissance, oubliant que sa paix kantienne ou même la résolution du « problème allemand » n'auraient pas été possibles sans le parapluie protecteur de la puissance militaire américaine, ou, plus profondément encore, que le passage de l'Europe à l'ère postmoderne n'aurait pas été envisageable si l'Amérique avait fait le même choix.

Revisitant son thème deux ans plus tard, quoique en termes rendus moins triomphalistes par les déboires de son pays en Irak, Kagan ajoute aux griefs précités l'attachement des Européens au Conseil de sécurité de l'ONU en apparence comme source reconnue de légitimité pour autoriser les guerres, en réalité comme instrument insidieux, nouveau, voire « révolutionnaire », manipulé par des Européens désormais incapables d'avoir la moindre influence sur les choix de l'Amérique, mais surreprésentés au sein dudit Conseil, pour brider la liberté de manœuvre mondiale du colosse, alors que « même pour les Américains favorables au multilatéralisme, une autorisation préalable du Conseil n'est jamais indispensable : c'est un moyen d'obtenir l'adhésion d'alliés, pas une fin en soi ». Kagan voit de la pure hypocrisie dans cette attitude, d'autant plus que les Européens qui faisaient un absolu de l'autorisation du Conseil à propos de l'Irak n'avaient pas provoqué le même tollé, trois ans plus tôt, à propos du Kosovo. Le divorce cacherait du coup une lutte d'influence larvée où chacune des deux parties arborerait son arme favorite : l'Amérique ses forces armées, et l'Europe (ou plus exactement l'axe Paris-Berlin) son poids au sein du Conseil de sécurité, qui lui permet de semer le doute sur la légitimité du recours américain à la force dans l'opinion américaine elle-même, pour ne pas parler de l'opinion publique mondiale. Plutôt que de voir s'envenimer ce conflit, et comme il est obligé de reconnaître sinon le succès de la manœuvre que (non sans raison) il leur prête, du moins l'importance des Européens comme membres de la fraternité des démocraties libérales, tout en veillant à ne pas souscrire à leur vœu de sacraliser le Conseil de sécurité, Kagan propose de faire de l'OTAN un espace médian de réconciliation entre l'unilatéralisme des Américains et le multilatéralisme onusien des Européens.

Ce que Kagan écrit avec élégance, les éditorialistes du *Weekly Standard* le reprennent sans mâcher leurs mots : les néoconservateurs n'aiment pas les Européens, ni leur tendance à la concertation, encore moins à l'unification. À peine moins désagréable pour un Européen que l'*euro-bashing* qui y fleurit à longueur de pages est la littérature issue de la « New Atlantic Initiative », logée dans un *think tank* conservateur (The American Entreprise Institute), et qui propose une vision très critique du Vieux Continent, favorise bien sûr la vigueur et l'enthousiasme de la « nouvelle Europe », et voudrait voir une zone de libre-échange transatlantique supplanter la construction de l'Union. Mais ces campagnes féroces et, bien entendu, leurs réciproques parfois à peine plus subtiles de l'autre côté de l'Atlantique, ne sont que le reflet de la crise d'identité qui frappe le concept même sur lequel le lien transatlantique a été construit pendant un demi-siècle, celui de l'« Occident » comme unité politique ayant des intérêts identiques, des institutions similaires et, surtout, un adversaire commun.

La formulation par l'Europe de son identité culturelle ne peut faire l'économie d'une réponse à cette répudiation qui me semble plus large et profonde qu'un simple coup de colère passager. Près d'un siècle après que l'Amérique s'est redéfinie vis-à-vis de l'Europe en arborant son exceptionnalisme, l'Europe se trouve contrainte de raffermir son identité propre face à une Amérique tentée par l'hégémonie. Assistera-t-on à la naissance d'une forme *sui generis* de nationalisme postnational européen qui émergerait comme un reflet du néonationalisme américain ? Verra-t-on l'émergence d'une nouvelle bipolarité opposant non seulement euro contre dollar, Airbus contre Boeing, mais aussi normes postnationales contre normes néonationales, persuasion contre puissance, diversité contre uniformité ? Ou, au contraire, face à l'Asie montante ou à l'intégrisme islamiste, l'Occident pourra-t-il se reconstituer, mais alors face à quel Orient ? L'Amérique pourra-t-elle continuer à marteler son exceptionnalisme sans susciter de ce côté-ci de l'Atlantique un mouvement similaire qui obligerait l'Europe à revisiter sa propre identité pour y trouver les ingrédients d'un éventuel exceptionnalisme européen ? Ou, tout au contraire, l'exceptionnalisme américain répété *ad nauseam* ne fera-t-il pas qu'accrocher davantage encore l'Europe à ses convictions, à ses normes et à ses valeurs ?

Une crise d'identité

Sur ces questions, deux réponses distinctes ont eu tôt fait de se cristalliser outre-Atlantique. La première vise à considérer que les traits communs liant entre eux les pays d'Occident n'ont jamais suffi à les transformer en une unité politique réelle. Bien au contraire, leur histoire largement commune, leurs régimes politiques similaires tout comme la religion chrétienne n'ont pas pu les empêcher de se faire souvent la guerre. Outre leurs conflits à répétition, ils ont entraîné le monde dans deux guerres mondiales qui furent dans une large mesure deux guerres civiles entre Occidentaux. C'est la thèse d'Owen Harries (1993 ; conservateur australien, directeur à l'époque du *National Interest*) qui publia son *Effondrement de l'Occident* dans la revue même où Huntington, au même moment, cherchait, lui, à revivifier le concept d'Occident en le culturalisant et en l'opposant à d'autres civilisations, comme la musulmane ou la chinoise. Si la thèse de Huntington a eu un impact bien plus ample sur les esprits, celle de Harries s'est révélée d'une pertinence et d'une efficacité plus durables.

Que dit en substance Harries ? Sans une menace sérieuse qui pèse sur elle, l'Europe a tendance à considérer l'Amérique comme une rivale plutôt que comme une partenaire, et encore moins comme un leader. C'est que les Européens associent naturellement le concept d'Occident à un certain degré de subordination à l'Amérique, qu'ils ont tendance à rejeter dès lors que la menace extérieure commune ne pèse plus sur eux. En dehors de cette menace, les traits communs sont facilement noyés dans les rivalités, voire les guerres fratricides. C'est pourquoi il faut cesser de prendre l'Occident pour une donnée inaltérable, et plus tôt nous nous en débarrasserons comme concept opératoire, mieux ce sera. « Comme construction, l'Occident politique n'a rien de naturel, mais est artificiel. Il a fallu la menace existentielle d'un Est ouvertement hostile pour le faire émerger et pour maintenir son unité. Il est on ne peut plus douteux qu'il puisse survivre à la disparition de son ennemi. »

La seconde réponse, non moins consciente de la vulnérabilité du concept d'Occident, appelle au contraire à sa préservation en dépit de la disparition de la menace qui avait si fortement contribué à son existence. C'est à cet objectif qu'au fond la théorie de Samuel Huntington est réductible : si le conflit idéologique et stratégique Est/Ouest n'est plus, un autre, d'ordre civilisationnel, l'a remplacé, qui opposera dorénavant l'Occident (quelque peu reformulé par l'exclusion de la Turquie et de la Grèce) aux mondes islamique et chinois. Il faut donc construire sur le socle de valeurs et d'idées communes pour transformer l'Occident en une forteresse imprenable gardée par l'OTAN. Huntington a été très décrié, et à juste raison, à cause de sa vision des civilisations comme acteurs internationaux, de ses choix de critères maladroits et hésitants pour identifier lesdites civilisations, de sa croyance naïve en leur solidité comme entités ou en leur inévitable « choc ». Mais, dans ce flot de critiques, la motivation originelle de l'auteur (une crainte profonde de l'effritement de l'Occident) et son objectif ultime (la volonté de le voir survivre à son adversaire) ont été, à tort, négligés. Reprenant le discours d'un personnage de roman, il est pourtant parti du constat selon lequel « il n'est pas de véritables amis sans de véritables ennemis » et que « si l'on ne déteste pas ce qu'on n'est pas, on ne saurait aimer ce que l'on est », pour conclure que la solidité de l'Occident et son influence s'effritent l'une et l'autre, et qu'il est urgent de le redynamiser.

En dépit de leurs recommandations contradictoires, Harries et Huntington partent d'un constat identique : l'Occident comme unité politique est menacé par l'implosion de l'URSS. Le premier (d'aucuns noteraient qu'il le fait d'autant plus volontiers qu'il est australien, mais ses idées sont largement partagées en Amérique) invite à accepter l'inéluctable, le second à donner une seconde vie au concept. Entre ces deux positions, l'Amérique hésite. Elle reconnaît parfois sa filiation européenne et se tourne vers l'Europe chaque fois que le monde lui donne du souci, comme lors de la crise des économies asiatiques ou lorsque son unilatéralisme montre ses effets pervers, comme en Afghanistan ou en Irak. Mais l'« exceptionnalisme » de l'Amérique, sa manière privilégiée de se distinguer de l'Europe et de lui exprimer un mélange de condescendance et d'hostilité, transparaît à nouveau chaque fois que son projet néo-impérial prévaut dans ses choix.

Les exceptionnalistes et/ou unilatéralistes, sensibles à la thèse de Harries, sont attachés à l'empire en construction et cherchent naturellement à libérer le colosse de ses engagements antérieurs pour lui donner la capacité d'agir sans contrainte sur l'ensemble de la planète avec une égale liberté de mouvement. Selon eux l'Amérique, à la fois locomotive incontestée et gardienne armée de la globalisation, ne peut plus se permettre des pesanteurs géographiques particulières, surtout avec une Europe qui semble opérer d'autres choix idéologiques que les siens et qui donne parfois l'impression de se mesurer à elle. Derrière la répudiation brutale se profile le souvenir de l'émancipation des premiers colons partis construire la « Cité sur la colline » qui se voulait en tous points différente de l'Europe avant même d'en être indépendante. Les fondateurs du Nouveau Monde vivaient alors cette distanciation comme une forme d'autodéfense. « La grande crainte des Américains, de 1776 à 1861, écrit Hendrickson (1997-98), n'était pas tant de voir leur pays dangereusement empêtré dans le système européen que de voir les antécédents et les pratiques d'Europe prendre racine en Amérique ; qu'en d'autres termes l'Amérique elle-même ne devienne un système à l'européenne. » S'inscrivent aussi là les précédents de présidents plus récents : celui de Wilson qui ne s'engagea dans le premier conflit mondial qu'avec la détermination de changer en profondeur la société allemande et de créer une organisation mondiale capable de mettre fin au jeu sanglant des nations européennes ; celui de Franklin Roosevelt qui ne fit le même choix que pour tenter de doter le monde d'institutions inspirées de l'expérience américaine ; ou encore l'exemple du volontarisme conquérant, « proto-impérial » et passablement anti-européen de Monroe, de Theodore Roosevelt et de Truman. S'est ainsi dessiné un projet néo-impérial qui considère que la conjonction de la fin de la guerre froide et de l'accélération de la mondialisation, également fruits du leadership américain, crée une occasion unique de refaçonner le monde à l'image de l'Amérique. Forts de cette triple filiation, celle de leurs Pères fondateurs, de leurs présidents récents et de leur victoire sur le communisme, les Américains seraient donc enclins au divorce et c'est bien le sens du brûlot de Robert Kagan, devenu le héraut de la rupture du lien entre le Vieux Continent et le Nouveau Monde.

En pariant sur une divergence croissante, voire déjà consommée, Kagan s'inscrit dans une tradition déjà ancienne. Également convaincu par la thèse de la divergence, l'ex-président de l'université Johns Hopkins (Muller, 1997) avait noté que l'augmentation, à ses yeux inexorable, du chômage dans les sociétés avancées serait source d'une distanciation de jour en jour plus accentuée entre les deux rives de l'Atlantique sur des thèmes comme le rôle de l'État dans la justice sociale, la place du religieux dans la vie publique, la montée du populisme, le tout conduisant à la formulation de deux trajectoires différentes et à une dégradation inévitable des relations.

Plus particulièrement, James Kurth (1993) avait observé que le lien privilégié entre les États-Unis et le Vatican, noué sous Reagan, ne pourrait que s'effriter à son tour. Les partis chrétiens démocrates en Italie ou au Chili avaient été le résultat d'une alliance entre l'Amérique et le Vatican avant même que les deux parties ne se lancent dans un commun effort pour « libérer » l'Europe de l'Est. En 1984, Reagan osa briser à cette fin un solide tabou en établissant des relations diplomatiques normales avec le Saint-Siège, même si, ce faisant, il n'a pu amener le Vatican à modérer l'opposition de l'épiscopat américain à sa politique nucléaire. « Mais la disparition de la menace marxiste-soviétique signifiait la disparition du principal axe de convergence entre les États-Unis et l'Église catholique. » Les encycliques papales critiquent à la fois socialisme et capitalisme, et le grand combat de Rome au XXIe siècle pourrait bien être dirigé contre les États-Unis qui ont conduit le libéralisme au paroxysme de l'individualisme jusqu'à en faire une idolâtrie du soi. Qui plus est, on aura remarqué que sur le Proche-Orient, et plus nettement encore sur la délicate affaire irakienne, le pape a pris des positions qui auront eu, tout au long de la crise, l'effet, ô combien salutaire, de nuancer le sentiment pesant d'une croisade contre l'islam.

C'est donc contre la théorie de la convergence et, en dernière analyse, contre la survie même de l'« Occident » (deux données jusqu'ici considérées comme des acquis par habitude ou par paresse intellectuelle) que l'essai de Robert Kagan, qui voit Mars et Vénus s'éloigner inexorablement l'un de l'autre, s'insurge par priorité. Il y a là, certes, une reformulation contemporaine du fameux exceptionnalisme américain qui, lorsqu'il s'était exprimé avec vigueur, l'avait toujours fait par rapport à l'Europe (ou du moins ce que la pensée dominante outre-Atlantique prend pour l'Europe) et en opposition à elle. Dans une large mesure, l'Amérique avait forgé son identité propre en abjurant ses racines européennes. Plus consciente de sa puissance, elle a cependant failli, au tournant des XIXe-XXe siècles, copier l'Europe en envisageant de se doter d'un empire colonial à l'européenne, ou en s'insérant dans le concert européen qui entendait contrôler la Chine, avant que le wilsonisme ne vienne rappeler aux Américains que la destinée de leur pays n'était pas de se constituer en un État européen hors d'Europe, mais de refaçonner le monde différemment.

Également implicite dans cette approche, une définition de l'Occident qui n'est valide qu'en termes stratégiques : un ennemi commun et un intérêt commun. L'ennemi disparu, les intérêts divergent et le concept s'effrite, du moins sous son aspect opérationnel. C'est pourquoi Kagan pense que « l'Occident unifié et cohérent est tombé avec le mur de Berlin » (p. 80) qui en était la raison d'être. Certes, l'Occident n'a pas cessé d'exister ni d'avoir des ennemis mortels, mais la lutte contre l'intégrisme islamique ne saurait remplacer l'URSS comme moteur de son unité. Et comme il n'y a guère à l'horizon de nouvel ennemi de l'ampleur de l'URSS, mieux vaut constater le fait.

Il serait bien inexact de dire que les élites américaines sont aussi disposées que Kagan et ses émules à proclamer la fin du mariage transatlantique. Dans le constat des faits, David Calleo (1996) s'est certes montré partisan d'une lecture guère éloignée de celle de Kagan : deux entités économiques quasiment équivalentes, et qui ont perdu, avec l'URSS, la raison d'être de leur alliance, ne pouvaient manquer, surtout après l'adoption de l'euro, de devenir plus ouvertement rivales. Sans l'URSS pour les relativiser ou les marginaliser, les conflits commerciaux transatlantiques ne peuvent que tendre à se multiplier et à se durcir : « En ce sens, l'URSS avait été le protecteur inconscient du capitalisme [...] La guerre froide avait marqué une pause dans l'Histoire qui peut maintenant reprendre de plus belle plutôt que finir. » Calleo (2001) note aussi que « l'Europe, contrairement à l'Asie, recèle les ingrédients d'un équilibre des forces autochtone », ce qui lui permet de se passer d'autant plus facilement de la tutelle américaine, laquelle restera cruciale pour le Japon, Taiwan ou la Corée. Calleo appelle donc à un inévitable réajustement, mais, face à l'exagération des divergences selon Kagan, il se ravise et, dans une critique acerbe, avance que l'approche européenne de la relation transatlantique est bien plus sage, et conseille à Mars de coucher avec Vénus au lieu de continuer à la dédaigner et à l'agresser.

Inspiré par le réalisme à la Kennan, Christopher Layne (1989-90) appela très tôt à un double désengagement américain et soviétique d'Europe. Face au jusqu'au-boutisme des durs autant qu'à l'inertie des paresseux, sa lecture paraît tout à fait pragmatique. Il disait croire à la réunification rapide de l'Allemagne et à celle de l'Europe, et eut le courage de noter que son pays recherchait en Europe « une chose et son contraire : une Union européenne assez forte pour alléger le fardeau des États-Unis, mais pas assez pour remettre en question leur prépondérance ». Il sut prévoir lucidement la montée des tensions transatlantiques avant même que l'URSS ne se soit tout à fait effondrée et invitait son pays à jouer sans réserve la carte de l'unité européenne, à envisager un retrait graduel de ses troupes stationnées en Europe, et à favoriser le remplacement de l'OTAN par l'Union européenne comme structure centrale destinée à assurer la sécurité en Europe. Il alla même plus loin (1990-91) en affirmant que les États-Unis auraient intérêt à une certaine stabilité du système soviétique, « d'abord parce que les empires qui périclitent peuvent commettre des choses nocives, ensuite pour que Moscou puisse retirer ses troupes d'Europe centrale et orientale sans obstacles internes ».

Par fidélité à l'Europe, par solidarité entre démocraties, ou du fait d'un scepticisme sur l'ampleur et/ou la durée du « moment unipolaire », les multilatéralistes veulent, à l'inverse de Kagan, revigorer en le réinventant le lien transatlantique. C'est à cela que Charles Kupchan, depuis sa chaire de l'université Georgetown, consacre l'essentiel de sa réflexion de ces quinze dernières années, et l'évolution de cette pensée, pour n'être pas majoritaire, n'en est pas moins originale et instructive. Kupchan souhaite voir « revivifier l'Occident » (1996) et, pour cela, émet une idée originale : la fusion de l'Union européenne et de l'OTAN en une seule et même organisation qu'il appelle Union atlantique (UA), censée remédier « à la crise d'identité qui frappe durement l'Occident », crise d'autant plus grave qu'on lui administre des remèdes inappropriés, tels que l'approfondissement par le fédéralisme pour la première (l'UE) et l'expansion vers l'Est pour la seconde (l'OTAN). Une intégration européenne plus approfondie ne recueillerait pas, selon lui, d'appui populaire, et n'aurait plus de raison d'être stratégique : il argue qu'une Europe dotée d'un marché commun, d'une monnaie unique, d'une banque centrale conjointe a moins — et non pas plus — de chances de tirer avantage de la globalisation en cours. Que Maastricht se révèle irréalisable dans la pratique jusqu'à tourner court, ou que l'OTAN achoppe sur son incapacité à concilier la solidarité automatique stipulée à l'article 5 avec l'adhésion de nouveaux membres, ce ne sont donc pas là de mauvaises nouvelles à ses yeux, mais les préalables à une correction de tir indispensable pour établir l'UA avec un parlement commun, un marché commun et la faculté d'aider, par l'exemple, les autres démocraties (notamment le Japon à créer autour de lui une union de démocraties asiatiques similaire).

Kupchan n'est pas écouté ; avec le temps, son inquiétude ne cesse de grandir pour l'Europe dont il veut « enrayer le déclin » (1997-98). Les symptômes de ce déclin (son impuissance en Bosnie, son incapacité à sortir de la lourdeur paralysante de l'État providence, etc.) sont aussi graves que ceux témoignant de l'indifférence des États-Unis qui, en se fixant sur les questions économiques, détournent leur attention vers l'Asie « alors même qu'aucune coalition asiatique ne saurait remplacer les alliés européens de l'Amérique dans la construction d'un ordre mondial fondé sur le multilatéralisme libéral ». Mais que faire puisque, au lieu d'écouter Kupchan, l'UE réussit à mettre Maastricht en application et que l'OTAN est étendue à de nouveaux pays ? Kupchan change de remède et préconise dorénavant une espèce de triumvirat franco-germano-américain au niveau politique, l'établissement d'une zone de libre-échange transatlantique, et l'intégration de la Russie dans l'UE autant que dans l'OTAN dans la mesure où elle a toujours été une puissance européenne. Cela permettrait d'éviter l'émergence d'une « zone grise » instable aux marges occidentales de la Russie, d'élargir le marché européen et surtout d'accorder plus d'influence aux ex-Occidentaux sur l'évolution de l'ex-empire soviétique. L'Occident, qui ne pouvait être sauvé que par la réinvention du lien transatlantique, le serait ainsi grâce à une redéfinition géographique très généreuse du concept.

Constatant l'impact modeste de ses idées sur les dirigeants de son pays, Kupchan en vient (été 1999) à « repenser l'Europe » pour eux. Reconnaissant que l'intégration de la Russie a pour effet d'altérer la nature de l'Alliance atlantique, « l'élargissement étant l'ennemi de la consolidation », il rappelle qu'il était hostile au départ à toute extension de l'OTAN, et qu'il faut, maintenant que l'erreur a été faite, pour sauver l'OTAN, la transformer, avec le concours de la Russie, d'alliance défensive en organisation pour le maintien de la paix. Reconnaissant finalement que « l'Europe a réussi son intégration bien plus sérieusement que les Américains ne sont disposés à le penser » et qu'« une Europe stable et prospère incitera l'Amérique à détourner son attention et ses ressources vers d'autres cieux », il suggère à celle-ci d'aider l'Europe à devenir « un centre de pouvoir autonome et durable ». Prenant le contre-pied des néoconservateurs, quitte à s'inscrire dans la logique américaine des années 1950, il considère une telle évolution comme à la fois inévitable et souhaitable pour les États-Unis. Mais une rivalité tendue entre les deux blocs n'est-elle pas elle aussi inévitable ? Peut-être, mais Kupchan pense que l'asymétrie de puissance (militaire) entre les deux pôles et leur communion dans les mêmes normes démocratiques permettront de sauver l'unité de l'Occident des affres d'une multipolarité compétitive classique.

La clé de cet intérêt pour le maintien du lien transatlantique, Kupchan, devenu encore plus minoritaire face à la cohorte des unipolaristes précoces ou nouveaux, finit par la livrer explicitement (automne 1999) : le « moment unipolaire » est sur le point de se clore et l'Amérique aurait grand intérêt, plutôt que d'attendre passivement l'avènement d'un monde multipolaire, à se dépêcher, tant que sa prépondérance est reconnue, de planifier une *grand strategy* d'atterrissage en douceur dans ce nouveau monde où le challenger en plein essor est l'Union européenne, qui a réussi son « amalgame » et qui ne se prépare pas pour autant à une « guerre de titans », car de titans il n'y aura plus. L'évolution de cette pensée tout au long des années 1990 va largement à contre-courant des choix des dirigeants et de la pensée dominante ; elle n'en est pas moins intellectuellement stimulante et politiquement prometteuse.

Opposée à la répudiation comme constat de divergence entre les deux ex-partenaires mais sans faire siens exactement les remèdes de Kupchan, une école de la convergence s'est constituée avec John Ikenberry pour principal promoteur. Il y a, selon cette école, une logique à l'Occident, et « ses deux parties deviennent de jour en jour plus semblables ».

Ses composantes sont une foi commune dans le marché (« *the business of the West is business* »), une union civique de régimes démocratiques et un réseau multiforme d'organisations qui lient les deux unités (Deudney et Ikenberry, 1993-94). Sa définition de l'Occident étant d'abord politico-culturelle plutôt que stratégique, l'« école Ikenberry » n'accepte pas de le voir comme un simple résultat du conflit Est/Ouest, ni comme une extension de la prépondérance américaine, et finit par affirmer que la fin de la guerre froide est un événement dont on surévalue énormément l'importance : « Cinquante ans après sa création, le monde occidental libéral et démocratique est robuste ; ses principes et ses politiques demeurent le noyau dur de l'ordre mondial » (Ikenberry, 1996).

Dans son brillant essai de 1998-99, Ikenberry explicite plus nettement sa thèse : si la théorie néoréaliste ne peut expliquer que l'ordre instauré en 1945 dans le monde occidental (qui comprend aussi le Japon) ait survécu à la guerre froide, c'est parce qu'elle ne pense qu'en termes de rapports de force : cet ordre aurait été établi soit par la volonté d'une puissance hégémonique, l'Amérique, que les Européens se seraient résignés à suivre, soit à cause d'une menace soviétique qui les aurait regroupés contre elle. Ikenberry réplique que l'« Occident » s'est constitué comme entité pendant et sitôt après le second conflit mondial (donc avant la guerre froide), lorsque la puissance hégémonique américaine a pris l'initiative heureuse de mettre des limites à sa domination et que les Européens ont accepté en retour de participer à cet ordre en se débarrassant de leurs anciennes conceptions faites de rapports de force ou de relations erratiques. Ce compromis (*bargain*) a été consolidé dans des institutions (accords de Bretton Woods, plan Marshall, ONU, OTAN et, par la suite, G7) qui ont développé une dynamique propre, relativement autonome par rapport aux unités qui les composent. Cette autonomisation de l'ordre occidental a été d'autant plus aisée que la puissance leader était résolument libérale et que les autres pouvaient toujours influer sur son processus interne de prise de décisions. Les institutions mises en place se sont ainsi enracinées et ont pris des formes constitutionnelles jusqu'à rendre difficile leur remplacement par des politiques unilatérales ou par d'autres institutions. D'où la robustesse de cet ordre et sa durabilité, d'autant plus qu'« il n'y avait à l'horizon aucun État hégémonique rival ni aucun ensemble de principes ou d'organisations rival pour le remplacer » (Ikenberry, 1999).

Ce discours serein sur l'unité de l'Occident, conforté dans les années Clinton par l'élargissement de l'OTAN et du G7, a été pour le moins ébranlé par l'élection de 2000. Ikenberry (2002) s'est alors placé sur la défensive face à une « vision néo-impériale dans laquelle les États-Unis s'arrogent un rôle global pour fixer les règles, identifier les menaces, user de la force et infliger des punitions [...]. Ces impulsions et ces visées stratégiques radicales risquent de transformer le monde comme la fin de la guerre froide n'avait étrangement pas réussi à le faire ». Son diagnostic est sévère : « C'est là une approche périlleuse et qui va probablement échouer [...], car si l'on se fie à l'Histoire, cette approche va susciter antagonismes et résistances, et l'Amérique va se retrouver dans un monde plus divisé et qui lui sera plus hostile. » Le remède qu'Ikenberry préconise : un retour rapide au réalisme (c'est-à-dire à la prise en compte raisonnée des rapports de force) et la revalorisation des institutions existantes. Si la politique néo-impériale était néanmoins poursuivie, la discorde avec l'Europe serait inévitable et dangereuse, non parce que l'Europe se sentirait minorisée, mais parce qu'elle refuserait de jouer le jeu... L'affaire irakienne n'aura pas tardé à lui donner raison.

Kagan représente, on l'a vu, un courant de la pensée stratégique américaine qui s'est épanoui au lendemain de l'arrivée de George W. Bush à la Maison-Blanche et davantage encore au moment où l'opinion européenne, quasi unanime, a condamné l'aventure américaine en Irak. Certes, dès la disparition de la menace soviétique, un consensus s'était vite fait jour, de part et d'autre de l'Atlantique, pour prédire une inévitable prise de distance, imaginer une compétition commerciale plus tendue et appeler à repenser l'institution mère de la relation transatlantique, l'OTAN. Du côté européen aussi, par-delà les péripéties politiques, le sentiment de différenciation, sans aller jusqu'au divorce, s'était exacerbé. Buzan et Segal (1996), désignant les États postmodernes, hésitaient à y inclure les États-Unis. Cooper (2003) s'est montré encore plus explicite : l'Union européenne est, selon lui, l'exemple le plus évolué d'un système postmoderne « où la sécurité est le fruit de la transparence et où la transparence est le résultat de l'interdépendance » (p. 36), ce qui fait de l'Union un ordre plus trans-national que supra-national ; la Russie hésite, elle, entre les trois mondes (prémoderne, moderne et postmoderne) ; le Japon est un État postmoderne qui a le malheur d'être entouré de puissances modernes. Reste l'Amérique, État décidément moderne, son « approche des relations internationales étant informée par le recours à la force et les alliances militaires, alors qu'elle poursuit la chimère de l'invulnérabilité absolue » (p. 47). Pour des raisons idéologiques ou sociologiques, les écrits français sur l'Amérique relèvent, dans leur ensemble, le schisme qui s'élargit entre les deux rives de l'Atlantique. Les prémices d'une sorte de nationalisme européen ont même émergé comme un reflet du néo-nationalisme américain qui, en retour, nourrissent l'idée d'une distanciation profonde, sinon celle d'un divorce consommé.

Unité ou désagrégation ?

Pendant plus d'un demi-siècle, l'Amérique (même si le nombre des Américains qui réfléchissent au sujet du Vieux Continent y est limité) s'est montrée favorable à la naissance d'une Europe unie et forte. Les Européens ont pu parfois en douter, mais probablement à tort : au cours de la guerre froide, l'Amérique ne s'est pas seulement prononcée en faveur du projet européen ; elle a par moments montré de l'impatience devant la lenteur de sa réalisation. Gaddis ou Ikenberry ont amplement montré que le déploiement américain en Europe après 1945 avait comporté beaucoup moins de volonté de coercition qu'on ne le pense souvent. C'était largement un « empire sur invitation », qui, plutôt que de chercher à établir une vulgaire zone d'influence, espérait susciter l'émergence d'une « troisième force » entre Moscou et Washington. George Kennan, en particulier, paraissait bien plus enthousiaste à l'idée d'une Europe unie et indépendante que les Européens eux-mêmes, et Felix Rohatyn (1997), l'ambassadeur de Clinton à Paris, n'a pas tort de dire que « dès le début, les États-Unis ont été des partisans convaincus de l'intégration économique et politique de l'Europe, et ils le sont aujourd'hui tout aussi fortement ».

Certes, on entend encore actuellement de véritables hymnes à la construction européenne, tel celui de Michael Mandelbaum (2001) qui voit en elle « un avant-goût de la manière dont le monde sera organisé au XXIe siècle ». Mais ces positions-là deviennent de plus en plus isolées : le projet européen a perdu de son charme aux yeux du public américain qui saisit mal son sens global — l'Amérique partage d'ailleurs cette incompréhension avec un grand nombre de pays à travers le monde, mais, chez elle, cela tourne facilement au vinaigre, précisément du fait de l'intimité qui prévalait jusqu'alors entre les deux rives de l'Atlantique. Le grand historien Emmanuel Wallerstein (2004) fait remonter cette inversion de tendance aux années 1960, suite à l'émergence de la CEE d'alors comme rival économique et à la sortie de De Gaulle de l'OTAN, deux préludes au projet de l'Europe-puissance. Déjà lorsque le Mur vint à s'effondrer et que l'extension de l'Union vers l'Est commençait tout juste à être suggérée, Michael Lind (1991) jugeait « paradoxal que les peuples de l'Est qui viennent à peine de s'émanciper d'un empire transnational débitant une rhétorique universaliste soient incités à renoncer d'emblée à leurs identités particulières au profit d'un nouvel universalisme ». Que leur nationalisme ait le loisir de s'épanouir d'abord, ils verraient ensuite !

Ce retournement s'est amorcé à la faveur de la grande vague de scepticisme qui suivit la chute du Mur et l'adoption des accords de Maastricht. Suivant une lecture classique de *power politics* qui se révélerait largement inadaptée, la question allemande en fut le facteur principal. Conor Cruise O'Brien (1992-93) donna le ton avec ses prédictions plus que pessimistes : le fédéralisme européen allait mourir de sa belle mort et la réunification allemande pèserait si lourd que l'atlantisme reviendrait en force en France même. Paris et Londres reconstitueraient un lien occidental autour du leadership américain pour faire face non plus à l'URSS, mais à l'Allemagne réunifiée qui serait à nouveau tentée par les errements du passé. L'Occident existerait donc, mais tronqué ; en réalité, il s'arrêterait, selon lui, sur le Rhin. C'était aussi l'époque où Mearsheimer (1990) prédisait, en l'encourageant, un rapide accès de l'Allemagne au club nucléaire, et la transformation du Vieux Continent en une sphère d'influence germanique mettant fin tant à l'Union qu'à l'OTAN : « Les États-Unis doivent encourager un processus de prolifération nucléaire limitée. L'Europe en particulier serait plus stable si l'Allemagne détenait une dissuasion militaire qui lui fût propre », car l'Europe allait redevenir multipolaire avec la fin de la guerre froide et, la détention de l'arme nucléaire rendant sa conquête bien plus difficile, il s'agirait pour elle d'une superbe arme défensive (contre la Russie, dans le cas d'espèce). Il fut largement approuvé sur cette ligne, notamment par le général Odom et par Jeane Kirkpatrick qui disaient eux aussi s'attendre à l'établissement d'une hégémonie allemande sur l'Europe, et conseillaient à l'Amérique de ne rien faire pour freiner ni accélérer ce processus ; mais il fut contredit par d'autres (tel Joffe, 1990) qui, sans remettre en cause ses pronostics, contestaient ses recommandations en appelant Washington à rester en Europe et à y poursuivre sa mission « pacificatrice ».

Dix ans plus tard, Mearsheimer (sept.-oct. 2001) persiste et signe : les relations intra-européennes vont rapidement se tendre, le fossé euro-américain va s'élargir, et l'avenir de l'Europe va être marqué par l'inéluctable accès de l'Allemagne à une position hégémonique, évolution qui sera précipitée par l'éventuel retrait des troupes américaines, d'autant plus que l'Europe avance *back to the future* (c'est le titre de son essai de 1990) et que, « sans le pacificateur américain, l'Europe n'est pas assurée d'être en paix ». Il récidive avec l'Ukraine dont il défend le statut de puissance nucléaire toujours face à la Russie. En arrière-plan de cette brutale application du *power politics* néoréaliste se profilent, on l'aura compris, non seulement un rejet absolu des relations internationales (et donc intra-européennes) sur toute autre base que celle de la compétition stratégique, mais aussi un dénigrement ou une ignorance du projet européen, et même une certaine condescendance vis-à-vis de la naïveté post-moderne des Européens dont on peut certes plaindre la candeur, mais dont on aurait tort (compte tenu, entre autres choses, de l'influence intellectuelle de l'auteur) de sous-estimer la représentativité.

Un même scepticisme prévalait aussi chez certains intellectuels américains bien mieux au fait des affaires du Vieux Continent ou mieux disposés à son égard. Ainsi d'un Stanley Hoffmann, par exemple (*NYRB*, 27 mai 1993), qui se demandait, face à l'intégration à marches forcées, s'il ne fallait pas faire ses adieux à l'Europe unie. Non moins europhile, Tony Judt parlait (*NYRB*, 11 juillet 1996) de la « grande illusion », le mythe de l'Europe, loin de résoudre les problèmes du

Vieux Continent, ne faisant, selon lui, que les compliquer davantage. Judt prédisait également une hégémonie allemande sur l'Union, mais qui aurait pour effet de rendre l'Europe encore plus narcissique et introvertie. Pour être un libéral ex-europhile, Michael Ignatieff n'est pas plus tendre : « Vous autres Européens, vous vous êtes défaussés du fardeau budgétaire de la défense sur les Américains, et, par anti-américanisme, vous les traînez dans la boue » (*L'Express* du 11 décembre 2003). Vue à droite ou à gauche dans une Amérique qui montra, tout au long des années 1990 une éclatante santé, l'Europe faisait pâle figure. Michael Lind (1995) observait : « [l'Union] semble évoluer d'une confédération aux liens étroits, dominée par la France, à une union douanière assez lâche dominée par l'Allemagne », et niait toute valeur d'exemple au projet : « Il serait erroné de penser que l'UE est un modèle qui se reproduira ailleurs. » Pour s'en féliciter, pour s'en inquiéter ou, le plus souvent pour blâmer une construction européenne mal conçue et qui ressemble moins à un projet prometteur qu'à une méprisable fuite en avant, les divergences de part et d'autre sont rabâchées *ad nauseam* : l'Amérique voit sa croissance démographique reprendre, elle intègre des millions de nouveaux immigrés chaque année, atteint le plein emploi, bat tous les records de croissance ; l'Europe voit sa démographie stagner, refoule ses immigrés, est impuissante face au chômage, ou y travaille en moyenne dix semaines de moins par an et elle paraît s'essouffler à courir après la croissance américaine.

Plus récemment, ce scepticisme a semblé se muer en une attitude beaucoup plus réticente, voire franchement hostile. L'application des accords de Maastricht, contre l'attente de la plupart des observateurs américains, et surtout la mise en place de l'euro, ont été l'occasion d'une révision assez profonde. Face à un groupe d'admirateurs plus ou moins enthousiastes (Sutherland, 1996 ; Walker, 1998) et à un autre plutôt sceptique sur son utilité réelle pour les Européens, voire sur sa portée concrète pour le reste du monde (Frankel, 1995 ; Dornbusch, 1996 ; Frieden, 1998), l'euro suscite ce qui ressemble bien à une levée de boucliers hostile parmi l'establishment américain gravitant autour du gouvernement fédéral et des universités. Fred Bergsten (1997) constate d'abord l'instauration d'une bipolarité *monétaire* supplantant l'hégémonie jusque-là unilatérale du dollar, et craint, sans trop y croire encore, un regain d'instabilité du marché monétaire. Deux ans plus tard, son discours se durcit : il constate l'émergence d'un système *économique* bipolaire que les différends politiques et commerciaux rendent conflictuel et qui « glisse dangereusement vers la crise ouverte » ; si « l'intégration économique européenne est l'exemple le plus réussi de l'histoire en matière d'institutionnalisation d'une interdépendance », l'impréparation qui a prévalu à la mise en circulation de l'euro constitue un important facteur de crise (1999). Cohen (1997) invite les Européens à « prendre conscience que les intérêts américains sont directement affectés par l'avènement d'un rival potentiel du dollar ». Calleo (1999), généralement europhile, met le doigt sur un point particulièrement sensible : alors même que la crise asiatique et le déficit croissant de la balance commerciale américaine constituaient déjà deux sources d'inquiétude, « la seule existence de l'euro devrait, à terme, rendre le financement des déficits américains bien plus coûteux ». Martin Feldstein (1997) va très tôt (1993) plus loin encore : déniant à la création de l'euro des effets positifs pour l'Europe sur le plan économique, il dénonce la réticence de ses compatriotes à la considérer pour ce qu'elle est, à savoir une opération essentiellement politique « qui va transformer le caractère de l'Europe et risque de conduire à des conflits en Europe même comme à des confrontations avec les États-Unis ». Le directeur du *National Interest* de l'époque (Harries, automne 1998) aurait mal accepté d'être dépassé dans cette surenchère : il voit dans l'introduction de l'euro un geste si agressif à l'égard de la prépondérance américaine qu'à ses yeux elle signe tout simplement « la mort de l'Occident ».

Que retenir de cet épisode troublé de la mise en place de l'euro, sinon une lecture marquée par le *power politics*, même (d'autres diraient surtout) en matière économique et financière. Les esprits se calmeront ensuite quand on constatera que l'euro n'a pas produit les effets catastrophiques que d'aucuns prédisaient. (Fin 2004, 67 % des réserves en devises des banques centrales étaient encore en dollars et la parité en cette matière n'est pas prévue avant, au mieux, 2008-2009.) L'hostilité des nouveaux europhobes n'a pas faibli pour autant, mais, alors que cette page allait laisser des traces durables, elle s'est déplacée sur d'autres thèmes, voire, au nom de la défense de l'État-nation ou de la démocratie, contre les principes mêmes sur lesquels s'édifiait l'Union. L'Europe est ainsi présentée par ces milieux comme une menace pour les intérêts de l'Amérique tant par le modèle post-souverainiste qu'elle offre que par le « nouveau droit international » qu'elle incarne et promeut : « Un demi-continent est à présent gouverné par une conjonction bizarre de bureaucrates et de juges, loyalement soutenus par des groupes d'intérêts qui font du lobbying auprès des bureaucrates pour des décisions qui leur sont favorables et qui vont devant les juges pour assurer leur application par les gouvernements nationaux » (Rabkin). Apparemment armé d'une première version, largement amendée par la suite, de la Constitution européenne, Jeffrey Cimbalo (2004) n'hésite pas à y voir « le défi le plus sérieux lancé à l'influence américaine en Europe », qui pourrait emporter l'OTAN. Prudence et vigilance sont l'une et l'autre nécessaires face à ce péril : « L'Union européenne est l'avancée extrême d'un courant plus ample qui risque d'envahir les États-Unis : l'internationalisation du droit, un développement absolument néfaste qui est principalement l'œuvre de l'Europe » (Iklé, 2004). D'autres (O'Sullivan, 2005) doutent de la capacité de l'Union à combler un jour son déficit démocratique, car la démocratie leur paraît impossible hors d'une communauté nationale partageant une même culture et une même langue. « Par certains aspects, l'Union européenne est le modèle de la gouvernance postdémocratique », écrit Fonte (2004), et donc le parfait contre-modèle du constitutionnalisme américain. Et comment ne le serait-elle pas si la description qu'en fait Walter Mc Dougall (2002-03) était exacte : « L'Europe est aujourd'hui un continent maintenu en esclavage par des bureaucraties napoléoniennes qui réglementent chaque acte, chaque mot de ses ressortissants, un continent qui se plaint à juste titre du "déficit démocratique" dont il est atteint, un continent si démobilisé qu'il doit compter sur des Yankees qui tirent plus vite que leur ombre pour préserver la crédibilité de la théorie libérale de l'Histoire. À cela il convient d'ajouter une démoralisation culturelle, un déclin démographique, une xénophobie croissante et une stagnation économique » !

Mais c'est là un discours principalement de jeunes néoconservateurs. Il se peut en effet qu'une césure existe entre les générations, plus nette en milieu conservateur que parmi les libéraux. Les plus âgés paraissent un peu moins nationalistes et un peu moins europhobes. Certes, ils ont des affinités plus britanniques que continentales, des griefs contre l'Union en tant que telle ou contre telle ou telle de ses politiques. Mais Himmelfarb (2003) est imprégnée de Burke, alors que Kristol (1992) regrette que l'Amérique ne soit pas plus adepte de la *high culture* européenne que de la *pop culture* ou des magazines *people* : « Une puissance mondiale qui veut imposer le respect ne saurait se contenter de ses prouesses militaires, mais doit également susciter du respect pour sa culture, et celle que l'Amérique exporte de par le monde a beau recueillir de l'audience, elle ne peut, parce qu'elle s'est coupée de la grande tradition européenne, inspirer le respect. » Il est rare, voire exceptionnel de lire de telles réflexions chez les champions plus jeunes du néoconservatisme, qui, pour la plupart, comme l'actuel président, connaissent mal l'Europe et encore moins sa culture.

Plus dangereuse que l'Europe en tant que modèle est l'Europe en tant qu'acteur : le pacifisme y est tel que « si une politique étrangère et de défense commune avait existé en Europe, elle n'aurait pas soutenu notre action en Irak » ; pareille réflexion conclut aux effets inévitablement négatifs d'une intégration plus avancée : « La prudence comme les principes nous dictent de pencher en faveur des États-nations d'Europe et d'abjurer tout encouragement supplémentaire à l'intégration politique européenne », en déduit logiquement Fonte (2004). L'Europe-acteur ne peut réaliser son unité que contre l'Amérique, avait déjà averti Noel Malcolm (1995), éditorialiste du *Daily Telegraph*, pour qui « l'anti-américanisme ingrat est le seul trait distinctif d'une politique étrangère dite européenne ». Les eurosceptiques d'outre-Atlantique reprennent aussi à leur compte l'opposition, enracinée à Washington depuis au moins les années Kissinger, à la formulation d'une politique européenne commune au Proche-Orient, qu'ils jugent inévitablement différente de la leur. Martin Feldstein (1997) est si troublé par l'introduction de l'euro qu'il conseille au gouvernement américain de « bien faire comprendre que ses relations avec les États européens pris individuellement demeurent aussi fortes, et qu'il ne sera pas permis à Bruxelles d'interférer dans les rapports entre Washington et chacune des capitales nationales de l'Europe ». Gompert (dans Lindstrom, p. 61) est sans doute plus proche de la ligne de son gouvernement quand il avance que depuis que l'Europe veut se constituer en acteur international autonome, le soutien américain à son intégration, hier encore entier, est devenu conditionnel.

Ainsi, par un retournement radical de l'approche, se fait jour la thèse d'une désagrégation de l'Union comme processus prévisible et souhaitable. En difficulté en Europe à la veille de la guerre d'Irak, Washington a pensé pouvoir jouer les

« petits » contre les « grands », les « nouveaux » Européens contre les « anciens », ou encore les autres contre l'« axe franco-allemand », au sein d'un Vieux Continent qui, dans sa grande majorité, n'a pas été convaincu par les arguments américains. Et quand Bush décida par la suite de suspendre l'aide aux Européens qui refusaient d'accorder aux États-Unis l'immunité face à la CPI, on vit la nouvelle Europe aussi outrée que l'ancienne. Par-delà une « perturbation systémique » de l'Union souhaitée par les nouveaux europhobes et répercutée au sein de l'administration Bush, l'idée que l'intérêt de l'Amérique est désormais de pousser à la décomposition de l'Union a fait son apparition d'abord dans les pages du *Weekly Standard*, toujours en pointe dans ce type d'orientations. Cimbalo (2004) appelle ouvertement à « œuvrer avec nos amis en Europe pour freiner le processus d'intégration ». John Hulsman, de l'Heritage Foundation, déclare qu' « une Europe qui s'élargit, et non pas qui s'approfondit, est dans l'intérêt de l'Amérique », avant de recommander ouvertement à Washington de « relever toute divergence de points de vue entre Européens pour l'exploiter ». Il reprend ainsi, en la durcissant, une position constante des Américains sur les frontières de l'Europe (qu'elle-même hésite à tracer), car s'il faut résumer le consensus qui prévaut outre-Atlantique, il est pour un élargissement aussi poussé que possible, jusqu'à comprendre les Balkans, la Turquie, éventuellement la Russie, et sans doute tous les autres pays situés à l'ouest de l'Oural, voire à un titre ou à un autre, l'Amérique elle-même ! « L'Europe à laquelle ils ont affaire est pan-européenne, et comprend non seulement l'Europe centrale et orientale, mais aussi la Russie et, dans une certaine mesure, les États-Unis. Ce qui est donc requis, ça n'est pas de remettre à jour une confédération de l'Europe occidentale, mais de remplacer le système soviétique et bipolaire » (Calleo, 2001). Pour nombre d'Européens, une vision si généreuse n'est pas sans inquiéter : les Américains chercheraient-ils à gonfler l'enveloppe pour la faire éclater, ou, dans une lecture plus charitable, à faire de l'Europe un simple synonyme de l'Occident pour mieux la dominer ?

L'Union garde cependant des amis aux États-Unis, et non des moindres, même s'ils n'aiment pas tous la même chose dans la construction européenne. Mandelbaum (cité plus haut) admire sa nature postnationale et futuriste. Brzezinski (qui est parfois europhile), au contraire, s'en désole, car c'est un avocat d'une Europe-puissance qui tiendrait son rang face notamment à la Russie. Il en appelle donc à l'extension, à l'approfondissement et à l'autonomisation de l'Europe dans « une union politique et militaire renforcée », solidement fondée sur l'axe franco-allemand dont il est un des partisans. Prenant le contre-pied des néoconservateurs, il affirme : « Bien sûr que l'Amérique peut freiner l'émergence d'une Europe plus unie, mais ce serait calamiteux pour la stabilité de l'Eurasie autant que pour les intérêts de l'Amérique » (1997), quand bien même cette dernière voit ainsi son influence s'éroder. S'impatientant de voir émerger l'Europe-puissance, dans une phrase qui lui sera durement reprochée par les Européens (2000), il va jusqu'à déclarer que, « militairement, le Vieux Continent est un protectorat des États-Unis » — formule où transparaît l'ambiguïté de ses positions de nationaliste américain constant et d'europhile intermittent. Sa ligne reste cependant claire et elle est de plus en plus opposée à celle de l'administration Bush et des néoconservateurs : il prône une Europe plus intégrée, plus puissante, « avec laquelle l'Amérique doit apprendre à partager non seulement le fardeau, mais aussi la décision ». Au lendemain de la réélection de Bush, il lui a même redit que « rien n'est plus précieux pour l'Amérique que son alliance avec l'Union européenne ». Des Américains qui apprécient l'Europe, il en subsiste et il en restera beaucoup ; mais les rangs des stratèges américains favorables à l'intégration européenne ou qui n'ont pas de préférence marquée pour certains Européens aux dépens des autres se sont sérieusement clairsemés.

Pris individuellement, aucun pays n'échappe désormais à cet étrange discours europhobe émis particulièrement dans les milieux néoconservateurs, comme si on y pressentait la crise à venir ou qu'on cherchait à l'alimenter. Au-delà du discours, en général sceptique et parfois franchement hostile, sur l'Union elle-même, certains pays font néanmoins l'objet d'une véritable campagne de dénigrement. En 2003, avant et après la guerre d'Irak, la francophobie a ainsi battu tous les records. Surtout, mais pas uniquement, dans les milieux les plus proches de l'administration, la France se retrouva critiquée par l'élite, vilipendée par l'opinion, vulgairement raillée dans les médias. Les militaires américains dépêchés en Indonésie après le tsunami de la fin 2004 en étaient tellement imbibés qu'ils s'étonnaient de pouvoir coopérer sur place avec des médecins français, comme si Paris et Washington venaient de sortir d'une guerre. Un étrange portrait fait de présomption, d'ingratitude, de pusillanimité, de perfidie et d'hypocrisie en fut brossé ; des sanctions furent réclamées haut et fort, un mouvement populaire de boycott de ses produits fut déclenché, et les caricaturistes, dont on ne connaît déjà que trop la prédilection pour les images folkloriques des étrangers, s'en prirent de bon cœur au porteur de l'inévitable béret basque. Le nationalisme belliqueux semblait avoir trouvé un adversaire à sa taille : pendant que les troupes faisaient la guerre à l'Irak, l'intelligentsia nationaliste se déchaîna contre la France.

Mais de quoi la France était-elle coupable ? Fondamentalement, de sortir du rang, de défier la volonté de la puissance unipolaire et d'encadrer, pour ceux qui partageaient son opposition, la riposte juridique, politique et intellectuelle à la guerre. On aura reproché beaucoup de choses à la France, des actes et des paroles parfois effectivement discutables, mais aussi un flot incroyable d'affabulations et d'intentions imaginaires. L'essentiel tenait cependant à une profonde aversion pour sa rhétorique, sa capacité de cristalliser, non seulement pour elle-même et les autres Européens, mais pour le monde entier, une position d'hostilité à la guerre, et, partant, à l'Amérique jusque dans la démonstration imminente de sa toute-puissance. La France embarrassait parce que non seulement elle exprimait ce que beaucoup d'autres pensaient mais ne savaient pas ou n'osaient pas formuler, mais aussi parce qu'elle disait ce que beaucoup d'Américains pensaient et ne voulaient pas s'avouer alors que leur pays était sur le point d'entrer en guerre. La France gênait les Américains parce qu'ils l'écoutaient et qu'elle les perturbait. En dénonçant la France, l'Amérique rejetait en fait une partie d'elle-même, la partie qui doutait des causes du conflit, hésitant sur sa légitimité, troublée par sa perspective, la voix à laquelle tout pays qui part en guerre impose silence. La France a parlé pour l'Amérique qui s'est tue ; et elle l'a payé.

La francophobie a naturellement trouvé ses champions dans les cercles les plus proches de l'administration, notamment auprès des néoconservateurs qui, à travers la France, combattaient leur ennemi principal : l'internationalisme libéral et institutionnaliste. Ils en avaient pris l'habitude depuis belle lurette, et l'affaire irakienne n'était pour eux qu'une occasion supplémentaire de s'exercer à un *French bashing* dans lequel ils excellaient. Sur le plan intellectuel, Himmelfarb poursuivit sa vieille campagne contre les Lumières à la française, athées, nihilistes, immorales ; Feldstein s'en prit à l'inspiratrice d'un euro agressif ; Hoagland, au pays qui ose appeler à un retour à la multipolarité ; Safire, à Chirac *ad hominem* ; *Commentary*, au champion de l'exception culturelle… Mais la campagne a débordé ce milieu, et de loin, pour contaminer des éditorialistes d'ordinaire plus mesurés. Plus tard, certains thèmes (comme celui de la résolution 1559 sur le Liban) constituèrent autant d'îlots d'entente limitée dans une relation encore tempétueuse. La France est allée si loin dans sa défiance, et l'Amérique dans sa francophobie (les deux parties en tirant au passage des avantages substantiels en termes de popularité) que tout retour à la normale prendra du temps et qu'il sera difficilement complet. Pour qu'une réconciliation soit possible, la France devra calmer le jeu et se montrer plus coopérative là où elle peut. Pour l'Amérique, le coût sera plus élevé : pour se rapprocher à nouveau de la France, elle devra d'abord se réconcilier avec la partie d'elle-même qu'elle avait pensé pouvoir renier en désignant la France comme ennemie.

La France a en effet réussi à cristalliser sur elle-même les sentiments négatifs de l'Amérique vis-à-vis de l'Europe et à les porter à un niveau sans doute jamais atteint dans l'histoire des deux pays. Mais « la France est perfide, l'Allemagne décevante, et si l'animosité de l'Amérique envers la France est plus forte, l'insatisfaction causée par l'Allemagne a des conséquences plus graves » (Lindstrom, p. 47). S'il était loisible de simplifier, on dirait que la francophobie a surtout éclaté comme un bruyant coup de tonnerre, tandis que la suspicion vis-à-vis de l'Allemagne est ancienne, latente, profonde, et, finalement, bien plus périlleuse pour l'avenir des relations transatlantiques.

Depuis sa réunification, l'Allemagne n'a pas la cote. Elle suscite le trouble dans l'esprit toujours subtil de James Kurth (1991) qui hésite à prédire laquelle des trois Allemagnes qu'il voit émerger des ruines du Mur finira par s'imposer : celle de Bonn est américaine ; celle de Bruxelles, ouest-européenne ; celle de Berlin, *mittleuropa* ; il est d'avis — plutôt à tort, jusqu'ici — que ce sera la dernière, pour s'en inquiéter, car « la *mittleuropa*, écrit-il élégamment, est si chargée d'histoire qu'elle a pris la fâcheuse habitude d'en exporter ». Mais, après la réunification, c'est une lecture d'élémentaire *power politics* qui tend à s'imposer, dont Mearsheimer (voir *supra*) se fait l'écho en disant ne pas craindre l'inévitable hégémonie que la République de Berlin imposera au reste de l'Europe. Il est largement suivi dans cette prédiction, même si sa propension à accepter ce scénario n'est pas le plus souvent partagée par ceux qui font le même pronostic, et on décèle plus volontiers chez ceux-ci une bonne dose de germanophobie.

Une autre Allemagne, ingrate, pacifiste, qui refuse d'augmenter son budget militaire et critique l'hégémonie américaine, émerge en parallèle et finira par s'imposer, notamment chez les néonationalistes. Avant même la chute du Mur, *The National Interest* (automne 1989) publia, sous la plume de Jeffrey Herf, une véritable philippique contre la gauche allemande, accusée d'être « définitivement perdue » pour l'Occident du fait de son pacifisme et de son opinion favorable à Gorbatchev. La même revue (été 1991) fit paraître une autre diatribe, cette fois le fait d'un professeur londonien, critiquant violemment la position de l'Allemagne sur la première guerre du Golfe : « Provinciale à l'extrême, l'Allemagne place ses intérêts nationaux étroits au-dessus de ceux de l'Europe et du monde libre. » Oublieux de la difficulté de Bush père à convaincre le Sénat américain de la justesse de cette guerre, du débat qui ne faisait alors que commencer sur l'envoi de troupes allemandes à l'étranger, et des difficultés de l'Allemagne à réaliser alors son unité, l'auteur accusait celle-ci de « manquer et de courage et d'imagination », autant que de poursuivre le rêve d'une Europe fédérale qui apaiserait l'URSS, aliénerait l'Amérique, et qui finirait par devenir « un bloc protectionniste, narcissique, bureaucratique, pacifiste, prêt à tout pour servir de partenaire commercial à l'URSS ». Une journaliste du *Wall Street Journal* (Shlaes, sept.-oct. 2004) dépeignait l'économie allemande comme entièrement sclérosée, affaiblie par « la contestation politique, les relents néonazis, le chômage croissant, l'incapacité d'innover, une population vieillissante, le laxisme des autorités, et, bien sûr, un lourd État providence». Plus récemment, la revue précitée publia un autre essai au vitriol (Siemon-Netto, 2002-03) contre la réélection du chancelier Schroeder, considérée comme « un obstacle majeur à la nécessaire modernisation de l'économie et de la société allemandes », et annonçant que, désormais « la porte est ouverte à tous les démons ».

Des « démons », on en trouve toujours quand il s'agit de l'Allemagne. Malgré la véritable volée de bois vert qui les a accueillis, les essais successifs de Jacob Heilbrunn (1994, 1996 et 2000), professeur à Georgetown, devenu publiciste, exposent une thèse invariable : il y a une résurgence troublante du nationalisme allemand qui a pour résultat « une Europe germanisée plutôt qu'une Allemagne européanisée » ; « l'Allemagne a toujours essayé de faire prévaloir ses intérêts nationaux » ; l'attachement des Allemands aux institutions européennes diminue de jour en jour ; la nouvelle stratégie allemande est de forcer l'Union européenne à regarder vers l'Est et le Nord (et non pas vers l'Ouest et les États-Unis) ; l'intégration des pays d'Europe centrale dans l'OTAN vise à créer un cordon sanitaire autour de la Russie ; l'Allemagne est en train de se constituer une zone d'influence à l'Est, et, *last but not least*, « l'entrée de l'Autriche dans l'UE conduira à un *Anschluss de facto* entre les deux pays ». Citant des éditorialistes de la nouvelle droite allemande dont il surestime énormément l'influence, Heilbrunn y décèle en 1996 « une haine profonde de l'occidentalisation de l'Allemagne sous influence américaine, et encore plus précisément une haine des États-Unis ». En 2000, il récidive avec les romanciers allemands en affirmant que « les sentiments anti-occidentaux qui inspirent les *literati* allemands transcendent les divisions droite/gauche ». Selon lui, obsédés par leur propre histoire, les romanciers allemands rejettent l'Occident et le « méprisent ». Les réactions à ces graves imputations seront le plus souvent et à juste titre violentes, mais force est de constater qu'il est difficile de trouver dans les grandes revues de l'establishment politique américain, et encore moins dans celles de la droite néonationaliste, des commentaires tant soit peu favorables ou même compréhensifs à l'égard de l'Allemagne.

La position de celle-ci dans l'affaire irakienne, pour ne pas parler des déclarations parfois outrancières de certains de ses dirigeants pendant la campagne électorale qui précéda le conflit, n'auront rien fait pour calmer les esprits. Les deux pays déploieront ultérieurement des efforts pour rétablir le dialogue, mais un sentiment de défiance peut-être plus marqué, plus souterrain, affecte désormais la relation bilatérale. En juillet 2004, la presse allemande a rapporté cet aparté d'un responsable américain : « Ce n'est vraiment pas le moment pour l'Allemagne de demander à devenir membre permanent du Conseil de sécurité. »

En sus de leurs problèmes propres, la France et l'Allemagne souffrent de former l'axe qui mène l'Union européenne là où les Américains ne sont plus si sûrs qu'elle doive aller. Elles ont été bientôt rejointes par l'Espagne où le parti socialiste a remporté les élections sur un programme qui s'ouvrait sur la décision de rapatrier ses troupes d'Irak, laquelle fut promptement exécutée. En revanche, l'Amérique, « qui considéra longtemps la Grande-Bretagne comme son adversaire principal dans le monde » (Fromkin, 1998), a coopté Tony Blair comme l'allié par excellence. Entre lui et Clinton, la convergence semblait avoir atteint un degré jamais atteint, tant et si bien que le président américain paraissait, au terme de ses deux mandats, avoir adopté à la lettre la « troisième voie » du Premier ministre anglais. Clinton s'est investi en retour dans la résolution du conflit irlandais et dans la préparation de l'accord du *Good Friday*, en faisant pression sur les différentes factions et en dépêchant l'ancien sénateur George Mitchell en médiateur, ce qui a facilité l'obtention de l'accord.

Les positions de Blair sur l'Afghanistan puis sur l'Irak, qui ont parfois suscité à Londres d'acerbes reproches de suivisme, ont été saluées par les néoconservateurs qui surmontèrent leur haine traditionnelle du Labour pour le coopter (Blair ayant lui aussi réalisé un net glissement au centre) comme quasiment l'un des leurs. Conrad Black (1999), qui finance leurs publications, n'est pas plus tendre qu'eux pour le projet européen et préférerait tirer la Grande-Bretagne à l'écart du Vieux Continent pour l'admettre au sein de l'Alena ou, comme les europhobes d'Outre-Manche le suggèrent parfois, dans une organisation anglophone sous leadership américain.

La « nouvelle » Europe bénéficie, elle, d'une période d'état de grâce : la tendance est de loin à lui pardonner tous ses errements, sauf quand il s'agit d'expressions d'antisémitisme. La Pologne a accepté d'envoyer des troupes en Irak, la République tchèque a proposé son territoire pour former les (maigres) contingents d'exilés irakiens. Forte de sa plus grande proximité avec les théâtres d'intervention potentiels, l'Europe orientale va accueillir de nouvelles bases américaines. Voilà les « bons » Européens ! Quant à la Turquie, même si le gouvernement d'Ankara n'a pas réussi à convaincre son parlement de laisser passer les blindés américains en direction de Bagdad, Bush n'en a pas moins pensé pouvoir forcer pour elle la porte d'entrée de l'Europe.

Que faire de l'OTAN ?

Au sortir de la Seconde Guerre mondiale, Paris et Londres étaient opposés à l'idée d'un « troisième bloc » qu'ils considéraient comme un alibi américain pour se retirer du Vieux Continent. À quelques exceptions près, les positions des Européens étaient au départ très largement hostiles à la constitution d'un « écran européen » entre l'Est et l'Ouest, et favorables au contraire à un engagement entier des États-Unis sur le Vieux Continent, quitte à le payer en retour par une subordination stratégique à laquelle ils paraissaient s'être déjà résignés. Les Français étaient d'ailleurs au départ d'aussi ardents partisans de l'OTAN que les Britanniques ou les Allemands. Henry Kissinger, encore professeur à

Harvard à l'époque, est alors venu à Paris enfoncer le clou : « De nombreux amis français m'ont dit qu'il était injustifié que 85% des programmes de l'OTAN soient l'œuvre des États-Unis. Ils m'ont dit qu'il était inadmissible que les États-Unis jouent un rôle aussi disproportionné. Je veux cependant rappeler que ceci est le résultat des desiderata exprimés par les gouvernements européens eux-mêmes ; que, pendant les dix premières années d'existence de l'OTAN, nous avons été l'objet de pressions, de mises en demeure, d'objurgations pour nous amener à y jouer un rôle prépondérant. Que cette situation soit saine ou non, elle n'est pas due à une volonté américaine de dominer l'OTAN, mais, au moins pour une large part, au fait que les pays européens ont su veiller à ce que l'engagement américain soit si important que nous ne puissions nous dégager quand bien même nous aurions eu le désir de le faire » (Kissinger, 1962).

Ces « desiderata » seraient exprimés à maintes reprises par la suite, notamment chaque fois que les Européens sentiraient les Américains évoluer vers un « découplage » de leur sécurité d'avec celle de l'Europe. Calleo (1996) avait raison de rappeler que, « quel qu'ait été l'empressement américain à jouer un rôle bipolaire en Europe, il était tiède, comparé à celui des Européens de l'Ouest à voir les Américains jouer ce rôle ». Mais, à partir des années 1960, les Américains ont commencé à se plaindre du coût élevé de l'OTAN et à exiger un « partage du fardeau ». Dans les années 1980, ils se plaignaient de ce que leur engagement en Europe dévorait près de la moitié de leur budget de défense.

L'URSS, qui avait suscité un système bipolaire en Europe, serait aussi à l'origine de sa disparition. En Europe comme aux États-Unis, même si les motivations étaient bien différentes et parfois même contradictoires, des voix se sont élevées pour constater que l'Organisation n'avait plus de raison d'être. Bush père et Clinton (avec l'acquiescement des Européens) en ont décidé autrement ; non seulement l'OTAN a été maintenue, mais elle a connu un triple élargissement : de ses membres, d'abord, puis de sa mission en Europe même, enfin de son déploiement hors d'Europe (Salamé, 1996). Dans ses Mémoires, Clinton écrit : « J'étais déterminé à faire tout ce que je pouvais pour créer une Europe qui serait unie, libre, démocratique et sécurisée pour la première fois de son histoire. Et, pour cela, je devais éviter que l'extension de l'OTAN ne conduise à une nouvelle division de l'Europe plus loin à l'Est » (p. 569). Nul ne conteste la sincérité de ces intentions ; d'aucuns diront néanmoins qu'une telle division nouvelle est pratiquement inéluctable ; d'autres souligneront le ton quasi impérial sur lequel ces intentions sont exprimées.

En Amérique même, le triple élargissement de l'Organisation (voire sa survie même) n'est pas unanimement applaudi. George Kennan considère cette extension de l'OTAN comme une faute tragique. Huntington aurait voulu le limiter aux seuls pays faisant partie sans équivoque de la civilisation occidentale (pas d'orthodoxes ni de musulmans !), cependant que Calleo (1998) considérait la Russie comme trop utile en Asie pour qu'on l'irrite gratuitement en Europe par un élargissement trop ambitieux : « Ce que l'élargissement de l'OTAN à l'Est voulait signifier, c'est que la Russie avait été défaite et que l'Occident ramassait à présent ses gains. » Calleo (1999) resta fidèle à lui-même et continua d'estimer que cette extension avait été une faute impardonnable : « La seule justification logique à l'élargissement de l'OTAN serait l'hypothèse selon laquelle la Russie serait finie comme puissance à prendre au sérieux. Washington serait donc obligée d'accourir, *via* l'OTAN, pour combler le vide laissé. Mais, poussée à son extrême, cette logique aboutit à suggérer que le véritable adversaire géopolitique de l'Amérique est dorénavant l'Europe elle-même. »

Tout dépendra bien entendu des « enseignements » à long terme des guerres des Balkans où l'Amérique a volé au secours d'une ONU démonétisée et surtout d'une Europe impuissante. La justification la plus courante, sinon la meilleure de l'implication américaine — au moins au Kosovo — était de « sauver l'OTAN ». Mais le champ d'action de l'Amérique, c'est le monde entier, et elle était naturellement encline à laisser aux Européens le soin de poursuivre sa mission de stabilisation dans les Balkans pour pouvoir utiliser ses troupes sur d'autres fronts. Les 7 000 hommes de la Force d'intervention européenne ont ainsi remplacé, à la fin 2004, leurs collègues de l'OTAN en Bosnie. Ce pourrait être là un retour à ce qu'était la situation durant la guerre froide où les Européens, à quelques exceptions près (notamment française et britannique), s'étaient cantonnés à l'Europe cependant que l'Amérique ne pensait que projection mondiale de puissance. Cette permutation des rôles peut être perçue comme l'acte de naissance d'une force de stabilisation européenne qui ne devrait pas inquiéter outre mesure Washington, même si d'aucuns (tel O'Hanlon, 2001) craignent de voir un désengagement américain des Balkans conduire à une nouvelle répartition des tâches qui ferait que l'Amérique serait seule à affronter les défis les plus dangereux hors du continent européen.

Il faudra donc empêcher l'Europe de refuser, au nom d'une politique de défense commune qui suscite toujours une forte dose de scepticisme outre-Atlantique, de regarder au-delà de ses frontières. C'est ce que Stanley Hoffmann (dans Lindstrom) résume à sa manière distinguée : « Une capacité de défense européenne ne pourrait se constituer sans Londres, et Londres veillera à ce qu'elle soit indissociable de l'OTAN. » Plus particulièrement, le Pentagone reconnaît la valeur de l'armée française à la fois pour sa disponibilité à agir à l'étranger, pour sa modernisation qu'il estime largement réussie et pour son budget équilibré. L'OTAN devient ainsi un relais utile pour intégrer les Européens à des missions extérieures, ou du moins pour aider les dirigeants européens qui accepteraient d'y participer à légitimer de telles opérations aux yeux de leur opinion. Elle cesse d'être une alliance pour devenir à la fois un organisme de légitimation pour ses membres et, suivant l'expression désormais couramment admise, « un réservoir » dans lequel les États-Unis (et, pourquoi pas, d'autres membres aussi) pourraient puiser des troupes pour lancer des opérations hors du Vieux Continent. C'est ce qu'un Kagan partiellement guéri de ses passions unilatéralistes a fini par appeler de ses vœux (2004). Sera-t-il entendu par le gouvernement de son pays, et ce dernier sera-t-il prêt à acquitter une contrepartie pour cette évolution ? La France, qui avait réclamé une redistribution des rôles au sein du commandement militaire, n'avait pas obtenu gain de cause. Plus récemment, les pays qui s'étaient solidarisés avec les États-Unis au lendemain du 11 Septembre ont vu avec effarement leurs officiers de liaison, débarquant au Centcom de Floride, essuyer l'affront (les Britanniques exceptés !) d'être interdits d'accès au Command Center d'où était menée la guerre contre l'Afghanistan. En revanche, lorsque Bush, au sommet de l'OTAN réuni à Istanbul en juin 2004 et de nouveau, sur un ton plus conciliateur mais avec la même fermeté, à Bruxelles en février 2005, a appelé ses membres à venir prêter main-forte à ses troupes embourbées en Irak, il a reçu une réponse bien tiède. Bref, même l'OTAN conçue comme « réservoir » reste une idée plutôt abstraite.

L'OTAN a-t-elle vraiment été sauvée au Kosovo ? Entre le sommet de Prague (2002) et celui d'Istanbul (2004), son bilan a été peu reluisant. Elle a accueilli sept nouveaux membres, mais qui élargissent ses responsabilités sans accroître ses moyens, si ce n'est de manière marginale. Elle se sera impliquée, post-conflit, en Afghanistan, mais sans parvenir à y envoyer le volume de troupes nécessaire et les Européens paraissent bien hésitants à impliquer l'Organisation dans une éventuelle résolution du conflit israélo-arabe comme les y pousse le secrétaire général de l'OTAN ou au Darfour (Soudan) comme les en supplie celui de l'ONU, suscitant un net refus français pour un rôle de l'OTAN en Afrique. Lorsque Bush junior accéda à la Maison-Blanche, sa méconnaissance de l'Europe semblait nuancée par un attachement déclaré aux alliances existantes. Celle qui allait devenir son conseiller pour la Sécurité nationale, puis secrétaire d'État, écrivait alors que « l'OTAN est notre alliance stratégique la plus importante » (Rice, 2000). Le premier mandat de Bush n'a pas vu cette thèse vraiment confirmée par les faits. Le sera-t-elle par le second ?

Les relations transatlantiques peuvent en réalité s'améliorer sans que l'OTAN n'en soit nécessairement le bénéficiaire. L'Organisation connaît un mal de vivre qui a précédé la crise de 2003 et lui a survécu. Le secrétaire américain à la Défense, Donald Rumsfeld est bien venu à Munich, en février 2005, rappeler sa foi dans l'Organisation. Son message, débarrassé des élans unilatéralistes qui en avaient fait la bête noire de ses collègues européens, ne rechignait plus à se faire modeste : « un pays seul ne peut ni vaincre les extrémistes ni confronter les menaces asymétriques des temps nouveaux ». Mais, sur le fond, le catéchisme restait le même : même si l'Europe est un partenaire spécial, c'est la mission qui continuera à déterminer la coalition. On comprend ainsi pourquoi le chancelier allemand est resté sur ses gardes, rétorquant qu'il fallait redéfinir au préalable la nature même du lien transatlantique et ce, de préférence en dehors de l'OTAN, dans un forum qui pourrait prendre acte de l'existence de l'Union européenne comme structure intégrée.

Si l'Amérique privilégie désormais la mission à l'institution et si l'Europe considère celle-ci comme obsolète, l'OTAN devient doublement orpheline, d'une rive de l'océan comme de l'autre. La position allemande, apparemment soutenue à Paris, suscite d'ailleurs bien des suspicions : Gerard Baker dans le *Weekly Standard* du 28 février 2005 voit dans la détermination sinophile de la France une volonté de hâter l'émergence d'un monde multipolaire que le refus de l'OTAN comme structure de dialogue transatlantique par le chancelier allemand complète opportunément. Paris encourage les autres acteurs du système international et Berlin tente d'imposer un « dialogue États-Unis/Union européenne entre égaux » dans une orchestration qui ne vise qu'à contraindre la liberté d'action de l'Amérique et à affaiblir son hégémonie sur l'Europe. Ce procès d'intention ainsi fait à l'Europe n'est peut-être pas totalement illégitime, mais il ne saurait faire l'économie d'une réflexion de l'Amérique sur ce qu'elle veut de l'OTAN ; car les Européens, quels que soient leurs objectifs, ne semblent pas accepter d'être « prisonniers » d'une organisation d'autant plus inégalitaire que la puissance qui la domine ne cesse de répéter que l'OTAN n'est, après tout, qu'un « réservoir » optionnel de troupes et, éventuellement, de légitimation auquel elle ne recourra qu'en cas de besoin car elle maintient que c'est la mission qui commandera désormais le choix des alliés et non l'inverse. Mars ne peut imposer une fidélité absolue à Vénus s'il se donne, de surcroît, le droit d'être polygame !

De l'entente complice au mariage forcé ?

Les optimistes restent imperturbables : depuis que l'Occident existe, on n'a cessé d'annoncer sa mort prochaine ; il va encore une fois survivre à toutes les Cassandres d'Europe et d'Amérique, au prix sans doute d'ajustements permanents. Kors (1999-2000), le grand historien de l'université de Pennsylvanie, en est convaincu : « Dans ses incarnations diverses, l'Occident a craint dès ses débuts la fin de sa propre civilisation. Mais, à travers catastrophes naturelles, anarchie, guerres et despotismes, l'Occident a survécu, sa religion lui enseignant avec constance que le désespoir est le plus grand des péchés, une leçon que chaque génération doit apprendre à nouveau. » La source de cette survie, Kors la trouve dans l'« impérialisme spirituel » d'une civilisation qui croit en la validité de catégories mentales qui la transcendent, soulignant ainsi que, pour survivre en et pour lui-même, l'Occident a besoin de se croire porteur d'une mission universelle. Tel serait son génie, mais aussi, au vu des ravages qu'il a infligés aux autres, son dilemme. James Kurth (1994), le philosophe de Swarthmore, pourtant de la même école politique que Kors, se montre bien plus pessimiste : « Le terme connote désormais quelque chose d'insipide. Les temps héroïques du mot "Occident" sont révolus : il ne sécrète plus aucune énergie à l'intérieur des États-Unis et n'a plus aucune légitimité aux yeux des Américains. »

Pour en juger, on l'aura compris, il faudrait au préalable s'entendre sur ce qu'est l'Occident, et, partant, sur le ciment qui maintient l'édifice. Si le XXIe siècle doit être celui du religieux, comme l'a annoncé André Malraux, le concept ne saurait survivre que si l'un de ses deux pôles vient à changer radicalement, l'Amérique devenant moins religieuse ou l'Europe le redevenant davantage. Si la prédiction de Malraux se révélait juste, cela consolerait notamment un Irving Kristol pour qui la religion a été le véritable obstacle au triomphe du communisme, et qui gémit depuis lors sur « une Amérique où la moitié à peine de la population partage aujourd'hui cet idéal ; l'Amérique pourrait bientôt devenir, comme l'Europe, uniformément libérale dans ses préjugés, et privée de la fermeté qui lui permit de gagner la guerre froide ». On assisterait alors à une nouvelle convergence des deux parties de l'Occident autour d'une idéologie post-religieuse ou même a-religieuse. Est-ce cela que Huntington a prévu, lui qui a défini toutes les civilisations en termes religieux, exception faite de celles de l'Occident et du Japon, présentées comme deux civilisations distinctes l'une de l'autre (alors qu'en termes stratégiques le Japon fait normalement partie de l'Occident) mais surtout différentes de toutes les autres par la négation de leur ciment religieux ?

Sans que nous prétendions à un quelconque pouvoir divinatoire ni même à une véritable expertise en ce domaine, il ne nous semble guère qu'un tel changement soit en cours ni d'un côté ni de l'autre. On pourrait même soutenir exactement la thèse inverse, à savoir celle d'un fossé qui, en la matière, ne cesse de s'approfondir entre une Amérique de jour en jour plus ouvertement religieuse et une Europe qui se défend un peu plus chaque jour de l'être. La polémique entre Bruxelles et le Vatican sur l'identité chrétienne de l'Europe fait plus que jamais contraste avec une Amérique où l'auteur principal des discours présidentiels est un théologien tout heureux de voir son président adopter le vocabulaire et la thématique bibliques qu'il lui propose. Mais il se peut que la religion en Europe soit moins atrophiée que ne le prétend l'élite, et que des thèmes comme l'adhésion de la Turquie ou la persistance d'un terrorisme à connotation religieuse en viennent à la revivifier dans l'électorat et à la rendre de nouveau pertinente aux yeux des dirigeants. Il se peut que, de l'autre côté, l'actuelle saturation du discours public américain par la religion ait déjà atteint son acmé et que le public, dans cinq ou dix ans, se sente soulagé de renouer avec un discours plus séculier, plus ordinairement humain, moins dominé par les voies impénétrables de la Providence. Il se peut qu'une certaine convergence finisse ainsi par se réaliser, dans laquelle ni l'Amérique ni l'Europe n'abjureraient la dose actuelle de religiosité publique tolérée, mais où elles se retrouveraient de nouveau sur une ligne médiane.

Une telle ligne, qui pourrait les rapprocher, n'est pas nécessairement suffisante pour constituer le ciment de l'Occident. Elle ferait partie intégrante de leur tradition plus que de ce qui doit guider leur avenir. Pour que ce socle religieux largement érodé rejoue un rôle identitaire, l'Occident sera obligé de sortir de ses frontières géographiques existantes. Sa « mission universelle » durant la guerre froide recelait un contenu idéologique et stratégique (donc séculier) et, de ce fait, fut reçue par tous les peuples de la Terre sans pour autant heurter leurs croyances. L'Occident des chrétiens jeta même, dans sa lutte contre l'athéisme soviétique, de précieuses passerelles avec les religions établies du monde, la sienne comme celles des autres. Si le ciment religieux redevenait, comme aux temps d'avant les Lumières et de la révolution industrielle, sa coloration, sinon son inspiration principale, il se trouverait dans l'embarras profond de dépasser ses frontières géographiques pour intégrer les soucis (qui sont parfois vitaux) de ses coreligionnaires à travers le monde, qu'ils lui soient antérieurs dans leur foi (comme en Orient), issus de sa vaste colonisation du monde (de l'Australie à l'Amérique latine), ou plus récemment convertis. En retour il devra, chez lui, imaginer des statuts de *dhimmitude* comme ceux que les Empires byzantin et ottoman avaient institués pour leurs minorités religieuses. Pour les enfants des Lumières, ce serait là une extraordinaire régression qui, en quelque sorte, islamiserait le christianisme en lui faisant adopter une division binaire plus tranchée entre croyants membres de l'*Umma* et infidèles, et, géographiquement, entre *dar al Islam* (domaine de l'islam) et *dar al Harb* (celui de la guerre ou, plus simplement, des *autres*). Une telle régression, hautement improbable à l'heure actuelle, ne serait plus impossible si la « guerre contre le terrorisme » se drapait de plus en plus dans un discours religieux que son « ennemi déclaré » aurait comme imposé à l'Occident par un de ces processus de transformation plus ou moins inconsciente de l'adversaire que les guerres imposent souvent aux belligérants, les conduisant à adopter le vocabulaire, les méthodes voire les finalités de leur antagoniste. Partis combattre l'ennemi chez lui, les États-Unis en seraient venus à s'orientaliser autant, sinon plus qu'ils ne l'auraient occidentalisé !

C'est cette perspective qui devrait constituer un frein à une dérive aujourd'hui encore à peine sensible. L'embarras de l'Occident n'en finira pas pour autant. Car, d'un côté, il devra prendre acte du constat précité de Kristol, ou de celui de James

Kurth (1994) quand il note que « le projet multiculturel a déjà réussi à marginaliser la civilisation occidentale au cœur même du milieu intellectuel : dans les universités et les médias » — deux constats encore plus vérifiables en Europe qu'aux États-Unis. L'Occident se fait ainsi un devoir de perpétuer son discours politiquement correct en donnant chaque jour la preuve que, même si « une guerre de religions » lui était imposée par l'Autre, il n'accepterait pas de la mener en ces termes-là. D'un autre côté, en vue notamment de mobiliser les siens et de rendre le terme un peu moins « insipide » maintenant que le contenu idéologique et stratégique qui était le sien pendant la phase de guerre avec le communisme n'est plus d'une grande validité, il doit assumer peu ou prou certains pans de sa tradition, notamment mais pas uniquement, religieuse. Cette exigence contradictoire conduit déjà à des déchirements. Comme Kurth, Cooper, Fromkin et bien d'autres l'ont déjà observé, ils affectent en priorité, en Amérique comme en Europe, l'idée même de modernité, en ce sens que le libéralisme cesse d'être moderne pour devenir postmoderne, et que le conservatisme cesse d'être moderne pour redevenir prémoderne. Ils affectent aussi le cœur de la relation transatlantique en ce qu'elle suscite deux réponses différentes, et peut-être pas facilement conciliables, de part et d'autre de l'Océan (voir *infra*, chap. 7).

Si l'Occident, en revanche, est d'abord défini par la nature des régimes politiques et économiques qui y prévalent depuis 1945, il se peut que l'avenir du concept soit bien plus prometteur. C'est l'avis, par exemple, d'Ikenberry, de Kupchan, ou encore de Minogue (1992-93) qui avance que l'Occident est d'abord « une série de valeurs, de pratiques et d'institutions qui ont su démontrer jusqu'ici qu'elles réussissaient bien mieux que celles qui entraient en compétition avec elles. Comme toute chose humaine, l'Occident a des ennemis, et la grande tragédie du XXe siècle est la séquence sans fin de tentatives visant à le détruire ou à le dominer ». C'est en quoi la prévision de Fukuyama conserve une certaine validité : en dépit des guerres et des massacres, des régressions et des répudiations, des résistances et des accommodements, nul ne peut douter que les institutions occidentales, largement standardisées en Occident même, ne se sont encore plus universalisées, et que la dernière en date des grandes tentatives pour les discréditer, la soviétique, a entièrement échoué. L'adoption quasi universelle de l'économie de marché n'est plus contestable comme réalité présente ou comme projet en cours de réalisation. La « troisième vague démocratique » qui s'est levée il y a près d'une vingtaine d'années continue de déferler sur de nouveaux pays. Le « consensus de Washington », même passablement écorné, n'a toujours pas de rival idéologique sérieux. En d'autres termes, il est bien plus probable que dans cinq ou dix ans, et à moins d'événements absolument imprévisibles, la Corée du Nord ressemble à celle du Sud, que l'inverse ; que la Chine ressemble plus au Japon que l'inverse ; que le Nigeria ressemble plus à l'Afrique du Sud que l'inverse ; que Cuba ressemble plus au Costa Rica que l'inverse, et que l'Arabie Saoudite arbore davantage les traits actuels de la Jordanie que l'inverse.

Pour l'Occident, c'est là une excellente nouvelle : si, comme le dit Kors, il ne peut survivre qu'en faisant siennes des valeurs qui le transcendent, le voilà rassuré par la validation quasi universelle de ses institutions, conforté par l'adoption de ses législations, enchanté de constater à son tour « la fin de l'Histoire ». Mais cette évolution tout ce qu'il y a de positive constitue aussi une menace nouvelle pour la relation transatlantique, car « la fin de l'Histoire » implique au moins en partie une dévaluation de la géographie : si les pays se ressemblent de plus en plus par leurs régimes politiques et leurs systèmes économiques, la frontière perd à l'évidence de sa fonction de ligne de partage. L'identité même de l'Occident, déjà problématique, le deviendrait davantage encore, car le monde entier (ou sa plus grande partie) serait devenu(e) « Occident » : Afrique du Sud et Corée, Japon et Taiwan, Turquie et Russie. Si, en effet, le critère discriminateur pour être « occidental » n'est ni la religion, ni l'alignement stratégique, mais le mimétisme institutionnel, il n'y a plus à l'Occident de limite établie ni de frontière prévisible. Le monde sera l'Occident, ou vice versa, ce qui reviendra au même.

Mais cette universalisation ne se fera pas de manière égale ou uniforme. De plus en plus, les régimes démocratiques, anciens ou nouveaux, et les économies de marché, bien établies ou plus récentes, vont se diversifier tout en s'enracinant. On assiste déjà à la multiplication de « démocraties » plus ou moins participatives, plus ou moins séculières, plus ou moins libérales. On assiste aussi moins à un triomphe du capitalisme qu'à l'émergence de capitalismes variés, allant dans le sens d'un moindre ou, au contraire, d'un plus grand rôle de l'État, d'un marché plus ou moins libre, selon les pays ou même selon les conditions évolutives d'un même pays. Cette universalisation indéniable s'accompagne ainsi d'une grande diversification. La discrimination ne peut donc plus se borner à être binaire (démocraties contre dictatures, ou économies libérales contre économies dirigées) ; elle devient qualitative. Ce double processus, d'universalisation *et* de diversification, est de nature à susciter de nouvelles affinités électives entre pays et entre groupes de pays, et il n'est pas du tout certain que ces affinités soient prioritairement transatlantiques. D'autres critères, relevant de la même logique du mimétisme, peuvent contribuer à creuser davantage encore le fossé transatlantique : une langue commune, par exemple, ou des intérêts spécifiques, ou une vision plus proche du monde. Aujourd'hui l'Amérique est bien plus en accord avec des pays comme la Grande-Bretagne, Israël ou l'Australie, qu'avec des pays comme la France ou l'Allemagne. Inversement, d'aucuns en Amérique même notent que des affinités euro-asiatiques se développent de jour en jour (Hugh de Santis, 1993, l'a très tôt relevé, et d'autres ne cessent d'y revenir). Si tous les pays du monde, par leurs régimes politiques et économiques, finissent par se ressembler au point de pouvoir figurer sur une même liste, la tentation sera grande d'y choisir ses amis à sa guise.

Ce serait là, dirait Huntington, décidément incorrigible, une raison supplémentaire de préserver l'Occident comme entité *stratégique*. Car, pour lui, « l'Occident a gagné non grâce à la supériorité de ses idées, de ses valeurs ou de sa religion (à laquelle bien peu nombreux sont les membres des autres civilisations à s'être convertis), mais par la mise en œuvre d'une violence supérieure. Les Occidentaux oublient souvent cela ; les non-Occidentaux, jamais » (1996, p. 51). La recommandation que Huntington adresse aux vrais Occidentaux, ceux de la guerre froide (Nord-Américains et Européens de l'Ouest), est de se rassembler, toujours aussi solidaires, au sein de l'OTAN, d'en exclure les quasi- et les non-Occidentaux et de s'y cantonner comme dans une forteresse imprenable, tout en commerçant comme par le passé avec le reste du monde, loin des perfides sirènes de la globalisation (voir chapitre suivant).

Mais qui dit stratégie, dit ennemi commun. L'avenir dira si les idées de Huntington sur le remplacement de l'adversaire idéologique et stratégique de la guerre froide par le nouvel ennemi civilisationnel (ou plusieurs) d'aujourd'hui, auront fait long feu ou seront, au contraire, devenues la norme. Force est cependant de constater qu'en dépit du 11 Septembre, de certains dérapages verbaux et même d'une opinion publique plutôt sensible à ses idées, la thèse de Huntington n'emporte pas (ou pas encore) la majorité des suffrages dans l'intelligentsia américaine. Kagan, par exemple, rejette absolument l'idée que l'islamisme militant puisse jouer de nos jours le rôle rempli hier par le communisme. D'autres prévoient pour la Chine au mieux le statut d'une puissance hégémonique régionale, non celui d'une puissance globale. Tout en retenant certains éléments de sa thèse, les néoconservateurs restent, contrairement à Huntington, d'ardents sinon d'aventureux interventionnistes plutôt que des partisans du chacun-chez-soi. Au nom du politiquement correct, et quelque opinion qu'ils nourrissent à part soi (à croire certaines confidences parcellaires, elle n'en est pas toujours très éloignée), les dirigeants d'Amérique aussi bien que d'Europe peuvent difficilement se référer à la thèse de Huntington.

Nous aborderons (*infra*, chap. 7) cette question d'un peu plus près. Notons cependant d'ores et déjà qu'il n'est pas du tout certain que cette thèse puisse renouer les deux morceaux du lien transatlantique, non seulement parce que leurs conditions géographiques et démographiques sont différentes, mais aussi parce que leur propension à accepter le critère culturaliste n'est pas égale. Et même si cette thèse des ennemis civilisationnels devait un jour finir par être partagée par les deux parties, la manière de traiter le suspect n° 1, l'islamisme militant, pourrait constituer un nouveau sujet de discorde. Russel Seitz (*The National Interest*, été 2003) a-t-il vraiment tort de faire observer que « si l'Amérique et les vieux pays d'Europe occidentale partagent le même toit culturel, quand il s'agit des questions arabes ou islamiques ils font chambre à part » ?

En sus d'un ennemi commun, tout socle stratégique requiert une doctrine de l'usage de la force qui soit sinon commune, du moins similaire. Or, si l'on se fonde sur les budgets alloués à la défense, la fréquence des recours à la force, l'importance des moyens militaires dans la conduite de la politique étrangère, le fossé paraît bien réel. Luttwak (1994) oppose le *mammismo* pacifiste des Européens au comportement des grandes puissances qui, elles, « n'hésitent pas à recourir à la force même quand leurs intérêts vitaux ne sont pas en jeu ». Faisant écho à la thèse de Kagan citée en début de chapitre, Gompert n'a pas tort de dire que les Européens ne peuvent reprocher à l'Amérique de chercher l'hégémonie alors qu'elle ne cesse de les exhorter à augmenter leurs propres budgets militaires et à renforcer leurs moyens de « projection de force » à l'extérieur, parce qu'ils sont « à la fois militairement passifs et diplomatiquement agressifs » (dans Lindstrom, p. 53). Mais ce reproche pointe peut-être moins une divergence sur le volume du budget militaire qu'un différend profond sur le rôle même du militaire dans la résolution des conflits contemporains : les Européens ne pensent tout simplement pas que l'action diplomatique doive être un fidèle reflet de la force militaire, mais soutiennent que, souvent, elle peut même s'y substituer. Un professeur turc, observant les grands progrès réalisés par son pays en matière de droits de l'homme en vue de présenter sa candidature à l'Union, résume on ne peut mieux ce fossé : « Le *soft power* de l'Europe transforme la Turquie pendant que le *hard power* de l'Amérique détruit l'Irak. »

Reste le ciment sans doute le plus solide et, paradoxalement, le moins signalé dans les grands débats : celui de l'*intérêt*. C'est lui qui explique pourtant que les hommes d'affaires des deux bords de l'Atlantique ont été les plus affectés par la crise politique qui a éclaté en 2003. Face aux chantres néoconservateurs de la divergence transatlantique autant que face aux millions de manifestants européens opposés à la guerre en Irak, les milieux d'affaires ont réagi avec un mélange d'incrédulité et d'impatience, car eux savent l'importance d'un marché européen de 450 millions d'habitants, généralement bien dotés, pour les industriels d'Amérique, et l'importance parallèle du marché américain pour les investisseurs et les producteurs européens. Le volume commercial entre les deux entités dépasse 2,5 trillions de dollars par an. En 2003, les investissements américains en Europe ont été de 87 milliards de dollars, alors que 75% des investissements en Amérique sont régulièrement d'origine européenne. L'Amérique et l'Europe ont beau regarder ailleurs, en direction de l'Asie, ils n'en sont pas moins comme des frères siamois, liés par un gigantesque réseau de relations financières et commerciales institutionnalisées et durables. Drozdiak (2005) note ainsi que le géant allemand Siemens emploie plus de 70 000 personnes en Amérique, cependant que l'année de la discorde politique franco-américaine la plus aiguë (2003) a aussi été celle où les profits des firmes américaines en France autant que les investissements français en Amérique ont atteint un nouveau record. À n'en pas douter, un puissant lobby œuvrant pour la coopération et la conciliation sera toujours là pour freiner les dérives des politiques et relativiser le discours des idéologues. Est-il assez puissant pour contrebalancer une opinion publique devenue moins favorable au lien transatlantique ? Pourra-t-il agir si, face à l'aggravation du chômage, un vent de protectionnisme soufflait à nouveau ?

Sur toutes ces questions — et certaines sont proprement existentielles —, l'Occident souffrira encore longtemps de l'asymétrie profonde entre une partie qui s'est constituée dans sa forme actuelle il y près de deux siècles et une autre qui est encore en cours de formation. Les règles qui ont prévalu au rassemblement fédéral des colonies nord-américaines ne sauraient être les mêmes que celles qui président aujourd'hui au projet d'union d'une trentaine d'États-nations historiques. L'Amérique fut une réunion de pionniers enthousiastes ; l'Europe est d'abord un rapprochement d'adultes assagis. Les liens historiques, culturels, financiers, commerciaux et stratégiques préservent encore l'Occident, sinon comme une entité intacte, du moins comme une référence pertinente. Mais, si l'on peut deviner le chemin suivi par l'Amérique, l'Europe est, comme l'écrit justement I. Wallerstein (2004) « le plus grand point d'interrogation de la géopolitique à l'heure actuelle ». Le vrai défi est moins dans l'érosion (finalement relative) de ces liens ou dans la disparition d'un ennemi commun (l'Occident a survécu parfois sans en avoir) que dans une profonde asymétrie, que la chute du Mur a mise à nu, entre une Europe en quête d'une identité et une Amérique en quête d'une mission.

CHAPITRE 6

La globalisation à l'épreuve de l'intérêt national

Pour la génération Clinton, la globalisation était la clé du monde en mouvement, un processus implacable qui prenait de plus en plus l'allure d'une inéluctabilité historique. « Dans un monde néo-médiéval d'interdépendance maximale et d'une disparité sans précédent, les Américains se sentent simplement chez eux », constatait alors Michael Lind (1995). Avec Bush, la globalisation devient une sorte de dogme, voire une machine de guerre : suite aux attaques de septembre 2001, le président n'hésite pas à déclarer qu'il va combattre et éliminer les terroristes « en encourageant et en élargissant le libre-échange ». Son secrétaire au Commerce renchérit bien inélégamment en laissant entendre que ceux qui s'opposent à la globalisation entretiennent des « affinités intellectuelles » avec les terroristes du 11 Septembre. Et, pour couronner le tout, on peut lire dans la *National Security*

Strategy (la « Doctrine Bush ») de septembre 2002, qu'« il n'est qu'un seul modèle possible pour le succès économique ». Le dogmatisme moralisateur va plus loin encore : « Le concept de *free trade* a émergé d'abord comme un principe moral avant de devenir un pilier de l'économie », poussant d'aucuns à s'exclamer qu'ainsi sacralisé le libre-échange devient « l'équivalent capitaliste du maoïsme ou du wahhabisme et fait paraître subtil et humain le marxisme le plus grossier » (Finnegan, 2003).

La globalisation est ainsi devenue « l'équivalent fonctionnel de ce qu'était le "monde libre" pendant la guerre froide, écrit Andrew Bacevich (1999). Les deux utopies, celle du triomphe prochain de la globalisation et celle de la suprématie militaire indéfinie de l'Amérique, partent en fait de la même hypothèse, celle qui consiste à croire que les États-Unis peuvent atteindre leurs objectifs sans avoir ni à choisir ni à souffrir ». Mais c'était avant le 11 septembre 2001. Après cette date, la globalisation se mue en véritable combat où l'on ne pourra plus s'épargner ni le sang ni la sueur, s'il faut en croire Thomas Barnett (2004) qui nous en présente une image quasi caricaturale, obsessionnellement binaire. Pour lui, la planète est divisée, comme au temps de la guerre froide, en deux camps : le « monde branché » et le « monde déconnecté », et c'est une lutte à mort entre ces deux espaces. Il faut donc que la globalisation avance pour connecter les déconnectés, souvent en dépit d'une résistance farouche de leurs dirigeants. Pour un pays donné, entrer dans la globalisation, c'est accepter d'entrer dans une dépendance assumée et assurée avec l'ensemble ; c'est se résigner à ce que le monde « refaçonne votre économie et votre société bien plus que vous n'aurez les moyens d'influer sur sa propre évolution ». Se contenter d'une simple connexion économique est un stratagème qui ne saurait durer longtemps : il faut entrer en globalisation comme en religion, et accepter les flux de contenu qui l'accompagnent, même si « les sociétés traditionnelles ont tendance à préserver une censure en amont sur ces contenus ». Comme pendant la lutte du « monde libre » contre les « dictatures communistes », l'Amérique ne peut être le témoin passif de ce nouveau combat. Elle en est tout naturellement le chef, parce que, écrit Barnett, « nous sommes la connectivité incarnée, et la globalisation est le cadeau que nous faisons à l'Histoire pour que "nous, le peuple" devienne "nous, la planète" ». Pas moins !

De la croyance au dogme

Il est quelque peu étonnant que le pays qui dispose du marché intérieur de loin le plus large soit si obsédé, depuis sa naissance, par l'ouverture des autres marchés. Mais tel est le cas et, même dans ses phases dites isolationnistes, l'Amérique a toujours poussé au libre-échange. La politique de l'*Open Door* des années 1920 conduisit à l'installation des intérêts américains en Chine ; le pays s'affirma alors comme une des puissances tutélaires d'une Chine décomposée, et il en irait de même à l'entrée des « majors » américaines dans l'exploitation du pétrole d'Iran ou d'Indonésie. Après 1945, les institutions de Bretton Woods allaient favoriser cette orientation et la guerre froide y contribuer en intensifiant les échanges entre pays du « monde libre » et en promouvant l'économie libérale dans des pays comme l'Allemagne et le Japon. Une concordance heureuse faisait que les États sous protection stratégique américaine étaient aussi ses principaux partenaires commerciaux, ce qui suscitait une communion idéologique où la liberté politique était le corollaire sinon le synonyme du libre-échange. Depuis 1989, le « monde libre » s'est immensément élargi et, poussé par l'effondrement du socialisme et l'accélération de la globalisation, il a commencé à ressembler à un marché planétaire quasi autonome par rapport aux États et comme jouissant de capacités d'autorégulation quasi divines. Le capitalisme globalisé est ainsi devenu une espèce de fin en soi, relativisant l'impact des États, emportant les sociétés et conduisant à la naissance d'une nouvelle idéologie que l'un des praticiens les plus connus du marché financier globalisé (George Soros) a appelée le « fondamentalisme du marché ».

Clinton prend le train en marche, d'autant plus qu'il représente lui-même un courant recentré à droite au sein du parti démocrate, et qu'il est élu à un moment où le pays glisse nettement vers plus de conservatisme. Il doit donc, surtout au lendemain des élections de 1994 où les démocrates perdent la majorité au Congrès, trouver une formule médiane entre son propre électorat et les conservateurs. Si lui-même est « une incarnation des valeurs de la contre-culture » des années 1960 (Fougier, 2001), il fera désormais ce qu'il faut pour donner des gages aux milieux d'affaires. Dès son élection, il organise un « sommet économique » dans sa ville de Little Rock. Quand il sera à la Maison-Blanche, il prendra soin de nommer aux postes économiques des candidats « bien vus à Wall Street », et annoncera d'emblée la formation d'un Conseil national de sécurité économique, qui devra opérer sur le modèle du Conseil national de sécurité (Clinton, 2004, p. 453 *sq*). Il rejoint la droite conservatrice sur son propre terrain avec une politique d'austérité budgétaire (sa dernière année à la présidence sera ainsi marquée par un excédent budgétaire de 237 milliards, soit 18 % du PIB, du jamais vu dans l'histoire du pays) et de respect scrupuleux de l'indépendance de la *Federal Reserve* (dont il maintient en place le patron, pourtant connu pour son affiliation républicaine), et se gagne ainsi la confiance des milieux d'affaires. Emmenée par la « nouvelle économie », la Bourse s'envole. Les deux premières années de Clinton à la Maison-Blanche sont celles d'un activisme globaliste sans précédent qui le conduit à clore l'Uruguay Round, à déployer « des efforts héroïques » pour ratifier l'accord de l'Alena (accord de libre-échange États-Unis-Canada-Mexique que, dans ses Mémoires, il présente comme le modèle d'un monde globalisé et intégré), à annoncer une zone de libre-échange aux dimensions de l'hémisphère, tout en s'impliquant personnellement dans l'obtention de gros contrats pour les firmes américaines ou dans l'installation des « majors » pétrolières américaines en Asie centrale et dans le Caucase. Cinq millions d'emplois sont créés pendant ses vingt-quatre premiers mois au pouvoir, ce qui ne l'empêchera cependant pas de perdre les législatives de 1994 et d'avoir de la peine, pendant les six ans de présidence qui lui resteront, à partager sa foi globaliste avec un Congrès très vigilant en matière d'accords commerciaux, une gauche du parti démocrate animée par des syndicats protectionnistes, et une opinion publique américaine qui demeure, en matière de globalisation, coupée en deux camps pratiquement égaux.

S'il fallait résumer la doctrine Clinton, on pourrait le faire ainsi : la mondialisation sert l'Amérique, il faut donc l'accompagner, la maîtriser et, sans l'assumer vraiment, ajuster son évolution pour le plus grand bénéfice du pays. Pour Clinton, « la globalisation est la réalité centrale de notre époque », réalité à laquelle son conseiller pour la Sécurité nationale du second mandat, Sandy Berger, donne un trait d'inexorabilité : « On ne peut freiner la globalisation ni stopper l'intégration globale. » Pour Clinton, Gore (le champion de l'Internet) et leurs collaborateurs, la globalisation, tout en servant les intérêts américains, fonctionne aussi comme une sorte de « couverture » non agressive pour refaçonner en douceur l'ordre politique international. Car la globalisation permet d'accélérer le mouvement de convergence entre régimes politiques différents. Wilsonienne sans être obsédée par les traités et les institutions, favorable aux intérêts industriels et agricoles américains sans être ouvertement nationaliste, dévalorisant implicitement le militaire sans le répudier tout à fait, suffisamment centriste pour calmer les conservateurs sans irriter la gauche démocrate, ouvertement mercantile mais avec une touche droit-de-l'hommiste, la globalisation est plus clintonienne que Clinton lui-même. Elle « couvrira » de son aura la création triomphale de l'OMC, l'Organisation mondiale du commerce, emblème institutionnel du monde de l'après-guerre froide.

En cela, rien de fondamental ne distingue Clinton du Bush qui l'a précédé, ni même de celui qui va le remplacer. « L'administration Clinton a bien fait de considérer l'expansion du commerce comme un objectif principal. Elle s'est simplement trompée quand elle a cru que la géo-économie avait remplacé la géopolitique », écrit, plutôt admiratif, un conservateur (McDougall, 1997). Clinton crée le poste de sous-secrétaire d'État pour les Affaires globales, et le mercantilisme de son administration sera particulièrement activiste, notamment dans les pays jusque-là plutôt fermés aux produits américains. Car cette foi dans la globalisation n'est pas synonyme de croyance aveugle dans les bienfaits d'un processus naturel : nul n'en tirera avantage s'il ne s'y emploie activement ; « tout dépend de la capacité des gouvernements à la manipuler pour leur avantage national et international », écrit Talbott (1997), conseiller et ami du président. De cette manipulation les États-Unis, portés par une enviable décennie de croissance, usent et abusent tout en faisant la leçon non seulement aux nouveaux venus dans le Club capitaliste, mais aussi à un Japon essoufflé et à une Europe stagnante.

Les grandes composantes de cette nouvelle prédication sont connues : « ouverture » sans entraves des marchés aux importations et aux investissements, déréglementation, privatisation, équilibre budgétaire doublé d'impôts allégés, et donc rôle diminué (plus tard, on dira : limité à la simple régulation du marché) de l'État. Ce qui est étrange, c'est le peu de conceptualisation que l'administration elle-même consacre à ce qui est pourtant sa principale approche du monde. Trop politique pour jouer au prédicateur, trop opportuniste pour s'enfermer dans une doctrine, Clinton semble laisser ce rôle aux patrons de la Banque mondiale et du Fonds monétaire international qui propagent le « consensus de Washington », expression qui, au départ, désigne l'accord des principales institutions basées dans la capitale fédérale sur la solution de la crise financière latino-américaine, mais qui prend rapidement un sens global, celui que propagent les oukases le plus souvent identiques du Trésor, du Fonds et de la Banque, dont les sièges ne sont séparés que par quelques centaines de mètres.

Au moment même où le « consensus de Washington », durement atteint par les crises asiatiques, russe et latino-américaines, commence à s'effriter, l'administration de Bush junior en fait une sorte de catéchisme universel. Mais parle-t-on encore de la même chose ? Le nationalisme, celui qui a été blessé par les attaques du 11 Septembre, n'hésite plus à présenter la globalisation comme une forme d'américanisation : il y a nous et ceux qui nous ressemblent, et il y a, en face, les autres qui ne croient pas en nos valeurs ni en nos institutions. La globalisation devient belliqueuse : il faut aller combattre les terroristes chez eux, il faut répandre la démocratie, il faut ouvrir les sociétés fermées, abattre les monstres tyranniques. Elle devient encore plus mercantile : sa dimension commerciale prend clairement le dessus dans la définition qu'en donne la *Strategy* de 2002. Un subtil hybride adroitement cultivé sous Clinton, mêlant foi globaliste et pratique d'hyperpuissance consciente de ses intérêts, est brisé. Il est étrangement remplacé par un paradoxe : la sacralisation verbale de la globalisation, tant dans la *Strategy* que dans la présentation qu'en fait un Barnett, va en réalité de pair avec sa remise en question.

La globalisation manipulée

La poursuite de leur objectif planétaire pousse-t-elle les États-Unis à sacrifier des avantages ponctuels pour « donner l'exemple » ? Leur adhésion à la globalisation l'emporte-t-elle vraiment sur l'intérêt national ? L'approche américaine de la globalisation a toujours été partielle et prudente, Washington n'hésitant pas à se soustraire à ses règles pour contenter des groupes de pression importants (l'Europe en fait d'ailleurs autant). L'identification entre progrès de la globalisation et intérêts de l'Amérique est certes réelle, mais quand il s'agit de la Chine, de la Russie ou des pays producteurs de pétrole, les calculs stratégiques plus traditionnels, à l'instar du naturel, reviennent au galop. La globalisation servira en fait de modèle plus ou moins suivi en fonction des situations, mais celles-ci, même les « fondamentalistes du marché » ou les « croisés de la connectivité globale » sont bien obligés de reconnaître qu'elles sont très diverses.

Sous Clinton, cette pondération constante de l'« idée » rapportée aux intérêts conduisit naturellement au pragmatisme, à la navigation à vue, voire à l'opportunisme pur et simple. Ce dernier se vérifia en particulier dans les solutions qu'on suggéra (quand on ne les imposa pas) aux autres mais qu'on n'appliqua pas aux États-Unis. Cela renforça l'impression, souvent exprimée dans les capitales du reste du monde et au niveau le plus élevé, d'un président américain tout-puissant face aux autres pays mais qui, au mieux, était impuissant face à son Congrès, au pire complice avec lui. « Les idées que l'Amérique prône à l'étranger sont nettement différentes de celles qu'elle met en pratique chez elle », écrit Joseph Stiglitz (2003, p.XX), qui fut premier conseiller économique du président Clinton (1993-97) avant de devenir économiste principal et vice-président de la Banque mondiale (1997-99). Son témoignage montre bien que l'hypocrisie officielle n'irrite pas seulement la Malaisie en crise ou les producteurs africains de coton : elle peut être, en Amérique même, source de déchirantes autocritiques.

De cette duplicité les exemples sont désormais assez connus pour que l'on n'ait guère besoin de les énumérer longuement. Rappelons pour mémoire que Washington, pour amortir la crise asiatique de 1997, avait prêché l'adoption des systèmes comptables américains ; or, « si ces systèmes avaient été appliqués en Amérique même, quelques-uns des plus graves scandales financiers américains ne se seraient pas produits » (Stiglitz, p. 137). Le scandale de la firme énergétique Enron est dévastateur : la fraude y était devenue une véritable institution, ce qui avait conduit à des monopoles *de facto*, depuis la production de pétrole jusqu'à la distribution du courant électrique, et, partant, à une surexploitation du consommateur et, finalement, à une crise d'électricité en Californie (un tribunal découvrira en 2005 que la firme suscitait des pannes de courant intentionnelles pour mieux manipuler les prix). Le gouvernement qui soutient cette firme en Inde, au Qatar et en d'autres pays est à peine conscient de son « inventivité » comptable aux États-Unis. Le manque de vigilance à l'égard des pratiques frauduleuses des grands groupes précipite l'implosion de la bulle boursière aux dépens des petits porteurs et des contribuables. « L'Amérique prêche l'idéologie du libre marché à l'étranger, mais multiplie les pressions pour obtenir des marchés juteux pour ses propres sociétés » (*idem*, p. 204), et « alors que l'on parlait de démocratie, nous avons fait tout ce que nous avons pu pour maintenir notre contrôle sur le système économique global et faire en sorte qu'il fonctionne au profit de nos intérêts, ou plus exactement au profit des intérêts financiers qui dominent cet aspect de notre vie politique » (*idem*, p. 222). Du même auteur, cette autre complainte : « Le système financier permet aux États-Unis de vivre, année après année, au-dessus de leurs moyens, alors que nous ne cessons de prêcher aux autres pourquoi ils ne doivent pas le faire [...] Quel monde est celui-ci où les pays pauvres subventionnent en pratique les plus riches ? » (*idem*, p. 225).

Ce que Stiglitz souligne, c'est la manipulation de la globalisation pour servir les seuls intérêts des États-Unis, ou, plus exactement, des intérêts particuliers en Amérique que, contrairement à ses promesses, Clinton aura fini par favoriser. Les domaines où le gouvernement dressait des obstacles au flux globalisé qu'il prônait seront pratiquement aussi nombreux que les groupes d'intérêt qui exigeaient leur protection. Car les chefs d'entreprise craignent la compétition par-dessus tout et ne sont pas les chantres les plus assidus de la libéralisation commerciale. Oui à la globalisation des services financiers, fleuron de l'économie nouvelle, non à celle de la construction navale ; oui à l'exportation intensive des produits agricoles, non à la libéralisation de leur importation ou à la fin des subventions aux agriculteurs nationaux (Clinton lui-même [2004, p. 492] avoue son échec face à l'activisme des exploitants agricoles). Pour le seul coton (qui fut au cœur des débats de la réunion de l'OMC à Cancún en 2003), la subvention payée à près de 25 000 producteurs américains aisés pénalise près de 10 millions d'Africains qui en vivent avec difficulté. Quant à l'industrie pharmaceutique (qui, elle, avait été la star de la réunion de l'OMC à Doha, fin 2001), Marcia Angell (*NYRB*, 15 juillet 2004) démontre qu'il peut difficilement s'agir d'un modèle de l'économie de marché, tant elle dépend du véritable monopole d'État que sont les brevets de la Food and Drug Administration (FDA). Cette industrie (la plus rentable de toutes) dépend aussi de l'État pour ses dépenses de recherche, surtout depuis qu'une série de lois de l'ère Reagan lui permet de bénéficier des fonds publics, directement par le biais du National Health Institute, ou indirectement par le financement public de la recherche au sein des universités. Résultat : les grosses firmes européennes du secteur pharmaceutique ont délocalisé leurs départements de recherche aux États-Unis pour en profiter elles aussi. « En d'autres termes, ce n'est pas l'entreprise privée qui les amène ici, mais exactement le contraire : notre financement public de cette entreprise. »

L'hymne à la valeur universelle de l'économie de marché se réduira ainsi à « une sorte de philosophie mercantile qui considère la croissance des pays en voie de développement (PVD) comme positive pour la seule raison qu'elle ouvre de nouveaux marchés pour les exportations américaines », écrit Stiglitz (p. 237). Une telle approche de la mondialisation n'est que le reflet ou, plus exactement, l'appendice de la politique suivie en Amérique même. Sous Reagan et (dans une moindre mesure) sous Bush père, les États-Unis s'endettaient en moyenne d'un nouveau milliard par jour et, alors qu'ils prêchaient la doctrine de l'État minimal, le nombre des employés du secteur public ne cessait d'augmenter, sans parler des réductions d'impôts et des fastueuses dépenses militaires. Par peur d'être puni par les marchés financiers, Clinton aura montré une dévotion excessive pour la contraction des déficits (et du nombre de fonctionnaires de l'appareil fédéral). Il aura aussi poursuivi la politique de déréglementation amorcée sous Reagan : celle des télécommunications a produit une véritable ruée vers l'or ; celle des banques a fait que cette ruée n'était tout simplement plus gérable. La déréglementation ne marquait plus la « fin du politique », comme l'affirmaient ses chantres, mais la fin du bon sens. L'euphorie du début (taux élevé de croissance, sextuplement des flux financiers du monde développé vers les PVD en l'espace d'une décennie, lancement de la Nouvelle Économie) a été suivie de crises sévères (Corée, Indonésie, Thaïlande, Russie, Brésil) que le FMI n'avait pas les moyens de freiner, puis par un net ralentissement aux États-Unis mêmes.

Ce qui caractérise ces pratiques américaines, c'est le poids quasi immédiat qu'y exercent les intérêts sectoriels, le plus souvent par le biais du Congrès. C'est là, certes, un signe de la vigueur de la démocratie à l'américaine. Mais ses résultats finissent par être tout à fait incohérents, précisément à cause de cette pression même. Clinton fut ainsi conduit à lier les négociations commerciales sur le point de s'ouvrir à Seattle, en 1999, au droit du travail dans les PVD, ruinant par avance les projets de progrès qu'il avait formés pour cette réunion (laquelle connut le sort que l'on sait). Au lendemain même de la réunion de Doha où de grands progrès avaient été accomplis, pour lesquels son pays avait même été congratulé, Bush fut conduit à imposer des restrictions (qui furent jugées illégales par l'OMC) à l'importation d'acier, voire à accorder des subventions excessivement généreuses aux producteurs agricoles. Le poids de ces groupes d'intérêt explique en revanche que lorsqu'ils n'existent pas le gouvernement ne sait trop quoi faire. Un exemple : la taxation des importations industrielles est modeste aux États-Unis mais, lorsqu'elle est appliquée, elle a tendance à pénaliser les pauvres d'un côté et de l'autre de la transaction, ce qui fait que le gouvernement tire plus de recettes douanières des produits importés du Bangladesh (2 milliards de dollars par an d'importations) que de la France (30 milliards), simplement parce que les produits exportés par les pays pauvres se heurtent aux États-Unis aux lobbies syndicaux, ce qui n'est pas le cas des produits de luxe. Et comme il s'agit de produits de consommation courante, les moins favorisés parmi les consommateurs américains sont également pénalisés (Gresser, 2002). L'image du pays en est brouillée, même quand il veut bien faire : les progrès de la mondialisation et les concessions que l'Amérique fait ou proclame vouloir faire (comme à Cancún) pour assurer la progression de la libéralisation commerciale globale sont-ils une couverture pour un traitement laxiste des intérêts particuliers à l'intérieur des États-Unis, ou des mesures arrachées à une opinion bien moins libre-échangiste que ses dirigeants, mais pour être rapidement annulées par quelque nouvelle subvention, quelque nouvelle exemption ?

L'hypocrisie n'est pas propre aux États-Unis et l'échec de la réunion ministérielle de Cancún, en septembre 2003, aura démontré qu'un nombre croissant de pays en développement ne peuvent plus être facilement leurrés ni par les États-Unis, ni par l'Union européenne (dont la position est encore moins défendable à leurs yeux). Le plus simple, pour les partisans de l'administration, était de rejeter la faute sur des pays particulièrement militants du Sud (comme l'Inde ou le Brésil) qui auraient transformé l'OMC d'un espace de négociation technique et consensuelle en forum protestataire. C'est ce que fait Robert Zoellick, chef de la délégation américaine et plutôt europhile (devenu numéro deux du Département d'État début 2005). La nouvelle droite, elle, préfère plutôt accuser les Européens : le *Weekly Standard* (6 octobre 2003) les présente comme les « vilains de l'histoire », qui appauvrissent Africains et Asiatiques, et il souligne, d'ailleurs à raison, que les Américains étaient allés à Cancún avec des idées bien plus ouvertes que celles des Européens sur la question, sensible entre toutes, des subventions agricoles. L'Amérique se trouvait alors en pleine polémique avec l'Europe sur la guerre d'Irak. En dépit de la grande similitude d'intérêts avec l'Union européenne, et quitte à accorder des concessions nouvelles aux pays du Sud, les néoconservateurs appelaient de plus en plus à « isoler l'Europe ». Par-delà même cette péripétie, la sélection des alliés et adversaires en ce domaine était hautement politique : Bush devait choisir entre le réalisme de l'électorat et le globalisme anti-européen des néoconservateurs. Il opta pour le premier.

*Les périls de l'unilatéralisme (*bis*)*

Sur ces questions électoralement coûteuses, les Européens jouent la montre alors que les Américains semblent lentement se détacher de la logique multilatérale elle-même. Quelle signification exacte accorder au *free trade* posé en dogme et décrit comme un « principe moral », avant d'être un choix économique, dans la *Strategy* de 2002 ? À en croire Zoellick, l'Amérique veut pousser le libre-échange à tous les niveaux, global, régional et bilatéral. Mais s'agit-il vraiment d'une libéralisation tous azimuts, d'une ouverture globale de tous vis-à-vis de tous, ou bien d'une ouverture des marchés du monde aux produits américains ? Le maintien de la fameuse « section 301 » (qui autorise des représailles unilatérales contre un pays suspecté de pratiques commerciales peu scrupuleuses) et son utilisation permettent au pays d'appliquer des mesures de rétorsion ciblées (dont le Japon en particulier a fait les frais). D'autres pans de la législation commerciale américaine ont été maintenus alors qu'ils avaient été condamnés par le GATT et, plus récemment, par l'OMC.

Plus symptomatique, la préférence accrue des États-Unis pour des accords bilatéraux semble indiquer que l'intérêt national bien compris l'emporte là aussi sur la prédication mondialiste. L'accord de ce type signé avec l'émirat de Bahreïn fin 2004 en est un exemple : quitte à éloigner cet émirat, extrêmement vulnérable pour diverses raisons (dont la faiblesse de ses recettes pétrolières et l'instabilité politique et confessionnelle qui le guette), de ses cinq partenaires du Conseil de coopération du Golfe (CCG), Washington n'a pas hésité à le convaincre de parapher un tel texte. Le sommet suivant du CCG a tenté de stigmatiser ce comportement qui, en contentant Washington, retardait d'autant la constitution en cours d'une zone de libre-échange au sein du groupe, ainsi que la signature de grands accords commerciaux entre ce groupe et d'autres partenaires. Un comportement similaire est perceptible en Asie, en Afrique et en Amérique latine : là où la conclusion d'un accord bilatéral de libre-échange est possible, Washington n'hésite plus à y pousser — ainsi avec la Jordanie ou Singapour, le Maroc ou la Thaïlande. Il n'y a certes rien d'illégitime à cela, mais plusieurs leçons peuvent en être tirées.

• La première est que la création de l'OMC, qu'on avait tendance à considérer comme le grand triomphe du libre-échangisme d'inspiration américaine, et qui a d'ailleurs fait de larges emprunts à la législation et aux procédures américaines, n'a en fin de compte aucunement freiné, si elle ne les a pas accentués, les penchants unilatéralistes de la principale puissance économique mondiale. Formée désormais des trois quarts des pays du monde (l'adhésion de la Chine augmentant substantiellement son poids), l'OMC est devenue une organisation où les États-Unis sont obligés de jouer le jeu du consensus. Son attrait semble, pour Washington, avoir diminué d'autant : sans droit de veto formel comme au Conseil de sécurité, ou informel comme au FMI, « les États-Unis ne sont au sein de l'OMC qu'un des États membres d'une organisation devenue quasi universelle » (Petiteville, 2004), où, qui plus est, ils sont plus souvent visés par des plaintes que les autres, et où ils ont plus tendance à perdre qu'à gagner dans les règlements des conflits qu'elle arbitre. Cela explique une désaffection qu'exprime bien le ministre Zoellick qui la compare, avec la dose de mépris habituelle, à l'Assemblée générale de l'ONU, et que résume encore mieux Fred Bergsten (2002) quand il se plaint de sa transformation « en une organisation extrêmement *difficile à manipuler* » (c'est nous qui soulignons).

• La deuxième leçon concerne la logique ouvertement politique qui prévaut au choix du partenaire. Entre autres économistes, Jagdish Bhagwati, le très prolifique et non moins ardent globaliste professeur à Columbia, s'est toujours élevé contre ces accords en y voyant, très probablement à raison, des obstacles à une libéralisation du commerce global plutôt que des étapes y conduisant. Ces accords ont en effet tendance non à créer de nouvelles occasions de commercer, mais à détourner une partie du commerce que les signataires entretiennent avec les autres au profit des seuls signataires. D'où leur nature préférentielle, en ce sens que d'un commerce qui ne croît pas beaucoup dans sa totalité une partie est comme offerte par priorité au partenaire. La multiplication de ces accords bilatéraux et surtout la manière dont ils sont concédés par les États-Unis semblent largement confirmer cette analyse. Est-ce par hasard que le premier pays à en bénéficier au Proche-Orient ait été précisément Israël, et que le deuxième soit la Jordanie, en paix avec le précédent et entièrement aligné dans sa politique régionale sur Washington ? Le Canada en bénéficiait déjà, mais quand le Mexique l'a suivi, dans le cadre de l'Alena, ce sont encore des considérations politiques (liées, entre autres choses, à la volonté de freiner l'immigration clandestine) qui ont prédominé pour, notamment, passer outre à l'hostilité des syndicats ou des partisans de Ross Perot qui avait réalisé un beau score à l'élection présidentielle de 1992 en s'opposant précisément à ce projet. Le Maroc, Singapour, la Thaïlande sont des alliés politiques avant d'être des partenaires commerciaux. L'apogée (provisoire) a été atteint quand un tel accord a été proposé par Bush à l'Australie, en présentant ouvertement l'offre comme une contrepartie à la décision de Canberra de participer à la guerre contre l'Irak. Robert Zoellick n'a plus laissé place à aucun doute quand, en représailles à l'échec de Cancún, il a menacé de multiplier ces accords bilatéraux en en confirmant la nature politique et discriminatoire. Le marché américain est en effet attrayant pour tous ces pays, privilégiés d'avoir été ainsi sélectionnés. Washington le sait et a consciemment décidé de placer le commercial à la remorque du politique. Encore une fois, cela est légitime, mais est-on encore là dans une logique de globalisation ?

• La troisième leçon que l'on peut tirer de ces tendances est que la préférence de plus en plus nette pour les accords bilatéraux devient une sérieuse menace pour la constitution de groupes régionaux. Il y a encore quelques années, l'idée dominante était que la régionalisation était une étape utile, généralement non risquée, une sorte de « purgatoire » avant l'immersion dans le marché global (une idée que rejette Bhagwati qui, en globaliste intégriste, condamne à la fois les accords bilatéraux et régionaux). Comparée à l'épidémie de libre-échangisme des années 1860, le trait caractéristique de la dernière en date, entamée il y a une vingtaine d'années, était sa régionalisation. Or, en matière de régionalisme, l'Amérique, démocrate ou républicaine, ne craint pas de défendre son intérêt en faisant fi de toute cohérence.

Le régionalisme est incarné dans une Alena (Nafta) que Bush père et Clinton ont également défendue. Mais, l'année même où l'on propose une zone de libre-échange à l'Amérique centrale, on la pénalise par des taxes sur les importations de produits textiles (la ratification de cet accord, au moment où ces lignes sont écrites, est en souffrance au Congrès). Et dans le même temps que Clinton, dès 1994, et, avec encore plus de vigueur, Bush pratiquement dès son entrée en fonctions, poussent à l'extension du libre-échange à l'ensemble de l'hémisphère (*Free Trade Area of the Americas*), les États-Unis sélectionnent des pays particuliers (comme le Chili) pour un accord bilatéral. Cet espace hémisphérique de libre-échange n'inclut d'ailleurs pas des domaines essentiels pour le Sud comme la circulation des personnes — c'est une des raisons de la réticence générale qu'il suscite (voire, comme dans le cas du Brésil, une franche hostilité).

La globalisation modifie-t-elle l'approche classique du sud de l'hémisphère occidental par le nord ? L'Union soviétique n'est plus là pour conforter Castro et les sandinistes, pour appuyer des rébellions au Salvador ni pour donner des espoirs de contrepoids aux indépendantistes d'Amérique latine, voire pour encourager le Canada à un minimum de distance vis-à-vis de son voisin et partenaire commercial dominant. S'est ensuivie une nette détente dans les relations Nord/Sud. Au « consensus de Washington » a répondu favorablement l'Amérique latine pour laquelle il avait été formulé. Mais les nuages du passé reviennent. La démocratisation progresse, mais n'aboutit pas nécessairement à l'élection des favoris de Washington. L'Amérique latine attire les investissements étrangers, mais ils sont en priorité européens. La tendance au regroupement se précise, mais la sous-régionalisation, comme dans le Mercosur, ne plaît pas aux Yankees. La croissance promise par des économistes néolibéraux souvent formés au Nord est décevante et leurs recommandations parfois désastreuses (comme en Bolivie). Les relations Nord/Sud ne restent donc pas au beau fixe : Washington vole au secours du Mexique, mais ignore l'Argentine (hier élève modèle du fameux « consensus ») dans sa crise au terme d'un choix stratégique bien froid. En revanche, le Mexique et le Chili refusent de s'aligner sur les États-Unis au Conseil de sécurité, même sur une question aussi vitale pour Washington que l'Irak. Des formes de néopopulisme, suspicieux à l'égard du Nord, réapparaissent au Brésil sous Lula, ou au Venezuela sous Chavez.

La doctrine Monroe, interprétée de mille et une manières, visait à tout le moins à tisser un lien spécial (sinon hégémonique) entre les États-Unis et l'hémisphère. Si le régionalisme commercial prêché par Washington est ambigu, c'est à cause de la confusion, dans ses motivations, entre la volonté hégémonique traditionnelle et la nouvelle prédication en faveur de la libéralisation globaliste. Que l'Amérique soit, ailleurs dans le monde, isolationniste ou internationaliste, interventionniste ou réservée, « l'histoire de la politique étrangère des États-Unis dans l'hémisphère Ouest est celle de l'expansion, de l'hégémonie et de l'ingérence dans les affaires intérieures des autres. Pas une organisation internationale, pas un principe de droit international n'a jamais dissuadé le gouvernement américain de poursuivre ses intérêts dans l'hémisphère par tout moyen qui pouvait les assurer. Atteindre la suprématie sur l'hémisphère a été notre politique de 1787 à 1898 (guerre de McKinley contre l'Espagne) ; préserver cette suprématie a été notre politique depuis lors », écrit Walter Mead (1994-95). Si le commerce à travers le Rio Grande a quadruplé au cours des neuf premières années qui ont suivi la signature de l'Alena, le *free trade*, en dépit de ses avantages parfois incontestables, peut-il vraiment inverser une approche aussi bien établie à l'égard d'une région qui absorbe à peine 7 % des exportations des États-Unis ?

La régionalisation du commerce dans l'hémisphère occidental paraît ainsi comme une option imprécise dans ses intentions, hésitante et sélective dans sa réalisation. Elle semble surtout incapable de vaincre de fortes résistances politiques. Ailleurs dans le monde, Washington peut considérer que tel ou tel regroupement commercial régional est une machine de guerre dirigée contre l'Amérique. Mais, là non plus, il ne s'agit pas de l'application de quelque doctrine commerciale, encore moins d'une défense intégriste de la globalisation, mais d'une prise en compte raisonnée de l'intérêt national. Le retournement de la position américaine sur la construction européenne — de l'appui enthousiaste à la réserve, voire à l'hostilité — a pour motif principal la dévalorisation stratégique du Vieux Continent après la chute du Mur, et, partant, l'aggravation des rivalités commerciales. En Asie, les États-Unis peuvent se montrer bien plus brutaux vis-à-vis de projets régionalistes qui les excluraient. Leur veto contre le projet malaisien d'un East Asian Economic Caucus a été transmis comme une lettre comminatoire par James Baker, alors secrétaire au Trésor de Reagan. Le projet japonais de fonds monétaire asiatique, annoncé au lendemain de la crise asiatique de 1997-98 pour pallier l'incapacité du FMI à venir au secours des pays atteints par cette crise, a été tué dans l'œuf par une intervention de Larry Summers, successeur de Baker au poste auprès de Clinton.

Paradoxalement, cette politique peut finir par faire du tort à l'Amérique elle-même en ce sens que son unilatéralisme affiché pousse d'autres pays, par la fameuse loi de la « contagion » ou de l'« épidémie », constante dans les relations commerciales, à en faire autant. Le Japon a ainsi mis fin à un siècle de rejet de ces accords pour en signer un premier avec Singapour en 2000, et entamer des négociations avec la Corée du Sud. La Chine a annoncé qu'elle allait tenter d'en signer avec tous les pays de l'Asie orientale. Or, spécialement en Asie, ces mouvements, que les dirigeants asiatiques eux-mêmes n'hésitent pas à présenter comme des mesures d'autodéfense contre les projets américains (mais aussi de compétition intra-régionale), sont perçus comme des actes hostiles par des États-Unis qui se considèrent comme partie intégrante, voire comme centre de l'aire est-asiatique. Les trois niveaux sur lesquels le *free trade* est poursuivi simultanément (bilatéral, régional et global) ne sont pas, en effet, toujours complémentaires : ils peuvent se nuire mutuellement, comme l'ont bien expliqué Gordon (2003) ou Bhagwati (2004) (pour une analyse plus favorable à leur maniement simultané, voir Bergsten, 2002).

Face à cet opportunisme, le « consensus de Washington » serait-il tout simplement mort, et une page de ferveur globaliste tournée ? En dépit du globalisme démocratiste affiché des néoconservateurs, de l'élévation du *free trade* sur un piédestal moral par le président Bush, et de la captation du terme « globalisation » pour légitimer un projet néo-impérial d'essence militaire, on peut sérieusement le penser. Ce sentiment est également renforcé par la dévalorisation de la Banque mondiale que Bush, en arrivant à la Maison-Blanche, avait déjà tendance à considérer comme obsolète, et qui, de fait, a perdu son rôle de principal prêteur aux pays en développement. Après dix ans sous la houlette de James

Wohlenfsohn, elle semble avoir perdu sinon sa raison d'être, du moins sa boussole. Certains, comme le banquier Campbell (2004), pensent que le fameux « consensus » est déjà derrière nous, « parce que Washington a laissé tomber cette ligne politique et que le monde est privé depuis lors d'un leader en matière de politiques économiques. Il n'est pas de domaine où le déficit de leadership soit aussi manifeste que dans celui du commerce ». Garten (2005) et bien d'autres exhortent le président réélu à accorder d'urgence plus d'attention à l'économie internationale, s'il veut éviter une crise financière devenue probable, mais les déclarations et les nominations de Bush junior dans les mois qui ont suivi sa réélection ne témoignent pas d'une attention particulière pour ce domaine.

La globalisation ignorée (le pétrole)

Une profonde tension marque en réalité la relation entre la poursuite de la globalisation et le projet néo-impérial. Barnett a beau tenter de les concilier, il n'est pas convaincant, car la globalisation, sous sa plume, n'est plus qu'un cliché supplémentaire dans le dispositif foncièrement militaire de l'Amérique. Sous Clinton et, plus nettement encore depuis 2000, sans jamais renier formellement la globalisation l'Amérique est bien plus souvent guidée par son intérêt national que par les grands principes de celle-ci. Ni la globalisation ni la *moralpolitik* qui colore le projet néo-impérial n'affectent en profondeur un « réalisme » solide, fondé sur un socle ancien de calculs stratégiques et largement immune à l'air du temps.

La prévalence de ces calculs est indiscutable en matière énergétique. L'inévitable crise dans les fournitures mondiales de pétrole (du fait d'un déséquilibre qui n'est plus à démontrer entre nouvelles découvertes et hausse de la demande), la dépendance croissante des États-Unis eux-mêmes, enfin l'attrait évident que représente la maîtrise stratégique des réserves pétrolières au moment où des rivaux potentiels, en

Asie et en Europe, en dépendent eux aussi de manière aiguë, se conjuguent pour démontrer que, lorsqu'il s'agit d'une denrée aussi stratégique, les règles de la globalisation sont aisément mises de côté au profit de calculs stratégiques largement classiques.

Sans lier mécaniquement la politique étrangère et militaire au seul facteur pétrolier, il serait bien naïf de l'en dissocier. Or s'il est une accoutumance dont les États-Unis ne sont pas près de guérir, c'est celle du pétrole : avec 5 % de la population mondiale, ils en produisent à peine 7 % mais consomment le quart de la production mondiale, ce qui a fait de ce pays, à partir des années 1970, un importateur net de pétrole après en avoir longtemps été un grand exportateur. Cette dépendance ne peut d'ailleurs que croître lorsque l'on sait qu'à peine 3 % des réserves mondiales se trouvent sur le territoire américain. Bush junior a créé un cercle secret de conseillers en matière de pétrole, principalement composé d'industriels beaucoup plus intéressés par l'augmentation de la production (y compris dans l'Arctique) que par la baisse de la consommation (Stiglitz, 2003, p. 265), ce qui, pour une administration qui, par ailleurs, manifeste des penchants bien peu « écologiques », ne constitue pas une surprise.

C'est que la dépendance du pays ne peut que croître au moment même où le double facteur de la hausse de la demande d'autres pays et de l'épuisement de nombreux gisements de par le monde pousse à envisager un baril de plus en plus cher, et surtout un pétrole de plus en plus considéré comme une denrée stratégique. Pour ne prendre qu'un exemple parmi d'autres : si la croissance chinoise continue à son rythme des dix dernières années et que le PNB chinois *per capita* atteint simplement celui de la Thaïlande, on peut imaginer que la Chine (qui, en 1996, est devenue à son tour un importateur net de pétrole) devra importer encore plus de pétrole que les États-Unis, soit près de 20 millions de barils/

jour autour de 2020. Pour la seule année 2004, la demande chinoise avait augmenté de 40 % !

Que les États-Unis pensent conforter un peu plus chaque jour leur maîtrise stratégique sur la seule région du monde capable d'augmenter substantiellement sa production (le Golfe) va donc de soi. Ils ont donc naturellement besoin, dans cette zone, de régimes qui soient non seulement stables, mais aussi capables d'investir des dizaines de milliards de dollars dans l'augmentation de leurs capacités de production. Ces régimes doivent aussi être sensibles aux choix globaux des États-Unis, jusqu'à en devenir sinon des satellites, du moins des complices dans la rivalité qui va aller en s'aggravant entre les États-Unis et les grandes économies industrialisées ou émergentes. C'est là sinon la *summa causa* des interventions militaires américaines réitérées dans le Golfe, du moins un facteur capital pour les expliquer. Comme l'a dit un sénateur bien inspiré : « On ne serait pas allé deux fois en guerre contre l'Irak s'il exportait des carottes ! » Même les plus isolationnistes des Américains, quand ils parlent de rapatrier leurs troupes stationnées de par le monde, en excluent, sans exception aucune, le Golfe.

Au-delà de ce bras de mer, point de fixation central, voire obsessionnel, de la stratégie américaine, c'est du *Bassin atlantique* que l'Amérique entend aussi tirer une partie aussi grande que possible de ses importations. La distance est plus courte ; l'Atlantique (contrairement à la mer Noire pour ce qui concerne le pétrole de la Caspienne) est sous contrôle naval américain ; les bouleversements que connaît le monde islamique n'affectent pas directement cette zone ; et si des troubles venaient à s'y produire, une bonne partie des réserves serait épargnée, parce que situées en *off shore*. D'où un intérêt naturel et ancien pour les producteurs d'Amérique latine, et un autre, plus récent, pour ceux d'Afrique, notamment pour le golfe de Guinée (les estimations pour cette zone ont doublé en dix ans : on estime aujourd'hui ses réserves à plus de 60 milliards de barils). C'est bien entendu l'Angola, avec ses réserves prometteuses, qui est au centre de cette stratégie, mais aussi le Nigeria, la Guinée équatoriale, le Gabon et le Congo Brazzaville. À travers le pipeline transcamerounais, le pétrole tchadien et éventuellement soudanais (le Soudan produisait près de 350 000 barils par jour en 2004 et pourrait tripler ce chiffre en cinq ans) est sollicité à son tour, et l'ensemble de l'Afrique pourrait fournir 20 %, voire 30 % des importations américaines, contre 17 % en 2004. Sans faire aucun procès d'intention, on peut dire que l'essentiel de l'activité diplomatique américaine dans cette région, de la réconciliation avec le MPLA d'Angola aux pressions multiformes exercées sur le Soudan (qui ont abouti, entre autres choses, à la signature de l'accord de paix de janvier 2005), en passant par l'ouverture sur des pays jusqu'ici ignorés, comme le Gabon, est dicté par ces considérations. La même logique explique l'installation d'une base militaire à Saõ Tome et Principe, et l'engagement de discussions en vue d'une coopération militaire avec les producteurs pétroliers de la zone : dans une logique on ne peut plus classique de troc, voire de fongibilité, l'Amérique importe du pétrole et exporte de la sécurité. Là encore, la contradiction est flagrante entre les belles déclarations, surtout de Clinton, particulièrement populaire parmi les Noirs de son pays (son Africa Growth and Opportunity Act de mai 2000 est resté strictement lettre morte), mais aussi de Bush, sur une grande initiative en direction du Continent noir, qui sont restées (exception faite de la lutte contre le sida) purement déclaratoires, d'une part, et, de l'autre, cette intense quête pétrolière doublée de déploiements militaires. Pour le reste, l'Afrique attire une attention proportionnelle à sa part dans les exportations américaines (moins de 1 %) et à sa place dans le concert des nations (modeste) ; une logique pétrolière marque l'approche de l'Afrique de l'Ouest ; une logique sécuritaire (la lutte contre le militantisme islamiste), celle en direction de la Corne de l'Afrique, suivant une définition ô combien traditionnelle de l'intérêt national américain.

L'opportunisme pétrolier, plus nettement doublé de choix stratégiques, est plus manifeste encore au Caucase et en Asie centrale où une fabuleuse opportunité s'est offerte aux États-Unis, suite à l'implosion de l'Union soviétique et à l'indépendance parfois acrimonieuse des pays de cette région. Leur insertion dans le processus de globalisation ne pouvait en théorie qu'être favorable aux intérêts américains : en se démocratisant, ils allaient laisser émerger des forces pro-occidentales, et en libéralisant leur économie ils allaient graduellement marginaliser les apparatchiks du dirigisme centralisateur. Le temps, on pouvait raisonnablement le penser, œuvrerait nécessairement en faveur d'une désoviétisation plus ou moins rapide de ces pays. Allait-on s'en contenter ? C'était sans compter avec l'importance des intérêts stratégiques de Washington en matière notamment (mais pas uniquement) pétrolière. Les États-Unis ont en réalité initié dans cette zone un nouveau « grand jeu » où les quelques coups de chapeau donnés à une souhaitable démocratisation ou à la libéralisation économique cachent mal des calculs on ne peut plus « réalistes ». Les réserves énergétiques de la région pouvaient servir une stratégie de diversification des sources d'approvisionnement de l'Amérique. D'autres considérations plus géopolitiques, liées au positionnement éventuel de ces pays dans d'éventuels conflits qui opposeraient l'Amérique aux « grands » de cette même région que sont la Russie, la Chine et l'Iran, se sont graduellement insérées dans l'analyse. Les attaques du 11 Septembre et les exigences de la guerre contre l'Afghanistan, puis contre l'Irak, devaient en outre souligner l'utilité de cette région pour la « projection de force » américaine au cœur de l'Asie. L'apparition de mouvements islamistes plus ou moins violents, notamment au Tadjikistan et en Ouzbékistan, allait enfin en faire des cibles, quoique mineures, dans la « guerre contre le terrorisme ».

Ces considérations, traduites en choix concrets, allaient mettre Washington au défi de hiérarchiser ses propres objectifs dans une région certes désormais ouverte à l'influence américaine, mais qui ne manque pas de problèmes qui lui sont propres. Comment concilier l'influence du puissant lobby favorable à l'Arménie avec les pressions du lobby pétrolier pour s'ouvrir à l'Azerbaïdjan, alors que ces deux pays sont en conflit ? Comment affirmer la volonté d'isoler l'Iran alors que toutes les compagnies pétrolières américaines engagées dans la région ne cessent de répéter que l'acheminement du pétrole du bassin de la Caspienne serait plus facile et moins coûteux s'il transitait par l'Iran ? Comment renforcer l'indépendance de ces pays sans heurter de front une Russie jalouse de son hégémonie sur son environnement proche, et comment concilier plus particulièrement la volonté de « libérer » les réserves énergétiques de ces pays alors que des firmes américaines se trouvent déjà associées à de grands conglomérats russes privatisés qui ne partagent guère un tel souhait ? Comment, enfin, concilier la prédication démocratique avec le souci de stabilité de ces pays, d'autant plus que leur adversaire le plus manifeste est souvent islamiste ?

Forte de son éloignement de la région, de l'accueil généralement positif qu'elle y a trouvé, autant que de la quasi-« virginité » de son empire, par comparaison avec tous les projets impériaux qui, à tour de rôle, se sont étendus aux dépens des États de la région, l'Amérique disposait d'une marge d'action assez large pour envisager ces dilemmes avec sérénité. Mais le problème de la cohérence restait aigu. Quinze années après l'émancipation politique de ces États et en dépit de la confortable position que Washington s'y est parfois assurée, ces problèmes ne sont pas résolus et une certaine incohérence entre des exigences contradictoires a persisté. La Géorgie a ainsi pu obtenir une aide très enviable (de l'ordre de 200 dollars *per capita* !) parce que son président, ex-ministre des Affaires étrangères de Gorbatchev, Chevarnadzé, était apprécié à Washington et qu'il suivait une ligne pro-américaine (King, 2001). La même générosité s'étendit à l'Arménie grâce à l'activisme de la diaspora arménienne en Amérique (voir, sur le poids des lobbies ethniques, Goltz, 1997). Pour ce qui est de la démocratisation, on s'est vite aperçu que la pression des compagnies pétrolières faisait qu'elle était plus souhaitable dans les pays qui n'avaient pas de pétrole que dans ceux où il y en avait. Militairement, le Caucase a été rattaché à l'Eurocom de Bruxelles, alors que l'Asie centrale l'était au Centcom basé en Floride.

Cette incohérence (Hill, 2001) était toutefois loin d'être totale. Déjà, sous Clinton, une claire priorité pour les considérations géopolitiques l'emportait sur le souci des droits de l'homme et même sur les objectifs strictement mercantiles de l'administration. La coordination de la politique dans cette région avait donc été rattachée au Conseil national de sécurité plutôt qu'au Département d'État, aux départements du Commerce, ou de l'Énergie. Mais ce qui n'était qu'une politique impériale en pointillés sous Clinton est devenu un choix assumé sous son successeur dont on pourrait résumer l'approche en paraphrasant un vieux dicton hier appliqué à l'Europe : une politique de l'Amérique *in*, de l'Iran *out*, de la Russie (et de la Chine) *down*.

« Le Caucase cumule tous les caractères politiques prévalant en ce début de XXIe siècle : guerres ethniques et tribalisme pervers ; rêves démocratiques et défis de la globalisation ; lutte pour le contrôle des réserves mondiales d'énergie ; et, *last but not least*, une place d'honneur dans les calculs néo-impériaux de l'Amérique d'après le 11 Septembre », écrit fort justement Christian Caryl (*NYRB*, 11 mars 2004). Si l'on y ajoutait la « guerre contre le terrorisme », l'encerclement sécuritaire du Golfe et l'incertitude que suscite la Russie, la liste serait encore plus complète.

Russie : réalisme résigné

Cette politique « réaliste » n'est pas tout à fait du goût des milieux néoconservateurs qui, par hostilité à la Russie, accusée entre autres choses de se réimposer dans cette région par le biais de ses « complexes politico-énergétiques », et qu'ils reprochent à Clinton d'avoir excessivement apaisée, n'hésitent pas, parfois, à appeler à des accommodements avec Téhéran comme à un moindre mal (Starr, 1997 ; Hill 2001). Guidé par son ami russophile Strobe Talbott, Clinton aurait, par un mélange de politique de « *Russia first* », d'ignorance de la diversité de la région et de l'esprit d'indépendance qui anime ses peuples, de crainte infondée de l'islamisme politique, de politique d'exclusion vis-à-vis de Téhéran et de complaisance à l'égard des lobbies ethniques, « laissé libre cours au néo-impérialisme russe » dans cette zone.

Washington maintient cette approche plutôt « réaliste » de la Russie alors même que les Américains paraissent unanimes à exprimer leur déception la concernant : le régime communiste n'a pas été remplacé par un régime indubitablement démocratique ; à l'économie dirigiste n'a pas succédé un capitalisme transparent ; la décomposition de l'empire n'a pas définitivement enterré les velléités impériales. Pour les globalistes, la « convergence » attendue ne s'est pas produite, ou du moins pas de la manière complète, rapide et irréversible que l'on prévoyait et souhaitait. D'aucuns n'hésitent pas à exprimer leur impatience, voire leur pessimisme : la Russie, loin de conforter les partisans de la convergence, ne serait-elle pas en train de renouer avec des pratiques que l'on croyait enterrées ? Pis : les dirigeants russes sont-ils disposés à reconnaître leur place (modeste) dans l'ordre mondial ?

Les commentateurs peuvent toujours s'en lamenter, les dirigeants américains — les deux partis confondus — semblent avoir accepté le « réalisme » pour approche et l'apaisement pour essence de leur politique. Dans le cas russe, le réalisme revient à accepter le fait que le pays ne soit pas un modèle idéal de convergence mais qu'il ira son bonhomme de chemin entre démocratie et dictature, entre économie de marché et étatisme, entre oligarchie et revanches de l'appareil, entre coopération avec Washington et réaffirmations épisodiques plus ou moins crédibles du statut de grande puissance. Accepter cela, c'est se résigner à une relation où les priorités centrales sont respectées et poursuivies de part et d'autre sans *moralpolitik* exagérée : ni recherche d'une véritable alliance, ni insistance trop marquée sur les questions qui fâchent, de la Tchétchénie au sort des oligarques embastillés. Clinton (2004, p. 508), qui eut en tout dix-huit rencontres avec Eltsine, témoigne bien de ce réalisme résigné : « Comparé avec les alternatives réalistes, la Russie avait de la chance d'avoir Eltsine au gouvernail. » En Russie, l'Amérique ne semble pas pressée de donner un coup de pouce à la « convergence » suscitée par la globalisation : celle-ci peut se réaliser à son rythme, comme une exception (de taille) tant à la foi clintonienne qu'au dogmatisme bushien.

Si Clinton en est très vite arrivé à cette conclusion, Bush en aura fait état dès le départ, lui qui, avant même son élection, allait jusqu'à presque reprocher à son prédécesseur de ne pas suivre une politique strictement « réaliste » envers la Russie, débarrassée du droit-de-l'hommisme et des préoccupations réformistes. Rice, dont la Russie avait été le thème de prédilection, ne s'exprime guère différemment. Les néoconservateurs qui peuplent l'administration, pourtant si prompts à brandir ailleurs leurs thèmes moralisateurs, se sont faits dans l'ensemble assez discrets.

Cette discrétion n'exclut pas des zones de tension lorsque la résilience de la Russie comme grande puissance assoiffée de reconnaissance paraît constituer un obstacle à la réalisation du projet néo-impérial, comme on le vit clairement, fin 2004, à propos de l'Ukraine où un vrai bras de fer s'engagea entre Moscou et Washington, (provisoirement ?) gagné par la seconde. Ce n'est un secret pour personne que les militaires des deux camps ne s'aiment pas beaucoup et que la bureaucratie du Kremlin pousse généralement à moins de coopération/soumission avec les États-Unis. L'appétit des néo-impérialistes est en effet sans bornes : profitant de l'autorisation russe d'installer des bases dans le Caucase et l'Asie centrale pour en finir avec les Taliban, ils veulent, au grand dam de Moscou, les pérenniser ; suspicieux à l'égard des intérêts pétroliers russes, ils encouragent la construction d'oléoducs d'autant plus coûteux à réaliser qu'ils doivent contourner le territoire de la Russie ; bénéficiant de la coopération de Moscou en matière de non-prolifération, ils la détournent afin de priver la Russie de juteux marchés pour ses réacteurs nucléaires civils ; alliés de Moscou dans la lutte contre le terrorisme, ils en délaissent les cibles les plus incontestables pour aller frapper l'Irak ou menacer l'Iran, deux pays où Moscou a de gros intérêts.

Le 11 Septembre ne fit qu'augmenter l'intérêt pour le pétrole non saoudien et rapprocher encore la position américaine de celle de Poutine sur la Tchétchénie, tout en mettant sans doute un terme aux velléités d'apaisement vis-à-vis de l'Iran. D'où une stratégie de stationnement de troupes dans un grand nombre de pays, et l'insertion durable de l'Amérique, à l'instar de la Grande-Bretagne au XIXe siècle, dans son écheveau en tant que puissance révisionniste par excellence. Un réseau de bases et d'accords militaires (*train and equip programs*, droits de survol militaire, etc.) de longue durée (quitte à ce que des bases russes et américaines se trouvent sur le même territoire, comme en Géorgie et au

Kirghizistan) accompagne l'implantation des majors pétrolières (Klare, 2003). À partir du printemps 2002, des instructeurs américains remodèlent l'armée géorgienne. Ce déploiement actif ne plaît certes guère aux principaux intéressés (Russie, Iran, Chine), mais si ces trois pays ont tendance à considérer cette région comme leur *backyard*, leur intérêt principal est ailleurs (respectivement l'Europe, le Golfe, l'Asie orientale) ; d'où ce mélange d'irritation, de tolérance et de scepticisme qui caractérise leurs réactions face aux incursions américaines (Rumer, 2003). Cette politique largement défensive ne les empêche pas, par ailleurs, de rivaliser avec les intérêts pétroliers américains : les sociétés énergétiques russes, largement repassées sous le contrôle du Kremlin, tiennent lieu à celui-ci d'instruments favoris dans la région ; les Chinois sont désormais reliés par un pipeline avec le Kazakhstan ; des accords sont passés par l'Iran pour acheminer le gaz turkmène.

Dans cette politique d'endiguement des incursions américaines en Asie centrale, le rôle principal revient naturellement à la Russie, également sensible à son front Ouest où les États-Unis, après la victoire de leur favori à Kiev (et au Kirghizistan), entendent bien récidiver en Biélorussie ou en Moldavie. Un « bracelet démocratique » conduit par des dirigeants de la deuxième génération, ceux qui ont réussi à remplacer « les hommes de transition », les Kuchma et autres Chevarnadzé, enlacerait ainsi progressivement la Russie. Il contrasterait avec elle, moins par une orientation diplomatique pro-occidentale plus marquée, que par la volonté de se démarquer encore plus clairement du mode de fonctionnement de la Russie au moment précis où celle-ci, de l'avis général en Amérique, est en régression : une reconcentration du pouvoir précédemment décentralisé, une dépendance plus nette sur les cadres de l'ex-KGB, des formes variées de retour sur la privatisation ou la mise en place d'obstacles aux investissements étrangers dans les secteurs stratégiques de l'économie.

Le contraste entre « bons » Ukrainiens ou Géorgiens et « mauvais » ou « moins bons » Russes a donné lieu à un mémorable échange aigre-doux entre Bush et Poutine à Bratislava en février 2005. Majoritaires sont ceux qui, dans l'élite américaine, ont opté pour une gestion interétatique classique, soit parce qu'ils considèrent que les questions stratégiques (terrorisme, prolifération, etc.) sont trop importantes et qu'elles doivent donc déterminer exclusivement l'appréciation du comportement russe, soit parce qu'ils reprochent à leur propre gouvernement de n'offrir aucune contrepartie aux sacrifices demandés à Poutine. Mais une telle résignation à ce que même les amis de Moscou considèrent comme une « érosion de démocratie » est sévèrement jugée par les néoconservateurs (à titre d'exemple : *The Weekly Standard* du 28 février 2005 qui appelle à des mesures de rétorsion) qui y voient une contradiction éclatante avec le discours sur la « tyrannie » qui a inauguré le second mandat de Bush. Ce dernier pourrait les ignorer tant que le mouvement démocratique ne connaît pas de nouveaux revers spectaculaires. Mais la faiblesse de Washington devant l'effritement de ce mouvement ne peut qu'éroder sa propre crédibilité en la montrant, encore une fois, comme soucieuse de démocratie dans les pays où ses autres intérêts ne seraient pas en jeu ou dans ceux qui, contrairement à la Russie ou la Chine, ne peuvent pas résister à ses pressions.

Asie : le découplage du commerce et de la sécurité

Sur l'Asie, les hyperboles américaines pleuvent : Sandy Berger (2004) n'hésite pas à noter qu'un « glissement tectonique, géopolitique et économique y est à l'œuvre » avec une Chine qui monte, une Russie qui se refait et une Inde qui sort de son nombrilisme, mettant progressivement les États-Unis hors jeu. James Hoge, directeur de *Foreign Affairs*, reprend la même métaphore avec un sentiment plus net de panique : un véritable transfert de puissance, de l'Occident vers l'Orient, est en cours avec l'émergence de pouvoirs nationalistes et révisionnistes disposant de moyens accrus pour se faire entendre et avec la volonté affichée de se faire respecter. Paul Bracken (2000) n'est pas moins alarmiste : « Tout comme l'Asie avait commencé à s'affirmer dans le domaine économique à partir des années 1960, elle récidive à présent dans le domaine militaire d'une manière qui rendra les incursions occidentales dans cette région bien plus coûteuses et hasardeuses. » Il observe que l'Occident n'a même pas osé commémorer le 500e anniversaire du débarquement de Vasco da Gama en Inde, qui avait marqué le début de la prépondérance occidentale, de peur de heurter une Asie plus nationaliste que jamais et désormais à même de se faire respecter par les conquérants d'hier. Il en conclut, comme Hoge et bien d'autres, à une « transformation d'ampleur historique qui met rapidement fin à une longue ère pendant laquelle l'Asie avait été dominée par des puissances étrangères ».

En parallèle avec le terrorisme qui a un moment concentré toute l'attention, l'« émergence de l'Asie » donne lieu à des débats assez animés sur l'estimation de sa réalité, de son ampleur et de sa durabilité. Des questions comme celle de la réalité de la puissance militaire de la Chine ou des perspectives de sa croissance économique, ou encore celle des orientations profondes de l'opinion publique dans les pays alliés comme le Japon ou la Corée, n'obtiennent pas, loin s'en faut, de réponses uniformes. Entre ceux qui pensent aux tendances lourdes, que l'Asie fascine et inquiète, et ceux qui pensent que l'Occident ne peut vivre sans se faire peur, quitte à s'inventer des raisons pour cela, la polarisation est parfois aiguë. Les guerres d'Afghanistan et d'Irak ont quelque peu mis entre parenthèses ce questionnement, central au cours des quelques années qui ont précédé le 11 Septembre, mais il n'a pas cessé de revenir, porté par ceux qui pensaient que la lutte contre le terrorisme tendait à faire oublier une évolution en profondeur, d'une tout autre ampleur, et qui menaçait l'influence américaine en Asie si elle ne conduisait pas, à terme, à déclasser l'Occident dans son ensemble en le reléguant à une région de second rang dans le système global.

C'est sur le Japon que se concentrait l'attention à la veille de la nouvelle ère : James Fallows et d'autres s'inquiétaient, pour l'hégémonie américaine, du « péril jaune » représenté alors par la deuxième économie mondiale. La crainte s'est vite dissipée et c'est la Chine qui, au moment où Clinton arriva à la Maison-Blanche, incarnait ce « péril ». Trois points retenaient l'attention des décideurs. D'abord, la *croissance économique* de ce pays. À un rythme de croissance constant depuis 1990, la Chine serait capable de dépasser l'Allemagne (actuellement n° 3 mondial) en 2010 et le Japon (n° 2) en 2020, voire à détrôner l'Amérique elle-même dans un avenir plus lointain. Ensuite, sa *puissance militaire*, surtout au vu du manque de transparence de l'institution militaire chinoise, par conséquent source de beaucoup d'inquiétudes. « À quelques exceptions près, les membres de la direction de l'armée chinoise ont passé le plus clair de leurs carrières dans des commandements régionaux de l'intérieur du pays, coupés de toute interaction avec le monde extérieur. » Ce sont des antiglobalistes primaires : « Ils refusent d'entrer dans des alliances, de participer à des manœuvres communes avec d'autres pays, sont réticents à institutionnaliser toute coopération militaire au-delà d'un niveau superficiel, et sont hostiles à la coopération multilatérale en matière de sécurité » (Shambugh, 1999-2000). Enfin, si l'on prend au sérieux les estimations optimistes (du point de vue chinois), se pose une troisième question : que veut dire ce double développement pour l'*influence régionale et globale* de l'empire du Milieu ? La Chine entraîne déjà les économies voisines hors du marasme. La croissance chinoise a ainsi permis de secourir le Japon après une décennie de malaise (pour la première fois, en 2004, les exportations de la Chine vers ce pays ont dépassé celles des États-Unis), de même que les autres économies asiatiques après la crise aiguë de 1997. Les pays asiatiques commencent donc à avoir un intérêt organique à la stabilité et à la croissance de leur voisin chinois, ce qui donne évidemment à Pékin des instruments d'influence sur eux. Les États-Unis eux-mêmes peuvent difficilement faire la leçon aux voisins de la Chine : entre 1994 et 2004, le déficit commercial américain à l'avantage de la Chine a plus que quadruplé, passant de 28 à 125 milliards de dollars par an (pour le seul mois de décembre 2004, le déficit de la balance commerciale américaine atteignait 60 milliards de dollars, dont le quart, soit 15 milliards, avec la Chine) et l'administration Bush utilise avec beaucoup de modération le droit de prendre « des mesures de sauvegarde » que lui confère l'accord d'accès de la Chine à l'OMC. La « section 301 » du Code du commerce est rarement brandie contre Pékin. En effet, si la fongibilité de la puissance militaire américaine est dans tous les esprits, celle de la puissance économique de la Chine ne l'est pas moins.

On a pu penser avec de bonnes raisons que la crise financière qui avait frappé de plein fouet plusieurs économies asiatiques allait ralentir cette ascension et même renforcer les facteurs de convergence entre Asie et Amérique. Cette crise était censée mettre fin au mythe de la croissance typiquement asiatique, donner un coup peut-être fatal à la thèse des « valeurs asiatiques » émise par Lee Kwan Yew et consorts, réduire les risques de maîtrise par le Japon de la zone économique et financière asiatique, et, pour user du langage des tabloïds, « remettre les Asiatiques à leur place ». Mais les pays asiatiques s'en sont sortis sans révisions aussi profondes. Le cas de Mahathir Mohammed, Premier ministre de Malaisie, qui défia Washington et le FMI et réussit à sortir son pays de la crise en rejetant leurs « remèdes », restera emblématique d'une crise finalement plus aisée à résoudre que certains ne le prévoyaient ou ne l'espéraient. De nouveaux griefs furent même adressés à Washington en raison de la réticence du Congrès à aider les économies asiatiques en crise et du sentiment, assez répandu en Asie, que cette crise avait été aussi profitable à l'Amérique que la chute du mur de Berlin — sans compter le fait que la recette du FMI appliquée sous pression américaine a fait que les pays les plus obéissants auront fini, comme l'ont noté Stiglitz (2003) ou Emmerson (1998), par être les plus pénalisés. L'Asie croissait, changeait, se régionalisait, se globalisait, mais ne semblait guère, dans les différents sens du terme, s'américaniser.

Qu'est-ce que cela veut dire pour l'équation régionale ? Comme pour se rassurer, Hoge observe que le Japon et la Chine n'ont jamais été puissants en même temps. Tous notent que Taiwan, le Cachemire et la réunification coréenne sont des sources de tension qui peuvent occuper longtemps encore les grands pays de la région. S'il est évident que la Russie est désormais sur la défensive, que le Japon ne peut pas jouer le rôle de leader stratégique dans la région (en dépit d'une croissance soutenue de son budget militaire), et que la Chine ne peut encore jouer ce rôle *en solo*, le « scénario catastrophe » (Hoge) serait que le Japon et la Chine parviennent à un accord mutuel au lieu de développer des rapports parallèles avec Washington. C'est là une espèce de point de fixation que l'on retrouve tant chez les observateurs des échanges commerciaux que chez les experts en stratégie. C'est pourquoi l'hypothèse de base exclut ce scénario trop offensif pour les États-Unis, et se fonde sur l'idée que les grands acteurs de la zone maintiendront entre eux un rapport de forces certes instable, mais dont la permanence même est la première garantie des intérêts stratégiques de l'Amérique.

Si ce scénario est exclu, trois modèles possibles (avec nombre de variantes) de sécurité régionale en Asie sont imaginables.

• Le premier est celui de l'émergence graduelle d'une hégémonie chinoise, Pékin réussissant à coaliser autour d'elle l'ensemble de la région qui comprendrait même, à terme, le Japon. Dans une lecture culturaliste empreinte d'une sorte de fatalisme, Huntington (1996) s'y résigne très tôt. Mearsheimer (2001) y voit en revanche « le scénario le plus dangereux auquel les États-Unis pourraient avoir affaire au début du XXIe siècle, celui dans lequel la Chine deviendrait hégémonique en Asie du Nord pour appliquer sa propre version de la doctrine Monroe ». L'auteur a une prédilection marquée pour les remèdes de cheval (c'est lui — voir chapitre précédent — qui appelait à une Allemagne et à une Ukraine également nucléaires), et sa recommandation est de tout faire pour ralentir la croissance économique de la Chine. Pour sa part, Mearsheimer ne fait pas un procès d'intention à la Chine et ne cherche pas à affamer son milliard d'habitants. Il part simplement de la thèse selon laquelle « une Chine riche ne sera pas une puissance à statu quo, mais une puissance agressive déterminée à imposer son hégémonie régionale, non pour quelque raison perverse, mais parce que le meilleur moyen, pour n'importe quel État, de maximiser ses chances de survie est de dominer la région du monde à laquelle il appartient ». Pourquoi Mearsheimer refuse-t-il à la Chine, dans sa région, ce qu'il avait déjà accepté, voire recommandé pour l'Allemagne en Europe ? À cette question il ne donne pas de véritable réponse : candeur n'est pas synonyme de cohérence. Une chose est pourtant certaine : pour lui, la foi dans les vertus de la globalisation s'arrête net là où commence l'intérêt stratégique.

Ce « néoréalisme » théorique sera battu en brèche par le « réalisme » politique de Clinton comme de Bush. Le premier accède au pouvoir en ayant violemment critiqué la normalisation trop rapide de Bush père avec Pékin au lendemain des événements sanglants de la place Tienanmen (lors d'une visite secrète, alors fortement décriée pour son

« cynisme », de Brent Scowcroft, conseiller de Bush senior pour la Sécurité nationale). Dès son élection, il lie l'obtention par la Chine du statut de nation la plus favorisée à une série de conditions portant sur le respect des droits de l'homme. Mais, en 1994, il décide de « découpler nos efforts en matière des droits de l'homme des questions de commerce. Les États-Unis avaient pour enjeu majeur d'intégrer la Chine dans la communauté internationale : un commerce et une intégration accrus auraient pour effet d'apporter plus de prospérité aux citoyens chinois et de conduire à une plus grande coopération avec le monde extérieur, donc, pouvait-on espérer, aux progrès de la liberté individuelle et des droits de l'homme » (Clinton, p. 598). Les droits de l'homme justifiaient ainsi la conditionnalité en 1993, tout autant que sa suspension soudaine l'année suivante. Globalisation, que de politiques contradictoires ne conduit-on pas en ton nom !

L'administration Bush fera de même : elle arrive avec une position qui, sur le plan du discours, est particulièrement critique vis-à-vis de la politique de Clinton. Cette position est bien exprimée par Rice (2000) : « La Chine constitue une menace potentielle pour la stabilité de la région Asie-Pacifique où elle accepte mal notre influence [...] La Chine n'est pas une puissance favorable au statu quo, car elle voudrait voir modifier le rapport de forces régional en sa faveur. Cela suffit pour en faire un rival stratégique, et non un "partenaire stratégique", comme l'administration Clinton l'avait baptisée. » Tout aussi clair est le désir d'extraire l'Inde de l'équation classique du sous-continent pour lui faire jouer un rôle de contrepoids à la Chine, processus entamé vigoureusement sous Clinton. Un an plus tard, Washington lève pourtant ses réserves sur l'accès de la Chine à l'OMC. Fin 2003, elle opère même un retournement substantiel à propos de Taiwan.

À la prétention des Américains de vouloir pour eux-mêmes un *benign empire*, les Chinois rétorquent qu'ils sont une *benign emerging power* dont l'émergence sera pacifique (le *peaceful rise* aurait été inventé à l'école des cadres du Parti et popularisé par le Premier ministre Wen Jia Bao). Dans cette logique, et pour rassurer ses voisins, la Chine a signé en 2003 un « traité d'amitié et de coopération » ainsi qu'un « code de bonne conduite » avec les dix pays de l'ASEAN afin d'éviter notamment que les conflits territoriaux dans la mer du Sud ne se détériorent. En Asie centrale, la Chine promeut l'« Organisation de Shanghai pour la coopération ». Elle a aussi été l'hôte de discussions à Six sur l'Asie du Nord-Est pour tenter de résoudre le problème nucléaire de la Corée du Nord. Paradoxalement, ce qui peut rassurer les voisins de la Chine ne fait qu'inquiéter les Américains qui craignent ce scénario, même si les grandes déclarations communes russo-chinoises contre l'unipolarité, constantes durant les années 1990, ont disparu et même si Pékin s'est apparemment résigné à attendre plus longtemps que prévu l'éclosion d'un monde multipolaire. N'en déplaise à Mearsheimer, Hoge et d'autres, la Chine, forte de son rôle de locomotive économique, impose aux États-Unis une prise en compte, de jour en jour plus résignée, de son influence régionale.

• Le deuxième modèle de sécurité régionale serait un concert de puissances indépendantes, formule en théorie attrayante. « Il n'y a aucune raison de supposer *a priori* une inexpiable hostilité de la Chine envers l'Occident, encore moins un expansionnisme inconsidéré et autodestructeur de sa part » (Calleo, 1998). Quelle serait la place de Washington dans un tel concert ? S'il serait inadmissible pour les États-Unis d'en être exclus (le « scénario catastrophe »), un concert égalitaire signerait déjà un aveu de faiblesse. Un tel modèle ne serait favorable que si les États-Unis parvenaient à être le moyeu d'une roue dont les pays de la région seraient les rayons. Mais Pékin ne peut accepter ce modèle et a sans doute les moyens de le rejeter, peut-être même de le faire refuser par d'autres pays, ce qui le rend improbable. Qui plus est, comparée à l'Europe, l'Asie ne dispose pas d'organismes multilatéraux établis, et les relations entre ses acteurs sont marquées par un niveau élevé de méfiance, ce qui peut constituer un atout pour l'Amérique tant qu'elle entend jouer le rôle de balancier extérieur, pas si elle cherchait à promouvoir des formes de sécurité collective régionale.

• Le troisième modèle serait une perpétuation du statu quo, les États-Unis y jouant le rôle de balancier extérieur, principalement face à la Chine. En termes politiques, cela conduirait à une forme d'endiguement non agressif, d'encouragement vigoureux aux autres acteurs (Russie, Japon, Inde) à renforcer leurs moyens et à resserrer leurs liens bilatéraux avec Washington et, éventuellement, ajoute Calleo (1999), à une doctrine de « réponse flexible » comme celle appliquée à un moment donné en Europe vis-à-vis de la Russie. Cette dernière trouverait d'autant plus d'intérêt à jouer ce jeu qu'avec l'émancipation de l'Asie centrale et l'émergence de la Chine les gains impériaux réalisés par la Russie au XIXe siècle paraissent aujourd'hui menacés. Même si les relations russo-chinoises n'ont jamais été aussi bonnes (des centaines de *joint ventures*, des ventes militaires importantes, un commerce bilatéral qui a crû de plus de cinquante fois en un quart de siècle), l'incursion de Chinois en Sibérie comme « travailleurs provisoires » atteint des proportions inquiétantes. Il est donc logique de prévoir une entente russo-américaine pour endiguer l'influence chinoise, sauf que la Russie est aussi un pays européen qu'il ne faut pas trop ouvertement défier sur son flanc occidental. Calleo (1998) considère le rôle asiatique de Moscou comme trop important pour éviter de pousser trop loin la pression de l'OTAN sur la Russie. « À cause de la position maladroite et agressive des États-Unis en Europe, la Russie est en train de devenir l'adversaire de l'Amérique en Asie », écrit-il (1999). Kennan (1997) ou Simes (2003) sont de cet avis ; Brzezinski

(2001) et d'autres sont d'une opinion diamétralement opposée, peut-être plus par russophobie que par sinophilie.

Si l'on devait schématiser la politique effectivement suivie, ce serait pour parler d'une suspicion vis-à-vis de la Chine qui ne s'exprime plus aussi ouvertement du fait, entre autres choses, de la priorité accordée à la lutte contre le terrorisme et de l'importance revêtue par les liens économiques. Sur l'affaire, délicate entre toutes, de Taiwan, ce réalisme empirique et peu visionnaire a inspiré à Bush une véritable volte-face en décembre 2003. En présence du nouveau Premier ministre chinois, Bush, qui s'était engagé à « faire tout ce qu'il faut pour permettre à Taiwan de se défendre », a pris clairement position contre les tentatives des dirigeants taïwanais de modifier le statu quo de l'île de manière unilatérale, et ce sans que Pékin, en retour, répudie l'idée d'« un seul pays » ni l'éventualité d'un possible recours à la force contre Taiwan, position spectaculairement confirmée par un vote du Parlement chinois, en mars 2005.

Pour reprendre nos trois modèles, le « scénario catastrophe » d'une entente régionale excluant l'Amérique est impensable, et celui du concert égalitaire est improbable (ou à tout le moins précoce). Reste une politique réaliste faite de vigilance stratégique et de résignation à l'émergence de la Chine comme puissance régionale que le déploiement maintenu de troupes américaines est censé empêcher de devenir hégémonique. Le dilemme américain reste total. Il est bien résumé par Francis Fukuyama (2005) : « La Chine est le genre de puissance qui suscite chez les Américains un très grand malaise : un pays qui n'est ni clairement ami ni clairement adversaire, qui constitue simultanément une menace stratégique et un partenaire crucial sur les plans commercial et financier. Le résultat ne peut être qu'une coopération pragmatique ponctuée de crises périodiques. »

L'Asie change, mais pas vraiment la manière américaine de l'aborder. Face à l'Europe où l'effondrement de l'URSS a suscité des effets que le reste du monde n'a perçus qu'amoindris, l'Amérique a inauguré un nouveau discours et marqué une nette distanciation. Dans le vaste monde islamique, les attaques de Septembre ont conduit à engager une « guerre contre la terreur », et même à la formulation d'une doctrine Bush de facture nouvelle. En Asie les bonnes vieilles recettes du rapport de forces et du *free trade*, antérieures non à 1989 mais à 1945, demeurent largement en vigueur. L'Amérique peut penser qu'elle y est une « nation indispensable », elle n'y est guère novatrice, si ce n'est pour constater que la globalisation peut aussi être intelligemment manipulée par les autres pour accélérer leur croissance, améliorer leur position stratégique et tisser une relation qui leur est plus favorable avec l'hyperpuissance du moment.

Intérêts globaux et aide particulière

Sans le plan Marshall, l'Europe n'aurait peut-être pas été gagnée à la cause de la stabilité démocratique, elle serait retombée dans ses guerres nationalistes ou aurait échu aux mains des communistes. Après avoir vaincu les « méchants », il est bien naturel d'obtenir l'adhésion des autres en les aidant : tel fut l'objet de la grande réunion de Tokyo consacrée à l'Afghanistan ; tel sera le sens de la réunion à Madrid des « pays donateurs » pour l'Irak. Ce concept est en parfaite harmonie avec la tradition d'aide américaine au développement. Si l'aide militaire des États-Unis, comme celle d'autres pays, à commencer par la France, est transparente dans sa téléologie, tel n'est pas nécessairement le cas de l'aide au développement. Le Japon, par exemple, y est généralement conduit par sa volonté de doper son commerce avec des pays prometteurs. La Suède utilise l'aide pour ses besoins d'influence mondiale et pour conforter son indépendance. Le culturalisme francophone joue un rôle capital dans l'aide française (au cours des années 1980, 82 % de l'aide française à l'Afrique sont allés à l'espace francophone), de telle sorte que le cas français constitue une sorte d'anomalie étrangère tant aux considérations marchandes qu'aux orientations idéologiques du pays aidé.

Tel n'a pas été le cas des États-Unis où l'aide au développement a généralement été le corollaire de l'aide militaire. Cette aide ainsi intégrée était déterminée par des calculs stratégiques et idéologiques liés à la guerre froide et à l'endiguement du communisme, abstraction faite de la gravité des besoins humanitaires et même, dans une large mesure, de la promotion du commerce (suite aux accords de Camp David de 1988, Israël et l'Égypte ont pu accaparer jusqu'à 40 % de l'aide civile américaine à l'étranger, sans compter l'aide militaire) ou des affinités culturelles et linguistiques. Après 1990, la chute quasi brutale de l'aide américaine au développement, même si elle a été justifiée par la devise si clintonienne de « *trade not aid* », était évidemment due à sa dépendance antérieure à la lutte planétaire contre le communisme. C'est pourquoi la fin de la guerre froide a entraîné une baisse dont l'ampleur n'a été constatée dans aucun autre pays développé : – 25 % en termes réels ; – 50 % comparé au PNB (Schraeder, 1997 ; Hook et Taylor, 1998).

Après les attaques de Septembre, l'aide publique au développement a remonté pour les raisons qui avaient entraîné sa chute. Il faut désormais aider les pays qui participent activement à la « guerre contre le terrorisme » et reconstruire ceux qui en ont subi les affres. La Jordanie, le Pakistan ou la Turquie appartiennent à la première catégorie ; l'Afghanistan et l'Irak, naturellement, à la seconde. Lorsque le tsunami frappe plusieurs pays d'Asie, Colin Powell se singularise en justifiant l'aide offerte par son pays comme une opération de relations publiques en direction du monde musulman.

Bush avait surpris en appelant à une augmentation spectaculaire de l'aide. En mars 2002, il proposa la création du Millenium Challenge Account (MCA) qui se propose de fournir 5 milliards de dollars par an à un groupe sélectionné de pays qui « gouvernent avec équité, investissent dans leur peuple et instaurent la liberté économique ». Il a doublé la mise en créant un fonds spécial de 15 milliards de dollars pour combattre le sida en Afrique et dans les Caraïbes (une décision largement suscitée par l'inversion spectaculaire des positions de la droite chrétienne sur la question du sida lors de son grand rassemblement de février 2002, passant du rejet à plus de « compassion »). Deux autres fonds plus modestes (respectivement de 200 millions et 100 millions de dollars) ont ensuite été créés pour lutter contre la famine et pour faire face aux « urgences complexes ». Si ces programmes sont mis en application, le volume de l'aide publique américaine au développement passera de 11 milliards de dollars en 2002 à 18 milliards en 2006, hausse la plus importante depuis des lustres.

Le geste était assurément spectaculaire ; il inversait une décennie d'érosion constante de cette aide au nom de l'équilibre budgétaire, de la prééminence du commerce ou de l'activité des fondations privées. Sans que son importance soit ignorée ni que ses motivations soient discutées, on ne pouvait que noter que ce geste suivait de près les attaques de Septembre et la guerre d'Afghanistan, donnant à croire que l'administration avait compris que la puissance militaire ne pouvait à elle seule gagner les cœurs et les esprits — d'autant plus que cet accès de générosité avait succédé à la publication de sondages extrêmement négatifs sur l'image de l'Amérique dans le monde. L'objectif ouvertement politique de cette « compassion » (le mot est de Bush junior) fut bientôt confirmé quand l'US Aid, l'agence publique en charge d'administrer l'aide, perdit son autonomie ; elle est désormais rattachée au Département d'État. Par ailleurs, si le gouvernement a fixé des règles de transparence assez contraignantes pour les pays éventuellement bénéficiaires de l'aide dans le cadre du MCA, il s'est réservé le droit de s'y soustraire lui-même à discrétion dans certains cas.

L'administration Bush a ainsi mis un terme à de longues années au cours desquelles le principe de l'aide publique au développement était attaqué et l'élimination pure et simple de l'US Aid constamment réclamée par les parlementaires, notamment républicains, qui allaient répétant que cette aide n'avait jamais servi au développement des pays qui en avaient bénéficié. Comme le demanda avec à-propos Radelet (2003), « qui avait pu croire que le dictateur zaïrois Mobutu Sese Seko utiliserait un jour la générosité américaine pour vacciner les enfants ou former des instituteurs ? » L'administration, elle au moins, savait que l'aide avait été déboursée pour des motifs prioritairement stratégiques, et qu'à cause de cela elle avait pu être raflée par les dirigeants entre les mains desquels elle était tombée. De nouvelles règles d'allocation et d'audit ont bien été introduites, mais la motivation est restée politique. Ce qui n'est pas nécessairement un défaut rédhibitoire tant que les volumes annoncés sont effectivement déboursés (et non détournés par les parlementaires au profit de pays alliés qui n'en ont guère besoin, comme ç'aura été le cas lors de la discussion du premier budget qui suivit, celui de 2003-2004). Assez bizarrement, même le Fonds de lutte contre le sida aura été légitimé aux yeux des parlementaires par des motifs sécuritaires plus qu'humanitaires : la CIA a été à l'origine d'une série de rapports liant l'extension de la pandémie à l'effondrement de régimes politiquement amis et à l'écroulement d'économies prometteuses pour le commerce.

L'inversion de la tendance est certes à saluer, mais, même si tous les programmes annoncés étaient réalisés, cela aurait pour seul effet de faire remonter les États-Unis de la toute dernière place des pays avancés pour le rapport PNB/aide au développement à l'avant-dernière, ce qui relativise évidemment l'ampleur de la générosité de Bush. Pas vraiment, rétorque Carol Adelman (2003), qui avance un argument convaincant : le Japon et les pays européens sont situés en haut de la liste parce que leur aide est publique ; comme l'économie américaine est d'abord affaire de secteur privé, il faudrait aussi comptabiliser l'aide privée américaine à l'étranger qui avoisinerait, selon elle, 35 milliards de dollars par an, soit trois fois au moins l'aide publique. Bill Gates, David Packard et autres Ted Turner n'ont-ils pas créé des fondations fort généreuses ? Les Églises américaines ne transfèrent-elles pas 3 à 4 milliards de dollars par an aux PVD ?

L'objection est sérieuse, et l'auteur de ces lignes peut en témoigner : il a bénéficié pour ses études de doctorat d'une bourse du *gouvernement* français, et, pour sa première recherche post-doctorale, d'une bourse de la Fondation Rockefeller, évidemment *privée*, qui, comme ses nombreuses sœurs, est encouragée par des mesures fiscales adéquates. Mais peut-on mettre dans le même panier des fondations soucieuses de progrès scientifique ou de développement économique avec des groupes qui cherchent à convertir l'humanité à leurs idées ou à leur foi ? Faut-il, par exemple, considérer comme également engagées dans l'« aide » une fondation qui contribue pour un milliard de dollars à l'ONU (Turner) ou qui introduit l'informatique dans les campagnes indiennes (Gates), et une Église qui investit dans le social pour promouvoir sa confession ? La démonstration d'Adelman devient difficilement convaincante quand elle comptabilise les transferts financiers des travailleurs immigrés (notamment vers le Mexique et d'autres pays d'Amérique latine) comme une forme d'aide au développement (soit la moitié des sommes qu'elle range dans l'aide privée !), alors même qu'il s'agit d'une épargne privée réutilisée généralement pour aider à la consommation des familles restées au pays. Une telle approche ferait des pays pétroliers du Golfe, et de très très loin, les plus gros contributeurs au développement dans le monde (des centaines de milliards en ont été transférés par les travailleurs expatriés, surtout depuis 1973) !

Un tel laisser-aller conceptuel inciterait à rappeler qu'en sens inverse les pays africains paient aujourd'hui, pour rembourser des dettes contractées auprès du monde riche, quatre fois plus que pour leurs services sociaux ; faut-il retrancher ces sommes-là du volume de l'aide ? Il inciterait encore à souligner que les subventions américaines à la production coûtent des milliards aux producteurs des pays pauvres, et que 40 % des exportations américaines vont vers des pays en développement dont, par leur aide, les États-Unis « achètent » la stabilité. La boucle des calculs stratégiques est bouclée avec un dernier argument destiné à justifier la modicité de l'aide publique au développement, argument répété par Adelman elle-même, mais aussi par Barnett (2004) et, avant eux, par Graham et O'Hanlon (1997) : par le biais de leurs forces armées, les États-Unis assurent la sécurité du monde, et cette contribution singulière étant déjà coûteuse, il ne faut pas leur en demander davantage ! Nous voici revenus au point de départ : les États-Unis sont d'abord une puissance militaire, et c'est dans ce domaine qu'ils « aident » et peuvent être le plus utiles. L'argument peut certes faire sourire ; mais, quand cette puissance est utilisée unilatéralement ou pour d'obscures motivations, il devient pour le moins spécieux.

La globalisation suspectée

Le commerce, l'aide, la quête de pétrole ou encore la gestion du défi chinois sont autant d'exemples d'une robuste prévalence de l'intérêt national à l'ère de la globalisation : quel que soit l'engouement pour celle-ci, il s'arrête net au seuil du temple érigé pour l'intérêt national par une élite consciente des effets pervers de la globalisation autant que de ses avantages. Cette prévalence n'a pas empêché la globalisation, même gérée de manière aussi sélective, d'être l'objet d'une profonde suspicion. La foi en elle, qui n'avait jamais exclu les calculs de stratégie, se voit de plus en plus comme submergée par eux. D'elle Bush ne retient en réalité que le *free trade*, vieille obsession républicaine, plutôt qu'un acte de foi dans les temps modernes. À ce glissement régressif il y a de nombreuses explications qui vont au-delà de la simple réaction aux attaques terroristes du 11 septembre 2001 : tout au long des années 1990, des courants d'idées ont intensément agité l'opinion contre ce qu'ils présentaient comme une « confiance aveugle » des hommes de Clinton dans les vertus pacifiques de la globalisation. Certains, au nom d'un « nationalisme musclé » qui risquait à leurs yeux d'être dangereusement dilué, entendaient défendre l'identité américaine ou occidentale contre des flux multiculturalistes.

Certes, dans son opposition à l'Alena, Ross Perot, en 1992, ne réussit pas à gagner la Maison-Blanche. Sur un programme protectionniste, Gephart n'alla pas plus loin, dans ses ambitions présidentielles de 2000, que Pat Buchanan sur un programme isolationniste quelques années plus tôt. Les années Clinton ont été trop heureuses pour susciter un vrai *backlash* et, plus profondément, le public, même s'il est partagé sur les avantages de la globalisation, du libre-échange ou même de l'internationalisme actif, est assez rationnel pour ne pas aller si loin dans leur contestation.

Pourtant les doutes se multiplient. Surtout depuis les attaques terroristes de Septembre, le premier concerne la circulation des personnes. Plus personne n'ignore que l'accès aux États-Unis est devenu bien plus difficile. Certains pays d'où les demandeurs de visa sont originaires et certains profils individuels (célibataire, musulman, sans occupation connue) sont particulièrement visés. Les mesures prises depuis 2001 rendent beaucoup plus malaisé le franchissement des frontières terrestres à partir du Canada et du Mexique, d'autant plus que plusieurs suspects ont emprunté ce chemin, avec pour résultat de nouvelles contraintes pesant sur le fonctionnement de l'Alena. Non moins importantes sont la désertion massive — par dizaines de milliers — d'étudiants étrangers des campus américains, et le retrait des banques américaines de centaines de milliards de dollars appartenant à des individus originaires de pays suspects. Sans contester la légitimité de telles mesures, force est de constater leurs effets négatifs sur la globalisation.

La délocalisation des entreprises est un autre risque d'autant plus volontiers mentionné qu'il a un impact électoral évident. « La situation menacée des salariés occidentaux dans un marché globalisé augmente naturellement la pression pour inciter le pouvoir politique à les protéger. En d'autres termes, une forte pression allant dans le sens du protectionnisme est chose normale dans les pays occidentaux » (Calleo, 1996). John Edwards a renoué (comme Laurent Fabius en France) avec des accents protectionnistes et, de toute manière, hostiles à l'*outsourcing*. Un important courant au sein du Parti démocrate continue d'agiter cette menace (même si, à en croire Bergsten [2002], le nombre des emplois effectivement perdus du fait de l'Alena est réduit).

Plus technique mais non moins âprement débattue : l'appréhension suscitée par l'éventuelle propension des Américains à conserver pour eux-mêmes les bienfaits de leur propre inventivité. En matière militaire, le maintien de la position des États-Unis est de plus en plus lié à la nationalisation de sa recherche, et même de son industrie militaire (voir *supra*, chap. 3). Plus généralement et assez tôt, Michael Lind (1992-93) avait posé ouvertement la question de savoir si la diffusion de la science et de la technologie, implicite dans la globalisation des échanges et dans la délocalisation des entreprises, ne constituait pas une sérieuse menace pour l'intérêt national : « Quand non seulement le statut de grande puissance, mais l'existence même d'un pays dépend d'une marge de supériorité technologique ultra-rapide, il me semble pour le moins bien cavalier d'adopter la position philosophique selon laquelle il serait superflu, sur le long terme, d'essayer de restreindre la diffusion de la technologie sous prétexte que le concept de souveraineté serait de toutes les façons en déclin. » Segal (2004) note qu'après avoir inventé le semi-conducteur ou l'Internet, les États-Unis n'ont pu empêcher les autres pays d'en bénéficier. Même si la position américaine reste dominante, la globalisation n'en est pas moins menaçante en ce qu'elle fonctionne dans les deux sens : elle est un catalyseur de l'innovation américaine et une sorte de cadeau gratuit à ses rivaux potentiels.

D'autres soulignent l'érosion de l'indépendance américaine du fait d'énormes créances qui dotent les pays exportateurs de marchandises et détenteurs de la dette américaine de moyens de pression inacceptables pour les États-Unis. C'est le cas, assez étonnamment, de Larry Summers (2004) qui fit partie de l'équipe économique de Clinton avant de prendre la présidence de l'université Harvard. Summers reconnaît que « la globalisation a largement avantagé l'économie américaine », mais pour ajouter aussitôt que la dépendance (*addiction*) du pays à un mode de dépense effréné, alors que sa balance des comptes courants enregistre un déficit colossal équivalant à 5 % du PNB, menace désormais de mettre fin au cycle économique vertueux au niveau mondial. Sa conclusion est ferme : « Les pays qui détiennent titres et réserves en dollars dans leurs banques tiennent aussi entre leurs mains le sort de la prospérité américaine. » Les chiffres que Summers et d'autres citent pour souligner leur désaffection sont effectivement troublants : en 2003, près de 300 milliards de plus en bons du Trésor ont été écoulés. À lui seul le Japon (n° 1) en détenait pour près de 530 milliards à la fin 2003, suivi par la Chine (150 milliards). « Ce n'est ni le Japon ni la Chine qui doivent être blâmés pour le déséquilibre de notre balance commerciale, mais les consommateurs américains et leur gouvernement », renchérit Stiglitz (2003,

p. 234). Le financement de ces déficits deviendra plus difficile du fait de la concurrence nouvelle de l'euro (voir chapitre précédent), mais aussi de la baisse notoire des investissements extérieurs directs (300 milliards en 2000 ; 23 milliards seulement en 2002). D'autres soulignent que si l'on faisait aussi entrer en ligne de compte les filiales américaines à l'étranger, cette « hantise » pourrait être nuancée, mais pourrait apparaître aussi bien comme « plus dangereuse que les déficits eux-mêmes ».

En parallèle à ses effets pervers sur les plans économique ou financier, la globalisation suscite aussi des révisions plus politiques, voire philosophiques, surtout après le 11 Septembre, ce qui conduit Bergen (2002) à poser la question centrale : celle de savoir si les Américains croient encore à ses vertus. Charles Hill, vétéran de la diplomatie, relève un paradoxe troublant qui n'est d'ailleurs pas propre à l'Amérique : « Plus les États-Unis s'impliquaient dans un monde globalisé, moins les Américains en savaient sur les événements hors de leurs frontières ou étaient même intéressés par eux. » Paul Kennedy, le chroniqueur des empires, se montre désormais plus réservé : « Personne ne veut vivre dans une société totalement close comme celle de la Corée du Nord, mais une intégration et une ouverture complètes sécrètent leurs propres périls. Parvenir à un équilibre entre ouverture et sécurité ne sera pas une mince affaire. » Gaddis, historien des relations internationales, renchérit : « C'est comme si nous nous étions convaincus nous-mêmes que le nouveau monde des communications globales avait en quelque sorte transformé un très vieil aspect de la nature humaine, celui de nourrir des griefs et, parfois, d'agir pour les réparer. » Tel est en particulier le cas de ceux qui doutent désormais des vertus bénéfiques d'un commerce international plus intense sur la démocratisation de pays comme la Chine, entre autres, Brandon Mc Clellan (*The Weekly Standard* du 11 février 2005). Plus particulièrement, l'idée que les gains engrangés par les échanges économiques pouvaient pousser les dirigeants politiques à répudier l'esprit de conquête territoriale et, ce faisant, à rendre la guerre obsolète, était illusoire quand Norman Angell l'a suggéré au siècle passé et l'est encore plus aujourd'hui. La garantie de sécurité du commerce offerte par la *Royal Navy* au XIXe siècle n'avait pas empêché l'armement du Japon, de l'Allemagne ou des États-Unis et celle offerte aujourd'hui par la puissance militaire américaine n'y réussira pas davantage : pour les pays émergents (et surtout pour la Chine), la prospérité économique n'exclut pas le désir d'augmenter leur influence géopolitique ou leur ambition de se transformer en puissance régionale, voire mondiale. Une même suspicion habite Bracken (1997) qui craint moins la résistance des pays du monde à adopter les principes de l'économie capitaliste que les « conséquences politiques absolument imprévisibles » que fait courir au monde (et en particulier à la position prééminente de l'Occident) l'adoption même de ces principes, la bonne recette pour le succès, par des pays hier encore sous-développés ou socialistes. Les élites nationales favorables à l'économie de marché et au libre-échange sont certes les meilleurs alliés de l'Amérique dans le monde ; mais ces élites, en introduisant le capitalisme moderne dans leurs pays respectifs, finissent par nuire à l'Amérique en améliorant la position économique et politique de leur pays dans le système international. Gare donc à la globalisation car c'est une arme à double détente : elle commence par faire du bien, mais elle finit par faire du mal !

Pour d'autres, la globalisation aura simplement été une chimère. Kenneth Waltz, par exemple (2000), patriarche des « néoréalistes », ne pouvait pas jouer les chantres de la globalisation. Ses arguments sont attendus : la globalisation est illusoire hors de certaines zones prospères du globe, et elle est loin d'être dominante hors du secteur financier ; l'interdépendance n'a rien de nouveau et, dans certains cas, elle est plus faible aujourd'hui qu'il y a un siècle ; les économies restent locales jusque dans une très large mesure (90 % de ce que les États-Unis produisent sont destinés à leur propre consommation) ; et les gouvernements continuent de soutenir leurs propres firmes nationales. C'est là que cet homme de droite rejoint presque à la lettre le libéral Stiglitz pour affirmer la résilience de l'État et sa domination des marchés : « Les États-Unis ne cessent d'utiliser leur capacité de pression militaire, politique et économique pour manipuler les événements internationaux à leur avantage. » La plupart des États considèrent d'ailleurs le FMI comme « le bras armé du Trésor américain ».

La globalisation n'est pas moins illusoire pour Michael Lind, peut-être le chantre le plus éloquent de l'État-nation dans l'Amérique d'aujourd'hui. Ce ne sont pas les valeurs universelles qui gagneraient à la dissolution du nationalisme, clame-t-il (1991), mais le tribalisme sanguinaire qui sévit dans le tiers monde et le consumérisme individualiste des pays riches. Plutôt que de poursuivre des chimères mondialistes, il recommande (1994) aux États-Unis de s'identifier au nationalisme, « l'idée la plus puissante dans le monde contemporain », et, partout dans le monde, de ne craindre ni les sécessions ni les fusions. L'idée que l'État-nation serait en passe d'être dissous sous la pression combinée de l'intégration globale et du particularisme provincial est fausse (1995). La globalisation n'induit pas la fin de l'État (1992), mais la crise du « tout-État » et l'émergence de l'« État catalyseur », un État qui cherche à atteindre ses objectifs moins en comptant sur ses propres ressources qu'en agissant en tant qu'élément dominant au sein des coalitions avec d'autres États, des institutions internationales ou des groupes privés, tout en conservant son identité et ses fins propres. On assisterait ainsi au retour de « l'État suzerain médiéval pré-national » qui agissait moins comme maître de son domaine que comme son « imprésario ». Tout en prêchant les vertus de la globalisation, les États-Unis « ont discrètement lancé une ambitieuse politique mercantile et technologique sans lui en donner le nom [...] Avant même la chute du mur de Berlin, la rivalité économique avec l'Asie orientale et l'Europe inspira la plus ample réorganisation du gouvernement et du monde des affaires américains depuis la Seconde Guerre mondiale, de telle sorte que les frontières entre politique commerciale, stratégie militaire et *public diplomacy* sont de plus en plus brouillées ou incertaines ». Remontant à Hamilton (automne 1994), il pourfend le « mythe du laisser-faire : subventions et soutien gouvernemental ont permis d'industrialiser le pays ».

Lind se console (1995) en observant que « l'intégration régionale et globale semble atteindre ses limites », et qu'en dépit de l'Alena, « le Rio Grande s'est révélé bien plus large que l'Atlantique ». Il s'interroge : « Il y a un siècle, les investissements américains dans les républiques bananières n'avaient pas remis en cause la souveraineté ni l'identité américaines ; pourquoi les investissements dans les républiques à *sweatshops* d'aujourd'hui le feraient-ils ? » Sa conclusion est tranchante : « Ce qu'on appelle globalisation n'est en fait qu'une simple expansion des multinationales allemandes, japonaises ou américaines. »

L'observateur le plus constant des effets néfastes de la globalisation, non seulement sur la position de l'Amérique dans le monde, mais aussi et d'abord sur son identité, reste néanmoins Samuel P. Huntington. Plus d'une décennie durant, il n'hésita jamais à emprunter le ton pessimiste d'une Cassandre blessée dans son patriotisme, choquée par l'évolution de son pays et du monde. En ce sens, Huntington est un réactionnaire au sens littéral du mot, qui accepte mal les ravages de la globalisation. La circulation des idées lui paraît finalement contreproductive, celle de l'information fondamentalement perverse, et celle des hommes proprement menaçante. D'un essai à l'autre, Huntington change de registre, mais guère de panique, se positionnant comme un nationaliste conservateur, au point d'être disposé à sacrifier des pans d'empire s'il fallait sauver l'âme de l'Occident en général et celle des États-Unis en particulier.

Politilogue intime du gouvernement fédéral qu'il conseille souvent et qui finance nombre de ses recherches, Huntington avait cru avec ferveur, pendant des décennies, aux vertus de la modernisation. À revisiter son œuvre, on est surpris par une foi sans nuance dans l'inévitable prévalence d'un modèle de développement unique, le plus souvent porté par les militaires, qui est censé progressivement s'universaliser. Au début des années 1990, loin de succomber au triomphalisme facile qui emporte bon nombre d'antisoviétiques « durs » comme lui, il verse dans une forme d'isolationnisme culturaliste. Le nouveau Huntington paraît à l'automne 1993 : la modernisation n'a pas conduit à l'occidentalisation du monde, constate-t-il, mais à l'émergence d'élites certes modernistes, mais opposées à l'Occident. Il cesse donc de prôner un effort soutenu pour moderniser les sociétés de la périphérie et conseille de se replier sur une attitude ultra-identitaire qui vise à sauver la personnalité de l'Occident puis, face à l'éloignement des Européens, à sauvegarder l'identité américaine elle-même. Peu convaincu de la fin des guerres, incrédule face à « la fin de l'Histoire », reconnaissant implicitement que sans un ennemi déclaré son pays pourrait perdre son influence politique, Huntington adopte une définition rigide des civilisations et en fait les acteurs de la nouvelle conflictualité globale. Il avance qu'après les princes, les États et les blocs stratégiques de la guerre froide, les civilisations sont devenues les protagonistes de la scène internationale et que leurs rapports ne peuvent être que conflictuels.

Telle est l'essence de son *Choc des civilisations* (1993 pour l'article, 1996 pour le livre) qui fit grand bruit et qui sembla conforté par les événements du 11 Septembre.

Lorsque le *Choc* a été publié, un des comptes rendus les plus intéressants fut rédigé par James Kurth (1994), l'éloquent philosophe conservateur de Swarthmore. Kurth, qui s'était plaint à maintes reprises des ravages du multiculturalisme à l'intérieur des États-Unis (« depuis les années 1960 nous ne sommes plus un peuple, mais une société multiculturelle » [1992]), dirait en somme à son ami Huntington : Tu as raison sur la thèse, mais tu te trompes de terrain ; ton *choc*, c'est à l'intérieur même des États-Unis (et de l'Occident) qu'il se déroule, entre la civilisation occidentale et une vaste alliance de féministes, de groupes minoritaires et de multiculturalistes. Huntington l'entendra et, dix ans après le *Choc*, le fera se re-dérouler au cœur du pays, en des termes non moins alarmistes puisque c'est l'identité nationale des États-Unis qui est désormais, selon lui, en perdition.

« *Qui sommes-nous ?* » À la question figurant en titre de son ouvrage (2004), Huntington, qui se présente comme « patriote », a une réponse claire : « [Nous sommes] les descendants de colons britanniques qui ont apporté avec eux une culture distincte faite de la langue anglaise et de valeurs protestantes : individualisme, engagement religieux et respect de la loi [...]. Ceux qui n'étaient pas Wasp sont devenus américains en adoptant la culture et les valeurs politiques des Wasp ». Or les Hispaniques sont différents, d'abord parce qu'ils constituent la communauté la plus large (4,5 % de la population en 1970 ; 12,5 % en 2000) ; parce que leur pays d'origine est proche, ce qui explique à la fois la proportion d'illégaux parmi eux (45 %) et aussi leur repli sur leur langue d'origine. Le défi le plus sérieux est celui des Mexicains qui seraient engagés dans une *reconquista* démographique des régions que les États-Unis avaient arrachées de force au Mexique dans les années 1830 et 1840. Huntington pense que la récente émigration mexicaine est fondamentalement inassimilable, parce qu'elle vient de trop près et qu'elle est attachée à sa langue et au catholicisme.

Comme pour le *Choc* dix ans plus tôt, les critiques pleuvent sur lui de partout. On lui reproche (Louis Menand dans le *New Yorker* du 17 mai 2004, ou Andrew Hacker dans le *NYRB* du 24 juin 2004) d'ignorer le fait que l'apprentissage de l'anglais est élevé parmi les Américains d'origine mexicaine et que leur patriotisme se manifeste tous les jours dans les vallées d'Afghanistan ou dans les rues de Bagdad. Certains vont plus loin : Avec *Who are we ?*, Huntington déploie « une passion moraliste parfois proprement hystérique [...] C'est du Buchanan avec des notes en bas de page » (Wolfe, 2004). L'auteur semble s'être attendu à ces réactions, peut-être même avoir pris plaisir à les susciter : elles émanent, à l'en croire, d'un milieu bien particulier, celui d'une élite globalisée qui vit au rythme d'un monde illusoirement intégré et qui a perdu tout sens du patriotisme, et c'est bien pour la combattre qu'il est entré, depuis près de quinze ans, dans un combat aux allures donquichottesques, mais non sans un impact croissant, contre la globalisation.

Contrairement aux néoconservateurs qui, eux, sont des internationalistes activistes (voir chap. 2), les « vrais » conservateurs américains, à la manière, bien différente, de Waltz, de Lind ou de Huntington, ne pouvaient être suspectés d'un grand enthousiasme pour un processus qu'ils considéraient comme chimérique et/ou dangereux. « Une société globalisée avait cherché à résoudre, en les globalisant, des problèmes qu'ils [les conservateurs] estimaient être du ressort de la souveraineté ; leur objectif est désormais de refouler ce qu'ils estiment être le globalisme fanatique des années Clinton » (Hirsh, 2002). Mais cette image d'un Clinton incurablement séduit, voire obsédé par les vertus de la globalisation, n'est peut-être pas le fin mot de l'histoire. À lire ses Mémoires, on le trouve bien désabusé : « Les firmes multinationales et leurs partisans politiques se sont contentés d'instaurer une économie globale qui servait leurs intérêts, croyant que la croissance induite par le commerce créerait de la richesse et des emplois partout. La vraie question est de savoir si on peut avoir une économie globale sans politiques sociales et écologiques. Les forces antiglobalisation avaient tort de penser que le commerce avait augmenté la pauvreté. De l'autre côté, ceux qui pensaient que tout ce dont nous avions besoin c'était des flux déréglementés de plus d'un trillion de dollars par jour de capitaux et un commerce de plus en plus croissant avaient eux aussi tort » (p. 893 *sq.*). Le champion présumé de la globalisation finit par en être le plus éloquent critique.

CHAPITRE 7

Le nouvel ennemi

Le 11 septembre 2001, le terrorisme frappe le cœur même de l'Amérique. Il ne pourra jamais plus être considéré comme une simple question de politique étrangère : un ministère de l'Intérieur est créé, des mesures de sécurité intérieure d'une ampleur sans précédent sont adoptées, et plusieurs institutions, comme les services de renseignement ou l'agence de l'aviation civile, sont réorganisées. Les attentats sont signés : la vingtaine de jeunes gens qui en ont été les auteurs étaient des musulmans et ils ont agi au nom de l'Islam, obligeant l'Amérique à regarder en face un ensemble religieux de près d'1,2 milliard d'hommes, dont plusieurs millions sont de ses ressortissants. En dépit de quelques fâcheux faux pas (telle la mention répétée d'une « croisade »), le président Bush se sera évertué, à de nombreuses reprises, à dissocier l'Islam du terrorisme et les musulmans de par le monde des actes commis par un nombre limité de leurs coreligionnaires. Il dira aussi que les attentats ont été « le fait d'une minorité marginale », et il invitera des dignitaires musulmans à la Maison-Blanche.

Précaution louable. Il n'empêche que les attentats ont largement atteint un de leurs buts probables, celui de mobiliser partisans et ennemis autour d'une effrayante thématique. « Les attaques du 11 septembre ont permis à Bush de lancer sa “guerre contre la Terreur” qui, en dépit de son refus explicite d'en faire une guerre contre l'Islam, a été largement et émotionnellement perçue comme une guerre entre civilisations, les militants islamistes pris comme représentants de l'Islam et les États-Unis comme représentants de l'Occident », écrit justement William Pfaff (*NYRB*, 8 avril 2004). Il s'agit là d'un tournant crucial pour trois courants existant au sein de l'administration Bush autant que dans son électorat, et qui, dans une grande mesure, s'interpénètrent. Les tenants de la stratégie impériale, en mal d'adversaire depuis que l'URSS n'est plus, trouvent enfin un ennemi mondial à abattre et une mission à accomplir. Les militants de la droite chrétienne exultent à ce qui ressemble à une « guerre de religions » qui renforcera leur audience en Amérique même. Les amis d'Israël découvrent une raison supplémentaire d'engager l'Amérique aux côtés de ce pays. Sciemment ou non, les terroristes du 11 Septembre ont entraîné l'Amérique dans un nouveau chapitre de sa relation, déjà problématique, avec l'Islam et avec les musulmans, et, ce faisant, l'ont conduite à redéfinir ses objectifs, ses alliances et ses adversaires. Un pan entier de la stratégie américaine antérieure s'est effondré en même temps que les deux tours du World Trade Center.

Pour affronter un adversaire aussi téméraire, il fallait des guides. Ne pouvant se contenter des seuls experts en terrorisme appartenant à ses différents services (discrédités par la faiblesse présumée de leurs prévisions) et refusant d'en appeler à l'expertise universitaire américaine sur le monde musulman (suspectée d'empathie pour son objet), l'administration a favorisé une lecture, déjà dominante dans certains cercles restreints depuis près d'une décennie, qui s'est imposée dans le discours public et dans les niches néo-conservatrices au sein même du gouvernement. Cette lecture a cherché à orienter le débat non vers l'examen des politiques suivies par l'Amérique en direction du monde musulman, mais vers l'affirmation péremptoire d'une espèce de déficience organique des régimes politiques du monde musulman, voire de la religion musulmane elle-même, qui rendrait inéluctable un conflit avec l'Amérique. Les attentats du 11 Septembre ont aussi eu pour effet de transformer cette approche partisane en hypothèse centrale du gouvernement américain et d'une bonne partie de l'establishment politique et intellectuel du pays.

Le gourou et les mousquetaires

Le maître de cette lecture est un professeur émérite de Princeton, Bernard Lewis. Son influence est telle que Peter Waldman (*WSJ*, 3 février 2004) a pu écrire : « Le diagnostic que fait Lewis des maladies du monde islamique et ses appels à une invasion pour semer les graines de la démocratie au Moyen-Orient ont contribué à déterminer le changement le plus audacieux intervenu dans la politique étrangère américaine de ces cinquante dernières années. » Lewis est souvent invité à la Maison-Blanche ; il impressionne Condoleezza Rice (une soviétologue mal à l'aise avec les problèmes du Moyen-Orient), Karl Rove (qui apprécie les dividendes électoraux d'une telle position, notamment parmi les électorats juif et baptiste), ou David Frum, un néoconservateur que fascine la phrase cliché du vieux maître : « *Get tough or get out* » (soyez dur ou partez). Huntington avait déjà emprunté le titre de son fameux livre *A Clash of Civilizations* à un article publié par Lewis à l'été 1990 dans *The Atlantic*.

Né à Londres en 1916, Lewis a travaillé auprès du gouvernement britannique pendant cinq ans avant de rejoindre l'université. En 1974, il s'installe à Princeton et a tôt fait de devenir, pour l'Islam, le gourou des néo-conservateurs comme Perle, Wolfowitz, Abrams ou Gaffney, qui viennent souvent le consulter. Pour Richard Perle, « parler avec Bernard Lewis, c'était comme aller à Delphes écouter l'oracle ». Son disciple le plus proche a été Harold Rhode à qui il a dédié un de ses derniers livres (Lewis, 2003) et qui s'est retrouvé naturellement conseiller pour l'Islam de Paul Wolfowitz au Pentagone. Tout en lui procurant une immense notoriété à l'automne de sa carrière, cette descente dans l'arène politique a quelque peu terni l'autorité académique de l'historien jusque-là salué par ses pairs. Mais devenir la référence sur le Moyen-Orient des dirigeants de l'administration Bush et des éditorialistes néo-conservateurs était, semble-t-il, trop attrayant. À plus de 80 ans, l'homme est subitement devenu aussi prolifique que péremptoire : les prix pleuvent sur lui, son intronisation comme autorité suprême sur le monde arabo-musulman fait des jaloux et suscite les sarcasmes, et il suffit, dans les milieux va-t-en guerre, de le citer pour légitimer la moindre idée. Ses jugements en sont devenus plus tranchés, son argumentation plus cavalière.

Si nul ne doute de la qualité des études antérieures de Lewis sur l'Islam médiéval (même si on avait du mal à le suspecter d'une quelconque empathie pour son objet), tel n'est pas le cas de sa vision des événements d'aujourd'hui. Certains auront vu « la fin d'une histoire d'amour dans l'exaspération croissante de Lewis vis-à-vis d'une culture et d'un peuple qui l'avaient jadis excité et fasciné, son enthousiasme pour les choses islamiques laissant lentement mais sûrement la place, à partir de la fin des années 1950, à un ton de plus en plus négatif, désabusé et parfois méprisant » (Darlymple, 2003). D'autres, tel Edward Saïd, avaient déjà observé que « l'œuvre de Bernard Lewis prétend être universitaire, objective et libérale, mais [qu'] elle ressemble en réalité à une propagande exercée contre son objet même » (*Orientalism*, 1978, p. 316). Une polémique d'une exceptionnelle acrimonie s'est ensuivie entre les deux hommes et un mémorable débat les a opposés au congrès annuel de la Middle East Studies Association en 1983. J'avais suivi cette polémique et assisté au débat, et j'avais trouvé que Saïd avançait certes l'argumentation la plus convaincante, mais qu'il était par trop sévère dans son jugement. Je dois cependant reconnaître aujourd'hui que les écrits de Lewis de ces vingt dernières années ont donné largement raison, *a posteriori*, à Saïd. « Étrange amour/haine », comme le pense Darlymple, ou hostilité profonde et à peine voilée par le vocabulaire académique, comme le laisse entendre Saïd ? La question appartient au passé : Lewis est devenu de plus en plus agressif et, retraité de l'Université, il s'est trouvé une audience quasiment captive au sein de l'administration Bush qui, manquant de connaissances sur son ennemi déclaré, et suspectant toute l'expertise universitaire d'être favorable à son objet d'étude, en a fait son tuteur quasi exclusif sur l'Islam.

Si Lewis a été intronisé oracle, Daniel Pipes, lui, s'est révélé le polémiste par excellence. Lorsqu'il songe à nommer le responsable d'une fondation publique pour la paix, Bush fait appel à Pipes, suscitant une levée de boucliers quasi générale dans les milieux universitaires et parlementaires. L'homme se présentait depuis des décennies comme expert en islamologie. Pipes a effectivement décroché un doctorat en histoire islamique, mais il n'a rien de l'académisme d'un Lewis, et il s'est fait un devoir d'attaquer ceux qui auraient pu être ses collègues s'il n'avait préféré le statut de pamphlétaire. Son esprit partisan est pourtant aussi avéré que son influence. Pipes a fondé et dirigé une énième revue consacrée au Moyen-Orient, *The Middle East Quarterly*, qui s'est très vite singularisée par son ton polémique et son opposition farouche aux universitaires américains les mieux reconnus en ce domaine. C'est là qu'on pouvait lire des articles comme « Pourquoi Saddam adore la bombe », « Est-ce que chiite veut dire radical ? », entre autres essais de ce genre. Applaudi, le « faucon » ne s'est pas assagi, un an et demi après sa désignation à un poste officiel, et même Bush s'est trouvé dans l'obligation de lui indiquer la porte de sortie.

Un autre professeur joue, dans la formulation de l'approche, un rôle aussi important mais original : Fouad Ajami. Ses origines libanaises, son islam assumé comme origine et rejeté comme foi, son chiisme déclaré et, *last but not least*, un style châtié et incisif qui cible bien et blesse fort, ont fait de ce professeur de sciences politiques à l'université Johns Hopkins (où Wolfowitz a été son doyen pendant sept ans) un habitué des médias de l'establishment. L'auteur de *The Arab Predicament* et autres essais désabusés, sinon franchement hostiles, sur le monde arabe a bénéficié d'un accès inégalé aux dirigeants de la droite républicaine d'abord sous Bush père, puis surtout, sous Bush junior. On le dit le confident de Cheney et il a été l'un des partisans les plus éloquents de la guerre contre l'Irak.

Lewis, Pipes, Ajami et quelques-uns de leurs épigones, en dépit des différences parfois réelles qui les séparent (Ajami a notamment réfuté la thèse de Huntington en rappelant à juste titre que la modernité, certes importée, avait plongé des racines profondes dans le monde musulman), se sont retrouvés comme les chantres de la guerre en Irak, également hostiles aux diverses expressions du nationalisme arabe et très critiques des régimes en place. Ils ont su, pendant deux ou trois décennies, s'imposer comme les auteurs d'une lecture dominante du monde islamique, en parfaite adéquation avec l'orientation néo-impériale dans laquelle s'engageait l'Amérique. Ces observateurs appréciés se sont vite mués en tuteurs écoutés, en avocats de la politique interventionniste dans la région, en prêcheurs de la croisade démocratique que celle-ci a choisi de brandir comme étendard. Quels sont les principaux éléments de cette lecture à présent dominante ?

1) D'abord l'idée que les musulmans, ou du moins une partie plus ou moins notable d'entre eux, loin d'avoir une approche rationnelle et politique du monde, sont frappés d'une espèce de « rage » organique contre l'Occident, *une rage irrationnelle*, lourdement passionnelle, qui trouve son origine non pas dans les politiques occidentales vis-à-vis d'eux, mais dans leur propre histoire, dans leur échec historique à se positionner en tête des nations et des religions, voire dans les fondements de leur foi. Bernard Lewis croit ainsi pouvoir déceler « un rejet de la civilisation occidentale elle-même, non seulement de ce qu'elle fait, mais de ce qu'elle est et des principes et valeurs qu'elle pratique et professe » (2003, p. 26). À l'origine, il y aurait eu « une civilisation musulmane en ruines » qui, après avoir connu un « âge d'or » de conquête et de domination, a lentement dégénéré en son centre et perdu ses dépendances. La « rage » (ou encore la « haine », mot qu'il répète des dizaines de fois dans son essai de 2003) est donc le produit d'un sentiment d'infériorité face à l'Occident, suscité par la faillite de toute une civilisation, sentiment d'autant plus exacerbé que l'Occident est adepte d'une autre religion alors que l'islam est vécu par ses croyants comme la dernière, le « sceau » et, partant, la meilleure des religions. Lewis omet complètement de parler des relations de l'Islam avec les autres parties du monde ; à le lire, et en dépit de pans entiers de l'histoire islamique en Asie ou en Afrique, la relation binaire avec l'Occident est la seule à avoir depuis toujours préoccupé les musulmans.

Lewis a très tôt avancé son explication par les passions. Selon lui, dans son contact avec l'Occident, « l'Oriental est passé d'une complaisance ignare à une émulation angoissée, pour finir dans une rancœur envieuse » (1964, p. 45). On ne pouvait faire davantage, pour saper toute velléité de discussion des politiques effectivement suivies par les États-Unis, que de décréter l'existence d'un adversaire privé de bon sens, mû par sa seule passion et avec lequel il est on ne peut plus difficile d'établir un dialogue d'hommes raisonnables. Il y a dans cette lecture une sacralisation de la passion comme moteur de l'action autant que la négation de toute rationalité chez l'Autre, simplement défini comme un analphabète devenu anxieux et qui finit par crever de jalousie. L'Occident, lui, semble n'être que raison quand il est face à Saddam « le fou », à Ousama « le paranoïaque de la mort », entre autres individus dérangés qui pensent être à même de défier la puissance américaine.

Il y a aussi, dans cette réécriture de l'histoire, une double négation : celle d'une tradition rationaliste islamique, transmise à l'Occident par les Averroès, Avicenne et autres penseurs, et celle de la véritable fascination que l'Occident a suscitée plus tard sur les nombreuses générations successives de musulmans des deux ou trois siècles derniers (ce que Maxime Rodinson, entre autres auteurs, a souligné et qu'Ajami a reproché à Huntington d'ignorer). Qui plus est, obsédé par la spécificité de la « rage » islamique, Lewis oublie que l'anti-américanisme est loin d'être l'apanage des musulmans du monde entier et que, de la France au Brésil et de la Chine à l'Afrique du Sud, on peut être bon chrétien, ou bouddhiste, ou hindouiste, ou athée, et ne pas être un admirateur inconditionnel de la politique et de la société américaines. Lewis ignore aussi les sondages américains qui réfutent avec constance sa thèse et dont il sera question *infra*. Tout concentré sur la charge passionnelle qu'il croit déceler chez « une fraction substantielle des musulmans », il s'attache à exonérer ses compatriotes de toute erreur ayant pu susciter une réaction négative : « Ce à quoi nous sommes aujourd'hui confrontés, ce n'est pas simplement une série de griefs visant telle ou telle politique américaine, mais un rejet et une condamnation à la fois rageuse et méprisante de tout ce que l'Amérique est censée représenter dans le monde d'aujourd'hui » (2003, p. 76).

Cette lecture pathologique de l'Islam a beau plaire à Bush junior, elle ne convainc pas tout le monde. De nombreux historiens ont réussi à démontrer que le contact culturel avec l'Occident, que Lewis date de 1831, était déjà intense dès le XVIIe siècle, et que, loin d'être fait (ou principalement fait) de jalousie et de rage, il était souvent marqué par une vive admiration pour les institutions et les mœurs occidentales. Judis (2004) met courageusement et opportunément le doigt sur la filiation d'al-Qaida avec le nationalisme anti-impérialiste d'hier, en critiquant Lewis pour son approche clinique d'un « islam dérangé ». Pourtant fort respectueux de Lewis, Anonymous note pour sa part l'irresponsabilité politique d'une telle lecture : « L'analyse du problème en termes de civilisation ratée permet malheureusement aux élites, aux décideurs et aux électeurs américains de se réfugier dans l'idée que le monde musulman est devenu fou, et que rien, dans tout ce que l'Amérique a pu faire, n'est à l'origine des attaques d'al-Qaida ou n'a suscité le formidable anti-américanisme qui sévit dans le monde musulman » (p. 111). Il souligne qu'au contraire il ne faut pas être grand clerc pour comprendre que dans le nassérisme, le khomeynisme, la démarche du président irakien déchu, voire dans le discours d'Ousama ben Laden, il y a une implacable rationalité qui ne manque pas de subjuguer leurs admirateurs. Sur ben Laden, notamment, Anonymous, qui a eu à s'en occuper à la CIA pendant de longues années, est parvenu à une conclusion très opposée et, sans nul doute, bien plus proche de la réalité : « La menace que représente Ousama ben Laden réside dans la cohérence et la consistance de ses idées, dans leur articulation précise et dans les actes de guerre qu'il accomplit pour les réaliser » (p. XVII). Aucune « rage », mais une redoutable rationalité, a-t-il rétorqué à Lewis (avant de devoir démissionner de son poste).

2) Cette supposée rage serait fondée non sur des éléments récents, mais sur un « choc des civilisations » aussi vieux que l'islam lui-même. L'idée de ce « choc » était apparue chez Lewis dès son ouvrage *The Middle East and The West* (1964, p. 137) ; il y ajoutait que « si les civilisations ne peuvent avoir de politique étrangère, c'est le rôle des États d'en avoir ». Il a repris l'idée dans son *Muslim Discovery of Europe* (1982), pour ne plus cesser d'élargir sa fonction explicative, jusqu'à en faire le leitmotiv central de ses derniers écrits. L'idée a ensuite été empruntée, étendue à l'ensemble de la planète et transformée en une *summa causa* de l'évolution du monde par Samuel Huntington qui reconnaît sa dette envers Lewis pour le cliché, tout en soulignant que le « choc » central est bien entre Islam et Occident. La thèse atteignit au statut de géniale prémonition après les attaques du 11 Septembre 2001. Du coup, dans les livres les plus récents de Lewis, le thème de la confrontation planétaire de deux monolithes n'est même plus argumenté, il va de soi : il y aurait, d'un côté, la civilisation occidentale judéo-chrétienne et, de l'autre, un monde islamique qui lui est hostile et qui, nonobstant ses échecs devant Vienne ou Poitiers, ou son expulsion d'Andalousie, n'a pas perdu fondamentalement l'espoir de la convertir.

Pour Lewis (1990), la lutte entre ces deux systèmes dure depuis quatorze siècles. Elle a commencé avec l'avènement de l'islam au VIIe siècle et n'a pas cessé depuis lors, « et elle a été faite d'attaques et de contre-attaques, de jihads et de croisades, de conquêtes et de reconquêtes ». Car au fameux « choc » Lewis croit ferme : « La question que l'on se pose est : pourquoi ils nous détestent. En un sens, ils nous détestent depuis des siècles, et c'est normal à cause de cette rivalité millénaire entre deux religions universelles, et l'une d'elles donne aujourd'hui l'impression de gagner » (*WSJ*). Il estime que la haine est axiomatique, inévitable et pratiquement sans remède. La seule vraie question digne d'être posée selon lui, c'est : « Pourquoi ne nous craignent-ils pas ? »

De cette thèse qu'il partage Pipes (2001-02) tire une conclusion pratique : le conflit avec l'Islam étant d'abord un conflit d'identité, une guerre culturelle, il est trop spécifique pour être comparé à d'autres conflits ou pour être analysé avec des instruments autres que culturels. Il ne cesse notamment de répéter qu'il n'y a aucune espèce de lien entre pauvreté et islamisme. Pipes a peut-être raison de critiquer les lectures marxistes ou tiers-mondistes attardées qui établiraient un tel lien de causalité. Mais a-t-il raison de rejeter aussi péremptoirement tout lien entre la situation socio-économique des pays islamiques et les courants politiques qui y ont fait florès en ce dernier quart de siècle ? Plus précisément, a-t-il raison d'accuser « l'Université, avec ses penchants marxistes et son mépris pour la foi, d'accepter avec une quasi-unanimité la thèse selon laquelle l'islamisme militant serait engendré par la pauvreté » ? Une telle accusation ne peut provenir que d'un souci polémique, de l'ignorance ou de la mauvaise foi, car les universitaires américains sont loin d'être unanimes sur cette question et il semble qu'une nette majorité d'entre eux aient adopté l'analyse de Pipes longtemps avant que lui-même ne l'ait formulée, sans compter qu'à l'exception de quelques cas très isolés il est absolument inexact de prétendre que le marxisme sous-tend l'orientalisme américain d'hier ou celui d'aujourd'hui. Sans vouloir lui faire un quelconque procès d'intention, disons que l'objectif de Pipes paraît clair : seule une analyse strictement culturaliste du phénomène serait valide ; chercher des clés dans les sciences sociales serait un leurre : l'islamisme militant doit être compris en relation non pas avec la condition sociale, politique ou économique de ceux qui le professent, mais uniquement avec la teneur de la foi qui les anime. Potdhoretz, partant de cette analogie implicite avec la « foi » communiste, a beau rendre absolue cette négation du social, voire de l'historique, en proclamant une nouvelle (quatrième) guerre mondiale contre l'islamisme (*Commen-*

tary, septembre 2004), cette thèse, aujourd'hui courante à Washington, heurte les historiens reconnus. George Makdissi, Richard Fletcher, sans parler, de ce côté-ci de l'Atlantique, de Lombard, de Jacques Berque ou de Maxime Rodinson, ont largement montré que l'histoire des contacts entre Islam et Chrétienté n'avait pas été (ou du moins pas uniquement) celle d'un conflit permanent. Non que des guerres n'aient eu lieu, ni que l'incompréhension, l'ignorance et la suspicion n'aient été fréquentes, mais en Andalousie, en Sicile et ailleurs, le contact a pu être intellectuellement fructueux. Le commerce a été constant, autant que les alliances politiques : le pape considérait la reine d'Angleterre comme l'alliée des Maures et des Turcs ; François Ier a cherché à s'allier avec le sultan contre ses ennemis européens. Lucette Valensi a élégamment rappelé le tropisme ottoman des doges de Venise. Des découvertes récentes démontrent que la conquête musulmane de la Palestine au VIIe siècle fut suivie par la construction de nombreuses églises. On pourrait, sans tomber dans l'apologie de l'Islam ni dans l'idéalisation de ses contacts avec l'Europe, écrire une histoire un tantinet plus nuancée en rappelant par exemple que les guerres internes (entre Européens comme entre musulmans) n'étaient pas moins fréquentes que celles avec les « Infidèles », ou que le commerce des idées et des choses fleurissait rapidement dès qu'un *modus vivendi* trans-méditerranéen s'établissait. Mais les temps ne sont pas aux lectures nuancées, ni aux récits équilibrés.

3) Si la confrontation est aussi vieille et aussi organique, il est superflu d'en chercher la cause dans ce que l'Amérique a pu faire ; il faut tout bonnement la chercher dans ce qu'elle est, dans ses valeurs, ses institutions, sa démocratie et, en fin de compte, son succès ; ou, pis, dans le fait qu'elle est simplement « la plus grande puissance des Infidèles » ! (Lewis, 2003, p. XVI). Daniel Pipes a eu très tôt cette illumi-

nation : en pleine guerre d'Afghanistan, au moment où les islamistes affluaient par milliers, avec l'aide des États-Unis et de leurs alliés, pour faire la guerre à l'occupant soviétique, il fut troublé par l'idée de cette coopération islamo-occidentale, et se fixa donc pour objectif, contre toute logique, de démontrer que les islamistes ressemblaient aux communistes et même (il annonçait par là la thèse ultérieure de Huntington, non moins fantaisiste, sur l'axe sino-islamique en formation contre l'Occident) qu'ils coopéraient avec eux. La guerre froide était alors à son comble et Pipes déplorait le renforcement de l'alliance entre son pays et les moujahidin. Mais l'objectif politique le poussa à écrire que ces derniers, en réalité, faisaient semblant de combattre l'URSS, que leur véritable cible était l'Amérique. Il se saisit, en guise de preuve irréfutable, de la phrase d'un dirigeant iranien : « L'Islam est important parce qu'il est capable de défaire la culture occidentale », et affirma sans barguigner : « Tous les fondamentalistes partagent cette foi » (1986). C'est dans ce même essai qu'il lança l'idée-force : « Aucune action particulière ne pourra rendre notre pays moins critiquable aux fondamentalistes [...] *Ce que l'Amérique est et non pas ce qu'elle fait* : tel est le plus grand défi lancé aux musulmans fondamentalistes. Il n'y a rien à faire pour éviter la collision. » Mais Pipes est bien trop politique pour ne pas ruiner lui-même sa démonstration : notant que les fondamentalistes forment, dans certains pays du Moyen-Orient (comme la Syrie), l'opposition la plus substantielle aux pouvoirs en place, et que ces derniers « causent des problèmes aux États-Unis et à Israël », il remise ses anathèmes pour recommander au contraire d'aider les fondamentalistes à renverser ces pouvoirs. Bref, l'islamisme est dangereux, mais, dans certains cas, il peut être utilement manipulé.

Ces idées qui, en leur temps, ont pu faire sourire sont devenues comme la bible de l'administration Bush, qui alla répétant *ad nauseam* que les terroristes du 11 Septembre étaient mus par une haine de la démocratie ou de la liberté dont l'Amérique est la championne. Encore une fois, les mots d'Anonymous sonnent juste : « Un des plus graves dangers, dans l'effort des Américains pour affronter la menace islamiste, est de continuer à croire, comme nos dirigeants nous appellent à le faire, qu'ils nous haïssent et nous attaquent pour ce que nous sommes ou à cause de ce que nous pensons, et non pour ce que nous faisons » (p. 8). Depuis les attaques de Septembre, pas une seule fois Bush, Cheney ou leurs collaborateurs ne se sont détournés de ce déni de responsabilité posé en dogme pour reprocher à leur pays un agissement qui aurait pu susciter cette « rage ». Experts en terrorisme et spécialistes du monde islamique eurent beau dire le contraire, ils ne furent pas entendus : suggérer une responsabilité, même infime, c'est se ranger du côté des terroristes, les comprendre, les justifier et, en fin de compte, partager leur haine de l'Amérique.

4) Cette lecture ne s'applique cependant pas uniformément à tous les peuples musulmans. Depuis le départ, elle est marquée par une *turcophilie* militante. Le kémalisme sécularistе, antifondamentaliste et ouvert à Israël, séduisit très tôt Bernard Lewis, auteur d'un ouvrage classique sur l'émergence de la Turquie moderne, et qui n'a jamais caché ses liens solides avec une bonne partie de la classe politique turque. Il fut suivi en cela par ses disciples, tel Pipes (1994) ou encore Richard Perle, « qui sait charmer les *pachas* » (entendre : les généraux de l'armée turque — Clarke, p. 49). Dans son enthousiasme, Lewis alla même jusqu'à réduire le conflit central de l'islam à une « guerre entre kémalisme et khomeynisme » (1997, p. 13) en ne taisant pas vers lequel des deux allait sa préférence.

La Turquie kémaliste a en effet tout pour plaire : elle est antisoviétique jusqu'à adhérer à l'OTAN et combattre en Corée ; elle est sécularistе, quoique à la française ; et elle est ouverte à la coopération avec Israël (dans le programme qu'ils concoctèrent pour Netanyahu, en 1996 : « Clean Break », Perle et Feith placèrent l'alliance avec la Turquie très haut dans les priorités de la politique régionale israélienne). Tout cela pousse Lewis à exagérer le rôle de la Turquie dans la région : il décrète ainsi que « le monde turcophone d'Asie centrale fait partie du Moyen-Orient et pèsera de plus en plus lourd sur son évolution » (1997, p. 3 ; cette thèse reste à démontrer), que « ce qui se passe en Turquie aura des effets considérables et sans doute déterminants sur l'ensemble de la région » (*idem*, p. 13), et il salue l'émergence de « la Turquie démocratique » comme « le partenaire le plus proche d'Israël dans la région » (*idem*, p. 18), finissant étrangement par conclure que le Moyen-Orient est en somme une région plutôt déprimante que seuls trois facteurs positifs pourraient transformer : Israël, la Turquie et les femmes. Mais la démocratie turque cesse de plaire quand les urnes produisent des islamistes : Pipes (1997-98) prend partie pour l'armée contre le gouvernement civil d'Erbakan (pourtant démocratiquement élu), et soutient ses opérations contre les maires islamistes. Ses choix sont clairs : « L'*armée* turque et l'*État* d'Israël sont les deux institutions les plus puissantes et les plus antifondamentalistes de la région. »

Nul ne songerait à contester à la Turquie un rôle important dans l'évolution du monde islamique, ni à manquer d'apprécier le volontarisme sécularisté du pays, si l'enthousiasme quasi inconditionnel de Lewis et de ses disciples ne s'accompagnait pas d'un certain mépris pour les autres peuples de la région. Les Arméniens d'abord : la turcophilie de l'historien l'empêche de reconnaître le génocide, réduit à n'être qu'« une tragédie limitée dans l'espace et le temps » (1987, p. 21 — ce qui donnera lieu à un procès pour négationnisme intenté contre lui en France). Les Kurdes, ensuite, « dont le nationalisme menace la Turquie, parce qu'il s'agit d'une société ouverte dotée d'une constitution démocratique » (1997, p. 33) ; Lewis devient toutefois favorable à ce même nationalisme kurde quand il s'exprime en Irak ou en Iran. Les Iraniens, aussi, dont il reconnaît l'ancienneté de l'État mais qu'il a tendance à réduire à leur régime khomeyniste que, naturellement, il exècre. Quant aux Arabes, enfin, il paraît incapable de leur trouver une seule qualité.

5) Tout comme certains médias français, ces « spécialistes » trouvent exagéré de gratifier ces pays d'une opinion publique. Pour parler des Arabes ou des musulmans hors des centres de pouvoir, ils parlent de « la rue », soit un ensemble compact, sans nuance aucune. Ils ignorent superbement la pensée islamique moderne des Jabri et autres Hanafi, autant qu'un corpus fort riche d'études autochtones marquées au sceau des sciences sociales telle que l'œuvre pionnière d'un Mohammed Arkoun ou d'un Aziz Al Azmeh. Ils paraissent entièrement insensibles à l'émergence d'une élite politique sophistiquée qui a su investir les nouveaux médias (en particulier les quotidiens transarabes ou les télévisions satellitaires) pour à la fois consolider une opinion publique transétatique et la formater tout en pesant fortement sur les pouvoirs en place, les reléguant ainsi à une attitude défensive. D'où les ricanements des intellectuels arabes quand ils entendirent les dirigeants américains prêcher la liberté d'expression (dans une région qui l'avait alors très largement reconquise) en même temps qu'ils multipliaient les pressions pour censurer la couverture par les télévisions arabes de l'événement irakien, et que les journalistes américains se drapaient dans un nationalisme autocenseur qui allait les conduire aux turpitudes que l'on sait.

Comme beaucoup, Lewis pense que la culture américaine est perçue dans la région comme une « menace fatale » parce qu'elle est populaire (non élitaire) et parce qu'elle est indépendante (non gouvernementale) : « Satan n'est ni un conquérant ni un exploiteur, c'est un séducteur » (1997, p. 6). Soit. Mais ce défi culturel produit-il vraiment les effets politiques redoutés par les régimes en place et présumés par

Lewis ? L'historien ne veut pas reconnaître l'évidence : la jeunesse de la région peut aimer les chansons d'Eminem et détester les discours de Bush sans discontinuité ni schizophrénie, signe supplémentaire que, loin d'être enragée, elle sait discerner, et que, loin d'être hostile à l'Occident pour sa culture élitaire ou populaire, elle lui reproche ses actes, ses choix, ses politiques, tout en jouissant de cette culture. La fameuse « rue » arabe, à supposer qu'elle existe vraiment, a l'outrecuidance d'acculer le vénérable historien à ses contradictions.

6) Les régimes en place, quelle que soit leur légitimation (religieuse ou séculière), *ne comprennent que le langage de la force* et sont donc *incapables de faire la paix*. Que de fois ne lit-on pas que, pour les Arabes, le dialogue n'est qu'un signe de faiblesse ? Dans un de ses derniers livres, *From Babel to Dragomans*, Lewis écrit : « Les dictatures qui dominent aujourd'hui le Moyen-Orient ne veulent pas ou ne peuvent pas accepter la paix, parce qu'elles ont besoin d'un conflit qui puisse justifier leur répression. La paix véritable, comme ce fut le cas avec les pays de l'Axe ou l'Union soviétique, ne viendra qu'après qu'elles auront été défaites ou (ce qui serait mieux) après leur effondrement de l'intérieur pour être remplacées par des gouvernements acceptés par le peuple et que ce dernier pourra démettre, ce qui les amènera à résoudre les conflits plutôt qu'à les susciter. » Quelles sont ces dictatures ? Sadate, qui signa la paix avec Israël, était-il un démocrate, et de même le roi Hussein de Jordanie qui en fit autant ? Et, plus généralement, le conflit, notamment avec Israël, a-t-il été suscité au départ par ces « dictatures » ? À ces questions le maître n'a pas de réponses, car il ne se les pose même pas. Or, si des dirigeants en mal de légitimité ou de popularité ont effectivement « suscité » des conflits extérieurs, ils étaient en bonne compagnie mondiale, y compris celle de démocraties, cette pratique n'étant guère réservée aux rois et présidents de la région moyen-orientale. Plus

important, au vu de dizaines de sondages et d'une observation attentive, on n'aurait aucun mal à penser, notamment pour ce qui concerne le conflit israélo-palestinien, que les opinions publiques de la région sont bien plus résolues que leurs dirigeants à se montrer intransigeantes.

Forts de la conviction qu'il est vain de vouloir traiter avec ces régimes, des néoconservateurs (notamment Perle et Feith) avaient déjà conseillé à Netanyahu de mettre fin au processus d'Oslo. À son arrivée à la Maison-Blanche, G.W. Bush a dit à qui voulait l'entendre qu'il ne s'occuperait pas beaucoup du processus de paix (il reprocha même à son prédécesseur de l'avoir fait). Il semblait avoir adopté l'idée, courante dans son entourage, que les régimes arabes ne s'intéressaient pas vraiment à une quelconque résolution du conflit israélo-arabe, lequel n'était qu'un prétexte pour calmer leurs populations et les dissuader de s'opposer à leur autoritarisme. La question palestinienne comme « simple prétexte » est ainsi devenue la bible des milieux dirigeants et des islamologues autopatentés qui se portèrent volontaires pour rappeler, après le 11 Septembre, que les courants islamistes radicaux ne montraient pas plus d'intérêt pour la Palestine que les régimes qu'ils combattaient, alors qu'il eût suffi de lire les interrogatoires des cerveaux et des militants d'al-Qaida, tels que reproduits dans le volumineux rapport du Congrès (2004), pour mesurer combien le soutien américain à Israël avait joué dans l'engagement initial d'individus comme Khaled Cheikh Mohammed ou Ayman al-Dhawahiri. Ces aveux ne faisaient d'ailleurs que confirmer ce que maints sondages, commandités par le gouvernement américain lui-même, avaient déjà rapporté : les musulmans ont tendance à admirer les institutions de l'Amérique, mais sont hostiles à ses politiques, d'abord et avant tout pour ce qui concerne le conflit israélo-arabe.

7) Puisqu'ils sont prisonniers de leur « rue enragée » et incapables de vivre en paix avec leurs voisins, il faut donc

inciter non pas à influencer ces régimes, mais à les remplacer dans le cadre du *regime change*. L'argument le plus hypocrite pour défendre la guerre contre l'Irak fut d'accuser ceux qui doutaient de l'applicabilité immédiate de la démocratie de « manquer de respect aux Arabes », voire de racisme. Chacun de ces orientalistes du dimanche a sa liste favorite de régimes qu'il est urgent de renverser. L'« axe du Mal » du président comprend l'Irak, l'Iran et la Corée du Nord. La liste de Michael Ledeen, recyclé comme chercheur à l'American Enterprise Institute après avoir été impliqué dans le scandale de l'Irangate, comprend l'Irak, l'Iran, la Syrie et l'Arabie Saoudite. Lewis (2004) abonde évidemment dans le même sens : « Si nous réussissons à renverser les régimes des pays que le président Bush a justement appelés l'axe du Mal, les scènes de liesse dans leurs villes pourraient même dépasser celles qui suivirent la libération de Kaboul », prédiction que l'épisode irakien épargne de commenter. En interventionniste impénitent, Lewis s'est d'ailleurs de longtemps fait une spécialité de nier tout rôle aux acteurs locaux dans leur histoire moderne : « L'arrivée de Bonaparte en 1798 et encore plus son départ ont démontré deux faits importants : même une petite force occidentale peut conquérir, occuper et gouverner un de ces pays sans grande difficulté, et seule une autre puissance occidentale a les moyens de l'en déloger » (1997, p. 1). Sacrifiant à une de ses marottes, il aime à répéter que les Anglais arrachèrent la Palestine aux Ottomans, puis que les Juifs l'ont prise aux Anglais ; les Palestiniens ne sauraient donc prétendre y exercer un rôle quelconque. N'évitant pas le paradoxe, après ces encouragements à l'impérialisme, Lewis observe que « ceux qui accusent l'Occident, et notamment les États-Unis, de prétendues visées impérialistes » sur le Moyen-Orient ne font que « guetter des ombres du passé » (*idem*), oubliant que, quelques pages plus tôt, il avait lui-même regretté le manque d'entrain de l'Amérique à jouer un vrai rôle impérial dans la région (*idem*).

Consciemment ou non, la ligne dominante formate même, désormais, la pensée de ceux qui n'y participent pas. Michael Scott Doran, par ailleurs bon arabisant, est un exemple parmi d'autres de ce glissement. Son explication du 11 Septembre 2001 est bien pensée, presque brillante (2002). Mais, passant de son rôle d'orientaliste à celui de stratège, il est vite atteint (2003) par la fièvre irakienne et se retrouve incapable de comprendre que la lutte contre al-Qaida est non seulement différente d'un *regime change* en Irak, mais que celui-ci dessert grandement celle-là. Et le voilà qui reprend les thèmes de Lewis : la question palestinienne peut être importante comme symbole, mais pas comme substance ; la route de la paix en Palestine passe par l'éviction de Saddam Hussein en Irak – « et d'ailleurs on ne voit pas ce que Washington pourrait faire en Palestine qui puisse calmer Ousama et ses acolytes ». Converti à l'interventionnisme militaire, Doran en donne une raison supplémentaire : il faut rétablir l'autorité des États-Unis dans la région avant d'envisager le processus de paix. L'effet démonstratif de la puissance américaine est d'ailleurs au centre de cette approche, surtout après le crime de lèse-majesté du 11 Septembre : pour se faire craindre (seule relation vraiment envisageable avec « eux »), il faut exposer l'ampleur de sa panoplie militaire avant d'en faire sentir le feu à ceux qui oseraient encore défier l'Amérique. Si cet effet démonstratif était bien la raison la plus profonde de la diversion irakienne, comme le pensent, avec Doran, Alan Sorensen (2004) et bien d'autres, force est de conclure que l'expérience de l'après-guerre irakien a exactement produit le résultat inverse : après avoir montré leurs capacités techniques, les forces américaines ont rapidement trahi leur grande vulnérabilité.

8) Enfin, si les alliés européens de l'Amérique sont réticents, voire hostiles à adopter cette lecture, ce n'est pas parce

qu'ils ne la partagent pas, mais parce qu'ils sont prisonniers de leurs intérêts mercantiles ou de l'influence qu'exercent sur eux les minorités musulmanes qu'ils ont malencontreusement accueillies chez eux. Cette lecture biaisée oublie les choix du général de Gaulle en 1967, ignore la déclaration de Venise de 1980, écarte le soutien sincère que la tragédie des Palestiniens suscite parmi les Européens, et part de l'hypothèse que ces derniers, s'ils en avaient vraiment le choix, ne pourraient qu'adopter le même point de vue. Sur ce chapitre, Lewis devient proprement apocalyptique : il n'hésite pas à prédire que d'ici un siècle au maximum l'Europe aura une population majoritairement islamique et ne sera plus qu'une « simple dépendance de l'Afrique du Nord » (*Die Welt*, 27 juillet 2004). D'autres notent que si les chiffres de croissance démographique restent comparables à ceux de l'année 2000, le Yémen sera en 2050 plus peuplé que la Russie. Le prolifique historien britannique Niall Fergusson (2004) parle d'une « colonisation subtile de l'Europe » par les musulmans, dont Marseille serait un exemple et la tête de pont.

Une ligne peut être politiquement dominante, elle n'en est pas pour autant unique. Dans sa critique de l'orientalisme parue en 1968, Edward Saïd avait mis le doigt sur les errements où cette lecture pouvait mener. Un Palestinien qui, de surcroît, avait osé refuser les accords d'Oslo, critiquer Arafat quand celui-ci avait été fêté par la Maison-Blanche, tout en étant un grand pianiste et surtout un immense critique littéraire : le professeur de Columbia, connu pour son ouverture aux juifs libéraux et pour son exigence morale et intellectuelle, autant que pour sa longue et courageuse lutte contre le cancer, a été, jusqu'à sa mort en 2003, l'inadmissible contre-voix à cette cacophonie démagogique. Dans *Commentary*, *The National Interest*, *The Weekly Standard* et la presse de la nouvelle droite, on ne compte plus les déclarations de haine proférées à son encontre, les affabulations fantaisistes à son sujet, les attaques *ad hominem* qui suivirent la publication de chacun de ses ouvrages. Un « Oriental » si profondément occidentalisé qu'il puisse contester la validité de l'orientalisme dominant : voilà qui n'était pas acceptable !

De l'Université, mille voix s'élèvent aussi contre les approximations et semi-vérités de ce néo-orientalisme outrageusement politisé. Mais un mélange de contrôle des néoconservateurs sur l'administration et des effets du 11 Septembre sur le public les pousse à la marge du débat. Notons pourtant les positions courageuses d'Augustus Richard (Dick) Norton, professeur à l'université de Boston et fin connaisseur du Levant (lire ses essais informés, équilibrés, et de plus en plus désenchantés dans le numéro de janvier des dernières années de *Current History*) ; de Lisa Anderson (2004), doyenne à Columbia et, pour un mandat, présidente de la Middle East Studies Association (MESA) ; de Joel Beinin, de Marc Lynch (2003), un jeune politologue qui appela courageusement à « prendre enfin les Arabes au sérieux ». Du courage pour affronter la pensée dominante, il en a fallu aussi à Laurie Brand, modèle de ce que l'Université américaine peut produire en matière d'expertise sur la région, pour, élue à son tour présidente de la MESA, dire à ses collègues : « Nous sommes nombreux, dans ce domaine, à avoir appris que s'engager, en Amérique, dans l'étude du Moyen-Orient veut dire le plus souvent se trouver au mieux frustré, au pire furieux, à cause du climat politique et intellectuel dominant [...], au vu des événements récents dans cette région, et des positions prises par notre pays, je ne me souviens pas d'avoir ressenti si fortement et pendant si longtemps un tel outrage » (*MESA Bulletin*, août 2004).

La « guerre contre la terreur »

Le 11 Septembre 2001 va transformer cette ligne d'analyse en une espèce de catéchisme ; la contredire, c'est manquer de patriotisme. La « guerre contre la terreur », formidable riposte au lèse-puissance des terroristes, va en être le terrain d'application naturel. Mais un problème a tôt fait de se poser : qui est vraiment l'ennemi ? La désignation de l'adversaire est en effet un des baromètres les plus sensibles pour comprendre quelle guerre est menée, contre qui et pour quel objectif. Un aspect central des débats occidentaux pendant la guerre froide était de savoir si l'Occident faisait la guerre à la Grande Russie en tant que pays expansionniste, au communisme en tant qu'idéologie révolutionnaire, à l'URSS en tant qu'enfant des deux précédents, au pacte de Varsovie comme alliance stratégique, ou à « l'empire du Mal » comme référence morale. Ces cibles potentielles ne sont pas mutuellement exclusives ; de leur hiérarchisation dépend néanmoins un grand nombre de décisions sur les moyens à utiliser dans la guerre, l'identité des alliés potentiels, la définition de ce que peut être une éventuelle victoire.

La désignation de l'ennemi est aussi soumise à des considérations politiques qui visent surtout à éviter de le promouvoir par inadvertance, de légitimer sa position, ou encore de lui permettre de mobiliser de nouvelles recrues. C'est ainsi que le discours officiel américain cherche par tous les moyens à ne pas donner une coloration religieuse à son ennemi, de peur d'offusquer encore plus les musulmans et d'en jeter de nouveaux dans les bras des groupes militants. De même, en Irak, les Américains veilleront toujours à éviter de présenter l'insurrection pour ce qu'elle est (au moins en partie), à savoir un mouvement nationaliste contre l'occupation étrangère, et de reconnaître implicitement par là que l'unité des Irakiens pourrait se refaire non pas autour des Américains, mais contre leur présence en Irak, sans compter la connotation positive de toute référence au patriotisme, même quand il s'agit de parler de l'adversaire.

La « guerre contre la terreur » apparaît du coup comme un pis-aller logique mais vulnérable. Logique parce que la « terreur » est un concept à connotation clairement négative du fait de la menace qu'elle fait peser sur tout un chacun, les civils bien avant les militaires ; de plus, il est religieusement et nationalement neutre, et peut donc être en principe appliqué à qui que ce soit dans le monde, de Carlos à Ousama ben Laden, du Sentier Lumineux aux Tigres tamouls. Mais c'est aussi un concept vulnérable, car la « terreur » n'est pas une idéologie identifiable (dont la répudiation par l'Autre pourrait signer sa défaite), ni une guerre qui peut connaître une fin évidente (le terrorisme est parmi nous depuis des lustres), mais une méthode d'action. Comme l'Amérique, en dépit du discours à portée planétaire du président Bush du 20 septembre 2001, ne peut se mobiliser contre toutes les manifestations de terrorisme à travers le monde, elle a été obligée de limiter son périmètre d'action. Un accommodement a été trouvé en ajoutant « *with global reach* » ; sont donc exclus en principe les groupes terroristes à dimension strictement locale. Cette désignation de l'ennemi (« groupes terroristes à portée globale ») suscite cependant un grand malaise, comme si le gouvernement américain (et le courant intellectuel, voire idéologique, qui l'inspire) était déchiré entre deux contraintes contradictoires : celle d'éviter de monter le monde musulman dans son ensemble contre l'Amérique, et celle de se concentrer sur la terreur qui a ouvertement pris l'Amérique pour cible et qui a évidemment une identité, sinon une motivation religieuse incontestable.

Face à ce dilemme, il est deux positions extrêmes :

D'un côté, celle qu'illustre le discours diplomatique officiel qui prend la peine d'exclure toute allusion ouverte à une éventuelle guerre de religions ou à une nouvelle croisade contre l'Islam, en sorte de ne pas embarrasser quelque 55 États et gouvernements musulmans dont bon nombre sont des alliés de l'Amérique, et de ne pas heurter de front plus d'un milliard de musulmans de par le monde, dont des millions de citoyens (et donc d'électeurs) américains : c'est la position constante du président Bush, même si ce que tout le monde (à commencer par les musulmans) sait par ailleurs de ses convictions religieuses personnelles ou de l'appui qu'il recueille auprès des fondamentalistes chrétiens de la nouvelle droite républicaine suscite un certain doute sur la sincérité de ce discours et en amoindrit la crédibilité.

L'autre position extrême est celle qui consiste, au contraire, à souligner la nature du conflit comme celle d'un choc planétaire entre religions. Tout en évitant de parler ouvertement de *guerre religieuse*, Samuel P. Huntington s'approche de cela quand il écrit de l'Islam : « C'est une civilisation différente dont les adhérents sont convaincus de la supériorité de leur culture et obsédés par l'infériorité de leur pouvoir » (1996, p. 217). Eliott Cohen s'en approche un peu plus dangereusement quand il invite le gouvernement à apprendre de l'expérience des croisades (*The Terror*). Certains n'hésitent pas à franchir le seuil fatidique : Norman Podhoretz, directeur de *Commentary*, observe que « l'islam est devenu un vivier particulièrement fertile du terrorisme. Ce qui ne peut vouloir dire qu'une chose : il y a dans cette religion elle-même quelque chose qui légitime Ousama ben Laden et ses semblables, et cette chose, c'est l'obligation faite par le Coran à tous les musulmans d'engager la guerre sainte » (*Commentary*, février 2002). Dans un texte où ses positions sont encore plus affirmées, il appelle à « la réforme et à la modernisation de la religion musulmane elle-même » (*idem*, 2004). Elliott Abrams (1992), gendre du précédent, est du même avis : « Le problème n'est pas la traduction imparfaite des idéaux islamiques dans la réalité, mais l'incompatibilité de certains de ces idéaux avec la démocratie au sens où on l'entend en Occident. » Les prédicateurs de la droite baptiste, qui comprennent la prudence du président Bush tout en le soutenant massivement, mais qui ne se sentent pas aussi contraints que lui dans le choix du vocabulaire, se délectent de ces sortes de généralisations : Tim La Haye considère que l'islam est « une religion satanique », Franklin Graham dit que l'Islam « c'est le mal », ou que « l'Islam et la Chrétienté, c'est comme la nuit et le jour » ; Jerry Falwell, que le prophète Mahomet était « un terroriste » ; Pat Robertson n'hésite pas à considérer que « ce qu'Adolf Hitler a fait aux juifs était mauvais, mais [que] ce que les musulmans leur font est bien pire ». Le général William Boykin, qui est l'adjoint militaire de Stephen Cambone, sous-secrétaire à la Défense pour le renseignement et bras droit de Donald Rumsfeld, a dit, dans une église de l'Oregon, que Mahomet était « Satan en personne » (Hersh, p. 52) ; il n'a jamais été inquiété.

D'autres encore flirtent avec la tentation d'étendre cette généralisation à l'ensemble de l'Islam, mais de manière détournée : ils notent que la guerre menée par l'Amérique n'est certainement pas une croisade dirigée contre l'Islam, mais pour ajouter que l'adversaire a bien déclenché une guerre religieuse contre l'Occident et qu'on ne peut ignorer ce fait, puisque la désignation de la guerre que l'Amérique mène contre l'ennemi dépend aussi de la manière dont ce dernier la définit. L'Amérique serait ainsi contrainte de mener une guerre religieuse non de sa propre initiative, mais parce que l'adversaire la lui a imposée. C'était, notamment, la position de Paul Bremer après qu'il eut dirigé le contre-terrorisme et avant qu'il ne prît ses fonctions en Irak (*The Terror*, 2001).

Chacun à leur manière, les islamologues de cour entretiennent une savante mais transparente ambiguïté. Lewis a longtemps hésité entre la « rage généralisée des musulmans » pris dans leur ensemble et celle des seuls « fondamentalistes ». Après les attentats de Septembre, il a tenté une synthèse entre ces deux positions contradictoires : lui aussi pense que Ben Laden et ses partisans mènent « une guerre religieuse de l'Islam contre les Infidèles et, partant, contre les États-Unis en tant que plus grande puissance des Infidèles » (2003, p. XV). Tout l'Islam n'est certes pas engagé dans cette guerre, mais les « fondamentalistes » ne sont plus seuls, car « un nombre significatif de musulmans, notamment mais pas exclusivement ceux que nous appelons fondamentalistes, sont hostiles et dangereux » (2003, p. 28). Le cercle des suspects s'est donc élargi pour comprendre des musulmans non fondamentalistes. Lesquels ? Lewis ne le précise pas, mais il ouvre largement les portes de la suspicion, d'autant plus qu'il avance que « la plupart, sinon tous les dirigeants musulmans que nous considérons en Occident comme des amis et alliés sont considérés comme des traîtres, et bien pire, comme des apostats par beaucoup, voire par la majorité des leurs » (*idem*, p. 40). C'est là une affirmation qui, pour être au moins discutable et plus probablement inexacte, est d'une extrême gravité par ce qu'elle exprime, mais aussi par ce qu'elle implique : il suffirait, parce que la guerre est fondamentalement religieuse (même si un historien soucieux de sa réputation n'osera pas l'écrire en toutes lettres), qu'un dirigeant musulman se rapproche des États-Unis pour qu'il soit condamné à mort pour apostasie par la majorité de son peuple. Je ne connais pour ma part aucun pays islamique où les dirigeants sont ainsi traités « par la majorité de la population », encore moins à cause de leur éventuel alignement sur l'Amérique. Une telle affirmation n'en sous-entend pas moins que les « fondamentalistes » du début sont devenus non seulement bien plus nombreux, mais carrément majoritaires.

« Le terrorisme est une tactique, c'est l'islam radical qui est notre ennemi », écrit Peter Beinart, éditorialiste de la *New Republic* (16 août 2004), cependant que Newt Gringrich, le très conservateur ancien président de la Chambre et possible candidat républicain en 2008, évoque le spectre de « 25 à 52 millions de jeunes musulmans qui pourraient rejoindre une *intifada* planétaire de l'Islam ». Krauthammer (2004) brandit la menace en l'élargissant : « Le radicalisme arabo-islamique constitue bien une menace existentielle par son intention, son objectif et ses capacités potentielles, au vu surtout de son zèle, de son attente messianique et de son culte du martyre. » Pipes, lui (1986) n'a pas craint d'affirmer : « Tous les fondamentalistes musulmans partout se ressemblent », sans jamais préciser ce qu'il entendait par « fondamentalistes ». De grossières erreurs émanent de cette démonstration, comme celle qui présente feu Cheikh Mohammed Mahdi Chamseddine, religieux libanais particulièrement modéré, comme un fondamentaliste, ou celle qui considère les fraternités soufies comme des instruments aux mains des fondamentalistes (alors que ces derniers, d'ordinaire, les exècrent). Et à l'attention de ceux qui, au sein de l'administration, croiraient qu'il peut y avoir des islamistes avec lesquels on pourrait s'entendre, Pipes clame de toutes ses forces (1995) : « Il n'y a pas de modérés ! » Les comparaisons pleuvent : l'islamisme est « comme le communisme et le fascisme », ses chefs sont « comme Hitler et Allende » ! Il vilipende les islamologues établis en Occident, qui conseillent la compréhension, en leur rétorquant : « Chaque fondamentaliste sans exception aucune est un extrémiste », et si des nuances apparaissent parmi eux, c'est en fonction d'un jeu de rôles sur lequel ils se sont entendus. Pour finir : « Un État islamiste est par définition un État voyou [*rogue*] » (2000).

La désignation de l'ennemi par l'analyste de la CIA qui signe Anonymous (Michael Scheuer) n'est pas moins extensive. Certes, il prend le contre-pied de la lecture dominante sur plusieurs points. Il attache beaucoup d'importance à l'impact des idées de ben Laden auprès des musulmans et semble même admirer l'individu en soi – « un type remarquable, un grand homme, un ennemi très redoutable », dit-il (Raban, 2005). Il montre aussi beaucoup de lucidité lorsqu'il affirme que « l'Amérique est en guerre avec une force qui dépasse de loin tout ce que, avec un minimum d'honnêteté intellectuelle, on pourrait appeler terrorisme » (2004, p. 199), et il exhorte donc son gouvernement à cesser de parler d'une « guerre contre la terreur », comme s'il s'agissait d'une mafia qu'on parviendrait à liquider, un groupuscule après l'autre. Car al-Qaida n'est ni un État-nation, ni un groupe terroriste. Soit ! Mais qui est alors l'ennemi ? La réponse d'Anonymous, qui confirme le jugement de Pfaff cité au début de ce chapitre, est claire et mérite d'être intégralement citée. « L'Islam est en guerre contre nous. Alors que les dirigeants américains ne diront pas que l'Amérique est en guerre avec l'Islam, une partie de l'Islam mène une guerre contre les États-Unis, et une autre partie est en train d'y glisser. La seule chose que l'on accomplit en refusant d'admettre qu'une guerre est en cours avec un ennemi doté d'une durabilité, d'un recrutement et de ressources immenses, c'est de retarder la mise en place d'une stratégie de victoire sur lui. Il n'y a que dans l'Amérique d'aujourd'hui que le simple constat selon lequel une grande partie de l'Islam est en guerre contre nous, et que bien d'autres musulmans penchent dans ce sens, peut être considéré comme discriminatoire ou raciste, labels qui annihilent la réflexion, le débat, et, en fin de compte, les Américains eux-mêmes » (*idem*, p. 249)

Le masque est tombé : l'auteur a raison de s'élever contre la réduction d'al-Qaida (ou du Hamas, ou du Hezbollah) à un vulgaire groupe terroriste, et de démontrer, ce faisant, la vacuité, voire la perversité de l'expression « guerre contre la terreur ». L'alternative qu'il propose est cependant proprement apocalyptique et, quel que soit l'impact des idées d'al-Qaida et des groupes similaires, il nous est impossible de le suivre. Deux adjoints de Richard Clarke au Conseil national de sécurité sous Clinton (Benjamin et Simon, 2002) arrivent pratiquement à la même conclusion : les musulmans modérés et les militants d'al-Qaida peuvent diverger sur les méthodes à suivre, mais leurs idées sont pratiquement similaires en matière de foi, de justice, de loi ou sur des questions plus politiques comme la guerre en Irak ou le conflit israélo-arabe. Comme apeurés par leur propre conclusion ou par

« correction politique », ils finissent cependant, sans être ni convaincus ni convaincants, par désigner le retour du religieux (et pas seulement celui de l'Islam) dans le domaine politique comme facteur de violence.

En août 2004, une fois n'est pas coutume, Bush a reconnu qu'il s'était trompé en parlant de « guerre contre la terreur » et dit que, désormais, il parlerait d'une « guerre contre les extrémistes idéologiques hostiles aux sociétés libres ». Plus tard, dans le discours inaugural de son second mandat, il exclut toute référence au terrorisme pour lancer une nouvelle campagne planétaire sur le thème de « la liberté contre la tyrannie », ce qui, pris au pied de la lettre, devrait plus inquiéter les régimes en place que les groupes non étatiques. Mais, au-delà de ce problème sémantique aux lourdes implications politiques, force est de constater l'adéquation étrangement parfaite entre le concept de « guerre contre la terreur », ou son succédané : « guerre contre la tyrannie », et le projet néo-impérial américain. D'abord parce que cette guerre est comme libérée des contraintes d'espace (elle a la planète entière pour théâtre potentiel) et de temps (n'ayant pas d'ennemi identifié, elle peut se dérouler indéfiniment). La définition même du mot « terrorisme » est déjà complexe jusqu'à être impossible (comme nombre de conférences internationales ont fini par le faire constater) ou à tout le moins extensible *ad infinitum*. Et, comme une tranche d'humanité bien plus large que la seule part des « fondamentalistes » est désignée comme adversaire, sinon par les dirigeants qui ne pourraient s'y risquer du moins par nombre de leurs tuteurs orientalistes, et, selon Pfaff, par une majorité de l'opinion américaine, les dimensions de la guerre n'en sont que plus étendues encore.

Comment conduire cette guerre ? Dans un régime politique comme celui des États-Unis, la condition première est que le président se saisisse de la conduite de la guerre. G.W. Bush l'a fait et, à droite comme à gauche, parmi ses partisans autant que parmi ses détracteurs, on a salué un homme qui, après des mois d'incertitude, s'était comme « trouvé » et avait su relever le défi lancé à son pays. Son discours du 20 septembre 2001 devant les deux Chambres réunies est quasi unanimement jugé comme « historique ». La concentration dont il fit preuve contrastait fortement avec la légèreté avec laquelle il avait jusque-là abordé la question — une sorte de désinvolture que le rapport de la Commission parlementaire a relevée, que le sénateur Graham a détaillée et que Clarke, en charge du dossier à la Maison-Blanche, a dénoncée dans un best-seller d'une brûlante actualité. Le résultat avait été celui que l'on sait : l'absence de leadership avait abouti à des cafouillages bureaucratiques massifs, avec une CIA qui avait pris des mois pour avertir le FBI de la présence sur le territoire américain de membres d'al-Qaida (Clarke, p. 24), alors même que les avions avaient été détournés par des terroristes que le FBI savait être des membres d'al-Qaida (*idem,* p. 13). L'homme chargé du dossier à la Maison-Blanche n'avait pu obtenir un seul rendez-vous avec le président pendant les neuf mois qui avaient précédé l'attaque (*idem*, p. 26), et l'on découvrira plus tard le texte d'une note particulièrement alarmiste au sujet d'al-Qaida remise à Condoleezza Rice trois jours après l'installation de George W. Bush à la Maison-Blanche et qui resta lettre morte. Encore plus affligeant est le réquisitoire du sénateur Graham sur les occasions manquées pour éviter le pire, qui incrimine derechef le président en personne pour son manque de vigilance. Le Rapport parlementaire restera comme un ouvrage de référence en la matière : 567 pages mêlant des épisodes racontés comme dans un reportage et une image bien peu reluisante du gouvernement.

La confusion entre traitement criminel et traitement militaire de la menace terroriste ne se dissipera pourtant jamais. Le débat est ancien. Abraham Sofaer (1986), alors conseiller de l'administration Reagan avait clairement tranché : « Dans son essence, le terrorisme est une activité criminelle. » Un autre corps de pensée voulait, au contraire, en faire une « guerre » parfois utilisée comme complément à la guerre régulière (ce à quoi les généraux de la guerre civile américaine, et en particulier le général Sherman, « le parrain du terrorisme moderne », n'avaient pas hésité à recourir, de même que les généraux américains en charge de la guerre du Viêt-nam) ou comme « substitut à la guerre » quand il est le fait de groupes ne disposant pas d'un territoire national. Cette logique, défendue entre autres par Caleb Carr (1997-98), mais rejetée par les administrations américaines successives, préfigurait l'approche de l'après-11 Septembre en appelant à une stratégie proprement militaire, de grande envergure, qui prendrait l'initiative plutôt que de répondre au coup par coup et qui utiliserait des commandos pour attaquer les chefs terroristes sur leur lieu de résidence et les moyens militaires traditionels pour attaquer tout pays leur offrant un refuge. Sa thèse est d'autant plus évidente que les groupes terroristes d'aujourd'hui sont mieux entraînés et mieux équipés, que leurs objectifs ne sont plus locaux mais internationaux, qu'ils considèrent leurs organisations comme autant d'armées et, surtout, que ces groupes n'ont plus de revendication ponctuelle négociable mais cherchent directement à détruire l'adversaire. Sommée de choisir entre les deux approches, l'administration Bush a choisi de les mener de front. D'où, sur le front intérieur, un flot de lois et de régulations (dont la création d'un ministère de l'Intérieur), une très forte implication du ministère de la Justice (dont dépend le FBI), une liste de prévenus à tuer ou arrêter que le président, à l'en croire, conserve dans un de ses tiroirs et où il coche, à chaque réussite, le nom d'un terroriste qui aurait été déclaré « *wanted dead or alive* » (comme il l'avait juré dans une déclaration qui lui avait été largement reprochée), des poursuites judiciaires qui requerront des années pour être menées à leur terme contre des détenus relevant de catégories pénales de plus en plus complexes. Bush poursuit ainsi une tradition vieille d'un quart de siècle pendant lequel les terroristes ont été traités comme des criminels, en dépit des difficultés à transformer une suspicion en inculpation et surtout du temps (parfois des années) qu'exige une telle procédure. Une procédure accélérée a été prévue, *via* des commissions militaires *sui generis* que le président a débarrassées « des principes et des exigences de preuves » que le droit pénal réclame normalement, mais une cour d'appel en disputera la légalité. Entre les exigences minimales de la justice et l'urgence de combattre le fléau, l'administration a en général navigué à vue, quitte à se contredire, incitant des juristes, parmi ses partisans, à réclamer un corpus de lois propre au combat antiterroriste qui serait différent et du droit pénal ordinaire jusqu'ici appliqué et du droit de la guerre tel que codifié par le droit international (Wedgwood, Kay).

L'administration ne néglige pas pour autant la « guerre », même si nombreux sont ceux qui le lui reprochent, le terme « accordant à des criminels une dignité et une légitimité qu'ils ne méritent pas » (Howard, 2002), ou parce que les moyens militaires sont inappropriés à ce genre de combat (Byman, 2003 ; Laqueur, 2004). Le Central Command basé à Tampa (Floride) est ainsi chargé de la poursuivre dans les parties du monde dont il a la charge, de l'Asie centrale au Nord, jusqu'à la côte orientale de l'Afrique. À Tampa, un certain multilatéralisme est de mise : un groupe d'officiers originaires d'une vingtaine de pays musulmans ou alliés conseille les Américains et fonctionne comme un groupe de liaison dans cette guerre internationale. Dans cette « guerre », tout redevient permis, y compris l'assassinat de suspects hors du théâtre des hostilités (comme celui de six personnes au Yémen en 2002), ou leur enlèvement en dépit des protestations du gouvernement où celui-ci est réalisé (voir *supra*, chap. 4). Le Trésor est pour sa part engagé dans une campagne mondiale visant à priver les organisations terroristes de leurs sources de financement par des mesures telles que le gel des avoirs d'organisations caritatives suspectes, ou une présence à l'intérieur de certaines institutions bancaires ayant été utilisées par les terroristes pour leurs virements. Le résultat, qu'un Daniel Byman ou un Bruce Hoffmann ne cessent de scruter année après année, est pour le moins mitigé : le mouvement a perdu une bonne partie de ses dirigeants, tués ou arrêtés ; il a perdu en Afghanistan une base précieuse pour son commandement ; il a d'énormes difficultés à communiquer avec ses membres ; une partie de son financement a été gelée ou tarie à la source ; mais il a réussi à se transformer en une nébuleuse sans contours précis et omniprésente, capable de frapper (sinon en Amérique, du moins en Tunisie, en Arabie Saoudite, au Kenya, au Koweit ou encore à Bali, à Istanbul, à Madrid, et de plus en plus en Irak) et capable apparemment de faire de nouvelles recrues.

Le 11 Septembre 2001, par sa détermination, le président avait paru mettre fin aux cafouillages et dissiper toutes les inquiétudes. On lui reprocherait même d'avoir fait du terrorisme « une véritable obsession nationale », alors que d'autres pays, déjà affectés par le phénomène, avaient réagi avec plus de sérénité. Las ! Quelques semaines plus tard, voilà l'attention du président détournée vers l'Irak. Ses admirateurs d'un jour étaient de nouveau affligés : Bush avait convaincu ses compatriotes que la « guerre contre la terreur » serait générale et surtout durable, et voilà qu'elle était déjà marginalisée par la préparation de la guerre en Irak ! L'élite politique, les observateurs non partisans, de nombreux parlementaires se dirent surpris par cette nouvelle aventure alors que le premier épisode de la « guerre contre la terreur », en Afghanistan et contre al-Qaida, était loin d'être achevé. Il fallait donc démontrer qu'à rebours de la simple logique l'aventure mésopotamienne faisait bel et bien partie de cette même guerre, qu'elle en était le second épisode, aussi urgent que prioritaire. Et force est de constater que le président, ses hommes et ses partisans ont admirablement réussi à en convaincre le public américain, rendant la « guerre contre la terreur », déjà bien ambiguë dans la désignation de son ennemi, encore plus incompréhensible dans ses motivations. La transposition et de « la terreur » et de l'Irak dans une nouvelle campagne contre la « tyrannie », annoncée à l'aube du second mandat, ne pouvait rendre ces motivations que plus opaques encore.

L'obsession irakienne

Une des justifications les plus pathétiques pour justifier l'aventure irakienne (quand toutes les autres eurent montré leur inanité) fut que, dans un coup de génie, le président Bush aurait déclenché la guerre en Irak pour y attirer les terroristes islamistes et pouvoir ainsi les y achever. La thèse aurait été intéressante à tester si l'on n'avait pas su tout ce que l'on sait, à savoir que la décision de faire cette guerre était très antérieure aux attaques de Septembre. Les témoignages sur la bifurcation irakienne de George W. Bush peu après le 11 septembre 2001 sont maintenant trop massifs pour pouvoir être contestés. Citons d'abord O'Neill, son premier secrétaire au Trésor, dont le récit est précis et de première main. Hersh (p. 163 *sq.*) apporte d'autres précisions qui vont dans le même sens. Le récit de Clarke, de première main également, est crédible et n'a jamais été contredit. Il se lamente dès la première page sur « l'occasion manquée d'éliminer al-Qaida en prenant une tangente absolument inutile, celle de l'invasion de l'Irak », pour conclure sévèrement mais non sans une pointe d'ironie : « C'était comme si Ousama ben Laden, caché dans quelque grotte de montagne, s'exerçait à un contrôle mental à distance de George W. Bush en lui répétant : Envahis l'Irak ! Tu dois envahir l'Irak ! » (p. 246). Plus sérieusement, Clarke rapporte :

« C'est avec une douleur quasi physique que j'ai réalisé que Cheney et Wolfowitz allaient saisir l'occasion de la tragédie nationale du 11 Septembre pour mettre en œuvre leurs plans visant l'Irak » (p. 30). Peu importait que le monde entier fût persuadé de la responsabilité d'al-Qaida ; ces deux-là continuaient d'incriminer l'Irak. Et Rumsfeld allait les rejoindre avec un argument saugrenu : même si al-Qaida est derrière les attentats, il vaut mieux frapper l'Irak, « parce qu'il n'y a rien à détruire en Afghanistan ». À son tour, le président s'engagea dans la même voie en ordonnant à Clarke de tourner et retourner tous les documents, de réexaminer toutes les données pour voir si, après tout, en dépit de l'évidence, ce n'était pas l'Irak qui était responsable de ces attaques (Clarke, p. 31). Qui veut noyer son chien…

Anonymous est plus brutal encore : « Il n'y avait rien qu'Ousama ben Laden souhaitait davantage que l'invasion et l'occupation de l'Irak. L'invasion de ce pays est le cadeau de l'Amérique à Ousama ben Laden » (p. 212). S'il n'en est pas l'ultime inspirateur, Bernard Lewis partage quant à lui avec enthousiasme l'obsession irakienne : huit jours après les attentats, en réponse à Wolfowitz qui l'a consulté, lui aussi conseille la conquête immédiate de Bagdad. Les deux ouvrages de Woodward, largement favorables à l'administration Bush, et dont la teneur est faite de propos recueillis auprès de ses dirigeants les plus éminents, à commencer par le président lui-même, sont une mine d'informations sur cette obsession. Dans le premier déjà (Woodward, 2002), Rumsfeld reconnaît qu'il ne pense qu'aux moyens de détourner l'attention de l'Afghanistan vers l'Irak (p. 49). Wolfowitz est cité protestant : « Pourquoi attaquer l'Afghanistan ? Attaquons l'Irak ! » (p. 83). Le président confie à Woodward qu'il est persuadé que Bagdad est derrière les attaques, même s'il n'en détient pas les preuves (p. 99 et 167). Cheney n'a que l'Irak dans sa ligne de mire (p. 346), et le président leur fera plaisir à tous, dès avril 2002, en commençant à appeler publiquement à un *regime change* en Irak (p. 330). Le second ouvrage de Woodward sur cette période (2004) ne fait que préciser le récit en ajoutant de nouveaux détails destinés à le confirmer. On y apprend que dès le 1er novembre 2001, alors que la guerre faisait rage en Afghanistan, Bush a demandé à Rumsfeld d'entamer la préparation d'un plan d'attaque de l'Irak ; qu'entre mai et juillet 2002, plusieurs réunions du Conseil national de sécurité ont débattu de l'invasion ; que, sous la houlette de Wolfowitz, les préparatifs ont progressé si rapidement que le 1er août 2002 la « stratégie de libération » était prête (Woodward, 2004, p. 1, 21 et 26). Une source britannique (sans doute Blair lui-même) a confié à Geoffrey Wheatcroft : « La planification de la guerre avait commencé dès l'investiture de Bush, en janvier 2001. Les attaques du 11 Septembre fournirent un prétexte plutôt qu'un véritable *casus belli* [...]. Blair a formellement donné son accord à la guerre au plus tard en avril 2002, quand il rendit visite à Bush au Texas, et probablement bien avant, en tout cas neuf jours après le 11 Septembre, quand Bush s'en ouvrit à lui en présence de l'ambassadeur britannique » (« The Tragedy of Tony Blair », *The Atlantic*, juin 2004).

Car, on l'aura compris, la décision elle-même est bien antérieure aux attentats de septembre. Les néoconservateurs l'avaient écrit dans le document préparé en 1996 à l'intention de Netanyahu, et surtout dans une lettre publique de 1998 envoyée au président Clinton. Avant même l'élection de Bush en 2000, Condoleezza Rice avait soutenu que « rien ne changera[it] tant que Saddam sera[it] en place ». Dès l'élection de Bush, un article du *London Review of Books* (8 février 2001) annonçait l'invasion de l'Irak comme certaine. La guerre visant à abattre le régime irakien aurait pu être bloquée par les attaques de septembre 2001 ; c'est l'inverse qui se produisit : l'administration s'est vite débarrassée du souci afghan pour utiliser au plus tôt les attaques terroristes comme couverture de son projet initial.

Dans l'Irak occupé, il ne fallait pas être grand clerc pour saisir la gravité des défis. Au grand dam de ceux qui voulaient que les Américains soient perçus d'emblée comme occupants et combattus comme tels, les Irakiens dans leur grande majorité, sans se montrer particulièrement amicaux avec les occupants, étaient largement disposés à les juger sur leurs actes. Le premier accroc a sans doute été suscité par la dette supposée des Irakiens à l'égard de leurs libérateurs. Or, à l'exception des militants opposants au régime déchu dont la plupart rentraient d'exil, les Irakiens paraissaient fort peu reconnaissants du cadeau qui leur était fait. Non qu'ils s'identifiassent à un régime que peu parmi eux supportaient encore, mais il était difficile de trouver un seul Irakien pour penser que les États-Unis avaient fait la guerre pour lui. C'est pourquoi leur rappeler leur dette à l'égard de Washington les intriguait sans les convaincre. S'ils ne pouvaient que constater que les Américains avaient bel et bien écarté Saddam Hussein, c'était, à leurs yeux, pour leurs propres raisons : pour mettre la main sur le pétrole, pour construire des bases militaires, pour pouvoir attaquer l'Iran, pour servir les intérêts israéliens… On aurait eu du mal à trouver un Irakien prêt à justifier l'invasion de son pays par la volonté américaine de le libérer du joug d'une dictature. L'« ingratitude » à quoi tant d'Américains faisaient allusion était en réalité de l'incrédulité. Au gré du paramètre de la reconnaissance, les Américains avaient déjà perdu la guerre des esprits et des cœurs.

L'incompréhension se fit encore plus aiguë sur la question de l'existence d'un nationalisme irakien. Inspirés par une anthropologie de pacotille, les Américains se sont obstinés à nier qu'en Irak il y eût des Irakiens. Ces derniers pour eux étaient kurdes, chiites ou sunnites ; cette terminologie, au départ, embarrassait beaucoup d'Irakiens, mais elle a si bien réussi à s'imposer par la suite qu'ils ont fini par l'adopter. Non pas que leur pays ne connaisse pas de profonds clivages confessionnels ou ethniques, mais, dans la personnalité complexe de tout Irakien (comme de tout un chacun), plusieurs éléments coexistent, dont l'appartenance ethnique, religieuse, tribale ou professionnelle. Très vite les Irakiens ont compris que la trilogie précitée (d'ailleurs composite, résultant de deux clivages différents : ethnique pour différencier les Kurdes des Arabes, confessionnel pour distinguer les chiites des sunnites) était celle qui faisait sens pour l'occupant, et ils ont commencé à la privilégier. L'autre clivage qui semblait importer beaucoup aux occupants était le clivage hommes/femmes, et des quotas de représentation ont vu le jour dans toutes les institutions créées par eux. Ce qui choqua beaucoup moins les partisans de l'ancien régime (qui avait été l'un des moins rétrogrades en la matière) que les groupes religieux que ce régime avait durement réprimés et qui prenaient le haut du pavé depuis sa chute.

Loin de se cacher derrière un quelconque Karzaï local, les Américains ont décidé de gérer le pays à leur guise. La résolution 1483 du Conseil de sécurité leur avait donné le droit de suspendre la souveraineté du pays et de déléguer sur place un « administrateur civil » doté de plus de pouvoirs que le dictateur déchu n'en avait jamais eu. Paul (Jerry) Bremer fut ce *deus ex machina*. Diplomate musclé, homme d'action, administrateur énergique, Bremer fut tout cela à la fois ; mais ce n'était pas un politique. La politique était l'affaire des civils du Pentagone qui la géraient depuis Washington de manière d'autant plus serrée que Bremer, qui appartenait à la mouvance kissingérienne, n'avait pas été leur premier choix pour le poste. Insensible à la dimension politique de son rôle et/ou contraint par des idéologues néo-conservateurs qui entendaient lui faire exécuter leur programme, Bremer pensait gagner les cœurs par ses réalisations : augmentation des salaires, rétablissement des circuits électriques, réhabilitation des écoles, ramassage des ordures. Il agissait comme s'il était le maire (ou plus exactement le *governor*) d'un pays de 25 millions d'habitants auxquels il se donnait la mission d'offrir au bout d'un an ou deux une vie décente, ce à quoi il s'employa sans relâche.

Las ! Le politique a rattrapé Bremer là où il l'attendait le moins. Non pas tant à cause de son mépris largement justifié pour nombre de politiciens locaux élevés au rang de « futurs dirigeants » par la volonté de l'occupant et dont il ne connaissait que trop le passé sulfureux, les accointances étrangères ou la corruption avide. Non, le politique s'est imposé à l'infatigable Bremer par le biais d'un nationalisme à coloration confessionnelle qui a pris les armes contre l'occupant et qui, par l'insécurité qu'il a fait régner, a retardé ses projets de reconstruction. Si lui-même s'est caché derrière les aspects pratiques de son rôle, ceux qui avaient rédigé sa feuille de route l'avaient pratiquement condamné à l'échec en lui suggérant de dissoudre l'armée et la police et de reconstituer l'administration civile dans une logique de table rase qui le priva ainsi de dizaines de milliers de technocrates (qui, pour la plupart, n'auraient pas rechigné à l'aider dans sa mission) et poussa des milliers d'entre eux sur les chemins de la rébellion armée.

Aliénés par le drame d'une guerre qu'ils ne pouvaient faire leur, obsédés par l'insécurité croissante, les Irakiens ont été de plus en plus déçus par les maigres résultats de l'administration étrangère. Leurs esprits et leurs cœurs étaient loin d'être gagnés ; à la veille du jour où leur souveraineté formelle leur fut rendue, en juillet 2004, à peine 2 % d'entre eux considéraient les Américains comme des « libérateurs ». Sur les 17 700 personnes arrêtées en Irak par les Américains en un an (d'août 2003 à juillet 2004), à peine 400, de l'aveu de ceux-ci, étaient des non-Irakiens, et à la mi-juillet 2004, sur les 5 700 maintenus en prison, à peine 90 étaient des volontaires étrangers. Fin 2004, sur 1 110 personnes arrêtées à Fallouja, 14 étaient des étrangers (325 sur plus de 10 000 pour l'ensemble du pays). Début 2005, les Américains autant que les ministres du gouvernement Allawi finirent par avouer que si des étrangers s'étaient bien infiltrés en Irak depuis que le pays était occupé, l'écrasante majorité des insurgés était bien faite d'Irakiens (le ministre irakien de la Défense parla d'une « insurrection de près de 200 000 Irakiens et de quelques milliers d'étrangers », mettant ainsi fin à la présentation gonflée, à des fins de propagande, de l'élément externe).

L'effet ne se limita guère à l'Irak. Les néoconservateurs avaient caressé l'idée de faire de ce pays un modèle pour ses voisins. Barnett incarnait bien cette thèse lorsqu'il présenta la guerre d'Irak comme « une perturbation systémique dans la région, ayant pour but assumé de bousculer les choses et de produire un *big bang* qui transformerait de fond en comble l'équation sécuritaire et bien d'autres choses encore » (2004, p. 277). En Iran, en Syrie, en Arabie Saoudite, nombreux furent ceux qui s'attendaient à ce que les Américains ne s'arrêtent pas en si bon chemin : incapables eux aussi de faire tomber des régimes qu'ils toléraient mal, ils s'étaient mis à rêver d'un coup de pouce (ou de poing) américain qui les débarrasserait de leurs propres dirigeants. Mal leur en prit : la performance en tous points médiocre de la gestion d'après guerre de l'Irak les fit déchanter et on les entendit se résigner à supporter leurs régimes plutôt que de vivre les affres de l'insécurité et de la décomposition qui étaient le lot de l'Irak. Avec plus de 120 000 civils irakiens tués dans les dix-huit mois qui ont suivi la chute du régime ba'asiste, la Mésopotamie, loin d'être le modèle promis de la « démocratie par césarienne », est devenue un exemple de chaos et de désolation.

L'administration Bush ne savait-elle donc pas que « le bilan de l'Amérique comme puissance coloniale est désolant », comme McDougall (1997) l'en avait avertie ? Quand on lui parla de *soft power*, Donald Rumsfeld répondit qu'il ne savait pas ce que cela voulait dire. Un an après avoir gagné la guerre, il ne pouvait plus afficher une telle innocence. Sa première réaction aura été de critiquer la presse qui ne donnait pas une version assez rose de la situation, ignorant combien la presse américaine, en acceptant d'être *embedded*, avait pourtant servi son projet, et combien les mandarins de cette presse continuaient à l'aider en rejetant le blâme sur les Nations unies, la France ou les pays voisins. Le plus dur était de reconnaître simplement que le script de ce drame, largement écrit par la clique orientaliste dominante, n'était pas le bon. Bagdad n'était pas Berlin, Saddam n'était pas Hitler, le Ba'as n'était pas le parti nazi, et 2003 n'était pas 1945. Au-delà de ces transpositions faciles, l'échec irakien est d'abord celui d'une école politique partisane qui a réinventé l'Arabe et le musulman pour les besoins de l'empire, et a imposé sa vision sinon à l'Amérique, du moins à ses dirigeants de l'heure.

La mésaventure irakienne aura d'autres effets, et notamment en Iran. Des voix autorisées, tels le général Odom ou même Henry Kissinger s'inquiéteront de l'influence de Téhéran dans les pays ou les États-Unis interviennent : en Afghanistan et surtout en Irak. Plus grave : l'administration Bush qui devra reconnaître avoir construit le dossier du nucléaire irakien sur des renseignements légers, voire fabriqués de toutes pièces, éprouvera une certaine difficulté, et ce à partir de l'été 2002, à convaincre le monde de l'urgence de mettre un terme au programme nucléaire iranien, d'autant que les alliés européens (Grande-Bretagne comprise cette fois) opteront pour la voie diplomatique et que la Chine et la Russie s'opposeront, avec plus de fermeté encore, à l'usage du chapitre 7 de la Charte contre Téhéran. Avec l'installation durable de troupes américaines en Afghanistan et en Irak, une présence navale intense dans les principautés et les eaux du Golfe, des bases militaires en Kirghizistan et en Ouzbékistan, sans compter des facilités en Azerbaïdjan, en Géorgie et au Pakistan, l'Iran est désormais encerclé par une Amérique qui, de surcroît, maintient ses sanctions économiques à son égard, le menace de déplacer la question nucléaire au Conseil de sécurité, appelle ses citoyens à la révolte contre leurs dirigeants et n'exclut pas une intervention militaire américaine ou israélienne contre ses sites nucléaires. Qui plus est, Washington poursuit l'allié syrien de Téhéran de ses foudres et traite le Hezbollah libanais comme une arme terroriste dans les mains des ayatollahs.

Certes, cet encerclement quasiment complet affaiblit l'Iran mais les États-Unis, à cause de leurs difficultés en Irak mais aussi du coût prévisible d'une aventure en Iran, paraissent aussi impuissants que leur cible. Le dilemme américain est réel : attaquer l'Iran est une hypothèse difficile à envisager, le faire plier est un objectif difficile à atteindre. Sauf une accélération suscitée d'un côté ou de l'autre, l'impasse paraît durable : Téhéran n'est pas près de sacrifier son ambition de puissance régionale (et naturellement nucléaire, d'autant que l'Inde, le Pakistan et Israël le sont devenus) et Washington n'est pas en position de se résigner à l'émergence d'un pilier hostile à ses projets dans le Grand Moyen-Orient. Pourtant, au nom d'un certain réalisme, des voix s'élèvent en Amérique suggérant précisément une telle résignation, ce que l'administration Bush ne peut accepter sans remettre en cause ses grands projets de non-prolifération, de lutte contre le terrorisme ou de démocratisation et, en termes plus concrets, sans menacer son projet hégémonique sur cette partie hautement sensible de la planète.

De l'expérience irakienne il a été à plusieurs reprises question tout au long de ce livre, et au moment où ces lignes sont écrites les Américains sont trop profondément engagés dans ce pays pour qu'on puisse établir un bilan final de leur aventure, même si, au lendemain de sa reconduction à la présidence, George W. Bush a dû entendre de nombreuses voix, émanant de son propre camp, lui conseiller d'admettre qu' « il avait perdu sa guerre en Irak et [qu'] il y était désormais dénué de légitimité comme de crédibilité » (Dobbins,

2005), voire que le temps de battre en retraite était venu (Luttwak, 2005). Ils rejoignaient ainsi Stanley Hoffmann (*NYRB*, 21 octobre 2004) et les centaines de milliers de manifestants appelant à quitter l'Irak lors du premier puis du second (19 mars 2005) anniversaire de la guerre. Plusieurs facteurs sont ici en concurrence. La détermination militante de ses adversaires n'est pas moindre que l'importance des enjeux que l'Amérique a jetés dans cette bataille — une bataille qu'elle n'arrive pas à gagner, mais qu'elle ne peut envisager de perdre. Un constat est cependant déjà indubitable : la surprenante contradiction entre la vigueur de l'obsession irakienne de cette administration et la gestion chaotique de l'Irak quand ce pays est tombé entre ses mains. Ahmad Chalabi, le principal artisan irakien de cette implication, celui dont les relations à Washington ont joué un rôle capital dans la naissance et l'entretien de cette obsession, est crédible lorsqu'il dénonce une gestion si cafouilleuse de l'après-guerre que les hommes de la CIA et ceux du Pentagone en sont venus à se braquer mutuellement avec leurs armes, comme s'ils se faisaient la guerre, non seulement dans les couloirs de Washington, mais jusque dans les rues de Bagdad (*Al-Hayat* du 22 juillet 2004, ou encore *The New Yorker* du 7 juin 2004). La déconstruction, la prédation, la punition sont-elles les seuls vrais objectifs de cette administration, comme le soutiennent ses détracteurs ? Sans aller aussi loin, force est de constater que si elle a asséné une illustration magistrale de sa capacité à gagner la guerre, elle a donné tout de suite après l'impression non moins forte d'infliger un tort incalculable à ses propres projets en « ratant » la reconstruction de ce qu'elle avait elle-même détruit. Sa « guerre contre la terreur » a été détournée, son aventure irakienne, ensablée. Comment pouvait-elle, avec un bilan aussi médiocre, gagner les esprits et les cœurs — ce qu'elle déclarait avoir pour objectif immédiat —, ou lancer une démocratisation à marches forcées — ce qu'elle prétendait avoir pour but ultime ?

« Gagner les esprits et les cœurs »

Le Congress for Culture and Freedom (CCF) fut créé à Berlin à l'été 1950. Il a vécu une quinzaine d'années et certaines des publications qu'il aura soutenues, comme *Encounter,* sa revue-phare diffusée depuis Londres, ou *Preuves*, dirigée par Raymond Aron à Paris, lui auront survécu. À défaut d'un réseau Goethe ou d'une grande Direction des affaires culturelles comme celle du Quai d'Orsay, la CIA avait été la source principale de fonds canalisés par des fondations privées, et c'est l'un de ses hommes, Michael Josselson, qui dirigea l'opération depuis son lancement jusqu'en 1967. Même si Frances S. Saunders (1999) nous donne un récit parfois fascinant, souvent sordide, d'une opération faite de grandes ambitions mais aussi de manipulations diverses et d'intenses rivalités, nul n'a contesté la qualité de ces revues, ni d'ailleurs l'effet que cette opération avait fini par avoir en détournant une partie de l'intelligentsia européenne de gauche de ses penchants favorables à l'URSS ou « complaisants » à l'égard du communisme. Car était visée l'élite intellectuelle, littéraire et musicale, pendant que Radio Free Europe et Radio Liberty allaient jouer un rôle similaire, mais en direction d'un large public « captif » en Europe centrale et orientale, et, pour la seconde, en Russie même. Les menaces ou même les attaques effectives visant les employés des deux radios, autant que les milliers de stations de brouillage installées par Moscou pour gêner leur diffusion auront été les preuves *a contrario* de leur succès dans les pays de l'Est. Les accords d'Helsinki vinrent par la suite compléter le tableau en ouvrant la porte à des contacts plus directs entre « représentants de la société civile » des deux côtés du Mur.

Application de ce que l'on n'appelait pas encore le *soft power* de l'Occident, recours à la *public diplomacy* ou, plus vulgairement, usage de la « guerre psychologique » pour mener la guerre froide par d'autres moyens, ces expériences et quelques autres ont laissé à beaucoup un souvenir mitigé mais un souvenir plus positif dans la mémoire institutionnelle du gouvernement américain, nourrie par les nombreux témoignages de Russes, Hongrois, Tchèques et autres Européens de l'Est qui mirent à leur crédit le fait d'avoir été informés et encouragés, voire aidés pour garder espoir dans une libération. C'est donc tout naturellement qu'un des premiers instruments utilisés contre le régime irakien après sa défaite au Koweit en 1991 fut la création de la station Radio Free Iraq émettant depuis l'Europe de l'Est et du Kurdistan irakien. Max Boot fait aussi l'éloge de tracts jetés d'avion au-dessus de l'Irak pour expliquer aux Irakiens le sens de la guerre, mais je n'ai jamais entendu un seul Irakien m'en parler. Pendant l'occupation, des sommes énormes ont été consacrées à l'édition d'un quotidien, à la création d'une radio et d'une télévision (Al 'Iraqiyya), rapidement dépassés par des projets rivaux autochtones bien moins coûteux et bénéficiant d'une audience plus large.

Au-delà du cas irakien proprement dit, les attaques du 11 Septembre 2001 ont donné lieu à nombre de propositions visant à améliorer l'image de l'Amérique dans l'ensemble du monde musulman, et l'administration a repris nombre d'entre elles. La création d'une « Internationale islamiste modérée » à la manière du CCF anticommuniste, est explicitement recommandée (notamment par Derk Kinnane dans *The National Interest*, printemps 2004). Le programme *Shared Values* n'a pas duré longtemps : confié à une société de relations publiques de Madison Avenue, il visait à diffuser sur les écrans nationaux des pays islamiques des séquences filmées auprès des musulmans d'Amérique et montrant leur bonheur de vivre dans leur pays d'adoption. Peu de stations locales ont accepté de diffuser ce programme, et là où il l'a été, il n'a guère produit l'effet escompté : les téléspectateurs n'ignoraient pas que leurs coreligionnaires (en dépit des vexations subies après le 11 Septembre) menaient une vie enviable en Amérique, et beaucoup espéraient sans doute les y rejoindre s'ils en avaient la possibilité. Mais ce sentiment ne pouvait pour autant les convaincre de la justesse de la politique étrangère américaine.

Autrement plus ambitieux fut le projet d'installer une station de radio régionale (*Sawa* en arabe, *Farda* en farsi), puis une télévision par satellite diffusée depuis les États-Unis (Al Hurra). Les experts en communication pourront débattre des causes, mais, là non plus, le succès ne fut guère au rendez-vous : Si Al Jazeera, Al Arabiyya et autres radios ne se laissent pas si facilement détrôner, c'est que, n'en déplaise à ceux qui veulent transposer les modèles de la guerre froide au Moyen-Orient, les habitants de cette région, contrairement à ceux qui vivaient derrière le « rideau de fer », sont déjà amplement informés par des médias d'une grande diversité politique. Entrer aujourd'hui en compétition avec ces médias est bien plus difficile que ce ne l'était de rivaliser, hier, avec Radio Moscou ou Radio Tirana.

Les sondages sont demeurés têtus : loin de s'améliorer, l'image de l'Amérique n'a cessé de se dégrader, atteignant des abîmes sans précédent à la veille de la guerre d'Irak : quatre sondages successifs de l'université de Maryland (Telhami, 2004) mesurent nettement cette chute : plus de 60 % des personnes interrogées en Arabie Saoudite et aux Émirats arabes unis ont, en 2000, quand Clinton paraît sur le point d'ouvrir une brèche en faveur du processus de paix entre Israéliens et Palestiniens, une opinion favorable des États-Unis. Plus cette dernière possibilité se dissipe, plus les préparatifs de guerre en Afghanistan et, surtout, en Irak se précisent, plus ce chiffre baisse pour n'être plus, au printemps 2003, que de 4 % en Arabie Saoudite et de 9 % aux

EAU. Bien plus importante que cet effondrement, la relation est évidente entre ce que fait l'Amérique et l'image que l'opinion musulmane se fait d'elle. Les ratiocinations sur un « choc de civilisations » depuis la nuit des temps et pour l'éternité, servies par les islamologues du dimanche, en paraissent simplement risibles. Elles sont d'autant plus contestables que partout l'on constate que l'on peut aimer Julia Roberts mais pas Condoleezza Rice, ou Paul Newman mais pas George Bush. Les institutions scolaires et universitaires américaines sont d'ailleurs partout appréciées par ceux-là mêmes qui sont les plus âprement opposés à la politique américaine au Proche-Orient. C'est à l'Université américaine de Beyrouth, fleuron de l'enseignement supérieur des États-Unis à l'étranger, que le nationalisme arabe, exigeant et politiquement à gauche, a été élaboré par les élites de la région dans les années 1930 à 1960. Et quand mon tour est venu d'y enseigner pendant quelques années, j'ai vu des centaines de jeunes militants du Hezbollah y apprendre la médecine, l'architecture ou la science politique en anglais, tout en maintenant, loin des théories de Huntington et de Lewis, une condamnation sans appel des politiques américaines au Moyen-Orient. C'est à cette même conclusion qu'un rapport (*Changing Minds*) commandité par le Congrès est parvenu : si la *public diplomacy* est utile, le changement de politique reste essentiel pour gagner les fameux cœurs : « Tous les sondages en notre possession indiquent que l'essentiel du ressentiment à l'égard de l'Amérique résulte de conflits réels et d'un désaccord avec des politiques américaines bien spécifiques. » Est-ce pour cela que près d'un an après sa publication les auteurs du rapport se plaignaient de n'avoir vu appliquer aucune de leurs recommandations ?

Comment donc « gagner les esprits et les cœurs » ? L'expression, pour un historien britannique, trouve son origine dans la campagne de son pays contre l'insurrection des Malais dans les années 1950, alors qu'aux États-Unis on la prête volontiers à Lyndon Johnson qui, sur le Viêt-nam, avait déclaré que « la victoire ultime dépendra des cœurs et des esprits des gens qui vivent là-bas ». Plus intéressante que l'origine de l'expression est sa connotation : l'insuffisance de la machine militaire et la précarité des victoires ponctuelles. L'aide américaine apportée aux victimes du tsunami de décembre 2004 relève de la même *public diplomacy* — une idée judicieuse si les pays de la région ne se plaignaient pas dans le même temps du déploiement, encore une fois militaire, que les États-Unis ont effectué pour acheminer leur aide (et qui inquiéta l'Inde et la Chine, également sourcilleuses), ou si Condoleezza Rice n'avait pas commis l'indélicatesse de déclarer que le tsunami avait été une « occasion merveilleuse » de montrer la générosité de l'Amérique, expression que les pays frappés par le malheur ont peu appréciée.

« Pourquoi nous détestent-ils ? » est la question à laquelle, surtout après les attentats de 2001, les Américains, grands et modestes, faiseurs d'opinion et *men in the street*, ont inlassablement essayé de répondre. Les musulmans (qui peuvent, de surcroît, avoir leurs raisons particulières) ne sont pas les seuls, et pas nécessairement les plus ardents, à nourrir des sentiments anti-américains. La réponse la plus évidente, c'est qu'une superpuissance unique et qui plus est interventionniste n'est pas du goût des indépendantistes du monde entier, quelle que soit l'idéologie à travers laquelle ils expriment leur rejet. Mais cette explication organique ne suffit pas à Stanley Hoffmann qui pointe courageusement du doigt le comportement même de son pays de par le monde : « L'anti-américanisme qui se répand à travers le monde n'est pas seulement l'effet d'une hostilité au pays le plus puissant ; il n'est pas fondé sur les vieux clichés de droite et de gauche, ni sur la haine ou l'envie que suscitent nos valeurs. C'est, le plus souvent, le résultat du ressentiment que suscitent le « deux poids deux mesures », le *double talk*, l'ignorance crasse, l'arrogance, les hypothèses douteuses et les politiques louches » (*NYRB*, 12 juin 2003). Plus partisan, Sandy Berger (2004), ancien conseiller de Clinton pour la Sécurité nationale, relève que « de moins en moins de gens acceptent de reconnaître un lien entre leurs aspirations et les principes prêchés par Washington [...], ce qui fait que si la puissance de l'Amérique n'a jamais été aussi grande, son influence n'a jamais été aussi limitée ». Le même incrimine « un unilatéralisme gratuit » et « une rigidité idéologique » qui irritent le monde à un point tel que les démocrates du monde musulman rejettent toute association avec l'Amérique et que les jeunes Sud-Coréens considèrent les États-Unis comme une menace plus encore que la Corée du Nord ! D'autres, comme Stiglitz, pensent que ces sentiments sont bien naturels, compte tenu de la manière dont les États-Unis ont manipulé la mondialisation à leur profit. D'autres encore, comme Pat Buchanan, accusent des politiques erronées d'ingérence militaire, ou de soutien mal inspiré, notamment à Israël.

Mais le résultat est là : « Il eût été difficile d'imaginer, il y a seulement une décennie, que les dirigeants d'Allemagne et de Corée du Sud, deux pays qui doivent leur existence au sacrifice du sang américain, gagneraient leurs élections en faisant appel à des sentiments anti-américains [...]. Même les principaux alliés de l'Amérique n'acceptent plus sa *story* » (Pfaff, 7 avril 2004). Le sentiment anti-américain est le lot de gens trop différents dans leurs motivations pour que le seul populisme bushien puisse en rendre compte. La France est pointée du doigt pour avoir réussi à conceptualiser une attitude globale d'opposition à l'Amérique ; or Paris ne critiquait pas les « valeurs » de l'Amérique, mais le choix de ses cibles ou de ses méthodes. Les Coréens sont accusés de vouloir apaiser leur voisin du Nord plutôt que de l'affronter. Les Brésiliens, de vouloir se doter d'un rôle mondial. Les terroristes du 11 Septembre avaient bien sûr de tout autres motivations. À vouloir assumer aussi fermement sa position hégémonique dans le système global, l'Amérique ne peut s'épargner d'être l'objet des sentiments hostiles de ceux qui ressentent son poids démesuré ou qui contestent ses choix politiques. Mais, au-delà de ce sentiment général, il serait bien hasardeux d'amalgamer des griefs aussi variés et des méthodes pour les exprimer aussi radicalement différentes que peuvent l'être la manœuvre diplomatique, la protestation intellectuelle ou l'action terroriste.

Bush ne veut pas l'entendre ainsi : *ils* nous haïssent pour ce que nous sommes et non pour ce que nous avons pu faire puisque l'Amérique est le bouclier du Bien ; il y a les terroristes, il y a ceux qui les aident, ou les comprennent, ou justifient leurs actions, ou pensent que l'Amérique est même partiellement responsable de leur « rage », et puis il y a l'Amérique. Comme celui d'Ousama ben Laden, le monde de Bush est divisé en deux : avec nous/contre nous. L'extrême arrogance d'une telle binarité est vite apparue : le monde était avec l'Amérique contre les terroristes, et contre elle quand elle s'est détournée d'un combat largement perçu comme légitime pour se lancer dans l'aventure irakienne. Ce contraste aurait pu faire réfléchir les dirigeants de l'hyperpuissance sur la vulnérabilité de leur mode de partage : le monde est avec ou contre l'Amérique, non comme forme d'alignement inconditionnel, mais en fonction de ce qu'elle entend faire. Car le monde se réserve le droit d'avoir son opinion propre sur ce qui est rationnel, légitime ou du moins acceptable, et sur ce qui ne le serait pas. Lui retirer ce droit, c'est lui imposer une sujétion qu'il n'est pas près d'accepter.

« Le monde arabo-musulman ne saurait être abordé abstraction faite du reste : l'hostilité aux États-Unis fait partie d'une crise aussi ample que le monde », écrivent courageusement les auteurs du rapport *Changing Minds*. C'est pourquoi, avant de songer à quelque « rage » anti-américaine qui animerait tout particulièrement les Arabes et les musulmans, il faut prendre acte qu'ils sont eux aussi citoyens de ce monde globalisé, qu'ils participent pleinement à son évolution et aux sentiments, frustrations, déceptions qui l'agitent. Ce serait les méconnaître que de les croire prisonniers de leur culture, coupés du monde, allergiques à la modernité. Je suis souvent surpris par l'extraordinaire intérêt pour la politique internationale manifesté par les gens les plus modestes du Delta égyptien ou du désert saoudien, d'une intensité qu'on aurait du mal à rencontrer au fond de l'Indiana ou dans certains milieux d'Europe. Un artisan irakien ou marocain, pour ne rien dire d'un prince saoudien ou d'un commerçant libanais, connaît en général le nom des principaux acteurs de la scène mondiale et exprime parfois des avis tranchés sur les thèmes brûlants du moment. Il peut comprendre, bien plus qu'on ne l'en crédite d'ordinaire, les motivations des étudiants sud-coréens ou les positions du président brésilien. Épaulée et stimulée par l'anti-américanisme mondial des années 1950 et 1960, l'hostilité *politique* envers les États-Unis était d'ailleurs intense dans les milieux nationalistes arabes et parmi les groupes de gauche longtemps avant que l'islamisme ne s'impose comme la principale force protestataire dans la région. Le discours anti-américain du nassérisme ou des partis « progressistes » arabes d'hier était au demeurant bien plus limpide dans ses griefs, plus tiers-mondiste que culturaliste dans son vocabulaire, et souvent plus virulent que l'anti-américanisme des islamistes d'aujourd'hui. De surcroît (et non en lieu et place), Arabes et musulmans expriment face à l'hyperpuissance de nombreux griefs qui leur sont propres et, très haut parmi ces derniers, la question palestinienne — n'en déplaise à ceux qui veulent la mettre aux oubliettes ou la réduire à une petite dispute immobilière —, demeure un facteur de mobilisation de toute première importance, si bien que l'alignement américain sur Israël, qui a atteint récemment un stade inégalé, reste au cœur de leur vision de l'Amérique.

Le cinquante et unième État de l'Union

Contre l'ennemi nouveau, dans la ligne qui prévaut aujourd'hui à Washington, Israël est non seulement un allié précieux, mais aussi une source d'inspiration pour les stratèges, tant dans l'approche conceptuelle de l'adversaire que dans les choix tactiques adoptés pour le combattre. Israël avait déjà été un important atout américain dans la guerre froide autant que dans la guerre menée par l'Amérique contre le nationalisme arabe dans son expression nassérienne. En retour, très tôt dans l'histoire de l'État hébreu, les États-Unis ont été une source croissante de soutien multiforme, militaire, économique aussi bien que diplomatique. Mais lorsque George W. Bush va jusqu'à présenter Ariel Sharon comme un « homme de paix », ou lorsqu'il adopte tel quel l'ostracisme dont Israël frappa Yasser Arafat pendant les dernières années de sa vie, il pousse l'alignement américain jusqu'à l'identification pratiquement totale avec les choix de son allié régional. Et lorsque, au lendemain du 11 Septembre, contrairement à l'opinion majoritaire de ses propres compatriotes (Telhami, 2004), il assimile les Palestiniens qui luttent pour leur autodétermination aux terroristes du World Trade Center, il atteint le paroxysme d'une dérive de plusieurs décennies vers la désignation d'Israël comme partie intégrante du « projet américain ».

Ce glissement remonte au moins au lendemain de l'équipée tripartite (franco-israélo-britannique) de Suez en 1956. L'année suivante, Eisenhower exigea brutalement de Ben Gourion qu'il retire ses troupes du Sinaï. D'aucuns en conclurent que les États-Unis étaient motivés par la volonté de se rapprocher de Nasser. La vérité, on le sait à présent, est que les États-Unis pensaient pouvoir utiliser la mésaventure de Suez pour, à la fois, mettre fin à l'influence européenne au Proche-Orient et empêcher l'Union soviétique de s'y installer. Ils y réussiraient en s'associant au conservatisme islamique du Pakistan et de l'Arabie Saoudite, et en soutenant les monarques d'Iran, de Jordanie et du Maroc. Ils mirent également en place une politique qui finirait par faire d'Israël leur partenaire privilégié dans la région.

Dès l'instant où le nationalisme arabe fut perçu comme critique (et bientôt comme clairement hostile) aux États-Unis, Israël fut admis comme un relais de plus en plus incontournable dans la mobilisation américaine contre l'influence soviétique au Proche-Orient. Avant d'exiger des Israéliens leur retrait du Sinaï, Eisenhower avait garanti le passage de leurs navires à travers le golfe d'Aqaba. Après les événements dramatiques de 1958 (insurrection au Liban, chute de la monarchie en Irak, menaces sur le trône jordanien, union syro-égyptienne), Eisenhower fit un pas supplémentaire en encourageant Israël, la Turquie, l'Iran et l'Éthiopie à établir une entente cordiale anti-arabe imaginée depuis des années par Ben Gourion. En 1959, Israël se dota d'un lobby officiel dont l'influence ne cessa de s'élargir, surtout au Congrès : The American Israel Public Affairs Committee (AIPAC). Ce qui encouragea Kennedy à montrer, pour la première fois de manière aussi manifeste, un intérêt spécifique pour le vote juif, qu'il gâta et dont il s'arrogerait une part substantielle. Franchissant un pas de plus, il n'hésita pas à comparer la « relation spéciale » avec l'État hébreu à celle que Washington entretenait avec Londres, s'engageant à voler au secours d'Israël si jamais ce pays devait être attaqué. Kennedy échoua néanmoins à arracher aux Israéliens les deux contreparties qu'il exigeait d'eux en récompense pour cet engagement américain sans précédent : qu'ils renoncent à leur projet de se doter de l'arme nucléaire ; qu'ils mettent fin à leurs préparatifs pour tenter d'occuper et d'annexer la Cisjordanie. S'instaura, avec ce double échec à obtenir des Israéliens une contrepartie au soutien que l'Amérique leur fournissait, une relation asymétrique qui ne cesserait de favoriser systématiquement la partie israélienne.

Johnson, qui succéda à Kennedy en 1963, conforta cette tendance. Ses sentiments pro-israéliens étaient connus et il n'hésita pas à placer des amis d'Israël aux postes les plus élevés (Humphrey à la vice-présidence, Goldberg comme représentant à l'ONU, les deux frères Rostow comme conseiller pour la Sécurité nationale et comme adjoint au Département d'État). Miser sur son soutien indéfectible à Israël pour se gagner le vote juif : la recette était de notoriété publique. L'asymétrie se transforma ainsi en alliance informelle, basée sur une identification de plus en plus étroite entre leurs projets : « La victoire israélienne de 1967 est celle que Johnson n'arrivait pas à obtenir au Viêt-nam », écrivit Little (1993).

Cette alliance connaîtrait des hauts et des bas. Mais Israël se considérait comme partie prenante à la guerre froide (et estime qu'il est aussi un de ses vainqueurs et qu'il a droit à une fraction de ses dividendes). Kissinger partit de cette hypothèse en liant fermement la sécurité d'Israël à son plan d'expulsion graduelle de l'influence soviétique. Il y réussit largement, notamment avec l'Égypte. Plusieurs accords de paix viendraient par la suite conforter et la position d'Israël dans le rapport de forces régional, et la contribution, immense et multiforme, des États-Unis à l'amélioration substantielle de cette position. Ce choix américain est absolument bipartisan, et il est même étonnant de voir que si la majorité du « vote juif » est allée presque systématiquement aux candidats démocrates, des présidents républicains comme Reagan ou George W. Bush ont été des soutiens inégalés d'Israël.

C'est pourquoi l'affaire Pollard (espionnage au profit d'Israël), qui éclata en novembre 1985, fit l'effet d'une bombe (Frankel, 1989, *Middle East Report*), car c'est une règle fondamentale non écrite que les alliés ne s'espionnent pas mutuellement, et qu'en vertu de l'accord de coopération stratégique signé en 1981 « Israël avait un accès pratiquement illimité » aux secrets américains (Woodward, 1987,

p. 160). Or, loin de réprimander les commanditaires d'une opération qui choqua les Américains, Israël les promut alors qu'ils en étaient venus à demander à Pollard de se procurer des documents ultra-secrets en lui en indiquant les titres et les codes confidentiels, ce qui laissait supposer l'existence d'un réseau bien plus ample. Mais, bénéficiant de la sympathie à toute épreuve de Reagan et des conservateurs qui l'entouraient, Israël paraissait savoir que, même quand il viendrait à fauter dans sa relation avec Washington, il resterait impuni. L'asymétrie s'aggravait, et les Arabes pro- ou anti-américains de le constater.

Après la fin de la guerre froide, un débat assez houleux s'est engagé en Israël sur la relation que l'État hébreu pourrait avoir avec Washington après l'effondrement de l'URSS. Les pessimistes la voyaient se contracter inévitablement du fait de la dévalorisation du rôle israélien dans la lutte globale qui avait pris fin, de la nécessité pour l'Amérique d'entretenir des alliances arabes pour faire face aux défis nouveaux (comme pendant la première guerre du Golfe), et de l'accroissement de la dépendance américaine en matière d'importations pétrolières. Ces sceptiques avaient bien tort : durant les années 1990, alors que le soutien américain à Israël n'a jamais faibli, le « processus de paix », enclenché à Madrid en octobre 1991, mais exclusivement et jalousement actionné par les Américains, fut d'abord et avant tout dominé par une profonde réticence américaine à heurter les positions d'Israël ou à faire pression sur lui.

En 2000, l'élection de George W. Bush vit entrer dans les cercles les plus rapprochés de l'administration des piliers de la mouvance néoconservatrice particulièrement proches de la droite israélienne et qui, après le 11 Septembre, auraient les coudées franches pour identifier les ennemis d'Israël comme ceux des États-Unis. Ils sont bien nombreux (cf *supra* chapitre 2) avec, dans cette affaire, un rôle particulier pour Elliott Abrams au NSC et pour Douglas Feith au Pentagone, ce dernier ayant été un acteur central tant pour fournir du « renseignement parallèle » en vue de préparer l'offensive contre l'Irak que pour souder les liens de l'administration Bush avec le parti Likoud (fils d'un des partisans connus du « révisionniste » Vladimir Jabotinsky et sans doute le plus maximaliste des partisans d'Israël, il avait été suspecté de tranférer illégalement du renseignement à Israël et les mêmes doutes ont réapparu en 2004, peut-être à l'origine de sa démission). Cette évolution américaine est contemporaine, en Israël même, de l'installation du gouvernement le plus à droite de toute l'histoire du pays, en principe aussi le plus en phase avec l'administration de Bush junior. Il n'y avait plus qu'un pas à franchir pour que l'ennemi d'Israël devienne celui-là même qui avait attaqué l'Amérique, et l'alliance partait d'un nouveau pied, fondée dans ce cas sur ce qu'il faut bien considérer au mieux comme une erreur d'analyse, au pire comme une supercherie. L'éviction de Saddam Hussein et le démantèlement de l'armée irakienne sont dès lors perçus comme des gains stratégiques en Israël.

Les Palestiniens paieraient au prix fort ce qui n'était plus une alliance mais une quasi-osmose israélo-américaine sans précédent. Lewis se trouva de nouveau en première ligne pour justifier le sort qui leur était fait. Sa thèse, répétée *ad nauseam*, est que les Palestiniens ont toujours choisi le mauvais cheval et sont naturellement punis pour leur sottise. *Too bad !* Ils auraient ainsi opté pour l'Axe contre les Alliés, pour l'URSS contre l'Amérique, et plus récemment pour Saddam Hussein (Lewis, 1997, p. 19, et 2003, p. 60). L'intention est claire : plutôt que d'aborder le cœur du problème, ce qu'il évite systématiquement de faire, Lewis choisit de réduire les Palestiniens à de simples pions aux mains des ennemis successifs de l'Amérique. Celle-ci ne peut donc se fier à eux, et encore moins les récompenser. Pour aboutir à cette conclusion, Lewis n'hésite pas à écrire une histoire toute personnelle du Proche-Orient moderne à partir de menus détails choisis de ci, de là, et transformés en fresque. Mais quel historien sérieux peut soutenir que « la défaite allemande a laissé chez les musulmans un vide douloureux que l'URSS a rapidement comblé en se substituant au IIIe Reich » ? Ou que « les racines de l'anti-américanisme arabo-musulman se trouvent chez Rilke, Jünger et Heidegger » (2003, p. 69) ? Ou que « le parti Ba'as est né de la tentative d'instaurer un régime pro-nazi à Bagdad en 1941 » ? Ou encore que « les publications en arabe sur le judaïsme ne sont que les restes de la littérature de haine produite par le IIIe Reich » ? Lewis a consacré tout un livre (1987) à démontrer que l'on peut tout à la fois être sémite et antisémite. Sa thèse est limpide : alors que l'antisémitisme a infecté historiquement le christianisme, il s'est déplacé en terre d'islam et, derrière la critique ou l'hostilité à Israël, il y a un rejet du juif en général, non des politiques concrètes de l'État d'Israël. Exclure ou du moins fortement dévaloriser la dimension nationale du conflit est l'objectif réel de cette relecture semée d'approximations, de partis pris faciles, voire d'erreurs manifestes. Discréditer les Arabes et les musulmans et en particulier les Palestiniens est de bonne guerre, car c'est de guerre qu'il s'agit, mais construire une histoire du conflit israélo-arabe comme simple excroissance du combat des alliés contre l'Axe relève littéralement de l'escroquerie et aurait pu continuer à faire sourire, n'eût été l'impact de ces affabulations sur l'administration américaine d'aujourd'hui.

On comprend, du coup, l'insistance de Lewis et de son école à affirmer que les terroristes du 11 Septembre en veulent à l'Occident en soi et pour lui-même, non pour des aspects spécifiques de la politique américaine. Lorsque Lewis signale au public américain des motifs plus particuliers de la « rage » qu'il dénonce, il fait tout son possible pour éviter que le soutien à Israël soit au nombre de ces motifs. Au rebours de toute tradition, il avance que Jérusalem, contrairement à l'Arabie ou à l'Irak, n'est pas un lieu saint pour les musulmans qui ne la révèrent guère (1997, p. XXIX). Contre toute l'historiographie établie, il écrit que Saladin, par crainte de voir l'Arabie tomber entre les mains des croisés, aurait fini par conquérir Jérusalem comme par inadvertance (2003, p. 48) ! Il observe qu'Ousama ben Laden ne s'est solidarisé avec la cause palestinienne que tardivement, apparemment sans trop y croire, thèse qui ne peut convaincre quiconque en sait un peu sur cette mouvance, à commencer par les experts de la CIA pour qui « ben Laden a concentré toute son attention sur le conflit israélo-palestinien dès la fin du Jihad en Afghanistan, et probablement avant » (Anonymous, p. 229). Lewis répète sans relâche que c'est le soutien américain aux pouvoirs musulmans modérés (et non à Israël) qui est la source probable de la fameuse « rage ». Contrairement aux aveux mêmes des intéressés, il va jusqu'à affirmer que le fait que l'Égypte a signé la paix avec Israël a été un élément mineur dans la détermination des assassins de Sadate (*idem*, p. 136). Si le visiteur qui se rend à Washington depuis ces dernières années est sommé d'entériner la vérité officielle, à savoir que l'intérêt des Arabes pour la cause palestinienne est superficiel, qu'il est un simple alibi pour ne pas évoquer leurs propres problèmes et tenter de les résoudre, il doit d'abord porter cette opinion au crédit de Lewis qui, depuis bientôt trente ans, ne cesse de la ressasser. Car Israël, selon Lewis, est tout aussi innocent que l'Amérique : on ne le critique pas pour les territoires qu'il occupe ni pour la répression qu'il applique, mais pour ce qu'il est : « un État juif, démocratique, et un alibi facile » (Lewis, 2003, p. 92-93) — thèse que nombre d'Israéliens, et pas seulement parmi les « colombes », trouveraient risible. Même un Moshe Yaalon, patron des services secrets israéliens, surnommé « le faucon des faucons », a dit que « la politique répressive israélienne est de nature à accroître la haine d'Israël parmi les Palestiniens et à renforcer les organisations terroristes » (*Yediot Ahronoth* du 29 octobre 2003).

Les sondages, les experts, les postes diplomatiques dans la région, les alliés les plus proches (à commencer par l'allié britannique), voire une partie de la presse israélienne ont réfuté une marginalisation aussi artificielle du conflit israélo-arabe. Après avoir tenté d'éluder la question, Bush a fini par comprendre que la « guerre contre la terreur » ou celle contre l'Irak, sans parler de la démocratisation de la région, exigeaient du mouvement — ou du moins un semblant de mouvement — sur ce chapitre. Mais on avait perdu du temps et la conviction paraissait lui manquer. En juin 2002, l'idée d'un État palestinien fut enfin évoquée. Connie Bruck (2003) a raconté en détail cette phase marquée par des manœuvres israéliennes en tous genres pour imposer la marginalisation d'Arafat comme préalable, pour retarder l'annonce de la « feuille de route » afin de ne pas gêner Sharon en pleine campagne électorale (l'annonce ne fut faite qu'une semaine avant la guerre d'Irak, soit avec neuf mois de retard), pour intégrer les réserves israéliennes dans la « feuille de route », puis pour donner de l'extension des colonies une interprétation qui permettrait à Israël de la poursuivre.

Lorsqu'il imagine ce que serait la politique étrangère d'un éventuel président démocrate, Sandy Berger 2004) n'hésite pas à écrire : « Nous sommes les alliés les plus sûrs d'Israël, et nous sommes un médiateur honnête entre les deux parties », sans être le moins du monde troublé par la contradiction dans les termes de cette formulation. Ses idées sont plus péremptoires encore : il invite les Palestiniens à se libérer non pas du joug de leur occupant… mais de celui de leurs propres dirigeants ! Clinton dans ses Mémoires (2004), Denis Ross dans les siens (2004, un épais volume sur une décennie passée comme responsable du dossier sous Bush père, puis sous Clinton) participent à ce véritable lynchage politique d'Arafat à partir d'une version israélienne de ce qui s'est passé en 2000 : à Taba, Barak aurait fait une offre étonnamment généreuse, et Arafat, soit parce qu'il ne croyait pas à la paix, soit parce que c'était un médiocre, l'aurait stupidement refusée. Des plumes moins partisanes ont essayé de nuancer, voire de critiquer cette version partisane des faits. Robinson (2003) a crié son désespoir de ne pouvoir corriger un récit aussi déformé et faux, emprunté par l'establishment américain à ses sources israéliennes, sans aucun esprit objectif chez le premier et sans aucune nuance chez les secondes. Robert Malley, personnellement associé aux négociations, n'a cessé de tenter de rétablir courageusement les faits. Henry Siegman fait de même. Mais le récit officiel est désormais si bien établi que même un chercheur du lobby pro-israélien et inconditionnellement aligné a du mal à remettre en cause le « mythe de Taba » (Makovsky, 2003). Faut-il dès lors croire avec Herb Greer que « l'expression "processus de paix" est devenue un simple euphémisme pour apaiser les terroristes. Il y a dans ce monde, hélas, des conflits qui ne peuvent être résolus. Ils se dissolvent dans le sang avec une partie qui gagne et une autre qui perd » (*The National Interest*, hiver 2004) ? Le seul espoir est que Greer ne parle que pour lui-même ; la seule certitude est que c'est avec de telles convictions qu'on suscite en face des vocations au terrorisme.

Non seulement Israël a bénéficié d'un soutien politique sans précédent, mais il semblait dorénavant inspirer de manière exclusive l'approche américaine de la région autant que les choix tactiques du Pentagone sur le terrain. Cette identification était favorisée par la thèse « même combat, même ennemi », énoncée par Ariel Sharon lui-même au lendemain du 11 Septembre et que Lewis a reprise à son compte en affirmant que « la réaction de la presse arabe au 11 Septembre était largement similaire à sa réaction à l'Holocauste » (2003, p. 155), jugement qui contredit outrageusement la vérité dans le premier comme dans le second cas. Bush lui-même s'est fait l'écho de cette thèse. Immédiatement après les attaques du 11 septembre, Ariel Sharon et ses partisans américains ont entamé une campagne pour assimiler la guerre que l'Amérique mène contre al-Qaida à celle qu'Israël mène contre les Palestiniens (Bruck, 2003). George Tenet, patron de la CIA, et d'autres membres de l'administration sont eux aussi acquis à cette thèse (Woodward, 2002, p. 89). En avril 2002, un groupe de néoconservateurs a adressé une lettre ouverte à Bush pour affirmer : « Les États-Unis et Israël partagent le même ennemi, et le combat d'Israël contre le terrorisme est notre lutte. » Ils ajoutaient que « pousser Israël à négocier avec Arafat ne diffère guère de presser les États-Unis à négocier avec Ousama ben Laden ou le mollah Omar ». À l'osmose entre alliés doit correspondre un incroyable amalgame des adversaires : Arafat est le ben Laden d'Israël. Cinquante ans de lutte nationaliste sont réduits à une pure activité terroriste. Podhoretz (*Commentary*, septembre 2004) ne s'arrête pas en si bon chemin : trahissant une ignorance totale de ce dont il parle, il affirme que chez les musulmans « la haine d'Israël est un substitut à la haine de l'Amérique, et non l'inverse ». En d'autres termes, l'ennemi est commun, mais Israël n'est en rien responsable de la vague d'anti-américanisme qui prévaut au Proche-Orient : il est tout à fait inutile de critiquer quoi que ce soit dans le comportement israélien en vue de réduire cette vague. L'asymétrie était devenue alliance, l'alliance est devenue osmose, et, à la faveur d'une telle thèse, unité.

Israël est loin d'être absent de l'équipée mésopotamienne. Le général Janis Kaprinski, qui dirigeait les prisons américaines en Irak, déclara à la BBC (3 juillet 2004) avoir personnellement rencontré des équipes israéliennes parmi celles qui interrogeaient les prisonniers d'Abou Ghraïb. En amont, le choix de l'Irak comme cible, les options prises dans la conduite des hostilités et bientôt dans les tentatives de répression de l'insurrection portent souvent la signature d'experts israéliens. La fameuse « guerre contre la terreur » apparaît souvent comme une amplification à l'échelle de la planète des méthodes israéliennes mises en œuvre en Cisjordanie et à Gaza. Le discours d'investiture de George W. Bush, en janvier 2005, était directement inspiré d'un livre paru quelques semaines plus tôt signé par Nathan Chtcharansky, ex-dissident soviétique, ami intime des néoconservateurs et ministre du gouvernement israélien. Chtcharansky, qui avait déjà joué un rôle essentiel dans le déraillement du projet d'État palestinien et dans le boycott américain d'Arafat (Bruck, 2003), aurait ainsi convaincu Bush de placer son second mandat sous le thème d'un combat planétaire de « la liberté contre la tyrannie », — c'est d'ailleurs le titre de son ouvrage (Chtcharansky, 2004).

Mais, avec de telles thèses, on frôle sans doute l'irréparable. Car il ne s'agit plus seulement du sort du peuple palestinien ou des desiderata de tel ou tel pays arabe. Il s'agit désormais, pour l'Amérique même, de recouvrer un tant soit peu de son autorité morale pour poursuivre ses propres combats. Or cela ne pourra être fait sans une nette répudiation de tels errements. Certains osent dorénavant le penser et même l'écrire, tel Zbigniew Brzezinski (2004) qui observe que « la tendance américaine à adopter les formes les plus extrêmes de la répression israélienne contre les Palestiniens comme un pan de la lutte contre le terrorisme est un cas typique. Le refus de reconnaître le lien historique entre la montée du terrorisme anti-américain et l'implication de l'Amérique au Moyen-Orient rend encore plus difficile la formulation d'une riposte stratégique effective au terrorisme ». C'est également l'avis d'Anatol Lieven (2004) pour qui « tant que le nationalisme américain se confond avec la version chauvine du nationalisme israélien, il joue un rôle absolument désastreux dans les relations de l'Amérique avec le monde musulman, et il alimente le terrorisme ». Graham Fuller (2002), un ancien de la CIA, considère qu'une solution juste au problème palestinien est capitale pour faire face au terrorisme islamiste et pour nouer le dialogue avec les dirigeants islamistes. Nicholas Gvosdev (2004) voit dans une identification aussi inconditionnelle avec Israël une atteinte à l'intérêt national américain. Francis Fukuyma (2004) ose enfin poser la question à ses amis de la droite néo-conservatrice : « Sommes-nous vraiment, comme Israël, dans un combat impitoyable contre une large fraction du monde arabo-islamique ? »

Arabes et musulmans sont moins choqués par une administration qui s'identifie aussi ouvertement aux positions israéliennes que par son refus d'accepter qu'une telle fusion puisse les choquer. Au moment où ces lignes sont écrites, Arafat est mort, un nouveau président palestinien a été démocratiquement élu et le facile prétexte de l'« absence d'un interlocuteur palestinien » est tombé. La résolution de ce conflit, qui semble difficile avec les Américains et impossible sans eux, marquera-t-elle le second mandat de Bush ? Écoutera-t-il les voix qui s'élèvent de partout en faveur d'une politique un peu moins biaisée ou un peu plus déterminée ? L'avenir le dira, mais, sur le terrain, la colonisation des territoires occupés ne cesse de s'amplifier et de compromettre l'option d'« une terre pour deux États » sur laquelle convergent la plupart des projets de solution. Bientôt cette solution raisonnable sera devenue obsolète et, si tel est le cas, l'Amérique portera la responsabilité historique d'avoir jalousement monopolisé la conduite du processus de paix sans l'avoir fait progresser, alors que cela était encore possible. Les Arabes lui reprocheront avec force cette incapacité suspecte ; mais des Israéliens pourraient aussi lui reprocher une amitié aussi complaisante.

Le remède ultime : Démocratisons !

Tout comme David Frum, qui a écrit un livre pour raconter comment il avait trouvé l'expression magique « axe du

Mal », Mark Palmer en a écrit un pour dire que, « nègre » de Ronald Reagan, il avait rédigé son discours de juin 1982 dans lequel il lui faisait dire son « horreur des dictatures sous toutes leurs formes » qu'il fallait « envoyer dans les poubelles de l'Histoire ». Depuis lors, comme ambassadeur en Europe de l'Est, puis comme homme d'affaires toujours impliqué dans la direction de *Freedom House* et autres « coalitions pour la démocratie mondiale », il s'est fait le chantre d'une nouvelle croisade pour faire tomber la cinquantaine de dictateurs qui subsistent de par le monde, et ce, avant 2025. C'est pourquoi si Barnett entend « connecter » la partie de la planète qui ne l'est pas encore (voir ci-dessus, chap. 1), Palmer entend pour sa part la démocratiser, ce qui revient au même, d'autant plus que les pays cités par l'un et par l'autre, à quelques exceptions près, sont pratiquement les mêmes. Tous deux ont le même reproche à faire au concept d'« axe du Mal » : composé de trois pays seulement, il est bien trop restrictif ; le champ d'action de l'Amérique est bien plus étendu.

Palmer est fort représentatif de cette nouvelle croisade à l'état brut ; ses traits saillants sont : une solide confiance dans le fait que le précédent de l'Europe centrale et orientale peut, durant une période relativement limitée, être étendu au reste du monde (son optimisme lui fait dire du monde arabe : « C'est la seule région sans aucun dirigeant démocratiquement élu, mais c'est aussi celle où tous les sondages d'opinion indiquent un très fort soutien aux régimes et aux valeurs démocratiques ») ; la certitude que la démocratisation mondiale est au cœur de l'intérêt national américain ; une ferme croyance dans le rôle des forces extérieures pour épauler ou même suppléer les forces démocratiques autochtones (parlant des ambassades américaines dans le monde, il écrit : « Dans un océan de tyrannie, une ambassade démocratique doit être un îlot de liberté et un vecteur permanent, même si pas toujours subtil, de changement ») ; l'usage de tous les moyens pour ce faire : « Un changement non violent est certainement préférable, mais, parfois, il faudra une intervention militaire pour déposer un dictateur, notamment lorsqu'une fraction importante de la population aura repris à son compte le nationalisme professé par le dictateur.»). On trouve, là aussi, le simplisme binaire des prédicateurs : le monde est divisé en démocraties et en dictatures, et Palmer ne prend jamais la peine d'introduire un véritable barème qualitatif du niveau effectif de démocratie, y compris dans son propre pays. Le vœu de Palmer sera vite exaucé : le Président fait quasi littéralement sienne sa thèse dans son discours d'investiture du 20 janvier 2005 et le Congrès américain adopte, le 4 mars suivant, une loi nouvelle sur « la promotion de la démocratie dans le monde », soutenue par les deux partis, qui fait des « ambassades américaines à l'étranger des îlots de liberté », qui institue la démocratisation comme partie intégrante de l'intérêt national et dote le projet d'un budget annuel supplémentaire de 125 millions de dollars.

On n'a aucun mal à constater le déficit démocratique qui prévaut dans le monde arabo-islamique — l'auteur de ces lignes, notamment, a consacré à la question bon nombre de ses ouvrages pendant ce dernier quart de siècle. À défaut de grand cliché mobilisateur pour ses vastes desseins dans la région, l'administration Bush va en faire son mot d'ordre. Pourquoi évincer Saddam Hussein ? pour établir la démocratie en Irak. Pourquoi faire pression sur l'Arabie Saoudite ? pour que la démocratie s'y instaure et que soit ainsi mis fin à l'envie des jeunes Saoudiens d'aller s'écraser contre les tours de New York. Pourquoi avoir ostracisé Arafat ? parce qu'il n'était pas démocrate. Dans une caricature du kantisme, Bush a été conduit à déclarer que la démocratie et la prospérité sont les seuls vrais remèdes à l'instabilité, et il s'est engagé à les exporter. En janvier 2005, citant le mot

« liberté » des dizaines de fois dans un discours d'investiture de quelques pages, il en a fait un véritable dogme.

Plusieurs hypothèses pour le moins fragiles ont sous-tendu cette croisade. Un de ses objectifs implicites étant d'amener les Arabes à accepter le fait accompli en Palestine, une première hypothèse était déjà fort contestable : tout indique en effet que les peuples sont encore plus exigeants que leurs dirigeants sur cette question, et qu'une éventuelle démocratisation serait de nature à conforter cette exigence plutôt qu'à la dissoudre. Nombre de commentateurs israéliens ont d'ailleurs exprimé leurs réserves sur ce projet (entre autres *Ha'aretz*, 18 mars 2005), de même que bon nombre de piliers de l'administration (Hawthorne). Une deuxième hypothèse concerne le choix de l'Irak pour y interpréter l'acte d'ouverture. Bizarre comme choix, sauf que, là aussi, le slogan démocratique dissimule des calculs qui n'ont rien à voir avec les principes de Jefferson ou de Lincoln. L'idée affichée était que l'Irak constituait, sous Saddam, le régime le plus autoritaire de la région (ce qui n'est pas faux), et que ce pays est assez vaste pour pouvoir faire figure d'exemple et de pionnier de la nouvelle vague démocratique. Ce discours passait néanmoins sous silence que le pays était aussi, du fait du boycott, bien trop affaibli pour résister, que c'était un enviable producteur de pétrole, et qu'il ignorait apparemment les risques d'éclatement propres à une entité traversée par de nombreux clivages verticaux, ethniques et confessionnels. Une autre hypothèse sommaire concernait l'automaticité de la démocratie, une fois les tyrans évincés. Or, comme le note à juste titre Carothers (2003), les expériences de la Grenade, de Panama, de Haïti et, plus récemment, de l'Afghanistan tendent à montrer qu'après l'éviction par la force d'un régime dictatorial par une intervention américaine, le pays en question retrouve *grosso modo* le régime qui était le sien avant que le régime déchu ne s'y installe. Une dernière hypothèse est qu'il n'y avait aucun obstacle de nature culturelle ou religieuse à l'expansion de la démocratie dans cette région du monde. Ceux qui pensent le contraire (tel Huntington qui avait écrit que la démocratie était menacée dans n'importe quel pays où les musulmans deviendraient majoritaires) sont ou des experts à courte vue, ou tout simplement des racistes. On comparera utilement cette brutale réfutation du culturalisme, quand il s'agit de la démocratie, avec son usage intensif par les interrogateurs de Guantanamo ou d'Abou Ghraïb afin de trouver les meilleurs « tuyaux » propres à la culture locale, en vue d'humilier les détenus selon leur propre code culturel et de les faire ainsi « craquer », ou encore avec les pense-bêtes dits *Iraq Cultural Smarts Cards*, un b-a-ba affligeant de culturalisme de pacotille préparé par le Pentagone à l'intention des soldats envoyés en Irak.

Pour les démocrates de la région, le risque est grand d'une instrumentalisation du discours démocratique. Thomas Carothers (2003), Amy Hawthorne (2003) ou Marina Ottaway ont scruté de près, au sein d'un groupe travaillant pour le Carnegie Endowment, l'engouement sinueux autant que débridé de leur président pour la démocratisation du monde islamique, et ils y ont vite trouvé d'étranges contradictions. La première est entre Bush le réaliste (qui renforce les liens avec des régimes autoritaires tels que le Pakistan ou nombre de pays d'Asie centrale pour les besoins de la lutte contre les Taliban ou pour des objectifs militaires à long terme qui relèvent de la haute stratégie au cœur de l'Asie) et Bush le néoreaganien qui aspire à démocratiser tout le Moyen-Orient. En Afghanistan, ils relèvent une contradiction entre la volonté de libéraliser le pays et le soutien accordé aux milices les plus sanguinaires pour combattre les Taliban. Hawthorne se montre encore plus sceptique : « La promotion de la démocratie n'est pas la motivation première, ni en Irak ni en Palestine. » Car on peut difficilement prendre au sérieux une croisade engagée sur des hypothèses aussi fausses que : « Frappez un grand coup, et les radicaux seront punis et les modérés convertis » !

Entre 1991 et 2001, les États-Unis avaient déjà dépensé près de 250 millions de dollars pour la promotion de la démocratie dans le monde islamique, avec des résultats bien maigres. Au Caire, en juillet 2004, Colin Powell a voulu donner un exemple de cette nouvelle approche en insistant pour parler directement avec les représentants de la société civile. Mais, là encore, la transposition du modèle est-européen sur le monde arabe paraissait caricaturale. Ceux que les prédécesseurs de Powell rencontraient étaient les Havel, Walesa et autres dissidents ; ceux qu'il a vus au Caire étaient membres du parti du président ou de l'opposition tolérée (et fort peu représentative). Qui plus est, les régimes d'Europe de l'Est étaient anti-américains, mais pas la société civile, alors qu'au Moyen-Orient c'est largement l'inverse : les « représentants de la société civile » peuvent bien être démocrates, ils sont bien plus critiques que leurs dirigeants sur la question de l'appui américain à Israël, ou sur l'aventure américaine en Irak. Cette société civile est surtout bien informée : que de fois n'entend-on pas, dans les cafés du Caire ou dans les salons du Golfe, le détail de ce qui est perçu comme une régression des libertés en Amérique même, que ce soit dans le traitement des visiteurs musulmans ou dans l'émergence d'un service sécuritaire à la Orwell que les habitants de la région ne connaissent que trop, puisque la majorité d'entre eux vivent sous ses yeux inquisiteurs depuis des décennies. Un haut dirigeant de la région avait-il tort de nous confier que, « face à un défi comme celui de ben Laden, le roi Fahd, Moubarak ou Bush réagissent *grosso modo* de la même manière : surveillance vigilante et répression à la limite de la légalité. L'Amérique prétend vouloir nous changer ; malheureusement pour elle, nous la changeons aussi — en pire » ? Ce sentiment largement répandu, alimenté par l'usage massif, dans les prisons américaines d'Irak et d'Afghanistan, de méthodes de torture trop bien connues dans cette région, atteint dans ses fondements mêmes la prédication démocratique américaine.

Les régimes de la région ne peuvent néanmoins ignorer les résultats de la poussée démocratique la plus récente. Les États-Unis ne sont évidemment pas satisfaits du maintien en place de nombre de pouvoirs établis. Par un financement public, par l'adoption de lois appropriées ou par le soutien multiforme à l'activité d'ONG, ils sont parvenus à déstabiliser des régimes dont la filiation avec la période de la guerre froide était patente : en Serbie, en Géorgie, en Ukraine où des dirigeants du passé, insuffisamment recyclés, ont été remplacés, grâce à une mobilisation de rue autant qu'à la faveur d'élections, par des dirigeants plus « réformistes » et certainement plus pro-américains. (Des initiatives similaires sont prévues pour des pays comme la Moldavie ou la Biélorussie.) Des initiatives similaires sont en cours dans le monde musulman, et un budget de près de 80 millions de dollars a été alloué au déclenchement d'un processus de ce genre dans le « grand Moyen-Orient ». Pendant ce temps, des pays comme la Russie, l'Iran ou le Pakistan, ainsi que la plupart des pays d'Asie centrale, connaissent une nette remontée des forces les moins libérales, voire une nette réaffirmation de l'autoritarisme. Dans le monde islamique, les élections présidentielles en Indonésie de 2004 ont bénéficié d'une semblable attention américaine. Pour démontrer que sa position favorable à la démocratie s'appliquait aussi aux pays alliés, l'Égypte a été, d'une manière récurrente depuis le début du second mandat de Bush, interpellée pour conduire une réforme dans le sens d'un pluralisme politique plus réel. L'Arabie Saoudite qui commence à un niveau bien plus bas, a été félicitée pour ses semi-élections municipales qui introduisaient le principe, sinon la réalité, du vote. En Iran, Bush va plus loin : il a promis de soutenir une éventuelle intifada démocratique si jamais celle-ci avait lieu. L'élection palestinienne de janvier 2005 fut présentée comme un triomphe et de la démocratie et de l'homme déjà pressenti pour remplacer Arafat. Au printemps 2005, des mots très encourageants, proches d'une ingérence à peine déguisée, visaient à libérer les électeurs libanais des inhibitions de deux décennies de tutelle syrienne sur leur pays, un mouvement que les Américains, loin d'avoir initié, n'ont fait que rejoindre. La commémoration du soixantième anniversaire du Débarquement en Normandie, en juin 2004, avait été l'occasion d'un premier communiqué franco-américain sur le Liban, sujet sur lequel Paris et Washington, après plusieurs mois de concertation secrète, avaient fini par s'entendre, parrainant ensemble la Résolution 1559 du Conseil de sécurité, qui appelait, entre autres, au retrait des troupes syriennes du Liban. Pour la France, il s'agissait d'affirmer fermement sa volonté d'aboutir à une véritable indépendance du Liban, d'autant que la tutelle syrienne qui lui était imposée devenait de plus en plus marquée. Pour les États-Unis, en revanche, il s'agissait d'un dossier jusque-là marginal, Washington s'étant résigné, depuis sa mésaventure dans ce pays en 1982-84, à accepter ladite tutelle, dont la remise en question, par le biais de la Résolution 1559, constituait une véritable inversion de la politique américaine. Que Damas impose la reconduction du mandat présidentiel d'Emile Lahoud et, surtout, l'assassinat de l'ancien Premier ministre Rafic Hariri, poussent désormais Washington à hâter le retrait des troupes syriennes. L'inclusion du cas libanais dans le schéma régional de démocratisation est d'autant plus tentante qu'un mouvement populaire antisyrien s'est développé sur place et s'est amplifié depuis l'assassinat de Hariri. Forte de l'adhésion américaine, la France parvient, non sans difficulté, à détacher le dossier de la tutelle syrienne sur le Liban de « la lutte globale contre le terrorisme », de l'évolution du conflit israélo-arabe et des velléités de *regime change* en Syrie même, trois dossiers pourtant chers aux néoconservateurs. Pour louable qu'il fût, cet effort français de persuasion ne pouvait se pérenniser : l'évolution de la situation libanaise ne pouvait qu'avoir, tôt ou tard, un impact direct sur ces trois dossiers, d'autant que les Occidentaux, en faisant voter la Résolution 1566 au lendemain de la tuerie de Beslan (Russie), se dotaient d'un nouvel instrument pour poursuivre leur adversaire, si ce n'est pour les déstabiliser, sans recourir nécessairement à la force militaire.

La diversité des situations semblait donc être prise en compte : tous les pays n'étant pas parvenus à un même niveau de participation politique, ni à avoir les mêmes relations avec Washington : les aproches américaines seraient donc aussi diversifiées. À ce jeu, Bush ne pouvait que gagner, du moins sur le court terme : il inscrivait à son compte le crédit pour toute avancée démocratique dans la région, même quand le processus avait été antérieur à sa nouvelle « croisade » et même quand les États-Unis n'avaient rien eu à voir avec les éventuelles percées. En cas de blocage ou de régression en revanche, c'était la faute de quelque « tyrannie » locale trop coriace. On pouvait encore douter de la subtilité de l'approche, pas de la détermination de Bush.

C'est néanmoins dans les pays où un changement de régime par voie militaire avait précédé la tenue d'élections que Washington passait son test le plus délicat : il fallait démontrer que l'intervention des GI's pouvait donner un coup de pouce à l'histoire, légitimant la guerre aux yeux du monde entier, tout en faisant surgir un nouveau régime. L'élection présidentielle afghane de l'automne 2004 a largement exaucé ce vœu : les Taliban n'ont pas réussi à empêcher la tenue du scrutin, des dizaines de candidats étaient en compétition pour le poste, et le favori de Washington (Karzaï), déjà en place, a vu sa légitimité substantiellement renforcée. Trois mois plus tard, l'élection irakienne pour une assemblée constituante, sans être l'« éclatante victoire » que Bush a saluée, semblait produire un effet similaire : confondant les groupes qui avaient juré de ruiner l'exercice et la majorité des observateurs, plus de huit millions d'Irakiens allaient choisir leurs représentants sur une bonne centaine de listes organisées à la proportionnelle intégrale. Sans vouloir rien retirer du courage de ces électeurs et sans nier l'ampleur de cette participation, force est cependant de constater que les sunnites ont boycotté dans leur écrasante majorité une élection qu'ils percevaient, en partie à juste raison, plus comme un recensement des différents groupes que comme une élection en bonne et due forme. Cette impression a été confortée par le fait que des groupes kurdes pourtant rivaux voire ennemis se sont coalisés pour « renforcer le groupe kurde » alors que la liste ouvertement appuyée par l'ayatollah Sistani (dont l'obstination à organiser le scrutin en avait été le principal moteur) comprenait onze groupes chiites différents, et souvent hostiles, en vue d'amplifier « le vote chiite ». L'exercice pour encourageant qu'il fût, a affaibli les partis transconfessionnels et a dénaturé le sens même de la consultation en la transformant en une rivalité entre groupes primordiaux plutôt qu'en une compétition entre partis politiques. L'exercice a abouti là aussi à rendre plus légal « le coup d'État externe » qui, en Afghanistan comme en Irak, avait été le fait de l'armée américaine. Tout autant que les timides réformes en Égypte ou dans les pétro-monarchies arabes du Golfe, ces deux expériences hautement visibles ont permis de démontrer que la mission que le « saint George » de la Maison-Blanche avait fixé pour son second mandat, commençait à produire des résultats concrets, capables de faire oublier les déceptions (Moldavie), les résistances (Biélorussie) ou les régressions (Russie, Iran) enregistrées ailleurs.

La conjonction entre intervention militaire et démocratisation pose des problèmes qui dépassent le seul calcul des points que George W. Bush marquera ou non. Le premier est celui de cette extension, tous les jours plus nette, de la présence militaire américaine dans la région, qui heurte fondamentalement l'opinion et qui lie la démocratie au sacrifice non consenti d'un pan de la souveraineté. La démocratie doit-elle s'installer au prix de l'indépendance, avec un lot de pressions, de sanctions voire d'interventions ? C'est là une source profonde de trouble dans les esprits, tant est problématique l'échange. Non moins douloureux à accepter est le coût en vies humaines de cette transition : même les apologistes les plus enthousiastes des élections irakiennes peuvent légitimement se demander si elles valent les vingt mois de désordre, d'attentats, d'insécurité qui les ont précédées et qui ont coûté la vie à des dizaines dc milliers d'Irakiens, une situation à laquelle la seule tenue des élections est loin d'avoir mis un terme. Non moins grave est la question de savoir si la démocratisation peut vraiment précéder la (re-) constitution de l'État dans des pays où il s'est effondré de lui-même (Somalie) ou a été détruit par la force (Irak). Pour bâtir une démocratie, un État doit probablement être déjà en état de marche ; pour la consolider, il lui faut des démocrates ; deux conditions que la simple tenue d'un scrutin peut encourager mais auxquelles elle peut difficilement se substituer.

Une fois le scrutin organisé, se posera un autre problème qui est loin d'être propre à l'Irak et que le *Washington Post* a brutalement dévoilé en titrant : « 300 milliards de dollars pour produire une théocratie », manière de douter des vertus d'une guerre coûteuse qui finit par établir un régime politique où les religieux jouent un rôle central. *The Wall Street Journal*, toujours en première ligne pour défendre la guerre, au vu des résultats, commence lui aussi à avoir des doutes (3 mars 2005). Dov Zakheim, qui fit partie de nombre d'administrations républicaines, renchérit en prévenant son gouvernement des risques d'un souhait trop intense de démocratie dans le monde musulman, seule méthode pour aider les « extrémistes fanatiques » à prendre le pouvoir en toute légalité (*The Los Angeles Times* du 27 février 2005). Le coût de la démocratisation, déjà ressenti par les autochtones en termes de perte de souveraineté ou de déficit de stabilité, ne serait alors pas moins lourd pour l'Amérique elle-même qui, en se félicitant de voir la démocratie avancer, ne cesserait de perdre en termes stratégiques au profit de ses adversaires les plus redoutables. L'argument déjà utilisé par les régimes en place pour justifier leur aversion aux élections libres, l'est désormais en Amérique même où pointe une certaine nostalgie pour des régimes autoritaires qui n'étaient certes pas très fréquentables mais avec lesquels on pouvait traiter et qui, surtout, savaient « tenir » leurs populations. Les « réalistes » le répétaient déjà pour appeler à un accommodement avec la Russie ou avec la Chine, au nom de l'intérêt national, le voilà repris pour le monde islamique (voir, par exemple, l'éloge que Marshall Berger fait du régime tunisien dans *The National Interest*, automne 2003) au nom de la stabilité, seule garantie réelle du flux régulier des fournitures pétrolières autant que de la clôture du sérail devant les hordes de barbus.

L'interventionnisme démocratique américain, parfois soutenu par l'Union européenne, produit d'incontestables résultats, mais semble en même temps susciter de nouvelles appréhensions et justifier de véritables régressions. Dans le monde islamique plus particulièrement, cet interventionnisme suscite un mélange d'espoir, de crainte et de rejet. Les partisans de la démocratie continuent de douter à la fois des intentions américaines et du sérieux de leur entreprise, d'autant plus que, comme le note Carothers (2005), les politiques effectivement suivies par les États-Unis ressemblent davantage à celles du passé qu'à celles énoncées dans les déclarations officielles. La « liberté » dont Bush s'est autoproclamé le champion est en effet trop vague pour dépasser le niveau du slogan. S'il s'agit de la liberté d'expression, force est de constater qu'elle est aujourd'hui en bien meilleur état qu'il y a vingt ou trente ans. Mais ce formidable progrès a été moins le fait d'une croisade américaine ou d'une conversion des dirigeants qu'elle n'a d'abord été le résultat de la révolution de l'information qui, en connectant les différents pays par télécopie, téléphone, télévision par satellite ou Internet, a acculé les censeurs officiels à un chômage *de facto*. S'il s'agit de la liberté du marché, on ne peut que relever l'aversion quasi générale à l'égard du dirigisme économique d'une civilisation déjà réputée pour ses bazars, laquelle n'a eu aucune difficulté à renouer avec des traditions marchandes ancestrales. S'il s'agit, en revanche, de la liberté de choisir ses dirigeants, le monde islamique est confronté à un problème aigu : l'interventionnisme donquichottesque de Bush, caractérisé par ses hypothèses simplistes, pourrait y faire plus de mal que de bien. Car le monde islamique a connu ces vingt dernières années des « réformes » politiques qui ont paradoxalement abouti à une véritable régression. Des pouvoirs républicains ont adopté une logique dynastique par voie plébiscitaire, des parlements ont été démocratiquement élus et autoritairement privés de vrais pouvoirs, et partout la crainte de voir les islamistes remporter les élections n'inquiète pas uniquement les pouvoirs en place, mais aussi les minorités ethniques ou religieuses et les milieux socialement libéraux et/ou modernistes. Tout cela suscite une véritable appréhension face aux appels à la démocratie, qu'ils émanent d'un militant autochtone ou d'un président américain. Une véritable corrosion de l'idée démocratique est aujourd'hui le principal souci des démocrates de la région qui prêtent une oreille dubitative, voire craintive, à la prédication démocratique de Bush. Car ces démocrates partagent largement avec le reste de leurs sociétés une image de l'Amérique si négative que, pour oser parler eux-mêmes de démocratie, ils sont obligés au préalable de se dissocier avec vigueur et de l'Amérique et de son président. On peut même penser que, pour l'Amérique, la meilleure façon d'aider les démocrates du monde musulman serait de leur ficher la paix

— cette formule, l'auteur de ces lignes l'a mille fois entendue.

Plus profondément, un démocrate, qu'il soit le président Bush ou un militant de base, doit faire face à un autre problème : celui des effets de la démocratisation sur le bien-être de la population. Qui ne sait pas qu'en 2004 la Russie a enregistré un taux de croissance de 8% alors qu'elle était en pleine régression démocratique, ou que la Chine a maintenu un taux de croissance de 9 à 10% sur plus d'une décennie tout en demeurant un régime de parti unique ? Qui ignore encore que les dix économies qui ont enregistré le taux de croissance le plus élevé de ces dernières années étaient toutes localisées dans des pays à régime autoritaire ? Pour ceux qui ne considèrent pas (ou pas encore) que le régime démocratique est un bien en soi et pour soi, ces observations sont à prendre en compte. Elles expliquent en tout cas un désenchantement démocratique que l'on perçoit tant en Amérique latine qu'en Afrique subsaharienne ou dans le monde islamique. Le nouveau champion de la « guerre à la tyrannie » en est-il conscient ? Son comportement à l'égard de la Chine et de la Russie est suivi de près, y compris dans le monde musulman, et si, face à ces deux pays, son probable réalisme l'emporte sur sa mission antityrannique, son crédit, déjà bien limité auprès des musulmans, diminuera encore, car ils seront convaincus, s'ils ne le sont déjà, que les seules tyrannies que ce champion veut abattre ne peuvent qu'être musulmanes et anti-américaines.

Ayant réussi à en expulser les Européens après Suez, puis l'URSS deux décennies plus tard, l'Amérique s'est impliquée un peu plus chaque jour dans les affaires du Moyen-Orient. Sa diplomatie a contribué à y ouvrir plusieurs brèches importantes, des accords de Camp David entre Égyptiens et Israéliens en 1978 jusqu'aux accords inter-soudanais de janvier 2005. Mais, alors que le dispositif militaire américain était allégé partout dans le monde, il gagnait en densité et en ampleur au Moyen-Orient : sous une forme ou sous une autre, l'Amérique est militairement présente dans les trois quarts des pays qui s'étendent du Pakistan au Maroc. Dans le Golfe, elle a établi un dispositif si puissant et si varié que l'on peut parler d'une occupation *de facto* de ce bras de mer sensible entre tous. Une fois l'Amérique entrée dans cette partie du monde, on y a vu son influence croître inexorablement, ses alliés préservés, ses rivaux marginalisés, ses ennemis contenus. Tel un aimant, le Moyen-Orient attire la puissance lointaine. À supposer qu'elle y songe, elle ne parvient à réduire ni sa dépendance vis-à-vis du pétrole, ni son implication dans les conflits moyen-orientaux.

Des revers ont marqué aussi cet engagement : la résistance des alliés de l'Amérique à surmonter leurs rivalités pour constituer un front commun, l'incapacité à mettre sur pied un accord israélo-palestinien, la chute du shah d'Iran, telle ou telle avanie au Liban. L'essor de l'influence américaine a bien entendu réveillé de vieux rejets et suscité de nouvelles contestations. Sur une trentaine d'années, vu de Washington, le bilan restait néanmoins largement positif : les États-Unis ont gagné la guerre froide au Moyen-Orient dix ou quinze ans avant la chute du mur de Berlin en réconciliant Sadate et Begin, en encourageant l'Iran et l'Irak à se livrer une guerre fratricide, en assurant le flux régulier du pétrole, en tissant des accords de coopération militaire et de sécurité plus ou moins discrets avec la majorité des dirigeants de la zone, en expulsant les troupes irakiennes hors du Koweit, et, bien sûr, en aidant Israël à être chaque jour un peu plus fort. Un progrès venait effacer le souvenir d'un revers, les échecs ponctuels marquaient autant de nouveaux départs.

Qu'est-ce qui a changé depuis 2001 ? L'implication était déjà profonde, la présence militaire largement établie, l'influence diplomatique partout reconnue. La nouveauté ne tient donc pas à une quelconque concentration nouvelle sur une région qui était déjà au cœur des préoccupations de l'Amérique et la conduisant à y établir près d'une cinquantaine de nouveaux points d'appui militaire depuis 1980. La nouveauté est à chercher dans l'aggravation substantielle des enjeux. L'Amérique joue désormais son va-tout : l'investissement politique, diplomatique et militaire nécessaire pour gagner la bataille contre le terrorisme, contre l'insurrection irakienne, contre la prolifération iranienne, contre les résistances des alliés autant que contre les oppositions des adversaires, est devenu proprement gigantesque. Washington doit dorénavant pousser les Saoudiens à la réforme et les Israéliens au retrait, pacifier l'Afghanistan et l'Irak sans contribuer à accroître davantage l'influence régionale de l'Iran, maintenir le régime pakistanais tout en lui interdisant de vendre ses secrets nucléaires, s'installer durablement en Afrique du Nord sans heurter de front ses alliés européens. Les attaques du 11 septembre ont fortement théâtralisé une mission déjà énorme ; l'Irak y a ajouté une note on ne peut plus tragique. Le monde s'est mué en spectateur plus ou moins engagé d'une scène moyen-orientale où un héros lointain, puissant mais parfois déboussolé, s'est assigné une tâche titanesque.

Si le succès est loin d'être garanti, l'échec, lui, serait irréparable. L'imbrication de la puissance américaine dans le monde islamique est devenue telle que, si son succès serait source de perturbations, son retrait serait, lui, synonyme d'incertitude, de chaos, peut-être même de catastrophe. Dans la région tout serait à refaire, sans doute moyennant encore plus de sueur et de sang. Le système international serait altéré par un éventuel succès, mais profondément déstabilisé par une éventuelle défaite. En Amérique même, les effets de l'un ou l'autre résultat seront immenses. Est-il exagéré de penser que sur les bords de l'Euphrate se joue en ce moment non seulement le sort d'une aventure particulière, mais l'évolution même du pays qui l'a engagée ? En cas de défaite, y aura-t-il un « syndrome irakien » comme il y eut un syndrome vietnamien, et quelle en sera la teneur ? Le colosse à nouveau blessé se retranchera-t-il dans sa tanière ou tendra-t-il à s'investir davantage dans une fuite en avant d'autant plus dangereuse qu'insuffisamment planifiée ?

Des nouvelles péripéties, heureuses ou parfois moins, que connaîtront ces aventures guerrières autant que des processus de paix nous serons les témoins, et de nombreuses années devront encore s'écouler avant qu'il soit vraiment possible de faire le bilan de cette nouvelle ère pleine d'enjeux existentiels. Pour que les épisodes heureux soient les plus nombreux, il faudrait sans doute que l'Amérique cesse de considérer les autres comme de simples témoins de ses combats. Le héros doit cesser de rejeter l'opinion du reste du monde pour, quand il se retrouve embourbé dans ses aventures solitaires, solliciter, même tard, son secours. Seule, l'Amérique ne pourra ni gagner la guerre ni imposer la paix. Partisane, elle ne cessera de courir après une impossible crédibilité. Impériale, elle suscitera toujours plus d'appréhensions que d'adhésions. Le solo doit laisser place au chœur dans lequel les forces autochtones d'abord, mais aussi les autres pays qui comptent dans le monde et à qui la région du Moyen-Orient importe au moins autant qu'à l'Amérique, pourront faire entendre leurs voix.

CONCLUSION

Peu après la fin de l'ordre bipolaire, la montée des menaces contre l'indépendance nationale des unités les plus faibles du système international, et leur vulnérabilité nouvelle à des phénomènes de mandat ou de tutelle nous avaient paru comme un des phénomènes les plus importants de la fin du siècle dernier (Salamé, 1993). Trois ans plus tard, nous constations que les « appels d'empire » se multipliaient un peu partout dans le monde, facilitant et même légitimant l'établissement de nouvelles formes d'hégémonie « sur invitation » (Salamé, 1996). Ce livre-ci poursuit cette réflexion, tout en prenant acte du fait que les quinze ans qui ont suivi la fin de l'ordre bipolaire ont profondément creusé le fossé qui séparait déjà la puissance américaine de toutes ses rivales, actuelles et virtuelles.

Les États-Unis sont-ils donc un *hegemon* ? une hyperpuissance ? un empire ? Ces mots ne sont pas de simples synonymes. Leur usage dénote souvent des choix épistémologiques et/ou idéologiques différents (même si d'aucuns ont tendance à les confondre). S'il y a consensus, c'est sur le fait que l'Amérique, en comparaison avec les autres grands pays du monde, se trouve aujourd'hui dans une catégorie tout à fait à part. Au-delà, le consensus s'effrite rapidement, que ce soit pour désigner cette position, pour la comparer à des empires du passé, pour identifier la stratégie effectivement suivie par les États-Unis, ou pour prédire la durée de cette situation exceptionnelle. Que des Américains puissent suggérer que leur pays est désormais un « empire », non pour se plaindre d'une telle « accusation », ni pour la réfuter, mais, au contraire, pour l'assumer ou même s'en targuer, est néanmoins le symptôme d'un changement dans les mentalités que l'on ne saurait ignorer. C'est à cette reconnaissance de leur statut « réel » qu'Andrew Bacevich exhorte ses concitoyens : « La question la plus urgente, celle que les Américains ne peuvent plus se permettre d'esquiver, n'est pas celle de savoir si leur pays est devenu une puissance impériale. La question est de savoir quel genre d'empire ils veulent » (p. 244). S'ils suivaient cette suggestion, une longue période d'hypocrisie serait enfin close, renchérit Tony Judt (2004), tant est surprenant le malaise qui saisit les Américains quand on leur parle d'empire, « eux qui ont intégré d'immenses territoires et soumis de larges populations, mais qui, face à un monde qui n'a plus aucune illusion en la matière, continuent de répéter : nous ne voulons pas d'empire, nous ne sommes pas un empire, et si nous en étions un, il serait absolument différent de tous les autres ! »

Toute super (ou même hyper) puissance n'est pas nécessairement un empire. Dans l'acception la plus courante, la première cherche à amplifier son influence sur les autres États et son impact sur l'ensemble du système international. Un empire, en revanche, est une forme de gouvernance exercée par un pays sur les autres, non seulement pour peser sur leur politique étrangère, mais aussi pour imposer aux unités qui lui sont subordonnées des choix de politique intérieure. L'hégémonie tend à susciter un alignement des autres États derrière la puissance hégémonique. L'empire est bien plus exigeant, car, outre ses efforts pour établir et maintenir un ordre international fortement hiérarchisé, « un empire se doit aussi d'assurer la sécurité et la stabilité intérieure des parties qui le constituent, d'extraire des revenus qui lui permettent de subvenir aux coûts de l'empire et d'assimiler les élites des sociétés dépendantes dans le noyau métropolitain, toutes tâches qui supposent une influence substantielle sur les affaires intérieures des autres sociétés » (Rosen, 2003). Dans cette acception courante, l'Amérique n'est pas un empire, mais émet de nombreux signes indiquant qu'elle pourrait en devenir un.

C'est à cette conclusion sans doute prématurée que certains sont déjà parvenus, et la trentaine d'ouvrages récents sur mon étagère qui évoquent, d'une manière ou d'une autre, un « empire américain » en sont la preuve. Pour la plupart d'entre eux, les États-Unis, en cherchant à imposer une position hégémonique dans le monde et en utilisant la « menace soviétique » comme prétexte plutôt que comme raison à ce déploiement mondial, seraient entrés dès 1945 dans une logique d'empire : « Un ordre mondial fondé sur la pacification, la stabilité et l'interdépendance économique élargit naturellement les frontières de sécurité des États-Unis qui en sont les garants attitrés, et, partant, celles de leurs engagements » (Layne et Schwartz). C'est une logique d'empire en ce que l'Amérique se reconnaît le devoir de défendre non seulement ses intérêts propres, mais aussi ceux de ses alliés et amis, et, plus clairement encore depuis le *Draft* de 1992 et la *National Security Strategy* de 2002, en ce qu'elle entend interdire à ces derniers de pouvoir se doter des moyens nécessaires pour défendre leurs intérêts par eux-mêmes et devenir, ce faisant, des rivaux. « La stratégie de prépondérance ne peut aboutir qu'à un empire qui ceinture le globe » (*idem*). Car si la stratégie consiste à « interdire l'émergence d'un nouveau rival qui constituerait une menace de l'ordre de celle incarnée auparavant par l'Union soviétique, et à empêcher l'émergence de tout rival global potentiel à l'avenir », comme dit le *Draft*, le maintien d'un ordre unipolaire devient l'objectif prioritaire, et tous les moyens pour décourager les pays avancés d'aspirer à un plus grand rôle global deviennent envisageables, y compris, quand cela est possible, l'intervention sur leurs structures internes.

Si « empire » il y a, c'est donc dans une acception absolument nouvelle dont le moteur principal serait la quête de l'invulnérabilité absolue et, partant, la préservation, par tous les moyens, y compris préventifs, de l'ordre unipolaire. Mais nombreux sont ceux qui, sans en préciser la teneur, considèrent l'« empire américain » comme une réalité incontestable. Vidal (2004) le fait remonter au milieu du XIXe siècle (président Polk) pour observer que ses partisans en Amérique même ont toujours été plus nombreux que ses détracteurs. Ignatieff (2002), au début du XXe siècle (président Theodore Roosevelt). Ninkovitch (1999) et Bacevich (2002 et 2005), au lendemain de la Première Guerre mondiale (président Wilson). Tous notent cependant la gêne que le mot « empire » suscitait parmi les Américains, d'où sa poursuite « en secret » (Vidal), dans « un déni public outragé » (Bacevich), avec « une réfutation de l'évidence » (Ignatieff), « en rappelant *ad nauseam* que la République est née de la première révolution anticoloniale et avec un mépris affiché pour les empires coloniaux et un usage de termes nouveaux pour désigner l'américain » (Burbach et Tarbell). Jamais un officiel américain n'a osé parlé de son pays comme d'un empire : si l'Amérique est un empire c'est le moins explicite de l'histoire » (Kurth, 1997).

Les Romains avaient construit un empire en l'assumant, les Américains, jusqu'au début du XXIe siècle ont obstinément refusé de l'admettre. Si l'Amérique est un empire, celui-ci ne relève cependant ni du modèle romain ni de la catégorie des enteprises coloniales d'hier. Celles-ci se sont révélées inadéquates pour le commerce, c'est pourquoi « l'empire américain » ne pouvait être que l'incarnation d'une volonté d'accès libre aux marchés extérieurs (Ranelagh, p. 232). Les puissances européennes ont établi des empires formels alors que le trait caractéristique d'un « empire américain » est, au contraire, sa nature informelle, non assumée par le mot et multiforme par les mécanismes. Son objectif premier est l'imposition d'un « ordre » favorable à l'Amérique dans un monde menacé par l'anarchie ou, pis encore, par l'émergence de rivaux. Comme celui des Européens du XIXe, l'impérialisme américain peut être motivé par la cupidité (notamment pétrolière), mais il peut l'être aussi par la pitié, ce que Cooper appelle l'« impérialisme défensif », un interventionnisme pour mettre fin à des images intolérables de misère et de tuerie. Deepak Lal (2004) est aussi favorable à cette version « défensive » des empires en tant que centres sédentaires menacés par leur périphérie et qui se lancent dans une croisade contre l'insécurité provoquée par leurs voisins barbares, sauf que, dans un monde globalisé, tous les pays sont devenus voisins. Alors que la gauche (ou ce qui en reste) et les isolationnistes (à supposer qu'ils existent) ne veulent pas d'interventionnisme, certains, tel Niall Fergusson (2004) considèrent que l'Amérique n'en fait pas assez. On trouve cela chez les mieux intentionnés telle Samantha Power (2002) qui obtint le prix Pulitzer 2003 pour son appel fiévreux à l'intervention américaine pour arrêter les génocides. Allaby (2002) parvient à une conclusion similaire : pour l'Amérique, la réticence à être un empire devient de plus en plus difficile à maintenir. L'alternative à un rôle impérial dans les « États en panne » serait l'aide humanitaire, mais pour que celle-ci réussisse à produire des résultats, il faudrait que les institutions qui administrent l'aide soient mises en place avant qu'elle ne soit déboursée.

Du coup, « la question n'est pas de savoir si les États-Unis vont chercher à remplir le vide créé par l'extinction des empires européens mais s'ils vont reconnaître que c'est bien cela qu'ils font ».

Cette stratégie indiscutablement hégémonique, sinon impériale, assumée au plus haut niveau depuis quelques années, permet de clore un procès d'intention vieux de près d'un siècle : celui de savoir si l'Amérique est parvenue à sa position actuelle en dépit d'une profonde réticence, comme si elle y avait été entraînée par la force des choses, ou si, au contraire, tout en cachant son jeu, elle l'a intentionnellement bâtie. La première thèse, longtemps dominante, soutenait qu'à la fin du premier conflit mondial (1918) le produit national des États-Unis était déjà équivalent à celui de tous les grands pays réunis. Mais « l'Amérique était alors excentrique et inoffensive » (Kennedy, 1999). Le second conflit mondial l'obligea à assumer ouvertement sa place, la confrontation avec l'URSS la convainquit de l'impossibilité de tourner le dos au reste de la planète, et la voilà championne du « monde libre », endiguant l'influence soviétique le long de ses frontières et relevant son défi partout dans le monde. À un moment, elle crut être en train de perdre ce défi ; mais seuls des « déclinistes » ignorants de l'énergie que recèle ce pays, autant que de la détérioration de la position relative de tous ses rivaux, pouvaient le penser. Quoi qu'en rêvent « les ayatollahs musulmans, les commissaires soviétiques et les ministres français de l'Éducation », pour reprendre la formule lapidaire de Kennedy (qui oublie évidemment qu'il fut lui-même, à la veille de l'effondrement soviétique, l'idole de ces « déclinistes »), l'Amérique se trouverait désormais, comme par accident, dans une catégorie spéciale de pays dont elle est, pour un avenir prévisible, le membre unique. La meilleure présentation de cette thèse de l'innocence a peut-être été faite il y a plus de soixante ans par le grand champion de l'internationalisme libéral qu'était le sénateur William Fulbright, dans *The New York Times Magazine* du 22 juillet 1945 : « Sans aucune envie de le faire, sans jamais le chercher, l'Amérique se retrouve aujourd'hui avec la lourde responsabilité de devoir conduire [*lead*] le monde. Nous sommes les héritiers de la civilisation chrétienne d'Occident, et nous devons exercer jusqu'au bout de nos forces ce leadership que la Providence nous a confié » (texte repris dans Divine, 1969).

L'histoire d'une superpuissance réticente que les défis extérieurs obligent à devenir hégémonique sans l'avoir vraiment cherché est sans doute trop belle pour être — ou pour être entièrement — vraie. Des empires ont bien été bâtis sans avoir été préalablement pensés, dans une expansion naturelle, comme autopropulsée. Mais, depuis quelques années, le révisionnisme des Barnett, Bacevich et autres Layne devient plus vocal, confortant le constat de l'historien John Lewis Gaddis (1993) pour qui « rares sont les historiens qui nieraient aujourd'hui que les États-Unis s'apprêtaient à dominer la scène internationale après la Seconde Guerre mondiale, ou qu'ils s'y étaient préparés bien avant que l'Union soviétique n'émerge comme puissance antagonique ».

Dès lors que l'Amérique assume, par le mot comme par le geste, sa stratégie hégémonique, ce débat, pour passionnant qu'il soit, devient affaire d'historiens. Les politistes, eux, seraient confrontés à une tâche autrement ardue s'ils devaient scruter l'avenir pour prévoir la durée de ce moment unipolaire. Au long des pages de ce livre, on a fait la part belle aux « optimistes ». Le chapitre premier a rappelé leurs arguments ; le chapitre 2 a présenté la variante néoconservatrice, encore plus ouvertement impériale ; dans le chapitre 3, on a décrit les réarrangements que cette ambition imposait aux rapports entre le Pentagone et les autres départements du gouvernement ; dans le quatrième on a évoqué la révolution juridique qui était, de ce projet hégémonique, le reflet autant que l'effet. En revanche, la seconde partie de l'ouvrage a été consacrée à la crise que ce projet suscitait avec les alliés naturels de l'Amérique, à l'inévitable tension entre une définition par trop opportuniste de l'intérêt national et le processus de mondialisation, et, enfin, aux immenses difficultés que l'Amérique, du fait d'une lecture déficiente et partisane des réalités locales, rencontre pour traduire cette stratégie en un nouveau façonnement du monde islamique, promu terrain privilégié pour le déploiement de la nouvelle stratégie.

Entre la position actuelle de l'Amérique, les efforts évidents pour la maintenir et la renforcer, et les défis immenses qu'un tel projet rencontre et/ou suscite, doit-on et peut-on, à ce stade, trancher ? Je garde précieusement un livre intitulé *The Retreat of American Power*, publié en 1972, dans lequel l'auteur, Henry Brandon, qui avait passé un quart de siècle à Washington comme correspondant du *Sunday Times*, exprimait sa compassion à ses hôtes au moment où, il n'en doutait pas un seul instant, ils entamaient une retraite globale. « La retraite d'une position de domination a été une expérience très douloureuse pour toutes les grandes puissances à travers l'histoire », écrit-il en guise de consolation. La fin de l'hégémonie américaine est « traumatique », « déconcertante », d'autant plus qu'elle se réalise bien plus rapidement que la retraite de la Grande-Bretagne ou de la France de leur rôle impérial. Dix ans après Brandon, c'était au tour d'un des meilleurs observateurs de la révolution reaganienne de comparer l'Amérique à la Rome du Ve siècle retirant ses légions l'une après l'autre de son vaste empire (Phillips, 1983). L'Amérique pouvait, à l'en croire, se féliciter de ce que sa retraite était moins douloureuse, puisqu'elle n'avait jamais reconnu l'empire qu'elle était sur le point de ne plus être.

Les avis de décès peuvent, on le voit, être bien prématurés et on peut sourire de ces prédictions tant qu'on ne fait pas pire. Si le passé récent est d'un quelconque secours pour imaginer l'avenir, il n'y a pas de raisons évidentes pour conclure à la brièveté du moment unipolaire : l'Amérique ferait du XXIe siècle, encore plus qu'elle n'a fait du précédent, un *American century* au cours duquel sa puissance s'épanouirait, son influence s'élargirait, ses normes prévaudraient, et elle trouverait, dans un formidable vivier d'énergie où elle n'a pas cessé de puiser, les moyens nécessaires pour interdire à quiconque de penser arrêter, voire freiner son déploiement. Sa créativité conceptuelle, son inventivité technologique et, avant tout, sa foi dans sa mission et son inexorable optimisme seraient toujours là pour la soutenir face aux obstacles certains, et pour l'encourager à surmonter d'éventuels échecs. Se lançant dans une course pour ainsi dire contre elle-même, l'Amérique s'inscrirait comme la première puissance indépassable de l'Histoire. Les « optimistes » les plus enthousiastes ne s'arrêtent plus aux quatre ou cinq décennies de continuité qu'ils accordaient volontiers au « moment unipolaire », ils se prennent désormais à imaginer un ordre unipolaire permanent — *leur* version, encore plus radicale, de la « fin de l'Histoire ».

Mais le doute est permis, du moins si le projet assumé à présent n'était pas fondamentalement modifié. Certes, l'Amérique restera une très grande puissance, longtemps inégalable, la première de toutes parce que la plus « complète », la seule capable d'épouser une stratégie globale. Mais cette primauté n'est pas en elle-même gage de succès pour un projet hégémonique aussi ambitieux, sinon impérial. J'avancerai pour ma part cinq raisons pour expliquer ce scepticisme :

La *première* tient aux limites mêmes de la puissance militaire qui, en s'imposant aux autres, nourrit leur ressentiment et, en écrasant ses adversaires, en suscite de nouveaux. D'où l'importance de l'autorité morale comme ressource essentielle de l'hégémonie durable. Dans un passage mémorable d'*Au cœur des ténèbres*, Joseph Conrad, parlant de la répression belge au Congo, écrit : « La conquête de la terre, qui veut dire l'arracher à ceux qui ont un autre teint ou des nez légèrement plus plats que les nôtres, n'est pas une si belle chose quand vous la regardez de près. Seule l'idée peut la racheter. Non le faux-semblant sentimental, mais une idée ; et une foi généreuse dans l'idée, quelque chose que vous pouvez ériger pour ensuite vous incliner devant et vous sacrifier en son nom. » Cette idée, importante pour la puissance hégémonique, ne l'est pas moins pour les autres.

Comme avant lui Napoléon aux Égyptiens et le général britannique Maude aux habitants de Bagdad en 1918, Donald Rumsfeld a beau déclarer aux Irakiens : « Nous ne sommes pas venus en conquérants », il n'est pas mieux cru que ses deux illustres prédécesseurs. Et, à lire les sondages que les États-Unis eux-mêmes — par leurs instituts publics, semi-publics ou privés — diffusent, l'« idée » que l'Amérique a du monde et de ce qu'elle entend y faire ne semble pas largement partagée par les autres, quand elle n'est pas radicalement rejetée. Incompréhension passagère liée à telle ou telle opération contestable ou durable message de défiance ? L'image de l'Amérique paraît flottante et, sur la durée, les tendances, positives comme négatives, semblent assez facilement réversibles. L'Amérique aurait-elle oublié que les Pères fondateurs l'imaginaient comme un « empire par l'exemple » ? Les contradictions flagrantes entre sa prédication et son comportement en plus d'un domaine exhalent un parfum d'hypocrisie tel que l'autorité morale qui fonde l'acceptation par les autres de tout leadership en est fortement affectée. Il se peut d'ailleurs que l'Amérique soit en train de devenir un pays interventionniste à outrance, précisément *parce que* son déficit en autorité morale étant devenu flagrant elle est entraînée à projeter sa puissance militaire de par le monde d'autant plus fréquemment que le monde paraît de plus en plus réticent à suivre, de lui-même, son exemple. Paradoxe d'une puissance qui ne s'était jamais aussi ouvertement drapée dans la *moralpolitik*, mais qui n'a jamais été aussi fascinée par son *hard power* !

Or, précisément, parce que le système international n'est pas doté, à l'instar de l'ordre interne, d'un pouvoir organisé de coercition, la norme y joue un rôle central. L'autorité morale inclut la question de légitimité mais ne s'y limite pas : l'autorité est, dans une logique wébérienne, le mariage heureux de la puissance et de la légitimité. Pour qu'on puisse d'ailleurs parler d'une communauté internationale il faudrait que les États membres partagent une définition aussi similaire que possible de ce qui est légitime. C'est pourquoi, quand l'État le plus puissant de cette communauté remet en cause par son comportement les normes établies, il ne se contente pas de les violer, il remet en question l'existence même de la communauté au nom de laquelle il prétend agir. À tout le moins, un déficit d'autorité morale susciterait, tôt ou tard, l'émergence de contrepoids : « la position prééminente de l'Amérique est fondée sur la croyance que l'exercice de la puissance américaine est harnaché aux principes généraux d'une fédération de nations libres. Si cette croyance se révélait infondée, les États-Unis deviendraient une puissance impériale comme les autres, condamnée à susciter la même hostilité et les mêmes alliances de contrepoids que les puissances impériales avaient provoquées dans le passé » (Hendrickson, 1997-1998). Depuis Woodrow Wilson, l'Amérique n'a cessé de considérer l'autorité morale comme une ressource essentielle de sa politique étrangère jusqu'à rendre inacceptable toute mention de *realpolitik*. Or « il vous est difficile de vous imposer comme leader si votre comportement n'est pas admiré, si votre autorité n'est pas respectée, si votre exemple n'est pas suivi. Tout ce qui vous reste est la force et nous ne sommes ni craints ni aimés et nous ne sommes même plus un exemple pour nous-mêmes » (Judt). Or, dans un monde débarrassé de la peur du nazisme ou du communisme, l'hégémonie américaine n'est plus justifiée par un « autre » menaçant, et elle doit donc trouver sa justification en elle-même : dans l'ordre qu'elle établit, dans les *public goods* qu'elle fournit, dans les valeurs qu'elle défend, et cela lui est d'autant plus difficile que l'*animus dominandi* qui l'anime, tout en restant discret, se doit d'être efficace. Quand l'Amérique le nie, elle est naturellement accusée d'hypocrisie ; quand elle l'exhibe, on la taxe d'arrogance. Dans un cas comme dans l'autre, son autorité morale, quand elle ne lui est pas simplement déniée, paraît souvent fragile.

La *deuxième* raison tient aux moyens dont l'Amérique dispose pour accomplir son projet. Il se peut en effet que Paul Kennedy, dans sa thèse de 1988 sur l'inévitabilité d'un point de rupture causé par le *fiscal overstretch*, ait simplement eu raison trop tôt. La fin de la compétition Est/Ouest, assortie d'une décennie de croissance soutenue et d'équilibre budgétaire, n'aura-t-elle pas eu pour effet de retarder ce moment de rupture plutôt que de l'éliminer ? On peut le penser en songeant à une combinaison de facteurs qui ont fait leur apparition depuis 2000 : une croissance plus incertaine, de nouveaux déficits budgétaires (au rythme enregistré depuis 2001, le gouvernement fédéral pourrait se retrouver avec 2 à 6 trillions de dollars d'endettement public en 2015), un déséquilibre encore accru de la balance commerciale (la dette commerciale extérieure de l'Amérique a augmenté de près de 660 milliards au cours de la seule année 2004), le renchérissement du pétrole que l'Amérique importe goulûment et dont les prix sont durablement inscrits à la hausse, les coûts inattendus de l'expédition irakienne, sans parler des limites prévisibles du financement de la dette américaine par les banques centrales étrangères, notamment asiatiques. Aucun de ces facteurs, pris isolément, n'est de nature à menacer le projet hégémonique dans son ensemble. Leur conjonction pourrait en revanche y parvenir. Burbach et Tarbell (2004) en sont convaincus, mais leur position est plus idéologique que technique. Pour leur part, Ferguson et Kotlikoff (2003) insistent, moins sur le coût des engagements extérieurs que sur un fléau qui atteint, certes, la plupart des pays riches, mais n'épargne pas pour autant l'Amérique : à savoir le contraste grandissant, dans les finances publiques internes, dû au vieillissement de la population, entre la proportion des retraités (qui aura doublé d'ici 2030) et les coûts de leur protection sociale. Une crise fiscale du *welfare state* semble inéluctable, voire une sérieuse crise financière que Summers, Garten, Rubin, Samuelson et de nombreux autres économistes de renom considèrent désormais comme probable. Depuis quelques années, N. Ferguson est devenu non le nouveau décliniste mais un véritable Cassandre annonçant une crise financière sévère, la désintégration du projet impérial américain et même la fin de la globalisation...

Dans le domaine économique, l'Amérique a en réalité été doublement victime de son propre succès. La reconstruction de l'Europe et du Japon et l'entrée récente dans la cour des « grands » de nouveaux acteurs comme la Chine ou l'Inde, tout en confortant l'Amérique dans sa foi capitaliste, la conduisent à se résigner à une baisse constante de sa part dans le PNB mondial, de près de 50 % au sortir de la Seconde Guerre mondiale à 22 ou 23 % de nos jours. En outre, son attachement à l'entreprise privée et à l'indépendance des firmes l'incite à entériner le fait que, comme tous les autres États, elle perd de son influence non seulement sur les autres États, mais aussi au profit du marché globalisé. Qui plus est, si l'économie américaine demeure la première au monde (elle représente 2,5 fois celle du Japon, 6 fois celle de l'Allemagne, 8 fois celle de la Chine), cela ne lui confère pas, en soi, un leadership mondial. Ses partenaires commerciaux ne sont plus, comme durant la guerre froide, ses alliés politiques ou ses protégés militaires pour devoir accepter sans broncher ses oukases. Les institutions internationales comme le FMI ou la Banque mondiale, à travers lesquelles Washington exerçait une influence parfois décisive sur les autres pays, ont elles aussi perdu une part importante de leurs moyens au profit du marché financier. À l'OMC, l'Amérique doit respecter la règle du consensus tout en faisant face à de nouveaux pays émergents qui ne se laissent pas facilement dicter leurs choix. Qui plus est, ses déficits fragilisent à la fois la position de l'Amérique et sa crédibilité. Pour éviter une crise, l'Amérique aura tendance à réduire par priorité ses engagements les plus coûteux de par le monde.

La *troisième* raison tient à la prédisposition même des Américains à voir leur pays assumer pour une période indéfinie un projet aussi ambitieux. Certains (tel Baker, 2003) pensent que « l'Amérique reste fondamentalement un pays isolationniste, qui n'est disposé à tolérer les expéditions étrangères que si elles sont vitales pour [sa] sécurité intérieure ». Il ne s'agit certes pas de l'isolationnisme prêté — partiellement à juste raison — à l'Amérique des années 1930, mais d'une réticence croissante à recourir à la force militaire, compte tenu de ses coûts humains et financiers. À chaque fois qu'elle est défiée ou vaincue, l'Amérique menace de se retrancher sur son continent, de « bouder » le monde, et certains, notamment en Europe, préfèrent encore subir les affres de l'unilatéralisme américain plutôt que de songer aux conséquences tragiques de l'éventuel repli des États-Unis sur eux-mêmes. Cette menace est toutefois devenue largement vide de sens ; entre cette option quasi impossible et un interventionnisme militaire débridé et unilatéral, il y a place pour une certaine « normalité » qui, avant 2000, paraissait encore probable et qui, depuis, reste possible.

Gaddis (2005) s'attend ainsi à une action correctrice qui interviendrait dès le second mandat de George W. Bush. Il croit pouvoir affirmer qu'« en dépit de sa répugnance à admettre les errements commis durant sa campagne de réélection, le président est en train de réviser sa stratégie ». Bush a certes été l'auteur de « la révision stratégique la plus radicale depuis Roosevelt », mais les faits devraient l'obliger à reconsidérer à la baisse ses ambitions : si l'adoption de l'« action préventive » est faite pour perdurer, la nécessité de la légitimer est devenue patente. L'Irak, où ce souci fut négligé, pourrait se révéler comme une anomalie ponctuelle plutôt que comme la règle. Il était bien naïf de penser qu'en appliquant une thérapie de choc les choses se mettraient ensuite en place comme d'elles-mêmes, et cette naïveté fort coûteuse serait aujourd'hui remplacée par une approche plus sophistiquée. Plusieurs dirigeants de l'équipe recomposée après la réélection de 2004 disent qu'une plus grande attention sera accordée aux détails, qu'un délai plus long sera envisagé avant de crier victoire, et surtout qu'une meilleure écoute des alliés marquera l'avenir. Mais les Américains ont fait confiance à un président qui, entre 2001 et 2004, avait réussi à porter « la guerre sur le terrain de l'ennemi » en épargnant à l'Amérique une nouvelle attaque terroriste sur son propre territoire, si l'on en croit l'explication la plus courante donnée au lendemain de sa réélection. Resteront-ils aussi loyalistes si le prix à payer dépasse, en Irak ou sur d'autres fronts, les près de 1 500 soldats déjà perdus en Irak au jour de la réélection ? Accepteront-ils le coût financier de nouvelles aventures ? Y aura-t-il vraiment d'autres fronts ?

Il n'y a pas que la perte d'autorité morale dans le monde, le souci des déficits budgétaires et des coûts militaires ou même la perte d'enfants chéris sur des territoires lointains qu'une stratégie hégémonique peut faire craindre aux Américains. Il faut aussi compter avec l'effet boomerang sur l'ordre intérieur d'un aigle menaçant, toujours prêt à attaquer quelque cible lointaine, que Mark Twain, au lendemain de la conquête des Philippines, avait éloquemment résumé par ces mots « nous ne pouvions pas maintenir un empire en Orient et la république en Amérique » et que Bryan, le candidat démocrate à la présidentielle de 1900 avait souligné ainsi : « une politique impériale annulait chacun des principes sur lesquels notre Déclaration d'indépendance avait été fondée ». Il s'agissait certes alors de l'ambition d'un empire colonial à l'européenne que Twain et Bryan craignaient de voir leur pays poursuivre, mais leur remarque reste valide si l'on donne de l'empire une définition nouvelle comme celle d'une puissance mue par une quête d'invulnérabilité absolue, portée par un esprit hégémonique qui ne tolère pas de rivaux et marquée par un usage intensif et souvent unilatéral de son imposante machine militaire. Même défini ainsi (Bacevich, 2002 ; Mann, 2003 ; Johnson, 2004), un « empire » est-il acceptable s'il remet en cause l'ordonnancement interne des pouvoirs ? Les Américains accepteront-ils vraiment de devenir une sorte de « nation mercenaire » agissant pour le compte (et de préférence avec le soutien financier) d'un noyau de pays riches, comme les y invite Barnett ? Ne sont-ils donc pas sensibles aux propos alarmants de Gore (cité en introduction de cet ouvrage) ou de Vidal qui ne voit dans la « guerre » contre le terrorisme qu'un subterfuge pour amplifier encore les pouvoirs du président en temps de paix ? Sont-ils vraiment devenus comme les décrit, pour s'en féliciter, Paul Starobin (*The Atlantic*, juin 2004) des « croisés de la démocratie à l'étranger » quitte à la sacrifier chez eux avec un tel engouement pour l'autoritarisme qu'à l'avenir le pouvoir de leur président ressemblerait davantage à celui de Poutine que l'inverse » ?

On avait pu constater à plusieurs reprises (et notamment au lendemain des interventions au Liban, à Grenade, en Somalie, en Haïti ou encore dans les Balkans et, plus récemment, en Irak) que l'opinion américaine était, en matière de projection de force dans le monde, particulièrement volatile, appuyant parfois massivement une intervention pour souhaiter, non moins massivement sa fin après quelque déboire spectaculaire ou simplement par lassitude. Dans ces inversions, souvent brutales, de tendance, les médias jouent un rôle capital. Le pluralisme de la presse américaine n'est pas à démontrer : elle est ouverte à tous les courants, les télévisions et les radios servent des tons politiques contrastés et, depuis près de deux décennies, on trouve sur les sites de la Toile, le meilleur et le pire, le vulgaire et le précieux, le secret et le trop connu, l'agréable et l'horrible. Il était donc naturel qu'une partie de cette « industrie » immense et diversifiée prenne très tôt le parti du projet impérial ou du nationalisme chauvin ou encore du néoconservatisme gourmand. Que Rush Lambaugh crie sur la radio sa haine de l'ONU, de l'Europe, de la Chine ou de l'Islam, que le *New York Post* fasse ce qu'un tabloïd populiste et passablement raciste est censé faire, que Fox News rappelle en des termes goebbelsiens les Américains à leur devoir patriotique que le *Weekly Standard* vilipende tout ce qui n'est pas inconditionnellement fan de la chapelle néo-cons, que les plumes célèbres de certains journaux de l'establishment bien pensant glissent dans la surenchère interventionniste, tout cela, après tout, n'est que le signe de l'enviable diversité et de la grande énergie de la presse américaine qui laisse aux libéraux et autres démocrates, le choix entre leur *New Yorker*, leur *New York Review of Books* et autres *Harper's*. C'est toujours une joie d'arriver à New York et de collectionner ces titres contrastés pour constater avec plaisir que les États-Unis sont et restent le pays de la libre expression. Il est vrai cependant qu'il faut avoir l'estomac solide pour absorber, bien plus que dans les équivalents européens, des attaques *ad hominem*, des brûlots incendiaires ou des vrais-faux scandales qui, s'ils ne manquent pas de verve et parfois de style, sont souvent dépourvus d'esprit objectif ou d'un minimum de décence professionnelle. Mais tel est le prix de la liberté et il n'est, après tout, pas si lourd à payer.

Cette enviable diversité a été cependant mise à mal par les débordements de l'esprit nationaliste, la guerre en Irak et, surtout, par la gestion de l'après 11 Septembre. Avec la guerre en Irak, la dérive atteignait son apogée. « Il est très difficile de voir comment on aurait pu aller en guerre si les médias avaient simplement fait leur travail », écrit George Monbiot dans *The Guardian* (20 juillet 2004) en parlant autant de son pays que de l'allié américain. Avant la guerre, la presse avait tendance à prendre pour argent comptant ce que le gouvernement lui confiait. Pendant la guerre, elle a accepté de se voir *embedded* (embarquée) dans les unités de combat. « Ils étaient otages de leur armée non seulement physiquement mais mentalement » (Massing, 2004). Ceux qui n'avaient pas la chance ou le désir de l'être étaient péjorativement considérés comme des *unilaterals.* Après la guerre, la presse a beaucoup tardé à battre sa coulpe et, quand elle s'y est résolue, elle l'a fait d'une manière gauche et insuffisante. Même le *New York Times* reconnut, dans une autocritique qui fit grand bruit (26 mai 2004), d'incroyables fautes professionnelles, mais, quelques jours plus tard, son traitement du scandale d'Abou Ghraïb le ferait retomber dans les mêmes errements de prudence injustifiable et de complaisance marquée, tous marqués qu'ils étaient par une réticence à dire la vérité. Un lecteur (*The Atlantic*, juillet-août 2004) résume le sentiment des lecteurs curieux : « Nous avons été si systématiquement manipulés par les figures publiques, avec l'assentiment volontaire des médias, que j'en suis venu à me demander si quelqu'un est encore intéressé par la vérité ou par la qualité. »

Il serait facile de dire que cette dérive est passagère parce qu'elle est nouvelle ou parce qu'elle est suscitée par l'esprit qui prédomine depuis le 11 Septembre. Malheureusement, elle remonte à plus de vingt-cinq ans et correspond à la fois à la montée en puissance du Pentagone dans l'opinion et au triomphalisme jingoïste qui avait commencé sous Reagan. Une lumineuse étude (Gottschalk, 1992) sur le comportement des médias pendant la première guerre contre Saddam Hussein en 1991 démontrait déjà les errements d'une presse domestiquée, insouciante de la vérité, emportée par un nationalisme brutal qui n'hésitait pas à donner dans le racisme. Alors déjà « les journalistes étaient réduits au statut de sténographes... l'administration mentait et les médias digéraient et répercutaient les mensonges sans hésiter... les télévisions offraient un temps pratiquement cent fois supérieur à ceux qui soutenaient la guerre qu'à ceux qui la critiquaient... les chefs de rédaction pratiquaient l'autocensure systématique pour ne pas heurter le patriotisme de leurs lecteurs ». Chris Hedges (2002, p. 143), le grand reporter des conflits les plus sanglants de ces vingt dernières années, n'est pas moins sévère : « L'idée que la presse était instrumentalisée pendant la guerre est inexacte. La presse voulait être utilisée. Elle se voyait comme une partie intégrante de la guerre. » Pis encore, les deux tiers du public soutenaient la censure militaire au dépens du droit de savoir. Le mal est donc plus profond. Il est lié à des causes propres à la profession dont l'extinction massive des médias indépendants (80 % en 1945, seulement 20 % en 1990) autant qu'à la montée du nationalisme. Certains pensent que si le premier amendement était aujourd'hui proposé au vote, il ne passerait plus au Congrès : l'attachement à l'intégrité, à la vérité et à la liberté d'expression connaît une baisse certaine. Le 11 Septembre qui arrive dix ans après l'étude de Gottschalk n'a rien provoqué de nouveau sinon un laxisme encore plus large avec les mensonges du gouvernement autant qu'avec la complaisance des médias.

Or, « la puissance américaine, quand elle est mise au service d'un nationalisme américain étriqué est une base bien instable pour un projet hégémonique », écrit Anatol Lieven (2004) dans un essai critique qui était d'autant moins pardonnable que l'auteur est un intellectuel britannique. Une puissance qui assume un rôle mondial dans l'imposition de l'ordre ne peut être durablement mue par un rejet du discours rationnel, par une diabolisation de ses propres élites, par un mépris de sa propre expertise sur les affaires de ce monde.

« Un mélange de solipsisme national intense et d'une ignorance très répandue du monde extérieur » n'est en effet guère le meilleur ingrédient d'une stratégie hégémonique. Le nationalisme insatisfait, blessé et dominateur peut aider à mobiliser contre des « monstres » extérieurs que l'opinion aurait pu simplement ignorer et laisser à eux-mêmes, mais peut-il être la base constante d'une stratégie durable de domination globale quand, élevé au rang d'une obligation morale, voire d'une injonction divine, il conduit au rejet de toute limitation au pouvoir du président à l'intérieur et à celui de toute contestation du projet américain dans le monde ?

La *quatrième* raison de scepticisme est que les États-Unis, en dépit d'une puissance inégalée dans l'Histoire, ne peuvent en effet refaçonner le monde à eux seuls. Si l'on récuse l'Europe, si l'on « antagonise » l'Asie, si l'on ostracise les musulmans, on ne peut obtenir que des victoires à la Pyrrhus : des succès militaires éclatants, mais pour peu de gains durables et à des prix exorbitants. Comme l'écrit justement Jeffrey Garten (2005), « les États-Unis n'ont ni l'expertise ni les ressources qu'il faudrait pour mener à bien par eux-mêmes des entreprises de stabilisation et de reconstruction au Moyen-Orient ou ailleurs dans le monde ». Ils doivent donc choisir entre leur hantise de garder intacte leur marge de manœuvre à travers le monde et le besoin qu'ils ont d'être aidés en hommes, en fonds, en connaissance du terrain. Or, pour des entreprises hégémoniques de longue haleine, on ne peut se contenter de compagnons de circonstance. Certes, les alliances classiques ne sont pas les modèles adéquats pour une puissance hégémonique. Mais, entre les solides alliés d'hier et les compagnons ponctuels d'aujourd'hui, il faudrait trouver une catégorie médiane de pays complices. Et il faudrait s'entendre avec eux, du moins sur l'essentiel. Pour y parvenir, il faudrait pouvoir les écouter et parfois les suivre, et, surtout, mettre fin à la situation on ne peut plus frustrante qui marqua le premier mandat de Bush, dans laquelle ceux qui, au sein du gouvernement fédéral, avaient tendance à écouter les autres dirigeants du monde n'étaient pas écoutés de leur propre président, et vice versa.

L'instinct unilatéral qui remonterait à la naissance même de l'Amérique ne va disparaître pour autant ni dans le domaine stratégique ni dans celui du commerce. L'espoir raisonnable est de voir les dirigeants américains de demain comprendre qu'un nombre croissant de problèmes dans ce monde globalisé ne peuvent tout simplement plus être réglés par l'action unilatérale : pas plus l'aide aux victimes d'un tsunami ravageur que les normes d'un commerce devenu planétaire, ni l'urgence de freiner la prolifération des armes de destruction massive, et encore moins le combat contre le terrorisme. Le gouvernement américain peut répondre qu'en matière de terrorisme, précisément, il reconnaît volontiers que la coopération des autres pays lui est précieuse, qu'il la recherche et parvient généralement à l'obtenir. Ce n'est pas faux, d'autant plus que nombre de pays musulmans et européens étaient déjà profondément engagés dans ce combat avant même que les États-Unis ne reconnaissent l'ampleur de la menace ou le fait que leur territoire pouvait lui aussi en devenir la cible. Mais un véritable multilatéralisme ne peut être ni hégémonique (« Je vais vous dire ce que vous devez faire ») ni à sens unique (« Si vous êtes avec l'Amérique, vous ne pouvez en revanche rien lui demander en retour, parce que ce serait faire le jeu des terroristes »). L'espoir est de voir les dirigeants américains de demain intégrer le fait que toute référence à une norme internationale n'est pas un complot malveillant destiné à enchaîner le colosse et à l'empêcher d'agir, et se rappeler que l'influence globale des États-Unis s'est épanouie autant par la construction déterminée d'institutions internationales que par le recours à l'arbitrage des armes. Le discours prononcé par Bush le jour de sa seconde « inauguration », début 2005, a concédé une touche multilatérale quand, parlant aux alliés de l'Amérique, le président réélu s'est engagé à « honorer leur amitié, à écouter leurs conseils et à compter sur leur soutien ». Les sceptiques noteront, il est vrai, que son discours de 2001 avait été encore plus multilatéraliste dans son expression avec les suites que l'on connaît, et que, même débarrassé des contraintes de la campagne électorale, Bush n'a paru regretter en 2005 aucune des décisions de son premier mandat.

Les quatre raisons précitées (déficits en autorité morale, en moyens matériels et financiers, en adhésion durable de l'opinion, en alliés inconditionnels à l'étranger) conduisent à la *cinquième* : celle d'un sentiment diffus et persistant d'un projet impérial bien moins pensé que son ambition ne l'exigerait et, du coup, fragile dès sa naissance. Ce sentiment est nourri par le nombre finalement restreint d'Américains qui mettent ce projet en musique, par l'embarras qu'ils trouvent à le promouvoir publiquement, par sa réduction affligeante à quelques clichés moralisateurs et à de grandes démonstrations de force militaire. Si projet impérial il y a, il est hésitant, réactionnel : la « puissance complète » que l'Amérique prétend être ne propose en fait qu'un projet inachevé, qui rejette les précédents historiques mais qui est loin d'être assez mûr pour répondre aux exigences actuelles d'une hégémonie globale. C'est la raison pour laquelle il semble aisément déstabilisé par les échecs et, en amont, incertain sur ses propres priorités, à commencer par ce qui était, hier encore, le « consensus de Washington », à savoir le mariage heureux du libre-échange et de la démocratie. Si l'on peut effectivement parier que les deux objectifs s'épaulent sur le long terme, il se pourrait fort bien qu'ils ne puissent être les objectifs simultanés d'une politique de court terme. Dans la plupart des cas, instaurer une économie de marché ouverte au commerce international semble exiger un État fort, plus fort qu'un État simplement « régulateur » comme celui que l'on rencontre désormais dans les pays les plus avancés. Sous Clinton comme sous Bush, il semble que les États-Unis se soient résignés à l'accepter pour la Chine, voire pour la Russie. Prendraient-ils le risque de déstabiliser de grands producteurs de pétrole ou de susciter une crise avec Pékin au nom de l'urgence qu'il y aurait à y instaurer la démocratie ? Se résigneraient-ils à instituer une sorte de ligne de démarcation entre partenaires économiques dont la stabilité est précieuse et les autres pays où la démocratie devrait être activement « exportée » ? Là encore, un choix s'impose en matière de priorité dans les objectifs. Une revitalisation tous azimuts dudit « consensus » risque de nuire gravement à leurs relations sur les plans énergétique et commercial ; une discrimination trop nette entre les cibles nuirait en revanche à leur autorité morale. Dans le discours inaugurant son second mandat, Bush a affirmé que, « désormais, les convictions les plus profondes de l'Amérique et ses intérêts les plus vitaux étaient devenus une seule et même chose » — bref, que la *realpolitik* et la *moralpolitik* ne se contredisaient plus, mais se confondaient. Peut-être bien, mais ce serait là une « première » historique non seulement pour l'Amérique, mais pour n'importe quel autre pays ! Et, au départ, quelles sont donc ces convictions, et quels ces intérêts ?

L'invocation de la « liberté » comme thème majeur du second mandat demeure trop vague pour être traduite en choix clairs, et notamment celui entre l'affirmation d'un robuste nationalisme, d'une part, et, de l'autre, l'ambition de maintenir un leadership mondial. L'internationalisme américain a largement été l'extension d'un nationalisme qui, tout en rejetant formellement le *power politics* des Européens, sacralisa l'intérêt de la nation à la fois comme ciment de la société et comme guide de la politique extérieure. Mais, pour un demi-continent qui peut prétendre, bien plus que d'autres, à l'autosuffisance, le rôle mondial se drape naturellement dans une mission. Cette mission est aujourd'hui pour le moins floue, surtout peut-être parce que la symbiose du nationalisme unilatéral et de la prétention à une fonction de leadership sur la base de la seule suprématie militaire n'a tout simplement pas pris, incitant les autres acteurs à se plaindre et du nationalisme réaffirmé et du leadership assumé, l'un aggravant les effets pervers de l'autre au lieu de les compenser. Une autre alchimie paraît aujourd'hui indispensable, et il n'est pas sûr que l'administration Bush puisse la trouver. Si nul ne doute d'un robuste *animus dominandi*, les questions sont nombreuses sur son usage. Rien n'y fait : la guerre contre la terreur ou celle contre la tyrannie sont des clichés trop courts pour constituer une vision ; et, à défaut de vision, l'Amérique donne l'impression, à elle-même comme au monde, d'un acteur en quête d'un rôle ou même d'un macho en quête d'occasions pour montrer ses biceps. Si empire il y a, il est incertain sur les limites de son ambition, confus dans la détermination de ses priorités, maladroit dans le choix de l'habillage discursif de ses actes, en fait « totalement incohérent » écrit Mann (2003). L'illustration la plus éclatante de cette incohérence est dans le contraste surprenant entre l'ambition herculéenne des dirigeants et leur incapacité patente à exiger des sacrifices de leurs propres concitoyens pour la réaliser. Peut-on multiplier les guerres sans revenir au service national ? Peut-on poursuivre une ambition globale avec une politique fiscale de réduction des impôts pour les plus riches ? Peut-on se préparer à ce qui apparaît comme une inévitable pénurie pétrolière avec une consommation aussi frénétique ? Peut-on s'engager dans la globalisation avec une invocation aussi constante à l'intérêt national ? Peut-on combattre Ben Laden et consorts en s'associant aussi ouvertement avec les fondamentalistes chrétiens ? Inachèvement, incohérence, immaturité, Kurth (1997) avait-il tort de prédire que « l'empire américain était en train de devenir un empire d'adolescents, par les adolescents et pour les adolescents et, au vu de ses errements et de sa vacuité, cet empire adolescent ne sera pas un empire du tout » ?

Sur un terme plus court, beaucoup dépendra du sens que les Américains eux-mêmes accordent à leur vote de 2004. Il a abouti à confirmer George W. Bush à son poste avec plus de dix millions de voix de plus qu'en 2000. A-t-il été pour autant un référendum populaire largement positif sur les politiques suivies, et, si oui, lesquelles ? Notons d'abord qu'avec un peu moins de trois millions de voix de différence entre les deux candidats la victoire de Bush n'est pas décisive : la marge entre les deux protagonistes (2 % du vote populaire) est la plus basse obtenue par un président réélu, loin de celles dont bénéficièrent Clinton en 1996 (8,5 %), Eisenhower en 1956 (16 %), Ronald Reagan en 1984 (18 %), sans parler de Nixon en 1972 (23 %). C'est une marge fortement influencée par les attaques de Septembre, par la confusion entre terrorisme et guerre en Irak, et par la campagne pour le moins incertaine que conduisit son adversaire. Elle est donc fragile, même si trois ans sans nouvelle attaque terroriste contre le territoire américain a pu la justifier. Elle est aussi réversible, car, en dehors des questions de sécurité, les Américains, à en croire les sondages, n'avaient pas une idée très positive du bilan du premier mandat, et, le jour même de l'« inauguration », en janvier 2005, n'étaient guère plus de 51 % (taux particulièrement bas) à se montrer optimistes sur les performances prévisibles du second.

Il est cependant vrai que les Américains ont renoué en 2000, et plus nettement encore en 2004, avec une forte participation électorale. C'est là un signe prometteur, tant pour la revitalisation des *checks and balances* intérieurs que pour la renaissance même du politique. Car si George W. Bush est loin d'incarner l'unificateur qu'il avait promis d'être, il a au moins réintroduit en politique la pratique des choix clairs et des promesses tenues. D'où l'importance accrue de la teneur de ces choix, les convictions profondes de l'homme devenant plus cruciales que jamais. Or la pauvreté patente de la campagne en débats de politique étrangère ne permet pas d'indiquer la teneur du nouveau mandat que les électeurs ont accordé à leur président. Si la conclusion qu'il en tire est celle d'un référendum sur sa politique, il aura tendance à persévérer dans la même voie. Si, en revanche, c'est l'homme qui a en priorité été confirmé, on peut raisonnablement espérer qu'il montrera à l'avenir autant de détermination à corriger sa trajectoire qu'il en avait mis à l'entamer.

Mais, si le doute est permis, qu'adviendra-t-il du monde ? L'historien Ferguson (2004) pense que l'unipolarité serait bien préférable pour tout le monde à la seule alternative plausible, laquelle n'est pas une « multipolarité utopique », mais, à l'en croire, une « a-polarité », par quoi il entend un retour à l'anarchie du haut Moyen Âge, dans un monde qui serait livré « à la stagnation économique, au fanatisme religieux, au reflux de la civilisation dans quelques enclaves fortifiées, et au pillage généralisé ailleurs ». Un tel scénario catastrophe serait dû à l'incapacité de l'Europe à remédier à son impasse démographique pour accéder au rang de superpuissance, à celle de la Chine à atténuer sa dépendance vis-à-vis de ses exportations pour maintenir sa croissance, mais avant tout aux faiblesses structurelles du pôle unique actuel, l'Amérique, du fait de sa dépendance vis-à-vis du capital étranger et du déficit en troupes et en considération qui la caractérisent.

« L'empire ou le chaos » est une proposition par trop simpliste pour être acceptée, d'autant que l'empire peut lui-même susciter le chaos ou se révéler incapable de le maîtriser. Le monde, on le disait en ouverture à ce livre, ne peut plus vivre sans l'Amérique, et encore moins contre elle. Mais, pour qu'il puisse vivre avec elle, encore faudrait-il qu'elle lui fasse une proposition moins simpliste, moins binaire, et, en fin de compte, moins intéressée. Il faudrait aussi qu'elle lui donne une image d'elle-même quelque peu différente de celle de ces dernières années. Le monde a compris que les États-Unis sont désormais la « nation indispensable », mais les États-Unis ont-ils compris que cette large reconnaissance de leur primauté n'a pas valeur de blanc-seing pour faire tout ce qu'ils veulent ? « Nation indispensable » ne veut pas dire « nation suffisante ». Confondre les deux épithètes coûte cher à l'Amérique et ne laisse pas d'inquiéter le monde.

BIBLIOGRAPHIE

ABRAMS, Elliott, "Why Everyone Hates the State Department", *The National Interest*, automne 1989
—, "Why America Must Lead", *The National Interest*, été 1992
—, *Undue Process*, The Free Press, 1992
—, "The New Poorhouse", *The National Interest*, été 1993
—, "To Fight the Good Fight", *The National Interest*, printemps 2000
ADAMS, James, "Virtual Defense", *Foreign Affairs*, mai-juin 2001
ADELMAN, Carol, "The Privatization of Foreign Aid", *Foreign Affairs*, nov.-déc. 2003
ADELMAN, Kenneth, "Things I Learned as a Diplomat", *The National Interest*, été 1988
"Agenda for the Year 2000", numéro spécial de *World Policy Journal*, automne 1999
ALBRIGHT, Madeleine, "The Testing of American Foreign Policy", *Foreign Affairs*, nov.-déc. 1998
AMBROSE, Stephen, *Rise to Globalism : US Foreign Policy Since 1938*, Penguin, 1985
"The American Century", *Diplomatic History*, printemps 1999
ARMSTRONG, Ann, "Bridging the Gap : Intelligence and Policy", *The Washington Quarterly*, hiver 1989
ANDERSON, Lisa, "Shock and Awe : Interpretations of the Events of September 11", *World Politics*, janvier 2004
ANONYMOUS, *Imperial Hubris : Why the West is Losing the War on Terror*, Brassey's, 2004

ARQUILLA, John, "The Velvet Revolution in Military Affairs", *World Policy Journal*, hiver 1997-98
ART, Robert, "Geopolitics Updated : The Strategy of Selective Engagement", *International Security*, hiver 1998-99
AVANT, Deborah, "Mercenaries", *Foreign Policy*, juillet-août 2004

BAER, Robert, *See No Evil*, Crown, 2002
—, *Sleeping with the Devil*, Crown, 2003
BACEVICH, Andrew, "Charles Beard, Properly Understood", *The National Interest*, printemps 1994
—, "Preserving the Well-Bred Horse", *The National Interest*, automne 1994
—, "Tradition Abandoned", *The National Interest*, été 1997
—, "Policing Utopia", *The National Interest*, été 1999
—, "Different Drummers, Same Drum", *The National Interest*, été 2001
—, *American Empire : The Realities and Consequences of US Diplomacy*, Harvard UP, 2002
—, *American Empire : The New American Militarism*, Oxford University Press, 2005
BAKER, Gerard, "Neo-Conspiracies Theories", *The National Interest*, hiver 2004-05
BAKER, Kevin, "We're in the Army Now", *Harper's*, octobre 2003
BANDOW, Doug, "Keeping the Troops and the Money at Home", *Current History*, janvier 1994
BARBER, Benjamin, *Fear's Empire : War Terrorism and Democracy*, Norton, 2003
BARNETT, Thomas, *The Pentagon's New Map : War and Peace in the Twenty First Century*, Putnam's, 2004
BELKIN et EMBSER-HERBERT, "A Modest Proposal : Privacy as a Flawed Rationale for the Exclusion of Gays and Lesbians from the US Military", *International Security*, automne 2002
BELL, Coral, "Managing to Survive", *The National Interest*, hiver 1986
—, "American Ascendancy", *The National Interest*, automne 1999
—, "Normative Shift", *The National Interest*, hiver 2002-03
BENJAMIN et SIMON, *The Age of Sacred Terror*, Random House, 2002
BERGEN, Peter, "Picking up the Pieces", *Foreign Affairs*, mars-avril 2002
BERGER, Samuel, "Foreign Policy for a Democratic President", *Foreign Affairs*, mai-juin 2004
BERGSTEN, Fred, "The Dollar and the Euro", *Foreign Affairs*, juillet-août 1997
—, "America and Europe : Clash of the Titans", mars-avril 1999
—, "A Renaissance for US Trade Policy ?", *Foreign Affairs*, nov.-déc. 2002
BERMAN, Ilan, "The Bush Strategy at War", *The National Interest*, hiver 2003-04

BEREUTER et LIS, "Reorienting Transatlantic Defense", *The National Interest*, été 2004
BETTS, Richard, "The New Threat of Mass Destruction", *Foreign Affairs*, janv.-février 1998
—, "Fixing Intelligence", *Foreign Affairs*, janv.-février 2002
—, "The New Politics of Intelligence", *Foreign Affairs*, mai-juin 2004
BIDDLE, Stephen, "Afghanistan and the Future of Warfare", *Foreign Affairs*, mars-avril 2003
BLACK, Conrad, "Britain's Atlantic Option", *The National Interest*, printemps 1999
—, "What Victory Means", *The National Interest*, hiver 2001
BLECHMAN et KAPLAN, *Force Without War*, The Brookings Institution, 1978
BLOOM, Allan, *The Closing of the American Mind*, Simon & Schuster, 1987
BOLTON, John, "The Prudent Irishman", *The National Interest*, hiver 1997-98
—, "Courting Danger", *The National Interest*, hiver 1998-99
—, "The Global Prosecutors", *Foreign Affairs*, janv.-février 1999
BOOT, Max, "The New American Way of War", *Foreign Affairs*, juillet-août 2003
—, "Neocons", *Foreign Policy*, janv.-février 2004
—, "The Struggle to Transform the Military", *Foreign Affairs*, mars-avril 2005
BORK, Robert, "The Reach of American Law", *The National Interest*, automne 1992
BOROSAGE, Robert, "Clinton's Defense Budget", *World Policy Journal*, hiver 1993-94
BRACKEN, Paul, "The New American Challenge", *World Policy Journal*, été 1997
—, "The New Maginot Line", *The Atlantic*, décembre 1998
—, "The Second Nuclear Age", *Foreign Affairs*, janv.-février 2000
BRANDON, Henry, *The Retreat of American Power*, Delta Books, 1972
BRAUNSCHVIG *et al.*, "Space Diplomacy", *Foreign Affairs*, juillet-août 2003
BROOKS, David, "The Elephantiasis of Reason", *The Atlantic*, janv.-février 2003
BROOKS et WOHLFORTH, "Power Globalization and the End of the Cold War", *International Security*, hiver 2000-01
—, "American Primacy in Perspective", *Foreign Affairs*, juillet-août 2002
BRUCK, Connie, "Back Roads", *The New Yorker*, 15 décembre 2003
BRZEZINSKI, Zbigniew, "Afghanistan and Nicaragua", *The National Interest*, automne 1985
—, "Post-communist Nationalism", *Foreign Affairs*, hiver 1989-90
—, "Selective Global Commitment", *Foreign Affairs*, automne 1991
—, "The Cold War and its Aftermath", *Foreign Affairs*, automne 1992

—, "Entretien avec Zbigniew Brzezinski", *Politique internationale*, été 1992
—, "The Great Transformation", *The National Interest*, automne 1993
—, "The Premature Partnership", *Foreign Affairs*, mars-avril 1994
—, "A Plan for Europe", *Foreign Affairs*, janv.-février 1995
—, "A Geostrategy for Eurasia", *Foreign Affairs*, sept.-oct. 1997
—, *The Grand Chessboard : American Primacy and Its Geostrategic Imperatives*, Basic Books, 1997
—, "Living with China", *The National Interest*, printemps 2000
—, "Living with a New Europe", *The National Interest*, été 2000
—, "Hegemonic Quicksand", *The National Interest*, hiver 2003-04
—, *The Choice : Global Domination or Global Leadership ?*, Basic Books, 2004
BUENO DE MESQUITA, Bruce, et HILTON, Root, "The Political Roots of Poverty", *The National Interest*, été 2002
BURBACH et TARBELL, *Imperial Overstretch*, Zed Books, 2004
BUZAN et SEGAL, "The Rise of the "Lite Powers"", *World Policy Journal*, automne 1996
BURR, William (éd), *The Kissinger Transcripts*, The New Press, 1999
BYMAN, Daniel, "A Farewell to Arms Inspections", *Foreign Affairs*, janv.-février 2000
—, "Scoring the War on Terrorism", *The National Interest*, été 2003
—, "Should Hizbollah be Next ?", *Foreign Affairs*, nov.-déc. 2003
—, "Al Qaeda as an Adversary", *World Politics*, octobre 2003
—, "Measuring the War on Terrorism', *Current History*, décembre 2003

CALLEO, David, "Restarting the Marxist Clock? The Economic Fragility of the West", *World Policy Journal*, été 1996
—, "A New Era of Overstretch ?", *World Policy Journal*, printemps 1998
—, "The US and the Great Powers", *World Policy Journal*, automne 1999
—, "A Choice of Europes", *The National Interest*, printemps 2001
—, "Power, Wealth and Wisdom", *The National Interest*, été 2003
CAMPBEL, Ian, "Retreat from Globalization", *The National Interest*, printemps 2004
CAMPBELL, Kurt, "All Rise for Chairman Powell", *The National Interest*, printemps 1991
CAMPBELL et WARD, "New Battle Stations ?", *Foreign Affairs*, sept.-oct. 2003
CAROTHERS, Thomas, "Promoting Democracy and Fighting Terror", *Foreign Affairs*, janv.-février 2003
—, avec M. OTTAWAY (eds), *Uncharted Journey : Promoting Democraty in the Middle East*, Carnegie, 2005
CARR, Caleb, "Terrorism as Warfare : The Lessons of Military History", *World Policy Journal*, hiver 1996-97
CARTER, Ashton, "How to Counter WMD", *Foreign Affairs*, sept.-oct. 2004

Changing Minds, Winning Peace, Report of the Advisory Group on Public Diplomacy for the Arab and Muslim World, US House, 2003
CHOMSKY, Noam, *Hegemony or Survival*, Metropolitan Books, 2003
CHOMSKY *et al.*, *The Cold War and the University*, The New Press, 1997
CHUBB et PETERSON, *The New Direction in American Politics*, The Brookings Institution, 1985
CIMBALO, Jeffrey, "Saving NATO from Europe", *Foreign Affairs*, nov.-déc. 2004
CLARKE, Richard, *Against All Enemies : Inside America's War on Terror*, Free Press, 2004
CLINTON, Bill, *My life*, Alfred Knopf, 2004, édition française *Ma vie*, Odile Jacob, 2004
COHEN, Benjamin, « L'euro contre le dollar : un défi pour qui ? », *Politique étrangère*, n°4, 1997
COHEN, Eliot, "The Future of Force", *The National Interest*, automne 1990
—, "A Revolution in Warfare", *Foreign Affairs*, mars-avril 1996
COLL, Alberto, "America as the Grand Facilitator", *Foreign Policy*, été 1992
COOPER, Robert, *The Breaking of Nations*, Atlantic Books, 2003
CORDESMAN, Anthony, *The Transatlantic Alliance : Is 2004 the Year of The Greater Middle East ?*, CSIS, janvier 2004
COTTREL, Robert, "An Icelandic Saga", *NYRB*, 4 novembre, 2004
COYLE et RHINELANDER, "National Missile Defense and the ABM Treaty", *World Policy Journal*, automne 2001
CRANE, Conrad, "Sky High", *The National Interest*, automne 2001
CRINCIONE, Joseph, "Why the Right Lost the Missile Defense Debate", *Foreign Policy*, printemps 1997
CRUISE O'BRIEN, Conor, "The Future of the West", *The National Interest*, hiver 1992-93

DAALDER, I. et LINDSAY, J., *America Unbound : The Bush Revolution in Foreign Policy*, The Brookings Institution, 2003
DALRYMPLE, William, "The Truth About Muslims", *NYRB*, 4 novembre 2004
DANNER, Mark, "The Logic of Terror", *NYRB*, 24 juin 2004
DEIBEL, Terry, "Bush's Foreign Policy", *Foreign Policy*, automne 1991
—, "The Death of a Treaty", *Foreign Affairs*, sept.-oct. 2002
DELPECH, Thérèse, « Bouclier antimissiles et nouveau contexte stratégique », *Esprit*, mai 2001
DE SANTIS, Hugh, "Europe and Asia Without America", *World Policy Journal*, automne 1993
DEUDNEY et IKENBERRY, "Who Won the Cold War ?", *Foreign Policy*, été 1992
—, "After the Long War", *Foreign Policy*, printemps 1994
—, "The Logic of the West", *World Policy Journal*, hiver 1993-94

DEUTCH, John, "A Nuclear Posture for Today", *Foreign Affairs*, janv.-février 2005
DIDION, Joan, "Mr Bush and the Divine", *NYRB*, 6 novembre 2003
DIVINE, Robert (éd), *American Foreign Policy Since 1945*, Quadrangle, 1969
DOBBINS, James, "Iraq : Winning the Unwinnable", *Foreign Affairs*, janv.-février 2005
DONNELLY, Thomas, "No End of Lesson", *The National Interest*, automne 1994
—, "Lessons Unlearned", *The National Interest*, été 2000
DORAN, Michael Scott, "Somebody's Else Civil War", *Foreign Affairs*, janv.-février 2002
—, "Palestine, Iraq and American Strategy", *Foreign Affairs*, janv.-février 2003
DORNBUSCH, Rudi, "Euro Fantasies", *Foreign Affairs*, sept.-octobre 1996
DRAPER, Theodore, "An Anti Intellectual Intellectual", *NYRB*, 2 novembre 1995
DREW, Elizabeth, "The Neocons in Power", *NYRB*, 12 juin 2003
DROZDIAK, William, "The North Atlantic Drift", *Foreign Affairs*, janv.-février 2005
DRURY, Shadia, *Leo Strauss and the American Right*, St Martin's Press, 1999

EDELSTEIN, David, "Occupational Hazards", *International Security*, été 2004
ELLSWORTH et SIMES, "Realism's Shining Morality", *The National Interest*, hiver 2004-05
EMMERSON, Donald, "Americanizing Asia ?" *Foreign Affairs*, mai-juin 1998

FELDSTEIN, Martin, "Why Maastricht Will Fail", *The National Interest*, été 1993

—, "EMU and International Conflict", *Foreign Affairs*, nov.-déc. 1997
FERGUSON, Charles, "America's High-Tech Decline", *Foreign Policy*, printemps 1989
FERGUSON, Niall, *Empire : The Rise and Demise of the British World Order and the Lessons for the Global Power*, 2003
—, *Colossosus : The Price of America's Empire*, Penguin, 2004
—, "A World without Power", *Foreign Policy*, juillet-août 2004
—, "Sinking Globalization", *Foreign Affairs*, mars-avril 2005
FERGUSON et KOTLIKOFF, "Going critical", *The National Interest*, automne 2003
FINNEGAN, William, "The Economics of Empire", *Harper's*, mai 2003
FLORINI, Ann, "The Opening Skies", *International Security*, automne 1988

FONTE, John, "Democracy's Trojan Horse", *The National Interest*, été 2004
FRANKEL, Benjamin, "Chutzpah by Any Other Name", *The National Interest*, automne 1989
FRANKE, Jeffrey, "Still the Lingua Franca", *Foreign Affairs*, juillet-août 1995
FRANKFURTER, Felix, *Reminisces*, Reynal & Co, 1960
FRIEDEN, Jeffrey, "The Euro : Who Wins ? Who Loses ?", *Foreign Policy*, automne 1998
FROMKIN, David, "What is Wilsonianism ?", *World Policy Journal*, printemps 1994
—, "Rival Internationalisms", *WPJ*, été 1996
—, "Churchill's Way : The Great Convergence of Britain and the United States", *WPJ*, printemps 1998
—, "International Law at the Frontiers", *WPJ*, hiver 1998-99
FRUM, D. et PERLE, R., *An End to Evil : How to Win the War on Terror?*, Random House, 2004
FRYE, Alton, "Banning Ballistic Missiles", *Foreign Affairs*, nov.-déc. 1996
FUKUYAMA, Francis, *The End of History and The Last Man*, Free Press, 1992
—, "The Neoconservative Moment", *The National Interest*, été 2004
—, "Re-Envisoning Asia", *Foreign Affairs*, janv.-février 2005
FULLER, Graham, "The Future of Political Islam", *Foreign Affairs*, mars-avril 2002

GADDIS, John Lewis, "The Long Peace", *International Security*, printemps 1986
—, "Toward the Post Cold War World", *Foreign Affairs*, printemps 1991
—, "The Tragedy of the Cold War History", *Diplomatic History*, hiver 1993
—, "Living in Candlestick Park", *The Atlantic*, avril 1999
—, "Grand Strategy in The Second Term", *Foreign Affairs*, janv.-février 2005
GANNON, Kathy, "Afghanistan Unbound", *Foreign Affairs*, mai-juin 2004
GARTEN, Jeffrey, "Is American Decline Inevitable ?", *World Policy Journal*, hiver 1987
—, "The Global Economic Challenge", *Foreign Affairs*, janv.-février 2005
GATES, Robert, "An Opportunity Unfulfilled : The Use and Perceptions of Intelligence at the White House", *The Washington Quarterly*, hiver 1989
GARFINKLE, Adam, "The Impossible Imperative ?", *The National Interest*, automne 2002
GARTHOFF, Raymond, *Detente and Confrontation*, 1992
—, *The Great Transition*, The Brookings Institution, 1994

GAUBATZ, Kurt Taylor, "Intervention and Instransitivity : Public Opinion, Social Choice and the Use of Military Force Abroad", *World Politics*, juillet 1995

GERGES, Fawaz, *America and Political Islam*, Cambridge UP, 1999

GHOLTZ, Thomas, "Catch-907 in the Caucasus", *The National Interest*, été 1997

GHOLZ, PRESS et SAPOLSKY, "Come Home, America : The Strategy of Restraint in the Face of Temptation", *International Security*, printemps 1997

GHOLZ et SAPOLSKY, "Restructuring the US Defense Industry", *International Security*, hiver 1999-2000

GILL et O'HANLON, "China's Hollow Military", *The National Interest*, été 1999

GLAZER, Nathan, "How Important Was Reagan ?", *The National Interest*, été 1992

GLENNON, Michael, "The New Interventionnism", *Foreign Affairs*, mai-juin 1999

—, "Sometimes a Great Nation", *The Wilson Quarterly*, automne 2003

GODSON, Roy, "Intelligence Requirements for the 1990s", *The Washington Quarterly*, hiver 1989

GORDON, Bernard, "A High Risk Trade Policy", *Foreign Affairs*, juillet-août 2003

GOTTSCHALK, Marie, "Operation Desert Cloud : The Media and the Gulf War", *WPJ*, été 1992

GRAHAM, Sen. Bob, *Intelligence Matters : The CIA, The FBI, Saudi Arabia and the Failure of America's War on Terror*, Random House, 2004

GRAHAM et O'HANLON, "Making Foreign Aid Work", *Foreign Affairs*, juillet-août 1997

GERSER, Edward, "Toughest on the Poor", *Foreign Affairs*, nov.-déc. 2002

GVOSDEV, Nicholas, "The Shareholder Model", *The National Interest*, automne 2003

—, (et TANNER), "Wagging the Dog", *The National Interest*, automne 2004

HAAS, Richard, "What to Do with American Primacy ?", *Foreign Affairs*, sept.-oct. 1999

HAGEL, Chuck, "A Republican Foreign Policy", *Foreign Affairs*, juillet-août 2004

HALPER, S. et CLARKE, J., *America Alone : The Neo-Conservatives and the Global Order*, Cambridge University Press, 2004

HANELT, Luciani et NEUGART (éd), *Regime Change in Iraq*, Bertelsmann Foundation, 2004

HARRIES, Owen, "The Collapse of the West", *Foreign Affairs*, sept.-oct. 1993

HARTUNG, William, "Notes from the Underground", *WPJ,* automne 1995
—, "Saint Augustine's Rules", *WPJ*, été 1996
—, "Reagan Redux", *WPJ*, automne 1998
—, "Ready for What ?", *WPJ*, printemps 1999
HATHAWAY, Ona, "Two Cheers for International Law", *The Wilson Quarterly*, automne 2003
HAWKINS, William, "Strategy and Freedom of Navigation", *The National Interest*, été 1988
—, "Isolationism, Properly Understood", *The National Interest,* été 1991
HAWTHORNE, Amy, "Can the US Promote Democracy in the Middle East ?" *Current History*, janvier 2003
HEDGES, Chris, *War Is a Force That Gives Us Meaning*, Anchor Books, 2003
HEILBRUNN, Jacob, "Tomorrow's Germany", *The National Interest*, été 1994
—, "Germany's New Right", *Foreign Affairs*, nov.-déc. 1996 (réponses dans *Foreign Affairs*, mars-avril 1997)
—, "Germany's Illiberal Fictions", *The National Interest*, été 2000 (réponses dans *The National Interest*, hiver 2000-01)
—, "Condoleezza Rice", *WPJ*, hiver 1999-2000
HENDRICKSON, David, "The Recovery of Internationalism", *Foreign Affairs*, sept.-oct. 1994
—, "In Our Own Image", *The National Interest*, hiver 1997-98
HERF, Jeffrey, "A Political Culture in Crisis", *The National Interest*, automne 1989
HERSH, Seymour, *Chain of Command*, Harper Collins, 2004
HERSMAN et KOCA, "Eliminating Adversary WMD", *Strategic Forum*, octobre 2004
HILL, Fiona, « Une stratégie incertaine », *Politique étrangère*, n°1, 2000
HILLEN, John, "Defense's Death Spiral", *Foreign Affairs*, juillet-août 1999
HILSMAN, Roger, "Does the CIA Still Have a Role ?", *Foreign Affairs*, sept.-oct. 1995
HIMMELFARB, Gertrude, "The Dark and Bloody Crossroads : Where Nationalism and Religion Meet", *The National Interest*, été 1993
—, "Taylor-made History", *The National Interest*, été 1994
—, *The Roads to Modernity : The British, French and American Enlightenments*, Knopf, 2004
HIRSH, Michael, "Bush and the World", *Foreign Affairs*, sept.-oct. 2002
HOFFMAN, Bruce, "Al Qaeda and the War on Terrorism", *Current History*, décembre 2004
HOFFMANN, Stanley, "What Should We Do in the World ?", *The Atlantic*, octobre 1989
—, "The Purposes and Ethics of Intervention in the Late 1990s", non publié

—, "Democracy and Society", *WPJ*, printemps 1995
—, "The Crisis of Liberal Internationalism", *Foreign Policy*, printemps 1995
—, "America Goes Backward", *NYRB*, 12 juin 2003
HOGE, James, "A Global Power Shift in the Making", *Foreign Affairs*, juillet-août 2004
HOLBROOKE, Richard, *To End a War*, Random House, 1998
HOLSTI, Ole, "A Widening Gap Between the US Military and Civilian Society ?", *International Security*, hiver 1998-99
HOOK et TAYLOR, "Clarifying the Foreign Aid Puzzle", *World Politics*, janvier 1998
HOWARD, Michael, "What's in a Name ?", *Foreign Affairs*, janv.-février 2002
HUNTINGTON, Samuel P., *The Clash of Civilizations and the Remaking of The World Order*, Simon & Shuster, 1996
—, "The Lonely Superpower", *Foreign Affairs*, mars-avril 1999
—, *Who Are We ?*, Simon & Shuster 2004
HYLAND, William, *The Reagan Foreign Policy*, Meridian, 1987
—, "Foreign Affairs at 70", *Foreign Affairs*, automne 1992

IGNATIEFF, Michael, "The New American Way of War", *NYRB*, 20 juillet, 2000
—, "Barbarians at the Gate", *NYRB*, 28 février 2002
IKENBERRY, G. John, "Rethinking the Origins of American Hegemony", *Political Science Quarterly*, 1, 1989
—, "The Myth of the Post-Cold War Chaos", *Foreign Affairs*, mai-juin 1996
—, "Institutions, Strategic Restraint and the Persistence of American Postwar Order", *International Security*, hiver 1998-99
—, "America's Liberal Hegemony", *Current History*, janvier 1999
—, "Getting Hegemony Right", *The National Interest*, printemps 2001
—, "America's Imperial Ambition", *Foreign Affairs*, sept.-oct. 2002
—, "America and the Ambivalence of Power", *Current History*, novembre 2003
IKLÉ, Fred, "Bad Laws Make Bad Judges", *The National Interest*, printemps 2004
"Iraq at the Turn : A Symposium", *The National Interest*, été 2004
IRIYE, Akira, *From Nationalism to Internationalism : US Foreign Policy to 1914*, Routledge et Kegan Paul, 1977
ISAACSON, Walter et EVAN, Thomas, *The Wise Men : Six Friends and the World They Made*, Simon & Shuster, 1986

JOFFE, Josef, "Entangled Forever", *The National Interest*, automne 1990
—, "Bismarck or Britain ? Toward an American Grand Strategy after Bipolarity", *International Security*, printemps 1995
—, "Who's Afraid of Mr Big ?", *The National Interest*, été 2001

—, "The Amazing and Mysterious Life of Ronald Reagan", *The National Interest*, automne 2004
JOHNSON, Chalmers, *The Sorrows of Empire : Militarism, Secrecy and the End of the Republic*, Metropolitan Books, 2004
JOHNSON et KEEHN, "The Pentagon's Ossified Strategy", *Foreign Affairs*, juillet-août 1995
JUDIS, John, "Trotskyism to Anachronism : The Neocon Revolution", *Foreign Affairs*, juillet-août 1995
—, "Imperial Amnesia", *Foreign Policy*, juillet-août 2004
JUDT, Tony, "Dreams of Empire", *NYRB*, 4 novembre 2004

KAGAN, Robert, "The Benevolent Empire", *Foreign Policy*, été 1998
—, *Paradise and Power : America and Europe in The New World Order*, Atlantic Books, 2003
—, "America's Crisis of Legitimacy", *Foreign Affairs*, mars-avril 2004
KAPLAN, Lawrence F., "A Bridge Too far", *The National Interest*, automne 1999
KAPLAN, Robert, *The Ends of Earth : A Journey at the Dawn of the Twenty-First Century*, Random House, 1996
—, *An Empire Wilderness : Travels into America's Future*, Vintage, 1998
—, *Warrior Politics : Why Leadership Demands a Pagan Ethos*, Random House, 2002
—, "Supremacy by Stealth", *The Atlantic,* juillet-août 2003
KAUFMANN, Chaïm, "Threat Inflation and the Failure of the Marketplace of Ideas : The Selling of the Iraq War", *International Security*, été 2004
KAY, Jonathan, "Redefining the Terrorist", *The National Interest*, printemps 2004
KEEFE, Patrick, "Iraq : America's Private Armies", *NYRB*, 12 août 2004
KELEMEN et SIBBITT, "The Globalization of American Law", *International Organization*, hiver 2004
KENNAN, George, "The Unifying Factor", *WPJ*, automne 1992
—, "On American Principles", *Foreign Affairs*, mars-avril 1995
—, "Diplomacy Without Diplomats ?", *Foreign Affairs*, sept.-oct. 1997
KENNEDY, Paul, *The Rise and Fall of Empires*, Fontana Press, 1988
—, *Preparing for the 21st Century*, Random House, 1993
—, "The Next American Century", *WPJ*, printemps 1999
KIER, Elizabeth, "Homosexuals in the US Military : Open Integration and Combat Effectiveness", *International Security*, automne 1998
KING, Charles, "Potemkine Democracy", *The National Interest*, été 2001
—, "A Rose Among Thorns", *Foreign Affairs*, mars-avril 2004
KIRKPATRICK, Jeane, "A Normal Country in a Normal Time", *The National Interest*, automne 1990
KISSINGER, Henry, "L'évolution de la doctrine stratégique aux États-Unis", *Politique étrangère*, n°2, 1962

—, *Diplomacy*, Simon & Shuster, 1994
—, *Years of Renewal*, Simon & Shuster, 1999
—, "The Pitfalls of a Universal Jurisdiction", *Foreign Affairs*, juillet-août 2001
—, *Does America Need a Foreign Policy?*, Simon & Shuster, 2002
KLARE, Michael, "The Empire's New Frontiers", *Current History*, novembre 2003
KOHN, Richard, "Out of Control", *The National Interest*, printemps 1994
KORB, Lawrence, "Our Overstuffed Armed Forces", *Foreign Affairs*, nov.-déc. 1995
—, "Fixing the Mix", *Foreign Affairs*, mars-avril 2004
KORS, "Did Western Civilization Survive the 20th Century", *The National Interest*, hiver 1999-2000
KRAUTHAMMER, Charles, "The Unipolar Moment", *Foreign Affairs*, hiver 1990-91
—, "The Short Unhappy Life of Humanitarian War", *The National Interest*, automne 1999
—, "The Unipolar Moment Revisited", *The National Interest*, hiver 2002-2003
—, "In Defense of Democratic Realism", *The National Interest*, automne 2004
KREPINEVCH, Andrew, "Cavalry to Computer", *The National Interest*, automne 1994
KREPON, Michael, "Lost in Peace", *Foreign Affairs*, mai-juin 2001
KRIKORIAN, Mark, "Keeping Terror Out", *The National Interest*, printemps 2004
KRISTOL, Irving, "American Intellectuals and Foreign Policy", *Foreign Affairs*, juillet 1967
—, "Defining our National Interest", *The National Interest*, automne 1990
—, *Neoconservatism : The Autobiography of an Idea*, Free Press, 1995
KRISTOL, William (et KAGAN, Robert), "Toward a Neo-Reaganite Foreign Policy", *Foreign Affairs,* juillet-août 1996
—, (éd.) "The Present Danger", *The National Interest*, printemps 2000
—, *Present Dangers*, Encounter Books, 2000
—, « Entretien avec William Kristol », *Politique Internationale*, automne 2003
KUPCHAN, Charles, "Reviving the West", *Foreign Affairs*, mai-juin 1996
—, "After Pax Americana : Benign Power, Regional Integration and the Sources of a Stable Multipolarity", *International Security*, automne 1998
—, "Rethinking Europe", *The National Interest*, été 1999
—, (et ALTMAN) "Arresting the Decline of Europe", *WPJ*, hiver 1997-98
—, "Life after Pax Americana", *WPJ*, automne 1999

KURTH, James, "Things to Come", *The National Interest*, été 1991
—, "The Post Modern State", *The National Interest*, été 1992
—, "The Vatican's Foreign Policy", *The National Interest*, été 1993
—, "The Real Clash", *The National Interest*, automne 1994
—, "America's Grand Strategy", *The National Interest*, printemps 1996
—, "The Adolescent Empire", *The National Interest*, été 1997
—, "Inside the Cave", *The National Interest*, automne 1998
—, "The American Way of Victory", *The National Interest*, été 2000
—, "Migration and the Dynamics of Empire", *The National Interest*, printemps 2003

LACORNE, Denis, *La Crise de l'identité américaine*, Fayard, 1997
—, « Où est l'intérêt national des États-Unis ? », *Critique internationale*, juillet 2000
LAKE, David, *Entangling Relations : American Foreign Policy in its Century*, Princeton University Press, 1999
LAPIDUS, Gail, "Contested Sovereignty : the Tragedy of Chechnya", *International Security*, été 1998
LAQUEUR, Walter, "Post Modern Terrorism", *Foreign Affairs*, sept.-oct.1996
—, "The Terrorism to Come", *Policy Review*, août-sept. 2004
LARRABEE, Gordon et WILSON, "The Right Stuff", *The National Interest*, automne 2004
LAYNE, Christopher, "Superpower Disengagement", *Foreign Policy*, hiver 1989-90
—, "America Stake in Soviet Stability", *WPJ*, hiver 1990-91
—, "American Hegemony - Without an Enemy", *Foreign Policy*, automne 1993
—, "The Unipolar Illusion : Why New Great Powers Will Arise", *International Security*, printemps 1993
—, "Less Is More", *The National Interest*, printemps 1996
—, "A House of Cards : American Strategy Toward China", *WPJ*, automne 1997
—, "From Preponderance to Offshore Balancing : America's Future Grand Strategy", *International Security*, été 1997
—, "Rethinking American Grand Strategy", *World Policy Journal*, été 1998
—, (et avec SCHWARZ Benjamin) "Kosovo : for the Record", *The National Interest*, automne 1999
—, "America as a European Hegemon", *The National Interest*, été 2003
LENZNER et KRISTOL, W., "What Was Leo Strauss up to ?", *The Public Interest*, automne 2003
LEVINE, Robert, "Deterrence and the ABM", *WPJ*, automne 2001
LEWIS, Anthony, "Making Torture Legal", *NYRB*, 15 juillet 2004
LEWIS, Bernard, *The Middle East and the West*, Harper, 1964
—, *Semites and anti Semites*, Norton, 1987
—, "The Muslim Rage", *The Atlantic*, août 1990

—, *The Future of the Middle East*, Phoenix, 1997
—, *The Crisis of Islam*, Random House, 2003
—, *From Babel to Dragomans : Interpreting the Middle East*, Oxford University Press, 2004
LIEVEN, Anatol, "In the Mirror of Europe : The Perils of American Nationalism", *Current History*, mars 2004
—, *America Right or Wrong : An Anatomy of American Nationalism*, Oxford University Press, 2004
LIFTON, Robert, "Illusions of the Second Nuclear Age", *WPJ*, printemps 2001
LILLA, Mark, "The Enemy of Liberalism", *NYRB*, 15 mai 1997
—, "Leo Strauss", *NYRB*, 21 octobre et 4 novembre 2004
LILLEY et FORD, "China's Military : A Second Opinion", *The National Interest*, automne 1999
LIND, Michael, "National Disinterest", *The National Interest*, été 1991
—, "The Catalytic State", *The National Interest*, printemps 1992
—, "Idylls of the Twilight", *The National Interest*, hiver 1992-93
—, "The Vertical Invasion", *The National Interest*, été 1993
—, "In Defense of Liberal Nationalism", *Foreign Affairs*, mai-juin 1994
—, "The op-ed History of America", *The National Interest*, automne 1994
—, *The Next American Nation*, Free Press, 1995
—, "Reinventing America", *WPJ*, printemps 1997
—, « L'Amérique et ses tribus », *Le Débat*, mai-août 2001
—, "The Israel Lobby", *Prospect*, avril 2002
LINDSTROM, Gustav (dir.), *Shift or Rift : Assessing US-EU Relations after Iraq*, EUISS, 2003
LITTLE, Douglas, "The Making of a Special Relationship : The United States and Israel, 1957-68", *International Journal of Middle East Studies*, 25, 1993
LORD, Carnes, *The Modern Prince*, Yale UP, 2004
LOWI, Theodore, « Avant le conservatisme et au-delà », *Revue française de Science politique*, octobre 1990
LUTTWAK, Edward, "Where Are the Great Powers ?", *Foreign Affairs*, juillet-août 1994
—, "Toward a Post Heroic Warfare", *Foreign Affairs*, mai-juin 1995
—, "A Post Heroic Military Policy", *Foreign Affairs*, juillet-août 1995
—, "Iraq : The Logic of Disengagement", *Foreign Affairs*, janv.-février 2005
LUTZ, Ellen, "State-Sponsored Abductions", *WPJ*, automne 1992
LYNCH, Marc, "Taking Arabs Seriously", *Foreign Affairs*, sept.-oct. 2003

MAHNKEN et FITZSIMONDS, "Revolutionary Ambivalence", *International Security*, automne 2003
MAKOVSKY, David, "Taba Mythchief", *The National Interest*, printemps 2003

—, "How to Build a Fence ?", *Foreign Affairs*, mars-avril 2004
MALCOLM, Noel, "The Case against Europe", *Foreign Affairs*, mars-avril 1995
MALLABY, Sebastian, "The Reluctant Imperialist", *Foreign Affairs*, mars-avril 2002
MANDELBAUM, Michael, "Foreign Policy as Social Work", *Foreign Affairs*, janv.-février 1996
—, "Bad Statesman, Good Prophet", *The National Interest*, été 2001
—, "The Inadequacy of American Power", *Foreign Affairs*, sept.-oct. 2002
MANN, James, *Rise of the Vulcans : the History of Bush's War Cabinet*, Viking, 2004
MANN, Michael, *Incoherent Empire*, Verso, 2003
MARCHETTI et MARKS, *The CIA and the Cult of Intelligence*, Laurel, 1980
MARSHALL, J.M., "Bush and the Neoconservatives", *Foreign Affairs*, nov.-déc. 2003
MARTIN, W., "The Christian Right and US Foreign Policy", *Foreign Policy*, printemps 1999
MASSING, Michael, "Unfit to Print ?", *NYRB*, 24 juin 2004
MASTANDUNO, Michael, "Preserving the Unipolar Moment : Realist Theories and US Grand Strategy after the Cold War", *International Security*, printemps 1997
MAYNES, Charles William, "The Perils of (and for) An Imperial America", *Foreign Policy*, été 1998
MCDOUGALL, Walter A., "Back to Bedrock : The Eight Traditions of American Statecraft" *Foreign Affairs*, mars-avril 1997
—, "Power Steering", *The National Interest*, hiver 2002-03
MCGINNIS, John, "Individualism and World Order", *The National Interest*, hiver 2004-2005
MEAD, Walter Russell, "An American Grand Strategy", *WPJ*, printemps 1993
—, "Lucid Stars : The American Foreign Policy Tradition", *WPJ*, hiver 1994-95
MEARSHEIMER, John, "Back to the Future", *International Security*, été 1990
—, "The Future of the American Pacifier", *Foreign Affairs*, sept.-oct. 2001
—, *The Tragedy of Great Power Politics*, Norton, 2001
MEYER, Karl, "One Hell of a Gamble", *WPJ*, printemps 2001
MINOGUE, Kenneth, "Uneasy Triumph", *The National Interest*, hiver 1992-93
MITRI, Tarek, *Au nom de la Bible, au nom de l'Amérique*, Labor et Fides, 2004
MORAN, Theodore, "The Globalization of America's Defense Industries", *International Security*, été 1990
MULLER, Steven, "Time to Kill", *The National Interest*, été 1997

MURRAY, Williamson, "Clausewitz Out, Computer In", *The National Interest*, été 1997

National Commission on Terrorist Attacks, *The 9/11 Commission Report*, 2004
National Commission on the Intelligence Capabilities of the United States Regarding Weapons of Mass Destruction, *Report*, 2005
NAU, Henry, "No Enemies on the Right", *The National Interest*, hiver 2004-05
NEIER, Aryeh, "Waiting for Justice", *WPJ*, automne 1998
NEWHOUSE, John, "The Missile Defense Debate", *Foreign Affairs*, juillet-août 2001
NINKOVICH, Franck, *The Wilsonian Century : US Foreign Policy since 1900*, University of Chicago Press, 1999
NORRIS, John H., "Jaded Optimists", *Georgetown Journal of International Affairs*, hiver-printemps 2004
NOSSEL, Suzanne, "Retail Diplomacy", *The National Interest*, hiver 2001-02
NYE, Joseph, "Two Cheers for Multilateralism", *Foreign Policy*, automne 1985
—, "Understanding US Strength", *Foreign Policy*, automne 1988
—, "The Transformation of American Power", *Aspen Quarterly*, hiver 1990
—, "Soft Power", *Foreign Policy*, automne 1990
—, *Bound to Lead : The Changing Nature of American Power*, Basic Books, 1990
—, "What New Order ?", *Foreign Affairs*, printemps 1992
—, "Peering into the Future", *Foreign Affairs*, juillet-août 1994
—, "The Case for Deep Engagement", *Foreign Affairs*, juillet-août 1995
—, "Redefining The National Interest", *Foreign Affairs*, juillet-août 1999
—, "Seven Tess", *The National Interest*, hiver 2001
—, "US Power and Strategy after Iraq", *Foreign Affairs*, juillet-août 2003
—, *Soft Power*, Public Affairs, 2004

ODOM, William, "Transforming the Military", *Foreign Affairs*, juillet-août 1997
O'HANLON, Michael, "Can High-Tech Bring the US Troops Home ?" *Foreign Policy*, hiver 1998-99
—, "Star Wars Strikes Back", *Foreign Affairs*, nov.-déc. 1999
—, "Come Partly Home America", *Foreign Affairs*, mars-avril 2001
—, "Cruise Control", *The National Interest*, printemps 2002
—, "Clinton's Strong Defense Policy", *Foreign Affairs*, nov.-déc. 2003
O'SULLIVAN, John, "In Defense of Nationalism", *The National Interest*, hiver 2004-05

PAALBERG, Robert, "Knowledge as Power", *International Security*, été 2004
PALMER, Mark, *Breaking the Real Axis of Evil*, Rowman & Littlefield, 2003
PERRY, William, "Defense in the Age of Hope", *Foreign Affairs*, nov.-déc. 1996
PETERSON, M.J., "The Use of Analaogies in Developing Outer Space Law", *International Organization*, printemps 1997
PETIT, Michael, *Peacekeepers at War*, Faber & Faber, 1986
PETITEVILLE, Franck, « L'hégémonie est-elle soluble dans le multi-latéralisme ? », *Critique internationale*, janvier 2004
PFAFF, William, "The Praetorian Guard", *The National Interest*, hiver 2000-01
—, "The American Mission ?", *NYRB*, 8 avril 2004
PHILLIPS, Kevin, *Post-conservative America*, Vintage Books, 1983
PINES, Burton, "A Primer for Conservatives", *The National Interest*, printemps 1991
PIPES, Daniel, "Fundamentalist Muslims Between America and Russia", *Foreign Affairs*, été 1986
—, "Islam's Intramural Struggle", *The National Interest*, printemps 1994
—, "There are no Moderates", *The National Interest*, automne 1995
—, "A New Axis", *The National Interest*, hiver 1997-98
—, "Islam and Islamism", *The National Interest*, printemps 2000
—, "God and Mammon", *The National Interest*, hiver 2001-02
PIPES, Richard, "Misinterpreting the Cold War", *Foreign Affairs*, janv.-février 1995
PODHORETZ, Norman, "The Reagan Road to Détente", *Foreign Affairs*, 1984
—, "World War IV : How It Started, What It Means and Why We Have to Win", *Commentary*, septembre 2004
POLLACK, Kenneth, *The Threatening Storm*, Random House, 2002
POSEN, Barry, "Command of the Commons : The Military Foundation of US Hegemony", *International Security*, été 2003
POSEN et ROSS, A., "Competing Visions for US Grand Strategy", *International Security*, hiver 1996-97
POWELL, Colin, "A Strategy of Partnerships", *Foreign Affairs*, janv.-février 2004
POWER, Samantha, *A Problem from Hell : America and the Age of Genocide*, Flamingo, 2002
PREEG, Ernest, *Feeling Good or Doing Good with Sanctions ?* CSIS, 1999

RABAN, Jonathan, "The Truth About Terrorism", *NYRB*, 13 janvier 2005
RABKIN, Jeremy, "Threats to US Sovereignty", *Commentary*, mars 1994

—, "International Law vs. the US Constitution", *The National Interest*, printemps 1999
—, "After Guantanamo", *The National Interest*, été 2002
RADELET, Steven, "Bush and Foreign Aid", *Foreign Affairs,* sept.-oct. 2003
RANELAGH, John, *The Agency : The Rise and Fall of the CIA*, Simon & Shuster, 1987
REICHLEY, James, *Religion in American Public Life*, The Brookings Institution, 1985
RHODES et BELLER, "The Need for Nuclear Power", *Foreign Affairs*, janv.-février 2000
RICE, Condoleezza, "Promoting the National Interest", *Foreign Affairs*, janv.-février 2000
RICKS, Thomas, "The Widening Gap Between the Military and Society", *The Atlantic,* juillet 1997
RIVKIN, D. et CASEY, L., "The Rocky Shoals of International Law", *The National Interest*, hiver 2000-01
—, "Leashing the Dogs of War", *The National Interest*, automne 2003
RODMAN, Peter, "The World's Resentment", *The National Interest,* été 2000
ROSECRANCE, "War and Peace", *World Politics*, octobre 2002
ROSEN, Stephen Peter, "An Empire, if You Can Keep It", *The National Interest,* printemps 2003
ROSENBERG,Tina, "Anarchy Unbound", *WPJ*, printemps 1996
ROSS, Dennis, *The Missing Peace : the Inside Story of the Fight for Middle East Peace*, Farrar, Straus, Giroux, 2004
ROTH, Kenneth, "The Case for a Universal Jurisdiction", *Foreign Affairs*, sept.-oct. 2001
ROUGIER, Eddy, « Y a-t-il un clintonisme ? », *Le Débat,* mai-août 2001
RUBENFELD, "The Two World Orders", *The Wilson Quarterly*, automne 2003
RUBIN, Alfred, "International Crime and Punishment", *The National Interest*, automne 1993
RUBINSTEIN, Alvin, "New World Order or Hollow Victory ?", *Foreign Affairs*, automne 1991
RUDOLPH, Christopher, "Constructing an Atrocities Regime", *International Organization*, été 2001
RUGGIE, John, "The Past as Prologue ? Interests, Identity and American Foreign Policy", *International Security*, printemps 1997
RUMER, Eugene, "Central Asian Succession", *Strategic Forum*, décembre 2003
RUMSFELD, Donald, *Transformation Planning Guidance*, Department of Defense, juin 2003
RUSSELL, Richard, "Spies like Them", *The National Interest,* automne 2004
RYAN, Alan, "Faith-Based History", *NYRB*, 2 décembre 2004

SACHS, Jeffrey, "The Development Challenge", *Foreign Affairs*, mars-avril 2005
SAID, Edward, *Orientalism*, Random House, 1978
SALAMÉ, Ghassan, « Vers un retour aux mandats ? », *Un nouveau débat stratégique*, La Documentation française, 1993
—, *Démocraties sans démocrates*, Fayard, 1994
—, *Appels d'empire : ingérences et résistances à l'âge de la mondialisation*, Fayard, 1996
SCHIFFRIN, André, *The Cold War and the University : Towards an Intellectual History*, New Press, 1997
SCHLESINGER, Arthur, *The Cycles of American History*, 1986
—, "The Measure of Diplomacy", *Foreign Affairs*, juillet-août 1994
—, "Back to the Womb ?", *Foreign Affairs*, juillet-août 1995
—, *War and the American Presidency*, Norton, 2004
SCHLESINGER, James, "New Instabilities, New Priorities", *Foreign Policy*, hiver 1991-92
—, "Fragmentation and Hubris", *The National Interest*, automne 1997
—, "Raise the Anchor or Lower the Ship", *The National Interest*, automne 1998
SCHWARZ, Benjamin, "The Vision Thing", *WPJ*, hiver 1994-95
—, "The Tragedy of American Isolationism", *WPJ*, automne 1996
SCHWEIZER, Peter, *Victory*, The Atlantic Books, 1994
SEBURY et GLYNN, "Kennan : The Historian as Fatalist", *The National Interest*, hiver 1986
SEGAL, Adam, "Is America Losing its Edge ?", *Foreign Affairs*, nov.-déc. 2004
Senate Select Commitee on Intelligence, *Report on the US Intelligence Community's Prewar Intelligence Assessments on Iraq*, 2004
SHAIN, Yossi, *Marketing the American Creed Abroad. Diasporas in the US and their Homelands*, Cambridge University Press, 1999
SHALOM, Stephen, *Imperial Alibis*, South End Press, 1993
SHAMBUGH, David, "China's Military Views in the World", *International Security*, hiver 1999-2000
SHARANSKY, Nathan, *The Power of Freedom to Overcome Tyranny and Terror*, Public Affairs, 2004
SHEARER, David, "Outscourcing War", *Foreign Policy*, automne 1998
SHLAES, Amity, "Germany's Chained Economy", *Foreign Affairs*, sept.-oct. 1994
SHULSKY et SCHMITT, "The Future of Intelligence", *The National Interest,* hiver 1994-95
SIEMON-NETTO, Uwe, "Sonderweg", *The National Interest*, hiver 2002-03
SIMES, Dimitri, "What War Means", *The National Interest*, novembre 2001
—, "Realism, it's High Minded and it Works", *The National Interest*, hiver 2003-04

SIMONS, Anna, "The Death of Conquest", *The National Interest*, printemps 2003
SINGER, P.W., *Corporate Warriors*, Cornell UP, 2003
—, "Outscourcing War", *Foreign Affairs*, mars-avril 2005
SKED, Alan, "Cheap Excuses", *The National Interest*, été 1991
SLAUGHTER, Anne-Marie, "The Real New World Order", *Foreign Affairs*, sept.-oct. 1997
—, "Leading Through Law", *The Wilson Quarterly,* automne 2003
SMITH, Tony, "Making the World Safe for Democracy", *The Washington Quarterly*, automne 1993
—, "Wilsonian World", *WPJ*, été 1995
SNIDER, Don, "America's Postmodern Military", *WPJ*, printemps 2000
SNYDER, Jack, "Imperial Temptations", *The National Interest*, printemps 2003
SNYDER, J. et VINJAMURI, L., "Trials and Errors", *International Security*, hiver 2003-04
SOFAER, Abraham, "Terrorism and the Law", *Foreign Affairs*, été 1986
SORENSEN, Alan, "The Global Liberal Order", *Current History*, décembre 2004
STARKE, J.G., *Introduction to International Law*, Butterworths, 8e édition, 1977
STARR, Frederick, "American Policy in the Caspian", *The National Interest*, printemps 1997
STEEL, Ronald, "The Missionary", *NYRB*, 20 november 2003
STERN, Jessica, "The Protean Enemy", *Foreign Affairs*, juillet-août 2003
STIGLER, Andrew, "A Clear Victory for Air Power", *International Security*, hiver 2002-03
STIGLITZ, Joseph E., *The Roaring Nineties : Seeds of Destruction*, Londres, Allen Lane, 2003
STONOR SAUNDERS, Frances, *Who Paid The Piper ?*, Granta, 1999
STRAUS, Iran, "Reversing Proliferation", *The National Interest*, automne 2004
SUTHERLAND, Peter, "The Case for EMU", *Foreign Affairs*, janv.-février 1997
SWAIN, Carol, *The New White Nationalism in America*, Cambridge University Press, 2004
SWAINE, Michael, "Trouble in Taiwan", *Foreign Affairs*, mars-avril 2004

TAKYEH, Ray, "Uncle Sam in the Arab Street", *The National Interest*, printemps 2004
TALBOTT, Strobe, "Globalization and Diplomacy : A Practitioner's Perspective", *Foreign Policy*, automne 1997
TANGUAY, Daniel, *Leo Strauss : une biographie intellectuelle*, Grasset, 2003

TAPPERMAN, Jonathan, "Some Hard Truths about Multilateralism", *WPJ*, été 2004
TELHAMI, Shibley, "The Ties that Bind", *Foreign Affairs*, mars-avril 2004
TERTRAIS, Bruno, « Faut-il croire à la révolution dans les affaires militaires ? », *Politique étrangère*, n°3, 1998
The Commission on Integrated Long-Term Strategy, *Discriminate Deterrence*, janvier 1988
The Terror, numéro hors série du *National Interest*, novembre 2001
TONELSON, Alan, "Superpower Without a Sword", *Foreign Affairs*, été 1993
TUCKER, Robert, "The Triumph of Wilsonianism ?", *WPJ*, hiver 1993-94
—, "An Inner Circle of One : Wilson and His Advisers", *The National Interest*, printemps 1998
—, "A Benediction of the Past : Wilson's War Address", *WPJ*, été 2000
—, "The ICC Controversy", *WPJ*, été 2001
—, "Woodrow Wilson's "New Diplomacy"", *WPJ*, été 2004
TUCKER et HENDRICKSON, "The Sources of American Legitimacy", *Foreign Affairs*, nov.-déc. 2004

ULLMAN et GETLER, "Commonsense Defense", *Foreign Policy*, hiver 1996-97
US, *The National Security Strategy of the United States*, sept. 2002

VANDEVEER, Stacy, "Green Fatigue", *The Wilson Quarterly*, automne 2003
VIDAL, Gore, *Imperial America*, Clairview, 2004

WALKER, Martin, "Present at the Solution", *WPJ*, printemps 1997
—, "The Euro", *WPJ*, automne 1998
WALLACE et ZIELONKA, "Misunderstanding Europe", *Foreign Affairs*, nov.-déc. 1998
WALLERSTEIN, Immanuel, "The US and Europe", *La Revista del Manifesto*, juin 2004
WALT, Stephen, "American Primacy : Its Prospects and Pitfalls", *Naval War College Review*, printemps 2002
WALTZ, Kenneth, "Globalization and American Power", *The National Interest*, printemps 2000
WALTZ, Susan, "Prosecuting Dictators", *WPJ*, printemps 2001
WECHSLER, William, "Law in Order", *The National Interest*, printemps 2002
WEDGWOOD, Ruth, "Fiddling in Rome", *Foreign Affairs*, nov.-déc. 1998
—, "The Law at War", *The National Interest*, hiver 2001-02
—, "Combatants or Criminals ?", *The National Interest*, mai-juin 2004
WEIGEL, George, "Creeping Talbottism", *Commentary*, mars 1994

WEINBERG, Steven, "The Wrong Stuff", *NYRB,* 4 avril 2004
WEINBERGER, Caspar, "The Uses of the Military Power", Department of Defense, janvier 1985
—, "US Defense Strategy", *Foreign Affairs*, printemps 1986
—, "Why Offense needs Defense", *Foreign Policy*, automne 1987
WILLS, Garry, "Bully of the Free World", *Foreign Affairs*, mars-avril 1999
WITTKOF, Eugene, "What Americans Really Think about Foreign Policy", *The Washington Quarterly*, vol. 16, n°3, 1996
WOHLFORTH, William, "The Stability of a Unipolar World", *International Security*, été 1999
WOLFE, "Native Son", *Foreign Affairs*, mai-juin 2004
WOLFOWITZ, Paul, "Victory Came Too Easily", *The National Interest*, printemps 1994
—, "Bridging Centuries", *The National Interest*, printemps 1997
—, "The Man who Saved the Day Sort of...", *The National Interest*, automne 1998
—, "Remembering the Future", *The National Interest*, printemps 2000
WOODWARD, Bob, *Veil : the Secret Wars of the CIA 1981-1987*, Simon & Shuster, 1987
—, *The Commanders*, Simon & Shuster, 1991
—, *Bush at War*, Simon & Shuster, 2002
—, *Plan of Attack*, Simon & Shuster, 2004
WURST et BURROUGHS, "Ending the Nuclear Nightmare", *WPJ*, printemps 2001

ZAKARIA, Fareed, *From Wealth to Power : The Unusual Origins of America's World Role*, Princeton University Press, 1998
ZAKHEIM, Dov, "Tough Choices", *The National Interest*, printemps 1997
ZARATE, Juan Carlos, "The Emergence of a New Dog of War", *Stanford Journal of International Law*, 1998

TABLE DES MATIÈRES